国家出版基金项目
NATIONAL PUBLICATION FOUNDATION

中国语言文学
一流学科建设文库

刘守华故事学文集

第五卷

比较故事学

刘守华／著

华中师范大学出版社

新出图证(鄂)字 10 号

图书在版编目(CIP)数据

刘守华故事学文集　第五卷/刘守华著. —武汉:华中师范大学出版社,2020.12

ISBN 978-7-5622-8964-7

Ⅰ.①刘…　Ⅱ.①刘…　Ⅲ.①民间故事—文学研究—中国—文集　Ⅳ.①I207.73-53

中国版本图书馆 CIP 数据核字(2020)第 051635 号

刘守华故事学文集　第五卷

©刘守华　著

责任编辑:史小艳　　**责任校对:**王　炜

封面设计:胡　灿

编辑室:学术出版中心　　**电话:**027-67863280/7792

出版发行:华中师范大学出版社有限责任公司

社址:湖北省武汉市洪山区珞喻路 152 号

电话:027-67863426(发行部)　　**传真:**027-67863291

网址:http://press.ccnu.edu.cn　　**电子邮箱:** press@mail.ccnu.edu.cn

印刷: 湖北新华印务有限公司　　**督印:** 刘　敏

开本: 710mm×1000mm　1/16　　**字数:** 538 千字

版次: 2020 年 12 月第 1 版　　**印次:** 2020 年 12 月第 1 次印刷

印张: 35　　**定价:** 158.00 元

欢迎上网查询、购书

1985年9月应邀赴华中师范大学讲学的丁乃通教授和刘守华合影

比较方法是现代科学研究重要之一；只要善于运用，就能奏效立功。

钟敬文题

时年九一

體操 GYMNASTICS

比较故事学

姜彬题

宇华兄：

我永远欣赏你的《比较故事学》！！

真的！！

[illegible]

1999.8.

成都

丁乃通先生来信

守华：

今天收到来函，当然是非常高兴的事。AT460和461是一个故事圈或集团，流传极广，若能查出来龙去脉，对国际民间故事研究可能是一个大的贡献。可惜我对这些故事从来没有深入探讨过，所以我能供给你的资料，都是Aarne和Thompson TYPRES OF THE FOLKTALE第二版和Thompson THE FOLKTALE那两本书上的资料，芬兰大师Aarne（阿尔奈）于1915年便写了专文讨论这类故事，名学者Tille（蒂勒）于1919年也有文章讨论过。我本人对此题的初步概念是：中国的说法不可能全是脱胎于印度的，因为中国的461型，开始是主角为了向小姐求婚，才非得觅宝不可。这种开端是欧洲的典型，在印度是没有的。中国的461A型宗教意味较浓，可是了解中国的传统，在我看来并不需要把印度的说法作为前提。此故事圈在印度的说法，似乎只有二十一个，但在中国流传的，拙著（《中国民间故事类型索引》）上已列出四十多个，加上你发现的，已有一百个左右。再过几年，你一定会有更多的收获，足够写一篇有价值的研究论文了。假如我是你的话，一定会先把中国的说法整理成一组，用历史地理法探测传播地区及方向，起源民族及地域，原始形式及意义，尤其要查找古书里有没有这样的故事。先把中国的来龙去脉弄清楚了，再研究别国的传统也不迟。搜集和研究全世界的说法，恐怕要费时间精力，因为这些故事流传最多的地域是波罗的海四周的国家……这样艰苦的工作，像我这样年龄的人已做不动了，像你那样年富力强，不妨尝试一下，欧洲的专家可能会有人帮助你的。

乃通

1984.5.8

刘守华附记：

他随即寄来一些欧洲学者的研究成果，其中有汤普森《民间故事概论》中的一节，我请张秋丽女士译出，发表在《民间文学研究动态》上。还有蒂勒的论文《关于命运之子的童话》，我请杨才秀女士译出，摘要在1989年第2期《中国比较文学》上刊出。经过几年的搜求资料和酝酿构思，于1988年写成《一个故事的追踪研究》。

俄罗斯汉学家李福清应邀赴华中师范大学讲学

（1990 年秋摄于刘守华家书房）

刘守华应邀赴日本东京都立大学作学术报告（1992 年摄）

刘守华在奥地利因斯布鲁克大学国际学术会议上
作《女书中的民间叙事文学》的报告（1992 年摄）

刘守华率中日学者乌丙安、陈建宪、袁学骏、野村纯一、福田晃、加藤千代、桥谷英子一行赴鄂西五峰县山村访问故事家刘德培

（1993 年 3 月，邱紫华摄）

参加国际民间叙事北京研讨会的刘守华、陈建宪和
会议主席雷蒙德合影（1995 年摄于北京饭店）

参加组建亚细亚民间叙事研究会的三位中国学者刘魁立、
刘守华、许珏（1999 年摄于北京）

参与合编《中韩日民间故事选集》的日本学者小泽俊夫、桥谷英子（后排右起第四和第六）同华中师范大学民间文学专业师生合影（2003年摄于华中师范大学校园）

2003年东方民间文学比较研究学术研讨会（右二为刘守华）

2003年东方民间文学比较研究学术研讨会嘉宾合影

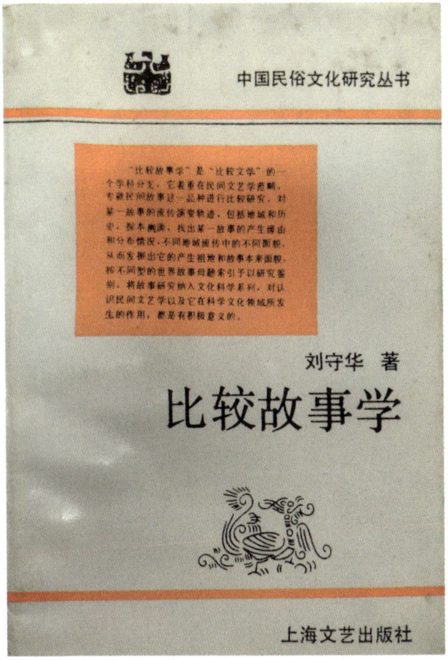

上海文艺出版社 1995 年版《比较故事学》　黑龙江人民出版社 2003 年版《比较故事学论考》

普通高等学校
第二届人文社会科学研究成果奖

成果名称： 《比较故事学》
上海文艺出版社

主要研究者： 刘守华 著

成果类型： 著作

学科、等级： 中国文学三等奖

中华人民共和国教育部

教社政证字（1998）第 237 号　　一九九八年十二月十日

比较故事学

《比较故事学》简介

刘守华著《比较故事学》，上海文艺出版社 1995 年 9 月出版。作者从 1979 年开始，即着力于民间故事的比较研究，共刊出系列论文 40 余篇，先后结集熔铸成三本书。一是由中国民间文艺出版社于 1986 年出版的《民间故事的比较研究》，获中国比较文学图书评奖二等奖。二是由上海文艺出版社列入“中国民俗文化研究丛书”之内于 1995 年出版的《比较故事学》，此书广受好评，于 1998 年获教育部全国高校人文社科优秀成果二等奖。又于 2001 年获中国文联、中国民间文艺家协会的山花奖学术著作一等奖。八年后，黑龙江人民出版社以《比较故事学论考》的书名又出版了它的补充修订本。现今恢复《比较故事学》的书名列入《刘守华故事学文集》内。

年逾九旬的钟敬文先生郑重给本书题词：“比较方法是现代科学研究手段之一，只要善于运用，就能奏效立功。”并对相关论文点赞。原中国比较文学学会会长乐黛云教授指出：“新时期在比较故事学方面投入最多，成果最多，影响也最大的，当推刘守华教授。”又直接评论《比较故事学》一书，“上编是比较故事学的基本理论和方法，是比较故事学的基本理论部分；下编是民间故事的多侧面比较研究，是比较故事学的研究实践部分，两编合在一起，构成了刘守华比较故事学的相对完整和自足的体系”。

前　言

这是一部比较故事学或者说是较有系统地以比较方法研究中国和世界民间故事的理论著作。

它研究的对象是民间故事。民间故事是人们十分熟悉和喜爱的一种口头语言艺术，讲故事和听故事是遍及世界每个角落的文化娱乐活动。许多优美故事伴随人们度过美妙童年，在他们心灵上烙下终生难忘的印象。据有的学者推断，故事在远古时期就已经出现了，从新石器时代那些原始人的头骨形状，就可判断他们已经在听讲故事了。到二十世纪临近结束的今天，口头讲述故事的活动仍然方兴未艾。甚至在那些因受现代文化冲击而使口头叙事传统一度中断的西方国家，讲故事又呈现出东山再起的趋势。

中国历史悠久，地域辽阔，民族众多，口头文学十分丰富发达，许多地方简直是民歌和民间故事的海洋。早在先秦时期就有文人将人们口头传述的神话、传说和故事著录成书。一位旅居美国的华人学者丁乃通，依据1966年之前的文字资料，积十年心血编撰成《中国民间故事类型索引》一书，收录来自五百八十多种书刊的民间故事七千三百四十篇。到1985年，据粗略统计，中国民间故事的书面材料已积累至十万余篇。1985年以来，中国文化部门为编纂十部民族文艺集成和志书（其中三部书是《中国民间故事集成》、《中国歌谣集成》和《中国谚语集成》），对民间文学进行大规模调查采录，到1990年为止，已采录到故事一百八十三万余篇，这实在是一笔巨大而无比丰富的宝贵民族文化财富。

从世界范围来看，民间故事不论在人类古代文化或现代文化中都占有重要位置。美国一位著名儿童文学家珍妮·约伦曾编选过一部深受读者喜爱的《世界著名民间故事大观》，她在“前言”中写道：“动物的‘语言’都只能涉及‘此时此刻’，而无法表述过去和未来，惟有人类创造的故事才能够组构和改变他们生活于其中的世界。由于故事具有组合和改变的能力，词语具有某种掌握过去、现在与未来的魔力，因此讲故事者在世界各地的口头文化中普遍受到尊重。”她还告诉我们，“在全世界许多地方，讲故事至今仍是日常生活的一部分”。不仅在那些不发达地区是这样，在现代经济、文化十分发达的地区也竟然如此。一个令人惊奇的事例是，“今天，美国重又迎来了讲故事的‘文艺复兴’时期”。自从田纳西州的一个小镇乔尼斯波罗于1974年举办故事节开始，到现在全美国二十多个州里，都有了各自的故事节、故事研讨会、故事晚会或故事周末。“由于美国讲述者的努力，在整个北美大陆，讲故事重又蔚然成风。”笔者于1992年11月访问日本，也在远野市这个著名的“日本民话之乡”，耳闻目睹了该市将听讲故事活动纳入现代旅游观光事业并在此举办世界民间故事节的热烈动人景象。这些生动事例有力地表现了民间故事传播四海贯通古今的巨大生命力。

民间故事既是民众自我教育和自我娱乐的通俗生动的口头语言艺术，又是各民族人民心灵的窗口。民间故事是艺术和知识的混合物，是民间文化的综合表现，它涉及人类经验的一切方面，是社会学、文化人类学、文学、语言学等学科的另一种表达方式，包容着许多学科，具有多方面的学术研究价值。用现代科学方法研究民间故事虽然已有了一个多世纪的历史并有了多项成果，然而和已经采录到的大量材料相比，和相邻的神话学的巨大进展相比，故事学仍显得十分薄弱。正如一位美国著名故事学家汤普森所讲的：“业已汇集的故事材料多到淹没了人的地步，除了一小批专家，这里留给多数人的是广袤的未知之境。”

研究民间故事可以采用多种方法，而它最适宜于用比较方法来作研究，比较研究在这个领域也最为流行。过去研究民间故事的一些流派，如神话学派、进化论人类学派、流传学派、心理分析学派、结构主义学派、历史地理学派等，其理论和方法各有自己的创见，然而注重比较研究却是一致的。可以说，故事学研究一开始就具有比较故事学的性质和特点。特别是十九世纪中叶德国学者本菲对印度《五卷书》中的寓言、童话故事以多种渠道从印度向全世界传播的有趣过程的研究，更是一项典型的比较故事学研究，被学人视为比较故事学的发端。经过各国学者不断的努力，可以说比较故事学这一学科实际上已经建立起来。但现有的比较故事学论著多是就不同范围的故事作具体比较，笔者至今尚未见到一部对比较故事学的理论方法及其形成发展进行系统阐释的论著，许多人还不了解比较故事学是否已构成一门独立学科。本书就是建构比较故事学体系的一个大胆尝试。

比较故事学是一门什么样的学科？

广义说来，比较故事学就是以比较方法研究民间故事的学科。作为一门现代人文学科而言，这一说法自然显得过于粗略。参照比较文学的定义，我以为可将比较故事学进一步界定为对民间故事进行跨国、跨民族以及跨学科比较研究的学科。跨国即就国与国之间的民间故事的异同及其联系作比较研究。这种联系可能是彼此交流，同出一源，也可能是不谋而合，平行类同。

但故事的比较研究不应局限于不同国家之间的故事比较，由于许多国家是由多民族构成的，因此就一国之内不同民族拥有的民间故事作比较研究，也是比较故事学的一个重要方面，这类研究在中国尤有广阔天地。基于民间故事不同于书面叙事文学的特殊性，上述比较就不应单纯局限于故事文本研究，还应充分重视故事口头传承特点及其社会功能的考察。

跨学科比较，即将文学和艺术、哲学、宗教乃至自然科学等等作比较，这是比较文学学科引人注目的新进展。在民俗文化领域，也有一些学者在尝试进行跨民俗文化种类的比较，获得新的发现。它们表现出人文科学向更大范围内的文化事象进行比较综合研究的趋向。我们应该把这类研究引入比较故事学，将民间故事和其他口头语言艺术、民间音乐、美术，以及民间风俗、宗教信仰、方术技艺等联系起来展开比较研究，以期开拓新的研究领域。

通过这种跨国、跨民族和跨学科的比较研究，将使我们对丰饶优美的中国各民族民间故事的特点和价值以及民间故事在民族文化、人类文化的巨大背景上产生、流传、演变的过程和规律获得更深切的认识。比较故事学的兴起，本来是为了揭开世界民间故事何以存在诸多类同性的奥秘。现在，这方面的奥秘已经部分被揭开。但还没有一个学派能够提供放之四海而皆准的完整答案。要真正解开这一谜团，还必须具备更为广阔的文化视野，将民间故事作为民族文化、人类文化的一个组成部分，由此及彼、由表及里地去进行深入挖掘考察，方能有新的发现。跨国、跨民族的故事比较，其目的不仅在辨析不同国家、民族间民间故事的异同之处，更重要的是由此进行跨民族文化的比较，民间故事常常是对不同民族文化体系的综合概括的反映。跨学科比较，则是将民间故事作为人类文化（主要是下层民间文化）大系统的一个分支和其他相关文化事象作比较而把握它的特质，探求它生存演变的轨迹。比较故事学的基本方法，如母题或情节单元解析，实际上是提取故事中的文化因子，将这种文化因子置于特定的时间、空间背景上进行考察，就是比较故事学中芬兰学派所倡导的历史地理比较研究法。总之，比较故事学最贴近比较文化学或者说正朝向比较文化学发展。由于故事是一种传播和辐射面极广的口头叙事文学，它在比较文化学研究中有着为其他文学艺术样式和文化事象所无法取代的独特价值。

现在呈现给读者的这部《比较故事学》著作由上、下两编构成。

上编包括两个专题，分别论述比较故事学的历史与学派、中国比较故事学的建构，它们也是对比较故事学原理和方法的阐释。

下编由比较故事学的多侧面具体研究成果所构成，包括九个专题。其中三组文章就中国与日本、中国与印度、中国与阿拉伯地区之间的民间故事进行比较研究，属于跨国比较；“民族文化和区域文化中的民间故事”这一组文章属于跨民族比较；“不同文化背景下的故事传承”这一组文章，超脱故事文本就民间故事的口头传承方式进行比较；“民间故事与古代科技”、“民间故事与宗教文化”则是跨学科比较的尝试；“连接中国与世界的故事类型”，就“孔雀公主”和“蛇郎”这两个著名故事类型进行比较研究，揭示其世界性与民族性；最后一个专题，用六篇文章论析“求好运”这个具有世界意义的优美故事，探寻其生活史与文化价值，它是一项经历多年的追踪研究，既是对一个故事形成演变过程的追寻，从中也反映了笔者对比较故事学理论和方法的执著探索。

如果说上编是对建立比较故事学这一新兴人文学科的理论构想的话，那么下编则是依据这一构思所作的实际研究成果的展示。上、下编互相参照印证，有助于读者对这一学科获得一个较为完整而具体切实的认识。

笔者从 1979 年发表《一组民间童话的比较研究》开始，到 1993 年底完成本书的撰写，前后经历了十四个年头，发表了近三十篇有关比较故事学研究的文章。1984 年底在将已发表的十来篇文章集成《民间故事的比较研究》小册子时，我曾在其中说明自己的这种研究与写作的意图：

> 其内容有的作纵向的历史比较，也有的作横向的平行研究；或着眼于同中之异，或着眼于异中之同；有的是就一个故事进行比较，也有就若干故事进行比较而提出某个论题的。北京大学一位年轻研究者阎云翔在读过我的大部分文章后写信给我说："我觉得，你似乎在运用这种比较方法试探各种路子，向不同的方向探索，每篇文章都有所侧重而不重复，因而跳出了一般比较文学研究的框框。"他的读后感可说一语中的。我的确是在有意识地尝试从多侧面运用比较方法研究中国的民间故事传说，不想陷入某一种固定模式。

这种多侧面进行民间故事比较研究的探索成为本书的理论基础。在以后的几年中间，这一探索从两方面逐渐深入，一是同中国比较文学界建立密切联系，吸取比较文学的新成果来充实自己的研究，在民间文艺学和比较文学的交叉点上来建构比较故事学体系。二是以开放的胸襟进一步接触了解和吸收消化国外比较故事学的成果与方法。尤其是笔者在同几个国家的学者所进行的直接交流对话中获得许多有益的启示。美籍华人学者丁乃通教授指导和帮助我运用历史地理学派方法研究"求好运"这个世界性的著名故事类型，更大大地扩展了我的学术视野。但学术的生命在于独创。中国比较故事学的独创性就表现在：在坚持马克思主义辩证唯物论和历史唯物论方法论的同时大胆吸收借鉴国外有关学派的科学成果和方法；在中国历史文化的深厚背景和各民族民间故事鲜活资料的基础上进行自己的理论探索。这既是中国比较故事学的鲜明特色，也是笔者不懈追求的学术境界。

作为对建构一门新兴学科的尝试，理论体系的不完备自不待言，至于就民间故事从多侧面所作的比较研究，为自己学力所限，也难以在宽广的层面上一一深入。本书的目的在于倡导以更为系统的比较研究的方法来研究中国和世界其他国家的民间故事，以充实我们对民族文化和人类文化的理解。在民间故事特别丰饶而又在大力振兴民族文化并同世界文化会通，推进社会主义现代化建设的中国，开展比较故事学研究具有不容忽视的积极意义。它和民间文艺学、比较文学、比较文化学等学科彼此关联，相辅相成，呈现出美好的发展前景。

比较故事学不论对文化工作者还是一般读者来说，都是一个饶有兴味和富于诱惑力的领域。一些看起来很普通的民间故事，竟然能突破时空和语言的阻隔在世界广大范围内流传，研究起来可以通向世界文化变迁史和触及人类心灵深处的奥秘。民间故事是雅俗共赏的口头语言艺术，比较故事学也是一门雅俗共赏的学问。

笔者对比较故事学虽然探索多年，而这项研究得以初步完成，却是在它被列入国家教委社科资助项目，获得重视并予以大力支持之后，这是应当在此郑重申明并向有关方面表示深切感谢的。

1994 年元宵

目　录

上编　比较故事学的基本理论和方法

下编　民间故事多侧面比较研究

上　编

比较故事学的基本理论和方法

世界比较故事学的历史与学派

提 要

在世界各地普遍流传的民间故事，特别是其中富有幻想色彩的童话故事，因其具有明显的类同性与变异性，最适宜于用比较的方法加以研究。民间故事研究可以说一开始就具有比较故事学的性质和特点。由如何解释民间故事在广大范围内的类同现象构成不同学派，生发出不同的理论与方法。本专题的六篇文章对这些学派分别作了评述，作为建构中国比较故事学的借鉴。

关于本专题的研究，可参看美国汤普森著《世界民间故事分类学》中“研究民间故事的种种理论”，关敬吾等著《日本故事学新论》，刘守华、陈建宪编《故事研究资料选》，及刘魁立撰写的一组关于神话学派、流传学派及故事类型研究述评文章。

神话学派的故事研究

民间文艺学领域的学术流派，兴起于十九世纪之初欧洲浪漫主义时期。神话学派是出现于这个历史时期的民间文艺学的第一个流派。以科学的态度对待神话研究，早在文艺复兴时期就开始了，意大利学者维科于十八世纪提出了著名的历史主义神话观。所谓神话学派的学者，他们不仅从事神话研究，而且把神话看作民族文化的渊源，并以神话来阐明整个民间创作的起源和意义，认为传说、故事、叙事诗等体裁均由神话演化而成。这一学派的奠基人就是我们所熟悉的《格林童话》的编纂者格林兄弟——雅格布·格林（1785—1863）和威廉·格林（1786—1859）。他们在德国浪漫主义者开掘民间文学宝藏的热潮中，将从周围人们那里采集来的民间故事编纂成书，于1812—1814年出版了著名的《儿童和家庭故事》（即《格林童话》），其中于1822年出版的第三卷“注释本”，可视为开拓民间故事研究的重要著作。此外，他们还出版了《德意志传说集》、《德意志神话学》等许多著作。神话学派的著名后继者有英国的马科斯·缪勒、法国的昆·施瓦尔茨和曼哈尔德，俄国的布斯拉耶夫等①。

格林兄弟以学者的眼光来看待他们所采录到的民间童话故事，他们在语言文字上虽有一定程度的加工，却充分保留了原作的特色，正如他们所表示的：“我们力图保持童话的本来全部纯洁性，其中的任何一个情节既没有捏造，没有渲染，也没有改变，因为我们力图避免对于本来就很丰富的情节根据任何类推法和想法进行充实的企图”，“对于我（雅各布——引者）来说，加工和修改这些作品，永远有一种不愉快的感觉，其所以如此，因为对我们的时代而言，做这种工作就是为了错误地理解其必要性；而对于研究诗歌来说，这种工作将永远是一个令人遗憾的障碍”②。这样，就使得他们写定的故事保留了可用作科学研究的价值。格林兄弟在编纂自己的德国故事集时，已发现在塞尔维亚也有类似的故事在流传，如何解释这些彼此类似或完全相同的情节，不能不引起他们的思考。威廉·格林于1856年对这个属于比较故事学的重大课题作出了自己的阐释：

> 两个故事之间存在相似性，这一现象不仅出现于那些在特定时空内具有广泛交往的民族中。造成这种现象的部分原因是它们对一些基本观念和特征有着相似的描述，部分原因则是对那些共同事件所作的相似编造。无论如何，由于存在着某些如此简单的境遇和无论何处均可遇见的自然现象，存在着它们自己的某种思维的一致性，于是，相同或非常相似的故事在各个彼此独立、相互有别的民族中萌发，这是完全可能的。可以把这些故事同那些在毫无关系的语言中仅仅通过模

① 刘魁立：《欧洲民间文学研究中的第一个流派——神话学派》，载《民间文艺集刊》第3集，上海文艺出版社1982年版。

② ［德］格·盖斯特涅尔：《格林兄弟》中文版，湖南人民出版社1985年版，第75—76页。

仿自然物而产生的某些极为相近、甚至相同的孤立词语相比较。在我们碰到的善良故事中，一个重要的相似之处是可归咎于意外变故，在大多数情况下，主题思想将通过一些奇异和频繁的意外，甚至反复无常的处置而采纳那种完全有悖于所有得到公认的有着明显联系的印象的形式。我们将举一些实例。没有什么东西能够比依赖完成某些非常困难的任务而实现的要求更自然的了，但是当这类任务如在《聪明的农家女》中那样是最奇异的假想，并且首尾连贯时，这就不再是巧合了。每当出现困难时，就必有一个仲裁者被唤出，这种讲法对所有这类故事都是明显不过的。在每一个地方，总是有三个争吵不休的人，他们总是具有较高的本领，总是有种能把他们分离开的继承物，而情节就由这三项有关魔法的事件组成。最后被唤出来分配东西的人，巧妙地骗走他们的所有物（如果要想赢得侏儒或小精灵的魔物，这个人必须利用罕见的机会），这一切都证明故事传统之间的联系。这个共同的源泉像一口井，没有人知道它有多深，但是每个人可以根据自己的需要来汲取。

我不否认有这种可能，一个故事由一个人转述给另一个人，然后在异文化的土壤中坚实地扎下根来，但也找不到特例来证实这一点，虽然齐格菲的故事由于在很早很早以前就传入遥远的北方并且成了那里土生土长的故事，然而，一两个孤立的例子不能证明广泛传播所具有的共同特征；难道那些相同的故事会在彼此相距遥远的地方再次出现，如同一个能够在若干方面突破距离存在于远地的源泉……

难道我们可以把流传在北欧的英勇冒险的故事比喻为一条突破脱离了部族的水流，流进一个又一个荒无人烟的地带去填充那里？我们怎样才能解释这样的事实：一个流传在德国黑森州偏僻山村里的故事，在印度、希腊和塞尔维亚都有同它相似的故事？

（许多类型的母题具有一个共同的特征。）作为一种信仰的片断记载着远古时代，在这里精神事物是用象征的方式来表达，这在所有故事都是共同的。神话要素就像一颗破碎珠宝的细微残片，它们全都散布在长满花和草的大地上，只有极富见地的眼睛才能发现。它们的意义已经早就遗失了，但当人们对令人满意的自然特征惊叹不已时，它

> 们仍然能被感受到并赋予故事以某种价值。它们绝不是一种空洞观念的彩虹。当我们追溯久远的过去，会发现更多的神话要素已被阐述：它似乎确实构成最古老的功能的惟一内容……同文雅者和仁慈的举止本身的发展，以及各种感官的丰富功能的提高相对应的是，神话要素隐退到背地里去了，处于朦胧不清的远距离，它们大都已衰弱到了不甚明晰的境地，但是它的魅力却提高了。①

格林在这里提出了在一较长时间里一直被普遍接受的两个观点：(1) 那些显示出极度相似点的故事圈与印欧语系族群的范围是相同的，并且这些故事所承袭的无疑是一种印欧语系的普遍特征；(2) 故事是神话衰落后的变体，是由神话破碎后的残片凑合而成的。他也注意到由于人们所处境遇、所见自然现象的相似，在彼此独立的民族中间会萌生相同的故事以及某一故事通过传播在异文化土壤中扎根的事实，但他认为这不具普遍性，而主张从印欧民族的原始共同神话中去寻找对世界故事类同性的解释。像在语言学领域中构拟印欧原始共同语一样，他在民间文学范围内也千方百计地发掘所谓印欧原始共同神话。这一学派对民间故事的比较研究就是围绕上述理论和方法展开的。“这两种基本理论成为半个世纪以前民间故事研究领域的基石，然而，格林的主要论点渐渐地却失去了几乎所有研究者的支持。”②

格林兄弟及其后继者牵强附会地从民间故事中寻找印欧原始共同神话碎片的例子很多，下面我们再从汤普森书中转引的古贝尔纳提斯的《动物神话》中选取两例加以说明：

> 这是一个同怪物结了婚的女孩，她逃走了，跟随一个英俊年轻的更可爱的人来到一条河的岸边，这个人却抢走了她的财宝，把赤身裸体的她遗弃了，自己却溜到河对岸去。在这以后，她便听天由命，决心回到她的怪物丈夫那里去，扮演黄昏的黎明，在她逃离夜晚怪物之前，曾跟随着更可爱的太阳，在早晨，他用他的光辉将她装饰一番后，

① ［美］斯蒂·汤普森：《世界民间故事分类学》中文版，上海文艺出版社 1991 年版，第 439、442 页。

② 《世界民间故事分类学》中文版，第 448 页。

在幽暗的海边弃她而走，因此，黎明不得不在黄昏时刻回去与她的怪物丈夫重新团聚。

另一例是：

另一个含义相似的优美神话再次出现在第八个故事中。一个樵夫和油漆匠互相嫉妒；漆匠设法让国王相信了樵夫的在天上的父亲立下命令让儿子去修理天堂，以便为他建造一个教堂，并且选择了将由漆匠来指点的路线。国王就命令樵夫立即到天堂去。漆匠准备了一个火葬的柴堆，但是附近有一条出口通道，被送进柴堆的樵夫成功地从这里逃走了，并且回来见到国王。他告诉国王说，他已经到了天堂，带来了他父亲给国王的一封信，要求漆匠从同一条路到天堂去粉刷教堂。国王发出命令要漆匠服从，于是，奸诈的漆匠被烧死在火焰中。早晨，太阳安全而痛快地从黎明的火焰里升了起来；到了傍晚，太阳被那火焰烧死了。①

前一个故事讲一位同怪物结婚的女孩，本想跟随年轻英俊的男人逃离，可这个男人却是骗子，过河时抢走了她的衣物财宝扬长而去，被遗弃在河边的女主人公只好再回到怪物丈夫那里去。神话学派学者用太阳神话来解释，认为女主人公象征“黎明”，她跟随可爱的“太阳”，逃离“夜晚怪物”，“太阳”用自己的光辉将她装饰一番后，在海边弃她而去，这样，“黎明”姑娘就只得无可奈何地在黄昏时刻回家仍去陪伴自己的怪物丈夫——“夜晚”。

后一个故事讲樵夫和漆匠斗智，漆匠本想用天堂的谎言来害死樵夫，樵夫机智脱险后却将计就计，用同样的手法将奸诈的漆匠烧死。神话学派的学者还是用自然神话中的“太阳”、“黎明”等变幻的情景来解释它的内容。

这两个故事在我国藏族民间故事中也可以找到与之大同小异的变体，它在欧亚大陆普遍流传的奥秘确实值得学人探究。但神话学派的学者不顾它们所表现的社会生活内容及其产生的历史文化背景，由此来寻找它们的内在联系。相反，他们却简单地认为它们是自然神话中日出日落、昼夜交

① 《世界民间故事分类学》中文版，第449页。

替等景象的隐喻，其论断很难令人信服。

继神话学派兴起的人类学派的故事研究家安德鲁·兰对上述理论和方法进行了中肯而尖锐的批评。他写道：

> 整个看来，研究幻想故事的人必须避免两种常识性的错误。他务必不能把现代添加的东西视为故事中的一种神话元素。他务必不能匆忙地把故事中的每一情节均解释为对黎明、日落、风、雪等类自然现象的一种注释。那些通常被解释为寓意的东西，有时是在现代添加的，而更经常地则是神话学家闻所未闻的古代风俗的残遗，或者是神话学家所无法探寻的一种古代心态的遗留物。①

神话学派的谬误逐渐被人们所认识，这是比较故事学的一大进步。至于安德鲁·兰在这里讲的，抛弃从民间故事中寻求神话寓意的企图，代之以从故事中探寻人类古代风俗和心态的遗留，那就是人类学派的理论和方法。人类学派的学说能否解开世界故事类同性的奥秘呢？我们将在下节予以评述。

神话学派的学说尽管有它的局限性，作为西方第一个研究民间文学的学术流派，功不可没。正如刘魁立在《欧洲民间文学研究中的第一个流派——神话学派》的长篇论文中所评论的那样，关于民间文学的认真的搜集工作和专门的科学研究首先是从浪漫主义的神话学派开始的。他们“力图发现民间文学的普遍性的规律，从而把关于民间文学的论述纳入科学研究的范围。他们运用自己所创造的历史比较研究法，发掘了大量的民间文学资料，把视野扩大到本国以外，欧洲以外，投向素来受鄙视的东方，并从世界的角度提出了有关民间文学的一系列共同性问题，供后世的研究家们继续探索……他们的一些局部性的论断至今还有着很大的参考价值。这些历史功绩都是不能抹杀的”②。

《格林童话》的出版和格林兄弟以神话学派方法对民间故事所作的比较研究，已成为比较故事学的发端。这是民间故事研究者应当熟悉的一段重

① 《世界民间故事分类学》中文版，第449页。

② 刘魁立：《欧洲民间文学研究中的第一个流派——神话学派》，载《民间文艺集刊》第3集。

要史实。

人类学派进化论的故事研究

要追溯西方人文学科对神话与民间故事作比较研究的历史，及清理比较研究方法在中国流行的情况都离不开西方人类学派。

什么叫人类学?《简明不列颠百科全书》解释道：

> 从语源学上讲，人类学是研究人的科学。这门学科试图从人类的生物特征和文化特征，综合地研究人，并且特别强调人类的差异性以及种族和文化的概念。
>
> 人类学起源于地理大发现时欧美学者对现代西方技术文化之外的社会的研究，这种社会被视为“野蛮的”、“原始的”、“部落的”、“传说的”、“有文字前的”社会。但是，目前人类学的研究领域已经扩展到现代社会内部，试图概括人类行为的普遍性问题，并对社会和文化现象进行整体性的描述。
>
> 人类学的两个主要领域是体质人类学和文化人类学，它们都与其他学科有着密切联系，诸如考古学、语言学、社会学、政治学、经济学、心理学和历史学。学科间的互相交流，产生很多有价值的成果。①

二十世纪以来，体质人类学和文化人类学开始分离。文化人类学研究整个人类文化的起源、成长、变迁和进化的过程，并研究及比较各民族、各部族、各国、各地区、各社区的文化的同异，借以发现文化的普同性及个别的文化模式。

文化人类学流派众多，日本学者绫部恒雄著有《文化人类学的十五种理论》② 一书，将它们归纳为以下十几个流派：文化进化论，文化传播主义(播化论)，功能主义人类学，文化模式论，结构主义，生态人类学，象征论，认识人类学，解释人类学，文化符号学，现象学。这些学派在文化人

---

① 《简明不列颠百科全书》中文版第六卷，中国大百科全书出版社 1986 年版，第 753 页。

② 《文化人类学的十五种理论》中文版，国际文化出版公司 1988 年版。

类学发展的不同阶段各领风骚，此起彼落。关于他们研究文化的理论与方法，粗略地说来，古典进化论将不同社会和文化加以分类，确立了人类进化的阶段和过程，对历史作线性进化的解释。文化播化论者认为是少数文明中心创造了存在至今的全部文化，播化或文化特质的传播是人类文化发展的基本动力，围绕文明中心形成的“文化圈”，是他们研究的重点。以马林诺夫斯基为代表的功能主义认为，解释人类学事实的唯一途径是说明它在一定文化中正在发挥的功能，因此人类学研究的目标是把握文化整体与各个部分之间的有机联系，历史的比较方法意义不大。以列维-斯特劳斯为代表的结构主义只关心人类思想和行为明显区别所赖以存在的心理一致性，他们的注意力在解释各种文化事象的相同点而不是解释其不同之处。马克思主义人类学以辩证唯物主义与历史唯物主义为基础，强调人类物质生产方式的变革对人类文化演进的决定性作用，认为“物质生活的生产方式制约着整个社会生活、政治生活和精神生活的过程。不是人们的意识决定人们的存在，相反，是人们的社会存在决定人们的意识”①。当代西方文化人类学侧重表意象征符号系统的研究，认为人们的社会交往即建立在这些表意象征符号的基础之上，在规范、价值、信仰和表意象征符号这四种文化要素中，表意象征符号的作用最为突出，成为人们面对面和一代接一代创造与再创造社会的密码，甚至成了文化的核心。

文化人类学在美国较为发达。这类学科在英国称为社会人类学，在法国称为民族学，这是由各自的学术传统所决定的。“其实美国所谓的文化人类学，英国所谓社会人类学，和欧洲大陆所谓的民族学，在内容上重叠之处很多，确是无法分辨清楚的”②，只是侧重点各有不同罢了。

文化人类学在其发展的早期，着重研究非西方社会以外的所谓“原始文化”，特别是对“原始文化”中的神话、民间故事怀有浓厚兴趣。而这些文化人类学家惯常使用的研究方法就是比较，从实地采录的大量口述故事中，企图通过比较，概括出人类文化发展的普遍规律或模式。这一学派的

---

① 《马克思恩格斯全集》第2卷，第82页。

② 《云五社会科学大辞典·人类学》第10册，（台北）商务印书馆1975年版，第20页。

影响迄今犹存，是我们从事比较故事学研究不能忽视的学术传统或背景。

我们平素所说的“人类学派”，实际上并没有包括上述人类学的各个流派，只是就人类学的进化论学派而言。其主要代表人物和著作有美国摩尔根（1818—1881）的《古代社会》；英国泰勒（1832—1917）的《原始文化》，弗雷泽（1854—1941）的《金枝》，安德鲁·兰（1844—1912）的《神话、仪式和宗教》，哈特兰德（1848—1927）的《神话与民间故事》；等等。

泰勒在《原始文化》一书中，以达尔文的生物进化论作为理论基础，对原始民族的诸多文化事象以及人类文化的发展阶段和过程，作了细致的考察和研究。他强调人类文化发展的一致性，认为人类文化演进就是“依据蒙昧状态、野蛮时期和文明时期的阶梯，从一个阶段到另一个阶段的运动”过程。当文化的初级阶段向高级阶段转移后，原有的仪式、习俗、观念、故事等文化事象不会全部消失，而会部分地遗留下来，它们是初级文化阶段的生动的见证或活的文献，文化人类学的主要研究方法就是依据文化遗留物（或称“遗形”、“残留物”）来研究原始文化的面貌及其演进轨迹。泰勒在《原始文化》中还认为，“对灵魂和精灵普遍信仰的万物有灵观”是原始人类文化心态的显著特征，“万物有灵观既构成了蒙昧人的哲学基础，同样也构成文明民族的哲学基础”。泰勒被后世推崇为文化人类学的奠基人，《原始文化》则是这一学科的理论基石。泰勒所代表的文化进化论，对于当时反科学的“教条主义的神学研究”来说，不用说是一个巨大的进步。但是这一学说也存在严重缺陷，正如刘魁立在《原始文化》中译本的序文中所指出的：

> ……他把文化现象的发展，仅仅归结为文化现象内部因素由简至繁的演进，数量的减少和增加。他不仅没有看到文化现象发展过程中的质变，而且也极少关心文化现象内部诸多因素间的有机的联系和彼此制约。他在自己的研究中，没能揭示历史条件对于文化发展的作用关系，更没有阐明人的物质生产和社会存在对于精神文化所具有的巨大作用。然而，由于马克思主义的肇兴和发展，历史唯物论和辩证唯物论的伟大发现，已经贡献在泰勒时代的学术界面前了。

《原始文化》中有两章专论神话，也涉及故事，如用比较方法研究世界动物故事，认为这些动物故事共同使用的拟人手法，即来自与原始人类的“万物有灵观”相关的动物崇拜心态之中：

……蒙昧人认为，半人的动物不是为了说教或嘲笑而虚构出来的生物，而是纯粹现实的生物。动物寓言对于那些赋予低级动物以语言能力和人类的道德品质的人来说不是毫无意义的事物。要知道，这些人认为，每一只狼或鬣狗都可能是鬣狗人或变兽人。他们甚至相信，“我们祖母的灵魂偶然也能够迁入鸟体内”，于是他们为了不吃掉某位祖先而选择食物。在这些人身上，崇拜动物可能总是宗教的组成部分。这些信仰即使在现在也是半数人类所固有的。

最初的动物故事也就在这里发生了。澳大利亚人甚至讲述着关于动物，关于老鼠、猫头鹰和肥胖的澳洲土人或关于猫咪兄弟的本原故事。猫咪兄弟在他的朋友们睡着的时候把记号打在他们的鼻子上。在堪察加人那里有一种精心创作的关于他们的荒唐可笑之神库特卡跟老鼠们探险猎奇的神话。老鼠们以各种形式戏弄库特卡，例如，它们把他的脸彩绘得像个妇女一样。当他在水中看到自己的影像的时候，他就爱上了自己。动物故事在波利尼西亚人和北美印第安人那样的社会中间极为流行……

在几内亚，动物寓言是土著们谈话的主要对象之一，下列的故事可以作为解释动物特性的故事的范例……

这些故事，从蒙昧人的传说中被成十成百地搜集起来，仍然保留着原始形式，任何训诫都还没有渗入。①

在动物故事里寄托训诫是后来的事。这一变化同样具有普同性，“在蒙昧人中，故事很容易而自然地过渡到了寓言，这个过程，显然较发达的民族没有任何参与”。它是人类文化得到进一步发展的反映。

英国人类学派研究神话和民间故事的理论与方法在二十世纪二三十年代传入中国，对我国学术界产生了深远影响。茅盾于1928年写成的《中国神话研究初探》一书，在后来的再版前言中就讲：

我对神话发生兴趣，在1918年。最初，阅读了有关希腊、罗马、

① 《原始文化》中文版，上海文艺出版社1992年版，第397页。

印度、古埃及乃至十九世纪尚处于半开化状态的民族的神话和传说的外文书籍。其次，又阅读了若干研究神话的书籍，这些书籍大都是十九世纪后期欧洲的“神话学”者的著作。这些著作以“人类学”的观点来探讨各民族神话产生的时代（人类历史发展的某一阶段），及其产生的原因，并比较研究各民族神话之何以异中有同，同中有异，其原因何在？这一派神话学者被视为人类学派的神话学者，在当时颇为流行，而且被公认为神话学的权威。当1925年我开始研究中国神话时，使用的观点就是这种观点。直到1928年我编写这本《中国神话研究初探》时仍用这个观点。当时我确实不知道马克思的《政治经济批判·导言》中有关神话何以发生及消失的一小段话……当后来知有此一段话时，我取以核查“人类学派神话学”的观点，觉得“人类学派神话学”对神话的发生与消失的解释，尚不算十分背谬①。

不仅茅盾的《中国神话研究初探》，还有黄石的《神话研究》（1927）、谢六逸的《神话学ABC》（1928）、林惠祥的《神话论》（1933）等，也都是采用人类学派的神话学成果写成。

介绍这一学派的故事学成果并用他们的比较方法来研究民间故事的学者则有周作人、赵景深、钟敬文等人。

周作人曾发表《童话研究》、《童话略论》（1912）、《古童话释义》（1914）等论文，并同赵景深以书信形式在《晨报》副刊上讨论童话。在讨论中他提到，英人哈特兰德的《神话和民间故事》，麦荀劳克的《小说的童年》使他们深受启迪。周作人写在《童话略论》中的这一段话，可以更清楚地显示出这些人类学论著对当时故事学的影响：

英有安特路兰（Andrewlang）始以人类学法治比较神话学，于是世说童话乃得真解。其意以为今人读童话不能解其意，然考其源流来自上古，又傍征蛮地，则土人传说亦有类似，可知童话本意今人虽不能知，而古人知之，文明人虽不能知，而野人知之，今考野人宗教礼俗，率与其所有世说童话中事迹两相吻合，故知童话解释不难于人类学中求而得之，盖举凡神话世说以至童话，皆不外于用以表见原人之

① 《茅盾评论文集》前言，人民文学出版社1978年版。

思想与其习俗者也。

今如变形之事，童话中多有之。人兽易形，木石能言，事若甚奇，然在野人则笃信精灵，人禽木石，同具精气，形躯但为寄托之所，随意变化，正复当然，不足为异。他若杀人而食，掠女为妻，在野蛮社会中亦习见之事。童话又言帝王多近儿戏，王子牧豕于野，行人叩门，则王自倒屣启关，是亦非故为简单，求合于童心也，实则在酋长制度之下，其所谓元首之尊严，正亦不过尔尔。明于此，斯童话之解释不难了然矣。①

民间童话中许多在现代人看来不合理的情节，却正合原始人类的心态和制度习俗，比较世界各国的童话均有这一共同特点，人类学派学者便以“文化遗留物”给以解释。

周作人在《童话研究》一文中，还利用中国的民间故事材料，作了一些比较故事学研究的尝试，如将江浙流行的《蛇郎》和欧洲的《美人与兽》作比较，认为它们故事情节类同，实为同一类型，“所谓物婚式也”。接着解释这种类同现象的由来：“蛮荒之民，人兽等视，长蛇封豕，特人之甲而毛者，本非异物，故婚媾可通，况图腾之谊方在民心，则于物婚之事，纵不谓能见之当世，若曰古昔有之，斯乃深信不疑者也。”② 这就是人类学派发现的支配原始人类的“万物有灵”、“图腾信仰”。周作人并没有停留在这一步，第一，他看到了伴随着人类文明发展和民众心态进步而不断对民间故事所作的修饰，由此形成的情节变异，“迨及后世，渐见修饰，则其物能变形为人，或本为人类而为魔术所制者。西方《美人与兽》之说，为其第三类，盖其初为物，次为物魅，又次为人，变化之迹，大较如此也”。第二，他不但注意比较异中之同，也注意到各国民间故事内容与风格上的同中之异：

童话取材大旨同一，而以山川风土国俗民情之异，乃令华朴自殊，各含其英，发为文学，亦复如此，可一一读而识之。如爱尔兰童话，率美艳幽怪，富于神思；斯拉夫居阴寒之地，所言深于迷信，憯烈可

① 周作人：《儿童文学小论》，上海儿童书局1932年版，第10—12页。

② 周作人：《儿童文学小论》，第24页。

怖，与南方法伊之国多婉冶之思者殊矣。东方思想浓郁而夸诞，传叙故极曼衍，如《一千零一夜》（通俗称为《天方夜谭》）之书可见。多岛海童话亦优美多诗味，马达斯加所传，特极冗长，在虾夷、澳洲诸族，则以简洁胜，莽民及爱斯基摩文化疏末，犹近古石器时代，凡所著述亦最近自然。日本文教虽承中国之流，而其民爱物色，多美感，洒脱清丽，故童话亦优美可赏，胜于华土，与他艺术同也。①

这里对各国民间童话的特色概括得虽然不一定很准确，却没有因强调这些故事的普同性而抹杀它们的民族性。以上两点，表明周作人在吸取西方人类学方法时并非囫囵吞枣，他有自己经由直接考察中外民间故事而获得的超脱人类学派眼光的见地，这些论断至今仍未失去它们的光彩。而这两篇文章首次发表于1912年，次年修改后又经鲁迅推荐发表于北京《教育部编纂处月刊》上，就更显得难能可贵了。

关于赵景深用人类学派的方法研究民间故事的情况，他于1981年有过回忆：

那时（本世纪二十年代），国际上民间文学的研究，人类学派及其比较研究故事的方法正在流行，我国的研究也深受这一学派的影响。在我的《童话论集》中除了自己的著作外，就收有人类学派哈特兰德的《神话和民间故事》的译文。《童话概要》和《童话学ABC》也是根据这些学派的理论如意尔斯莱的《民间故事的民俗》写成的。②

他写过一些对中外故事进行比较研究的短文，它们的内容多是将有关中国故事列入西方学者归纳的印欧故事型式之中，指出它们所反映的原始思想礼俗有其相类似之处。它们起了扩大人们文化视野的作用，而论析却较为肤浅。赵景深的主要贡献是译介人类学派研究民间故事的理论和方法，除翻译发表哈特兰德的《神话和民间故事》、麦苟劳克的《小说的童年》之外，在《童话学ABC》一书中，还介绍了柯客诗关于“灰姑娘”的故事，葛劳德关于“当嘀嘟”和“彭赤京”的故事，哈特兰德关于“禁室”和“天鹅处女”的故事的比较研究成果。这些论著指出：“从根本的初民心理

① 周作人：《儿童文学小论》，第33页。

② 赵景深：《民间文学丛谈·后记》，湖南文艺出版社1982年版。

来观察童话（实为民间故事——引者），是进化的人类学派的方法，也就是研究童话的正宗。”其具体运用便是将许多同类的民间故事归纳起来，分作“类”和“式”，再从那里找出讲说故事的民众的信仰和习俗，看出人类共通的天性。哈特兰德认为特奥多尔·本菲关于印度是世界故事发源地的论断缺乏充足的可靠根据，也不赞同缪勒从语言学角度解释神话和民间故事的方法，认定人类学方法是研究民间故事的“最科学的方法”。可是从他们对民间故事的具体论析来看，其缺陷也是显而易见的，他们认为“民间故事是民俗学的一支”，“把民间故事当作古代思想、礼俗的化石复生看待”，因而未能把民间故事作为民众现实生活伴侣的活的艺术来认识。他又说：“从大部分的观察点看来，无论民间故事的全体是文明的或是野蛮的，大都是不道德的——食人，贪食，凶暴，奸淫，杀戮，欺骗，恶魔的狡猾，残忍的力量。在他们都以为是可称赞的，这些反映了一切初民社会的不完全的狭义的伦理观。”① 把民间故事完全作为“初民社会”的文化遗留物来看待，又以所谓欧洲“文明社会”的眼光来评判它们的内容，这就必然会得出夸大民间故事落后面、贬低其价值的错误结论。

总之，欧洲进化论人类学派研究民间故事的理论和方法早在 20 世纪 30 年代就已传入我国并扎下根来。

中国民间文艺学的主要代表人物钟敬文，也深受人类学派的影响，但他后来已吸取历史唯物主义，对人类学派的理论与方法作了一定程度的改造，从而在中国民间故事的研究上取得了开拓性的成果。他在1983 年写作《钟敬文民间文学论集》的“后记”一文时联系自己的学术生涯，对人类学派研究民间文学的方法作了一番十分中肯而引人深思的评述：

从今天我们看来，这派理论在学术史上的主要功绩，是它从进化论的观点去观察和说明人类不同时期神话的历史关系。它把“野蛮”时代的精神产物（神话）和所谓“文明”时代的同类文化现象联结起来，不把两者看作截然不相关的现象，从而给人文史现象以接近科学的解释，并打破了那种鄙视原始人群及其文化的偏见。其次，那些学

① ［英］麦苟劳克：《小说的童年》，见《童话论集》，开明书店 1927 年版，第 51 页。

者在建立自己的理论和具体论证上，是以当时所能看到的人类学资料为根据和凭证的。这是一种实证的方法，跟那些只凭思辨的方法是很不相同的。这也是此派成为比较科学的神话学、故事学的主要原因，是使它所以能够取代语言学派，并有广泛影响的主要原因。这一学派尽管在观点和方法运用上有种种缺点（例如某些学者指出，他们对于各民族的风俗、神话等只着重看到它的普遍形相，却忽略了考察它的特殊形相等），但是，它在神话学史上的突出地位是不能抹煞的。

这个显赫一时的神话学派的主要缺点，是它的心理主义。在对原始神话和民间故事等的解释上，它虽然也注意到作为社会现象的风俗等因素，但看重的却是原始心理（思想、信仰等）。对于原始人的生产活动、社会关系等在形成原始神话思维上的基础作用，那些学者并不怎样重视。作为文化产物的神话，它对原始社会（或稍后的社会）的作用，他们也很少注意。他们所热心解释的，是在较高社会里存在的“遗留物”的来源。其他如我们所重视的神话的性质、特点以及历史发展对神话的影响等，都不是它的着眼点。总之，它跟马克思主义的神话学有根本差别之处；而它的那些缺点，在我那些受过影响的论文里是迹象显然的。①

流传学派论东西方故事交流

十九世纪中叶，在格林兄弟的故乡德国，逐渐形成一个研究民间文学（主要是故事）的新的流派——流传学派。这个学派认为，那些情节类同的故事出现在世界上许多地方，是情节迁徙、流动的结果，所以人们也称它为传播学派、播化学派、因袭说、外借论等等。

这个学派的理论和方法，集中表现在德国东方学家特奥多尔·本菲（1809—1881）于1859年为印度故事集《五卷书》所写的长篇导论中。下面是它的摘要：

就包含在《五卷书》里的故事的源头和传播而言，这是非常清楚

① 《钟敬文民间文学论集》（下册），上海文艺出版社1985年版，第526页。

的，即从总体上看，大多数动物故事起源于西方国家，并且是伊索寓言的程度不同的变形体。不过其中有一些却给人以起源于印度的印象，例如，把大多数印度故事视为一个整体，其借取故事素材的自由性已经像其他许多问题一样为我们所掌握，有情况说明，甚至在印度教徒获得来自希腊的伊索动物寓言之前，就已经创造了他们自己的同类故事结构及其大量故事。他们的故事和那些伊索寓言之间的区别在于，一般情况下，伊索寓言的作者讲述的动物是在其自身特征下活动，而印度故事表现的动物则无视它们各自的特征，以至它们仅是人所扮演的动物类型。甚至还可以进一步添加上基本的——和印度所特有的——事物，成为具有教诲意义的动物故事，成为另一种流行于印度的灵魂轮回的宗教信仰。

其他方面的民间故事，尤其是那些似乎像是起源于印度的童话故事，以及同样较为重要的故事都是印度所具备的——虽然仅在较晚时候才是大量的。这就是说印度一次又一次地偿还了从西方借鉴动物故事所欠下的债。我在寓言、童话以及东方和西方民间故事领域所作的调查使我确信，从印度扩散开来的少量寓言、大量童话和其他民间故事几乎覆盖了整个世界。就其扩散的时间而言，比较早的大约是在公元十世纪以前传移到西方的。这些故事（除了通过《五卷书》或《卡里来和笛木乃》为基础进行的翻译而知名的故事外）仅仅是由旅行者、商人等的相聚而得以扩散的口头传说。然而，到了十世纪，在印度，伊斯兰教徒开始了持续不断的攻击和征服活动，印度便越来越为人们所熟知。从那以后，口头传说变得不如书面写作那么重要了。印度的故事书现在已经被翻译到了波斯和阿拉伯，有时是这些书本身，而有时则只是其中的内容，在较短的时间里被传播到亚洲、非洲和欧洲的伊斯兰国家去，由于这些人与信仰基督教的人之间的频繁往来，使得它们传遍西方的基督教徒聚居区。就后者来说，接触的主要地段是拜占庭帝国、意大利和西班牙。上文已经提及的印度的三种故事，还在更早的时候就大量扩散到印度的东部和北部区域。我们的调查对此提供了令人信服的证据，即在他们的佛教文学中这类特性得到了充分的表现。这类文学的兴起大约在基督以后的公元一世纪，同中国所延续的与印度佛教的密切联系一样漫长，它们毫无阻碍地浸透到了中国，这是斯通·朱利安引人注目的发现。我们已经论述过的这一点，显示出中国人恰好对佛教信仰的这一方面表现出强烈的赞同，并且认为值得对能够从佛教传说中找到的各类作品作特别的搜集。

正像曾经扩散到中国一样，它们以同样的方式扩散到了中国西藏，同后者从中国接受的宗教观念一样长久，这些宗教观念先是来自中国，但在中国西藏与印度直接接触后，他们的宗教观念便来自印度。

这种佛教传说最终又由西藏人连同佛教信仰传输到了蒙古，我们非常确信蒙古人用他们自己的语言来接受了印度的故事——这是肯定的，因为已发生了许多改变和新的修饰，有关这方面的细节，我们还不能提供任何更明确的报告。可以说这是很明确的，蒙古人除了讲述可以被搜集到的故事《僵尸鬼故事二十五则》和《健日王传》以外，《鹦鹉故事七十则》在蒙古也是很为人知晓的。后来蒙古人用武力征服欧洲约达两百年，以这种方式为印度的宗教观念进入欧洲打开了宽敞的大门。

信仰伊斯兰的教徒只是一个部分，其他信仰佛教的人则带着印度的民间故事几乎走遍了整个世界。这种类型的传播是何等不容易的事，他们到底出于什么样的愿望和情感来听取并复述这类故事，每个人只有凭借他自己的经验才能弄明白……因为那些来自印度的故事所含的内在优异品质似乎吸取了它们所到之处各种民族中已经具有的任何相似观念。无论如何，个人的喜好几乎不可能被保存在对外民族经验的迅速适应过程中。对于故事所经历的变形，尤其当它们以口头方式传播的时候，离开了对一种不同民族特性的适应外，几乎整个地是一种五花八门的传播之初的形式：故事形式、特征和母题的混乱。同样的情况在大量故事中存在，但这不过是表面的事实，因为大多数故事，尤其是欧洲的民间故事，其本身归并为绝不复杂的一些基本形式，通过部分民众性的和部分个体性的活动，或多或少地靠着机遇和技艺而增殖起来。

文学传播的早期媒介是阿拉伯的《愚鬼》，也许还有很大可能是犹太人的作品。同这些传播相伴随的口头传说，尤其存在于斯拉夫大陆。

在欧洲文学中，最重要的显现是在薄伽丘的小说和斯特拉帕洛拉的童话里。民族的和单个群体的真实特征通过文学为人们所接受，并加以改变，然后再表现于文学中，回到民间去，可以设想，尤其因为这种民族和个人精神的交替活动，它们给很多人以巨大的价值。①

特奥多尔·本菲运用神话学派确立的历史比较研究法分析大量材料之后指出，欧洲的民间故事源于印度。这些出自印度的故事通过三种途径扩散到西方：（1）十世纪之前，一部分故事通过商人、旅行家等以口头传说方式传入欧洲；（2）十世纪以后，书面形式的流传取代口头流传，印度的一些故事书借助伊斯兰教的力量，很快传播到拜占庭、意大利、西班牙等地；（3）印度故事随着佛教文化传入中国、蒙古，再通过蒙古人西征和占领欧洲，把它们向欧洲扩散。

《五卷书》这部印度故事集的各种文本的传播情况，成为特奥多尔·本菲注意的中心。它于二至六世纪在印度汇编成书后，于六世纪被编译成古波斯语文本和叙利亚文本，八世纪又被编译成阿拉伯文本，书名均为《卡里来和笛木乃》。十世纪以后，从阿拉伯文本中产生出希伯来文本、希腊文本、西班牙文本、拉丁文本、法文本、德文本、意大利文本等。特奥多尔·本菲及其支持者还就书中一个一个故事的流传线索作了细致的考察。如关于一个头顶牛奶罐的村妇，不小心打破牛奶罐而使自己的发财梦破灭的故事，原出自《五卷书》，不仅见于法国的拉·封丹寓言，还以大同小异的形式见于阿拉伯文的《卡里来和笛木乃》，见于希腊、德国、俄国的民间故事中。我研究中国民间故事，也见过不少与之类似的作品，有的从现今人们的口头采集得来，如载于《新疆民间文学》第三集的维吾尔族的《痴心妄想》。有的故事则见之于汉文古籍，南朝梁代的《殷芸小说》中就有这样一则小故事：

俗说：有贫人止能办只瓮之资，夜宿瓮中，心计曰："此瓮卖之若干，其息已倍矣。我得倍息，遂可贩二瓮，自二瓮而为四，所得倍息，其利无穷。"遂喜而舞，不觉瓮破。②

---

① 《世界民间故事分类学》中文版，第450—453页。

② 《殷芸小说》，上海古籍出版社1984年版，第107页。

宋代著名文学家苏东坡《寄诸子侄》诗中有“他年汝曹笏满床，中夜起舞踏破瓮”之句，即据此故事写成。这个在中国普遍传诵的故事，虽然我们找不到从《五卷书》传入中国的线索，而《五卷书》中的印度故事却可以借佛经传入中国。它来自印度是颇为明显的。通过近几年的比较研究，判明源于印度的中国民间故事具有相当数量，这正好证实了本菲的有关论断。

本菲学说有众多的追随者，其中法国考斯金对本菲的理论作了重大修正。他认为蒙古在欧洲传播印度故事上并没有像本菲所说的那样扮演重要角色，埃及故事可能比印度故事更早地传到了欧洲。他还认为，印度不大可能产生所有的故事，但可以把印度视为一个巨大的蓄水池，它把众多的故事汇聚在一起，然后从这里流散到世界各地。“大多数现代民间故事研究者确信，作为许多故事的发源地，印度是重要的，但这仅仅是若干发明和传播中心中的一个”①。

本菲学说在俄国的代表人物维谢洛夫斯基也对这一学说有所修正。他认为故事传播不只是从东方向西方进行，也有从西方流向东方的。他特别指出：“东方和西方两个故事的相似，本身并不能证明彼此之间历史联系的必然性，这相似可能像神话学派所喜欢证明的那样，在出现正史之前很远的时候就发生了；它也可能是在不同的地方导向同一内容、同一形式之表现的平均心理发展之产物。”②

随着时间的推移，流传学派的后继者逐渐放弃了追寻民间文学最初发源地的企图，而转向对于诸民族在不同历史时期之内民间文学彼此交流影响的实际过程的考察，取得了许多重要成果。

本菲所代表的流传学派在世界民间文艺学史上占有重要位置。

汤普森指出：“本菲通过对《五卷书》的每一个故事所作的精细比较，使他的观点具备了有说服力的分量，至少使一代民间故事专家的研究进入他所指定的途径。一个对故事集进行透彻比较的时代的开始，导致现代民

---

① 《世界民间故事分类学》中文版，第 455 页。

② 连树声：《俄国民间文艺学中的重要流派》，见《民间文艺学文丛》，北京师范大学出版社 1982 年版。

间故事理论建构的开端。”①

我国著名学者季羡林在他关于《五卷书》的评论中，多次引述本菲的研究成果，他特别肯定本菲在推行比较文学上的贡献，认为本菲通过他对《五卷书》中的故事向世界传播的考察，“从此奠定了一门新学科的基础：比较童话学或者比较文学史，两者都属于比较文学的范畴”②。我们前面介绍的神话学派、人类学派都是凭借对神话、故事材料的比较研究来建构自己的理论和方法体系的，但它们的主要研究对象并不是民间故事，研究方法带有相当的随意性，而流传学派则集中研究故事，占有丰富材料，进行精细比较，在广大范围内考察故事流传的情况，因而大大增强了民间故事比较研究的科学性，如同季羡林先生所说的奠定了比较故事学的基础。

流传学派的理论方法自然也有它的局限性。这一派学者往往孤立地、形式主义地研究民间文学作品中情节的迁徙，对作品的思想艺术特色以及与之相关联的社会历史背景缺乏应有的注意；他们还把自己的印度起源说和情节流传说绝对化，置世界文化发展的平行类同现象及其在民间文学中的实际表现于不顾，一些论断便难以避免主观片面性。

刘魁立在《欧洲民间文学研究中的流传学派》一文中，对这个学派作了全面而中肯的评述。他说：“流传学派的研究家尽管在自己的探索中有这许多不足，但是他们在探讨东西方文化交流史方面，在比较文学方面，在研究某些民间文学作品的实际流传过程方面，的确进行过很多大胆的尝试，并且做了不少有益的贡献。对于我们来说，流传学派的研究家在这些方面的建树，直到今天都还有一定的借鉴意义。”③

民间故事的心理分析

为解开世界民间故事类同性的奥秘，各国学者借助不同学科的理论方法，从不同角度进行解说，除我们介绍的神话学派、人类学派和流传学派

① 《世界民间故事分类学》中文版，第454页。

② 季羡林：《比较文学与民间文学》，北京大学出版社1991年版，第1页。

③ 载《民间文学论坛》，1983年第3期。

以外，还有心理分析学说也介入故事研究，用人类心理的共同性进行解释民间故事主题和情节的广泛类同。

从弗洛伊德到荣格

心理学中精神分析学的创始人为弗洛伊德（1856—1939），其主要成就是提出“无意识”理论。按照他的理论，人的精神活动好像一座冰山，只有很少一部分浮现于意识领域，如同浮出水面的冰山一角，而大部分则淹没于水下，成为无意识状态。他在早期认为无意识中的“自我”即求生存的本能和“力比多”即性本能是两种对立的动机，“两种本能——性本能和自我本能的要求之间不可调和的对立，使人得以取得更大的成就”。他在后期加以修正，把原来的自我分为两部分，其中的“超我”这种心理机制反映社会道德的要求，对本能实行一定程度的控制，以适应现实。人的本能特别是性本能，在社会生活中处于被压抑的状态，难以得到直接的完全的满足，但又无法消失，便以自己意识不到的形式继续活动，求得变相的满足。正常人的梦境、神经症患者的病征就是它们的表现。这种被压抑的性本能，在男孩身上就形成恋母仇父情结即所谓“俄狄浦斯”情结；在女孩身上，则形成恋父仇母情结。这些情结常常借艺术作品宣泄出来，这就是所谓“升华”。弗洛伊德揭示出无意识在人们心理生活中的作用是有科学价值的，但它将无意识因素特别是性本能作为支配人的整个活动乃至决定人类社会发展进程的心理动力来看待，成为泛性论，这就陷入谬误了①。

弗洛伊德学说的主要论点已被后人所修正、发展。人们认识到“人类的行为不仅是由性欲所支配，社会——经济因素对人格的形成、教养对本性也都起着作用”②。后起的新弗洛伊德主义即认为应该抛弃弗洛伊德的生物学前提，注意社会文化环境在个体发展中的作用。

特别值得提起的是创立分析心理学派的荣格（1875—1961）的集体无意识学说。荣格本是弗洛伊德的追随者，因不赞同他泛性论的无意识学说与之分道扬镳，另创学派。弗洛伊德研究的是属于和个人后天经验有关的

---

① 唐钺：《西方心理学史大纲》，北京大学出版社1982年版，第253—257页。

② 《简明不列颠百科全书》中文版第3卷，第189页。

无意识，这种无意识具有个人的、后天的特征。荣格所研究的则是集体的种族的无意识，它是无意识的深层结构，具有先天的更为普遍的特征。在历史长河中积淀而成的个体意识不到的民族共同心理，就是集体无意识的一个重要方面。如用海岛来作比喻，高出水面的部分代表意识，水下面由于潮汐运动时隐时现的部分代表个人无意识，而所有孤立的海岛的共同基础——那隐藏深海之下的海床，就是集体无意识。集体无意识又是通过原始意象或原型来表现的，荣格说：

原始意象或者原型是一种形象（无论这形象是魔鬼，是一个人还是一个过程），它在历史进程中不断发生并显现于创造性幻想得到自由表现的任何地方。因此，它本质上是一种神话形象。当我们进一步考察这些意象时，我们发现，它们为我们祖先的无数类型的经验提供形式。可以这样说，它们是同一类型的无数经验的心理残迹。

原型的影响激动着我们（无论它采取直接经验的形式，还是通过所说的那个词得到表现），因为它唤起一种比我们自己的声音更强的声音。一个用原始意象说话的人，是在同时用千万个人的声音说话。

这就是伟大艺术的奥秘，也正是它对于我们的影响的奥秘。①

人们认为，“集体无意识的发现是心理学史上的一座里程碑”②。它对于文学艺术现象的研究具有格外重要的意义，加拿大批评家弗莱《批评的解剖》，在荣格理论的基础上创立原型批评，从宏观上考察文学类型演变的脉络，为文学研究打开了一个新的天地。

民间故事的心理分析

弗洛伊德和荣格的理论，不仅形成了文学批评的一个新流派，它与神话、民间故事的研究更是密切相关，弗洛伊德和荣格以及不少学人，都曾尝试对神话、故事作心理分析，企图解开造成世界故事类同性的人类共通心理的奥秘。

---

① ［瑞士］荣格：《心理学与文学》，生活·读书·新知三联书店 1987 年版，第 120—122 页。

② ［美］霍尔等：《荣格心理学入门》，生活·读书·新知三联书店 1987 年版，第 40 页。

有趣的是，弗洛伊德本人就写过关于民间故事的评论文章，一篇是1913年写成的《来源于童话的梦的素材》[①]，其中分析了两个梦境。一例是一个男人梦见自己被狼吃了。按照其童年经验追索的结果，是《小红帽》、《狼和七只小山羊》这两篇故事在他幼小心灵上留下的动物恐怖症的烙印。这一分析尚可成立。另一例是一位年轻的已婚妇女梦见一个奇怪的小矮人走进自己的房间，对自己做出各种滑稽的动作后走下楼梯离去。这位女性读过《小矮人》的童话故事，弗洛伊德给予别开生面的解说，认定梦境的深层是反映她和公公的不正当性关系："房间便是阴道，扮着怪相、样子滑稽的小人便是阴茎。狭窄的门、陡陡的楼梯证实，这一情景便是性交。"这就是他用泛性论的眼光来看待人们的一切生理活动所导出的谬误了。这篇文章只是就民间故事给予人们的心理影响而言，并未评论这些故事本身，我们在这里不予详述。

弗洛伊德在这一年还写过一篇较长的评论文章《三个匣子的主题思想》[②]，他将莎士比亚剧作《威尼斯商人》、《李尔王》的两个情节（它们均来自民间故事），同爱沙尼亚叙事诗《卡尔维坡埃格》以及《灰姑娘》、《十二兄弟》、《六只天鹅》等故事集合起来进行比较。《威尼斯商人》中，巴萨尼奥从金、银、铅三个匣子中选择了最后一个，赢得新娘；《李尔王》中，李尔王没有理解和接受三女儿的爱，最后落到悲惨境地；《卡尔维坡埃格》中，三个求婚者分别以太阳、月亮、年轻的星星出现，新娘爱上了第三者；《灰姑娘》中，王子对灰姑娘的爱胜过她的两个姐姐；等等。通过故事情节的比较，他发现一个共通之处："在这三者当中，最年轻是最好、最高尚的。"他还发现了一个"倾向于具有某种共性"的奇怪特征，就是第三者常常沉默寡言，"要是我们决定把'第三个女人'的特征集中于'哑'这一点，那么，按照心理分析的观点，我们便可以说，梦中的'哑'就是'死'的惯常表现形式"。这样，三姊妹中的三妹，就成为死亡女神的象征了。"人总是利用他的想象力（幻想）来满足那些现实不能满足的愿望。于是，他的想象反对承认体现在神话的命运女神身上的真理，他反倒虚构了来自

① 《弗洛伊德论创造力与无意识》，中国展望出版社1986年。

② 《弗洛伊德论创造力与无意识》，中国展望出版社1986年。

命运女神身上的新神话。在新神话中，爱神，而且是最具有人形的爱神，代替了死神。第三个女人不再是死神，而是最好、最美丽、最吸引人、最可爱的女人了。”关于一个男人从三个女人中选择意中人的故事，其主题原来在于表现“男人与女人的三种必然关系——与生他的母亲，与他的同床共寝的伴侣，与他的毁灭者”。在有三姊妹或三兄弟出现的故事里，总是年幼的妹妹或弟弟最好、最幸运，这的确是遍及世界各国民间故事的一种程式化的叙述。一些民俗学家认为，这可能与许多地方存在的幼嗣继承制①有关。对它的成因还可以作深入探讨。把故事中最小、最可爱的女性和死神联系起来，正如后人所评论的，其注意力“归根到底集中到死亡及其借以出现的各种各样的假面具上”②，这就和这些故事的实际含义恰好相反，成为令人难以置信的主观臆断了。一位民间故事研究家莱恩曾对弗洛伊德学说作过这样的批评：“以我之见，弗氏的这种工作，对故事的研究无任何意义。如果所有的故事都是对性体验的解释，那么故事必然成了仅仅对月经或失身的恐惧或俄狄浦斯情结的反映。”③ 这一学派后来对民间故事的研究并无明显的进展。

被弗洛伊德学派作为性主题的象征性表现的民间故事的代表作是《小红帽》。弗洛伊德就研究过这个故事，说它是代表祖母、母亲、女孩三代女性战胜男性（狼）的故事。我们从周英雄的《从古典心理分析再看〈小红斗篷〉》④ 中，可以看出这一学派研究故事的方法。《小红斗篷》出自《格林童话集》，通常译作《小红帽》，也就是人们所熟悉的狼外婆故事。《再看》一文用弗洛伊德学说中的恋父忌母情结来解释女孩的行为，说女孩被野狼所骗，乃至最后在床上被它吃掉，是“相互勾搭”、“打情骂俏”、“性的高潮与死亡相互吻合”，“小女孩本来离开家门出去寻找自我，满心指望可以摆脱母亲的控制，没想到路上碰到不可抗拒的引诱，过度放纵之余差点酿

---

① 张紫晨：《中外民俗学辞典》，浙江人民出版社 1991 年版，第 156 页。

② 《马克思主义对心理分析学说的批评》，商务印书馆 1985 年版，第 62 页。

③ ［日］关敬吾等：《日本故事学新论》，辽宁大学出版社 1992 年版，第 101 页。

④ 此文为《三读〈小红斗篷〉》之二，见周英雄：《比较文学与小说诠释》，北京大学出版社 1990 年版。

成大祸，因此事后乖乖回到母亲的篱下，不敢再作任何稍有越轨的事体”。《再看》一文的作者不过是尝试运用古典心理分析法来评论一篇故事以见其优劣，并不完全赞同这一方法，文章最后写道：“总而言之，用古典心理分析看《小红斗篷》，固然有其长处，可以因小见大，从家庭看个人与社会的冲突，不过这种解释显然有其时效，讨论十八九世纪的欧洲社会，显然比讨论中国社会，或讨论二十世纪八十年代的当代社会效果要大些。此外心理分析是一种粗枝大叶的先验认识论，把现象的个别性、历史性、暧昧性一并都抹杀了。”狼外婆是一个遍及欧亚大陆的著名故事，野狼抹去凶恶的本相，幻化成涉世不深的女孩的亲人来骗取她的信任，使她几乎被害，后来女孩识破野狼的本相，终于以智胜敌。野狼自然是一个拟人化的角色，人们借野狼变形为外婆，象征性地告诫故事的听众与读者（主要是少年儿童），要注意识别邪恶势力的伪装，它是一种具有普遍性社会经验的象征性反映。用恋父情结来解释女孩的行为，不能不说是由泛性论生出的牵强附会，即使置于十八九世纪的欧洲社会背景之下，也难以自圆其说。

还有一篇流行于欧美的民间故事《杰克与豆茎》，也曾引起不少弗洛伊德学派学者的研究兴趣。这里介绍美国心理学家沃尔芬斯坦的一篇短文《杰克与豆茎：一篇美国异文》①。《杰克与豆茎》是一个有多种异文，广泛流传于英、美等国家的故事，其梗概为：一个少年偷窃巨人的珍宝，凭借一棵快速生长的神奇豆茎的帮助，终于达到目的。文章认为，“豆茎一般被看作男性生殖器的象征”，杰克向母亲夸耀他的豆树迅速生长，妈妈骂他说谎，他先被指责，后来得到报偿，“这里有一个想象，即他母亲欢迎和喜欢小男孩生殖器的卖弄，她的责骂，是一个充满柔情的承认方式”。至于杰克从巨人那里偷到的上面缀满小铃铛的床罩，“它们代表少年在夜里听到的奇怪声音，他以此作为他父亲性能力的象征”。文章就这类细节将英、美两国的几篇异文比较的结果，发现英国异文“比美国异文有更多的潜男性生殖器成分”。邓迪斯在选编此文时所写的短评里指出，它是将比较方法与心理学说明互相结合起来的一篇代表作，“无论人们是否同意沃尔芬斯坦的解

① ［美］阿兰·邓迪斯：《世界民俗学》中文版，上海文艺出版社1990年版，第157—161页。

释，她运用比较的方法，作为心理分析推论的前提，这种方法是值得仿效的”。可是“在民俗研究中，比较方法与精神分析法相结合存在着理论上的困难”①。因此本书的论断值得进一步讨论。把小男孩和巨人抗争并战胜巨人这类世界性的民间故事也用弗洛伊德的泛性论来解释，和用这一理论来解释《小红帽》一样，均无法使人信服。

弗洛伊德的无意识理论，在探索人的精神生活方面是一个进步，他关于梦的解析——梦是人的被压抑的欲望在无意识中求得满足的表现，对文学分析是有帮助的。而他从无意识中到处寻求被压抑的性欲的表现如所谓恋父忌母情结，对我们研究民间故事却看不出有什么积极效应。首先对这个情结本身许多学人就给予了否定。弗洛伊德观察到男孩子有爱恋母亲而忌恨父亲的情况，联系社会历史背景来看，其实是在父权制社会里，父亲为培养自己的财产与事业继承人对儿子施行严厉管教所造成的，并非一种人类本性。英国著名人类学家马林诺夫斯基作过实际考察，生活在父权制国家里的儿童在父亲面前有“憎恨和受到压抑的愿望的因素”，至于生活在母权条件下的那些种族里的孩子，却没有发现任何这类情感，“在盎格鲁-撒克逊族的社会中从儿童最年幼的时候起就已和父权制度发生冲突，因为这种父权制的职能就是要压抑一系列自然的欲望和爱好”②。其次，包括民间故事在内的民间文学，作为民众生活的亲密伴侣，内容和形式均极为丰富多样，表现人民大众对凶暴邪恶的自然与社会势力的抗争以求生存发展的作品居于主导地位，上文涉及的狼外婆和孩子战胜巨人的故事就是例子。在此情况下，把弗洛伊德的“俄狄浦斯情结”到处套用，势必闹出“盲人骑瞎马”的笑话来。

比较而言，建立在集体无意识学说的基础上的“原型”理论，对神话和民间故事的研究更有价值。荣格认为，“另外一个众所周知的表达原型的方式是神话和童话”③。荣格几乎把他的后半生都投入有关原型的研究与著

① ［美］阿兰·邓迪斯：《世界民俗学》中文版，上海文艺出版社 1990 年版，第 157—158 页。

② 《马克思主义对心理分析学说的批评》，商务印书馆 1985 年版，第 116—117 页。

③ 荣格：《心理学与文学》，生活·读书·新知三联书店 1987 年版，第 54 页。

述之中。在他所识别和描述过的众多原型中，有出生、再生、死亡、力量、巫术、英雄、儿童、骗子、上帝、魔鬼、智叟、大地母亲、巨人原型，以及许多自然物如树林、太阳、月亮、风、水、火、动物原型，还有许多人造物如圆圈原型、武器原型等。“人生中有多少典型情境就有多少原型，这些经验由于不断重复而被深深地镂刻在我们的心理结构之中。”① 故事原型学说同民间故事研究的关系较为密切，荣格的弟子费恩·弗朗兹就是一位民间故事研究家。另一位心理分析专家彼得海姆撰写的《民间故事的魅力》一书，也是接近荣格学派观点的著作。弗朗兹考察了瑞士某些乡村的传说逐渐演变为民间故事的过程，在这一过程中神话、传说失去了某些有意识的附属物而向民间故事变形，三者当中，只有民间故事所呈现的是最合理的无意识性的部分。随着时代的发展和文化氛围的改变，留存的只能是其中的核心。基于这点，弗朗兹认为：“民间故事是海洋，神话故事和传说则是海上的浪花。”在荣格学派看来，民间故事中充满了由集体无意识构成的原型表现，可以证实原型的意义。这就是他们重视民间故事研究的目的②。

荣格学派论“青蛙儿”与“南柯梦”

用荣格的心理学理论来研究民间故事，在欧美涌现出一系列引人注目的成果，如布鲁诺·贝特尔海姆的《童话的作用》(1976)，狄克曼的《再讲述的故事：童话故事的心理学作用》(1986)，以及艾伦·奇南的《秋空爽朗——童话故事与人的后半生》(1994)③ 等。

艾伦·奇南是美国的一位精神病医生。他在斯坦福大学获得医学博士学位，著有多篇有关成人发展和老年学的论文。《秋空爽朗》从世界各国的民间故事中，选取了15篇以老人为主要角色的童话（幻想故事），运用荣格的老年发展心理学理论，引导读者深入理解这些故事的心理学意义。“这些童话经艾伦·奇南的巧妙解释，成为一部用机敏与智慧取代了鲁莽与青年

① ［美］霍尔等：《荣格心理学入门》，生活·读书·新知三联书店1987年版，第44页。

② 《日本故事学新论》，第104页。

③ ［美］艾伦·奇南：《秋空爽朗——童话故事与人的后半生》，刘幼怡译，东方出版社1998年版。

活力的成年期心理学。因此，这本书不仅是一部童话学，还是一部老年发展心理学的重要著作。”

《秋空爽朗》一书中收录的15篇故事是：《命运与伐木人》、《麻雀的礼物》、《魔巾》、《年老的炼金师》、《聪明的商人》、《魔林》、《一位老母亲的忧伤》、《海龙王》、《失去瘤子的老人》、《纯朴的割草人》、《六尊雕像》、《寡妇与青蛙》、《渔夫和神怪》、《使枯树开花的老人》、《闪闪发光的鱼》。其中《寡妇与青蛙》选自我国西藏，它也流行于我国众多兄弟民族地区，篇名有《青蛙少年》、《蛤蟆儿》或《青蛙骑手》、《神蛙丈夫》等。它以青蛙求娶富家小姐为核心母题，从这个意义上说，和《蛇郎》有其一致之处，可归入“异类婚”故事之中。但主角是一位老年寡妇所生的怪异儿，因此艾伦·奇南博士就把它作为老年故事来研究评论了。

关于寡妇晚年获得一个具有神奇本领的青蛙儿子的情节，本书作者写道：

> 在这篇故事中，青蛙无疑地是位男子，而结果证明是位优秀的骑手。因而他是老妇人身上阳性部分的最好象征。正如前面讨论过的，妇女在前半生由于社会的压力而使自信心和独立意识受到压抑。而到了中年以后，这些被忽视了的阳性气质从无意识状态中出现了。而成年妇女的任务是把这些气质结合到她们的生活中去。这篇故事以一种迷人的方式象征了这一过程。

关于青蛙儿子在母亲的爱抚下后来以自己的神奇本领娶了妻子，作者写道：

> 他也是有自己权利的一个人。作为一个有了年轻妻子的年轻丈夫，青蛙足以成为一般青年的象征。因而，我认为寡妇和青蛙的关系象征着老年人对青年人的理想作用。而这也就是故事着重表现的新主题。通过寡妇的中介作用，年轻的青蛙变成了人，找到了家，找到了妻子，并且最后得到了社会的认可。

这位研究者从人生成熟期的心理学角度来揭示青蛙儿子故事中老年人形象的特征和故事主题，使我们对这个故事的丰富内涵有了更深入和更新颖的感受。但它是把故事作为诠释老年人心理的材料，因而未能对其思想与艺术作完整的解析。本故事中神奇的青蛙皮被毁于亲人之手，使得青蛙骑手造福人间的美梦破灭这一重要情节的深刻含义，该书作者就未加注意。

本书在“导言”中，综述了荣格心理学有关民间故事的许多重要论断，如：那些看起来很简单的故事，“却蕴含着有关人类心理的重要寓意”，“童话故事是有关人生旅途的寓言故事”。“童话故事描绘了人类生活永恒的范例”。“由作家单独写出的故事通常表现的是那位作家的心理，而民间故事则表现了人类普遍的心理。”“童话故事的乐观主义绝非多情善感，而是人类最深切最崇高的希望的表达。”“童话故事是年长日久流传下来的传统故事。由于众口相传，年深日久，已失去了它独特的风格和个人成分，而留下戏剧性情节和供人普遍感兴趣的深刻见解。实际上，这或许是世界各国的童话故事如此出人意料地相似的一个原因。”这些对我们作跨国、跨民族的故事比较无疑具有重要启迪作用。

书中也告诉我们，“对童话故事的心理分析的解释，由于忽视了童话的历史和社会背景而受到了严厉的指责”。

用荣格的原型理论来研究中国民间故事，中国台北的张汉良撰有《〈杨林〉故事系列[①]的原型结构》，我们读来更觉亲切。

这个故事系列包括南朝宋刘义庆《幽明录》中的《杨林》，唐代传奇沈既济的《枕中记》，李公佐的《南柯太守传》和任繁的《樱桃青衣》，它们既是古代书面叙事文学，其本事也源于民间故事。丁乃通的《中国民间故事类型索引》把它列为 AT681 瞬息京华型，通称黄粱梦型。张文认为，比较这 4 篇故事相类同的情节，可以看出其深层结构体现了追求与启蒙的原型，在前者中，主人公经历一段长的旅程，克服人世艰辛，创下丰功伟业；在后者中，主人公由蒙昧无知，经过一番考验而成熟，最后领悟出人生的某种真理。4 篇故事的基本结构，便是由这两个原型融合而成。主人公遇到的一些人物，也有原型意义，如《杨林》中的庙巫，《枕中记》中的道士，《南柯太守传》中的使者，《樱桃青衣》中的僧人，实际扮演着同一类角色，即智慧老人。荣格指出，民间文学与梦中的精神因素，常由一个智慧老人来代表，“梦中的他，可能扮成巫师、医生、僧侣、教师、祖父，或其他任

① 温儒敏：《中西比较文学论集》，北京大学出版社 1988 年版，第 105—119 页。

何有权威的人。每当主角面临绝境，除非靠睿智与机运无法脱困时，这位老人便出现。主角往往由于内在或外在的原因，力有未逮，智慧便会以人的化身下来帮助他”。“这位老人，一方面象征着知识、深思、卓见、睿智、聪敏与直觉，另一方面也象征着道德意义，诸如善意和助人等美德，这些特点使得他的‘精神’性格清楚显现。”这类原型人物见于许多中外文学作品，也走进了上述 4 篇故事的艺术世界之中。

因在这些原型中，凝聚着不断重复出现于广大历史文化背景上的典型情境和人生经验，上述故事便有广泛传播吸引大众的艺术魅力。

《〈杨林〉故事系列的原型结构》的作者称：“本文试图以心理分析、神话原型和结构主义的批评方法，讨论上述四篇故事的主题与结构。”它是几种方法的综合运用，而原型说却是此文剖析故事的主要方法，也是运用得颇为成功，推导出的结论足以令人信服的比较故事学优秀成果。

民间故事形态的结构主义剖析

列维-斯特劳斯的神话结构论与故事研究

结构主义是由法国学者列维-斯特劳斯在文化人类学研究中开创的一个学派。这个学派把各种文化视为一个系统，并认为可以按照它的诸成分之间的结构关系加以分析。根据他的理论，文化系统中的普遍模式，是人类思维中恒定结构的产物①。他在研究中发现，世界上各个民族虽然处在不同的地理生态环境之中，其进化程度有很大差异，但作为人类却面对无法回避的矛盾难题，于是在人类思维中形成了一种“二元对立”的模式，如人有生命，却不得不走向死亡；人是大自然的一部分，又是异于自然存在的文化产物；等等。列维-斯特劳斯着重研究了神话，他把神话的基本因素称为“神话素”，将它们排列组合，从中概括出神话的深层含义。他认为神话的基本功能便是化解这些永恒对立的矛盾，超越由此而造成的精神困惑和焦虑，恢复心理的和谐与平衡。他提出的这种“二元对立”模式成为结构

---

① 《简明不列颠百科全书》第 4 卷，第 373 页。

主义方法的核心①。

对列维-斯特劳斯的学说人们毁誉不一。以他的神话学而论，美国学者罗伯特·休斯在《文学结构主义》一书中就写道：“目前，很少有人能够追随列维-斯特劳斯穿越他的神话森林；许多已走了部分路程的人则担心，他们在这条小道的尽头发现的将不是人类的心灵，而仅仅是列维-斯特劳斯那充满想象力的心灵。”②

对列维-斯特劳斯对神话结构的具体分析成果我们这里不作介绍，关于他所提出的人类思维“二元对立”的模式与民间故事结构的联系，美国著名民俗学家阿兰·邓迪斯在1974年发表的《结构主义与民俗学》一文中作过阐释和引申，他写道：

> 列维-斯特劳斯的全部兴趣就在于论证二元对立结构的普遍性质……
>
> 人们很容易想到民间传说中数以百计的对抗的例子，奥尔瑞克将这种对抗视为史诗组成的一个主要规律。英雄—恶棍，骗子和被愚弄的人，成为对立中个性的例子。而有时对立包含于同一个角色中，半人—半兽，例如美人鱼，神和人或神和动物结合的角色。另外还有聪明的傻瓜，即既聪明又愚蠢的人，也就是可能混淆明确和隐喻意义的人。
>
> 根据这一观点，不仅神话是由组成对立和企图消除对立两方面组成的，而且所有民间传说形式都是这样组成的，在这个问题上，就引起了人们的争论。对立的形式包括生—死，善—恶，真—伪，爱—恨，无辜—罪恶，男—女，人—神，大—小，儿童—成人等等。如果有人说令人愉悦的感觉是依靠缓和紧张的气氛得来的，那么民间传说之所以能给人带来快感的原因之一是因为民间传说就是通过解决对立缓和紧张气氛的。
>
> 结构分析本身并不是目的所在，而只是为达到目的的一种方法，

---

① 叶舒宪：《结构主义神话学·编选者序》，陕西师范大学出版社1988年版。

② ［美］罗伯特·休斯：《文学结构主义》，生活·读书·新知三联书店1988年版，第115页。

目的在于更好地了解人的本质，至少是人们的特定社会。如果民间传说的两项对立不具备这种普遍性，那么结构分析在解释类型或揭示文化差别中便没有什么用处了。

我相信，通过结构分析，我们可以很好地了解民间传说的内容。①

就这种“二元对立”模式而言，它的确算不上是什么重要的理论发现。但它启发人们从更深的层面上去追索神话、故事自身的逻辑和结构原理，进一步探求其文化价值，这还是有积极意义的。

普罗普的《民间故事形态学》

对民间故事形态作结构主义分析的杰出成果是俄国学者弗·普罗普(1894—1970)于1928年出版的《民间故事形态学》，此书问世后多年未引起学人重视，1958年被译成英文在西方出版后却引起热烈反响，成为结构主义叙事学的奠基性论著，它也是对比较故事学的新开拓。普罗普在1928年写成的另一篇论文《神奇故事的转化》② 中告诉我们：

我们不否认研究各种主题和只根据主题的相似而进行比较的用处，但我们可以提出另一种方法，另一种衡量单位。我们可以从故事的组合、结构的角度进行比较，这样，它们的相似之处将从一种新观点的角度表现出来。

用这“另一种方法”对民间故事进行比较研究的成果就是《民间故事形态学》。

普罗普选择了一百个具有神奇幻想的俄国民间故事，剖析它们的结构形态。他发现这些故事里的许多人物表面上非常不同，表现在年龄、性别、职业、身份以及其他静态的特点和属性方面，可是在故事情节进展过程中都是完成同样的行为，“这就决定了恒定不变的因素和可变因素之间的关系。人物的功能是恒定不变的因素，而其余的部分都是可以变化的”③。试

① 张紫晨：《民俗学讲演集》，书目文献出版社1986年版，第558—568页。

② 《神奇故事的转化》，载《苏俄形式主义文论选》，中国社会科学出版社1989年版。

③ 《神奇故事的转化》，载《苏俄形式主义文论选》，中国社会科学出版社1989年版。

看从民间故事中挑出的以下四个事件：

1. 国王给了英雄一只鹰，这只鹰把英雄带到了另一个国度。

2. 老人给了舒申科一匹马，这匹马把舒申科带到了另一个国家。

3. 巫师给了伊凡一只小船，小船载着伊凡到了另一个国度。

4. 公主给了伊凡一只指环，从指环中出现的青年把伊凡带到了另一个国家。

在以上例子中，登场的人物和身份变了，但行为和功能却都没有变。由此可以看出，“民间故事常常把同样的行动分派给不同的人物。这样，按照故事中人物的功能来研究民间故事就是可行的了”。普罗普按照他对一百个俄国民间故事归纳抽象的结果，认为故事中人物的功能共有三十一种，分别属于六个阶段：

准备阶段，七种功能：

1. 家庭中一个成员离家外出

2. 主人公被要求遵守某项禁令

3. 那个禁令遭到破坏

4. 坏人开始侦察动向

5. 坏人获悉关于受害者的情况

6. 坏人企图欺骗受害者，以便抓住或占有某财物

7. 受害者上当，无意中帮助了敌人

复杂化阶段，三种功能：

8. 坏人伤害了家庭中的某个成员

8a. 家庭中的某个成员有了不幸或需求

9. 上述不幸或需求明朗化了，有人要求主人公去解决这个问题，主人公出发

10. 主人公同意或决心采取措施

转移阶段，五种功能：

11. 主人公离家出走

12. 主人公受到考验、盘问、攻击等等，使他有机会得到一个懂魔法的使者或助手

13. 主人公对将来能满足他追求目标的人物的行为作出反应

14. 主人公获得了一个玩魔法的使者

15. 主人公被转移，或被引导到他所寻求目标的所在地

斗争阶段，四种功能：

16. 主人公与坏人进行面对面的斗争

17. 主人公未被识破真面目，就被叫作这样那样

18. 坏人被击败

19. 原来的不幸或需求得到弥补或满足

返回阶段，七种功能：

20. 主人公回来了

21. 主人公被追捕

22. 主人公得救

23. 主人公在不被人知的情况下回到家乡或另一国家

24. 一个假主人公提出没有根据的要求

25. 对主人公提出一项困难的任务

26. 那个任务被完成

辨认阶段，五种功能：

27. 主人公得到公认

28. 假主人公或坏人被揭露

29. 假主人公以新面貌出现

30. 坏人得到惩罚

31. 主人公成亲并得到王位

普罗普在《神奇故事的转化》中补充说："神奇故事共有三十一种功能，并不是所有的故事都具有全部的功能，但是缺少其中某几项功能并不影响其他功能的延续顺序。全部功能构成一个体系，一个组合。这个体系恰好是极其稳定和广泛的。"我们试以中国民间故事中著名的《云中落绣鞋》(AT301) 为例，它的梗概为：

小姐被妖精抢掠，两个青年前往山中营救，那个勇敢正直的青年下到地洞里，杀死妖精，将小姐装进筐里让同伙把她拉上去脱离险境。可是同伴却心怀鬼胎，用石块将地洞填塞，然后独自带走小姐，冒功获得厚赏。洞下青年救出被困的一种神奇动物，终于脱险出洞，最后

揭穿同伴的欺诈面目，与小姐结婚获得幸福美满结局。[①]

按普罗普的方法，这个故事中的人物就具有除一至七和十四、十九等九种功能之外的二十二种功能，是一个情节较为复杂丰富的故事。它以多种异文在世界广大地区流传，角色常有变化，富家小姐可以变成皇家公主，妖精可以由九头怪鸟变成蛇精，正面主人公可以由樵夫变成猎人等等，由于上述功能不变便保持了它的基本形态和艺术生命力。

“必须把民间故事人物的功能看作故事的基本构成成分”，这是普罗普方法的要领。功能虽是人物的行动，可是“同样的行动可以含有完全不同的意义，反之亦然”。这就需要根据这种行动“对于作为一个整体的故事的行动过程所具有的意义”来具体确定它属于怎样的功能。比如，在一种情形下，主人公从父亲那里得到一笔款项，随后用这钱买了一匹有魔力的马；在另一种情况下，主人公由于作出了某种英勇行为而得到奖赏，得到了一笔钱，故事到此终了。两个地方都讲到主人公得到一笔钱，看起来似乎行为相同，因其所含意义不同便可划分为两种功能，前者可归属于功能之 14，为主人公出发建功立业的前奏；后者为故事的结局，可归属于功能之 31。功能是普罗普分析民间故事形态的情节结构单元，其含义和用法大体上相当于其他学者所采用的“母题”、“情节要素”。

经过一番分析之后，普罗普便归纳出民间故事结构形态具有如下四个特征，或者说是四项规律。其中第三、第四条措词直截了当，宣称具有普遍意义，听起来像科学发现那样具有惊人的效果：

1. 人物的功能是童话故事中恒定不变的要素，不论这些功能由谁来完成和怎样完成。功能构成一个故事的基本成分。

2. 故事中已知的功能的数量是有限的。

3. 故事中功能顺序是一样的。

4. 从结构上看，所有的童话故事（或神奇幻想故事）属于同一种类型。

这样将民间故事的情节结构区分为不变部分与可变部分之后，就显出了“民间故事的双重特征：它既是多样态的，丰富多彩，又是统一样态的，

---

① 丁乃通：《中国民间故事类型索引》，中国民间文艺出版社 1986 年版，第 58 页。

千篇一律”①。

普罗普紧紧抓住民间故事中恒定不变的功能，把它作为故事的核心，并以故事功能的多少及其组合情况来确定它们的结构类型。它直接选取的虽是俄国民间故事，但也代表了相当一部分印欧故事和中国故事，其结构形态特征就具有了普遍意义。这一成果为含有故事情节的所有叙事作品的结构分析开辟了一条新路，传入西方后成为文学批评中结构主义的先声。

普罗普对民间故事结构的分析后来引起很大争议。阿兰·邓迪斯认为这一成果是“几十年来对民俗学理论最革命、最重要的贡献之一”②。他企图深入民间故事内部，寻求它基本的结构模式及变化规律，他自己没有就这一模式的意义作出详尽的解释是其不足之处，其成果却富有启迪作用，使人们运用剖析故事结构的方法来推断这些故事的深层含义成为可能的事。他借鉴生物形态学的方法，把数量众多的故事集合在一起，就它们的结构形态作精细比较，辨析其异同之点、不变成分与可变成分，找出支撑某种故事类型的核心要素，这对比较故事学而言更有着直接而重要的启示。

邓迪斯论印第安故事的结构形态

创造性地吸取列维-斯特劳斯和普罗普等人的结构主义方法，对民间故事的结构模式作进一步剖析，而且更富于比较故事学价值的，是邓迪斯的《北美印第安民间故事的结构形态学》③ 一文。

该文称赞了普罗普的研究成果，声称他是将“普罗普的类型学框架应用于美国印第安民间故事之中”，但他没有简单套用“功能”概念，而代之以通常的“母题”概念，认为“民间故事可以含义为一系列的母题的连续。母题链中可能充满着各种不同的母题，而且，对于那些特定的母题链来说，一系列特殊的连续的母题可以标明为一个母题群”。吸取“二元对立”模

---

① 《民间故事形态学》的部分中译文见叶舒宪编选的《结构主义神话学》，陕西师范大学出版社 1988 年版，第 3—11 页。

② ［荷兰］佛克马、易布思：《二十世纪文学理论》，生活·读书·新知三联书店 1988 年版，第 68 页。

③ 《世界民俗学》，第 291—303 页。

式，他认为大量美国印第安民间故事是从不平衡向平衡发展运动的。不平衡性可以用一些东西过多或另一些东西过少来表述，这样，“民间故事即是怎样去掉剩余的东西和如何结束缺乏状况这种关系的简单组合”。据此，他把美国印第安民间故事的结构形态由简到繁，区别为由两个母题、四个母题和六个母题构成这样三种情况：

美国印第安民间故事的一种结构形态正是由两个母题构成：缺乏（L）和缺乏的终止（LL）。在“放掉积蓄的水”这一故事的马莱西特人异文中，有一只巨兽挡住了世界上所有的水（L），一位民族英雄制伏了巨兽，并且将水放掉了（LL）。一个建立在相同母题模式基础上的维什兰人故事是这样的：“哥伦比亚有一个民族，那儿的人没有眼睛和嘴（L），他们通过嗅鲟鱼进食，山狗打开了他们的眼睛和嘴巴。”在一个尚未出版的上切哈利人故事里，“从前，地球开始裂成碎片（L），一位有很多磨石的铸造者决定将他们连接在一起，他这样做了，拯救了人类（LL）”。虽然仅由两个母题的序列构成的故事并不很多，但的确有一些。可以这样说，两个母题的序列构成了美国印第安民间故事最低限度的定义。

一个更加普遍的母题系列由以下四种母题构成：禁止、违禁、后果、试图逃避后果……在一个斯万皮克里故事中，一个小孩的姐姐告诫他不要去射一只靠近水边的松鼠（禁止），这位小孩射了一只靠近水边的松鼠（违禁），当他去找回已落入水中的箭时，他被一条鱼吞下（后果）。最后，这条鱼直接游到了他姐姐那儿，她剖开鱼腹，弟弟得救了（逃避）。在一个利卢埃特人故事里，一位老人警告一些孩子，出外打鱼时不要嘲笑地叫鲸的名字（禁止），孩子们嘲笑并一直叫着鲸的名字（违禁），正在这时，一条鲸游来了，并吞下了他们（后果）。鲸直接游到岸边，在那里，人们打开鲸腹，孩子们逃了出来（逃避）。

较长的美国印第安民间故事，可以由一些较短的母题模式的结合来组成。一个常见的六母题综合体是由缺乏、缺乏的结束、禁令、违禁、后果、试图逃避后果组成的。在俄耳浦斯故事中，男人失去了他的妻子（L），但是，如果他不违反禁忌的话（禁止），他重新获得或是可以重新获得她（LL）。那位男人不可避免地违反了禁忌（违禁），再次失去了他的妻子（后果）。为了证明在一般的结构模式中内容是如何发生变化的，可以将俄耳浦斯故事与祖尼人的“小姑娘与蟋蟀”故事作一比较。一位小姑娘发现了一只会唱歌的蟋蟀，想把它带回家去（L），蟋蟀和她回到了家里（LL），但是，警告她不要碰它、玩弄它（禁止），女孩子和蟋蟀玩，逗弄它（违禁），蟋蟀的胃部突然破裂而死（后果）。两个故事可以用表格的形式列表如下：

母题	俄耳浦斯	姑娘与蟋蟀
缺乏	男人想把妻子从死亡边缘救回家里。	女孩想把蟋蟀从田间带回家中。
缺乏的结果	男人这样做了。	姑娘这样做了。
禁令	警告男人不要回头看他的妻子。	警告姑娘不要碰蟋蟀。
违禁	男人回头看了。	姑娘碰了蟋蟀。
后果	男人的妻子死去了。	蟋蟀死去了。
试图逃避	——	——

以上就是邓迪斯对美国印第安民间故事中三种常见结构模式的分析。应该承认，这种分析是中肯而令人信服的。接下来，邓迪斯告诉我们，找出这几种结构模式并不是研究工作的结束。这种分析具有如下四种作用和意义：

第一，它能够对内容极不相同的民间故事作出结构形态学的陈述。

第二，它是一种新的窥视在文化传播形式中确定文化内容的新技术。

第三，有助于判明某一地区的文化状况。如通过结构分析可分辨出欧洲民间故事和美国民间故事的不同特征以及它们交流融合的印记。“欧洲与美国印第安人民间故事之间最显著的差异之一，是在一对相关的母题要素，例如缺乏与缺乏的结束之间，插入的母题的数量。插入母题的数量可以被看成是民间故事‘母题深度’的特征。与欧洲民间故事相比，美国印第安故事的母题深度要浅得多。”其原因在于，“在美国印第安人中，无论是土生土长的还是借鉴而来的积累故事都很少”。

第四，结构分析最杰出的贡献是有助于将不同种类的民俗事象作跨种类比较。如将民间故事和迷信习俗作比较，就可看到“在民间故事禁令违禁的母题序列结构与迷信结构之间的相似性”。试以祖尼人的一项具有对应性的故事和迷信为例：

民间故事	迷信
禁令：人们警告一个女孩不要捉兔子。	条件：假如一位女人在捕鹿时吃了薄面包。
违禁：她这样做了。	——
后果：一头吃人的怪兽出现了。	结果：她将怀上双胞胎。
逃避后果：孪生子阿海尤特救了这位姑娘。	抵消：除非拿这个面包四次绕过她房中梯子的扶梯。

民间故事中有试图逃避违禁后果的叙述，那么，在迷信习俗中就有试图抵消或者转换违禁后果的举措，两者之间实际上存在着有趣的联系。通过结构分析，这样的跨民俗种类的比较就成为可能了。

邓迪斯在这篇文章的结语里强调指出，“结构分析的重要性是显而易见的”。后来他在另一个地方又说：“结构分析是一种方法，它对民俗学者来说是很有价值的。与比较法相结合，它可以用于解释类型或鉴别区域类型。通过精确的结构分析，民俗学者可以了解民间传说是如何包含和联系一个社会的重要隐喻。对这些隐喻类型的分析和解释将为了解各处人民的世界观和行为提供无与伦比的见识。”①

《灰姑娘》的结构解析

近年，一位美国学者戴维·佩斯在《超越形态学：列维-斯特劳斯与民间故事分析》② 一文中，曾试用列维-斯特劳斯的方法剖析《灰姑娘》故事的结构，见以下示意图：

示意图一

初始状态（“从前……”）

---

① 邓迪斯：《结构主义与民俗学》，见张紫晨主编：《民俗学讲演集》，书目文献出版社 1986 年版。

② ［美］戴维·佩斯：《超越形态学：列维-斯特劳斯与民间故事分析》，杨树喆译，《民俗研究》，2002 年第 1 期。

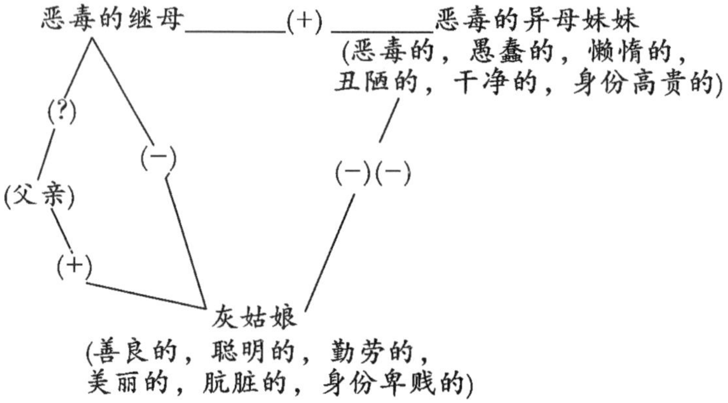

这种矛盾提出了故事的戏剧冲突的核心，并在故事的结尾得到了解决。这一点可以从示意图二中清楚看出：

示意图二

最后状态（“从那以后他们过着幸福的生活”）

王子________（+）________灰姑娘

（善良的，聪明的，美丽的，

干净的，身份高贵的）

（−）

继母________（+）________异母妹妹

（恶毒的，愚蠢的，懒惰的，身份

卑贱的，以及某些异文中肮脏的）

故事中最初的不均衡由于地位关系的转变而得到了改变，正义取得了胜利。

他用“二元对立”模式来看《灰姑娘》的结构，认为灰姑娘和她的异母妹妹各自的品性与其身份的不相称，构成戏剧冲突，在故事话语中，“善良的”、“聪明的”、“勤劳的”和“美丽的”的品性应与“清洁的”、“身份高贵的”相联系；反之，与异母妹妹的不良品性相对应的应该是“肮脏的”、“身份卑贱的”。而故事开头却与此相反，冲突纠葛由此展开。

从意识形态的角度看，这种模式被看作社会基础某些传统的重新表述。它清楚地表明，只有血缘和婚姻关系才能使家庭得以维系。一旦灰姑娘没有了这种社会联系之一的保护，在家中孤立无援，她就会受到剥削而不被当作家庭的一员，充其量是个仆人。这种情况只有通过使她从这个不稳定、不团结的家庭中移位，以及通过与王子结婚组成新的家庭才可能得到改变。

戴维·佩斯的文章在着重评述列维-斯特劳斯结构主义方法的基础上，还将他和普罗普的方法作了比较：

普罗普和列维-斯特劳斯的不同是毫无疑问的，一方面，前者的目的是对特定故事的抽象形式进行更好的理解；另一方面，后者则是对故事所牢固植根的特定社会背景进行分析。从普罗普那里，我们获得了相对封闭和阐释性的研究方法，这种方法将一则民间故事与其他同类型的故事联系起来；而从列维-斯特劳斯那里，我们懂得了一种将民间故事向外部世界开放的分析方法，这种方法把故事与性别、年龄、阶级角色以及故事赖以传播的强大的社会关系联系起来。

由此可见列维-斯特劳斯的结构主义方法，如果运用得当，对我们透过故事结构来深入发掘作品的社会文化内涵还是有积极意义的，可以大胆尝试。

结构主义方法都企图由表及里，探求文学作品自身内在的无意识结构，但方法运用上各有特点，俄国学者梅列金斯基曾将列维-斯特劳斯和普罗普加以比较，认为列维-斯特劳斯“他本质上是对神话逻辑感兴趣。因此他从神话开始，只是垂直地把功能结合在一起，试图解释神话的各种变体并列在一起的纵聚合关系。他的结构模型是非线性的”。“普罗普集中全力于研究民间故事的叙述结构，研究线性的横组合关系，而不像列维-斯特劳斯所做的那样，研究逻辑的纵聚合关系”①。

邓迪斯对民间故事的结构形态学研究，可以说是上述两家结构主义方法的综合。一般来说，结构主义叙事学注重作品形式的研究，有忽视其内容的形式主义倾向；着力向无意识层面探求，而忽视人的有意识的创造；还往往脱离社会历史因素对文学的制约，把它视为一个封闭系统去追寻作品自身的内在逻辑。结构主义流派的学者实际上在不断改进自己的方法，

---

① 弗克马、易布思：《二十世纪文学理论》，生活·读书·新知三联书店 1988 年版，第 72 页。

以邓迪斯对印第安民间故事的结构分析为例，他归纳出来的类型就不只是外部形态，也在相当程度上包含了内容要素，只要我们注意联系故事产生和流传的社会历史背景，就可以通过对结构形态的阐释从一个新的层面上窥见某种区域文化或民族文化的特质。特别是将结构主义方法有意识和比较方法相结合之后，有助于在同一文化实体内部对相关民俗事象作跨种类比较，也有助于在不同文化实体之间就故事作跨文化比较。邓迪斯的话不免表现出对结构主义方法的偏爱，却值得我们认真思索。

当代比较故事学的主要代表
——历史地理学派

就比较故事学而言，它在当代世界范围内的主要代表是历史地理学派。因它由芬兰学者所创立，而且至今仍以芬兰为活动中心，人们也称之为芬兰学派。丁乃通曾讲，十九世纪研究民俗和民间文学的方法大都是从别的学科借来的，“一直到十九世纪晚期，研究民间文学都没有自己的方法。研究民间文学的自己的一套方法，是芬兰人发明出来的，这就是历史地理学派的方法”①。

芬兰原附属于别国，1917 年才获得独立。为振兴本民族的文化传统，埃利亚·洛恩诺搜集整理了一部长篇英雄史诗《卡勒瓦拉》，由此兴起采录和研究民间口头文学的热潮。后逐渐转向对民间故事的比较研究，并在研究中使他们创立的历史地理方法不断完善。洛恩诺的弟子尤里乌斯·克罗恩（1835—1888）主要致力于民歌研究。其子卡尔·克罗恩（1863—1933）首次用历史地理方法研究了一组“熊和狐狸的故事”，取得示范性的成果。卡尔·克罗恩的弟子安蒂·阿尔奈（1867—1925）继续推进这一研究，确定了十六个故事类型，特别是于 1910 年出版了《民间故事类型索引》一书，开创了对大量民间故事材料作类型分析及编制索引的工作。由于阿尔奈的索引主要以芬兰民间故事为基础，虽经本人多次增补，内容上仍有很大局

① ［美］丁乃通：《历史地理学派及其方法》，见北京师范大学中文系编印《民间文艺学参考资料》第 1 集，1982 年。

限性。后由美国学者斯蒂斯·汤普森（1885—1976）作了一次重要的补充修订，于1928年出版。1961年又印行了该索引的增订版。它不但是检索世界民间故事的十分有用的工具书，并由此牢固地确立了历史地理学派对民间故事作比较研究的方法论体系，各国民间文艺学家把这一成果称为“阿尔奈—汤普森体系”或简称为“AT分类法”。汤普森还于1932年至1934年编制了一部《民间文学母题索引》，搜罗列举出母题两万余条。汤普森又于1946年出版《民间故事概论》(中文版译为《世界民间故事分类学》)，成为导引学人研究世界民间故事的入门书，产生了广泛的影响。它的中文版由郑凡等人译出，以《世界民间故事分类学》的书名于1991年由上海文艺出版社出版。

这个学派于1907年建立了一个国际性的学术组织“国际民间文学工作者协会”(简称FF)，并于1909年创办不定期刊物《民间文学工作者协会通报》(简称FFC)，现已出刊二百三十多期，成为集中展现以历史地理比较方法研究世界各国民间故事学术成果的园地。

现在让我们来看看历史地理学派研究方法的特点及其代表性成果。

民间故事生活史的探寻

汤普森在《世界民间故事分类学》一书中对历史地理学派的方法要点作过这样的概述：

> 一个研究者使用这种方法所力求达到的最根本目的，莫过于完全弄清某一特定故事的生活史，他希望通过分析不同异文，研究有关历史和地理因素，运用一些众所周知的关于口头传播的事实，找到该故事原型的某些东西，并能较合理地解释该故事在依次产生所有的不同异文时所发生的变化，这些研究还将指出它的原型产生的时间、地点以及它所发生变化的原因。①

怎样着手进行呢？首先是要尽力搜求特定故事的各种大同小异的文本即异文，这是研究工作的基础。全部异文都要标明记录的时间和地点，书

① 陈建宪译：《民间故事的生活史》，刊于湖北省民间文艺家协会编印《故事研究资料选》，1989年。

面资料则要考察所产生的年代，然后用简明符号标明这些文本所属的语言、国家和排列顺序，如 GG5 就表明是德语和德国的故事，在一组材料中列为第 5 号。CS2 表明是英语苏格兰故事，在一组材料中列为第 2 号。把在许多国家采录到的数十乃至数百篇异文均按这一方法加以整理，再作分析比较就一目了然，十分方便了。

接下来是对所有异文的叙述要素进行分解，按叙述要素相类同或近似的加以归并，综合概括成若干亚型。

然后把它们置于一定历史地理背景上进行考察，从纵向的历史演变过程中构拟出故事原型，从横向的地理传播途径中追寻故事的发祥地。例如，在某些类型中保留着故事的原始形态要素，含有这个故事所独有的不可缺少的基本情节或具有发展出其他形式的可能性等等，那么这些亚型就接近于故事的原型了。“如果从对各种特征的研究中所得出的证据是清楚而确凿的，研究者就可以立即试着通过组合所有原型中表现出来的情节要素的方法，得到该故事的构拟的原型”。构拟出来的原型有可能和最早记录下来的异文相一致，也可能不一致。这种构拟原型的方法实际上是从比较语言学中移植而来的。汤普森对此作过很好的评述：

> 他的工作如同那为一个词汇找出理论上的印欧形式的印欧语言研究者。他先研究每一种德语中的这个词，运用变化的一般规律，确定能产生出这些词的最初德语形式，然后依次类推，找出这个词理论上最初的凯尔特语形式，最初的斯拉夫语形式等等。最后从全部原始形式中构拟出主要语族支系图，找到能够产生所有语言的原始形式的原型，完成这个词的合乎逻辑的印欧形式。这种追溯每种原始地方形式并从中找到最终原型的研究方法，不仅适用于语言，而且适用于传统的叙事文学。①

构拟原型是历史地理方法的关键所在。完成这一工作后，再参照原型回头考察各种异文，就可以看出这一故事在不同时间、空间背景上的传播演变情况，从而勾勒出它完整的生活史了。

---

① 陈建宪译：《民间故事的生活史》，刊于湖北省民间文艺家协会编印《故事研究资料选》，1989 年。

用上述方法所作的故事研究，较为出色的成果已有三四十个，为了透彻地研究一两个故事，历史地理学派的学者常常不惜花费毕生心血。其中最受人称道的成果，有安德森搜集到六百多篇异文对《国王与修道院长》(AT922) 所作的研究，布朗德搜集到三百六十多篇和六百多篇异文，分别对内容相关的两个故事《屠龙者》(AT300) 及《孪生兄弟》(AT303) 所作的研究，汤普森对拥有八十六篇异文的印第安故事《星星丈夫》的研究等。

阿兰·邓迪斯在他的《世界民俗学》一书中，特地选编了汤普森的长篇论文《星星丈夫故事》，以此作为历史地理学派的示范性成果，下面让我们看看这一研究方法实际运用的情形。

在北美印第安人中，流传着一个被称为“星星丈夫”的故事，它的最简单的形式如下：两个姑娘在睡觉前，从敞开的窗户，看到了两颗星星。她们希望能与这两颗星星结婚。第二天，她们发现自己在天上，每个人嫁给了一颗星，其中一个较年轻，一个年纪较大。两个女人被警告不许挖掘，但是她们后来违反了这警告，在天上挖了个洞，看见了她们在下界的故乡。她们渴望回去，但被抓回。后来，她们做了根长绳子，在它的帮助下，终于成功地回到家乡。

研究论文分为五部分：

1. 导言。说明历史地理方法的要点。

2. 对八十六篇异文的情节逐一概述。在文字说明的基础上，用简明的符号加以标示，如：

两姐妹 (A2) 睡在外面 (C1)，希望嫁给两颗星星 (B1)。

一个女人 (A1) 被一件超自然物 (B3a) 带到上界 (D3a)，大约是月亮里头 (E1)。

两个姑娘 (A2) 挖掘根茎后 (C2a) 睡在外面 (C1)，希望找两颗星星作丈夫 (B1)。

这是对三篇异文开头的概述，把叙述要素分解开来并用符号标明，缩写式即为：

A2	C1	B1	
A1	B3a	D3a	E1
A2	C2a	C1	B1

这样来比较其异同之处就很细致明确了。

3．主要特征的分析。作者将本故事特征从以下十三个方面予以剖析：女人的数目，引入的情节，升天的方法，丈夫的身份，丈夫的特征，儿子的出生，在天上被打破的禁忌，天洞的发现，下降时的帮助，下降的中介物，下降的结果，解释的原因，结尾方式。具体考察这些特征在八十六篇异文中的实际体现，进行数量上的分析。

4．构拟原型和亚型。构拟出的原型为：两个姑娘（65%）睡在外边（85%），希望以星星为丈夫（90%）。她们在睡觉中被带到天上（82%），发现自己与星星结了婚（87%）。他们是一老一少，与姑娘所希望得到的星星明暗大小相一致（55%）。女人忽略了不得挖掘的警告（90%），在天上仍然打开了一个洞（76%）。在没有外来帮助的情况下（52%），她们以一根绳子降落到了地面（88%），安全地回到了家（76%）。它的情节可以缩写为：A2、B1、C1、D2、E3、F4、G0、H1、I1、J0、K3、L1。

文章还构拟出豪猪型与树下动物受骗型这两个亚型。

5．结论。“一个关于两个姑娘与星星结了婚的简单故事，以及伴随之后的成功逃脱，流传在美国的大部，加拿大南部，以及除了新墨西哥和亚利桑那州以外的整个东南地区。这个简单故事的起源地，现在已不可能精确地考定，但是它一定是这个故事今日分布区域的中心地附近。太平洋海岸诸型表明，尽管他们的讲述传统，是来自外部那个基本型的起源处，但它已发生了相当的变化。另一方面，中部区域的异文则变化很小。中部平原地区，似乎最有可能是这个简单故事或基本型的发源地。”“对这个故事年代的最好说明，来自类型Ⅲ中的米克马克人异文。这些异文记录于1870年，但据一个妇人说，她在儿时便听过这个故事，那么年份也许是1840年。如果这个故事是从大湖地区那个地方的基本型发展而出的话，它至少必须早在1820至1830年间便存在了，因为它在1840年，就已经产生出了特殊的米克马克—帕萨马科迪型……从上述事实来看，这个故事的基本型，至少可以追溯到十八世纪。它与我们对这个故事时代所能产生的估计几乎相等。”

文章不限于追寻《星星丈夫》故事的生活史，还通过对一篇故事的剖析验证有关故事传播演变的一些基本理论原则，如“语言界限，甚至语族的界限，对这个故事的传播，很少或者没有阻滞或促进”。“这些异文的情节梗概清楚地表明，它本身很少为个人的讲述活动所影响。他们中那些最热心维护传统的人，似乎只是在不改变任何基本情节的前提下，才精心创造某些特定的细节。”

作者最后写道：“尽管我们的研究没有解开这个故事最初起源之谜，也没有提出精确的资料数据，但我们对它的分析，已经说明了像《星星丈夫》一样的故事，在它产生之后，是如何采取新的形式，使自己适应新的条件，并且跨越时空界限，始终保持着它的基本模式。”在深入进行微观研究的基础上，由点到面，提出一些具有普遍意义的理论问题进行探讨，这也是历史地理学派研究工作的特点之一。

汤普森对《星星丈夫》故事的研究，其成就与缺陷均不难看出。邓迪斯在编者“导言”中中肯地指出：

> 对历史地理学派的主要批评之一，是民俗学仅研究民俗本身，其变异性与稳定性，皆脱离了富有意义的因素。故事传播及特征超机体式悄然散失，是一些人类学的民俗学家避而不从事这类研究的原因……历史地理方法是最有价值的方法之一。不过，大多数历史地理研究，都留下一些重大的问题没有解答。原型（即使构拟是正确的）为什么首先产生于一个地方？为什么会发展出亚型？为什么这些亚型恰好发生于产生它们的那个地方？为什么故事以多种形式被传述（或不被传述）？关于这些问题，必须对民俗进行综合的研究。历史起源与传播路线的研究，只是整个研究的一部分，一个重要的部分，而心理根源与功能的研究，也是其中的一部分。将这些研究统一起来，才能对民俗特质有更充分的认识。①

从《星星丈夫》故事的研究可以看出，历史地理学派强调充分占有材料，对数量众多的故事异文的性质与特点作科学分析与精细比较，其严谨的作风令人赞赏。他们从历史地理两方面探寻故事的生活史，其结论也有可取之处。它们不足之处表现在：对故事异文的数量要求过严，如在相关的历史地理背景上缺乏适当材料，便无法完成构拟原型的工作。它对故事

① 邓迪斯：《世界民俗学》中文版，第560页。

种种特征和型式的分析，主要从外部形态着眼，而撇开了这些情节和细节所表现的思想生活内容及相关的历史文化背景，脱离了传播这些故事的人们的心态，因而无法完全展现一个故事的生活史。还有，它把所有相类同的故事均认为是由一个故事原型传播演变的结果，忽略了人类文化平行发展的普遍事实，其结论有时自然难于令人信服。汤普森的论文大体勾勒出了《星星丈夫》在美国流传的历史地理范围，然而作者也承认并没有解开最初起源之谜。特别是完全不涉及这个故事的文化内涵以及它和印第安人社会历史文化传统的联系，更使渴望从故事中了解印第安人文化的读者感到失望。

民间故事类型索引的编纂

历史地理学派的研究工作，除研究一个一个的故事类型，追寻其生活史，并由个案研究揭示民间故事流传演变的基本规律之外，还有一项重要成果，就是在类型研究的基础上编纂《民间故事类型索引》。这是他们研究成果综合的系统的展现，也是对民间文艺学和比较故事学的重大贡献。

由阿尔奈完成，汤普森补充修订的《民间故事类型索引》，其分类编码情况如下：

Ⅰ. 动物故事

1—99	野生动物
100—149	野生动物和家畜
150—199	人和野生动物
200—219	家畜
220—249	禽鸟
250—274	鱼
275—299	其他动物故事和物件

Ⅱ. 普通民间故事

300—749	A. 神奇故事
300—399	神奇的对手
400—459	神奇的或有魔力的丈夫（妻子）或其他亲属
460—499	神奇的难题

500—559　神奇的助手
560—649　神奇的物件
650—699　神奇的力量或知识
700—749　其他神奇故事
750—849　B. 宗教故事
750—779　神的奖赏和惩罚
780—789　真相大白
800—809　人在天国
810—814　人对魔鬼的许诺
850—999　C. 生活故事（爱情故事）
850—869　公主出嫁
870—879　女主人公嫁给王子
880—899　忠贞和清白
900—904　恶妇改过
910—915　忠告
920—929　聪明的行为和聪明的话
930—949　命运的故事
950—969　强盗和凶手
970—999　其他爱情故事
1000—1199 D. 愚蠢魔鬼的故事
1000—1029 雇佣合同
1030—1059 人和魔鬼合作
1060—1114 人和魔鬼比赛
1115—1129 企图谋杀主人公
1145—1154 吓坏了的魔鬼
1170—1199 人把灵魂出卖给魔鬼

Ⅲ. 笑话

1200—1349 傻子的故事
1350—1379 夫妻的故事
1380—1404 愚蠢的妻子和她的丈夫

1405—1429 愚蠢的男人和他的妻子

1430—1439 愚蠢的夫妻

1440—1449 女人（姑娘）的故事

1450—1474 寻求未婚妻

1475—1499 老处女的笑话

1500—1524 其他关于女人的笑话

1525—1639 关于男人（男孩）的故事（聪明人）

1640—1674 幸运的机遇

1675—1724 愚蠢的男人

1725—1850 关于牧师和教会的笑话

1851—1874 关于其他人的笑话

1875—1999 谎话

Ⅳ. 程式故事

2000—2199 连环故事

2200—2299 圈套故事

2300—2399 其他的程式故事

Ⅴ. 未分类的故事

2400—2499 未分类的故事

书中在每个编码下列出一个故事类型，这些类型多以该类型中最流行的故事来命名，如460—499“神奇的难题”这一大类中，就有460A“朝觐上帝去领赏”，460B“寻找好运的旅行”，461“三根魔须”等等。“三根魔须”以《格林童话》中的同名故事为代表性篇目。“索引”依据本篇故事和相关作品，归纳出它的情节概要。

461　　三根魔须

Ⅰ. 开头。一个青年人将成为国王女婿的预言。阻止这种婚姻的徒劳尝试。

Ⅱ. 寻找魔鬼胡须。a. 英雄受嘱托去地狱探索，并带回三根魔鬼的胡须或b. 去寻找世界上最强有力或最聪明的人。

Ⅲ. 问题。这个青年人在路上碰到人们提出的各种不同的问题，请他帮助寻找答案。如（a）为什么一棵树不结果，（b）什么时候摆渡人能从渡船上脱身（一个水中动物何时能摆脱烦恼），（c）怎样才能治好王子（公主）的怪病，（d）一口井（泉水）为什么干涸，（e）失踪的公主在哪，（f）失落的钥匙在哪，（g）一个没有人求婚的姑娘怎样找到意中人，（h）喂养的家禽为什么死去。

Ⅳ. 寻找到了答案。（a）这个年轻人得到魔鬼妻子的帮助，（b）他把自己变成一只小虫躲藏起来，（c）魔鬼闻到人的气息却没有找到他，（d）在魔鬼妻子的帮助下他得到了对这些问题的答案，即（d1）金子藏在大树下，必须弄走，（d2）摆渡人把船桨交给另一个人，那人就会接替他做这个工作，（d3）当公主第一次圣餐时被一只耗子偷去的圣杯送回来时，她的病就会好（王子只要把他在教堂中吐出唾沫的石头搬走），（d4）把动物或石头从水源处移开，井（泉）水就会重新流出，（e）他得到了三根魔须。

Ⅴ. 报偿。（a）在回故乡的路上他回答了这些问题并得到了丰厚的报偿。

Ⅵ. 国王当了摆渡人。（a）妒忌的国王想仿效年轻人的行为，（b）摆渡人将船桨放在他手上，于是国王成了摆渡人。

在这后面，还列出了本类型所包含的十几个母题（情节单元）。特别有价值的是，列出了分布于欧亚大陆二十几个国家或地区的五百多篇同类型异文的出处，给学者在世界范围内搜寻检索同类型的故事提供了极大便利。这部“索引”也有它的不足之处，主要表现为：尽管多次增补，对某些重要国家和地区的民间故事仍然反映得不够或者根本没有反映，如对中国的故事就收录得很少，正如汤普森所表示的，严格说来应该把它视作“欧洲、西亚及其民族所散居的地区的民间故事类型索引”，而不应作为“世界民间故事类型索引”来看待。此外，关于民间故事范围界限的确定，民间故事所含类别的划分以及类型编排的顺序等，也有许多不够合理之处。尽管这一索引存在许多缺点和不足之处，它仍不失为一部具有很大概括性和较高科学价值、能帮助我们检索世界民间故事的工具书。

AT 分类法问世后，各国学者竞相采用这一方法编纂本国的民间故事类型索引，现已有三十多个国家和地区出版了百余种这类索引。关于中国民间故事类型索引，早在 1931 年，钟敬文就发表了《中国民谭型式》一文，归纳出四十五个故事类型并写出了它们的情节提要，在这方面作出了开拓性的贡献。到 1937 年，德国学者艾伯哈德编纂的《中国民间故事类型》一书问世，搜罗三百余种书刊，从近三千篇故事中归纳出二百四十六个类型。1978 年，美籍华人学者丁乃通积十年心血完成的《中国民间故事类型索引》出版（中国民间文艺出版社于 1986 年译成中文出版），它引用 1966 年之前有关中国民间故事的资料五百八十多种，从七千三百多篇故事中归纳出八百四十三个类型。此书不仅以搜罗广泛、内容丰富见长，还由于采用 AT 分类法，首次把中国民间故事引入国际类型，为中外故事的比较研究提供了便利。正如贾芝所评论的："他是根据中华人民共和国成立以后我国出版的五十多个民族的大量的民间故事分类编纂成书的。他以严谨的治学态度做了细致的研究、比较和选择，完成了这本引人入门，也引人入胜的工具书。对于我国研究者，这本书是引向与世界民间故事进行比较研究的桥梁；对于国外学者，这本书则是将他们领入中国民间故事宝库的大门。"①

由历史地理学派开创的编纂各种形式的民间故事类型的学术活动，和比较故事学的关系十分密切。刘魁立撰有《世界各国民间故事类型索引述评》，发表在 1982 年《民间文学论坛》创刊号上，对编纂故事类型索引的缘起、特点和意义做了全面而中肯的评析。他特别强调了这一工作对比较故事学研究的重要价值：

> 随着科学研究的日渐深入，特别是由于比较研究法的广泛运用，国际民间文艺学界在最近半个多世纪里深切地感到有必要探索出一条简捷的道路和方法，对世界各国浩如烟海、难以数计的民间故事资料，依据其相对有限的情节类型、主人公或其他特征进行分类、统编，以利检索和研究。各国学者在这一领域作出了极大的努力，并且在五六十年的时间里编辑了大量的民间故事情节索引，数目不下百十余种。从科学发展的趋势来看，关于情节类型的研究，以及类型学研究正在发展成为文艺学领域中的一个重要分支。因此在今后若干年中索引的数目还将大大增加，而且编辑索引的角度和原则亦会有更多的变化。

应当指出，这些民间故事类型索引本身就是各国学者对民间故事广泛

① 贾芝：《中国民间故事类型索引·序》，中国民间文艺出版社 1986 年版。

地进行比较研究的成果。所谓类型，就是搜求大量故事资料，比较其情节结构上的异同，将大同小异的故事归纳为同一型式。书中的类型概述既着眼于异中之同，也常常用简要文字标示出同中之异，即同一类型故事在情节与细节上的变异。这些都是有关学者对故事做精细比较之后写成的。这种比较研究不是就一个地方的几个类型，而是在一国乃至世界范围内汇聚成千上万篇故事，归纳成几百个乃至一两千个类型，是一项由众多学者在一个相当长的时间内所做的大规模的比较研究，这就更值得人们加以重视了。

因此民间故事类型索引，就成为民间文艺学家或比较文学家从事比较故事学研究所必备的工具书和理论知识入门书。它的索引部分提供了世界各国大量故事资料的出处，便于学人检索。它列出了一个又一个类型，在提要中介绍了列入这些类型的故事异文的大同小异之处。限于工具书的体例，它没有就这些类型的特点和意义作出理论分析，却给我们在此基础上做深入的比较研究留下了广阔的天地。研究者还可以利用不同国家、不同地区的故事类型索引，从宏观上进行比较研究。如丁乃通在《中国民间故事类型索引·导言》中告诉我们："百分之几的中国故事类型可以认为是国际性的故事呢？本书列入了八百四十三个类型和亚型，仅有二百八十六个是中国特有的。就连这些也有少数和西方同类的故事差距并不很大，也有的类型在中国邻近地方，例如越南曾经发现过的。"有些研究中国民间故事的学者，曾经认为中国民间故事是自成系统的东西，它跟国际的民间故事类型很少相同，不少人赞同这一论断。而丁乃通却通过宏观上的类型比较，有力地否定了这个说法。钟敬文先生在给他这部《中国故事类型索引》作序时，特地提到上面这段话，认为"即使我们对他所说的数字打些折扣，这个结论仍然是使人惊异的"。它启示我们，中国民间故事乃至中华文化的许多方面，由于同世界各国长时期进行文化交流而形成的国际性，远远超出我们平素的估计，这一发现足以发人深思。

由于历史地理学派所用的基本方法就是比较方法，所以人们又称之为历史地理比较研究法。他们不仅对民间故事研究有一整套独创的理论和方法，还坚持不懈地进行微观与宏观的比较研究并取得了举世瞩目的成果，因此我们把它作为当代比较故事学的主要代表予以评述。

丁乃通的中国民间故事比较研究

美籍华人学者丁乃通，除撰有《中国民间故事类型索引》外，还写了四篇论文《高僧和蛇女》、《人生如梦》、《中国和印度支那的灰姑娘故事》、《云中落绣鞋》，分别对广泛流传于中国和其他国家的《白蛇传》、《黄粱梦》、《灰姑娘》和《云中落绣鞋》进行跨文化的比较研究。他主要使用历史地理学派的方法，而又十分尊重中国民间文学和学术研究的传统，因而对中国比较故事学建设具有宝贵借鉴意义。

下面试以他撰写的长篇论文《云中落绣鞋——中国及其邻国的 AT301 型故事群在世界传统中的意义》为例①，看看历史地理学派方法在故事研究中的体现。

《云中落绣鞋》是这个故事最流行的中国篇名。它的故事梗概是：一位公主被妖怪掠走，从云中落下一只绣花鞋；英雄主人公跟踪公主前去搭救，下到洞穴深处，救出公主后他自己却遭同伴陷害困于洞中，后被洞中的神奇动物相救脱险，出洞后同公主结婚，而那位狡诈险恶的伙伴最终受到了严厉惩罚。这个故事的众多异文流行于东西方许多国家和地区，具有世界影响力，被编列为 AT301 型。丁乃通撰写学术论文，就是为了探求这个著名故事在东西方文化背景上构成演变的历史。其研究方法的特点是：

1. 作者参照《故事类型索引》，又经过自己的多方搜寻，汇集了中国及其邻国的现代口头异文共 50 篇，对它们所含母题和结构特点一一予以解析；然后把它们归纳成为 4 组或 4 个亚型：301、301A、301B、301F。文章将每篇异文形态用代码一一标出，如异文 44 的形态为：Ⅲf＋Ⅱl＋Ⅴah＝301B。其中 301A 是中国故事的主型。

2. 按照在异文中出现频率较高的即属构成原型要素的通例，经过对全部异文的比较综合，构拟出 301A 型。

原型如下：

英雄在山上砍树时，突然看到一个妖怪或可怕的动物经过（可能

① ［美］丁乃通：《中西叙事文学比较研究》，陈建宪等译，华中师范大学出版社 1994 年版，第 150—269 页。

在一阵可怕的风暴中)，他向它扔出武器。从飞行物中掉下血，同时也可能还有一只女人的鞋子。他沿着血迹追到一个很深的地下洞口。后来，他听说一个公主在这阵风中被劫走，并悬赏让人去营救。他带着他的一个亲密朋友来到那洞口，用绳子下到洞内。在公主的帮助下，他趁抢劫者视线模糊或眼睛被蒙住时，杀死了它。公主感恩地将一个首饰一分为二，送了一半给他作为信物。恶人吊上公主后，封住洞口，冒领了奖赏。然而，英雄在地下世界救了一条被缚的龙，在龙的帮助下，他回到了地面。他可能从龙那儿得到了一件具有魔力的礼物。总之，他赶到了宫殿，当他拿出信物时，公主认出了他。结果是恶人受到惩罚，英雄同公主结了婚。

由于这是从众多异文中构拟出来的原型，即故事的起源形式或者标准形式，所以在现存口头异文中，很难找到完全具备它的每一个情节的文本，或多或少总有些差异。

3. 构拟原型是历史地理方法的关键所在。以原型为依据，再回头来同相关异文作比较，并结合故事所含历史地理因素进行分析，就可以看出这个故事在不同时间、空间背景上流传并发生变异的情况，从而显现出它的生活史。

如丁乃通参照301A中国故事原型对异文26的评述。异文26是一篇苏州弹词《云中落绣鞋》。丁乃通将它和口传故事原型即标准型进行比较之后，发现它在情节细节上的一系列变异，同说唱弹词的职业艺人进行有意识的艺术加工有关。“职业故事家有精心编织情节的习惯，使情节更复杂，细节变得拖沓等等。”这成为本故事生活史的一部分，丰富了我们对这个著名故事的形态多样性及广泛影响的认识。

4. 丁乃通又从中国古典文献中搜寻，发现了10余篇相关记载，其中都含有见于301型故事的母题。最值得学人注意的有两篇，一是唐代地方志《鄱阳记》所载的《望夫冈》:

鄱阳西有望夫冈，昔县人陈明与梅氏为姻，未成，而妖魅诈迎妇去。诣卜者，决云:“西北行五十里求之。”明如言，见一大穴，深邃无底。以绳悬入，遂得其妇。乃令妇先出。而明所将邻人秦文，遂不取明。其妻乃自誓执志，登此冈首而望其夫，因以名焉。

这里的记叙虽然很简略，而包含的情节却较为复杂：妖怪诈迎梅氏，未婚夫陈明同邻人秦文结伴出门寻妻，陈明攀绳下洞将梅氏救出，而秦文却将陈明抛置洞中，企图强占梅氏，梅氏不从，常登冈望夫归来，人们便称此冈为望夫冈了。地方志中的这段文字，是为说明“望夫冈”这个地名的由来，所以对情节的记述较为简略。但它已是包含一系列母题的完整故事，同 301A 型的原型很接近。因此丁乃通在论文中写道：“（它）尽管不及现代口头异文那样成熟丰满，但据我们所知，它无疑是最早含有姑娘凭绳得救和主人公被同伴出卖等特殊情节的异文，因此它可以被称作世界上最早的 301A 型故事的异文。”它没有外来影响的痕迹，“这个故事在起源上可能完全是土生土长的”。

还有一篇经清人笔记小说《墨余录》转述的唐代故事《石洞绣鞋》，叙事生动，其形态也接近原型。这两篇唐代异文构成中国故事的基础。经宋元时期的传承与充实，其演进为现代口头传承中的流行文本。

5. 301 型还是一个世界性的著名故事，它最早的西方异文载于13 世纪的骑士传奇《托切》之中，故事梗概如下：

> 国王的女儿被一侏儒抢走，朋友们决定营救她。梅隆斯用一条绳子下到地洞，在那儿找到了公主——托切爱着的一个姑娘，和其他女子。他听从托切恋人的建议，用妖怪的剑一下子杀死了那个妖怪。姑娘被拉上去了，但梅隆斯被留在了下面。他发现了一匹马、两条狗和两只鹰，它们帮助他找到了出路。奸诈的朋友受到了惩罚，梅隆斯和公主结了婚。

丁乃通将它和中国唐代故事进行比较之后认定，两者情节结构相近，特别是一个重要方面也十分一致：“主人公是一个公主，英雄力图去救出公主的动机不是爱情而是骑士气概。它从中国向东流传的时间也很容易被推测，大约是在公元 800 年至 1100 年之间。”联系到唐代来到中国的胡人甚多，“它可能是通过一个了解中国最近异文（可能是原型或接近原型的异文）的胡人故事讲述者从中国带入西方的”。在西方流传自然会发生一些变异：“在这个变体中，由于他们不具有中国听众的欣赏习惯，绣花鞋情节单元被删去了；动物营救者也不是一条龙（这样的特征只有中国才有可能出现），因为在西方，龙很少作为慈善的化身。”

丁乃通所考察的这个故事至今仍富有生命力，正如他在文章中提到的："当今 AT301 故事仍十分活跃，其中有一部目前在美国许多城市，估计同样在世界各地都可看到的西班牙电影，就是人们对这一主题兴趣不衰的证明。"学人关于这个故事可能源于中国，大约在唐宋时期传入西方的推断，给东西方文化交流增添了又一个有趣话题。

丁乃通以 AT301 故事的古今中外丰富异文及其历史地理背景为基础，所作的精细分析与大胆推论，代表了历史地理学派研究民间叙事文学的传统风格和优点。

历史地理方法也有其不足之处，一是对故事异文的数量要求过严，如在相关的历史地理背景上找不到适当材料，缺失某一环节，便无法完成构拟故事原型的工作，造成一系列推论的失误。二是它以所有同类型故事均同出一源为前提，而学界公认的事实是，人类文化包括民间口头文学在内，平行类同发展的情况更为常见；把世界各国所有类同故事都用"同源"说来解释显然难以成立。三是他们对故事的解析，主要从外部形态着眼，而对故事中有关情节和细节中所蕴含的思想生活内容，以及传承这些故事的人们的心态等则很少涉及。因而我们在借鉴这一方法时，应从实际需要出发，加以改造，为我所用。

中国比较故事学的建构

提　　要

尽管国内外的比较故事学研究已取得了丰厚的实绩，这门学科事实上已经建立起来，然而有关比较故事学理论与方法的系统论述却仍十分薄弱。本专题的七篇文章，就比较故事学与比较文学的关系，比较故事学的研究领域、研究方法和研究目的进行阐释，提出了建构中国比较故事学完整体系的初步设想，并就中国比较故事学的过去与未来作了回顾与展望，读者可以从中看出这门学科在中国兴起的来龙去脉和令人鼓舞的发展前景。

比较故事学与比较文学①

对许多人来说，“比较故事学”还是一个很陌生的概念，人们较为熟悉的是“比较文学”这门学科。我们现在就从比较故事学和比较文学的关系讲起，来阐释这门新学科的性质和特点，概述它的理论和方法。

比较故事学研究的对象是民间口头叙事文学。研究民间文学的专门学科叫民间文艺学，故事学是它的一个分支。我国民间文艺学的奠基人钟敬文先生曾勾画这一学科的轮廓道：

> 民间文学，既然是一种特殊的文学，合乎逻辑地，研究它的学科，就必然是一种特殊的文艺学，即“民间文艺学”。
>
> 它有“总论性的”一般民间文艺学，也有“分论性的”民间文艺

① 本篇原载《外国文学研究》1994 年第 3 期。

学，如神话学、传说学、童话学（民间故事学）、歌谣学、谚语学等。其次，它包含着作品史和理论史（科学史）等的历史分科。前者如中国民间文学史、神话史、传说史、歌谣史等，后者如近代民间文艺学史、神话学史等。①

而民间文学，特别是神话、传说、故事的研究，特别适宜于用比较方法来进行，实际上是一种比较研究，于是比较神话学、比较故事学应运而生。钟敬文先生1985年在祝贺中国比较文学学会成立大会上的致辞中对此讲得十分中肯：

我所从事的学科，是民间文艺学。在这个领域的研究上，比较方法，并不是怎样陌生的东西，单就神话、传说及民间故事方面说吧。大家知道，现代较早成为科学的语言学派神话学，以及稍后代替它而兴起的人类学派神话及故事学，在它们的名称之上，往往被学者们冠以“比较的”这个词儿。近年流行的某些结构主义学者的神话学，则简直被称为“新的比较神话学”。至于芬兰学派等的历史地理方法以及类型、母题（情节单元）索引等研究方法，它与比较方法的密切关系，就更不用说了。总之，比较方法，于民间文艺学的研究来说似乎是先天地存在的（这恐怕跟它那作为“口头艺术”的民间文学的“变异性”的特点有一定关系）。②

我国研究东方文学和比较文学的著名学者季羡林在1986年写成的《民间文学与比较文学》一文中，认为早在十九世纪中叶，研究印度《五卷书》故事由东向西传布的法国流传学派就奠定了比较故事学的基础，他告诉我们：

在比较文学发展的初期，民间文学与比较文学之间的关系是密不可分的。就以德国为例，在十九世纪中叶，梵文学者本发伊发表了他的名著：《五卷书：印度寓言、童话和小故事》，有德文译文、长篇导论和详尽的注释。在导论中，他使用了多种语言的材料，详详细细地追溯了书中故事在欧洲和亚洲等地流传的过程。他从此奠定了一门新

① 钟敬文：《新的驿程》，中国民间文艺出版社1987年版，第533、534、354页。
② 钟敬文：《新的驿程》，中国民间文艺出版社1987年版，第533、534、354页。

学科的基础：比较童话学或者比较文学史，两者都属于比较文学的范畴。①

笔者在1985年12月出版的《民间文学概论十讲》一书中论及民间文学比较研究问题时，表达了对建立比较故事学的热烈期望，“进行中外民间文学的比较研究是十分有意义的，目前更为迫切的是对我国各兄弟民族的民间文学作系统的比较研究。在此基础上，建立中国学派的比较民间文艺学(包括比较神话学、比较歌谣学、比较故事学等)。比较研究的天地是十分广阔的”②。

时至今日，我们可以说，在世界范围内比较故事学不仅是一种构想，而且已经实际地建立起来，成了一门新兴的人文学科。其理由是：

1. 世界学人运用比较方法研究民间故事已有了一百多年的历史；

2. 在方法论上，从借鉴融合神话学派、人类学派、心理分析学派、结构主义学派的方法，发展到从故事研究中创立流传学派，特别是历史地理学派，形成了一套较为完整并不断趋于完善的对世界各国民间故事进行比较研究的科学方法；

3. 成果不断积累，不仅有了对几百个著名故事的形成传播演变进行深入研究的微观成果，还出现了像普罗普的《民间故事形态学》，阿尔奈和汤普森的《民间故事类型索引》，汤普森的《民间故事概论》，关敬吾的《日本昔话——比较研究序说》③ 等一批在广阔背景上从宏观角度对民间故事进行比较研究的重要成果，影响已远远超出本学科范围。

由于民间故事数量众多，不仅以它通俗生动的艺术形式为遍及世界每个角度的男女老幼所喜闻乐见，还蕴含着各个民族乃至全人类共通的深层心理。这样，比较故事学对世界民间故事所作的系统而深入的比较研究，就有其独特的超出比较文学学科的价值。正是这种独特的学术文化价值，使它终于发展成为一门独立的学科。

比较故事学属民间文艺学的一个分支，似乎不存在什么疑问，至于它

---

① 季羡林：《比较文学与民间文学》，第1页。

② 刘守华：《民间文学概论十讲》，湖北教育出版社1985年版，第300页。

③ ［日］关敬吾：《日本昔话——比较研究序说》，株式会社同朋舍1982年版。

和比较文学这门学科的关系怎样，则经历了一个发展与认识的过程，是逐步明确起来的。

以口头方式世代传承的民间故事是一种口头叙事作品，对故事的比较研究理应看作比较文学研究的一个方面。然而在比较文学学科兴起的初期，比较文学家认为比较文学就是“研究不同文学的作家之间在作品、灵感，甚至生平方面的事实联系”①，以作家个人创作的书面文学作为比较研究的对象。这样，把神话、民间故事等排除在比较文学视野之外就是很自然的事了。法国著名比较文学家巴尔登斯柏格就强烈反对对民俗学材料的关注，说“比较文学中的整整一支被这种民俗学或题材史所吸引，而这种民俗学或题材史代表着一种对于题材而不是艺术感兴趣的探讨方式，它更关注的不是文学匠人的创造性而是那些遗留下来、尚未被发掘的材料”。另一个法国比较文学家梵·第根也步其后尘，在研究中排斥属于民俗学范围的神话、传说、故事等民间叙事体裁，他写道：

> 这是民俗学，不是文学史，后者是通过艺术作品看到的人类精神的历史。前者是主题学的一个分支，在此类研究中，人们考虑的仅仅是题材及其从一个国家向另一个国家的流传和演变。其本质就是要保持非个人的性质。在这样一种无名氏生产的传统中，艺术不起任何作用，而比较文学却要研究作家个人所产生的作用和影响。②

过分拘泥于研究“个人创作”与“事实联系”，表现出早期法国学派比较文学家的狭隘眼光。然而在格林兄弟的故乡德国，由于具有注重研究民间口头创作的深厚学术传统，它在比较文学研究中也得到了反映。《比较文学研究》的办刊纲领中所提出的研究项目是“直到最近才不被无视，最终成熟的民俗学科学”。只要我们翻阅《比较文学杂志》和《比较文学研究》就可以看到在上面不乏对神话、童话的研究，有关欧洲和欧洲以外（印度、非洲和中国）的主题和民俗研究的也很多。甚至有学者提出，比较文学只有研究“古代的民间传统”和“神话、传说、童话、民间故事”时才有意

---

① ［法］卡雷为基亚的《比较文学》一书所写的序言，转引自［美］乌尔利希·韦斯坦因：《比较文学与文学理论》中文版，辽宁人民出版社1987年版，第1页。

② 《比较文学与文学理论》中文版，第2页。

义。随着比较文学学科的发展，排斥古代和中世纪民间口头创作的立场，可以说已经不攻自破①。一般来说，民间口头创作在比较文学研究中居于辅助地位，也有给予突出地位的，如新西兰奥克兰大学波斯奈特教授用英文写的第一部比较文学著作《比较文学》，就从民间口头创作开始，然后分别概括论述东西方各个时期和各个民族文学的进化历程。

特别值得提起的是联合国教科文组织按“教育的国际标准分类”制订的比较文学学科的“研究水平和规划”，充分地强调了民间故事传说研究的意义。这个文件稍加简化后的内容如下：

> 一般至少在修满中等教育后方可修比较文学学科，它设有下列学位：文学学士、文学硕士和博士，或者其他同等学位。授课方式主要有：课堂讲授、座谈会、小组讨论和研究。
>
> 学士学位的课程主要研究国际文学关系和文化关系。其主要课程内容通常包括以下几个方面：作家和作品在其诞生地以外的国家流传、接受和所产生的影响的情况；国际文学运动的传播和演化；类别、主题和题材的特征及相互关系；民间文学和民间传说；批评；美学；文学之间的媒介和关系，以及文学和其他学科之间的关系。背景知识一般包括历史、社会科学和行为科学、哲学、宗教、神学和自然科学。
>
> 研究生学位的课程主要是关于国际关系和文化关系的高级研究。重点放在研究工作上，以学术论文为考查依据。课程和研究项目所涉及的主要内容包括：国际文学运动的起源和演变、民间文学和民间传说、批评、美学、媒介、史诗、传奇、悲剧、喜剧、现代戏剧、当代小说、比较文学研究问题、文学研究中的比较法、当代文学的势力和比较文学中的研究技巧②。

这是对比较文学学科的综合描述。民间文学和民间故事传说的比较研究，作为比较文学中不可缺少的一环的地位至此可以说相当牢固地确立起来了。

---

① 《比较文学与文学理论》中文版，第 186、190、3 页。

② ［美］克莱门茨《比较文学的渊源和定义》，见《比较文学研究译文集》，上海译文出版社 1985 年版，第 232 页。

中国是一个拥有丰饶的民间文学财富和建立了民间文学专门工作机构，注重研究民间文学的国家（1950 年 3 月建立的中国民间文艺研究会于 1987 年更名为中国民间文艺家协会，拥有全国会员三千多人），中国比较文学界十分重视民间文学的比较研究。大力倡导比较文学的著名学者季羡林，著有《比较文学与民间文学》一书，于 1991 年由北京大学出版社出版。书中收录他四十年代以来有关这一主题的文章五十余篇。他所作的比较文学研究大部分与神话、史诗、寓言、童话等民间文学作品有关。他还就比较文学与民间文学的关系作了精当的理论阐述。如在 1982 年写成的《比较文学与民间文学研究相得益彰——〈印度民间故事〉序言》中写道：

> 现在我们国内，对民间文学研究的提倡，正在方兴未艾。同时，比较文学的研究也引起了广泛的兴趣。这二者其实是密切相关的。至少对目前的中国来说是这样。没有比较文学，则民间文学的研究将流于表面，趋于片面。没有民间文学，则比较文学研究的内容也将受到限制。如果把二者结合起来，再加上我们丰富的古典文学和少数民族文学，这两方面的研究成果必将光辉灿烂，开辟一个新的天地。
>
> 我这里说的民间文学，不限于中国，外国的民间文学也包括在里面①。

> ……在国与国之间，洲与洲之间，最早流传而且始终流传的几乎都是来源于民间的寓言、童话和小故事。我们甚至可以说，没有民间文学，就不会有比较文学的概念②。

他既从比较文学兴起的历史过程中追溯了两者的密切关系，又从学术发展的现状和远景中，阐明了两者相得益彰的道理。这些论述，立足于国内外学术发展的客观实际，也是他个人长时期在这两个学术领域融会贯通进行研究探索的深切体会。

在季羡林等老一辈学人的激励启发下，中国比较文学界坚持不懈地倡导民间文学的比较研究。如张隆溪、温儒敏 1984 年在编选第一本中国《比

---

① 季羡林：《比较文学与民间文学》，第 166 页。

② 季羡林：《比较文学与民间文学》，第 1 页。

较文学论文集》时，将十八篇论文分为三组：平行研究、影响研究和民间文学研究。民间文学研究方面选录了刘守华的《〈一千零一夜〉与中国民间故事》、《民间童话之谜》和李源的《从印度〈罗摩衍那〉到泰国的〈拉玛坚〉和傣族的〈拉戛西贺〉》，并在编者序中写道：

> 二十世纪以来，随着人类学、心理学、神话学、语言学等学科的发展，民间文学和神话的比较研究日益成为重要的研究领域。本书第三部分特别选了有关神话和民间文学比较研究的三篇文章。刘守华的《〈一千零一夜〉与中国民间故事》举出后者与前者情节结构上有惊人类似的作品十一例，然后从民俗学、渊源学等角度对导致类同的种种复杂原因作出解释，同时指出形态相似的故事同中有异，各有特色，这是由各自不同的社会条件和文化背景所决定的。李源的《从印度〈罗摩衍那〉到泰国的〈拉玛坚〉和傣族的〈拉戛西贺〉》，则更多地考察了三者之间的渊源关系以及由各自民族心理素质所决定的史诗特色。刘守华的另一篇《民间童话之谜》探讨了一组民间童话从中国流传到欧洲，演变成为具有不同民族色彩故事的有趣的过程①。

由陈惇、刘象愚于1988年出版的《比较文学概论》这部高等学校文科教材，在第四章“文学范围内的比较研究”，第一节即专论《神话和民间文学的比较研究》中，开宗明义写道：“比较文学的产生和民间文学与神话的比较研究大有关系，从某种意义上说，它是在后者的启示下诞生的。在比较文学从诞生到今天的百余年中，神话和民间文学一直是比较文学中一个十分重要而有活力的领域。”② 另一部高校文科教材《中西比较文学教程》由乐黛云主编，书中虽然没有专讲民间文学的比较研究，而在“主题学”这一章中，却把灰姑娘、孟姜女、白蛇传等故事传说的比较研究都包括在内，认为刘守华近年来“所研究的民间童话之谜，中日民间故事的交流，一千零一夜与中国民间故事的关系，孔雀公主故事的流传和演变等等，都是很出色的主题学研究”③。

---

① 张隆溪、温儒敏：《比较文学论文集·编者序》，北京大学出版社1984年版。
② 陈惇、刘象愚：《比较文学概论》，北京师范大学出版社1988年版，第174页。
③ 乐黛云：《中西比较文学教程》，高等教育出版社1988年版，第182页。

1993 年 7 月中国比较文学学会举行第四届年会，在谢天振代表学术出版委员会所作的工作报告《比较文学的回顾与前瞻》中，一方面在回顾 1990 年以来的研究成果时，认为少数民族文学、民间文学的比较研究作为中国比较文学研究的一个重要方面，“在这三年中继续占据一定的比例”。代表性成果有季羡林先生的《比较文学与民间文学》、钟敬文先生的《中日民间故事比较研究泛说》和刘守华的《心有灵犀一点通——对 AT461 型故事研究的评述》等。同时他在展望今后中国比较文学的发展趋向时，把“神话、民间文学研究”作为十个方面之一提出来，认为这一领域“叶舒宪、萧兵、方克强、刘守华等人的研究成果已引起国内学界的普遍关注，目前，他们的研究势头正旺，且不乏同道之人。因此，未来几年这方面的研究将不会使人们感到失望”①。

在中国学术领域中，比较神话学、比较故事学和比较文学学科之间有着密切关联，已成为学人的共识，两者相得益彰。比较故事学研究的丰富成果，将使比较文学园圃的花朵更为多姿多彩。比较故事学注重实证的学术传统和通过编纂故事类型索引、母题索引来处理大量资料的方法，以及在世界范围内探索民间故事原型和传播演变历史的研究成果都值得比较文学家认真借鉴吸取。正如美国亨利·雷马克所说的：“在估量偶然巧合的可能性与实际影响的可能性时，比较学者可以学习民俗学家的技巧，因为民俗学家在研究民间传说的主题时早就面临这样的问题了。许多民间传说研究都是典型的比较研究。”②

另一方面，具有开放性、宏观性和理论性特征的比较文学，在发展中特别强调对理论的探索③，这是比较文学对学人格外具有吸引力和生命力的重要原因之一。而这恰好是比较故事学的不足，需要取长补短的。笔者从事民间故事的比较研究，就常常从比较文学以开阔视野对文学现象的新探索中受到启迪。季羡林先生认为，如果不和比较文学相结合，民间文学研

① 《中国比较文学通讯》，1993 年第 3 期。

② 张隆溪：《比较文学译文集》，北京大学出版社 1982 年版，第 14 页。

③ 乐黛云：《比较文学原理》，湖南文艺出版社 1988 年版，第 29 页，陈惇、刘象愚《比较文学概论》，第 24 页。

究容易流于表面和片面，这是极为深刻的见地。

总之，比较故事学和比较文学，既是各自独立的，又互相交叉，关系十分密切。至于在研究方法上它们各有什么特殊要求，我们下面就要讲到。

比较故事学的研究领域①

比较故事学以民间故事作为自己的研究对象，这是用不着多作解说的。民间故事是遍及全世界的一种文化娱乐活动，一种口头叙事文学。狭义的“民间故事”包括幻想故事（民间童话）、生活故事、笑话、寓言等样式，如果划分得更细一些，还可以加上动物故事、精灵鬼怪故事和机智人物故事等。各国学者的分类情况不完全相同，实际类别是大体相同的。至于广义的“民间故事”除以上各类作品外，将神话和传说也包括在内，如正在陆续出版的中国民间文学三套集成这部规模宏伟的民间文学巨著中，《中国民间故事集成》就把神话、传说和故事三种体裁都包括在内。但它们三者的性质和特点是不同的，神话是远古时代初民的不自觉的艺术创作，传说是对历史的追忆，故事则是对民众生活与心理的艺术概括。神话表现原始思维与原始信仰，传说回顾历史足迹，民间故事显示民众的艺术虚构才能。正因为三者各有其特点与价值，便构成三门学科分别对它们进行研究。从世界范围来看，神话学已经达到成熟境地，传说学刚刚兴起，故事学也有了长足的进步。比较故事学研究的主体是狭义的民间故事，有时也涉及传说，因有些传说接近于故事，或转化成了故事体裁。

比较故事学不是一般地去研究民间故事，而是用比较方法研究在跨国跨民族广大范围内流传的故事，还研究民间故事和相关文化事象的关系。因此我们说：比较故事学是对民间故事作跨国跨民族和跨学科的比较研究的学问。

跨国跨民族的故事比较

比较故事学的兴起与民间故事富于可比性的特点有关。在民间口头文

---

① 本节以《论比较故事学》为题，刊于《黄淮学刊》1995年第2期。

学的众多体裁中，民间故事特别是其中富于幻想性的童话故事最富于国际性，这就引起了学人浓厚的研究兴趣。如同积极倡导对文学进行历史比较研究的苏联著名学者日尔蒙斯基所揭示的：

> 和史诗相比，许多民间故事的情节——妖魔的、动物的、故事的、奇闻笑谈的——都具有国际性，促进这一现象的是童话作品的美妙的、引人入胜的特性，没有地区性民间口头传说特有的对民族、历史和地理的直接依存关系，以及散文的形式，因而它使一种语言转述成另一种语言和创造性地更换地方情调，使之适应另一种民族环境比较容易进行①。

人们对许多主题、情节结构乃至细节相类同的故事竟然出现在相距遥远的不同国度的民众的口中感到惊讶不解，于是运用比较的方法试图揭开这个奥秘。民间故事的比较研究一开始就是着眼于国与国之间的故事的异同的比较及论析。比较文学以国与国之间的文学的比较作为基本内容，正是从故事比较研究中吸取来的。

现在世界上的国家有的是由单一民族构成的，也有的是由多民族构成的。在前一种情况下，跨国和跨民族研究是一致的；在后一种情况下，跨国研究包容不了跨民族研究。因此有必要把比较故事学包含着在一国之内对民间故事作跨民族研究这一点明确地提出来。

在这个问题上曾发生过一场小小的争论。这要从比较文学的定义说起。目前国内外比较文学家所公认为恰当的比较文学的定义，是美国亨利·雷马克于 1971 年提出的：

> 比较文学是超出一国范围之外的文学研究，并且研究文学与其他知识和信仰领域之间的关系，包括艺术（如绘画、雕刻、建筑、音乐）、哲学、历史、社会科学（如政治、经济、社会学）、自然科学、宗教等等。简言之，比较文学是一国与另一国或多国文学的比较，是文学与人类其他表现领域的比较②。

---

① ［苏］日尔蒙斯基：《对文学进行历史比较研究的问题》，见于永昌、廖鸿钧、倪蕊琴：《比较文学研究译文集》，上海译文出版社 1985 年版，第 293 页。

② ［美］亨利·雷马克：《比较文学的定义和功用》，见《比较文学译文集》，北京大学出版社 1982 年版，第 1 页。

我国比较文学界大体赞同这一定义而又有所补充，认为“比较文学的研究对象是跨民族、跨学科界限的各种文学关系”。“比较文学并不仅仅因为它运用了比较方法才成为一门独立学科的，而是因为它具有特定的研究领域，即跨越民族界限和学科界限的各种文学联系。”①

这个定义反映了世界比较文学研究的进展，很值得我们在建构比较故事学体系时借鉴吸取。但一些西方比较文学家，把“比较文学是一国文学与另一国或多国文学的比较”这一点强调到不适当的地步，不承认在多民族国家中不同民族间的文学比较也属于比较文学研究。1986 年北京大学举行“全国首届东方文学比较研究”学术讨论会时，季羡林先生在会上理直气壮地推翻了这个“洋教条”。他讲：

> 西方一些比较文学的学者，提出了一个说法：在一个国家中，不能进行比较文学的研究。我认为这是一种洋塔布。这洋塔布厉害得很，它禁锢了我们同志们的心灵，不敢越雷池一步。去年在深圳会议上就有人向我提出了这个问题，我明确答复说：这是一种洋塔布，必须推翻。
>
> 有这种主张的是欧美人。他们知道的“世界”只有欧美。在那里很少有多民族的国家，往往一国之中只有一种主要语言，因此，要进行比较研究必须跨越国家。但是像中国，还有印度这样的国家，国内民族林立。在历史上本来也有可能像欧洲那样分裂成众多的民族国家，可是由于某一些机缘，没有分裂，而是形成了一个统一的大国。在这样的国家中，民族文学之间的差别不下于欧洲国与国之间的文学。因此，在中国和印度，民族文学之间是可以而且应该进行比较研究的②。

笔者所写的《多侧面扩展民间文学的比较研究》，在 1985 年第 3 期《民间文学论坛》上发表时，以“国内外比较相结合”作为论题之一，而且认为“国内各族民间文学的比较当前更为迫切”。湖南文艺出版社于 1986 年 10 月开始出版一套“比较文学丛书”，乐黛云在丛书总序中也提

① 陈惇、刘象愚：《比较文学概论》，北京师范大学出版社 1988 年版，第 19 页。

② 季羡林：《比较文学与民间文学》，第 324 页。

出“进行各民族文学的比较研究不仅能促进兄弟民族之间的相互了解，而且可以总结出各种民族文学的特色及其相互影响、融合而仍保持其独立完整的规律”①。

跨学科比较研究

关于跨学科比较研究的观念，是从比较文学的新进展中吸取而来的。亨利·雷马克在比较文学定义中所讲的“研究文学和其他知识和信仰领域之间的关系，包括艺术（如绘画、雕刻、建筑、音乐）、哲学、历史、社会科学（如政治、经济、社会学）、自然科学、宗教等”，这对比较故事学而言也是适用的。就民间故事而言，作为人民大众世世代代集体创造与传承的一种口头叙事文学，和民间文化的其他领域，如民间艺术、民间科技、民间习俗、民间宗教信仰等等的关系十分密切，进行比较研究有着广阔的天地。事实上已有许多国内外学人作过这方面的研究，人类学者英国麦苟劳克所著《小说的童年》一书即以“民间故事之民俗学的解释”作为基本内容，如认为童话故事里的国王为原始时代氏族或部落首领形象的投影，求婚难题情节为考验婚的遗留，幼子幼女最幸运的情节是季子继承制的反映，人兽婚和人兽友谊的神奇幻想，源于初民的动物崇拜和图腾崇拜心理等②。关于民间故事和宗教的关系，联系佛教来研究印度故事及其在世界范围内的传播，联系道教来研究中国民间故事传说的民族文化特色等，近几年在我国也出现了不少引人注目的成果。但一般学人都不把这类研究视作“跨学科的比较研究”。在笔者的阅读范围内，只有阿兰·邓迪斯在1963年发表的《北美印第安民间故事的结构形态学》一文中，提到在民俗文化范围内进行“跨种类比较”问题，他尝试将一则表现禁令违禁内容的民间故事的母题序列结构和迷信结构之间的相似性作了有意义的比较，认为借助于对故事的结构形态分析，进行跨种类民俗比较是可行的③。他的论析对我们颇有启发性。

---

① 乐黛云：《比较文学原理》。

② ［英］麦苟劳克：《小说的童年》，见赵景深：《民间文学丛谈》（下卷），湖南文艺出版社1982年版。

③ 详见本书“民间故事形态的结构主义剖析”一节。

当前，我们应当在对民间故事作跨学科比较研究方面进行新的开拓。这就不能停留在只是对民间故事的某些传统形象和情节作民俗学、宗教学解释的水平上，虽然这种解释也是必要的；而要有意识地以比较的观念和方法让两方面互相参照，彼此阐发，显现出新的意蕴。近年发表的万建中的《中国民间故事中的禁忌主题与禁忌民俗之关系》①，在这方面作出了可贵的探索。民俗中的禁忌主题或母题，常常通过故事叙述来表现，这是国内外民俗学家和故事学家早已观察到的事实。此文特点就在于它尝试将禁忌主题在故事中的表现区分为三种情况：

1. 完全式禁忌主题。故事中所表现的禁忌习俗尚存于民间，故事将有关禁忌习俗形象化，给禁忌的实施提供了活生生的例证，加重了人们在一定的时间场合对禁忌的恐惧心理，促进了相关习俗的流布。

2. 非完全式禁忌主题。故事内的禁忌主题是对远古禁忌观念和禁忌民俗的再现（如图腾崇拜），它具有深层的文化内涵，但在民间早已不存在相同的禁忌事象。

3. 故事外的禁忌主题。先有故事，然后在民间生出有关的禁忌习俗。

这一论析不仅揭示了禁忌民俗怎样转化为民间故事中的相关主题，还可以看出口头故事在民间文化的历史与现实演进中的功能，有助于人们理解它的文化价值。显然，这一研究比过去只是简单说明有关情节是某一民俗事象的反映跨进了一大步。

又如中国道教信仰张天师，民间也流行许多关于张天师的故事传说，把两者加以比较，也是很有意义的学术课题。张天师的原型是道教创始人张道陵。以张天师为正面形象，颂扬他降妖驱鬼为民造福的故事，和民众的道教信仰是一致的。但也有不少故事是贬斥张天师的，如讲他和害人的狐狸精相勾结——狐狸精作祟，张天师上门捉妖，两人勾结起来演双簧，使得天师府香火旺盛；或者讲他使法术捉拿一位真心爱恋书生的鲤鱼精，扼杀了青年男女的纯真爱情。这又和道教信仰相背离了。为什么会出现这种情况？这并不是由另一宗教派别对张天师的攻击所造成的，而是随着道教信仰的衰落、民众心态的转变，民间故事逐渐摆脱宗教观念的拘限，改

① 《民间文学论坛》1991年第5期。

造宗教故事的内容和角色，表达非宗教性和反宗教性主题的结果。上述后两类作品，其实际内容并不在作宗教批判，而是象征引申借题发挥，借张天师和狐狸精互相勾结，嘲讽旧时代的官家勾结盗匪贼喊捉贼的丑剧。当人们转变爱情婚姻观念，同情那些自己找寻意中人的女性精灵时，捉妖的张天师便成为维护封建礼教的反面角色遭人唾弃了。早期民间世俗艺术都不可避免地要接受宗教信仰的影响，后来世俗艺术逐渐摆脱宗教的影响，却并未和宗教文化一刀两断，而是旧瓶装新酒，化旧为新，以另一种方式和宗教文化相融会。

这样把跨学科研究应用于民间故事比较研究之中，我以为是有助于拓深拓宽比较故事学的境界，提高它的学术质量的。

比较故事学的方法①

母题、类型比较

民间故事主要凭借它新奇曲折的故事情节来吸引人，研究民间故事的自然也应从分析它的故事情节入手。但“故事情节”这个概念颇为笼统，故事学家和比较文学家便提出了“母题”（motif）这个概念。什么是母题呢？先让我们从刘魁立关于《世界各国民间故事类型索引述评》中引述一段最简要的解说：

> 所谓母题，是与情节相对而言的。情节是由若干母题的有机组合而构成的；或者说一系列相对固定的母题的排列组合确定了一个作品的情节内容。许多母题的变换和母题的新的排列组合，可能构成新的作品，甚至可能改变作品的体裁性质。母题是民间故事、神话、叙事诗等叙事体裁的民间文学作品内容叙述的最小单位。
>
> 对于民间文学作品进行深层的研究，不能不对故事的母题进行分析。对比较研究而言，母题比情节具有更广泛的国际性。鉴于科学研究的这种实际需要，汤普森于1932—1936年花费了巨大的劳动，完成

① 本篇刊于《民族文学研究》1995年第3期。

了六卷《民间文学母题索引》。这部书曾经多次翻印和再版，成为对文学作品进行艺术分析的一本常备工具书①。

“母题”是民俗学中独具特色的概念，母题分析是现代民俗学家和故事学家所必备的技能。然而这个概念也是含糊、多变、易被滥用的。《世界各国民间故事类型索引述评》一文将母题解释为民间叙事作品中“内容叙述的最小单位”，指明了它为学界所公认的基本涵义。

比较文学里对“母题”概念的理解和使用较为宽泛，如李达三于 1978 年出版的《比较文学研究之新方向》一书所附的《比较文学常用语汇》中，对“母题”的阐释为：“指的是一个主题、人物、故事情节或字句样式，其一再出现于某文学作品里，成为利于统一整个作品的有意义线索，也可能是一个意象或‘原型’，由于其一再出现，使整个作品有一脉络，而加强美学吸引力；也可能成为作品里代表某种含义的符号。”② 这里没有区分开来主题和母题，而民俗学家是主张加以区分的。一种代表性的意见认为，应该把叙事作品中最低限度的叙述元素分解为具体和抽象两个方面，前者为母题，后者为主题。主题是由一个母题或多个母题结合而表达的基本思想，母题是纯粹的情节和行动；主题是母题的寓意，是从母题中提取出来的③。这样对它们的涵义更精细地加以区别，可以避免使用概念的含混。

汤普森的《民间文学母题索引》一书，广泛搜罗口头流传的神话、传说、故事和叙事诗歌，从中提取母题两万余个（共有 23500 个编号，但有空缺留待补充），按二十三个部类编排。他对母题以及母题和类型的关系作过权威性的解释：

一个母题是一个故事中最小的，能够持续存于传统中的成分。要如此它就必须具有某种不寻常的和动人的力量。绝大多数母题分为三类。其一是一个故事中的角色——众神，或非凡的动物，或巫婆、妖

① 刘魁立：《世界各国民间故事类型索引述评》，载《民间文学论坛》1982 年创刊号。

② ［美］李达三：《比较文学研究之新方向》，联经出版事业公司（台北）1984 年增订版，第 391 页。

③ 美国学者丹·本·阿姆斯撰有《民俗学中母题的概念》一文，译文载辽宁《民间文学论集》第 2 册，对此作了详尽的考辨。

魔、神仙之类的生灵，要么甚至是传统的人物角色，如像受人怜爱的最年幼的孩子，或残忍的后母。第二类母题涉及情节的某种背景——魔术器物，不寻常的习俗，奇特的信仰，如此等等。第三类母题是那些单一的事件——它们囊括了绝大多数母题。正是这一类母题可以独立存在，因此也可以用于真正的故事类型。显然，为数众多的传统故事类型是由这些单一的母题构成的。一种类型是一个独立存在的传统故事，可以把它作为完整的叙事作品来讲述，其意义不依赖于其他任何故事。当然它也可能偶然地与另一个故事合在一起讲，但它能够单独出现这个事实，是它的独立性的证明。大多数动物故事、笑话和轶事是只含一个母题的类型。标准的幻想故事（如《灰姑娘》或《白雪公主》）则是包含了许多母题的类型①。

因此，母题和类型是两个概念。母题是故事中最小的叙述单元，可以是一个角色、一个事件或一种特殊背景，类型是一个完整的故事。类型是由若干母题按相对固定的顺序组合而成的，它是一个“母题序列”或者“母题链”。这些母题也可以独立存在，从一个母题链上脱落下来，再按一定顺序和别的母题结合构成另一个故事类型。由于有了母题分析，历史地理学派才有可能把民间故事中持续不变和灵活易变这两种要素区分开来，以便追索它的原型。因而它是对故事作历史地理比较研究时的基本分析工具。

“母题”也可以被译作“情节单元”。《六朝志怪小说情节单元分类索引》一书的作者金荣华在该书序文中写道：

“情节单元”一词，就是西方所谓的“motif”。前贤译“motif”为“母题”，似乎有音义兼顾之妙，但实际上并未译明其意义，因为“motif”所指是一则故事中不能再加分析的最简单情节，译作“母题”使人误会其中还有较小的“子题”。有人译作“子题”，意在表明其为最基本的情节，但是译作“子题”会使人想到其上还有较大的“母题”，而一则故事固然可能由几个“motif”组成，也可以只有一个“motif”，所以仍不妥当②。

---

① ［美］汤普森：《世界民间故事分类学》中文版，第499页。

② 金荣华：《六朝志怪小说情节单元分类索引》，中国文化大学中国文学研究所（台北）1984年版。

他把“motif”的汉语译名由一半音译一半意译的“母题”，以意译方式改称为“情节单元”，其涵义就十分明确了。虽然“母题”的译名也可以约定俗成地继续使用，改用“情节单元”一词来分析故事更为便当。这一概念已出现在笔者和另一些中国民间文艺学家的笔下。

单纯的故事由单一母题构成，如“感恩的动物”这个母题所构成的《蜈蚣救主》。这一母题再和“贪心人受惩罚”的母题结合，成为人们熟知的《贪心不足蛇吞象》。如将“仙人赐宝”、“洪水逃难”、“感恩动物”和“忘恩负义的人”这几个母题结合在一起，便成为情节更复杂曲折的《王小娶皇姑》（AT160“感恩的动物和忘恩的人”）。民间故事的形态特征及其变化，常常从母题本身的构成、母题数量的增减，以及母题序列的安排表现出来。这样，比较研究也就可以从分析母题入手了。

俄国著名汉学家和民间文艺学家李福清1987年在《中国神话故事论集》的“自序”中介绍他自己的研究情况道，“我研究的方法有一个特点：从作品最小的情节单元入手，作系统性的研究。例如研究故事，不仅研究情节、母题，还探讨故事的艺术世界（包括人物描写、艺术时空、颜色、数字等等），比较也要从情节单元进行分析。这方面能够代表我的特色的是我的三国故事研究和《回族民间故事情节的来源和分析》”①。在这篇关于回族故事《张大教打野鸡》（AT560型）的比较研究论文中，他把其中所包含的几个母题——“救龙王儿子”、“水府请救命恩人做客赠送宝物”、“和隐藏在宝物中的姑娘（龙王公主）结婚”、“同企图抢夺妻子的官吏比赛得胜”等母题提取出来，如同剥笋似的进行剖析，分辨它们的外来影响和回族文化特征，描绘出了这个故事在多民族文化交汇的背景上流传演变的清晰过程。如故事开头讲述黑蛇和白蛇相斗，白蛇是龙王的儿子，主人公救了白蛇，因而获得龙王的赏赐。“黑白两蛇拼死搏斗，主人公拆散他们（或者帮白蛇战胜黑蛇），这一母题在中国西北地区民间故事中很容易见到，这就使我们想到，这一母题是有地域性的。”“在汉族和中国东部、南部以及其他民族的故事中，两蛇相斗的母题或者完全看不到，或者以被削弱的形态出现”，这就更证实了它的地域特色。在这一母题中，分别用白色和黑色来描绘正反面角

① ［俄］李福清：《中国神话故事论集·自序》，中国民间文艺出版社1987年版。

色的形象，它表现了一种传统审美心态，在这方面回汉民族却是一致的，“在角色的颜色方面，汉族与回族间有特别的相似现象”。文章还提道：“黑蛇与白蛇搏斗，主人公救白蛇，这一母题并非汉族和远东其他民族所特有的，同时它更是突厥民族（包括土耳其）的故事中所经常出现的。这提示我们，可能是突厥民族的故事在这上面发生了影响。”作者把故事里的一个母题置于多民族文化背景上作深入细致的比较分析，其方法颇值得我们吸取。

今日读到美籍匈牙利学者伊莎贝拉·霍尔瓦特所写的《匈牙利和突厥语诸民族民间故事〈白马之子〉的情节结构比较》一文，在比较方法上也颇受启发。《白马之子》是一个古老的匈牙利故事，在其他突厥语民族民间故事中也有类似作品存在，研究者把几个民族的同类型作品中的母题及其组合序列加以解析，进行精细比较，比较结果显示在下表里：

故事中的母题次序		1. 匈牙利	2. 土耳其	3. 维吾尔	4. 裕固	5. 哈萨克	6. 柯尔克孜
1.	英雄为动物的后代，很强壮	■ ■ ■ ■		■ ■ ■ ■	■ ■ ■ ■	■ ◤ ◤	■ ■ ■ ■
2.	他有强壮的朋友，与他们摔跤	■ ■ ■ ■	■ ◤ ◤	■ ◤ ◤	■ ◤ ◤	■ ◤ ◤	■ ◤ ◤
3.	到地下去寻找被劫持的姑娘	■ ■ ■ ■	■ ■ ■ ■	■ ■ ■ ■	■ ■ ■ ■		■ ◤ ◤
4.	只有英雄有勇气下到阴间去	■ ■ ■ ■	■ ■ ■ ■	■ ■ ■ ■	■ ■ ■ ■	■ ■ ■ ■	■ ■ ■ ■
5.	英雄救出姑娘，杀死敌人	■ ■ ■ ■	■ ■ ■ ■	■ ■ ■ ■	■ ■ ■ ■		■ ■ ■ ■
6.	英雄送姑娘回地面，他留在阴间	■ ■ ■ ■ ■ ■	■ ■ ■ ■ ■ ■	■ ■ ■ ■ ■ ■	■ ■ ■ ■ ■ ■		
7.	大鸟帮助英雄返回地面	■ ■ ■ ■	■ ■ ■ ■	■ ■ ■ ■	■ ■ ■ ■	■ ■ ■ ■	■ ■ ■ ■
8.	英雄用自己的肉喂大鸟	■ ■ ■ ■	■ ■ ■ ■	■ ■ ■ ■	■ ■ ■ ■		
9.	鸟把肉还给英雄，使他更强壮	■ ■ ■ ■	■ ■ ■ ■	◢ ◢ ■	■ ■ ■ ■		
10.	与救出的姑娘结婚，当了国王	■ ■ ■ ■	■ ■ ■ ■	■ ◤ ◤	■ ◤ ◤		■ ■ ■ ■

表中涂黑的方格表示出现的母题，从纵向看，每一个民族名称下涂黑

的部分越多，近似之处也就越多。

文章由表及里分析了这个故事中的有关母题所表现的萨满文化内涵，“这些事件反映了萨满的种种行为、力量和上天赋予他们作为沟通人域神界的能力”。最后说：“匈牙利民间故事《白马之子》和一些突厥语民族的民间故事结构上是一致的，这说明匈牙利人不仅在文化上、考古上和文献上，而且在语言的一个特殊方面——口头文学上与亚洲草原文化是联在一起的。”“匈牙利人可能曾经是欧亚大草原文化的一个组成部分，他们后来迁徙到了欧洲。”①

中国学者在对民间故事作比较研究时，常着眼于人物形象特征的分析。母题或者是一个人物，或者是一个事件，人物形象特征就是通过一个或几个母题在情节进展中显示出来的。所以母题解剖也可以和人物形象的论析相结合。《白马之子》故事中的十个母题，就是围绕一位神奇不凡、具有萨满文化特征的英雄人物按一定顺序组合起来的。

以上例子都是将母题、类型分析法用于研究一个故事。我们还可以将它用来作宏观比较。我曾经同加藤千代等几位日本故事学家讨论过中日民间故事的形态特征，他们问：日本故事篇幅比较短小，中国的长故事比较多，这种结构形态是怎样造成的？我以为这也可以从母题或情节单元的组合情况方面予以探讨。日本故事的母题数量少，有许多故事由单一母题构成。中国故事中由多个母题构成的故事较为流行。这不仅是因为中国民众喜爱听情节丰富的故事，还由于中国各族民间故事的母题库积累丰裕，给故事家提供了自由插入母题以增强故事性的方便条件。以关于普通人和动植物精灵婚恋的幻想故事为例，日本故事中的精灵大都是独来独往的角色，一两个母题：人与异类相恋，美满结合或离异，即可构成一篇完整故事。中国因有道教设计的一整套鬼神精灵系统（它又是中国封建社会复杂结构的折射），动植物精灵在这个系统中活动，除了要受玉皇大帝、天兵天将或城隍土地的管辖之外，还要受降妖捉鬼的道士的驱遣。这样，故事中异类婚的母题便常常要和难题考验或者斗法、邪不敌正、历经磨难大团圆等母题结合在一起，从而象征性地显示现实社会中的婚姻纠葛的复杂情态。

---

① 《民族文学研究》1993年第3期。

在有些西方学者运用母题类型分析法写成故事的研究论文中，确有脱离故事思想生活内容的形式主义倾向，但母题、类型分析本身并不是形式主义的，它是一种研究方法和手段。由母题类型入手，既可以触及作品的主题，也可以触及作品的艺术形式风格；既可以由此考察文化传播的途径，也可以由此探寻人类文化平行演进的轨迹。我们应主动灵活地加以运用，不要陷入某种模式之中。

比较故事学中的母题研究和比较文学中的主题学研究有着很密切的关系。主题学包括题材研究、人物研究、母题研究、主题研究等层次，“值得注意的是，作为主题学研究的对象，并不是个别作品中的题材、情节、人物、母题和主题，而是不同作品中，同一题材、同一人物、同一母题的不同表现以及它们之间的联系。因此主题学经常研究同一题材、同一母题、同一传说人物在不同民族文学中流传的历史，研究不同作家对它们的不同处理，研究这种流变与不同处理的根源”①。神话、传说和民间故事的比较研究，常常是很好的主题学研究。《中西比较文学教程》在主题学这一章所引述的大都是民间文学研究的例子，其中一例是贾芝关于猫狗结仇故事的比较研究：

> 这种研究在民间文学范围运用得相当广泛。譬如猫狗结仇的故事，据贾芝先生搜集到的，不同民族、不同国家的有十五篇之多。狗和猫一忠一奸，受到主人的不公平的待遇。忠诚老实为主人尽力的狗受到欺辱，奸诈取巧的猫反而得宠。但是形式（情节和细节）各有差异，譬如其中提到的宝物，有的是夜明珠，有的是蛇尾巴，有的是宝葫芦，有的是金戒指，等等。故事情节，有的是猫花言巧语迷惑了主人，有的则是主人自己被猫叼宝物而归这个表面现象所蒙蔽。对这些故事进行比较研究，“一一剥离出故事的情节，辨明单一或复合的状况，立型归类，使我们更清楚看到每个故事的流传演变过程以及产生故事的民族、地区，有助于我们进一步地探索故事的来龙去脉”②。

① 陈惇、刘象愚：《比较文学概论》，北京师范大学出版社1988年版，第247页。

② 乐黛云：《中西比较文学教程》，高等教育出版社，第195页；贾芝：《关于民间故事的比较研究法》，原载《民间故事的比较研究》一书。

我们在比较故事学中虽然没有专门倡导主题学研究，但在对故事母题、类型、主题作比较时，却可以吸取比较文学中主题学研究的成果与方法，使之更具有理论的深度。

传承及功能比较

比较故事学是对民间文艺学中故事学的补充，因而它必须和故事学对民间故事的系统研究相配合。故事学的体系目前并不成熟，但已有了一个大致的轮廓。我在《故事学纲要》中对此作了初步尝试。就作家叙事文学来说，无疑应以书面文本作为研究评论中心。然而民间故事的构成情况复杂很多，它不仅是一种口头语言艺术，而且是紧密伴随人民生活世代传承下来的，在集体口头传承过程中不可避免地要出现种种变异。按照民间故事的这些特点，故事学除研究故事文本的内容和艺术表现形式之外，还要突出地研究故事的传承、故事的社会功能、故事的类同与变异、故事的采录与研究等等。母题和类型的分析比较，就是适应故事的类同与变异这一特殊事象而来的。对故事传承方式及其社会功能作跨文化体系和跨学科比较，则是比较故事学内容的另一个重要组成部分。

对故事传承包括对它的特殊社会功能的研究，是战后近几十年故事学的新进展。本来关于民间文学传承人的理论，是由十九世纪六七十年代的一批活跃的俄罗斯学者建立起来的，进入二十世纪后，关于俄罗斯故事讲述人的资料集不断问世，1926 年阿扎多夫斯基的《西伯利亚女故事家》一书被译成德文在芬兰出版。“俄罗斯学派的传承人理论，由于这一成果而蜚声世界，给国外学者以很大影响。这一理论由关敬吾先生介绍到日本，使日本的故事研究有了新的视点。”① 日本著名民间文艺学家关敬吾自己也讲，他读到《西伯利亚女故事家》一书后，“了解到除了民间故事的母题研究以外尚有诸如这样的故事家的研究”，因而在日本进一步引起了学人研究民间故事家的兴趣②。战后，日本对故事讲述家的研究成为热潮。中国进入八十

① ［日］齐藤君子：《从传承人理论看俄罗斯民间文艺学》，载《民间文学论坛》1992 年第 4 期。

② ［日］关敬吾：《日本民间故事讲述家的研究及其展望》，见《日本故事学新论》，辽宁大学出版社 1992 年版，第 4 页。

年代后，在大规模开展民间文学调查采录的活动中从日本引进传承人研究成果，以传承人为中心推进故事学研究，也取得了丰硕成果。故事传承问题包括故事讲述人和接受者两个方面，讲述人在传承过程中同样显示出自己的个性特征。听众并非被动消极地接受故事，他们也在同讲述人的情绪交流中积极参与故事内容和形式的变异。口头讲述故事是讲述人和听众的一项双向交流活动，便使得故事具有不同于一般书面文学的特殊社会功能，如同苏联的一位美学家莫·卡冈在《艺术形态学》中所揭示的："口头文学是以情绪、精神状态、感情趋向和思想趋向的一致性联合人们、团结人们的更有效的手段，是克服每个个性精神世界的孤立性、个性闭锁性的更有效的手段。"① 故事传承包括故事讲述人的生活心理特征、讲述故事的时间场合和有关习俗、故事开头和结尾的惯用语，以及故事讲述活动的社会功能等，它和故事文本一样，在不同国家民族之间也是有同有异，联系相关的历史文化背景作比较研究，有着广阔的天地。中国和其他国家的著名故事讲述家，以生活贫困、命运坎坷者居多，这一具有较大普遍性的事实，表明故事讲述人喜爱民间故事首先是为了求得自我慰藉，从精神生活的孤独中解脱出来，这是和职业艺术家迥然有别之处。讲述故事的场合多在闲暇时分，然而各国习俗又有许多不同之处，英国苏格兰地区有彻夜长谈以度过漫长冬夜的，这种叫作"开伊黎"的集会，成为当地传统民俗之一。日本的一些地方则固定在正月初七和正月十四日夜晚专给孩子们讲故事，它成了孩子们的故事节。中国汉族一些地区把故事叫作"瞎话"、"白话"，它是被排除在"圣贤"言行（主要是儒家经典）之外的娱乐消遣活动。然而在爱斯基摩人、印第安人和西伯利亚各民族中，由于没有规范人们言行的书面经典，所以民族的历史、世界观、信仰道德和日常生活都是故事讲述的内容，讲述场不仅是进行娱乐活动，而且是传授先辈智慧、道德的重要场合。中国的故事讲述家一般都是把自己的身份隐藏在客观讲述之中，欧洲的故事讲述人却爱在故事结尾时出场亮相，使用这类诙谐幽默的结语："我也到了那里，喝着蜜酒和葡萄酒，酒沿着我的胡子流下来，不过，没有

① ［苏］莫·卡冈：《艺术形态学》，生活·读书·新知三联书店 1986 年版，第 349 页。

流进我的口中（俄罗斯）。"[1] 由故事传承情况可以更具体地揭示民间故事在社会生活中的功用及其叙述风格，而这些正是历史地理学派故事研究的薄弱环节。在民间故事的传承与社会功用上进行跨文化的比较，是比较故事学中一项既生动活泼又富有学术价值的新课题，值得我们去努力开拓。

比较故事学的研究目的

比较故事学的研究目的不只是揭示跨文化体系的不同国家民族之间民间故事的类同与变异，也不只是找出民间故事和其他相关文化事象的区别与联系，它的目的还在于从理论上阐明造成这些异同与变异的历史文化根源，即探求民间故事在历时与共时的文化背景上产生、流传、演变的规律，揭示它特定的文化内涵与文化价值。在相距遥远的时空之内，竟然在人们口头传诵着有着惊人类似之处的民间故事，比较故事学就是为了解开这人类文化的奥秘而兴起的。

对比较故事学所探求的答案，众说纷纭，大体而言有三类学说。日本著名学者伊藤清司在 1991 年 5 月出版的《东亚的比较故事、传说学》中对此作过如下概括性的评述：

> 自故事、传说等民间文学的科学研究开始以来，已过了一个半世纪。关于故事、传说的发生、分布，迄今所倡学说，可大体分为三类。其一为继承论，认为故事、传说发生于该民族集团所共有的精神的领域，即发生于神话与古老信仰。其二为移动论（传播论），认为故事、传说的梗概是超越空间而移动、传播的。其三为多元的发生论，认为类似的故事传说是从人类共通的灵感、精神的才智发生的。
>
> 关于民间故事、传说的产生与分布，在理论上，不外上述三者。然而，其中的某一说都非独具绝对性、优越性；各种观点在现实中都是具有可能性的。就具体的个别的民间故事、传说或分布于具体空间的具体类型而言，在上述三种观点之中，可能性之有无或其程度之强弱多少，是有差异的。

---

① 日本民话之会编《世界的民话》，讲谈社 1989 年第 2 版。

他在回顾日本故事传说研究的历程之后说："关于日本的故事、传说发生、分布之研究，继承论的方法与移动论的方法互相排斥对方的阶段早已过去，至少，在民间故事、传说的领域中，可以采取比较民俗学的多角度的研究方法的时期，已经到来了。"①

以上三类学说，继承论也就是人们时常提到的自生论，认为各民族民间故事、传说是在本民族神话与古老信仰的基础上各自独立生成。至于跨国跨民族之间的类同性，则是出于巧合。神话学派、人类学派关于民间故事的理论可以被归入这一类。

移动论、传播论的代表为流传学派和历史地理学派，它们在比较故事学中研究成果最为显著，影响也最为广泛。比较文学中的影响研究，与这派学说密切相关。

认为类似的故事、传说系由人类共通的心智所创造的多元发生说，在我们介绍的结构主义和心理分析学说里得到了集中反映。比较文学中的平行研究，就是从这派理论出发的。

怎样评价这些学派和学说，我很赞同伊藤清司先生的意见，在1985年发表的《多侧面扩展民间文学的比较研究》一文中也表达过类似的意思："一些外国学派的理论与方法，当它用之于某些局部现象的比较研究时，所作出的结论常常是正确的，因而这些学派得以立足。可是其往往把自己的理论和方法，当作绝对真理，套用于一切民间文艺现象之上，就不免碰壁了。"这些学说各有其合理性，也各有其局限性，并非一无是处，自然也并非绝对真理。但对具体问题的研究上，其是非功过又有差异，不能一概而论。例如文化的平行多元发生学说，的确适用于广泛的人类文化领域，可是流传学派关于印度故事向全世界扩散以及历史地理学派关于一系列故事的生活史的研究成果却又是有充分依据而无法推倒的。国外学人关于采取多角度方法研究故事、传说的时期已经到来的论断，反映出一种多学科、多种理论方法互相渗透交叉的新学术潮流的形成。我们应主动适应这一潮流，吸取多种理论方法的合理成分，推进中国比较故事学的发展。

---

① ［日］伊藤清司：《东亚的比较故事、传说学·序言》，译文载《民间文学论坛》1992年第1期。

比较故事学现有的引人注目的理论成果多为历史地理学派围绕民间故事生活史的研究所取得的。这派学者认为，民间故事的表面形态似乎杂乱无章，其实它的发生与传播、演变都有一定的规律可以探寻。他们的主要工作是追寻一个又一个故事类型的原型与生活史，并将这成果扩充为编纂某些地区或世界性的类型索引。其理论成果概括地说来，主要是剖析故事自身形态的不变与可变部分之间的关系，寻求故事演变的历史烙印、故事传播的地理踪迹以及这些历史地理要素同故事生活史的联系。无论就故事学还是比较故事学的理论而言，都留下不少空白。历史地理学派欢迎人们对它的理论和方法加以批评和改进，这是它得以保持其活力至今的一个重要原因。

我们要积极吸取历史地理学派从事跨国跨民族民间故事比较研究的理论为方法的有益成果，这是毫无疑义的。由于他们追寻故事生活史的具体方法过于繁难，连日本的关敬吾先生也说："有些研究家挖苦芬兰学派搜索资料的方法如同修筑万里长城那样艰苦"，日本学人尝试的虽然不少，"但依据历史地理学派研究方法得出的结论却是极少数"①。

我们可以有重点地研究一些故事的来龙去脉，如顾颉刚先生对孟姜女传说的研究就极有价值，但不必完全仿照历史地理学派的模式去作故事原型和生活史的研究。

除历史地理学派和我们前面评述的其他学派之外，还有一些学派的学者，他们并不着重研究民间故事，却是以更宽广的人类历史文化演进的视野来考察民间故事和其他民间文艺形式的文化内涵与价值，其理论与方法对我们从事比较故事学研究也是具有启发意义的。

美国文化历史学派的代表人物佛朗兹·博厄斯（1858—1942）著有《原始艺术》② 一书，依据他对北美、南美印第安人和其他民族的历史文化进行实地考察的结果，对包括民间故事在内的各种原始艺术的基本特性作了深入的分析研究。他的理论与方法的要点是：撇开过去文化人类学家所

---

① ［日］关敬吾：《日本民间故事讲述家的研究及其展望》，《日本故事学新论》，辽宁大学出版社 1992 年版，第 4 页。

② ［美］佛朗兹·博厄斯：《原始艺术》，金辉译，上海文艺出版社 1989 年版。

归纳的关于人类文化发展共同点的种种说法，认为“任何一个民族的文化只能理解为历史的产物，其特性决定于各民族的社会环境和地理环境，也决定于这个民族如何发展自己的文化材料，无论这种文化是外来的还是本民族自己创造的”。在论及民间故事时，他特别指出了这些故事同本民族现实生活、历史文化之间的内在联系，认为故事的内容常常是“印第安人生活中最关心的事情”，那些与古代文化传统相关的故事，随着社会生活的变化，不断补充发展内容，结构也趋于复杂、新颖。特别是他看到了那些具有古老渊源的民间故事的含义也在随历史的发展而有所改变，更属独具慧眼。他写道：

古代文化生活的影响，还体现在另外一种表现形式上，即故事和人民的生活内容结合以后，产生了类似于我们在装饰艺术中所见到的现象。装饰艺术中的几何纹样往往被人们赋予另外的含义。同样地，有些故事经过解释后其含义也与原貌出入很大，像装饰艺术一样，由于各个部落文化的不同，故事中的情节也具有不同的性质，随着讲述部落对文化的追求不同，对故事的解释也就不同。我们已经看到，艺术风格往往流传于广大的地区，而艺术形式含义的解释则是多样化的。同样，有些故事流传甚广，但由于各个部落文化各异，这些故事的含义也因而发生了很大变化。例如北美有一则流传颇广的故事，讲的是一个姑娘嫁给了一条狗，这个故事被用来说明银河的起源（阿拉斯加）；文化英雄的起源（不列颠哥伦比亚）；部落祖先的起源（不列颠哥伦比亚南部）；星宿的起源（不列颠哥伦比亚内地）；赤色峭壁的来历（阿拉斯加内地）；狗社会的起源（黑脚人）；以及狗为什么是人类的朋友（阿拉帕霍）①。

由于博厄斯对这些原始部落的民间故事的民族文化特质的考察比较深入细致，所以把它们和欧洲民间故事相比较时，也就有自己独到的新发现了：

欧洲的童话故事与原始部落的童话故事相比，在这方面的差异是

① ［美］佛朗兹·博厄斯：《原始艺术》，金辉译，上海文艺出版社1989年版，第319页。

很大的。因为无论在内容和形式上，欧洲的童话故事里都有许多从过去流传中积淀下来的东西。现代的欧洲童话显然既不能反映现代的国家状况，也不能反映人们的日常生活，但是这些故事使人们看到了半封建时代农村的生活画面。现代科学知识与古代农业地区传统之间的矛盾，造成了观点上的不一致，这种不一致可以解释为残留物的原因。原始人的神话则与此相反，通过对许多印第安部落的传统故事进行深入的分析可以看出，这些部落的故事里所描写的生活和现代印第安人的情况是完全一致的，现实生活中的各种信念和习惯都与童话故事里的基本相符，不仅当地的传统故事是这样，从外部落传入的故事也是如此。外来的故事传入以后，其内容很快就与当地的生活习惯相契合。对西北沿岸和普违布洛人的故事进行分析的结果也是如此。只有当部落的生活方式向现代化转化的时期（这些大多是由于同欧洲人接触的结果），才出现若干矛盾①。

博厄斯的理论虽有“文化相对论”，即完全否认人类文化发展的普遍规律性的偏颇，但他以尊重这些长时期被欧洲文明所歧视的原始民族对文化艺术的严肃态度，密切联系这些民族的历史文化与实际生活来考察民间故事的文化内涵及其社会功能，在此基础上同欧洲故事作比较，因而其论断具有相当说服力。笔者是在《原始艺术》的中译本于 1989 年问世后才读到此书的，研读时发现其中论析民间故事的方法与我自己多年研究中国民间故事的方法竟有不谋而合之处，从而倍觉亲切。

还有苏联著名学者维克多·马克西莫维奇·日尔蒙斯基（1891—1971）在比较文学中倡导的“历史比较研究法”，也值得我们重视。他继承了俄国比较文学奠基者维谢洛夫斯基的“历史诗学”传统，1979 年由列宁格勒科学出版社出版的《比较文学研究》是其代表性论著。从《对文学进行历史比较的问题》（1960）和《民间文学的比较——历史研究》（1958）等论文中，我们可以看到他有关在民间文学、民间故事领域进行历史比较研究的论述。关于历史比较研究法的基本原则，见于下面这段话里：

人类的社会历史发展的共同过程具有一致性和规律性的思想，是

---

① ［美］佛朗兹·博厄斯：《原始艺术》，金辉译，上海文艺出版社 1989 年版，第 314 页。

> 历史比较地研究各民族文学的基本前提，而这一共同过程决定着作为意识形态的上层建筑的文学或者艺术的合乎规律的发展。正像由生产力和生产关系的类似状况决定的封建时代的社会政治关系，在欧洲最西部（尽管它有某些地域性的区别）与比如在中亚细亚（封建土地所有制，手工业作坊等方面的发展）就显露出类型学的类似特征，同样，在意识形态领域——艺术，其中包括作为对现实的形象认识的文学，在不同民族的社会发展同一阶段上，会出现大量的类似或者吻合。它们在文学中出现的情况比一般想象的更为多；而且它们还是在文学之间产生相互影响的前提。同时，正像在社会生活的其他方面一样，它们不可避免地会带来重要的、更具个别性的差异，这些差异由历史过程的地域性特点和由这些特点造成的民族的、历史的独特性所引起。对这些特点的比较研究之所以重要，是因为可以确定在社会制约中文学发展的共同规律，同时确定作为比较对象的各种文学的民族特性①。

这一学说认为人类社会发展过程的一致性和规律性会在文学艺术中造成“历史类型的类似”，这种“历史类型的比较”应当在对于包括民间故事在内的文学艺术现象进行比较研究中占据主导地位。就民间故事而言，日尔蒙斯基并不否认母题和类型研究的价值，而是强调揭示将母题组合成情节类型的内在逻辑，这种内在逻辑是各民族现实生活和人们意识特点的反映。各国民间文学之间的相互影响是毋庸置疑的，“社会发展的相似决定了类型的相似，这种相似的存在并未取消民间文学领域的国际间相互影响，恰恰相反，社会环境的相似是类似的相互影响的前提条件”。日尔蒙斯基特别强调在比较研究中应充分揭示各族民间文学的民族特点，他对历史地理学派在故事研究中构拟原型的做法表示异议之后说：

> 这种流传本身很难或者说不可能恢复最初的“原型”。一种民间文学作品（故事、叙事诗等），不同民族的异文具有特殊的意义。在一般的口头传统中，任何一种这样的异文都有本民族的人物，这人物反映了现存的社会结构、历史、心理状态，反映了创造历史的人民的社会

---

① ［苏］日尔蒙斯基：《对文学进行历史比较研究的问题》，见于永昌、廖鸿钧、倪蕊琴：《比较文学研究译文集》，上海译文出版社 1985 年版，第 285 页。

理想以及艺术作品的民族特点。比较作为一种研究方法，使我们有可能更深刻地、历史地、言之有据地解释这种民族特点①。

日尔蒙斯基在他的论著中，对历史地理学派比较故事学的研究成果和方法有估计偏低之处。他不赞同夸大民间故事的国际影响，强调要尊重各民族的文化创造能力，联系社会发展的历史类型学的平行类似来考察文学艺术现象的类似和相互影响问题，却是经得起时间考验的正确论断。在这里，反映了马克思主义历史唯物论文化观的基本思想，它也是中国学者所感到亲切的。例如中国民间故事深受伴随佛教文化而来的印度故事的影响，其中尤以那些表现弱者怎样以自己的智慧和团结来战胜强敌的故事最为中国各族人民所喜爱，并在口头传诵过程中加以改造，“蜕化为国有”，进入了中国民间故事宝库，以致不作深入考究，很难看出它们的外来痕迹。这一事实清楚地表明了中国各族人民在民间故事领域的创造能力。而这些故事的传播和影响能达到如此广泛深入的地步，则如同季羡林先生所揭示的，由于创造故事的基本上是印度奴隶社会和封建社会里被压迫的人民②，这样，处于大体类似的社会历史条件下的中国各族人民，对这些故事自然就倍感亲切，深深为之吸引，并很快将它们消化吸收，化为中国民间故事的一部分了。

许多现代文化人类学论著，在文化交流与传播问题上已达到如下共识：“文化特质不一定都会传播，传播是一个有选择性的过程而不是自动化的过程。接受外国文化的社会很可能是以使新特质与社会本身的传统有效地和谐相容的方式接受的。”③ 这个基本结论也适用于比较故事学研究。

总之，比较故事学不能停留在对民间故事外部形态异同之比较上，也不能把故事作为一个封闭系统来考察它的流传演变情况，而应该由表及里，研究它同所由产生和得以生根的社会历史背景的关联，将它置于一定的文化系统中把握它的文化内涵，理解它的文化价值。

---

① ［苏］日尔蒙斯基：《民间文学的比较历史研究》，译文载《民间文学参考资料》第1集，北京师范大学民间文学教研室1982年编印。

② 季羡林：《比较文学与民间文学》，第117页。

③ ［美］C. 恩伯，M. 恩伯：《文化的变迁》，辽宁人民出版社1988年版，第565页。

在比较文学家看来，“比较并不取消所研究现象（个人的、民族的、历史的）的特性；相反，只有借助于比较，也就是判明异同，才能正确判明其特性之所在……而科学研究的道路则是从指出异同的简单对比向着对这些异同作出历史解释的方向发展”[①]。在这方面，比较文学和比较故事学的目的任务是完全一致的。

中国比较故事学回顾[②]

比较故事学在中国，和比较文学一样，走过了一段曲折的路。

有学者把中国比较文学的历程划分在三个阶段：第一阶段为二十世纪初至中华人民共和国成立，是倡导比较文学研究并取得初步成果的时期；第二阶段为中华人民共和国成立至二十世纪七十年代末，是在苏联学术界指斥比较文学为“世界主义”的错误思潮影响下否定比较文学研究，因而发展缓慢乃至停滞不前的时期；第三阶段为二十世纪八十年代以来，是比较文学复兴和大发展的时期[③]。中国比较故事学的历程与之大体一致。我们把它粗略地分为早期和近期两个阶段予以评述。

中国比较故事学的兴起

中国现代民间文艺学发端于五四新文化运动浪潮之中。1920 年北京大学成立歌谣研究会，1922 年开始发行《歌谣》周刊（共出 123 期），兴起歌谣学运动。1928 年创办《民俗》周刊（共出 123 期），发表大量民间故事和故事研究文章。这两个刊物都曾积极倡导以比较方法研究歌谣和故事。

在故事研究中试用比较方法，首推周作人。1912 年 6 月，从日本归国的周作人在绍兴《民国日报》上发表《童话研究》与《童话略论》[④]，前一

① ［苏］日尔蒙斯基：《对文学进行历史比较研究的问题》，第 284 页。

② 本节及下节，以《中国比较故事学》的回顾与展望为题，刊于《中国民间文化》1995 年。

③ 乐黛云：《中国比较文学的现状与前景》、廖鸿钧：《中国比较文学研究概貌和展望》，均载 1986 年《中国比较文学年鉴》，北京大学出版社 1987 年版。

④ 周作人：《儿童文学小论》，上海儿童书局 1932 年版。

篇文章论及中国的《蛇郎》，将它和欧洲的《美人与兽》作比较；论及中国的《老虎外婆》，将它和日本的《山姥》作比较。他“依人类学研究童话”，指出中外民间童话情节的类似是源于人类上古“诡异相类”的原始礼俗，但也注意到各国故事的同中之异，有自己的见地。

胡适也是较早倡导围绕母题进行民间文学比较研究的。他写的《歌谣的比较的研究法的一个实例》于1922年在《努力周报》上发表后，经《歌谣》周刊转载，不仅对歌谣，也对故事的研究产生了较大影响。他在文章中写道：

> 研究歌谣，有一个很有趣的法子，就是“比较的研究法”。有许多歌谣是大同小异的，大同的地方是它们的本旨，在文学的术语上叫作“母题”，小异的地方是随时随地添上枝叶细节。往往有一个“母题”，从北方直传到南方，从江苏直传到四川，随地加上许多“本地风光”；变到末了，几乎句句变了，字字变了，然而我们试把这些歌谣比较着看，剥去枝叶，仍旧可以看出它们原来同出于一个“母题”，这种研究法，叫作“比较研究法”……比较研究的结果，可以看出：1. 某地的作者对于母题的见解之高低。2. 某地的特殊的风俗、服饰、语言等等——所谓“本地风光”。3. 作者的文学天才与技术①。

他试作比较的歌谣虽然只是跨地区性的，文章对比较方法的阐述和运用，完全适用于跨国跨民族的民间文学。他提出比较的目的是全面了解作品从内容到艺术上的特色，更是表现了自己的创见。

进入二十世纪三十年代后，由于国内兴起采录研究民间故事的热潮，国外的民间故事集纷纷被译成中文出版，加之刚刚从欧洲引进印欧民间故事类型研究成果，因此用比较方法研究民间故事的人多了起来。当时几乎每一部外国民间故事集问世，不论是法国的、挪威的、波斯的、孟加拉国的，还是印度的，几乎都有人把其中的某些故事和中国故事联系起来，为它们情节的类同感到惊奇不已。我们从1929年刊于《民俗》的清水的文章《中西民间故事的比较》② 中便可大略窥见当时的情形。他写道：

---

① 原刊《努力周报》第31号，1922年12月31日出刊，随后由《歌谣》周刊第46号转载，1924年3月9日出刊。

② 《民俗》第65期，1929年6月15日出刊。

民间故事的类似的比较的讨论，是十分有意义的事，如能就世界各国的故事传说作相互比较的探讨，以了解其于同一母题之下，怎样运用联合而成为各样不同的故事，怎样因“时”“地”“种族”及“文化”的关系而变化歧异，这都是颇有趣味的事。如起劲地干时，不独可成功一部分很有价值的书，而且是有殊功于学术上的。近来国内的学者，如玄珠、景深、静闻伙友等，都颇致力于此。就是渺小的我，也写了阿斯皮尔孙的《三公主》和《读波斯故事》二篇送登民俗……

作者将他自己采录编定的故事集《海龙王的女儿》中的几篇故事和杨成志、钟敬文合译的《印欧故事型式表》中有关故事类型作比较，揭示出其类同之处。就中西故事的具体比较而言，是很粗浅的，但它却勾画了二十世纪三十年代前后中国比较故事学发展的一个轮廓。当时欧洲人类学派的神话学派以比较方法研究神话、故事的基本理论与方法已在中国流行开来，并有一批学人兴致盎然地把中国故事和印欧故事进行初步比较，形成了一种风气。

就中国比较文学的发展而论，有关学者认为“比较文学”作为一门学科在中国出现于二十年代末、三十年代初，以清华大学开设“比较文学专题”课程作为标志，这一专题课程中有吴宓的“中西诗之比较”，陈寅恪的“中国文学中的印度故事的研究”等①。民间文艺学中比较研究的兴起和比较文学在中国的开拓大致同步，前者似乎更早开始吸引中国学者的注意力。

清水文章中提到的玄珠、景深、静闻三人，玄珠即茅盾，当时研究神话，写有《中国神话研究》(1924)、《中国神话研究 ABC》(1928) 和《北欧神话 ABC》(1929) 等论著，常将中外神话进行比较，并以人类学派关于原始人类的习俗信仰相同来解释各民族的古神话何以常多类似之处的奥秘。

赵景深主要研究民间故事，先后出版《童话论集》(1927)、《童话学 ABC》(1929)、《民间故事研究》(1929)、《民间故事丛话》(1930) 等论著，很注意中外民间童话故事的比较研究。在《评〈印欧故事型式表〉》(1928) 中，认为雅科布斯替库路德修正的《印欧故事型式表》“实在还有修正的必要，甚至可以完全废除”，原因就是“雅科布斯似乎还不大明白神

---

① 乐黛云：《中国比较文学的现状与前景》，载 1986 年《中国比较文学年鉴》，北京大学出版社 1987 年版。

话历史趣事和民间故事的分别。他的形式是有些混乱的"[①]。这一论析中肯，表现了中国年轻学人的可贵锐气。

然而他在作中西童话的比较时，还停留在只是将中国故事归属于某一印欧故事型式之内的粗浅研究上。他的主要贡献是翻译介绍国外故事学的研究成果，除译出英国人类学派学者安特路兰的《神话和民间故事》、麦苟劳克的《小说的童年》之外，编撰的《童话学ABC》虽然篇幅不大，内容却颇为丰富，除前面两章中的《初民风俗》与《初民信仰》介绍人类学派的基本理论外，后面五章：《哥客诗论灰娘》、《葛劳德论当滴嘟》、《哈特兰德论禁室》、《葛劳德论彭赤京》、《哈特兰德论天鹅处女》分别评介了几位西方人类学派学者对几个著名故事类型进行比较研究的成果，构成本书的主体，所以它实际上是一部西方比较故事学概要。此书于1929年由世界书局出版，半个多世纪之后又由上海书店影印发行，对中国学者了解和吸取西方比较故事学成果与方法产生过相当影响。赵景深先生1981年在自选集《民间文学丛谈》的后记中回顾他的学术生涯时认为，"在我国民间文学的研究过程中，我确实只能说在开初做了一点介绍、启蒙的工作"[②]。这是切合他早年的实际情况的。

这一时期从事比较故事学研究取得显著成绩的是钟敬文，其代表性成果有《中国印欧民间故事之相似》（1928）、《中国民间故事试探》（1931—1932）、《中国民间故事型式》（1931）、《蛇郎故事试探》（1932）、《中国的天鹅处女型故事》（1933）等[③]。

钟敬文的一项开拓性的研究是归纳和整理了《中国民间故事型式》（原

① 赵景深：《民间文学丛谈》，湖南人民出版社1982年版，第154页。

② 赵景深：《民间文学丛谈》，湖南人民出版社1982年版，第290页。

③ 《中国印欧民间故事之相似》刊于1928年7月出版的《文学周报》第6卷。《中国民间故事试探》之一论《田螺精》，刊于1931年1月出版的《民众教育季刊》第1卷第1号；之二论《蛤蟆儿子》，刊于1932年6月出版的《民众教育季刊》第2卷第2号。《中国民间故事型式》刊于1931年7月出版的《民俗学集刊》第1辑。《蛇郎故事试探》刊于1932年8月出版的《民俗学集刊》第2辑。《中国的天鹅处女型故事》刊于1933年1月出版的《民众教育季刊》第3卷第1号。以上论文，均收入《钟敬文民间文学论集》下册，上海文艺出版社1985年版。

作《中国民谭型式》)，原打算写一百个，后因故写到四十五个便中断了，它们是：1. 蜈蚣报恩型；2. 水鬼与渔夫型；3. 云中落绣鞋型；4. 求如愿型；5. 偷听话型；6. 猫狗报恩型；7. 蛇郎型；8. 彭祖型（共二式）；9. 十个怪孩子型；10. 燕子报恩型；11. 熊妻型；12. 享夫福女儿型；13. 龙蛋型；14. 皮匠驸马型；15. 卖鱼人遇仙型；16. 狗耕田型；17. 牛郎型；18. 老虎精型；19. 螺女型；20. 老虎母亲（或外婆）型；21. 罗隐型；22. 求活佛型；23. 蛤蟆儿子型（共二式）；24. 怕漏型；25. 人为财死型；26. 悭吝的父亲型；27. 猴娃娘型；28. 大话型；29. 虎与鹿型；30. 顽皮的儿子（或媳妇）型；31. 傻妻型；32. 三句遗嘱型；33. 百鸟衣型；34. 吹箫型（共二式）；35. 蛇吞象型；36. 三女婿型；37. 择婿型；38. 书呆子掉文型；39. 撒谎成功型；40. 孝子得妻型；41. 呆女婿型（共五式）；42. 三句好话型；43. 吃白饭型；44. 秃子猜谜型；45. 说大话的女婿型。

这四十五个型式中，包括了中国最流行的幻想故事与生活故事。就情节大同小异、数量众多的神话、故事辨析异同，立型归类，是对神话、故事进行比较研究的基本技术之一，钟敬文做这个工作时虽参照过由杨成志和他本人合译的《印欧民间故事型式》，却是基于中国的民间故事材料独立完成的，因而以其学术上的开拓性而引人注目。它在日本发表后，也得到很高的评价。

更值得我们重视的是他对天鹅处女、蛇郎、蛤蟆儿、田螺精等中国著名故事的深入研究成果。以《中国的天鹅处女型故事》为例，他在指出本故事在世界民间故事型式中的重要地位之后，即转到对它在中国传播情形的探寻，介绍见于中国古籍两种《搜神记》中的《毛衣女》和《田昆仑》，再介绍今人记录的活的天鹅处女型故事，按其形态细致地归纳为三组（亚型）。在此基础上，文章展开比较的探讨，第一步作古今比较，以古代记载为故事原型，和各地口头传述文本作比较，认为故事发生了三方面的演变：1. 旧有情节的修改，2. 吸收或混合了别种故事的情节（如解答难题，两兄弟等），3. 故事性质由民间故事转变成为名人传说和自然起源神话。然后将中国天鹅处女故事和世界同型故事相比较，抽取它内容上的要素追索其原始文化内涵，共析出十点：变形，禁制，洗澡，动物和神仙相助，仙境淹留，季子胜利，仙女居留人间，术士的预测，出难题。这十种要素或母题，大多为世界各国民间故事所共有，其中也有仅在中国流传而为他国所罕见的，“例如我们现在要谈到的‘缘分’，便是其中的一个。在西洋及其他各处的故事中，说及缘分的似乎很少见。在中国，不始于现代，自六朝以来的记载上，含有这种成分的故事，早就大量地存在了”①。

钟敬文写作这篇论文，注明“献给西村真次和顾颉刚两先生”，他是有感于日本西村真次和其他欧洲学者在研究这个世界性的故事类型时，对中国材料知之甚少，为了“把外国学者所不易捉摸住的真相，给以叙述说明”而写成的，发表后颇受国内外学术界的重视。德国艾伯哈德在 1933 年给钟敬文的信中就说：“我从您的著作中学到了许多东西。”他对这篇关于天鹅处女故事论考的文章表示赞赏说：“您的论考是非常正确的，我完全同意你的结论。”在他于 1937 年问世的《中国民间故事类型》一书的后记中，特地谈到钟敬文的故事研究所给予他的影响②。总之，钟敬文当时所进行的故事研究不仅在中国具有开拓性，而且在比较故事学的国际学术潮流中也占有相当重要的位置。

他通过故事比较，从中寻求人类原始文化要素的遗留，这就是进化论人类学派的理论和方法。他在《中国印欧民间故事之相似》一文中，列举解释各地民间故事之相似的原因的几种学说时，认为“现在最得势的为心理学说，其理论也比较完满而有说服力。这一派为现代英国人类学派故事学者安德鲁·兰等所创导”。关于这种心理学说或心理主义着重从原始心理（思想、信仰等）来解释神话、故事而忽视人们的生产活动、社会关系等在形成原始思维上的基础作用的局限性，他在八十年代回顾自己的学术生涯时已作过说明。此外，因文章落脚在对故事所含文化要素作人类学的解析，因而未能就它作为一件生动活泼存在于民众口头的叙事作品的思想艺术价值给予评说，也使读者感到有不足。

当时也有学者并不赞同简单地用流传说或人类学派的心理说来解释民

---

① 《钟敬文民间文学论集》下册，第 70 页。

② ［日］加藤千代：《两种中国民间故事类型索引简说》，译文载《民间文学论坛》1991 年第 5 期。

间故事之相似，而主张对此作更深入细致的探讨。如顾均正就认为，“故事在普遍的结构（几个不含民俗的信仰与习惯意味的连续的错综）上相似的，当为同一故事之转变；若故事在有关于民俗的信仰与习惯意味的事件或境遇上相似的，便该算为各自发生……这一推论是专指各民族的相似的故事，若在同一个民族中，其民俗的信仰与习惯本属一致，那自然又作别论”①。该论析虽不周密，提出的问题却富有启发性。

对这一时期中国比较故事学的成就与不足，月朗于八十年代中期在《中国人类学派故事学比较研究发微》一文中作了很好的回顾与评析，他认为二十年代前后以周作人为代表，三十年代前后以钟敬文为代表的人类学派的比较故事学研究，其成就与历史意义在于：打破了以往故事研究的狭小天地，把中国故事置于世界故事大背景之下加以比较考察，并把故事的演变与社会风俗、人类思维的进化联系起来，由各地相似故事间的某些联系，初步揭示了故事演变的一般规律；同时它还促进了故事搜集工作的科学化。

它的不足之处表现在：只注重故事的共性比较而忽视故事的个性比较，还存在只着重于型式比较的形式主义倾向和只取心理说来解释故事相似性的片面性②。

这个阶段中国比较故事学的成就与不足，都值得我们加以重视。特别是其中一些出色的论著，不但给我们提供了关于几个著名故事的具体研究成果，还在比较故事学的研究风格与方法上给我们以宝贵启示。这就是：重视从中国丰富典籍和各族民间口头发掘第一手资料；从型式解剖入手对故事形态作精细比较，探索它在历时与共时背景上的演化轨迹；对故事构成要素作文化人类学（尽管只是一派学说）的阐释；立足于中国历史文化土壤，在比较中充分揭示民间故事的文化史价值。我们应把这些优点作为值得中国比较故事学加以继承和发扬的学术传统来认真对待。

这一时期还有顾颉刚对孟姜女故事的研究，也是不能不提到的。顾颉

① 顾均正：《译了〈三公主〉以后》，《文学周报》1928 年第 6 卷。

② 《民间文学论坛》1986 年第 4 期。

刚研究孟姜女故事，开始于1921年。他自己研究，也发动大家广泛搜集材料，参与研讨。1924年写出第一篇文章《孟姜女故事的转变》，从1924年到1925年，先后在《歌谣》周刊编了九期《孟姜女专号》。《歌谣》周刊停刊后，他又在《北京大学研究所国学门周刊》编刊了八期《孟姜女故事研究》。1926年他写成的长篇论文《孟姜女故事研究》，全文发表于1927年1月出版的《现代评论》增刊，对这个被称为中国四大传说之一的孟姜女故事作了系统的论考①。

在文章里，他把两千多年来的文献记载和遍布全国的口头传说、歌谣、戏曲中的材料，分别按历史的系统（从春秋战国至现代）和地理系统（山东、山西、陕西、湖北、直隶、京兆、奉天、河南、湖南、云南、广东、广西、福建、浙江、江苏）加以整理排列，着重研究它如何在这广大时空领域传播演变，“要在这全部的历史之中寻出这一件故事的变化的痕迹与原因”。其方法要点有六：“就历代的文化中心上看这件故事的迁流的地域”，“就历代的时势和风俗上看这件故事中加入的分子”，“就民众的感情与想象上看这件故事的酝酿力”，“就传说的纷异上看这件故事的散乱的情状”，“就传说的自身解释上看这件故事的变迁的样子”，“就这件故事的意义上回看民众与士流的思想的分别”。最后结论是：

> 从以上诸条看来，我们可以知道一件故事虽是微小，但一样地随顺了文化中心而迁流，承受了各时各地的时势和风俗而改变，凭借了民众的情感和想象而发展。我们又可以知道，它变成的各种不同的面目，有的是单纯地随着说者的意念的，有的是随着说者的解释的要求的。我们更就这件故事的意义上回看过去，又可以明了它的各种背景和替它出主张的各种社会的需要。②

就孟姜女这个著名传说本身的研究而言，顾颉刚先生的论考可以说只是一个开端，国内外学者后来从多方面作了更深入的研究。特别值得我们重视的是他研究这个形态十分复杂的传说故事所运用的方法。他把故事置

---

① 1928年国立中山大学语言历史学研究所曾将这些成果编印成《孟姜女故事研究集》三册，上海古籍出版社合编为《孟姜女故事研究集》于1984年出版。

② 《孟姜女故事研究集》，上海古籍出版社1984年版，第72页。

于一定的历史地理背景之上进行考察，既注意到时势、风俗等因素对故事的影响，如认为故事起于齐都，和春秋战国时期齐鲁属于文化中心有关；哭崩长城、梁山的情节是受了汉代天人感应之说的浸染。同时他也注意到民众心理对故事演化的有力刺激，认为孟姜女故事的基础即建立在夫妻离别的悲哀上。他还注意到不同文化阶层的心态在故事变异中留下的烙印，如纵情任欲的民众称道自由恋爱，不为秦始皇淫威所屈的孟姜女；而奉行封建礼教的士流则颂扬孟姜女的循规蹈矩。钟敬文先生八十年代初期指出，由于研究者当时还未能自觉地采用历史唯物观和唯物辩证法，其成果与方法不免有它的局限性。就整体而论，它却是“五四运动后我国新学术（确切一点说，新民间文艺学）上的一颗明珠”①。

顾颉刚的孟姜女故事研究，所采用的也就是比较的方法，虽然不是跨国，却是跨民族的比较。只是当时在按地理系统整理材料时，没有注明族别就是了，地理系统中的湖南、云南、广东、广西都是多民族居住的地区，许多少数民族也广泛传诵孟姜女故事，把它融合在自己的民间口头文学中。孟姜女故事的体裁为民间传说，和一般民间故事自然有所不同，而传说和故事的研究方法却是大致相通的。顾颉刚的孟姜女故事研究和欧洲盛行的历史地理学派的方法，实际上有不少不谋而合之处，即使对我们今天的比较故事学研究，也仍然有值得吸取借鉴的地方。

比较故事学领域还有一些学者在三十年代和四十年代作出过贡献：

郑振铎写过《中山狼故事的变异》和《民间故事的巧合与转变》②。

叶德均写过《猴娃娘故事略论》③。

杨宪益写过《板桥三娘子》④、《中国“扫灰娘”故事》⑤。

季羡林写过《梵文〈五卷书〉——一部征服了世界的寓言童话集》⑥、

① 钟敬文：《孟姜女故事论文集》序，中国民间文艺出版社 1984 年版。

② 《小说月报》第 16 卷号外，1926 年。

③ 《民俗》第 1 卷第 2 期，1937 年 1 月。

④ 《新中华》复刊第 4 卷第 3 期及第 9 期，1946 年 2 月及 5 月。

⑤ 《新中华》复刊第 4 卷第 3 期及第 9 期，1946 年 2 月及 5 月。

⑥ 《文学杂志》第 2 卷第 1 号，1946 年 6 月。

《从比较文学观点看寓言和童话》[①]、《木师与画师的故事》[②] 等。

他们或从事中国文学中著述，或从事外国文学的翻译与研究，撰文多从中外文化的影响交流入手，因对中外文学知识积累深厚，偶尔涉及中外民间故事比较时便厚积薄发，令人眼界大开了。

中国比较故事学的复兴与发展

新中国成立后，随着1950年春天中国民间文艺研究会的建立，《民间文艺集刊》和《民间文学》杂志的问世，对民间文学搜集整理和研究便蓬蓬勃勃地开展起来。由于受苏联学术思潮的影响，比较研究成为禁区。我们从1959年译成中文的《苏联大百科全书》中的“民间文艺学”条目中就可以看到对西方历史地理比较研究法的全盘否定：“十九世纪末—二十世纪初，俄国和国外的民间文艺学中反动倾向加剧了。形式主义的理论（如芬兰学派）得到了越来越广泛的传播。”[③] 本来1958年在全苏民间文学工作者会议上，苏联著名比较文学家日尔蒙斯基作过关于《民间文学的历史比较研究》的学术报告，也有其他苏联民间文艺学家呼吁“必须大力开展民间文学的历史比较研究，而这种方法近年来几乎完全忽视了”[④]。但这种学术思潮的转变在当时的特殊形势下未在中国学术界引起什么反响。

在民间文学研究中恢复比较研究的声誉，是在比较文学复兴之后，这已是七十年代末、八十年代初的事了。《民间文学》杂志1979年第9期以显要位置发表刘守华的《一组民间童话的比较研究》（同年11月由《新华月报》文摘版全文转载），成为一个新的学术信号。

钟敬文先生为1982年《中国百科年鉴》专门撰写的《民间文学理论的发展》一文列有“比较方法的运用”一节，对当时的情况作了很好的说明：

> 比较方法，是近代科学（不管它是自然科学或人文科学）广泛使用的方法。因为比较能使事物更容易显露出它的性质或特点，在民间文艺学的领域中更是惯被采用的、有效的一种研究手段。从中国现代

---

① 《经世日报》1947年12月3日。

② 《大公报》1947年9月10日。

③ 《苏联民间文艺学四十年》科学出版社1959年版，第64、19页。

④ 《苏联民间文艺学四十年》科学出版社1959年版，第64、19页。

民间文艺和民俗研究的历史上看，这种情形极为显然。不管北大《歌谣》周刊时期，或中大《民俗》周刊时期，这种方法，都相当流行过。自然，从我们今日的立场、观点看来，它不是科学研究的主导方法，而是一种次要的、技术性的方法，但也绝不是可有可无的方法。

新中国成立后，由于种种原因，在民间文艺研究领域中这种方法很少被采用。近年来因为"比较文学"的热潮流入，民间文学研究方面，也有人在新学术思想基础上采用了这种科学方法。现在尽力进行这种工作的学者还不多。但是，预计不久它将会热闹起来。

现在试略述这方面的情形。1979 年及 1980 年，刘守华在《民间文学》和《外国文学研究》上，连续发表《一组民间童话的比较研究》、《民间童话之谜》两篇论文，去年他又在该两期刊上分别发表《略谈中日民间故事的交流》及《〈一千零一夜〉和中国民间故事》。此外，还有白子的《从印度的〈罗摩衍那〉到泰国的〈拉玛坚〉和傣族的〈拉戛西贺〉》等，这些，都是致力于国际间民间文学作品的比较研究的。受了这种情形的影响，国内民间文学的比较探索也出现了，例如韩燕如、郭超的《略论爬山歌与信天游的异同》。

世界学术不断前进，对于研究方法的运用，也提出了较高的要求。今天在民间文学研究领域里使用比较方法，除了首先必须服从先进的观点和基本方法（辩证法）之外，还须精细地检查所比较作品相同点或差异点的大小、轻重，并考察作品流传地域的社会、文化、民俗等有关情况，特别要严格考察那些作品中的相同点或差异点，跟流传地人民的思想及民间文艺的特点是否有亲密的关系，这样才能使我们的论断安放在比较可靠的基础上。①

"不久它将会热闹起来"的推想，后来果然变成事实。比较方法广泛运用于民间文学研究，特别是在神话、史诗和民间故事方面。五十年代到七十年代，这个领域的比较研究可以说是一片空白。从八十年代开始渐趋活跃，中国民间文艺研究会资料室编印过一种很有用的《民间文学论文、作品、新书目录索引》，1985 年设有"比较研究"专题，所辑录的当年发表的

① 《1982 年中国百科年鉴》中国大百科全书出版社 1983 年版，第 543 页。

论文篇目就达到二十多篇。就比较故事学而言，笔者粗略统计，中国学者在这十来年间正式发表的论文已有一百三十余篇。

这期间比较故事学的发展大体有如下几个特点。

1. 在比较研究领域的扩展上，呈现出由跨国比较向跨民族比较倾斜的趋向。八十年代前期的比较故事学研究，多着眼于中外民间故事的比较，在中国和日本，中国和印度，中国和阿拉伯地区的民间故事的异同及其联系上进行研究，发表了不少引人注目的成果，如季羡林的《印度文学在中国》，钟敬文的《中日民间故事比较研究泛说》，戈宝权的《从朱哈、纳斯尔丁到阿凡提》，刘守华的《略谈中日民间故事的交流》、《印度〈五卷书〉和中国民间故事》、《〈一千零一夜〉和中国民间故事》，张紫晨的《中日两国后母故事比较研究》，乌丙安的《藏族故事〈斑竹姑娘〉与日本〈竹取物语〉故事原型研究》，郎樱的《盘瓠神话与日本犬婿型故事比较研究》等。这些国家或地区在历史上同中国有过频繁的文化交往，由此促成民间故事的互相传播交流，这一事实自然很容易成为比较研究的对象。对中国和欧洲及其他地区之间的民间故事的比较，由于受资料的限制，只有很少文章涉及，如刘守华的《东西方民间叙事之比较》，陈建宪的《女人与蛇——东西方蛇女故事研究》等，是一个有待今后弥补的薄弱环节。

八十年代后期，由于中国比较文学界倡导对国内各民族之间的民间文学进行比较研究，打破比较文学传统模式的局限，于是对我国国内各兄弟民族之间的民间故事进行比较的成果逐渐多了起来。这方面的论文有王美逢的《试论汉族同西南少数民族神话传说的关系》，阎云翔的《纳西族汉族龙故事的比较研究》，过伟的《孟姜女故事在少数民族中的变异》，刘保元的《略谈流传于瑶族民间的梁祝故事》，武文的《裕固族〈格萨尔故事〉内涵及其原型》，陈晓红的《不同民族文化区域中的神蛙丈夫型故事比较》，刘守华和刘晓春的《白族民间叙事诗〈黄氏女〉比较研究》等。我国各族民间故事极为丰富多彩，有关历史文化背景资料容易获得，再加上这一研究不论对我们认识中国民间故事还是世界民间故事的整体面貌及其演变脉络都有巨大价值，因此它已展现强劲发展势头和广阔前景。

1993 年 3 月，在北京成立中国少数民族比较文学研究会并举行了首届学术讨论会。会上交流的比较故事学研究论文有彭兆荣的《迁徙性民族叙事范式》，伊莎贝尔（美籍匈牙利学者）的《匈牙利英雄故事〈白马王子〉与突厥英雄故事之比较》，李增林、张鸿才的《民间故事的交流与交流的民间故事》，阿不都热苏鲁的《〈一千零一夜〉与维吾尔民间故事》，色音、陈岗龙的《蒙藏〈尸语故事〉之影响比较》，陈晓红的《不同民族文化区域中的神蛙丈夫型故事比较》，钟进文的《裕固族与匈牙利民间故事比较研究》，陈作宏的《神狼形象及其文化内涵》，等等。在这次讨论会上，民族民间文学的比较大部分都选取了民间故事比较研究的论题，是展示中国比较故事学研究成果最集中、最突出的一次学术活动。

乐黛云代表中国比较文学学会在以《多民族文化研究的广阔前景》为题的祝词中，认为“近年来，我国的多民族文学和文化研究可以说有了突破性的进展，随着文学研究与文化研究结合的大趋势，多民族文学的研究扩大到文化研究的各个领域，与人类学、民俗学、文化学以及宗教学紧密结合起来”。比较故事学方面，她热情肯定了郎樱与仁钦道尔吉合作对阿尔泰语系叙事文学与萨满文化关系的研究以及刘守华的故事学研究。她还就民族文学和民族文化比较研究的重要价值作了发人深思的阐释：

> 涵盖五十多个民族的少数民族比较文学研究会不仅在中国独一无二，就是在全世界恐怕也是绝无仅有。我们正处于一个世界性的文化转型时期。在这样历史阶段，文化的横向开拓比一般的纵向发展显得更突出。所谓横向开拓，就是一种民族文化向他种民族文化借鉴，主流文化向边缘文化靠拢，一门学科向他种学科寻求渗透等。在这种情况下，曾经处于边缘地位的少数民族文化无疑将对主流文化的更新起很大的刺激作用。①

可以预期，广泛深入地开展包括民间故事在内的少数民族文学的比较研究，将成为中国比较文学、比较故事学为世界所瞩目的一个鲜明特色。

在这期间，也有一些学者尝试跨学科研究，将民间故事和宗教、民俗以及其他口头文学样式（主要是史诗）进行比较，这方面的成果有张文的《从〈白蛇传〉看民间文学与宗教的关系》，刘守华的《道教与中国民间故事传说》，赵橹的《〈傅罗伯寻母〉与〈盂兰经〉故事比较》，郎樱的《阿尔

---

① 《中国比较文学通讯》1993 年第 3 期。

泰语系民族叙事文学与萨满教文化》，陈建宪的《民间故事与宗教文化》，万建中的《中国民间故事中的禁忌主题与禁忌民俗的关系》，巴·丹布尔加甫的《新疆蒙古英雄故事浅析》（故事脱胎于英雄史诗）等。这些论文把民间故事置于民间文艺大系统和整个民间文化大系统中，将它和相关民间文学样式和文化事象进行比较观照，便有了许多新的发现。以民间故事和宗教的关系为例，过去是一个讳言的禁区，经研究便发现两者互相渗透融合，其密切程度达到“你中有我，我中有你”的地步。不研究民间信仰的道教和佛教，便很难透彻理解中国许多民族口头讲述的民间故事的思想与艺术特征。宗教对民间故事的影响有两重性，既有关联又分道扬镳，民间故事立足于各族人民的现实生活，在吸收、扬弃宗教文化的过程中保持了自己作为刚健质朴的世俗语言艺术的特质。如今，人们对这一问题的认识已有了显著提高。

2. 在比较研究的深度上也有了可喜的进步。现在那种只停留在指出作品间的类似之处，将它们归属于某一故事型式的比较研究文章已被学人所摒弃。无论是作影响研究还是作平行研究，大都能从前人已有的模式中解脱出来，就论者掌握的实际材料进行比较分析，作出自己的具有一定学术深度的论断。如阎云翔在《论印度那伽故事对中国龙王龙女故事的影响》中，指出产生在六朝以后的中国龙王龙女故事是印度那伽故事通过口头流传和佛经汉译两种渠道传入中国后受其影响而产生的。但它并不是印度故事的简单移植，而是立足于中国传统文化和民间故事传统的改造和再创作。“总而言之，民间故事的传播与创造是对立统一的两个方面。传播不是机械式转运，而创造也不能凭空杜撰。民间故事在传播过程中经历着不断的创造；而在创造过程中又有赖于传播带来的新鲜血液。龙王龙女故事就可说是在传播中创造、创造中传播的典型产物”①。

刘锡诚在《中日金鸡传说象征意义的比较研究》中，没有停留在对两国金鸡传说情节单元异同的表层剖析上，而是从民间文化的象征性这个新的角度切入作更深入的比较研究，最后获得的结论是，“中日两国金鸡传说中的相似性，主要来源于思维方式——象征的共同性，尽管传播也是一个

① 《民间文艺季刊》1987年第3期。

不可忽视的重要的因素。中日两国人民中间，对鸡的信仰大致是相同的，都认为鸡是作为太阳的象征的一个司晨的神禽，它有驱除黑暗、镇压邪恶的作用，因而受到崇祀。这种象征思维渗透到各个不同时代产生的，反映着不同时代现实生活的传说之中，形成一种多层的文化积淀。又由于两国国情文化传统的差异（例如忠孝、报恩与仁德的关系），而显示出同中之异、异中之同的种种情况”①。

再如陈建宪的《女人与蛇——东西方蛇女故事研究》，在吸取西方学者已有研究成果的基础上，对这个故事着力作历史比较研究，指出在蛇女这个亦人亦蛇的复杂形象中，“埋藏着人类对情欲又爱又怕的集体无意识，象征着人类自然欲求与社会要求之间的矛盾”。“蛇女故事在东西方从神到妖、从妖到仙和女人的变化，反映了人类社会中女性地位由高到低，又由低逐渐升高的历史趋势”②。

它们超脱比较研究的流行模式，在吸取现有国内外研究成果与方法的基础上，从新的视角来审视自己所得的丰富材料，终于引申出了富有说服力的新结论。这类具有较高学术水平的文章在中国比较故事学研究领域中正日益增多。

比较研究的深入是同对比较研究方法的认真探讨分不开的。这方面的文章有贾芝的《关于民间文学的比较研究法》，刘守华的《多侧面扩展民间文学的比较研究》，秦家华的《比较文学与民族民间文学》，郎樱的《比较文学及少数民族文学的比较研究》，罗汉田的《民族民间文学的影响比较研究》，月朗的《中国人类学派故事学比较研究发微》，阎云翔的《民间文学比较研究中的几个问题》，毕桪的《应重视比较研究方法》等。这些文章除强调要重视比较研究方法之外，着重提出：一是要多侧面进行比较，运用比较方法全面探讨民间文学作品的思想艺术特征及其传播演化规律，避免将比较研究变成一种单一的模式而失去生机；二是要深化，由民间文学作品表层的异同，深入追溯造成这种异同的历史文化根源，探寻具有规律性的东西；三是在借鉴吸收西方有关学派的理论方法时，要有分析有创造，

---

① 《文学评论》1991 年第 4 期。

② 《民间文学论坛》1987 年第 3 期。

从中国实际情况出发，创立自己的比较研究方法。从这些理论探讨中可看出中国比较故事学前进的轨迹。

3. 比较故事学是跨越民间文艺学和比较文学的交叉学科，它是在这两个学科大发展的基础上获得前进的动力从而呈现活跃态势的。

八十年代以来中国民间文艺学蓬勃发展，和过去相比，在以下两个方面有了重大突破：一是开展国际学术交流，二是以科学方法大规模调查采录各族民间文学。在故事学领域，一批重要的学术论著，如汤普森的《世界民间故事分类学》，丁乃通的《中国民间故事类型索引》，李福清的《中国神话故事论集》等，陆续译成中文出版；刘魁立对西方神话学派、流传学派和历史地理学派研究神话故事的成果及方法作了全面而中肯的评述；丁乃通、邓迪斯、伊藤清司、饭仓照平、野村纯一、加藤千代、李福清等国外学者纷纷应邀前来中国进行学术交流。这样就打开了中国学者的眼界。与此同时，各族民间故事的新资料如喷泉奔涌而出，而这些资料大都是按照中国民间文艺家协会对科学性的统一要求记录编印成册的，从而为比较故事学研究提供了坚实的基础。经民间文艺学界老一辈学者钟敬文、贾芝、姜彬等的大力倡导，对民间故事和其他样式民间文学作品的比较研究，一直在民间文学研究中占着重要位置。

八十年代中国比较文学复兴，特别是 1985 年中国比较文学学会成立后，比较文学界一直把神话、故事的比较研究作为比较文学的一翼给予了有力的推动。季羡林先生的《比较文学与民间文学》一书，不论是在倡导民间文学的比较研究，还是在对印度民间故事传入中国的具体研究成果上，都使从事比较故事学研究的中青年学者受到极大启示。中国比较文学学会历届年会和主办的《中国比较文学》杂志，十分重视发表比较故事学研究成果。由中国比较文学学会和《读书》杂志编辑部联合举办的全国首届（1979—1989）比较文学图书评奖活动，授予萧兵的《中国文化的精英——太阳英雄神话比较研究》这部比较神话学论著一等奖，又授予刘守华的比较故事学论文集《民间故事的比较研究》二等奖，通过表彰进一步扩大了这些成果的社会影响。同富于开放性和时代感的比较文学界保持密切联系，是使比较故事学研究保持学术活力的一个重要因素。

中国台湾、香港地区的比较故事学研究，似乎和比较文学保持着更紧密的联系。我们从一些比较文学论著中读到这方面的文章有颜元叔的《〈白蛇传〉与〈拉米亚〉》①，张汉良的《〈杨林〉故事系列的原型结构》②，金荣华的《中韩灰姑娘故事对口传文学理论的印证》③，周英雄的《三读〈小红斗篷〉》④ 等，它们以吸取西方文化人类学和比较文学的理论方法，就故事深层的文化意蕴作大胆探索而使人有耳目一新之感，在沟通中外学术上具有特殊意义。

通过对中国比较文学发展的整体考察可以看出，比较故事学在中国学苑里扎根已有了近一个世纪的历史，经过几代学人的努力，积累了颇为丰厚的成果，在借鉴吸收外来学派的同时已初步形成了自己的学术特色，许多成果不但为国内学术界所注目，也参与国际学术交流和国际对话，在研究民间文化的世界学苑里正产生越来越大的影响。

中国比较故事学展望

我们在前面已经讲了中国比较故事学的成就与特色。联系中国民间文艺学和比较文学发展的美好前景，中国比较故事学在二十一世纪应求得怎样的发展，才能适应未来中国学术文化事业前进的态势呢?

更加系统、深入地开展比较故事学研究

我在 1985 年发表的《多侧面扩展民间文学的比较研究》，依据当时的情况，以开展“多侧面研究”，即影响研究与平行研究相结合，微观比较与宏观比较相结合，国内外比较相结合为探索的重点，它虽是就整个民间文学的比较研究提出来的，实际上主要针对民间故事而言。这种多侧面研究带有尝试的性质，由于分散进行，缺乏自觉的学科意识来推动，研究工作上零散和肤浅的局限性便难以避免了。今后，我们应当更有系统和更深入地开展比较故事学研究，具体说来，在微观研究与宏观研究的结合上，应大

① 温儒敏：《中西比较文学论集》，北京大学出版社 1988 年版。
② 温儒敏：《中西比较文学论集》，北京大学出版社 1988 年版。
③ 卢蔚秋：《东方比较文学论文集》，湖南文艺出版社 1987 年版。
④ 周英雄：《比较文学与小说诠释》，北京大学出版社 1990 年版。

力朝宏观研究方面取得新的突破；在国内外比较研究的结合上，应立足于国内各民族民间故事的比较；至于影响研究与平行研究，只能依据研究对象的特点两者并举，灵活运用；而跨学科比较研究，以及故事传承特点的比较研究，则应作为一个新课题努力进行探索。

系统地进行比较故事学研究，一是从类型研究入手。我国民间文艺学方面的宏伟工程——中国民间文学三套集成接近完成。其中的《中国民间故事集成》将分省陆续出版。在此基础上，编纂新的《中国民间故事类型》势在必行。在此之前，丁乃通的《中国民间故事类型索引》仍不失为一部较好的工具书。该书收录八百四十三个故事类型，据我几年来使用此书的结果，常见的中国民间故事都已含蕴其中。我们可以对其中的许多类型作微观的比较研究，以理清它们的来龙去脉；还可以围绕上述基本类型，从宏观上作跨国跨民族的比较研究。

丁乃通先生1978年在撰写《中国民间故事类型索引》的《导言》时已经作了这样的尝试。他在印度故事中发现了近五十个类型是在中国可以看到的。

1. 豺狼挑拨离间（AT59）
2. 吃以前先把我洗干净或让我自己洗干净（AT122G）
3. 用其他巧计从捕捉者那里逃跑（AT122Z）
4. 贼和老虎（AT177）
5. 义犬作抵押（AT178B）
6. 乌龟让老鹰带着自己飞（AT225A）
7. 鸟儿带着网飞走（AT233B）
8. 乌鸦助鹿逃出罗网（AT239）
9. 鹦鹉装上帝（AT243）
10. 象和云雀（AT248A）
11. 英雄的生命和剑不能分开（AT302B）
12. 孝子寻父（AT369）
13. 国王和女妖（AT411）
14. 魂居项圈（AT412）
15. 西天问佛，问三不问四（461A）

16. 废后与妖后（AT462）

17. 寻索奇花异草（AT467）

18. 蛇女（AT407C）

19. 公主落难（AT516B）

20. 虎的养子（AT535）

21. 聪明鹦鹉（AT546）

22. 宝鸟心和兄弟分离（AT567A）

23. 少女复苏（AT653B）

24. 更换新娘（AT855）

25. 和一个误认的男子私奔的姑娘（AT856）

26. 被遗弃的新娘化装为男人（AT881A）

27. 好色的“圣人”和箱子里的女郎（AT896）

28. 负责主宰自己命运的公主（AT923B）

29. 聪明法官和罐子里的妖怪（AT926A）

30. 伪装的国王加入贼群（AT951C）

31. 一个故事使贼显露真相（AT976A）

32. 树上掉下来的人和魔鬼（AT1154）

33. 魔鬼和人联合作祟（AT1164D）

34. 两小偷互相哄骗（AT1525N）

35. 分母牛（AT1633）

36. 树上落下了兽皮（AT1653D）

37. 呆女婿（AT1685A）

38. 愚蠢的贼（AT1692）

39. 咬一口（刺一下）引起一连串祸事（AT2042C）（以上是印度特有的类型）

40. 虎穴救妹（AT312A）

41. 将财富踢到旁边的人（AT842）

42. 诫言和尤利亚式的信（AT910K）

43. 兄弟警卫着田一的寝室和蛇（AT916）

44. 以手势代语言而被人误解（AT924B）

45. 画家和建筑师（AT980）

46. 小偷伪装（AT1525G）

47. 是那些人干的（AT1525I）

48. 谁说“那是扯谎”就要罚钱（AT1920F）（以上是在印度和东欧或土耳其流行的类型）

丁乃通据此认为：“印度的传统对中国故事的影响远不如中国学者一度所想象的那样大。”可是在阿尔奈·汤普森的《民间故事类型》的第二版中所列的八十个印度特有的类型中，与中国类同的就占了一半，从这个角度看，印度的影响又是很深的。他还指出，中国的类型流动性强，中国赞赏聪明机智的故事多，愚笨的坏人只是凡人而不是吃人妖怪，这些都可能受了印度故事的影响。

丁乃通将中国和东欧故事类型相比较，发现有二十多例是类同的：

1. 狼要绵羊的毛（AT14）

2. 狐狸分配干酪（AT51）

3. 狐狸嘲弄陷阱（AT68）

4. 老鼠搬蛋（AT112）

5. 驴子劝狼骑在它的背上（AT112N）

6. 女子欺骗熊（AT160）

7. 鹬蚌相争（AT160A）

8. 人处罚狼（AT162）

9. 义犬舍命救主（AT201E）

10. 乌鸦跋扈，老鹰审判（AT220A）

11. 老鼠和麻雀的战争（AT222B）

12. 乌鸦借羽毛（AT244）

13. 乌鸦溅污了天鹅（AT232A）

14. 家禽和野鸟（AT245）

15. 逃开女巫（AT613H）

16. 蛇胆石（AT672D）

17. 聪明的侍女与求婚者们（AT876）

18. 即将死去的父亲的忠告（AT911）

19. 公公和儿媳（AT1441C）
20. 小偷和鹦鹉（AT1526B）
21. 回来找工具（AT1542A）
22. 仆人罚主人（A1571）
23. 借来的上衣（AT1642A）
24. 牧师勿需讲道（AT1826）

丁乃通对中国民间故事与世界故事的互相交流影响情况，作过如下概括性的论断：

百分之几的中国故事类型可以认为是国际性故事呢？本书列入了八百四十三个类型和次类型，仅有二百六十八个是中国特有的，就连这些也有少数和西方同类的故事差距并不很大，也有类型在中国邻近地方，例如越南曾经发现过的。这么多的国际类型会在中国存在，这现象不能仅仅归功于纪元六十八年以后佛教传入中国，因为中国佛教文献里的民间故事，并不像欧洲学者们曾经一度想象的那么多。其他可能更重要的因素是：中国和西亚或南亚间文化和贸易的交流，阿尔泰语族在中国西部定居，印欧民族和闪族在中国沿海省份一度集居，中华帝国全盛时代向西方扩张，西方胡人多次侵入中原等。但是冯沙道以为故事有时以“跳远”的方式跳跃传播的这种理论，在本书里却找不到很多证据。据我所知，完全局限在中国东部，或一定是源起于中国东部的国际性故事类型数目并不太多。大体说来，和印欧故事相似的中国变体，多数是在沿着或接近中国西部边界的地区搜集到的，所以中国民间故事，很可能是像芬兰学派所说的那样，以波浪的形式逐步流传开的。不但如此，中国的类型好像是能按照地区，进一步细分。流传地区接近的变体，情节便较为相似，这一点又充分证明了历史地理方法的基本原则是正确的……汉族和少数民族之间经常交换故事，许多故事开始无疑是汉人的，也有故事可能是先在少数民族地区流传的，当然，后者的一些故事或许是起源于世界其他地方，而中国的少数民族不过是传达而已。由本书提供的证据显然可以指出，中国民间故事的传播方式是双行道，有给予，也有接受，而不是单行道。①

《中国民间故事类型索引·导言》中有关中国民间故事国际性的这部分论述，就是一种宏观比较。由于它是被插在一本书的《导言》里，没有充分展开，加上受到作者当时见闻的限制，其中有些论断并不确切，但它却是依据作者就八百多个故事类型进行跨国跨民族比较所得出的印象。他认为中国故事具有广泛的国际性，这种故事交流是在历史上通过多种渠道实现的，中国少数民族和汉族之间的故事交流是双行道，少数民族在传播外来故事方面起了重要中介作用等等，这些见解都对我们具有宝贵启示作用。

另一个具有宏观意义的比较研究成果是钟敬文先生1991年发表在《民间文学论坛》第三期的《中日民间故事比较泛说》。本书前面已经对他在比较故事学方面的开拓性贡献作了评述。这篇文章是依据中国编纂民间文学三套集成所发现的新资料，而且是作者为了“借此对半个世纪前想做而未完成的课题重新做点补救”而写成的，因此具有特殊意义。其中第一部分“两国同类型民间故事鸟瞰”，列举了在中日两国民间流传的共同类型五十三个：

1. 十二支的由来（猫与鼠的纠纷故事）

2. 猴蟹合战（后半即中国的猪哥精型）

猴的夜盗、蟹的报仇、马夫的报仇、雀的报仇，皆同型异式。

3. 旧房子的漏（中国的怕漏型）

4. 雁与龟（开口招害型）

5. 天仙妻子（中国的羽毛衣型）

6. 吹笛女婿（吹箫得妻故事）

7. 画中妻子（卖桃式、难题式，中国都有）

8. 蜜蜂的援助（蜜蜂帮助曾经救过自己的人解答难题，使其得到妻子的故事）

9. 破谜女婿（解答了女方的谜语得以成婚的故事）

10. 蛇儿子（救养小蛇，得到好报的故事）

11. 育儿的鬼灵（女鬼为育儿到市上购物的故事）

① 《中国民间故事类型索引·导言》，中国民间文艺出版社1986年版。

12. 烧炭财主（中国享夫福女儿型），初婚型、再婚型，在中国同样存在。

13. 产神问答（享夫福型的另式）

14. 狗与猫与指环（猫狗成仇型）

15. 花笑翁（跟中国狗耕田型相似）

16. 地藏净土（从鬼怪或动物那里等到好处。学样者失败）

17. 摘瘤爷（生瘤的人因跳舞得到好处。学样者失败）

18. 米福粟福（灰姑娘型）

米埋糠埋、皿皿山、阿银小银等都属同型异式。

19. 捡栗子（后母虐待继子的故事）

20. 歌唱的骸骨（冤魂报仇的故事）

21. 没有手的姑娘（继女为后母所害，失去双手，后终得到幸福的故事）

22. 浦岛太郎（因救助海中动物而被邀游龙宫，并得到宝物而归的故事。中国所传，大略相同）

23. 龙宫童子，是上型异式。

24. 黄金的斧头（诚实人失去斧头，因说真话，神仙给以金斧。贪心者学样失败）

25. 老狼报恩（某人帮助老狼得到报酬的故事）

26. 报恩的动物、忘恩的人（实义与忘恩型）

27. 忠义的狗（中国文献和口头传承，都有此类故事）

28. 天赐金锁链（中国老虎外婆型）

29. 姐弟与山妖婆（与上篇同型式）

30. 旅人变马（中国的“板桥三娘子”型）

31. 收拾猴神（以人为牺牲的故事。李寄型异式）收拾大蛇，也是同型。

32. 宝怪（住凶屋得财宝型故事）

33. 甲寅三郎（与实义与忘恩同型式）

34. 太阳的三根毛（类似中国问活佛型）

35. 金子打鸭（中国享夫福型异式）

36. 手拉儿子裁判（亲生儿与养儿型。包公案故事之一）

37. 夫妻的缘分（命定的妻子故事。中国月下老人型）

38. 尼姑裁判（买镜子型笑话）

39. 牵线信号（中国呆女婿故事类型之一）

40. 新娘的牙齿（笑话）

41. 试胆（胆怯者的笑话）

42. 烧掉父亲（笑话）

43. 如果捡到金子（财迷笑话）

44. 八石山（善良人种煮熟的种子获得好处的故事）

45. 尾张远呢？金比罗远呢？（两人争论地方的远近，使裁判者得到好处的笑话）

46. 比赛沉默（愚人的笑话）

47. 蚁通明神（中国穿九曲明珠型）

48. 屙金子的马（以骗术取胜的笑话）

49. 远地的火警（合谋欺骗得利的笑话）

50. 熊的儿子（旅人与熊结合生子的故事）

51. 孟宗竹（中国古代孝子哭竹生笋的故事）

52. 竹笼打水（后母虐待继子的故事）

53. 鱼石（西域人识宝型）

诚如作者所说，在中日学者所发现的两国共同故事类型中，这是迄今为止列举数量最多的一个表。自然，它绝不是最后的、完整的统计。文章里讲，“中国和日本，由于彼此地理接近和长期历史交往等原因，文化上的亲缘关系是相当广泛和深远的，两国在民间文学，特别是民间故事方面的关系则更具代表性。因为它既有长期人民交往和移居（主要是由中国移居日本）的传播途径，又有长期文书流通的传播渠道”。在上文所提到的丁乃通《中国民间故事类型索引》的导言中，由于只发现了两国共同故事类型二十三个，便认为中日在这方面的交流并不那么密切。日本学者，如关敬吾先生对这种共同类型的数量的估计就高得多，甚至认为“中国的民间故事有一半以上与日本民间故事相同或类似”，钟敬文先生在《泛说》一文里表示：“从大体上说，我是比较倾向于他的估计的。”虽然这篇文章只是概略言之，却包含着作者半个多世纪以来对中日民间故事的联系观察思考的结果，也概括了中日两国许多学者在这个课题上所获得的研究成果，因此值得我们认真汲取。

总之，借助于现有的和今后将要问世的故事类型索引来作宏观比较，正如自然科学家借助动物志、植物志、矿物志等来作跨国跨地区的自然资源比较一样，是可行的和有效的。在宏观研究方面，故事类型索引这样的著作特别显示出它的效用，值得中国学者重视。

另外，我们还可以依据按民族、地区出版的故事集来作宏观比较，这是最通常的一种研究方法。但由于中国民族众多，地域辽阔，如就五十六个民族，或就现有的行政区域逐一进行民间故事的比较研究，不仅颇为繁难，而且不易将历史上的文化交流、文化整合情况反映出来。我在 1985 年发表的《多侧面扩展民间文学的比较研究》中，曾依据一些民族学家的意见，提出按五大块来研究中国民间文学的文化特色，这五大块即五个民间文化区：西北天山文化区，北部草原文化区，中原黄河流域文化区，东南沿海文化区，南方长江流域文化区。我国各民族地域分布的特点是大杂居、小聚居、交错居住，同一地区的几个民族的文化和民间故事比较接近，丁乃通在编纂《中国民间故事类型索引》时便从大量材料中发现了这个特点。看来按几个文化区域作比较研究是可行的。文化区域怎样划分更合适，那自然还需要研究，1991 年韩养民在《历史研究》杂志上发表《中国风俗文化与地域视野》一文，主张按自然环境与人文特点的结合，在中国划分出七大风俗文化圈，即东北风俗文化圈、游牧风俗文化圈、黄河流域风俗文化圈、长江流域风俗文化圈、青藏风俗文化圈、云贵风俗文化圈和闽台风俗文化圈①。民间文学艺术和民间故事，无疑是各地“风俗文化”的重要组成部分。这里提出的几个风俗文化圈对我们作比较故事学研究也是值得参考的。

近年我国兴起区域文化学和区域民间文艺学研究的热潮。姜彬在《区域民间文艺学发凡》一文中对这项研究的意义作了很好的阐述：

> 研究中华统一的文化有纵向和横向两个方面……而横向的文化现象则比较复杂，它是一个板块结构。每一个板块都有自己的民族构成

---

① 《历史研究》1991 年第 5 期。

（包括古代和现代的），有自己的历史发展，但除中原地区之外，这些板块的历史则很少被史书记载下来，它在很大程度上存在在地下的实物资料中，存在在人民的生活习惯和口头流传中。纵的史的研究，历来有许多人做过。而横的分块的研究则还涉及得比较少，在今天它更有挖掘的意义。

…………

现代的科学趋于综合研究，但国与国之间的情况不同，在我国，区域的研究是研究统一文化的基础，它将使我国的文化得到深层的理解。①

区域文化学和区域民间文艺学的研究具有比较文化学的性质和特点。可以预期，这项研究的强劲势头将给按文化区域进行比较故事学研究的学人以有力的推动。

我们在故事的微观研究方面已有了相当基础，今天在继续深入进行微观研究的同时，扩大视野，按文化区域对各族民间故事作比较研究，再进一步，在更大范围内将中国民间故事和其他国家的民间故事予以比较。这样，我们就会对中国和世界民间故事的特点及其流传演变规律获得更清楚的认识。这项研究的价值不只是对世界比较故事学的贡献，更将以其在比较文化学方面的特殊价值受到广泛重视。

更自觉地增强比较故事学的中国特色

我们在前面回顾中国比较故事学的历史时，曾指出中国比较故事学已经初步形成了自己的特色，这一特色就是坚持马克思主义历史唯物论与辩证唯物论的基本精神，努力借鉴吸取国外文化人类学、民俗学、比较文学和比较故事学的新成果与新方法；在新开掘的各族民间故事鲜活资料的基础上进行自己的理论探索。今后，我们应当更加自觉地增强比较故事学的中国特色，更加努力发挥学术上的独创性。

在世界学术潮流中，民间故事和民间文学的研究，其理论与方法在很大程度上从属于文化人类学的研究。文化人类学有多种流派，其中也有马

① 姜彬：《区域文化与民间文艺学》，中国民间文艺出版社 1990 年版，第 1、2 页。

克思主义的文化人类学①。我们虽然没有见到这个学派研究民间故事的专门著作，而基于辩证唯物主义和历史唯物主义的文化观和方法论，却在许多国家，特别是在苏联和中国学者的比较文学及比较故事学研究成果中得到了较为充分的反映。日尔蒙斯基的“历史比较研究法”，曾被人们视为比较文学“苏联学派”的代表性理论，就是以历史唯物主义为基点的。

我在《文化学通论》的绪论中，对马克思主义文化观的基本内容作过如下概述：

在马克思主义著作中以下几方面的论述特别受到文化学家的重视：

(1) 人类劳动是文化产生和发展的源泉。在从事物质生产劳动的过程中，人们不仅改变着自然界，使它适应自己的需要，而且改变着自己的主观世界，使人类的语言、智力、思想、情感等得到发展，从而实现文化创造。

(2) 人类文化发展是在社会的一定历史形式中实现的。最初的精神生产渗透在人们的物质生产活动里，后来出现了体力劳动和脑力劳动的分工，社会分成阶级，进而发展到两者的对立，广大民众不得不为占有劳动的物质条件的他人做奴隶，从事奴役性的劳动，于是文化创造力受到极大压制。

(3) 阶级对抗社会中的文化带有阶级性。在这样的社会里，政治经济上占统治地位的那个阶级的文化，也就是该社会占统治地位的文化。但被压迫被剥削群众的生活条件，必然会产生自己的文化与之相对抗，从而在每个民族里形成了性质不同的两种文化。

(4) 精神文化不是经济发展过程的消极反映，它是开发世界的特殊形式，具有相对独立性。它既受社会物质生产活动的影响，又反作用于物质生产。“物质变精神，精神变物质。”因其有相对独立性，便使人类文化遗产的继承有了可能。精神文化的继承性对文化发展起着重要作用。

(5) 文化在物质生产的基础上发展起来并与物质生产一起发生变化，经历着一个渐进的向上发展的过程。在这一过程中，与社会经济

① ［英］莫里斯·布洛克：《马克思主义与人类学》，华夏出版社 1988 年版。

类型相适应的文化的历史类型也在发生变化。①

民间故事是最具普遍性的一种文化事象。以上几点对我们以比较方法研究过去的民间故事无疑是有启示作用的。

我们在前面已经就同比较故事学有关的几个学派的理论方法作了评介。概括起来，它们既不是一无是处，也非绝对完美。有的适用于某种情况，却不适用于一切地方。有的在历史上产生过较大影响，后来却被新起的学说所代替。这些以西方文化作背景的学说，和东方文化有隔膜更是不足为怪的事。包括民间故事在内的中国文化事象，有许多独特之外，富于象征性就是一个例子。1937 年出版第一部《中国民间故事类型》的艾伯哈德博士，还有一部《中国文化象征辞典》在西方拥有广大读者，它就是基于以下的认识编撰而成的，“中国人的象征语言，以一种语言的第二种形式，贯串于中国人的信息交流之中；由于它是第二层的交流，所以它比一般语言有更深入的效果，表达意义以及隐含的东西更加丰富”。“他们形成了一个运用象征形式的社会。这种表达方式由于习惯而得到加强，并且将个人与公共秩序和道德结合在一起”②。除日常用语之外，在民间故事以及其他民间文学、民间艺术中，充满这种令西方人感到新奇的象征性。中国普通民众平时就是由表及里来理解这种语言和文化事象的本来含义的，用不着在学者的导引下费力追寻其深层心理。

总之，我们对有关比较故事学外来学说，不可不知道，又不可迷信盲从，生搬硬套，而应当有分析、有区别地对待，立足于中国民间故事和中国历史文化的实际加以运用。

即以受人称道的历史地理学派研究故事的方法而论，由母题组合而成的类型，它本身自然不能说是一种纯粹形式主义的东西，而是内容和形式的统一体。但在历史地理学派的一些学者那里，确实存在把母题和类型作为纯粹形式要素来看待，忽视对于作品的生活思想内容以及与之相关的历史文化土壤作深入考察这样的不足之处。其方法技术性较强而理论性则较为薄弱。跨越广大时空领域的同一故事类型，特别是在复合体故事中，由

---

① 刘守华：《文化学通论》，高等教育出版社 1992 年版，第 27 页。

② 艾伯哈德：《中国文化象征辞典·导论》，湖南文艺出版社 1990 年版。

于母题组合的内在逻辑性和序列的变化，还有插入的细节不同，可以表达复杂多样乃至截然对立的主题，包容着丰富的审美情趣，而历史地理学派方法却把它们的内容和形式简单化了。以“说谎骗人”故事为例，在中国民间故事中，有市井无赖说谎取笑妇女和残疾人（如盲人）的恶作剧，也有做长工的农民说谎欺骗财东以泄愤的喜剧，后一类故事在中国旧时农村流行甚广，成为表达农民对封建压迫抗争情绪的一种常见方式。离开这样的社会历史背景，把它们作为同一类型看待，就难以作出恰当的评价。

又如“人与异类通婚”的故事，动物可以作人类的妻子或丈夫，对这个古老母题的形成可以追溯到原始文化背景上的万物有灵、动物崇拜观念。可是流传至今的这类故事，因和不同民族、不同地区的人们爱情婚姻生活相结合构成故事情节，便不拘一格，显得多姿多彩了。以中国情况而论，有妖精想吸取男人精血、幻化成美女来勾引书生的，这时有一位道法高深的和尚（道士）出面除妖救人，不用说是正义的行动。可是在动物精灵幻化的女子真心爱恋男主人公的情况下，和尚（道士）也出来干预，阻挠破坏这桩婚事，他们便成为封建势力的象征，要受到民众的鞭挞了。中国四大传说之一的《白蛇传》，所讲的便是这样的故事。如果男主人公是异类，他同样可以在和普通女性的婚姻纠葛中扮演正反两种不同角色。蛇精抢走富贵人家小姐的故事，成为中国封建时代以暴力欺凌妇女的世俗悲剧的写照。而在《蛇郎》中，却是另一种情景，蛇郎求婚也多少带有一点强制性，与三妹成婚后却蜕去蛇皮，成为英俊富有的男人，给她带来了意料不到的美满幸福生活。起初鄙视蛇郎的大姐这时却萌生邪念，要阴谋害死妹妹，占有了蛇郎。三妹灵魂不死，变形复仇，最后终于惩罚了那个邪恶的女人，夫妻得以团聚。我在对这个故事所作的比较研究中，发现它的情节乍看起来似乎很荒诞，其基本构思却类似中国传统戏曲中的《姊妹易嫁》，即在一个男人的命运由卑贱向高贵的转变过程中，将美丑两类女人的形象进行对比。男人在社会上命运逆转，常常在家庭婚姻上出现意想不到的纠葛。在这类纠葛中，广大民众总是热烈同情结发的糟糠之妻。这构成中国蛇郎故事所特有的文化内涵。甚至在今天，人们在观看改编成电视剧的蛇郎故事时依然深深受到感染。蛇丈夫故事在世界上分布甚广，中国蛇郎故事的同中之异十分鲜明突出，成为一个独特型式，我就它进行比较研究，写成

《蛇郎故事在亚洲》一文，在北京大学举行的首届东方文学比较研究学术讨论会发表时受到与会学人的肯定。如果说这一研究获得的结论切合实际，那正是既吸取国外比较故事学的有益成果，又坚持历史唯物主义方法论，将民间故事置于中国历史文化背景之上，从外部形态的考察入手，深入探求其文化内涵的结果。

比较故事学在中国已有良好的基础。我们完全可以更有特色地发展中国的比较故事学。季羡林先生在《展望比较文学的中国学派》的谈话中讲得很好："我们建立比较文学的中国学派，并不是为中国文学夺'冠军'，不是意气之争，只是想能够客观地认识中国文学及东方文学的价值和地位，吸收各学派的长处，建立一个科学的，有特点的比较文学体系，促进我们文学的发展。"① 这段话对我们建设中国的比较故事学也是完全适用的。

* * *

自拙作《比较故事学》于 1995 年出版以来，几年间在这一领域又涌现出一系列新的成果，就我所见到的专著而言，就有于长敏的《中日民间故事比较研究》(吉林大学出版社 1996 年)，刘介民的《从民间文学到比较文学》(暨南大学出版社 1998 年)，陈岗龙的《蒙古民间文学比较研究》(北京大学出版社 2001 年)，李子贤主编的《多元文化与民族文学——中国西南少数民族文学的比较研究》(云南教育出版社 2001 年)，以及万建中的《解读禁忌——中国神话、传说、故事中的禁忌主题》(商务印书馆 2001 年) 等好几种。这些中青年学者不满足于就某些故事作微观比较，而且在一个较大范围内作跨国跨民族和跨学科的比较研究，宏观审视与综合概括力大大增强，研究者的中国作风与气派也更见鲜明。比较故事学的发展态势令人欣喜振奋。

——增订版附记

---

① 季羡林：《比较文学和民间文学》北京大学出版社 1991 年版，第 187 页。

下　编

民间故事多侧面比较研究

中国与日本民间故事比较

提　　要

中日两国是近邻，历史上的文化交流十分频繁。两国的民间故事类同之处甚多。对之进行比较研究，是一项既有意义而又富于吸引力的学术活动。中国五四以后兴起的比较故事学研究，首先就是从这个领域开始的。进入80年代以来，也是以中日间神话和故事的比较研究最为活跃。

本专题包括三篇文章，它们都写于80年代初期。《略谈中日民间故事的交流》，是就坪田让治编写的一本《日本民间故事》中的作品作比较，因当时尚未见到有关的《故事类型索引》，从一本书中找到的同类型作品自然很有限。但它是从笔者所在的湖北省新近采录的故事出发来作比较的，而且提出了作为长江流域文化组成部分之一的民间故事沿江出海而流播邻国的推想（这自然只是交流渠道之一），这是文章新意之所在。

《中国的〈斗鼠记〉与日本的〈弃老山〉》及《从“弃老”到“敬老”》，是就中日两国共有的“弃老”故事作比较，连续写成的。除追溯这一故事的印度原型之外，着重论析了它的民俗文化基础以及传说和故事这两种体裁的形态转化问题。

对本专题有兴趣的读者请读钟敬文先生的《中日民间故事比较研究泛说》（《民间文学论坛》1991年第3期），日本关敬吾先生选编的《日本民间故事选》（中文版中国民间文艺出版社1982年出版），以及另一位日本学者伊藤清司先生的在华学术报告集《中国日本民间文学比较研究》（辽宁大学科研处1983年8月编印）等。

略谈中日民间故事的交流[①]

——读《日本民间故事》

模样相似的姐妹篇随处可见

1980年6月，我在鄂西兴山县参加湖北省民研会举办的民间文学培训班时，听到一位家住峡江岸边的同志讲了一个《福从天上来》的故事，大意是：从前有两口子，都很老实善良，妻子下地挖芋头发现了银子，却不随手挖回来。回到家里同丈夫商量该不该去挖，结果被贪心的邻人知道了，他急忙赶去挖，哪知挖出来的竟是一窝白蛇；邻人以为是这两口子故意捉弄他，便把这窝蛇装在瓦罐里，夜间从屋顶天窗倒在两口子睡的床上，可想不到这窝蛇在老实人面前又变成了一堆白花花的银子。这个故事虽带有一点宿命论的色彩，它的基本精神却是赞扬劳动者的老实厚道，鞭挞贪心自私的邪恶行为。流传在著名三峡地区的这篇民间故事，竟是和《日本民间故事》中的《天福地福》模样相似的姐妹篇！

到下半年，我在鄂东参加湖北省民研会举办的第二期民间文学培训班时，听浠水农村来的一位中年农民，讲了一个极有风趣的《屋漏》故事。梗概为：一间小饭铺里，住着姑嫂俩。夜间风雨突起，姑嫂说起闲话来：不怕老虎，也不怕强盗，就怕屋漏。这时，恰巧一个强盗头戴斗笠，身披蓑衣，想爬墙进屋偷东西；一只老虎想拖猪吃。他们听了女主人的谈话，以为“屋漏”是一个了不起的怪物。强盗把老虎当作“屋漏”，吓得从墙头掉下来，正骑在虎背上；老虎也把强盗当作“屋漏”，吓得驮着他漫山奔跑，惊动了许多野兽。最后，强盗因为怕“屋漏”，不敢做贼了；老虎也怕再遇见“屋漏”，不敢在山里称王了。不等这位农民讲完，来自新洲的一位农

---

① 本文1980年底改定，原载《民间文学》1981年第2期，全文译载日本《中国民话之会会报》第26期（1982年8月），日译者冈崎由美。在饭仓照平署名发表的《附记》中写道：“仅就这些故事来看，如果能参考艾伯哈德和丁乃通的故事类型索引等研究书籍，可能会指出更多的彼此相类似的情况。但是，中国学者写出具有这样内容的论文，特别值得重视。为了给今后的交流提供一些线索，我们特地加以翻译介绍。”

村教师连忙说，他家乡也流传着这样的故事，不过情节略有不同，把故事中的姑嫂俩改为母子俩就是了。它用一连串的误会来构成引人入胜的情节，在逗人发笑的同时，又巧妙地颂扬了人的威力、人的语言的美妙作用，寓庄于谐。想不到在《日本民间故事》中，也有一篇相类似的作品《旧屋漏雨》!

这本《日本民间故事》是人民文学出版社 1979 年翻译出版的，原编者是日本著名童话作家坪田让治，中译者为陈志泉。它从原书的一百五十篇故事中选译了三十一篇最有代表性的作品。在这三十一篇日本故事中，像以上这样和中国民间故事相类似作品，就有十五六篇，约占全书的半数。这种情况既令人惊异，又激起了研究者的浓厚兴趣。现据手头已有的材料，将与日本故事同类型的中国民间故事列出，以资比较。

1.《喀嗤山》，叙述貉精害人，机灵的兔子用计谋使它一再受骗，给予惩罚的故事。基本构思相同的中国故事，有云南佤族的《老虎、兔子和黄牛》①、四川藏族的《山兔与老虎》②。

2.《旧屋漏雨》，讲小偷和狼夜里听见爷爷奶奶告诉孩子旧屋漏雨最可怕。小偷和狼听了，误以为“漏雨”是一种最厉害的妖怪，于是惊慌失措，在山野间演出了一场闹剧。除了前面谈的湖北的两篇《屋漏》外，还有陕西的《老虎怕“漏”》③，河北的《屋漏》④ 和广西壮族的《漏》⑤，均与这篇日本故事情节相同。

3.《没有骨头的海蜇》，讲龙王派乌龟去诓骗猴子进龙宅，想剖腹取胆，由于海蜇多嘴走漏风声，猴子随机应变，以自己的胆没带在身上为借口，逃回山林，摆脱了仇敌的陷害。福建的《海母丞相》⑥，角色同情节与此最为接近。吉林的《猴子和乌龟》⑦，蒙古族的《乌龟和猴子》⑧，藏族的

---

① 《中国动物故事集》，上海文艺出版社 1978 年版。

② 萧崇素：《山兔的故事》，重庆人民出版社 1956 年版。

③ 《民间故事》第 6 辑，长安书店 1958 年版。

④ 《鲁班学艺》，百花文艺出版社 1959 年版。

⑤ 《壮族民间故事资料》第 1 集，广西壮族文学史编辑室 1959 年编印。

⑥ 《榕树文学丛刊·民间文学专辑》1980 年第 1 辑。

⑦ 《吉林民间文学丛刊》1980 年第 1 期。

⑧ 《蒙古族民间故事集》，上海文艺出版社 1962 年版。

《猴子和乌龟》[①]，情节也大致相同，只是角色有所改变罢了。它们显然都是从同一故事产生出来的多种异文。

4.《狐狸和熊的故事》，讲狐狸耍滑头捉弄熊，被熊报复，去啃马腿被踢伤的故事，与中国汉族的《狐狸、猴子、兔子和马》[②] 的主要情节相同。

5.《猴子和野鸡》，讲猴子欺负野鸡，野鸡在苦虫、牛粪、石臼、鸡蛋等小伙伴的协助下惩罚猴子的有趣故事，它与贵州苗族人民叙述小鸡崽邀约了螃蟹、牛屎、棒槌、毛栗等去惩罚野猫，为老母鸡报仇的故事《为妈妈报仇》[③] 惊人地相似。

以上是就书中的动物故事而言。在其他故事，主要是神奇故事中，同样也有许多相类似的作品。

6. 与《天福地福》相类似的，除了前面提到的湖北的《福从天上来》之外，还有吉林的《癞蛤蟆变元宝》[④]。

7.《牛新娘》，叙述一被迫嫁人的女子，途中被人救出，以小牛犊塞进花轿，冒充新娘的滑稽剧。中国三峡地区汉族的《箱子里的黑熊》[⑤]，藏族的《沙坑里的“新娘”》[⑥]，所讲的都是同一故事。

8. 动物报恩型的《仙鹤报恩》，与中国吉林讲述天鹅报恩的《千羽锦》[⑦] 看来也是孪生姐妹。

9. 表现男女爱情的《猫媳妇》和《画上的媳妇》两篇，属于“田螺姑娘”、“羽衣仙女”型故事。在中国，这类故事流传极广。形态相似的有台湾高山族的《螺蛳变人》和苏北汉族的《羽毛衣》[⑧]，壮族的《螺蛳姑娘》[⑨]，苗族的《阿秀王》[⑩] 等。

---

① 《藏族民间故事》资料本第2集，中央民族学院1959年编印。

② 《中国动物故事集》。

③ 《中国动物故事集》。

④ 《聚宝盆》，吉林人民出版社1957年版。

⑤ 《长江传说集》，长江文艺出版社1980年版。

⑥ 《丹珍和塔尔基》，上海文化出版社1957年版。

⑦ 《吉林民间文学丛刊》1979年第4期。

⑧ 《民间文学作品选》上册，上海文艺出版社1980年版。

⑨ 《壮族民间故事资料》第2集。

⑩ 《苗族民间故事选》，人民文学出版社1962年版。

10.《一寸法师》以夸张手法叙述一个形体小得出奇的可爱的小英雄的斗争事迹，与中国山东的《枣核儿》[①]、《葫芦娃》[②] 的艺术构思十分相近。

讲述老实人于无意中得宝致宝，贪心人则学样失败的故事，在这本书中有好几篇，它们在中国民间故事中也是常常可以见到的。

11.《海水为什么变咸了》，讲一副宝磨的故事，中国吉林朝鲜族的《神磨》[③]，河北汉族的《奇怪的石磨》[④]，实际上是同一故事的变体。

12.《会唱歌的乌龟》和《开花爷爷》与中国汉族的《狗耕田》[⑤] 和侗族的《兄弟分家》[⑥]，情节结构也大致相同。

13.《摘瘤爷》的构思，接近于中国山东的《长鼻子》[⑦]。

上面开列的这个故事单子，一般读者看起来可能会产生沉闷乏味的感觉。可是从比较文学的角度来看，这个现象却极有意义，富于研究价值。日本学者在介绍中国少数民族文学时，早已指出："我们相信读者可以从我们选编的中国少数民族的民间文学作品中发现，其中不少作品同日本的神话、传说、民间故事极为相似。"[⑧] 现在我们联系中国的民间故事来读日本的这个故事集子，同样十分鲜明地获得了中日两国的民间故事"极为相似"的印象。尽管我们两国之间隔着大海，然而把这两个国家两个民族人们口头世代相传的故事记录整理出来予以对照，它们的模样是这样相似，有些好像完全是一母所生的兄弟姐妹，我们读起来怎能不感到格外亲切呢？

民间故事是民族生活与心理的结晶。上述故事虽然大部分具有浓厚的幻想色彩与神奇特征，但它们都是从劳动人民的实际生活出发驰骋想象，体现着幻想与现实的密切结合。从中我们不仅可以看到一幅幅相近似的古

---

① 《民间文学作品选》上册，上海文艺出版社 1980 年版。

② 《民间童话故事选》，北京出版社 1979 年版。

③ 《吉林民间文学丛刊》1979 年第 1 期。

④ 《群鸟学艺》，天津通俗出版社 1956 年版。

⑤ 《民间文学作品选》(上册)。

⑥ 《民间文学》1956 年 1 月号。

⑦ 《石门开》，少年儿童出版社 1955 年版。

⑧ [日] 村松一弥《中国现代文学选集少数民族文学集·序》，译文载《民间文学参考资料》1963 年第 8 辑。

老的风俗画，如推磨，舂米，犁田，织布，姑娘出嫁坐花轿，穷人困苦无奈时敬菩萨等，尤其是能够深切感受到两国人民共同的美好心灵：他们都向往美好的生活，追求同甘共苦的爱情，反对压迫剥削与欺凌弱小，赞扬勤劳、善良、勇敢、机智、忠诚、友爱的美德，鄙弃贪心自私、欺诈虚伪的丑恶思想行为，都相信光明的未来，在日常生活中充满乐观愉快的情趣与进取精神。自然，这些故事有许多相当古老，产生在封建社会以至奴隶社会的土壤上，然而民族的好传统是无法割断的，传统故事所反映、所培育的美好情操，已经深深扎根在今天两国人民的心中。阅读这些故事，我们不能不产生心心相印的亲切之感。它们对增进中日两国人民之间的了解和友谊，具有很重要的意义。

这些日本民间故事在艺术表现上也同中国故事的风格有不少相似之处。例如奇丽的幻想色彩与浓郁的现实生活气息相结合，在强烈对比和夸张的叙述中透出愉快幽默的情趣，以简洁的描述、传神的对话来表现故事和人物，透出简捷明快的特色等。这些，也反映出中日两国在文化上的深刻联系。

然而，一个民族绝不会只是简单生硬地模仿和抄袭另一个民族的文学艺术。这些日本民间故事和中国故事相比较，也是同中有异。我们注意到两国故事相似之点时，自然也不应忽略它相异的一面。中国的“枣核儿”大闹公堂，抓住作威作福的县官的胡子荡秋千；日本的一寸法师陪小姐去朝拜观音菩萨，从麦秸鞘里抽出针作的宝刀，刺瞎了恶鬼的眼睛。中国壮族、苗族的青年猎人，穿上百鸟羽衣去京城搭救自己的妻子，用这件羽衣换来皇帝的龙袍，自己作了皇帝；日本的小伙子则装扮成卖桃人进入侯爷府中，与侯爷换装后，将侯爷作为卖桃人赶了出去。中国的贪心者学样失败，被山里的野兽把鼻子拉得长长的以示惩戒；日本故事中则由天狗把一个善良老头儿脸上的大瘤子摘下来贴在投机取巧的另一个老头儿脸上，使他左右两边脸上都长起难看的瘤子。即使是沿用同样的构思方式与情节结构，人们也总要按照本民族的生活、习俗、心理与艺术传统对作品加以改造，使故事带上为本国人民所熟悉和喜爱的生活情趣与艺术风格。至于编织新的故事以深刻反映出各自的民族色彩，那就更是一种普遍规律了。既然每个民族的民间文学各有自己的特色，彼此交流的结果，能使世界文学大花园中的民间文学花朵，竞奇斗艳，开放得更加绚丽多彩。

中日民间故事怎样交流

中日民间故事是怎样交流的呢？这是一个值得深入探究的学术问题。这里只能凭借极有限的材料作初步的推理。

中日是一衣带水的友好邻邦。据学者们考证，日本列岛在几万年前本来是和大陆相连的。约在一万年前，由于冰川融化，海水上涨，它才与大陆脱离①。然而千顷波涛，隔不断人民之间自古以来的频繁交往。在这过程中，也会以口头方式互相交流民间故事。在我们前面列举的与《日本民间故事》中的作品有明显联系的近三十篇中国故事中，出自福建、江苏、浙江、台湾、山东、河北、吉林等沿海地区的故事就有十篇，显然与两国人民频繁的直接交往有关。其中有的故事是从中国传入日本，也可能有日本故事传入中国。

从文化传承关系来说，在中日文化交流的悠久历史中，日本是深受中国文化影响的国家。看来彼此相似的这些故事，大部分源于中国。但只从相邻地区人民口头故事的直接交流这一个方面，还不能完全说明这种交流之广泛和深刻的特点，须从整个文化交流的历史上来研究。下面试提出一些初步线索。

汉译佛经介绍了许多印度故事在中国，随后又把这些故事传到日本。佛教自东汉初由印度传入中国后，中国和印度等国的僧人即大量翻译佛经。这些汉译佛经很快又传入日本。据有关材料介绍，汉文《大藏经》于奈良时代传到日本。当唐《开元藏》编写之后五年，即开元二十三年（735 年），由唐留学归国的玄昉曾携回汉文经论五千余卷。日本天平十一年，敕依《开元目录》写一切经。渡日的鉴真也于日本天平宝字二年（758 年）率众开写《大藏经》五千零四十八卷，收藏于奈良唐招提寺②。汉译佛经中包含着许多印度等国的民间故事。法国汉学家沙畹曾辑成《佛经中五百故事》，我国常任侠先生于 1958 年选注了七十八个故事，编为《佛经文学故事选》

---

① ［日］中村新太郎：《日中两千年》，吉林人民出版社 1980 年版，第 5 页。

② 《中国佛教·中日佛教关系》，中国佛教协会编，知识出版社 1980 年版。

一书，由上海古典文学出版社出版。他在该书序言中指出："原来这些故事，多产生在释迦牟尼降生以前，其中不少是广大人民自己的创造，反映了他们的爱与憎、祈求与希望，已经在人民口头流传，通过了释迦牟尼的口，通过了佛教徒结集的记录，保存至今。"佛经中的许多故事，传播到中国民间，被人们改造为具有中国色彩的故事，并对中国唐以后叙事文学的发展，产生了不小的影响。看来日本的民间故事，也有不少来自这些佛经，仅从《佛经文学故事选》中就可以找到两例：

《没有骨头的海蜇》这类故事，明显脱胎于隋天竺三藏阇那崛多译的《佛本行集经》卷三十一之《虬与猕猴》，或者是西晋三藏法师竺法护所译《生经》中之《佛说鳖猕猴经》。常任侠先生在刊于《民间文学》1980 年 1 月号的《日本的童话》一文中已作说明，并认为这个故事约在隋唐时代传入日本。这里要补充一点的是，唐人张读曾以此为背景，将这个故事改编成小说《求心录》[①]，可见它在中国早已流传开来，随后又流传到日本。

《日本民间故事》中的《弃老山》，看来源于北魏西域三藏吉迦夜与中国僧人昙曜共译的《杂宝藏经》卷一之《弃老国缘》。该故事叙述古时有一个国家流行着驱弃老人的恶俗（大概是玄奘在《大唐西域记》中所记之"野葬"吧），国中一大臣不忍心如此，将老父侍养在地下密室中。后天神给国王出了一系列难题，其中有识别形态一样的两条蛇的雌雄，并认方直正等的两块檀木的根尾等。能回答，国家可得安宁；否则，国家就要覆灭。大臣得老父的指点，一一作答。于是国王欢喜，普告天下，应孝养老人，从此废除了弃老的习俗。日本鹿儿岛流行的《弃老山》故事，内容与此完全相同。最合理的解释只能是源于汉译佛经。

佛教文化对中日两国的民间文学都有深远的影响，两国民间故事的交流，这是重要渠道之一。

中国古代志怪之书被传入日本，也带去了许多民间故事。鲁迅在《中国小说史略》中指出，"自晋讫隋，特多鬼神志怪之书"，至唐代更为盛行。文人搜奇记选时，采录了不少民间故事。唐代是日本吸收中国文化的高潮时期，其中有许多民间故事显然传入日本，影响了日本民间故事的发展，

---

① ［唐］张读《宣室志》，中华书局 1983 年版。

前面提到的二十多篇与日本故事有联系的中国民间故事，都是就其近现代形态而言，实际上它们的起源有些是很古老的。如《搜神记》中的《毛衣女》、敦煌变文《搜神记》中的《田章》，属“羽衣仙女”型故事，与日本《画上的媳妇》的情节就有不少类似之处；又《搜神记》中的《白水素女》即中日广泛流行的“田螺姑娘”之最早的文字记载，与日本《猫媳妇》的情节相似；《酉阳杂俎》中的《宁王》，是中国《箱子里的黑熊》的原型，与日本《牛姑娘》的基本情节结构相同；《酉阳杂俎》作者记述的《旁㐌兄弟》，则是中国《长鼻子》故事的原型，其构思方式同日本许多讽刺投机取巧者学样失败故事的形态极为相似。这些著名的中国古代民间故事之所以同流传至今的日本故事相类似，可能是由于它们早在唐代就以书面形式传入日本，被日本人民所吸收和改造的结果。

日本学者中村新太郎在《日中两千年》一书中，写了令人感兴趣的一笔。中国人民熟悉的日本著名画家雪舟，在明朝时渡海前来中国，也曾把富士山的传说和羽衣仙女下凡的故事讲给明朝人听，并以此为内容画了一幅画。诗人詹僖在画上题诗，最后两句是：“乘风吾欲东游去，待到松原窃羽衣。”[①] 他们所画所咏的，显然是流传至今的《画上的媳妇》这类故事。它们大约在隋唐时期传入日本，日本文化人又在明朝带进中国，这一确凿事实多么生动地反映了中日民间故事交流的情况。

这里还应该提到，日本学者经过认真比较，认为日本故事与中国西南少数民族的故事更为接近，日本人对这些少数民族的民间口传文学更易于理解[②]。在本文列举的与《日本民间故事》中的作品相类似的近三十篇中国故事中，出自四川、云南、贵州、广西地区藏族、壮族、苗族、侗族、佤族的故事就有十来篇。日本最早的历史和文学著作之一，安万侣于八世纪初编纂的《古事记》中，叙述大穴牟迟神逃到速须佐之男爷的根国，与其女相爱，父亲多方进行考验，均由于女儿相助，逢凶化吉。如让他睡蛇房，女儿便给丈夫一块驱蛇巾；让他到茫茫荒野里去找回射出去的响箭，当他走进原野时，又放起熊熊大火企图暗害，这时一只老鼠跑来把他引进了地

① 《日中两千年》，第 202 页。

② ［日］松村一弥：《中国现代文学选集少数民族文学集》跋。

下洞穴（大约也是女儿派来的吧）等，最后小两口双双逃出了这个国家①。云贵傣族的《召树屯和兰吾罗娜》②、佤族的《阿那和龙女的故事》③、纳西族的《丛蕊刘偶和天上的公主》④、云贵苗族的《天鹅姑娘》⑤ 及《孤儿和龙女》⑥ 中，都有类似的情节，它是一个在西南各族中间广泛流传的古老故事，因地区自然环境与民族生活的差异而演化为多种异文，这些都表明日本学者所揭示的上述特点是确实存在的。我国西南地区地势险峻，交通阻塞，政治、经济与文化的发展都远比中原地区落后，显然不可能直接以口头和书面的方式同远隔东洋大海的日本进行民间故事的交流，这种联系必有更深、更复杂的渊源。新近出版的钟敬文先生主编的《民间文学概论》，在谈到中国各民族民间文学的相互影响时，曾根据近代一些学者的研究成果，认为西南许多少数民族的祖先氐、羌南迁之前本来居住在黄河流域中游，中国西部高原上。他们把中华民族最古老的神话传说带到西南，后随着文化交流而影响到汉族，这种状况在古时少数民族居住过的吴、楚地区更为明显⑦。湖北是古代楚国的中心，我们在鄂西举办民间文学培训班就着重搜集了流传在楚国大诗人屈原故乡——秭归一带的故事传说。我这次在鄂东、鄂西听当地的人们讲述了大约四百篇故事，其中有不少是和西南各少数民族的民间故事形态相似的，也有一些和日本的民间故事类型相同，而这些故事多流传在长江沿岸地区。这样，它们传入我国一衣带水的东邻日本的线索也就不难寻找了：看来许多故事是作为我国长江流域文化的一部分，沿江出海而流播邻国的。过去由于我们对发掘西南少数民族的民间文学比较重视，采录的民间故事和其他样式的民间文学数量较多，而对湖北汉族以及土家族、苗族的民间文学则比较忽视，直到 1980 年传达第二次全国民间文学工作者代表大会的精神之后，湖北省才建立有关机构，进入

① 《古事记》，人民文学出版社 1963 年版，第 28 页。
② 《云南民族文学资料》第 2 辑，云南人民出版社 1957 年版。
③ 《云南民族文学资料》第 2 辑，云南人民出版社 1957 年版。
④ 《云南民族文学资料》第 1 辑，云南人民出版社 1956 年版。
⑤ 《云南民族文学资料》第 2 辑。
⑥ 《苗族民间故事选》，人民文学出版社 1963 年版。
⑦ 《民间文学概论》，上海文艺出版社 1980 年版，第 101 页。

这块“未开垦的处女地”。其丰富多彩的面貌同样令人惊叹不已，原来它们和西南少数民族的民间文学有着极为亲密的血缘关系。我国古代第一个伟大诗人屈原的辉煌诗章，灿烂的荆楚文化，就是从这一大片自古以来就盛开着民间文艺鲜花的肥沃土壤上吸取滋养而形成的。如果只看到已经发掘出来的西南少数民族的民间文学材料，仅就这些不完全的材料进行比较研究，所得的结论不可避免地会带有某种局限性或片面性。在中日民间故事的比较研究上，如果能够进一步利用长江流域广大地区的材料，注意和影响深远的楚文化联系起来，将汉族与西南少数民族的民间文艺作为一个整体来看，必将获得更有价值的成果。

处于相近似的自然与社会环境下的诸民族，由于民族生活与心理的接近，不谋而合地各自创造出相类似的民间故事，这种情况是完全有可能的，也符合民间文学发生发展的规律。但在互相邻近，已有两千年频繁交往的中日之间，通过文化交流而在故事中形成某些共同的特色，这也是合乎规律的客观事实。借用外来故事以发展本民族的故事文学，是有积极意义的。高尔基在《一千零一夜》俄文版序言中就正确指出：“借用并非任何时候都会发生歪曲，有时它会使好的故事锦上添花。古代民间故事的借用和用每一个种族、每一个民族、每一个阶级的特点加以补充的过程，在理性文化和民间创作的发展中曾经起过重大的作用，这一点大概是毋庸怀疑的。”①中国的文言小说和幻想故事，艺术风格至唐代为之一变，变得更奇幻优美，激动人心，同接受由佛经传入的印度故事的影响有密切关系，至今“如来佛”、“观世音”，仍是民间故事中常见的角色。中国的许多故事又通过多种途径传入日本，丰富了日本的民间故事园地。

在五四新文化运动中，我国就有人开始翻译介绍日本民间故事。新中国成立十年后，百花文艺出版社出版过一本梅韬辑译的《日本民间故事》，收各类故事二十六篇。又过了二十年，才出第二本《日本民间故事》，和日本友人大力介绍中国民间故事的情况相比较，我们的工作显得太落后了。

加强对日本民间故事的介绍与研究，可以向从事这项工作的日本学者

---

① 译文见1962年2月20日《光明日报》。

与作家学习严谨的工作态度与科学方法，可以借此增进对日本人民精神面貌与文化生活的了解，还可以把两国的材料结合起来，共同深入探讨民间文学的发展演变规律。开展国际性的学术交流，互相取长补短，得到丰富提高，对发展我国的民间文学工作是十分必要的。

中国的《斗鼠记》与日本的《弃老山》[①]

我在 1981 年第 2 期《民间文学》上发表的《略谈中日民间故事的交流》一文中，提到日本民间故事《弃老山》，似源于汉译佛经《杂宝藏经》卷一之《弃老国缘》。当时尚未发现中国民间有这类传说故事流传。1981 年下半年，鄂西北武当山下十堰市一位热心搜集民间文学的文化宣传工作者一楠，从当地郊区两位农民黄金道、全廷秀口中，记录了一篇《斗鼠记》，略加整理，刊登在《东风文艺》1981 年第 2 期上。随后又被编入十堰市民间故事集《千鸟袍》中。《斗鼠记》的大意是：在现今十堰市所在的古均州这个地方，古时某王公立了一个规矩："老人无用"，凡是上了六十岁的老人，就要被送进山上的"自死窑"里，让他们活活冻饿而死。这习俗一代代往下传，没有人敢违抗。有一年，"外国黄毛子"送来一只像黄牛那么大的犀鼠，要同这个国家斗鼠。如斗败了，就得向它称臣纳贡。王公放出凶猛的老虎也被犀鼠斗败，全国上下焦急不安。这时，有个农民杨三，不忍心让父在"自死窑"里受罪，每天偷偷给他送饭供养。谈及斗鼠事，老人便告诉他：找十只十多斤重的猫，关在一个笼子里，不给食吃，令其互相吞噬，留下最强的那只体重刚好达到十三斤半的猫，就可斗败犀鼠。农民报告王公，照此办理，果然斗败犀鼠，保持了国威。王公奖赏农民，他说出真相，王公由此认识到"老人是个宝"，便下令废除了弃老于"自死窑"的习俗。

这个传说所反映的弃老习俗，引起了我的浓厚兴趣。年底，在一次民间文学活动中，我提及《斗鼠记》，又引得两位热心人士讲述了他们家乡的同类故事。湖北黄陂的黄安心说他小时也听过这个故事。古时皇上规定，

---

① 本文原载《民间文学》1982 年第 4 期。

老人到六十岁就要自己死掉，不死就得被活埋。一位大臣把老父偷偷养在家里。后外国进贡一物，体大如牛，形态似鼠，满朝文武不识，有辱国体。老人告诉儿子识别此物的方法。大臣找了一只八斤重的大猫置袖内，上朝时，捏猫卵，猫大声叫唤，此物即惊恐万状，威风尽失，于是断定为鼠，维护了国家的尊严。皇帝得知原委，深感老人有用，下令废除了弃老的恶俗。

家住山西晋城的马希良老人，说他小时候听到的传说是：古时把上了年纪的老人送进地窖，不准在家供养。这时发生了外国进贡老鼠的事。有一位大臣偷偷把年迈父亲养在家里，老父听说此事后告诉他一种斗败老鼠的方法。他找了一只尾巴上有黑白相间九节花纹的狸猫置袖内上朝。捏一节，狸猫叫唤一声，敌国送来的大老鼠听了就吓得缩小一点；捏九下，叫九声，大老鼠吓成了小老鼠，再放出猫来，一口就把它吞吃了。最后也是皇帝由此看到了老人的丰富智慧，下令把弃老的习俗废止了。据他说，这一传说广泛流传在晋东南、晋西南一带。

过去是不是有这样的老鼠，猫和老鼠是否在国家政治生活中起过如此重要的作用？我们不必去认真考究，这些具体情节显然出自艺术虚构。最值得我们注意的是，它反映了在丧葬习俗方面的一场重要变革。土葬、火葬、水葬，是人们所熟悉的。藏族的天葬（鸟葬），东北鄂伦春、鄂温克族的风葬（将尸体搁置树上），以及南方一些古代民族的悬棺葬，近年也有人作了介绍和研究。而斗鼠故事所反映的这种把老人弃置山野，令其自毙的习俗，在我国似乎还没有为学术界所提及，在其他国家则早已见于文字记载。《杂宝藏经》中的《弃老国缘》，表明在古印度有过这种“驱弃老人”的习俗。玄奘取经归来撰述的《大唐西域记》中，介绍印度的丧葬习俗时说：“送终殡葬，其仪有三：一曰火葬，积薪焚燎；二曰水葬，沉流漂散；三曰野葬，弃林饲兽。”我疑心这野葬的对象，就是属于“驱弃”之列的到了一定年纪的老人。“弃老”和“野葬”恐怕是一回事。日本的《弃老山》，是说在萨摩国（今鹿儿岛县），古时有一个野蛮的规矩：但凡父母到了六十岁，就得由他们的儿子或孙子带到山上去扔掉。要是不遗弃，侯爷就会处以重刑。这是我从坪田让治编的《日本民间故事》中看到的。这个故事的一种异文《年高智不衰》[1]，则说弃老的习俗是“西纳罗公国的大公”规定下来的，以七十岁以上的老人为驱弃对象。可见它在日本具有一定普遍性。现在，斗鼠故事的发现，说明中国古代也流行过这种野蛮习俗。这些传说的内容并不像童话故事那样出自想象，它是保存在口头文学中对过去社会历史的记忆，既有艺术虚构成分，也包含着实在的因素。“自死窑”[2] 的遗址至今尚存。口头传说与实物相印证，这有力地证实了“弃老”习俗的存在是一个毋庸置疑的历史事实。印度、中国和日本的民间传说中，都把这种野蛮习俗的形成，说成是某个残暴统治者制定的法律，这不过反映了后世人们对这种习俗的憎恶情绪罢了。实际上它是世代相传的习俗，归根结底是由古代极低下的生产水平所决定的。原始社会的人们，为求得自己的生存，须作极艰苦的努力。近年发现的一位傣族诗人写于三百六十多年前的《论傣族诗歌》，引述古代传说和史诗，回顾傣族先民住在北方“冷森林”的情形说，那时“天下对他们最大的威胁，就是寒冷和饥饿”，“整天为着填饱肚子而奔波”。“十人一个洞，九人一个穴，天黑睡一处，天亮去觅食，见到食物就争抢，有时也殴斗，斗后不记仇，仍住一洞里。”“寒冬，大人小孩集聚在山洞里，老人饿着肚皮，小孩哭着要吃奶，野果已被摘完，野菜已被埋在地里，人类已无法生存，只好等着饿死冻死。”[3] 在此情况下，只好弃老于野，把丧失劳动能力，无法养活自己的老人送进“自死窑”或驱赶到“遥远的荒岛上去”，令其自毙。这当然是很残酷野蛮的习俗，可是比起更早的野蛮时代的“食人之风”来，又是在人类文明的大道上跨进了一大步。当时并不认为这是有悖情理的事。经过了若干年，由于社会生产力和人类文明的发展，社会有了供养丧失生产劳动能力的老人的足够食物，人们产生了孝养父母的观念，驱弃老人便日益显出它野蛮残酷的性质了。同时，由于社会的发展，知识和经验逐渐汇集在老人身上，体力衰竭、丧失了劳动能力的老人能以其丰富的智慧在社会生活中发挥积极作用，于是出现了由“老人无用”到“老人是个宝”的社会意识的转变。印度、中国

---

① 《亚非民间故事》，陕西人民出版社 1980 年版。

② “自死窑”，为半山腰一岩洞，位于十堰市白浪乡境内。

③ 《论傣族诗歌》，中国民间文艺出版社（云南）1981 年版，第 98—99 页。

和日本的古老传说，都是一致地以老人出主意克服危难，战胜敌国，来表达“年高智不衰”、“老人有用”的主题，使弃老于野的陈规陋习得以改变。具体情节虽出自虚构，但就其实质而言，是对一场社会习俗大变革的真实反映，也是人类文明进一步向前发展的生动写照。民间传说不着重叙说老人被驱弃于山野荒岛的悲惨情景，却以赞颂老人的智慧为中心来编织富有传奇性的故事，追述社会习俗的变革，把孝养父母的道德伦理观念传给后人，这体现了民间文学面向未来、富于积极进取精神和教育价值的特征。

丧葬习俗是社会文化的标志之一，历来为历史学家们所重视。斗鼠故事给中国古代文化史的研究提供了一个重要线索。我国一些历史著作谈到古代墓葬，往往只注意到它所反映的奴隶社会的阶级压迫情况，把“被捆着双手活埋”、“挨饿受冻、饥肠辘辘而死”的尸骨，均断定为“这些人无疑都是当时毫无任何社会地位的奴隶”①，完全没有考虑到这些对象中，是否还有按照古代“弃老”习俗、驱弃于山野地穴、强令自毙的死者。这个问题，颇值得研究古代史的学者注意探究。

现在让我们回到中日民间故事的联系上来。印度的《弃老国》、日本的《弃老山》、中国的《斗鼠记》，其情节结构相似。现在看来，主要是由这些国家步入相同的社会发展阶段后，共同经历了废除“弃老”习俗这一社会变革的反映。在彼此近似的社会生活与社会心理的土壤上，是会生长出姿态相近的故事之花的。这些故事以口头和书面方式流传时，是否有过互相影响的情况呢？我以为也是有的。日本《弃老山》中关于分辨两条蛇的雌雄和两块木头的根梢这两个情节，同汉译佛经中《弃老国缘》所讲的一模一样；又日本《年高智不衰》中做灰绳子的情节，在中国苗族《阿秀王》②的传说中也有。另外两个情节，将丝线穿过宝石的弯曲小孔和分辨外形一致的母马子马，则出自中国关于文成公主进藏的古老传说。藏王松赞干布派遣一位聪明能干的大臣噶尔来长安求婚，唐王“五试婚使”，其中有两试就是将丝线穿过九曲明珠和辨认一百匹马的母子关系③。但以上这些来自印

---

① 《夏代文化》，中华书局 1980 年版，第 19 页。

② 《阿秀王》，作家出版社 1958 年版。

③ 《西藏民族学院学报》1980 年第 3 期《唐蕃八次和盟概述》一文。

度、中国古代民间故事中的具体情节，在日本故事中都只是作为一个“部件”借用，以象征手法来赞颂老人的智慧。就整个传说而言，其内容是和当地实际存在的习俗变革紧密联系在一起的，是人们被这一巨大变革所激起的强烈情绪的反映。这样，我原来把日本的《弃老山》完全看作源于汉译佛经的故事，就不够确切了。

中国的“弃老”习俗流行于什么时代？日本的“弃老”习俗与中国古代的同一习俗有没有什么联系？《斗鼠记》的整理者把故事发生的历史背景，说成是春秋战国时期，因地方志对这个地方的历史最远也就追溯到春秋战国时为止了。作为下降，大概是可以的。成书于战国末期的《吕氏春秋·节哀篇》写道：“孝子之重其亲也，慈亲之爱其子也，痛于肌骨，性也。所重所爱，死而弃之沟壑，人之情不忍为也，故有葬死之义。”不仅要生养死葬，还要葬在高陵之上，“以避狐狸之患，水泉之湿”。如此讲究葬仪，显然已是废止“弃老”习俗之后许多代了。又，在周代文化中，敬畏鬼神，“对民有利益的人和物，才被尊敬为神”，其中有一类是自然物，上至日月星辰，“下至猫（能食田鼠）”[①]。中国几个地方关于废除“弃老”习俗的传说，都是以猫鼠相斗为中心来展开叙述，看来与上述古老观念的流行也有关联。至于“弃老”习俗之形成，则只能上推到远古的原始社会了。近年有一些学者认为，“日本人史前时代的祖先，曾在中国大陆东海沿岸住居”[②]。这一推断如能成立，他们是否把中国大陆上古的丧葬习俗带到了日本呢？这些问题都不禁使人浮想联翩。但这已超出本文的范围，只好提出来请历史学家们作解答了。

从“弃老”到“敬老”[③]

——评一组关于老人的习俗传说兼谈传说和故事的转化

1982年第4期《民间文学》上，刊出拙作《中国的〈斗鼠记〉和日本

① 范文澜：《中国通史》第1册，人民出版社1965年版，第193页。

② 《读者文摘》1981年等4期，徐秉洁摘译的《“神武天皇＝徐福”之谜》一文。

③ 《楚风》1984年第2期。

的〈弃老山〉》之后，编辑部即收到好几篇同类型的传说。我在国内外学术界朋友的热心支持下继续搜求，也有新的发现。现在手头积累的异文材料，已有十余篇了。

流行于汉族地区的十篇，它们是：江浙一带的《大鼠》①，湖北的《斗鼠记》、《八斤猫》②、《不杀老人》③、《人过花甲》、《家有老是个宝》④，山西的《花尾狸猫》⑤，河北的《六十还仓》⑥ 和《金毛鼠》⑦，黑龙江的《八斤猫制服千斤鼠》⑧。

流行于蒙古族地区的一篇：《花甲老人》⑨。

流行于朝鲜族地区的一篇：《花甲葬的规矩是咋改变的》⑩。

流行于维吾尔族地区的两篇：《一块黄金》⑪ 和《老年人的智慧》⑫。

这类传说在邻近的印度、印度尼西亚、朝鲜、日本等国均有流传。仅以日本而论，民间文艺学家们怀着浓厚兴趣来研究的“弃老山”故事异文已达二十九篇之多⑬。

从这个很不完全的介绍里可以看出，关于“弃老”习俗之转变的故事，是一个在中国乃至亚洲地区流行相当广泛，在民众生活中影响深远的关于老人问题的重要习俗传说。

这类中国传说的共同梗概为：

1. 从前有一种野蛮习俗，凡上了六十花甲的老人，一律都要被处死，

---

① 林兰《换心后》，北新书局 1930 年版。

② 《民间文学》1982 年第 4 期拙文引述。

③ 《湖北民间故事传说集》恩施地区专辑。

④ 笔者记录稿。

⑤ 《民间文学》1982 年第 4 期拙文引述。

⑥ 《河北民间故事选》，河北人民出版社 1980 年版。

⑦ 《民间文学》编辑部存稿。

⑧ 《民间文学》编辑部存稿。

⑨ 《蒙古族民间故事选》，上海文艺出版社 1979 年版。

⑩ 《朝鲜族民间故事讲述家金德顺故事集》，上海文艺出版社 1979 年版。

⑪ 《维吾尔族民间故事选》，上海文艺出版社 1980 年版。

⑫ 《新疆民间文学》1982 年第 1 期。

⑬ ［日］枚浦胜：《弃老山和两墓制遗迹》，日本《口承文艺研究》第 6 号（1983 年）。

其方式有活埋，垒入墙内，送进“自死窑”（山洞）或地下墓穴使他们冻饿而死等；

2. 有一户人家的儿子不忍心执行却又不敢公开违抗这一法令，偷偷供养老父；

3. 老人用自己的丰富智慧启发孩子解除了国家的危难，如喂养一只九斤四两重的猫斗败了敌国进贡来的大老鼠，在本国遭受干旱严重威胁时找到了水源，弄清了湖底黄金的真相——原来它是对面山上黄金的投影等；

4. 国王认识到老人有用，下令子女应孝养父母，从此废除了“花甲活葬”的陋俗。

我在关于《斗鼠记》的那篇文章中认为，这类传说“是对一场社会习俗大变革的真实反映，也是人类文明进一步向前发展的生动写照”，现在有了更多的材料来支持上述论断。

世界舆论指出，亚洲是一个“自古以来就有敬老传统的地区”，在整个亚洲的大家庭中，有着“久负盛名的敬养老人的传统”。但这种敬养老人的习俗并不是从来如此，它是随着人类文明的进展，经过一场移风易俗的严重斗争才树立起来的。

在人类社会的原始时代，确有过“遗弃或杀死老人”的习俗。这已为近代人类学家对许多原始部落的考察材料所证实。普列汉诺夫于1900年前后写成的《没有地址的信》第二封信《原始民族的艺术》中，就用历史唯物主义观点，对澳洲、非洲原始民族中间“颇为流行”的这种“遗弃或杀死老人”的现象作出了科学的解释，他说：“原始人杀死老人，犹如杀死孩子一样，不是由于他们的性格的特点，不是由于他们的所谓的个人主义，也不是由于缺乏各个世代之间的活生生的联系，而是由于野蛮人不得不为自己生存而奋斗的那些条件。”由于当时食物缺乏，生存条件恶劣，“杀死非生产的成员对社会来说是一种合乎道德的责任。既然他们处在这样的条件下，所以他们不得已杀死多余的孩子和精疲力竭的老人”①。

二十世纪三十年代问世的一部民族学著作，英国乔治·彼得·穆达克

① ［俄］普列汉诺夫：《论艺术〈没有地址的信〉》，生活·读书·新知三联书店1973年版，第85—86页。

所著《我们当代的原始民族》中也介绍，在大洋洲塔斯马尼亚岛上生活的塔斯马尼亚人，“游荡生活的艰苦使对残废者的照顾成为不可能。因此上了年纪的人，当他们衰弱以后，同伴们就只留下一点食物而把他们扔下来等死”[①]。

在此之前的原始时代，人类还有更野蛮的习俗。恩格斯在《自然辩证法》中告诉我们：“在我们知道的一切民族中，有一个时期曾因吃肉而吃起人来（柏林人的祖先，韦累塔比人或维耳茨人，在十世纪还吃他们的父母）。”[②]“弃老”和“食人之风”相比，已是人类文明迈进一大步的表现了。随着人类文明的进一步发展，于是“弃老”又被“敬老”所替代，以至于今。民间传说艺术地再现了人类社会早期普遍存在的对待老人的有关习俗的变革过程，具有十分珍贵的历史价值。

但这组传说的内容和形式很特别，它同印度佛经故事中的《弃老国》那么接近，这篇故事通过汉译佛经的在五世纪中叶的北魏时期就传到了中国；另一方面它又同各地实际存在的有关习俗、风物（如“自死窑”）紧密结合在一起，显得煞有其事。它有习俗传说的明显特点，其主要情节又来自解难题型的民间故事。那么，它们究竟是怎样构成的呢？怎样区分其中历史真实性和艺术虚构成分呢？它们的内容是对于一场实际发生过的社会习俗变革的记忆呢，抑或只是一种宣扬孝道的训诫性的故事？

载入佛经的《弃老国》故事的传播，无疑对中国及其邻近地区这类故事的构成发生过巨大影响。但不能把中国的这十来篇故事简单地看作印度故事的翻版，普列汉诺夫关于文学影响的一个著名论断可以打开我们的思路：“一个国家的文学对于另一个国家的文学的影响是和这两个国家的社会关系的类似成正比例的。”[③] 印度的《弃老国》故事能在中国各族民众中广泛传播，不仅是由于佛教主张的“孝养父母”和中国儒家、中国道教推行“孝道”，以“忠孝为本”的道德伦理观相一致，宋代以后即在中国形成了“三教合一”的文化背景；更重要的，我以为是中国和印度等国，在社会习

---

① 《我们当代的原始民族》，四川民族研究所 1980 年，第 13 页。

② 《自然辩证法》，第 155 页。

③ 《论一元论历史观之发展》，生活·读书·新知三联书店 1961 年版，第 160 页。

俗方面，都经历过从“弃老”到“敬老”的变革过程。印度故事启发了人们对遥远过去的往事的追忆，人们便借用印度故事的结构形式，结合本地实际习俗、风物，编出了这一系列传说故事。其中以养猫克鼠来表现老人的智慧，是中国传说所特有的情节。中国自汉唐以来，就不断有远方异国来朝，进贡各种珍奇物品，《斗鼠记》的故事就是从这里提炼出来的。它不见于印度、日本等国的故事中，却成为中国故事所独有的情节，绝不是偶然的。中国传说的内容还同各地实际存在的习俗、风物紧密结合着。湖北十堰市的传说以被当地人们叫作“自死窑”的山洞为背景，河北传说中把活埋六十岁以上的老人叫作“六十还仓”，朝鲜族则把这种习俗叫作“花甲葬”，黑龙江传说中说当地古时，曾把上了年纪的老人“垒入墙中”。这些说法都不是从印度佛经故事中来的，而来自当地人们对往古习俗的记忆。这些地方鲜明地表现出它们作为民间传说的特质。

根据有关资料推断，造成“弃老”习俗的原因大约有三：1. 在渔猎和采集时代，生活水平低下，食物缺乏是对人类生存的最大威胁，没有剩余产品养活精疲力竭的老人；2. 社会处于蒙昧状态，人类积累的知识经验很少，老人丧失向大自然索取现成食物的健壮体魄后便成了集体的累赘；3. 以氏族为单位、群居野处的生活方式，造成了供养老人的困难。“问题不在于野蛮人的心理，而在于他们的经济。”当时人们处于那种特殊条件下，是并不把这种习俗作为残忍行为来看待的。人类学调查材料表明，在原始部落的生存条件十分艰难的情况下，“老人借口衰老了，自己坚持要别人把他杀死”，“这时候死于亲近的人的手中，在他们看来是所有碰到的灾难中最小的灾难了”①。

在人类社会发展进程中，造成“弃老”习俗的那些条件有了改变：农业兴起，人们生产出了养活老人的粮食；人类知识经济迅速积累，体力衰弱的老人，依然可以用自己的丰富智慧为集体创造财富，于是“老人无用”，变成了“家有老，是个宝”；以母系为中心的社会结构被以父系为中心的社会结构所代替，出现了一夫一妻制的小家庭，父母抚育子女和子女

① 普列汉诺夫：《论艺术〈没有地址的信〉》，生活·读书·新知三联书店 1973 年版，第 86—87 页。

孝养父母成为理所当然的事。在这种情况下，变革遗弃和杀害老人的习俗就不可避免了。中国中原地区由母系氏族社会过渡到父系氏族社会，发生在大约五六千年之前。春秋战国时期，“老人是个宝”的观念就已深入人心，姜子牙八十岁为相，“文王访贤姜子牙，辅佐周朝八百八”传为千古佳话。诸子百家大都以老人为师，老人的智慧在这一时期大放异彩。可见这时的中原地区，早已摆脱弃老习俗，进入了人类文明的更高发展阶段。但各地经济、文化的发展是不平衡的，而且某种社会习俗一经形成，便有了相对稳定性，在赖以形成这种社会习俗的社会物质生活条件变化之后，它不会立即自动消亡，还会有某些代表人物出来以种种努力来维持这些陈规陋俗，须经过一场严重的斗争方能移风易俗。在中国这样一个地域辽阔的国家内，在某些比较闭塞的、文化发展落后的地区，直到很晚近的年代才实现从“弃老”到“敬老”的变革，人们对那种野蛮习俗还记忆犹新，我以为是并不奇怪的。

使得人们对这许多篇传说的历史真实性产生怀疑的，是它们的基本情节来自解难题型的故事，具有程式化的倾向，离开了一般传说附着于具体历史事变的特点。这里明显地表现了印度佛教故事的影响。可是人们借用佛教故事的情节结构，依然是概括地、象征性地反映了变革这一社会习俗的实际过程。

弃老习俗并非来自某一位生性残暴的国王的一道法令，然而用严刑重罚来维持早已过时的习俗制度的帝王，在历史上却有的是。

儿子偷偷供养老父的情节，表明孝养父母习俗的形成，已是人类进入父系氏族社会，确立父子血缘关系之后的事了，这是符合历史实际的。

无论是养猫斗鼠，寻找水源，还是解开其他难题，都是表现老人以自己的丰富智慧解脱国家的危难，从而惊醒了顽固保守的国王，将“老人无用”的旧观念转变过来，形成了“老人是个宝”，“家有老，千般好”的新观念，从而导致社会习俗的大变革。这也是包含着历史真实性的艺术概括。

文学艺术上一种程式形成并流行开来之后，人们往往把生动活泼的生活素材纳入这种程式，甚至不惜削足以适履。这在古往今来的民间口头文学和非民间口头文学中都屡见不鲜。在指出其程式化的特点时，不能因此完全否定其实际生活基础。欧洲民间文艺学中的流传学派，他们学说的主要缺陷之一，就是孤立地研究情节流传，忽视了即使是情节的借用，它也反映着特定的社会生活内容。

日本民间文艺学家近年研究《弃老山》传说，特别注意其中传说成分与故事成分的关系，认为它的构成复杂，混杂着传说成分与故事成分；认为它经历了传说故事化和故事传说化的过程，因而内容和形式别具一格[①]。这一新的探索是对我们有启发的。民间口头文学的各种体裁在民众文艺生活中并不是孤立存在和发展的，彼此间联系密切，常有互相渗透转化的情况，构成一种比较特殊的品种。通过以上考察可以看出，早在一千多年前即已传入中国的印度佛经中的《弃老国》，原本是印度民间传说，后作为推行孝道的教训性故事广泛传播的结果，便在人们口头上普遍化、故事化了。它在流动中再同我国某些地区的有关风物、习俗（或对这些习俗的记忆）结合起来，又构成为传说，内容趋于泛化的故事落脚在特定背景上，因而传说化了。把它作为一般的解难题型的故事来看待，自然不切合实际。列入传说，有些人又因其基本情节具有程式化的特点而怀疑其社会历史价值。如果我们懂得了它复杂的构成方式与演变转化过程，对其思想内容与艺术形式，就会作出恰当的评价了。在民间传说领域内，采取上述特殊构成方式的作品有相当数量，解剖这一只麻雀是有举一反三的意义的。

老人问题是今天全世界所关注的重要社会问题之一。联合国曾将 1982 年定为“老人年”。我国政府有关部门的负责人在一次会议上讲：在中国，老年人对社会的发展，都曾不同程度地作出过自己的贡献。这些昨天的劳动者，在过去的社会实践中积累的丰富经验，对今天以至后代的劳动者，又是宝贵的财富。因此，老年人分享社会发展的成果，获得各项养老待遇，是当之无愧的。我们尊敬老年人，供养老年人，是完全应该的……这就是我们认识和对待老年人的基本观点和出发点[②]。

令人惊叹的是，中国各族人民关于老人的习俗传说中所表达的基本思想，和我们今天对待老年人的基本观点是如此一致！它们世代相传，培育

---

① 见《关于弃老山和两墓制遗迹》一文。

② 见国家劳动总局副局长魏恒仓在老年人问题世界大会亚洲地区政府间筹备会议上的发言，载 1982 年 3 月 23 日《文摘报》。

着孝养老人、尊敬老人的传统美德，对我们今天建设社会主义精神文明，仍具有重要的借鉴作用。

社会上有些人至今还是看不起民间文学。即以我们所研究的这组民间传说而论，它们重要的社会历史价值、它们巨大的艺术生命力，就足以启示这些人克服对待民间文学的偏见了。

徐永安著《自死窑：中国老人自死习俗与传说研究》序[①]

徐永安经多年辛劳耕耘成书的《自死窑：中国老人自死习俗与传说研究》即将付梓问世，嘱我写序。此项研究本来就是将近20年前，永安陪我前往鄂西北著名道教圣地武当山考察民间文化而起根发苗的，往事历历，思潮激荡，许多相关话语不禁涌流而出。

那时全国正如火如荼地掀起普查民间文学、编纂民间文学集成这部大书的文化热潮，我在华中师范大学文学院民间文学专业任教并兼任湖北省民间文艺家协会主席，前往十堰市武当山一带，考察那里丰富多彩的民间文学。听到一个《斗鼠记》的口头传说，讲古时这里的麇国有一种将花甲老人送进偏远山洞，令其命终的“弃老”习俗。这时敌国进贡一只凶猛无比的犀鼠与麇国打斗，举国束手无策；后来还是一位大臣偷偷供养的、过了60岁的老父，告诉他寻找一只体重13斤半的大猫出场，斗败了犀鼠才降服敌国，解除了国家的危难。国王由此认识到“老人是个宝”，于是下令废除“自死窟”，举国习俗由“弃老”变为“敬老”了。这个《斗鼠记》的故事由一位文化人一楠（李效时）搜集整理，在《民间文学》杂志上刊出后反响热烈，不仅在武当山地区众口传诵，还声称故事中的“自死窑”实有其物，今天还可以找到它的遗迹。

2001年5月20日，在湖北汽车工业学院人文社科系屈崇丽主任的邀请下，加上李征康、徐永安等陪同，我兴致勃勃地前往官山镇西河村，请西河村的胡书记带路，披荆斩棘，爬到村后半山腰一个人工开凿的大石洞即

① 徐永安在多年田野考察和文献研读的基础上，撰写成《自死窑：中国老人自死习俗与传说》一书，将由武汉大学出版社出版。

“自死窑”里，亲身体验了一番。下山后又走进村民家中，同一位年近八旬的老奶奶随意访谈，她表示很熟悉这个故事，并对现今孝养老人的乡风感到十分满意。这样的“自死窑”当地还有多处。

想不到此事受到新闻媒体的热烈关注，《楚天都市报》于 2001 年 6 月 9 日刊出《武当山发现大量民俗遗址寄死窑》，《湖北日报》于 7 月7 日刊出记者专访稿《“寄死窑”之谜》，《北京青年报》于 6 月 29 日刊出记者同我的长篇访谈录《武当山“寄死窑”断代中华文明》。随后还有湖南卫视、中央电视台以及《中国国家地理》杂志的相关文章予以报道评说，成为那一时段的文化热点之一。

我在那几年虽然兴趣盎然地写过三四篇文章，却主要从故事传说的跨国跨民族比较这一侧面来作文章，并没有就古今中外的养老习俗演变作深入探讨。徐永安却抓住这一重要民俗文化事象申报科研课题，专心致志，耕耘不息，他充分发挥自己不畏艰难进行田野调查的长处，足迹遍及鄂西北汉水流域、陕西商洛地区乃至贵州镇宁蒙正苗族地区、云南沧源佤族地区等，实地考察有关习俗传说和遗迹，其广度可以说远远超过前人。但他并不满足于此，还拓宽视野，就中国古典文献中有关老人习俗的记载给予重新解读。又参照英国学者泰勒所撰《原始文化》、弗雷泽所撰《金枝》等名著，从中寻求文化人类学的阐释。中国著名的鲧禹治水神话中有“鲧腹生禹”之说，又尧舜禅让传说中有“昔尧德衰，为舜所囚”之说，似乎都和这类古代葬俗相关。关于中国远古的神话传说，二十世纪以顾颉刚为代表的“古史辨”学派已作过认真而深入的考辨，其成果为学界所尊重。但争辩质疑为学术前进所必须，永安敢于提出新的见地，开拓新的学术空间，值得称道。

我曾以浓厚兴致写过几篇文章，其要点大致为：人类学上的弃老习俗似乎也存在中国远古习俗中，但老人的智慧早在春秋战国时期就已大放异彩，光耀史册；至于《斗鼠记》之类的“自死窑”传说，从比较故事学的学理与方法辨析，应是从汉译佛经中的《弃老国》演变而来，这一传说和地方习俗融合，便促成“老人是个宝”的理念深入人心，并使得亚洲成为全球孝养老人文明之风最为普泛的地区。可见“自死窑”之类民俗事象的遗存，仍是人们深感兴趣的一个有待破解的人类文化之谜。

2001年6月29日，《北京青年报》的记者就武当山“自死窑”的发现远程对我进行采访，写成一个长篇访谈录刊出，其中最后一段写道：

世界舆论指出，亚洲是一个“自古以来就有敬老传统的地区”，在整个亚洲的大家庭中，有着“久负盛名的敬养老人的传统”。在我国，周朝就开始于每年秋分日祭拜“老人星”即寿星；春秋战国时期，老人的智慧在国家政治、军事斗争中大放异彩；汉代由国家出面，给年满70岁的老人赠“鸠杖”，以祝其长寿。可见敬老风尚早已确立。但这种习俗并非从来如此，刘先生说，它是随着人类文明的进展，经过一场移风易俗的严重斗争才树立起来的。至于这种对待老人习俗的大转变发生在什么年代，学术界说法至今不一……如果能破解这些文化遗迹之谜，或可成为研究我国乃至亚洲敬老习俗确立和丧葬习俗演进的一把钥匙。

岁月匆匆，已过去了将近20年，面对徐永安勤苦跋山涉水，访老问贤，又细读典籍，勤于思索，试图破解这一人类文化谜团的学术成果，作为民间文化园地中一个年逾八旬的老园丁，我满怀欣喜地向读者推荐，点赞。

是为序。

2018年5月24日

于华中师大桂子山校园

附录

武当山发现民俗遗址“寄死窑”[①]

记者柏健报道：昨日，刚从武当山实地考察回来的省民间文艺家协会主席刘守华对记者说，日前在我省武当山地区发现的大量寄死窑遗址，不仅印证了我国民间丧葬习俗有一个历史的演变过程，也为广泛流传于亚洲国家的“变弃老为敬老”的类型故事找到了一个“传说核”。

刘守华说，他所考察的两眼古时的寄死窑位于丹江口市官山镇西河村旁的半山上，是留有人工痕迹的形状规整的石洞，窑洞高约 80 厘米、深 2 米左右，开凿年代不可考。据西河村党支部书记胡世勇介绍，类似的寄死窑在该村及邻近的吕家河村共有 20 多处。而此前赴当地考察旅游资源的湖北汽车工业学院的师生，也在官山镇发现了 40 多眼寄死窑。

据了解，这些寄死窑遗址的存在，与一个在武当山地区广为知晓的习俗传说有关。此传说大意为：古时麋国有个规矩，“老人无用”，凡上了 60 岁的老人，都要被送到“寄死窑”里去让其冻饿而死。一年，某外国使臣携一硕大“犀鼠”欲同麋国斗鼠，败者向对方称臣纳贡。王公放出凶猛的老虎亦不敌，举国上下不安。一位农民不忍心让老父在寄死窑里受罪，偷偷将老人养在家里。说及斗鼠事，老人告诉儿子，鼠惧猫，如将一猫养至十三斤半，放出即可击败犀鼠。农民报告王公，照此办理，果然获胜。农民说出真相，国王自此认识到“老人是个宝”，于是下令废除了弃老于寄死窑的习俗。

刘守华说，这个关于老人用智慧化解国家难题，从而使尊敬孝养老人的习俗得以确立和普及的古老传说，广泛流行于印度、日本、朝鲜、印尼等亚洲国家。故事的情节虽然是虚构的，但却真实反映了人类社会由弃老

---

① 这是《湖北日报》2001 年 6 月 9 日刊登的一则新闻报道，介绍了笔者在武当山实地考察弃老故事和“寄死窑”遗址的情形，给这一类型故事的比较研究提供了珍贵线索。

到敬老以及丧葬习俗的文明进程。而首次在我省发现寄死窑遗址，不仅使这个至今仍有伦理教化作用的故事获得了“传说核”，也为研究人类丧葬习俗的演进提供了具有重要价值的实证材料。

据了解，武当山地区现存的这些寄死窑究竟开凿于何年代，它们是否曾被启用过，又于何年代将其废弃，这些仍有待于考证破解。

中国与印度民间故事比较

提　　要

印度被人视为世界民间故事的“发源地”或“蓄水池”，印度民间故事伴随佛教文化流向世界各国，这一文化事象一直是吸引世界学人的研究课题。比较文学和比较故事学，可以说就是从研究印度故事在世界范围内的流传演变兴起的。中印文化交流有着频繁久远的历史，中国民间故事深受印度故事的影响。本专题编入研究中印民间故事交流过程的文章四篇。

《印度〈五卷书〉与中国民间故事》及《〈大唐西域记〉的民间文学价值》，分别围绕《五卷书》和《大唐西域记》这两部书来探寻印度故事对中国的影响。《五卷书》是一部著名的印度古代故事集，《五卷书》的文本在历史上并未译成中文。这里研究的是汇入《五卷书》中的二十几个故事怎样以多种形式和渠道流向中国以及在中国怎样“蜕化为国有”的有趣过程。《大唐西域记》是唐代著名高僧玄奘艰苦西行见闻的实录，书中除描写西域诸国的风土人情之外，也记述了他直接听来的许多印度故事，可以说他是在本国以外的远方异域从事故事采录活动的光辉先驱者，这些比载入佛经的故事更加生动活泼的口头文学怎样汇入中国民间文化宝库，不能不引起学人的极大兴趣。

《一个故事的丰富变异性》，就一个由印度传入的著名故事《猴子和乌龟》，研究它在中国几个民族的文化背景上怎样产生变异，染上各自不同的民族文化色彩。借用外来故事和进行自己的艺术创造，在民间口头文学中并不是矛盾的而是相辅相成的。

印度故事传入中国的途径和方式复杂多样，这方面的研究工作还有待深入，这里略作补充。我们知道，佛经中载有很多印度故事传说，我国南朝梁武帝身边的两位高僧僧旻和宝唱，专门把这些故事抽出汇编为《经律异相》五十卷，共收录故事六百六十九则，成书时间约在公元500年前后，成书时不是照录汉译佛经，而是作了适当的加工改编，更增强了它的文学色彩。他的工作看来有点类似于阿拉伯学者把印度《五卷书》改编成《卡里来和笛木乃》那样。这个本子当然也就更易于为僧俗所接受而传播开来。近年我在几个佛教寺庙里见到几种他们自己刻印的《佛教故事选集》，回来查看，想不到其中的故事就取自《经律异相》。在这些故事中，就有见于《印度〈五卷书〉与中国民间故事》一文的十九例《海怪和猴子》，二十例《埃及獴之冤》，以及二十一例《老虎、猴子、虎和人》（但属于另一种印度异文）。《经律异相》的新版于1988年已在上海古籍出版社问世，它给我们研究中印民间故事交流提供了又一种重要文献。

印度《五卷书》与中国民间故事[①]

《五卷书》是印度古代的一部童话、寓言集。它分为《朋友的分裂》、《朋友的获得》、《乌鸦和猫头鹰从事于战争与和平等六种策略》、《已经得到的东西的丧失》及《不思而行》等五卷，每卷包括若干篇，共由七十八篇故事构成。由于在一篇故事里往往又套着另一篇故事，实际上有八九十篇故事。它是印度最著名的一部故事书。《五卷书》的中译本出版于1959年。译者季羡林先生告诉我们，其中的许多童话、寓言故事本来是印度古代的劳动人民创造的，后来有人为了把统治人民的法术教给皇太子，便利用这些民间的童话、寓言作说教的材料，把它们编纂成书，于是成为“统治论”的一种了。最古老的本子时间不超过公元二世纪，现行的本子大约是九世纪中叶至十二世纪之间编成的。这部在世界上产生了广泛影响的故事集，虽然小部分经过了文人学士的删改或出自他们之手，但大部分作品保持着民间创作的基本面貌。它们用生动的情节、巧妙的构思和精练的语言，表

① 本文完稿于1980年8月，原载《外国文学研究》1983年第2期。1987年摘要转载于《中国比较文学年鉴》，1990年收入智量主编、上海文艺出版社出版的《比较文学三百篇》，1992年收入李达三和刘介民主编、台湾学生书局出版的《中外比较文学研究》第二册。原刊出时有删节，本书收录全文。

现了印度古代劳动人民丰富的社会斗争经验和乐观进取的人生哲学，具有引人入胜的巨大魅力。

特别值得我们注意的是，《五卷书》对世界上许多国家的童话和寓言的创作，有着深远的影响。译者曾从汉族古典文献中，举过几个例子来说明《五卷书》对中国文学的影响。近年来我将它和五十年代以来搜集整理的我国各族民间故事加以比较对照的结果，发现书中有二十多篇故事，将近全书的三分之一在中国可以找到它们的姐妹篇，情节结构十分相似。这些故事大都是从印度传入的，也有少数故事源于中国。中印两大文明古国之间民间文学交流的历史，可以追溯到一两千年前。把《五卷书》和中国民间故事加以比较研究，无论是从探索中印文化交流的历史，还是从认识民间故事的发展演变规律来说，都是极有意义的。

最近读到季羡林先生写的《漫谈比较文学史》① 一文，他在扼要叙述印度《五卷书》通过各种语言的译本走遍全世界，包括中国在内的情况之后，提出了一个热切的希望：

> 我觉得我们的中国研究文学或民间文学的学者有责任来进行这方面的研究工作。我们中国同印度有着极为悠久的文化交流的历史。在其他方面，我们两国的学者都已经做了一些工作。独独在比较文学史方面，要做的工作还很多，这几乎是一个空白点，让我们来共同努力把这个空白点填补起来吧！

本文拟在这方面提出一些线索，作初步探讨。

《五卷书》故事与中国少数民族寓言

在《五卷书》所收二十多篇传入我国的故事当中，有一大半是寓言。现在就让我们把这些印度古代寓言和至今尚在我国一些少数民族地区流传的有关寓言作一个比较。

1. 田海燕依据藏族民间故事材料，编写了一部大型故事集《金玉凤凰》②。

---

① 《书林》1980 年第 1 期。

② 《金玉凤凰》，少年儿童出版社 1961 年版。编者称他是根据关于藏族长篇故事《神奇死尸的故事》（即《说不完的故事》或《尸语故事集》）的“传闻”编撰的，共收故事 43 篇。

其中的《猴子拔楔子》，来自《五卷书》第一卷第一个故事《拔楔子的猴子》[①]，讲的是一只猴子爱管闲事，想把木匠嵌在一根木头里的楔子拔出来，因而被合拢来的木头夹住送命的故事，用来说明“一个人要是去干与己无关的事，他就会毁灭”。在两部长篇故事里它代表了有关角色的一种消极的人生态度。

2.《金玉凤凰》中的《理发匠和他的妻子》[②]，来自《五卷书》第一卷第四个故事《两个女人》，讲一个不正经的女人把她丈夫——理发匠捆在家里，在另一个女人的帮助下，她不仅脱身出来同情人幽会，还设法给丈夫加上谋害妻子的罪名吃了官司。故事的寓意是“因为自己的过失而吃了苦头”。但用不正当的男女关系来说明这个教训，就带上了庸俗的色彩。

3.《金玉凤凰》中的《喜鹊与蟒蛇》[③]，来自《五卷书》第一卷第五个故事《乌鸦与黑蛇》。原来这个故事讲的是乌鸦敌不过黑蛇，小乌鸦常常受害，后来公乌鸦便用计谋从一个富人家里衔走了一条金链子丢在蛇洞里，人们为寻找金链子而杀死了那条蛇。这说明弱者可以用智慧战胜凶恶的敌人，“如果用武力达不到的话，就用手段去达到”。后来变动了几个角色：乌鸦变成了喜鹊，黑蛇变成了恶蟒，富人变成了王子，于是成为一篇人们喜爱的藏族故事了。

4.《五卷书》第一卷第六个故事《白鹭与螃蟹》，讲一白鹭欺骗鱼类，以帮它们搬家为幌子，将一条又一条鱼叼走吃掉。后被螃蟹识破，螃蟹就用自己的利钳钳住白鹭的脖子不放，终于惩罚了这个奸诈的敌人。这篇寓言故事总结了生活中善恶斗争的深刻教训，因此传入我国后流传很广，演变成为蒙古族的《苍鹭和乌龟》[④]、藏族的《鹭丝和小鱼》[⑤]、傣族的《螃蟹和鹭鸶》[⑥] 等。蒙古族寓言将螃蟹这个角色换成了乌龟。藏族寓言则将螃蟹这个角色换成了青蛙，并用谚语“相信甜言蜜语容易受骗，贪吃渔翁钓饵

---

① 这些故事原来没有标题，笔者为便于论述，分别给它们拟了标题。
② 《金玉凤凰》，第 68 页。
③ 《金玉凤凰》，第 72 页。
④ 《新疆动物故事集》，新疆人民出版社 1979 年版。
⑤ 《民间文学》1957 年第 1 期。
⑥ 《中国动物故事集》，上海文艺出版社 1978 年版。

自取杀身!”很好地概括了它的主题。傣族寓言将原有的情节加以丰富，进一步增加了它感人的魅力。

5.《五卷书》第一卷第七个故事《狮与兔》，讲一只聪明的小兔子利用狮子骄傲自负的弱点，把它引到井边，对着自己映照在水里的影子张牙舞爪，最后愤怒地扑向井中的故事。它说明“谁有智慧，谁就有力量”，歌颂了弱小者在对敌斗争中的聪明智慧。这个故事在藏族人民群众中流传得也是很广的。已经搜集整理出来的就有《兔子报仇》[①]、《狮子与兔子》[②] 及《狮子和狼》[③] 等好几种异文。《兔子报仇》、《狮子与兔子》和《五卷书》中的故事是相同的，《狮子和狼》则在故事的后半截增加了小兔子用计谋惩罚恶狼的情节，充实了它的内容。

6.《五卷书》第一卷第十一个故事《豺狼为王》，传入我国后演变为藏族的《狐狸为王》[④] 及维吾尔族的《五彩兽》[⑤] 等，它们都是讲一种野兽因掉进染缸，全身染成彩色，于是冒充兽王，横行霸道，后露出破绽，遭到毁灭的故事。印度故事中主角是豺狼，寓意为一个人不能离开同类，“而把外人当做自己人来看待”；藏族故事和维吾尔族故事把豺狼换成了狐狸和棕熊，着眼于讽刺用欺骗手段来作威作福的人总有一天要被受骗者识破本相而受惩罚。

7.《五卷书》第一卷第十二个故事《天鹅与猫头鹰》，基本情节接近蒙古族的《骄傲的天鹅》[⑥]，它们讲的都是一只天鹅被猎人开枪打死的故事。不过前者说的是因猫头鹰的出现招来了猎人，意在说明不应该跟坏朋友来往以免自己受牵连；后者则说的是天鹅自恃眼力好，不听耳朵灵敏的水獭

① 《中国动物故事集》，《兔子报仇》编入《藏族民间故事选》时，改题为《兔杀狮》。

② 《文成公主》，通俗读物出版社 1956 年版。

③ 《民间文学》1957 年第 1 期。

④ 《中国动物故事集》，《兔子报仇》编入《藏族民间故事选》时，改题为《兔杀狮》。

⑤ 《塔里木文艺》1979 年第 3 期。

⑥ 《中国动物故事集》，《兔子报仇》编入《藏族民间故事选》时，改题为《兔杀狮》。

的劝告，因而死在猎人的枪下，借以表现骄傲自大的害处。看来后者也是从前者演变而来的。

8.《五卷书》第一卷第十五个故事《白鸻与大海》和《金玉凤凰》这部藏族故事集中的《鹧鸪与大海》是同一个故事，只是后者将白鸻改为鹧鸪就是了。它讲的是海里的潮水吞没了鸻鸟在海滩上所生的蛋，因而这只鸟和大海结下冤仇。它联合了所有的鸟，准备用嘴叼来土块和沙粒将大海填满，“同大海打仗”。后来，鸟王金翅鸟把大海的罪行告到天神那里，天神威胁大海，如果不送还鸟蛋，就要用带火的弓箭将茫茫大海变成旱地，大海终于屈服。这篇想象新奇、格调豪放的印度寓言不仅传到了我国藏族居住地区，而且和我国《山海经》中记载的《精卫填海》的汉族古代神话故事构思十分相近，有异曲同工之妙。

9.《五卷书》第一卷第十六个故事《天鹅与乌龟》，传入我国后演变成蒙古族的《青蛙搬家》①、《爱显示自己的青蛙》② 等。它们的基本情节都是讲乌龟或青蛙咬住一根棍子，由两只鸟抬着它飞行，搬家远徙。由于乌龟和青蛙不听劝告开口讲话，便从空中掉落下来。印度故事的寓意是，谁要是不听朋友的忠告就会遭遇不幸。蒙古族故事里讲，青蛙张口讲话是为了显示自己聪明。后者显然是从前者脱胎而来，只对角色与情节略作改变，便赋予它以新的寓意。我国现代作家沈从文曾取材于这个故事，写成一篇小说《猎人故事》③。

10.《五卷书》第一卷第十八个故事《麻雀和大象》，传入我国傣族居住地区，演变成为《绿豆雀和象》④。前者讲的是大象欺侮麻雀，麻雀联合啄木鸟、苍蝇和蛤蟆，发挥自己的特长来对付大象，使它跌落陷阱，给麻雀报了仇。“一只大象断送了性命，因为它同这一大堆东西打架”。傣族寓言的基本情节与其是一致的，但将主角改成三种鸟——绿豆雀、啄木鸟和点水雀，使故事具有浓厚的云南地方特色，结尾处用了一句傣族成语：“绿

① 《中国动物故事集》。

② 《蒙古族民间故事集》，上海文艺出版社 1962 年版。

③ 《月下小景》，复兴书局 1936 年版。

④ 《中国动物故事集》。

豆雀战胜大象，是依靠朋友的帮助!”从另一个角度揭示出它发人深省的寓意。

11.《五卷书》第二卷第一个故事中的《鸽王》，讲一群鸽子找食吃、落入猎人的网中。这时鸽王告诉大家，应该一条心，一下子飞起来，于是它们同心协力向上飞，把网子带跑了，终于死里求生。猎人说：“这一群鸟，联合了起来，因此就能够把我的网子拖走。”我国新疆维吾尔族的《石鸡》①，情节和寓意均相同，只是把鸽子改成了当地常见的石鸡罢了。

12.《五卷书》第二卷第一个故事中的《双脖鸟》和《金玉凤凰》中的《双头鸟》是同一故事。用两个头、共一个胃的鸟因互相猜疑，一个头偷偷地吃了有毒的东西而同归于尽的情节，说明团结一心的重要。后来它又进一步演变为傣族的《双头凤》②，说双头凤是两个非常要好的小伙子死后变成的，被国王捉住以后，开始两个头要吃一块吃，要喝一块喝，仍然十分亲爱。后来大臣分别对两个头悄悄耳语，促使它们互相猜疑起来，终于将身子撕裂开来一起毁灭了。这个故事的情节更曲折丰富，寓意也变得更加深刻了。

13.《五卷书》第二卷第八个故事《大象与老鼠》，在我国演变成为蒙古族的《老虎和松鼠》③。前者讲的是一只大象结交了老鼠做朋友，后来这只大象被猎人捉住了，老鼠便去咬断绳子帮助大象恢复了自由。它的寓意是：“不管有力量，还是没有力量，朋友反正总是要结交，因为一只大象被捆在树林子里，是老鼠把它们放掉。”蒙古族的寓言吸取了这个故事的基本情节，将老鼠改为松鼠，用松鼠咬破猎人的网子救出老虎，可是这只凶暴的老虎却反而想吃掉松鼠的情节，来嘲讽老虎的忘恩负义。这样，它的内容和形式就具备了新的特点。

14.《五卷书》第二卷第九个故事《四个伙伴》，传入中国后演变成为柯尔克孜族的《四个朋友》④，它们都是讲四种动物结成朋友，在猎人面前

---

① 《新疆动物故事集》。

② 《中国民间故事选》第1集。

③ 《蒙古族民间故事集》。

④ 《新疆民间文学》第2集。

遭遇危险时，由一种动物躺下装死欺骗猎人，最后一起脱逃的故事。印度故事中的角色是乌鸦、老鼠、鹿和乌龟，到柯尔克孜族故事中变成了乌鸦、老鼠、黄羊和青蛙，因后者直接从口头记录得来，叙述更为生动活泼。

15.《五卷书》第三卷第三个故事《残暴的法官》在我国演变成为藏族的《麻雀和老鼠打官司》[1]。内容都是讲两个小动物发生了争吵，请猫来判断是非，结果双双被猫吃掉了的故事。“如果找到一个残暴的法官，争论的双方怎么能够幸福?”它对剥削阶级的法律的伪善，作了尖锐的讽刺。原来两个受害的小动物是兔子和鹧鸪，藏族寓言把它们换成了麻雀和老鼠。

16.《五卷书》第三卷穿插在第三到第十五个故事中间的《乌鸦报仇》和《金玉凤凰》中的《乌鸦与猫头鹰》及《新疆动物故事集》中维吾尔族的《乌鸦和鹰》是同一个故事。讲乌鸦与猫头鹰结成仇敌后，一只老乌鸦怎样用“苦肉计”取得了猫头鹰的信任，住到猫头鹰的堡垒里去，最后放火烧死了猫头鹰。它形象地说明了堡垒最容易从内部攻破的道理。

17.《五卷书》第三卷第十三个故事《老鼠出嫁》，讲一个苦行僧把一只老鼠变作一个女孩子，到出嫁的时候，她既不愿嫁给太阳，也不愿嫁给风和山，只愿嫁给老鼠，“跳出自己的族类，实在很难”。其中“江山易改，本性难移”的观点，自然存在片面性，但它的新奇幻想和连环式的结构却是人们所喜爱的，传入中国后演变成多种说法，壮族的《石匠》[2] 就是其中一例。它讲述了一个石匠的幻想：想做财主，变成财主要受大官的欺负；变成大官，干坏事受到百姓的反对；变成农民，干活时要晒太阳：变成太阳，云彩可以遮住；变成石头，要被石匠开凿；最后他觉得还是当石匠好，就不再胡思乱想了。这篇壮族寓言借用印度故事的情节结构进行再创作，表现劳动者热爱自己职业的心态。季羡林先生在一篇文章中曾指出，这个故事还见于梵文故事集《说海》。“它从印度出发，几乎走遍了全世界。东方的中国和日本也留下了它的足迹”。明代刘元卿《应谐录》中早就记载过与此类似的寓言[3]。

---

① 《中国动物故事集》。

② 《青蛙骑手》，中国少年儿童出版社 1956 年版。

③ 《印度文学在中国》，《文学遗产》1980 年第 1 期。

18.《五卷书》第三卷第十五个故事《狮子与豺狼》，在我国演变成为藏族的《狐狸与大龟》①。原来的故事讲一只豺狼想进到一个山洞里去过夜，它怕山洞里有另外的野兽来伤害自己，便故意对山洞讲起话来，“说如果你今天不往里喊我的话，我就到另一个山洞里去”。躲在山洞里的狮子听了立刻喊叫起来。豺狼念了一首诗，“谁要是未雨绸缪，谁就会吉星高照”，等等，立刻逃走了。它用生动的情节，说明要防患于未然。藏族寓言《狐狸与大龟》中吸取了这个情节，不过把它改为狐狸对着岩洞讲话，问：“今天有人来过没有?”躲在洞里想吃狐狸的大龟假装岩石答话：“今天没有人来过。”一下子就露出了马脚。演化出的故事别有一番情趣。

19.《五卷书》第四卷序言中的《海怪与猴子》，讲的是海怪和猴子交朋友，猴子送给他许多甘露果吃，后来他竟然在老婆的怂恿之下要吃猴子的心，猴子说自己的心没有带在身上，巧妙地逃脱了这残酷迫害的故事。它对忘恩负义的邪恶思想行为给予了愤怒的斥责，在我国流传很广。藏族的《猴子和青蛙》②、蒙古族的《乌龟和猴子》③、汉族的《猴子和乌龟》④等等，显然都是从这个故事演变过来的。不过情节和角色略有变化，变成青蛙或乌龟借口给母亲和儿子治病要吃猴子的心，猴子不仅随机应变，从它们身边逃脱，还骂道：“愚蠢乌龟不可交，哪有猴心在树梢!”对猴子邪恶的思想行为给予了辛辣的嘲讽。

20.《五卷书》第五卷第一个故事《埃及獴之冤》，传入我国后演变成蒙古族的《白猫之冤》⑤ 及其他类似故事。它讲的是一位妇人喂养了一只埃及獴或猫帮自己照看孩子，在她离家外出时，獴或猫同黑蛇或黄鼠狼拼命搏斗保护了孩子，可是不明真相的女主人以为是它们伤害了孩子，气愤之下将它们打死，以致酿成无法挽回的冤案。印度故事借此说明办事要注意观察，“观察好了，才能去实行，否则，以后就要后悔，正如女婆罗门与埃

---

① 《中国动物故事集》。

② 《中国动物故事集》。

③ 《蒙古族民间故事集》。

④ 《吉林民间文学丛刊》1980 年第 1 期。

⑤ 《小喇嘛降妖》，春风文艺出版社 1982 年版。

及獴”。蒙古族故事除角色有改变外，表达的思想感情更为深沉有力：“不明是非，忠奸莫辨，反铸成怨情冤案；火盛攻心，恩将仇报，酿就遗恨绵绵。”

以上二十例大体上都是寓言。《五卷书》中的这些印度古代寓言多采取动物故事的形式，将各种常见的动物的形态习性与新奇的幻想巧妙结合起来，编织成简单而又动人的故事，用以概括人们在社会斗争中积累的具有普遍意义的经验教训。寓言是人民群众智慧的结晶。它具有高度的概括性，其中的许多优秀之作可以突破时间与空间的限制而得到广泛传播。流传到我国的《五卷书》的故事中，之所以大半是寓言，显然是和寓言体裁的这一基本特征分不开的。

《五卷书》故事与中国民间童话

《五卷书》中也有几篇童话故事和中国故事形态相似，值得我们注意。

21.《五卷书》第一卷第九个故事《老虎、猴子、蛇和人》，讲的是一个婆罗门出门旅行，看到一个井里掉进三个动物和一个人。他先把老虎、猴子和蛇救了起来，这些动物都答应在困难时帮助他。当他要救那个人时，三个动物对他说：“人这玩意儿，不管他是谁，总是万恶的集中地。”劝他不要救这个人。他还是把这个金匠救了起来。猴子和老虎为了报恩，送给婆罗门许多金子。他拿到金匠那儿去请他卖掉，金匠一看这金子原来是被老虎吃掉的王子的遗物，便到国王面前告了他。国王把他抓起来捆在杆子上，打算处死。他在这危急时刻想起了那条蛇，蛇解开了捆绑他的绳索，并告诉他一种给王妃治病的方法。他受到了国王的欢迎，便将事情的原委告诉国王。金匠受到了惩罚，婆罗门则当上大臣，过上了幸福的生活。故事里说，对于许多坏人，“圣哲们都规定了赎罪的方法；但是对于一个忘恩负义的人来说却没有方法把罪来赎”。故事里关于“人性恶”的说教，显然是佛家的偏见。但它把几种凶恶的动物反而懂得报恩，和人类中忘恩负义的行为加以对比，表现了民众的鲜明爱憎情感。这个故事在我国的影响相当广泛深远。藏族的《大商人和小商人》①、白族的《两老友》、普米族的

① 《藏族民间故事》（资料本）第2集，中央民族学院1959年编印。

《本分人和狡猾人》[①] 等故事，其中关于忘恩负义者受到惩罚，好人在一些神奇动物的帮助下最后获得幸福的情节，看来都与上述印度故事的影响有关。至于汉族的《宝船》[②] 这个深受人民群众喜爱的童话故事，其基本情节更是明显地脱胎于《五卷书》中的故事。它的梗概是：一个叫王小的小伙子因救了一位仙人，仙人送给他一只纸做的宝船，告诉他在洪水到来时，可以乘坐宝船躲过灾难。但叮嘱他："水上遇着什么动物都可以救，千万碰着人不要救。"后来果真发了洪水，他从水中救活了三种动物：大蛇、蚂蚁和蜜蜂。有一个叫张三的人在水里呼救，他把那个人也救了起来。可是张三后来却把王小的宝船据为己有，献给皇帝，自己做了大臣，并残忍地迫害王小。这时三种动物出来报恩，大蛇衔来一棵仙草擦好了他身上的伤，并告诉他可以用这棵仙草治好皇姑的病；他要同公主成亲，蚂蚁和蜜蜂则帮他解决了皇帝所出的难题。王小终于成了皇帝的女婿，他把事情的经过告诉皇帝，那个忘恩负义，连一条蛇也不如的张三最后受到了应得的惩罚。这篇汉族童话流传在江苏一带，著名作家老舍曾把它改编成受小读者欢迎的童话剧。它在中国许多地区都有异文流传。它的基本情节和某些观念，例如在洪水中宁可救动物也不要救人等，竟和印度的古代童话如此相似，令人不胜惊奇。

22.《五卷书》第一卷第二十三个故事就是我国人民十分熟悉的《蛇郎》。它讲一个女孩子嫁给一条蛇，夜里蛇从柜子里爬出来变成了一个美少年，"看起来同一个大臣的儿子一样"，原来他是被恶魔变成蛇形的。故事里插入的说教是："死神已经布置好了的事情，事前已经决定了的事情，这些都没有法变更。"表现了听天由命的思想。蛇郎故事在中国流行甚广，故事情节比这更曲折复杂，思想生活内容都具有鲜明的中国特色。

23.《五卷书》第一卷第二十六个故事《两个朋友》，传入我国后演变成为藏族的《聪明人和老实人》[③]。它们讲的都是一个"聪明人"和一个老实人一起意外地得到了许多金子。"聪明人"不仅挖空心思独吞了这些金子，还诬告是老实人偷走了。于是他俩打起官司来，请求树林女神判决。

---

① 《云南各族民间故事选》，人民文学出版社 1962 年版。

② 《中国民间故事选》第 1 集。

③ 《藏族民间故事选》，上海文艺出版社 1980 年版。

“聪明人”指派他的老父亲躲在树洞里冒充仙人讲起话来，老实人气愤得点火烧树，揭穿了这个骗局。故事对那个处心积虑干坏事、陷害好人的所谓“聪明人”作了辛辣的讽刺。两个故事的情节结构一致，藏族故事表现出鲜明的民族生活色彩。

24.《五卷书》第一卷第二十八个故事《老鼠吃秤》，讲一个家道衰落的商人的儿子出门时，将一个用一千斤铁打成的秤交给一位大商人保管。可是他回来后，大商人却说这个秤被老鼠吃掉了，耍赖不还，于是年轻商人把他的儿子带到河里洗澡，然后藏在山洞里，回去对大商人说一只老鹰把孩子叼走了。“一只老鹰怎么能把那么大的孩子叼走呢?”“老鼠能把一个千斤铁打的秤吃掉吗?”后来闹到找法官打官司，大商人理屈词穷，只得把秤交了出来，年轻商人也把孩子还给了他。这个故事虽然比较简单，但它所采取的构思方式十分巧妙，年轻商人在法官面前所提的问题：“如果一只小小的老鼠竟然能够把一千斤重的秤吃了下去，那么一只鹰也就可以叼走大象，它叼走一个小孩又何足为奇?”饱含着劳动人民的幽默与机智。这种“以子之矛，攻子之盾”的新奇构思方式在我国民间故事中十分流行。如藏族阿古顿巴故事中的《铜锅生儿》①，讲顿巴向地主借了一口锅，几天后在锅里放了一口小锅一齐还去，说是“这锅生了儿子”。后来地主主动借给他一口金锅，满以为可以添口小金锅，顿巴却说锅死了：“凡是能生儿子的东西，都不是有生有死吗?”地主只得无可奈何地走了。苗族的《巧媳妇》②中，也有这样的情节。国王要巧媳妇的丈夫交一只生蛋的公鸡，巧媳妇便去告知国王，她男人因生小孩坐月子，不能来见皇上，“男人怎么能生小孩呢?”“公鸡怎么能生蛋呢?”于是国王哑口无言了，在这种深受群众喜爱的构思方式的基础上，演变出许多同类型的动人故事来。

以上四例属于童话。它们和前面的寓言相比，情况有很大的不同。一是其渊源比较复杂，是否来自印度，有的还难以断定，如《蛇郎》。二是童话的故事情节一般都比较丰富，它要求同各地区、各民族的现实生活结合得更紧密，往往是利用那些古老的故事躯壳，注入当时当地人民生活和思

---

① 《藏族民间故事选》，上海文艺出版社 1980 年版。

② 《苗族民间故事选》，人民文学出版社 1962 年版。

想感情的新鲜血液，因而演变的幅度较大，民族色彩更为鲜明。

《五卷书》故事传入我国的途径

《五卷书》中的这许多故事是怎样流传到我国来的呢?

这些故事之所以能传入我国，变成我国各族人民口头文学的一部分，首先是因为中印两国相邻，在自然环境和社会历史发展方面有许多相同之处。《五卷书》中的那些故事，所反映的是印度从奴隶社会发展到封建社会的社会生活以及处在这个社会历史阶段广大劳动人民的思想感情。我国长期处于封建社会，一些少数民族地区，奴隶社会形态一直延续到新中国建立之前。对《五卷书》里许多故事所表现的各种社会势力之间的矛盾冲突以及人们对社会生活的认识和喜怒哀乐等感情，我国人民比较熟悉，可以作为自己人生的借鉴，能够引起内心强烈的共鸣。加上在童话、寓言里扮演各种角色的狮、虎、豺、狼、鼠、雀、猴、蛇等动物，也是在我国大陆上所常见的，人们接触这些故事就更感到亲切了。这些自然与社会条件，无疑是促成中印两国民间口头文学交流的一个重要因素。

故事的传播方式，不外乎口头与书面两种。由于中印两国在地理上接壤，人民群众之间自古以来就在经济、文化上有频繁的交往，印度古代的童话、寓言完全可以通过口头方式直接传播到我国藏族和其他民族中间来。可惜这方面的材料缺乏，只能加以推想。

印度古代民间故事传入中国，看来主要是通过书面形式。这方面的材料虽然有限，却颇能说明问题。

首先是《五卷书》的翻译。《五卷书》的完整的汉译本，虽然到 1959 年才问世，但蒙文译本大约在十七世纪前后就出现了。1920 年曾有一位俄国人在西蒙古发现《五卷书》的十七篇故事的手抄本，其中有一篇是《猫师传》，它和藏族的《猫喇嘛讲经》系同一故事的异文。早在 1921 年，就有蒙古学者研究这个问题的专门著作《脱胎自〈五卷书〉的蒙古民间故事》出版①。我们在前面提到的《骄傲的天鹅》、《青蛙搬家》、《爱显示自己的青

---

① 好尔劳《论蒙古民间故事》，译文载《民间文学参考资料》第 8 辑。季羡林译的《五卷书》没有《猫师传》这篇故事，想是《五卷书》的另一种版本。

蛙》、《老虎和松鼠》、《乌龟和猴子》等几篇蒙古族故事，看来是从蒙文译本的《五卷书》中的有关故事演变而成，然后传播到邻近地区的。

其次是通过翻译佛教经典，把有关故事传到中国。唐代高僧玄奘去印度取经的故事，曾被人们传为千古佳话。随着佛教从印度传入中国，两国间佛教徒的来往极为频繁，中国佛教协会编的《中国佛教》一书在《中印佛教关系》一节中就提到，从东汉明帝开始到元朝的一千四百多年间，从中国长途跋涉去印度求法的有姓名可考的僧人就有五百多名，而应邀前来中国传扬佛法的印度僧人则有八百余名。他们的主要活动之一是翻译介绍佛经。及至清代，乾隆三年（1738 年）刊行的官版藏经《龙藏》，达到 1670 部，7240 卷。清末宣统年间频伽精舍刊行的《频伽大藏经》，增至 1916 部，8416 卷。清代康、雍、乾时期，还陆续刊印了藏文藏经、蒙文藏经和满文藏经①。这些佛经中包含着大量的印度古代民间故事。法国汉学家沙畹曾著有《佛经中五百故事》一书，常任侠先生从佛经故事里选择了七十八篇，辑为《佛经文学故事选》② 出版，使我们得以窥见这些故事的概貌。

常任侠先生在《佛经文学故事选》一书的《序言》中，对这些故事的特点作了初步介绍：

> 释迦牟尼所说的语言，是很富人情味的，他不仅是善于说教的人，也是善于说故事的人，他用通俗的常用语言，流行的民间传说，为大众说法，多方比喻，因此更能深入人心……
>
> 原来这些故事，多产生在释迦牟尼降生以前，其中不少是广大人民自己的创造，反映了他们的爱与憎，祈求与希望，已经在人民口头流传，通过释迦牟尼的口，通过了佛教徒的结集的记录，保存至今；传到中国的土壤上，又经过了长期的口述、传写、印刷，它和中国人民结下了不解之缘。因此在中国的变文、小说、传奇、戏曲中，与佛经中的故事传说，常有不少相类似的东西。

鲁迅在《中国小说史略》中，曾以吴均《续齐谐记》中的《阳羡鹅笼》，系出自康僧会译的《旧杂譬喻经》中之《壶中人》，以此为例说明印

---

① 《中国佛教》，知识出版社 1980 年版，第 124—125 页。

② 上海古典文学出版社 1958 年版。

度佛经对六朝志怪小说之影响。“魏晋以来，渐译释典，天竺故事亦流传世间，文人喜其颖异，于有意或无意中用之，遂蜕化为国有。”① 鲁迅指出的这种情况，在民间故事领域更为常见。《五卷书》中所载的印度古代民间故事，有许多就包含在佛经中，并通过佛经的汉译早就传到了中国。仅从《佛经文学故事选》中，就可以找到三个例子。

《杂宝藏经》卷三和《佛本行集经》卷五十九所载的《共命鸟》②，即《五卷书》第二卷第一个故事《双脖鸟》。《杂宝藏经》系公元 462 年由西域沙门吉迦夜与中国僧人昙曜合作译出③，《佛本行集经》由北天竺沙门阇那崛多于公元 604 年译出④。我国藏族的《双头鸟》和傣族的《双头凤》故事，看来是直接源于佛经。

《杂宝藏经》卷十所载的《乌枭报怨》⑤，即《五卷书》第三卷中之《乌鸦报仇》。藏族的《乌鸦与猫头鹰》原本于此。

《佛本行集经》卷三十一和《生经·佛说鳖猕猴经》中之《虬与猕猴》，即《五卷书》第四卷序言中的《海怪与猴子》。《生经》系西晋三藏法师竺法护于公元 280 年前后译出。竺法护本来是月支人，世居敦煌郡，早年曾跟随他的师父到西域取回大量梵本佛经⑥。我国藏族的《猴子和青蛙》、《乌龟和猴子》，蒙古族的《乌龟和猴子》及汉族的《猴子和乌龟》等故事，当是从这些佛经中演化而出。

再如《五卷书》中的《老虎、猴子、蛇和人》，和我国民间广泛流传的《宝船》这个类型的故事极为相似。它被载入汉译《布施度无极经》，又经南朝梁武帝身边的高僧僧旻、宝唱编入《经律异相》一书，于是在中国许多地方流传开来并产生了丰富的变化。它也受到国外学人的重视，温德尼兹在《印度文学和世界文学》一文里就特地提到它：

不过也有一些别的故事，其中印度来源是可以稳妥断定的。例如

---

① 《中国小说史略》第五篇《六朝之鬼神志怪书》。

② 《佛经文学故事选》，第 119、133、53 页。

③ 《中国佛教》，第 44、56 页。

④ 《中国佛教》，第 44、56 页。

⑤ 《佛经文学故事选》，第 119、133 页。

⑥ 《中国佛教》，第 15 页。

在《本生经》中有一个故事的几种说法，都说有一个人和许多动物曾被一位过路人救过命。所有被救的都答应将来报恩。可是这被救的人后来却背叛了恩人，而所有的其他动物却都用协助来答报恩德。这个报恩禽兽与负恩的人的故事是在世界文学传播极广的。不过只有在印度的佛教文学中，我们发现一整套这一类的故事，其中都有一个动物——往往是象——用它的恩义使不如它的人蒙羞。对于这一类故事的印度来源是无可置疑的①。

第三是对印度故事的改编。藏族文学中就有这样的例子。西藏有一部著名的连环体的故事集《说不完的故事》，采用故事里头套故事的结构形式，与《五卷书》相近。据学者们断定："这些故事原来是从印度传来的，可是经过藏族人民不断的加工，内容已经更加丰富充实了。"② 其中有些故事与《五卷书》中的印度故事相类似，但又不是照译，似乎是吸取《五卷书》中的材料改编而成。西藏还有一部《萨迦格言》，作者是萨班，是十三世纪初喇嘛教萨迦派的第四代祖师。《萨迦格言》本来是用藏族人民熟悉的民歌、格言体裁写成的一部书，后人给它作注解时，编进许多故事。藏族民间流传的《兔杀狮》、《聪明人与老实人》就出自《萨迦格言注解》③，而这两个故事原本出自《五卷书》。看来也是作注解的人吸取《五卷书》中的材料改编而成。

另外，《五卷书》在六世纪时，曾被译成巴列维语，八世纪时，又由伊本·穆加发译成阿拉伯文，书名为《卡里来和笛木乃》。这个本子，曾传遍全世界。经由我国林兴华节译，于1959年出版。它所收的近五十篇寓言中，就有《鸬鹚和螃蟹》、《兔杀狮》、《海鸥和海怪》、《鸭子帮乌龟搬家》、《老鼠吃铁》等在我国民间广泛流传的故事。因而《五卷书》中的有些印度寓言，很可能并不是从印度而是从阿拉伯国家间接传入我国的。特别是在我国西北地区同阿拉伯文化有较深渊源关系的维吾尔族等兄弟民族的民间故事中间，也有不少来自《五卷书》的故事，情形更是如此。

---

① 金克木：《印度文化论集》，中国社会科学出版社1983年版，第192页。

② 《国外西藏研究概况》，中国社会科学出版社1979年版，第96页。

③ 《藏族民间故事选》，第391、229页。

通过以上粗略叙述可以看出，《五卷书》中的许多印度故事，主要是通过该书原文的翻译、改编以及有关佛经的译刻而传入中国的。人民群众在辗转相传的过程中对它们加以改造，于是变成了中国化的民间口头故事。这些故事的传播同佛教有关。如过去在湖北的许多地方，“宣讲善书”的活动十分盛行。按照佛教教义宣讲因果报应、劝善惩恶的故事，实际上是一种大规模的讲故事活动。从我看到的一部清代光绪年间在四川刊刻的《宣讲金针》来看，所录的就有类似于脱胎自《五卷书》的《宝船》这一类故事。这样的例子在深受佛教影响的藏族、蒙古族和傣族中间，更为常见。萧崇素在《奴隶与龙女》这本藏族故事集的“后记”中，曾讲到一个极生动的事例。1954 年冬他在来苏地区森林工业区分队部的一间小屋子里听藏族农奴黑尔甲讲故事。黑尔甲讲了一个又一个，完全把他迷住了。萧问：“这些故事究竟是从哪里来的呢?”黑尔甲回答：“我讲的一部分是‘上古书’上的，一部分是人们口里说的‘上古书’上的故事。”黑尔甲虽然不识字，可是小时候他曾跟着伯父在喇嘛寺看牛。而他伯父是个能看书的喇嘛，常常把书中的故事讲给他听，他又到处向别人讲述，使这些“上古书”上的故事变成了藏族的口头文学。“上古书”究竟是怎样一部书呢？田海燕在《金玉凤凰》的“代序”中告诉我们，据他向一些熟悉藏族文学的同志调查了解的结果，所谓“上古书”就是那部《说不完的故事》（即《尸语故事》)。从这里可以清楚地看出，《五卷书》里的一些印度故事，是怎样从书面进入口头形式，通过像黑尔甲这样的故事家给予不同程度的加工，传播到更广大的范围之内，终于在我国土地上扎下根来，融化在中国民间文学的汪洋大海中。

由于佛教需要借说故事宣传它的教义，对广大的善男信女进行鼓动劝诫，因此它保存了大量古代民间故事，对民间故事的传播——从印度传到中国，又从中国境内的这一地区传到那一地区，起了巨大的推动作用。

《五卷书》故事在中国的变异

《五卷书》里的故事传入我国后，只有少数完全保持着原来的形态，《金玉凤凰》一书里所录的几个故事就是这样。那大概是因为它们还没有在口头广泛流传的过程中，经过人们锤炼加工的缘故。大部分故事的情况不是这样。人们一边转述，一边用自己的思想感情与艺术智慧改造和丰富这些外来的故事，使它们的内容和形式发生了不同程度的变化，带上了鲜明的民族风格与时代色彩。

它们是怎样演变的呢？

第一，在内容方面，一些故事的基本情节虽然保持着，但实际内容已发生了某些变化，和我国一些民族的人民群众的思想与生活结合起来了。

《五卷书》是“统治论”的一种，编辑者的用意是利用其中的许多故事来说明统治人民的各种方术，因而常常把剥削阶级的偏见渗透进去，或加上一些牵强附会的说教，使故事的主题受到歪曲。这些故事在流传过程中，和我国劳动人民的思想情趣结合起来，其思想意义就变得更为积极了。《五卷书》中的《白鹭与螃蟹》，原来的主题是“鱼吃得很多，有好的，有坏的，也有的不好不坏处在中间，一只白鹭最后还是给一只螃蟹夹死，因为它贪得无厌”。显然是从白鹭这方面来总结“吃鱼”不可贪得无厌的教训。藏族的《鹭鸶和小鱼》则站在受害者方面总结斗争的经验教训：“相信甜言蜜语容易受骗，贪吃渔翁钓饵自取杀身！”表现出劳动人民的鲜明爱憎。《五卷书》中对妇女充满恶毒的诬蔑，《海怪与猴子》中把海怪要吃猴子的心，说成是受他老婆的指使，并发了一通议论，把女人和傻瓜、螃蟹等等放在一块，说“它们一抓住什么东西，就决不会再放手”。藏族的《猴子和青蛙》、蒙古族的《乌龟和猴子》都洗刷了这些庸俗落后的内容，着眼于批判青蛙或者乌龟企图坑害朋友的坏心肠。《五卷书》中的《天鹅与乌龟》，它原来的主题是：“朋友们都是满腔的热情，他们的忠言谁要是不听，他就像那一只傻乌龟一样，从木棍上掉下半空。”蒙古族的《爱显示自己的青蛙》，将情节略作改变，说明爱显示自己的人往往栽跟头，不仅获得了新的思想意义，而且更切合这个故事的实际内容。像这样不改变原故事的基本情节，而洗刷掉某些不健康的思想情趣，突出那些具有积极意义的方面的故事，为数不少，以上只不过略举几例罢了。

《五卷书》的故事，是在印度的自然与社会历史环境中产生的，它的角色、事件与环境，自然显示出一种“异国情调”来。传入我国，和我国的民族生活相结合，即使情节大致相同，也以不同的风貌呈现在人们面前。这样的例子很多。《五卷书》中有《大象和老鼠》，除了在我国云南地区的故事中常出现大象这个角色外，在其他地区都不用这种人们难以见到的动物来编故事。《五卷书》中的《豺狼为王》、《狮子与豺狼》，在藏族故事中变成了《狐狸为王》、《狐狸与大龟》；这是因为在印度，如同《五卷书》里所讲的，世界上最滑头的动物，在鸟里面算乌鸦，在兽类里算豺狼①，因此多用豺狼来充当故事里狡猾或者机智的角色。我国人民则把豺狼虎豹都作为凶残的兽类来看待而以狐狸来扮演故事里狡猾或者机智的角色。对乌鸦，则把它看作一种不吉祥的鸟类，怀着厌恶的感情。《五卷书》里的《乌鸦与黑蛇》，乌鸦在其中扮演着一个受到侵害而能用智慧惩罚敌人的正面角色，《金玉凤凰》中所收的藏族故事《喜鹊和蟒蛇》，则把乌鸦换作了我国人民比较喜爱的一种鸟类——喜鹊。这样，故事内容就和民族生活与心理相一致了。

角色、环境以及某些细节的改变，常常使整个故事的生活情调随之变化。我们这里试以傣族、蒙古族和汉族的三篇故事为例：

傣族寓言《螃蟹和鹭鸶》，原来也是《五卷书》里的一个故事。基本情节和原来的故事是一致的，可是具体内容却完全民族化、地方化了。它讲那些鱼儿住在召勐花园里的池塘之内，每天抢吃游客们丢的糯米饭，过得很自由自在。鹭鸶欺骗它们说，召勐和他的妻子为了过节，打算把池塘的水抽干，把所有的鱼捞起来煎了赕佛②，它愿意把鱼儿一个一个地搬到谁也抽不干的澜沧江里去，然后便衔着鱼飞到那高大的菩提树上把鱼吃掉了。这虽是一篇以动物为主角的小故事，却在我们面前勾勒出一幅云南傣族地区的风景画和风俗画。把它和原故事中讲的那群鱼是生活在一个普通的水池里，鹭鸶用渔夫要来撒网吓唬这些鱼等等相比较，两者的生活情调大不一样。

蒙古族的《爱显示自己的青蛙》，把原来《五卷书》中关于两只天鹅抬着一只乌龟在天空飞行，在城市上空引起人们的惊奇，改为由两只大雁抬

---

① 《五卷书》，第254页。

② 据1950年中华书局出版的江应梁著《摆彝的生活文化》一书，介绍赕佛就是做佛会，私人也可以发起临时做赕，小赕一日，大赕三至五日，邻近的人都要来赶会，十分热闹。

着一只青蛙，飞过一山又一山，飞过一滩又一滩，引起村子里的人们的议论，将草原上特有的景物编进了故事。听着这个故事，我们似乎已置身在面对长空雁阵的草原居民的行列之中。

汉族的《宝船》，基本情节来自《五卷书》中的《老虎、猴子、蛇和人》，具体内容却呈现出汉族地区的生活情趣。它不仅将老虎和猴子换成了人们更常见的蚂蚁和蜜蜂，还反映出许多不同于原作的社会生活情景。原来故事里讲那条蛇不仅解开了主人公身上的绳索，还咬了国王的爱妃一口。“咬了以后，即使有伟大的念咒驱邪的专家来念咒，即使给她涂上其他医生的解毒的药，我仍然不让毒气解掉。但是，只要你用手一碰她，毒气立刻就解掉。”主人公照这条蛇说的办法去做，真的把王后被蛇咬后产生的毒气消除了。这种用手一摸就可以解除蛇毒的说法，就是当时盛行的用咒术来治病的一种原始神秘的方术。《宝船》中的那条蛇，却是衔来一株仙草给王小治伤，后来王小又拿着这株仙草治好了皇姑的病。用仙草治病的说法，也有幻想色彩，但已反映出我国中医药的发达和人类文明的进步了。《白蛇传》的传说中，白娘子就是找来一株仙草将那个被白蛇现形吓死的许仙救活的。治好王妃及皇姑的病以后，印度国王给了主人公一千个庄子，并任命他为大臣。中国皇帝则按照皇榜上讲的，招了王小作驸马。两人都是因祸得福，然而具体情况不同，显示出民族生活的差异。

从以上三例可以看出，我国一些故事的基本情节虽是外来的，由于用本民族的生活与心理去充实故事的内容，实际上它们已经变成本民族的故事了。在故事的演变中，这是很普遍的一种情况。

第二，许多故事虽然保持着原来的基本情节，但在艺术表现上却具备了为我国人民群众所喜闻乐见的特色。这是故事演变的又一个方面。

《五卷书》中的印度故事，表现出层峦叠嶂一般的新奇幻想，包含着丰富的人生哲理，这使它们具有一种特殊的风格和魅力。但也有它的不足之处，它们多采取平铺直叙的方式来展开情节，较少用曲折的笔墨。进行政治与宗教说教的穿插太多，造成了叙述的拖沓。而我国汉族的故事特别注重叙述的简洁明快，藏族故事往往饱含幽默感，傣族故事则具有浓厚的抒情气氛，和印度故事相比，显示出不同的艺术风格。劳动人民讲述外来故事，不是简单复述，总是在叙述中尽力把本民族的艺术习惯和趣味渗透进去，这样就使得许多外来故事逐渐获得了民族风格，为本族人民所喜闻乐见，这里略举数例说明：

《五卷书》中的《老虎、猴子、蛇和人》，叙述主人公从井里救活了三种动物的经过，具体情景写得很少，“他在这一片森林的某一个地方找到了一口给野草遮盖起来的井，当他向下看的时候，他看到井里面有一只老虎、一只猴子、一条蛇和一个人，他们也看到他了”。老虎求救，主人公“就把它拉上来”。然而在这过程中间，却让老虎讲了三段带有哲理性的话：

高贵的人呀！你要想到，保护生物是伟大的责任，把我拉上来吧，让我同我的亲爱的朋友、老婆、儿子和亲属团聚吧！

一个杀害婆罗门的人，一个喝酒的人，一个太监，一个破坏誓言的人，还有一个人阴险狠毒；对于这些人，圣哲们都规定了赎罪的方法；但是对于一个忘恩负义的人来说却没有方法把罪来赎。

人这玩意儿，不管他是谁，总是万恶的集中地。想到这一点，不要把这个家伙拉出来吧！也不要相信他！

汉族的《宝船》这样叙述王小从洪水中救活几种动物的经过情形：

船正行着，一条大蛇在水里开始往下沉了，王小赶忙把它救上船。大蛇向王小点了点头。

船还是走着走着，一窝蜜蜂在水上聚成一堆，雨淋的翅膀都抿着，也要往下沉了。王小也把它们救上了船。蜂王也爬了出来向王小点点头。

讲救人的经过，前者这样写：

在井里面的那个人一连声地喊起来：“喂，婆罗门呀！把我也拉上去吧！”这一个婆罗门心里可怜起他来：“他是我的同类呀！”于是也就把他拉了上来。

后者却是：

船依然往前走着，顺着浪花望去，一个人在水上翻腾着，已经累得筋疲力尽。隐约听见“救命”的喊声，眼看就要沉下水去。王小也顾不得老人所叮嘱的话了，赶快摆船过去，把那人救上船来。仔细一看，原来是邻庄上财主的儿子张三。

前者叙事平直，议论较多；后者运用笔墨比较简洁生动，人物对话简短而注意在叙述中带出具体情景。由此可以大致看出两个民族叙述故事的不同风格。

在傣族故事中，这种情况也不乏其例。《小木匠》和《五卷书》中《金翅鸟》本为同一类型。《金翅鸟》中，这样叙述织工骑着木制的金翅鸟，装作天神下凡，来到公主面前之后相爱的情景：

（公主）说道："神仙呀！你为什么肯驾临到这里来看我呢？请你指示我，要做一些什么事情！"公主这样说完以后，那个织工用低沉而纾徐的声音慢慢地说道："亲爱的！我就是为你而来的。"她说道："我是凡人的女儿呀！"他说道："你是我以前的老婆，因为诅咒而被赶走。在这样长的时间内，我一直保护着你，不致给其他男人所触犯。……"于是他娶了她。

在《小木匠》中，却用另一种调子来叙述这件事：

公主的心啊，像一朵莲花，渐渐开了瓣，于是公主第一次开口讲话了。她向小木匠问道："远方飞来的凤凰啊，英俊的小伙子，你为何飞到这里来？这里既没有鲜花给你采摘，也没有清泉供你痛饮。"小木匠答道："姑娘呀！你是飞在白云里的孔雀，你是嵌在蓝天上的月亮！你虽然被关在二十层的高楼上，我仍然闻到了你的幽香，因为你是开在我心上的花朵。姑娘呀，姑娘！我只是一只丑陋的乌鸦，却来打扰了凤凰的窝巢！"……小木匠把公主轻轻地搂在怀里，互相谈着爱情的甜言，饮着幸福的甘露。在这静静的夜里，只有窗外的明月为这一对相爱的人儿作证。

这一段文字具有情景交融的诗的意境和诗的节奏韵律，简直就是一节优美的散文诗。傣族人民往往把自己的民族诗歌融化在故事之中，它和印度故事的风格相比就显然有别了。

这里，不是对这几个民族的民间故事的艺术风格作全面的概括。只是就这几个例子进行比较，说明外来故事的演变，既表现在思想内容方面，也表现在艺术形式和艺术风格方面。

第三，《五卷书》中的一些故事传入我国后，也有改变基本情节发展演变成为新的故事的。这有两种情况，一种情况是把原来的情节变成一些部件结合起来，构成一个较复杂的故事。人类社会生活渐趋复杂，反映社会生活的故事，特别是童话故事也是按照从简单到复杂的客观趋势向前发展的。从新的现实生活中，提炼新的童话情节，这是一个方面；将原来的故事情节加以重新组合，也可以为反映新的生活内容服务，这样的情况在故事领域是很普遍的。例如《五卷书》中的《海怪和猴子》、《狮子与豺狼》，原来是两个故事，共有四个角色，到蒙古族的《乌龟和猴子》中，却并成一个故事、两个角色了。前面讲乌龟怎样要吃猴子的心，没有达到目的，反而遭到羞辱；后面接着讲乌龟为了对猴子进行报复，躲在一个山崖下，想吃掉猴子。猴子用计同山崖讲话，说山崖应声他就回洞。乌龟冒充山崖答话，被猴子识破，阴谋暗算又一次落空。像这样把两个以上的简单故事合理地组织成一个故事，情节上有了更多的曲折波澜，所反映的生活内容也就更为丰富了。民间童话的情节之所以显得丰富多彩、错综复杂，与劳动人民善于运用这种方式来巧妙地编织故事是分不开的。

那么，一种情节到处用，是不是会造成情节的雷同呢？须知民众讲故事并不是简单地搬用现成的情节，总是用各种来自实际生活的材料加以改造充实。比如同是动物报恩，山里人讲的是猴子报恩，平原地区的人讲的是蜜蜂报恩，海滨渔民讲的是鱼类报恩，它们报恩的方式、活动的环境各有其特点。所以具体情节仍然是新鲜生动的。

另一种创造新故事的方式是以原来的故事为框架，也可以叫作吸取原故事的构思方式，而从实际生活中提炼有关情节予以充实，从《五卷书》中《老鼠出嫁》、《老鼠吃秤》、《双脖鸟》等演变出来的故事，均属于这个类型。它们大多改变了原作的基本情节，只是吸取原故事里新奇的构思方式——《老鼠出嫁》中的连锁变化。《老鼠吃秤》中的“以子之矛，攻子之盾”，《双脖鸟》中的连体形态等，以此来概括现实生活中矛盾斗争的曲折变化，将幻想与现实结合起来，创造出新的故事。一种美妙的构思方式，在人们手里可以和不同的生活内容相结合，千变万化，编造出许许多多的故事来。后来出现的故事，虽与原来的情节有某些联系，但不是简单的模仿，而是一种新的创造。我国各族人民中间流传的许多童话，就是像这样吸收和借鉴印度等国家的童话故事的构思方式与艺术表现手法而创造出来的。

《五卷书》里的许多印度故事通过曲折的渠道传入中国，演变成为中国故事，这是一方面。另一方面，《五卷书》里的有些故事，似乎又来自中国。《五卷书》第一卷第八个故事《金翅鸟》，和中国唐代即已记录成文的《鲁班作木鸢》，以及至今尚在民间口头流传的傣族的《小木匠》、藏族的《金翅鸟》、汉族的《木鸟》等故事，情节结构惊人地相似，我以为《金翅鸟》系源于中国的鲁班故事，在隋唐时期中印两国僧人的频繁交往中传至印度，演变成为印度故事。后来又随着印度的佛教文化回返到我国藏族、傣族人民中间。

关于民间故事的比较研究

关于世界范围内许多情节类同的故事的比较研究，多年来为学术界所关注。季羡林先生在《漫谈比较文学史》中就此写道：

> 对于这个问题，现在归纳起来，不外乎有四种可能，也可以说是四种看法：第一，这些寓言故事是互不相谋地各自独立地产生出来的；第二，是互相学习、抄袭式模仿的；第三，产生在希腊；第四，产生在印度。
>
> 我不认为第一种可能或看法是可信的。一个内容完全相同或几乎完全相同的寓言故事而能互不相谋地各自独立地产生，是无法想象的。第二种可能或看法最有道理。这种可能或看法应该同第三、第四种结合起来考虑。

我很赞同季先生的意见。从我对本文涉及的一些中印故事，由通过比较，发现它们的形态相似，进而依据有关资料，追根求源，找出它们流传演变的脉络这一过程来看，也证实上述论断是符合实际的。处于相同社会发展阶段上的各民族，由于社会生活与民族心理的相近，可以不约而同地产生出大体相似的情节粗略的故事。但在已有可能进行文化交流的情况下，不同民族共同采用某一种精巧的情节型式来编织故事，则肯定是文化交流的结果。只是这种交流的途径很曲折，不易探寻罢了。

用比较研究的方法，弄清某一个故事的来龙去脉，在文学史上的价值是有限的。然而由此探索民间文学的发展规律，了解各民族之间文化交流的历史，却是很有意义的。鲁迅在《中国小说史略》中，曾说中国小说“至唐代而一变”，“叙述宛转，文辞华艳，与六朝之粗陈梗概者较，演进之迹甚明”。造成这种转变的原因，主要是在创作方法上，这时“始有意为小说”，“作意好奇，假小说以寄笔端”。鲁迅的这一卓见，对我们认识中国民间故事发展演变的规律也是极有启发的。印度古代的民间故事，无论是出自佛经，还是出自作为“统治论”来编撰的《五卷书》，由于说故事和编撰故事者是出于“广取譬喻”，“有意”为之，因而利用民间文学素材精心加工制作，巧设幻局，故作新奇，变化腾挪，引人入胜。这样编出来的故事，既有明确的主题思想，又有比较精美的艺术形式，因而更为人们所喜闻乐见。佛经和《五卷书》对民间故事既有思想上进行歪曲和损害的一面，也有艺术上加以丰富提高的一面，使故事艺术的发展达到了一个新的水平。这些故事传入中国，不能不对中国民间故事的发展给予有力影响，促使“有意”编讲故事之风发展开来，以至于民间故事的形式和风格为之一变。唐代是印度故事通过佛经和《大唐西域记》等著作大量传入中国的时期，民间故事领域奇花盛开，许多至今脍炙人口的优美童话的最初形态就产生在这个时期，如“灰姑娘”型的《叶限》、“田螺姑娘”型的《吴堪》、“天鹅处女”型的《田章》等。由此可以看出，毛泽东在《同音乐工作者的谈话》中提出的“民族形式可以掺杂一些外国的东西”，“以中国艺术为基础，吸收一些外国的东西进行自己的创造”，反映了包括民间文学在内的文学艺术发展的普遍规律。

中印民间故事的比较研究有着广阔的天地。本文只不过是举其一隅，依据很不充分的材料作了一次粗浅的尝试罢了。

《大唐西域记》的民间文学价值①

唐代高僧玄奘（602—664）西行取经的故事，一直被人们传为美谈。他于唐贞观元年（627 年）从长安出发西行，途经西域各国，去印度寻取佛经和研习佛学，于贞观十九年（645 年）回国。他不仅带回了 657 部梵文经论，亲自译出 75 部，传播了佛学，还奉唐太宗的旨意，撰写了《大唐西域

① 本文原载《民间文艺集刊》第 2 集，上海文艺出版社 1982 年版。今据章巽校点，上海人民出版社 1977 年出版的《大唐西域记》引述。

记》一书，记述自己亲历一百多个国家和地区的见闻。这部书被公认为记述中古时中亚、南亚地区许多国家历史地理概况的重要著作，有的印度学者甚至说："如果没有法显、玄奘和马欢的著作，重建印度史是完全不可能的。"由此可见其在学术上的不朽价值。

《西域记》除了以主要篇幅介绍西域各国的历史情况、山川形势和风俗人情之外，还以相当多的笔墨，记述了这些地区的民间故事传说。他笔下的寺院、佛塔、灵山、龙池、荒丘、废城，许多都有故事相伴。有的内容简单，也有的情节相当曲折丰富。有的是关于佛祖的种种灵异事迹，还有不少是反映当时这一带的社会生活同人民心理的。其内容和形式具有民间文学特色的故事传说有二三十篇。

关于某些国家、民族、城邑的起源与兴衰历史的传说。如关于我国新疆地区屈支国（今库车一带）、瞿萨旦那国（今和田一带）历史地理变迁的《荒域》(4 页)、《鼠壤坟》(299 页)、《大河》(302 页）和《天雨沙》(304 页)[①]，关于斯里兰卡立国的《宝渚传说》(252 页）和《僧伽罗传说》(253 页)，关于中印度曲女城和波吒厘子城由来的《大树仙人》(106 页）和《花神》(172 页）等。

动物故事。《雉灭火》(142 页)、《鹿救生》(142 页）和《鹿王》(152 页)，颂扬了弱小者崇高的自我牺牲精神；《香象子》(201 页）和《病象求医》(77 页)，讲述象子的孝行和诸象之间的互助友爱；《三兽》(159 页)，叙述月兔的来历，等等。

龙的故事。《瞿波罗龙》(45 页)、《雪山龙》(26 页）和《阿波逻罗龙》(60 页)，讲述恶龙造灾，与人争斗，被如来收伏的故事；《龙搬家》(73 页）和《龙护池》(138 页）则以龙作为被欺凌的弱者的象征，赞美了它们和强敌周旋时的智慧。

人与异类通婚的故事。如叙述落难公子与龙女成婚的《龙女》(63 页)，叙述国王娶鹿女为妃，后生千子的《千子》(162 页）等。

航海奇遇故事。如《大鱼》(191 页)、《月爱珠》(258 页）等。

玄奘采录的故事，在他弟子后来撰述的《大慈恩寺三藏法师传》中，

---

① 为便于论述，有些故事的题目是本文作者所拟。

又有所补充。出自中印度，讲一个牧牛人因贪吃仙果而变为石人的故事就是一例。

这些故事鲜明如画地展现出当时西域诸国人民的生活和心理，闪耀出劳动人民艺术智慧的光芒。它们于多样化之中，显出一个共同特点，即都属于具有神奇色彩的幻想故事，是“灵异”之说，因此，学者们批评《西域记》因“侈陈灵异”而影响了它的科学价值①。从研究历史、地理等学科来说，这诚然是它的不足之处。但从民间文学方面来看，又多亏玄奘在书中“侈陈灵异”，把七世纪和七世纪之前（民间故事往往是世代相传的）在西域广大地区之内流传的许多想象丰富、情节动人的故事传说保存下来，为我们研究民间故事的发展演变提供了难得的宝贵材料。在这一方面的价值，它不仅超过了东晋高僧法显西行归来所著的《佛国记》，也为后世的同类著作所不及。

玄奘采录译述异域故事的特点

玄奘在采录和译述这些西域故事的活动上有什么特点，值得我们加以珍视呢?

第一，实地采录口头传说。据《西域记》和《三藏法师传》介绍，玄奘在十九年中，跋涉五万余里，亲历一百一十个国家和地区（另外二十八个国家和地区的情况得自传闻）。他每到一地，在观赏风物圣迹之时，也留心采录有关的传说故事，书中将所见与所闻紧密结合在一起，互相印证。如至婆罗痆斯国（今印度北方邦）参观鹿野伽蓝，就采录关于鹿王的故事；回国途经瞿萨旦那，至王城456里的大沙碛中，见堆阜，即采录鼠王帮助瞿萨旦那国王击退入侵之敌，因而形成鼠壤坟的故事。书中所载的一些故事，如《雉灭火》、《鹿王》、《香象子》、《千子》、《僧伽罗传说》，同时也见于佛经，和《佛经文学故事选》中之《鹿野苑》、《白香象养盲父母》、《莲华夫人》、《罗刹鬼》、《罗刹国》情节相同，系同一故事的异文。既然这些故事已载入佛经，玄奘在《西域记》中的译述，当然也有可能是采自佛家的书面典籍。但从《西域记》将见闻结合的叙述方式，特别是从它常用“闻之

① 范文澜《中国通史简编》第三编第七章。

耆旧曰”、“闻诸土俗曰”这些话开头来引述故事的情况判断，他的故事大多数是从当地人们的口头上直接采录来的。许多故事朴实生动的画貌，也表明它们来自人们的口头。一千三百多年前，一个中国僧人克服旅行的艰险，打破语言的障碍，在游历西域广大地区时，能直接从人们口头上采录各种故事传说，并有这样丰富的收获，这是多么难能可贵的事！可以说，他是在本国以外的广大范围内从事民间文学搜集活动的光辉先驱者。虽然他是一个取经求法的僧人，采录故事只是他实际活动的一个次要方面，我们也不应对他在这个领域的重要贡献加以抹杀。

第二，“务从实录”。《西域记》中引述这些故事时，很注意保持它们的本来面目，忠实于它们在民间流传时的样子，这是又一个值得我们珍视的特点。从著述的动机来看，他撰写《西域记》，是为了呈献给太宗皇帝披览。唐太宗曾表示：“朕学浅心拙，在物犹迷，况佛教幽微，岂能仰测……所撰《西域记》者，当自披览。”皇上对那套玄奥莫测的佛学并不感兴趣，却被他在远方异国获得的种种新奇见闻所吸引（这又与其雄才大略有关）。因此玄奘撰述《西域记》时，不能不忠实地记述自己所见所闻。他进书时一再申明：“事难穷验，非可臆说，随所游至，略书梗概，举其闻见，记诸慕化。”“今所记述，有异前闻，虽未极大千之疆，颇穷葱外之境，皆存实录，匪敢雕华。”协助他著书的辩机也说，此书“务从实录，进诚皇极”。既然是作为一部进呈皇帝亲览的旅游记，以诚惶诚恐的态度写成的，所记述的内容，包括采录的各种民间故事传说在内，应当说是相当可靠的。“务从实录”，想不是虚夸之言。

这种“务从实录”的原则，具体表现在以下两方面：

他是以宗教家的虔诚心理来采录有关佛家的种种灵异故事的。辩机在《大唐西域记赞》中说，“佛以神通接物，灵化垂训”。玄奘作为一个万里西行、取经求法的僧人，对与佛家有关的种种灵异之说，自然特别敏感，极力搜求，这固然造成了他采录故事的局限性；可是又使得他能以极忠实认真的态度进行转述，不至随意添枝加叶，从而把这些故事的本来面目保存了下来。其中有关于佛“本生”即佛祖转生的故事，如《鹿王》、《僧伽罗传说》；还有关于菩萨直接降伏邪恶势力及信佛可以消灾降福、不信佛即遭受厄难的故事，如《阿波逻罗龙》、《大鱼》和《天雨沙》等。《鹿王》故事，早见于三国时吴康僧会所译之《六度集经》卷十八，《僧伽罗传说》即东晋时竺佛念所译《出曜经》卷二十一中之《罗刹鬼》和隋代阇那崛多所译《佛本行集经》卷四十九中之《罗刹国》（均见《佛经文学故事选》），系佛经文学故事中之代表作。实际上这些故事本来就是民间口头文学，为佛教徒所利用才进入佛经的。拂去一层宗教附会的泥沙，便焕发出民间文学固有的光彩。玄奘因是在当时当地采录的故事，转述时又意在介绍见闻而不是利用它们作宗教宣传，看来更接近于民间故事的本来面目。如《佛本行集经》中的《罗刹国》，叙述商人同罗刹女作斗争的故事，结尾处有近三百字的说教，将大商人和他带领的五百名商侣，附会成舍利弗比丘及其五百弟子，并以讲经说法的口吻告诫僧众："是故汝等，当如佛所，应生尊重恭敬之心，生希有想。汝等比丘，应如是学。"《西域记》中之《僧伽罗传说》，结尾时只保留了这样一句话："僧伽罗者，则释迦如来本生之事也。"通篇都是老老实实叙述故事，体现了他对传说故事"务从实录"的特点。

玄奘还以旅行家的眼光采录和介绍了许多故事，它们完全不带有宗教附会的色彩，用美丽的幻想曲折地反映出当地的历史变迁、风物由来和民族习俗。《雪山龙》采自今阿富汗境内兴都库什山地区"耆旧"口中，讲一个小沙弥，常随师父去龙王家做客，因受到歧视而"恨师忿龙"，"即起恶愿"，化身为龙，"威猛奋发"，杀死了原来的龙王，并兴暴风雨要摧毁寺院佛塔，与国王的千军万马相对抗。因势均力敌，最后龙王表示改恶从善，达成妥协。这个故事生动地表现出当时这一带阶级矛盾的尖锐性和被压迫者的反抗精神。书中关于我国古代新疆地区的几篇故事，尤其富于历史价值和艺术光彩。《荒城》讲库车一带屈支国王城以东一座城邑的兴衰史。那儿的人们本系"龙种"，由于民众"恃力作威，不恭王命，王乃引搆突厥，杀此城人，少长俱戮，略无噍类"。从此，这座城邑就荒废了。看来这儿的百姓曾对国王的统治进行过一次大规模的反抗，国王借当时西突厥的强大兵力对全城居民施行残酷的大屠杀，便造成了毁灭城邑的历史悲剧。《鼠壤坟》的故事发生在和田一带的瞿萨旦那国，讲"匈奴率数十众，寇掠边城"，在举国震恐的情况下，大沙碛中的老鼠前来相助，把敌军的马鞍、人服、弓弦、甲练上的所有系带，都咬断了，使国王的轻骑夜袭得以成功。《天沙雨》叙述了一次风沙之灾掩埋这儿的媲摩城的经过。《大河》借龙女招婿的故事，反映了塔克拉玛干大沙漠中玉龙喀什河变迁的情形。这些故事既有幻想色彩，又富于历史真实性，表现出民间传说故事的鲜明特色。这一事实说明，玄奘不仅注意搜求种种与佛法有关的“灵异”之说，他作为一个旅行家，对其他反映异域风土人情的传说故事，也是怀着浓厚的兴趣加以采录，并认真转述的。“务从实录”的特点，在这部分内容上就体现得更明显了。

玄奘所介绍的西域故事（主要是印度故事），究竟对原作忠实到什么程度，无法一一作比较说明，这里只能举一斑以窥全豹。同是关于中印度千子的故事，东晋高僧法显从印度归国后所撰的《佛国记》中，早有记载。郦道元曾将这个故事写入《水经注》的“恒水”注中，大约也是从《佛国记》来的。基本内容为，“恒水上流有一国王，王小夫人生一肉胎”，因大夫人妒忌，将肉胎盛以木函，掷恒水中。下游国王拾起，“开视千小儿端正殊特”，遂养大成为勇士。千子勇健超群，以武力开拓疆土，后来兴兵打到自己的父母邦来，小夫人出面相认，于是千子归宗，两国交欢。《西域记》的情节相同，但说国王是同一位人身鹿足，“足所履地，迹有莲花”的神奇鹿女结合，后“生一莲花，花有千叶，叶坐一子”，因被其他后妃诬为不祥之物，遂将莲花投恒水中。下游国王“见黄云盖乘波而来，取以开视，乃有千子”。北朝时吉迦夜与昙曜合译《杂宝藏经》卷一中之《莲花夫人》，所讲的也是同一故事，情节和细节均与玄奘笔下的故事相同，女主人公的名字因之被称为莲花夫人。直译的佛经故事当然更为可信。神奇的鹿女足下显出莲花，生下的千叶莲花叶端坐一子，这本来是具有印度民族色彩的十分优美的想象，在其他形式的印度文学艺术作品中也常常出现莲花这种特有的风物。法显在《佛国记》中把神奇的鹿女改为一个普通的“小夫人”，把千叶莲花换成普通的“肉胎”，恐怕是由于不熟悉印度的文化习俗，用中国人的眼光改变了原作内容的结果。玄奘在译述《千子》故事时，特地把这一具有民族色彩的、见之于印度佛经的细节保留了下来，说明他十分熟悉印度的文化习俗，所记述的东西确实做到了“皆存实录，匪敢雕华”。中国历史上的旅行家都比较注意采录民间传说故事，以丰富自己的见闻。转述这些故事时也比较忠实于原作，这和许多文学家利用民间文学材料时，总爱改头换面，便于自己抒情写意的情况有很大不同。鲁迅早就指出过，“中国的文学家，是颇有爱改别人的文章的脾气的”，所以他们笔下的民歌、童谣等，难以保持其本来面目①。玄奘撰述《西域记》，在这方面所作出的努力值得我们珍视。我们今天强调搜集民间文学要“忠实记录，慎重整理”，其出发点与一千多年前的玄奘从事这一活动时的意图当然不可同日而语，然而他注意保持其本来面目的“务从实录”的态度与方法，还是值得肯定，可作借鉴的。

第三，译述外来故事时“信”与“美”相结合的特色。《西域记》中所载的故事，不是我们通常所说的“记录整理稿”，首先要沟通两种语言，进行翻译。但它又不像对于佛经那样严格翻译，而是从介绍旅行见闻的角度来译述故事梗概，《西域记》全书均由玄奘口述，由辩机笔录整理而成，从而形成了一种特有的风格。关于玄奘翻译的特色，已有人专门撰文加以评述，他们认为“玄奘的翻译为求得文和义的切合原作，而又文从字顺，其方法则不拘泥于直译和意译，目的是既不损原意，又便于读者了解”，概括起来即“语文精确，切合原籍，直译意译，不拘一例”②。这一评述大体上也适用于他所译述的故事，只是故事的意译成分更重罢了。用辩机在《大唐西域记赞》中所提到的“信”与“美”的结合，也许可以概括表示出玄奘译述这些故事的特色。

《西域记》中的许多故事，多为梗概。佛经中的《罗刹国》长达五千六百字，《罗刹鬼》比较简短，也有两千四百字，而玄奘笔下的《僧伽罗传说》则只有一千八百字。它在《西域记》中，还是为数不多的几个长篇故事之一。这个例子是颇有代表性的。尽管故事的篇幅简短，结构仍十分完整，“麻雀虽小，肝胆俱全”，使我们能看到原故事的基本面貌。《雉灭火》、《病象求医》、《花神》、《龙女》、《雪山龙》、《大河》、《宝渚传说》、《僧伽罗传说》等篇，就是代表之作。这些故事的艺术特色，最突出的有如下两点：

一是许多故事既有神奇色彩，又富于现实生活意味，表现了幻想与现实的紧密结合。玄奘采录的故事，无论是与佛法有关，或与佛法无关，都

---

① 鲁迅：《且介亭杂文·门外文谈》。

② 杨廷福：《略论玄奘在中国翻译史上的贡献》，载《中华文史论丛》1980 年第 21 期。

充满美妙的幻想，具有神奇的特征。难能可贵的是，在幻想情节中，往往融合着极为鲜明的现实人生图画，反映出社会生活中的种种矛盾。以故事中广泛采用的变形术为例，它都是起源于原始的“万物有灵论”，常见于古代神话中，发展到《西域记》许多故事里的变形术，已具有了新的思想意义。人与物均可随自己的意愿或受他人之咒而自由易形，这些变形都不是无缘无故实现的，往往是社会生活中各种矛盾的曲折反映。牧牛人和小沙弥发愿变成恶龙，是出于对自己受压迫受歧视的人间生活的不满，要借暴风雨以泄愤。香花变成美女酬谢书生的痴情，寄托着人们对美好爱情生活的追求。曲女城的少女们坚持婚姻自主，结果受大树仙人之咒，一个个变成了弯腰驼背的老太婆，反映出社会上强暴势力逼婚的黑暗现实。龙女因前生积恶，以致变成丑陋的龙身，遭人畏恶，酿成家庭悲剧，象征着贱民在当时社会上所受到的严重歧视。罗刹女将狰狞凶恶的面孔改换成千娇百媚的姿态来吃人，则概括了人们在社会斗争中受欺骗而上当的惨痛教训。可见变形这种古老的幻想已成为人们编织故事时用来反映社会生活的一种艺术手段，和原始神话中的意义——出于不自觉的天真、幼稚的想象有所不同了。至于动物的拟人化，如香象子对瞎眼母象的恭行孝养，鹿王为救同类而自我牺牲，老鼠用咬断敌人军服马鞍系带的办法来帮人退敌等，更是明显地将人间生活与兽类习性巧妙结合起来，驰骋美丽的想象，反映劳动人民的生活和心理。玄奘译述故事时，并没有一味地去追求神奇的效果，把许多幻想情节变成虚无缥缈之物，而是相反地努力在奇幻中透出人间烟火，渲染人情世态，使许多故事表现出积极的社会意义来。显然，这不是用一般旅行家猎奇搜异的眼光所能做到的。在这里，我们可以看出玄奘对当时社会人生的深刻体验。他在《西域记》一书只允许略述故事梗概的情况下，而能把那些故事的精神实质很好地传达出来，其主要原因大概就在于此吧。

二是既注意故事情节的巧妙安排，又着力于人情世态的生动描述，使讲故事同刻画人物得到了较好的结合。

玄奘使用的是当时流行的古文，叙述故事与刻画人物性格却相当生动传神，至今读来，仍能感觉到它所表达出来的民间口头文学的特殊魅力。这里将《雉灭火》全文照录，以见原貌：

昔于此地有大茂林，毛群羽族，巢居穴处。惊风四起，猛焰飘逸。时有一雉，有怀伤愍，鼓濯清流，飞空奋洒。时天帝释俯而告曰："汝何守愚，虚劳羽翮？大火方起，焚燎林野，岂汝微躯所能扑灭？"雉曰："说者为谁？"曰："我天帝释耳。"雉曰："今天帝释有大福力，无欲不遂，救灾拯难，若指诸掌，反诘无功，其咎安在？猛火方炽，无得多言！"寻复奋飞，往取流水。天帝遂以掬水泛洒其林，火灭烟消，生类全命。

用"惊风四起，猛焰飘逸"八个字来形容火势的猛烈，用"飞空奋洒"四个字来刻画雉鸟灭火的英姿，语句简练而形态逼真。不是简单地叙述事件的过程，而是在情节进展中着力描写人物的对话，将有大威力而袖手旁观的天帝释和弱小而见义勇为的雉鸟的形象作对比。"汝何守愚！""无得多言！"这些字眼简直把他俩讲话时的姿态神情都惟妙惟肖地传达出来了，使人物形象达到了栩栩如生、呼之欲出的地步。

玄奘译述故事，是直译与意译相结合，在忠实于原作基本内容的前提下，显然又给予了一定程度的艺术加工。这里试就罗刹故事，将佛经中的记载和玄奘的译述稿加以比较。

《佛本行集经》中的《罗刹国》，情节曲折，笔墨细腻。如写罗刹女梳妆打扮，就从澡浴一直写到穿衣、戴帽、佩花；写罗刹国的自然景物，将该地所有的几十种花木，十几种鸟雀的名字一一列出。然而对罗刹女语言行动的刻画却显得比较平淡。以下便是众罗刹女假惺惺企图挽留商人的一段话语：

各作是言：汝诸圣子，今者舍我，欲何所去。令我无主，汝是我主，汝等于先，坠在海难大恐怖中，我等渡汝，唯原汝等与夫。汝等今者，舍背于我，欲谐何所。汝等今者，无恩无义，何故相弃，而不报恩。我等若当于圣子边，有所违犯，今乞忏谢。从今已去，不作诸恶。汝等圣子，凡善男子，不得怀抱结恨愠恚。汝速回还，今何所谐，舍离我等。诸圣子辈，汝等如其不用我者，今此男女，可收将去①。

《西域记》中的《僧伽罗传说》，叙同一故事，篇幅只有它的三分之一，

① 《佛经文学故事选》，第64页。

保留原作的基本情节，删除过琐细的描写形容，却着力刻画罗刹女怎样隐藏起自己吃人的面孔，以花言巧语来迷惑商人。先写诸罗刹女追赶商人至海滨极力挽留的情景：

> 尝未逾时，遇诸商侣，悲喜俱至，涕泪交流，各掩泣而言曰："我惟感遇，幸会良人，室家有庆，恩爱已久。而今远弃，妻子孤遗，悠悠此心，谁其所忍？幸愿留顾，相与还城。"

其他商人经不起罗刹女的"备行矫惑"，"情难堪忍"，重新落入魔掌。只有与罗刹女王同居的僧伽罗不为所惑。于是诸女讥笑女王"汝无智略，为夫所弃，既寡艺能，宜勿居此"。女王于是"纵极媚惑"，施展出更能迷惑人的伎俩。她竟然带着所生之子，抢先一步飞至僧伽罗的老家，在他老父面前编造了一套哀婉动听的谎言：

> 我是某国王女，借伽罗娶我为妻，生一子矣，赍持宝货，来还乡国。泛海遭风，舟楫漂没，唯我子母及僧伽罗，仅而获济。山川道阻，冻馁艰辛，一言忤意，遂见弃遗，詈言不逊，骂为罗刹。归则家国辽远，止则孤遗羁旅。进退无依，敢陈情事。

其父果然相信了她的话，不仅深深同情儿媳的不幸遭遇，还积怨于其子，当僧伽罗回家时，劈头盖脸就责备他："何重财宝，而轻妻子？"

两相比较，玄奘译述的故事对罗刹女形象的刻画要生动有力得多。罗刹女讲的那些话，多么富有人情味！唯其如此，其两面派的嘴脸就显得更为鲜明突出了。诡谲奇幻的情节同具体生动的人生图画就这样巧妙地编织在同一篇故事中，产生出特殊的魅力，构成特有的风格。基本情节结构是原来的，而具体细节和语言中，则含有玄奘依据自己对当时人情世态的深刻体验所作的渲染加工。他笔下的故事与汉译佛经中的故事情节一致而意味不同，似应从这里寻求解释。

玄奘译述外国故事，既保持了它们的基本面貌，又具有为中国人能理解、所喜爱的优美特色。我们应十分珍视这一富有创造性的劳动成果。

《西域记》与中国叙事文学

玄奘在《西域记》中译述的许多故事，对我国民间故事以及文人小说的发展，产生了怎样的影响呢？先让我们看一看唐代及唐以后文学中与

《西域记》有联系的一些实例。

1. 季羡林先生在《印度文学在中国》① 一文中，曾提到中国的三类故事：阴司地狱、因果报应和龙王龙女，是在印度故事影响之下产生的。《西域记》中介绍的几篇关于龙的故事，其影响很值得我们探究。唐代著名传奇小说《柳毅传》，就与印度《龙女》的故事构思相近。一些研究者指出："唐稗取材，于仙怪狐鬼以外，尤喜言龙女灵异之事。"② 这一特点的形成很可能与《西域记》等书介绍的外来故事的影响有关。《西域记》中关于恶龙与人斗法斗智的故事《雪山龙》，与云南白族《雕龙记》③ 的情节相类似；关于被压迫者因心怀愤恨、变龙以复仇的故事，如《瞿波罗龙》，和四川及长江中游许多地方流传的《望娘滩》④ 故事构思完全一致。龙的神话故事在中国古已有之，我国一些民族就是以龙为图腾的，对龙的信仰崇拜，屡世不衰。但把龙王龙女的形象完全人化，巧妙地赋予它们以极现实的人的思想性格，借以表现社会人生，这种艺术构思似与通过各种渠道传入的印度故事的影响有关。

2. 《西域记》中有好几篇表现爱情婚姻主题的幻想故事。其特点就是女主人公非仙即怪，神奇不凡。有的故事讲作了寡妇的龙女主动向人间招婿；有的讲书生的痴情感天动地，使花木幻化成美女，结成了美好姻缘；也有恶鬼变成妖媚的女性，在洞房里演出吃人的惨剧；还有浪荡子寻花问柳，结果被仙女们施法术，遭到奚落和惩罚，如《石室》（206 页）。让一个普通男子和神奇女性相结合，从而生出种种波澜的爱情故事，这种构思方式在我国民间流传极广。蒲松龄所著的《聊斋志异》，将这类故事发展到精美绝伦的地步。我们虽然难以断定这类故事和《西域记》有什么直接的联系，但在艺术构思上是否受过同类型印度故事的影响，很值得探究。

3. 《西域记》中的《病象求医》，讲述一群象怎样用巧妙的办法将一僧人载入森林深处，为"疮痛而卧"的病象治伤——从足下拔出枯竹，随后

---

① 《文学遗产》1980 年第 1 期。

② 汪辟疆：《唐人小说》，上海古籍出版社 1978 年版，第 69 页按语。

③ 《云南各族民间故事选》，人民文学出版社 1962 年版。

④ 《中国民间故事选》第一集，作家出版社 1958 年版。

象以宝贵的佛牙相赠，并跪拜致谢。在中国故事中，有一系列相类似的姊妹篇。《广异记》中之《阆州莫徭》[①]，《朝野佥载》中之《华容庄象》[②]，《异苑》中之《农夫遇象》，都是记人遇象，为病象拔除足下竹签或巨刺，获象牙等物致富的事情节极相似。《聊斋志异》中之《二班》，写两虎请一名医用针灸给母虎治病，后医生遇狼为虎所救；1980 年夏，我在鄂西山区搜集到一篇当地广为流传的民间故事《樵哥》，讲一打柴少年从虎口拔出豪猪刺，老虎以极巧妙的方式帮他娶妇报恩。这两篇故事以虎为主要角色，情节略有差异，但与《西域记》中的故事基本构思相近。中国的这类动物报恩故事，也可能与印度故事有联系。

4.《西域记》中的《救命池》(154 页)，记一隐士修仙，找了一名贫穷落魄的汉子守护法坛。告诉他无论在任何情况下都须“屏息绝言”，方能成功。在梦幻中，他经历了几十年人生的喜怒哀乐，在种种考验下均缄口不言。最后妻子以杀子相威胁，他“自顾衰老，唯此稚子，因止其妻，令无杀害，遂发此声”，忍不住惊叫了一声。立刻“空中火下，烟焰云蒸”，前功尽弃。它告诉人们，修仙必须断绝一切情欲，真正看破红尘。那个守护法坛的汉子无法忍受杀子之痛，在这最后的考验中失败了。它宣扬的是道家的消极出世思想，但构思新奇，被后世许多人所吸取。《续玄怪录》中之《杜子春》[③]，《河东记》中之《萧洞玄》[④]，《传奇》中之《韦自东》[⑤] 都是明显地承《救命池》一篇而来。《酉阳杂俎》续集卷四所载顾玄绩事亦相同，段成式曾引《西域记》作比勘。顾颉刚、钱锺书诸前辈在有关论著中早已指出[⑥]。实际上，沈既济的《枕中记》和李公佐的《南柯太守传》等名篇，虽未涉及修仙炼丹之事，但以一梦来概括曲折变幻的人生经历，寄托人生如梦的消极思想，这种构思很可能也受过《救命池》这类外来故事的启发。

---

① 《太平广记》卷 441。

② 《太平广记》卷 441。

③ 《太平广记》，卷 16，卷 44，卷 356。

④ 《太平广记》，卷 16，卷 44，卷 356。

⑤ 《太平广记》，卷 16，卷 44，卷 356。

⑥ 顾颉刚：《我在民间文艺的园地里》，载《民间文学》1962 年第 3 期。钱锺书《管锥编》第 2 册，第 655 页。

5.《西域记》中的《雉灭火》，又见于佛经《大智度论》。《宣验记》的作者把它改造成了一个中国的寓言故事：

野火焚山。林中有一雉，入水渍羽，飞故灭火，往来疲乏，不以为苦。

鲁迅在《古小说钩沉》中，特地把《西域记》和《宣验记》中的材料辑录在一起，供人比较。季羡林先生的《印度文学在中国》一文，也着重提到这个例子。这类故事之来自印度，线索更为明显。

6.《西域记》迦毕试国（今阿富汗喀布尔）《质子迦兰》（24 页）一节中，记了两个取宝故事。其一是伽蓝北岭上的石室内藏有宝物，“其中多藏杂宝，其侧有铭，药叉守卫。有欲开发取中宝者，此药叉神变现异形，或作狮子，或作蟒蛇、猛兽、毒虫，殊形震怒，以故无人敢得攻发”。其二是伽蓝佛院神像足下坎地藏宝，专供修治伽蓝之用。某边王贪婪凶暴，拟掘地取宝，“神王冠中鹦鹉鸟像乃奋羽惊鸣，地为震动，王及军人辟易僵仆，久而得起，谢咎以归”。寻取宝物的故事，在我国民间极为常见。那些宝物，均有凶神毒龙猛兽守护。只有善良、勇敢的人，才能战胜重重考验而达到目的。它以象征手法表明幸福美好生活的来之不易。还有一类故事是侧重于讲护宝的，如坏人盗取象征某地幸福的宝物（金鸡、金牛等），由于守护宝物的精灵的“殊形震怒”，惩罚了盗宝者。以某种宝物的得失为中心来展开情节，是我国民间童话故事的一大类别。它们的意义自然不同于《西域记》中的故事，其情节结构的形成与玄奘介绍的这类古代外国故事是否有关，值得人们探究。

7.《西域记》中多次出现观自在菩萨（即观世音）、如来、罗刹、药叉（即夜叉）的形象。我国许多民族的民间文学中，常以观世音、如来和罗刹、夜叉作为相对立的善与恶两种势力的象征，虽主要受汉译佛经的影响，与《西域记》的内容也似有关联。

以上数例，是仅就个人手头材料提出的。这些例子，有的还只是研究其相互联系的线索，有的则表明它们的相互联系实际存在，已为古今学者所确认。

如果只限于这些具体例子，还不足以完全说明玄奘撰述《西域记》对我国民间文学的影响。它最重要的影响，恐怕是表现在对故事这种文学样式向现实主义方向的推动上。鲁迅在《中国小说史略》中曾指出中国小说“至唐代而一变”，其原因在于人们至唐代“始有意为小说”，即这时才开始有意识地用小说的形式来反映社会人生。其决定性的动因自然在于当时社会生活与人类文明的进展，但同吸收外国文学，包括印度佛教文学在内恐怕也有重要关系。印度故事传入中国，当时主要是通过佛经的汉译，其次就是通过《佛国记》《西域记》这类旅游记的介绍。《西域记》所介绍的故事数量上虽很有限，由于它是玄奘直接采自当地，更为生动活泼，译述时在忠于原作的基础上更多地融进了中国的民族语言习惯及艺术表达方式，因而比直译的故事更容易受到我国人民的欢迎，深入民间，产生广泛影响。它们最突出的特点，如同我们在前面所指出的，是将极奇幻的情节和极现实的人情世态巧妙结合在一起，而不是脱离社会人生讲述一些神奇古怪之事，这在故事的发展上，可以说具有里程碑的意义：开始脱离神话以“不自觉的艺术方式”来驰骋天真、幼稚的想象，对自然与社会作艺术加工的自发性，而朝着有意编故事，将传统幻想材料与现实人生结合起来的自觉性方面发展了。也就是浪漫主义开始和现实主义密切结合起来，构成了新的艺术特色。在晋干宝所著的《搜神记》中，有一个与《宝渚传说》相类似的《猳国马化》，记蜀中一种猿类盗取民女，生子并繁衍后代的故事，作者只是用搜奇猎异的眼光略述梗概，全文不到两百字。《宝渚传说》叙同类故事，却着重写狮子与王女结合所生之子，在逃离山林后，因系“畜种”，出身异类，在社会上遭人轻鄙，尽管他“大义灭亲”，手刃其狮父（狮父在儿子刀下，“尚怀慈爱，犹无忿毒，乃至刳腹，含苦而死”），为国立了功，仍以出身不好，“畜种难驯，凶情易动”，终于被国王驱逐出境（后泛海至今斯里兰卡，遂成为该国的远祖）。它在人兽通婚的传统幻想情节中，淋漓尽致地描绘人情世态，揭示当时尖锐存在的社会矛盾，表现出深刻的社会意义。这类故事在艺术上的进展，是显而易见的。这种变化，从小说和绘画、造型艺术的发展中，也可能找到佐证。《敦煌——伟大的文化宝藏》一书的作者姜亮夫就指出：“中、印艺术接触的结果，产生了唐代的伟大的艺术。”“唐代壁画的用色，属于佛画天宫天物者，多金碧辉煌，庄严富丽；属于人间社会，则异常逼真，一点一画，都情感洋溢，表情活泼；技巧上则无论人鬼鸟兽，都能用线和色恰当的表现，充满生命，富于人情。”①《西域记》中许多故事的风格与此是一致的。它们和我国近现代民间流行的幻想故事在形态上有着明显的相似之处。这是研究我国民间故事发展演变规律的一个重要线索。自然，中国民间故事有着自己鲜明的民族特色。《西域记》中的故事，由于深受佛家哲学的影响，具有很浓重的宿命论和悲观主义色彩，缺乏乐观机智的风格，缺乏英雄主义的激情。我国近现代的民间故事，则表现出富于斗争、进取的民族精神，更为刚健、清新。这正如生长在肥沃土壤上的果树，经过嫁接，吸收不同品种的优点，会结出更甘美的新果来是一样的道理。

生活在一千三百多年前的玄奘，在采录和译述以印度为主的西域古代故事上就取得了如此难能可贵的成就，而且通过撰述《西域记》，对我国叙事文学的发展给予了深远的影响，我们在研究中国民间文学的发展史时，是不应忘记他的名字的。

一个故事的丰富变异性*

——“猴子和乌龟”故事的比较研究

在我国汉、藏、蒙古、朝鲜等族中间，流行着一个关于“猴子和乌龟”的寓言故事。丁乃通先生所著的《中国民间故事类型索引》，将它定名为《猴子把心留在家里》，列入动物故事 91 型，并指出在中国有八例。近几年我搜求这类故事，又新发现六七例。同时又发现了它在印度的异文四例，及阿拉伯、东南亚、日本的异文。亚洲地区以“猴子和乌龟”为题，讲述聪明的猴子和愚蠢的乌龟之间的可笑纠葛的故事还有许多，但情节各异，属于另外一些类型。本文研究的猴子乌龟故事，均以乌龟要吃猴心，猴子谎称心留在家里，用计脱险构成基本情节，属于同一类型。它们是一个故事经历漫长年代，在广大地区的不同国家、民族中间流传，同民族生活、

---

① 《敦煌——伟大的文化宝藏》，上海古典文学出版社 1956 年版，第 56 页。

* 本文在《思想战线》1985 年第 3 期刊出时，题为《一个印度故事在我国一些民族中发生的变异》。

民族文化相结合，演变成为大同小异的多种形态的。民间故事的比较研究，可以从多侧面进行，或着眼于异中之同，研究其类同性；或着眼于同中之异，探讨其变异性，均可深刻触及各族民间文学的发展特点和规律。本文内容侧重于后者。

原型出于印度

我见到的这一类型的印度故事有四例，它们是《本生经》（或译作《佛本生故事》）中的《鳄鱼本生》①；

《五卷书》中的《海怪和猴子》②；

汉译佛经《佛本行集经》中的《虬与猕猴》③；

汉译佛经《生经》中的《佛说鳖猕猴经》④。

它们的内容大同小异，梗概为：

1. 一水中动物（鳄鱼、大鳖、虬龙、海怪等）和陆上猴子结为朋友；

2. 海怪哄骗猴子下水，企图取猴心为妻子治病；

3. 猴子急中生智，谎称心留在家里，骗得海怪将它送回陆地，因而脱险。

大约在公元500年前后，南朝梁代僧人僧旻、宝唱编纂了一部佛教故事集，将汉译《生经》中之《佛说鳖猕猴经》略加改编收入。现将这个文本照录如下，以见它的原貌：

有暴志比丘尼者，反怀恶信，谤佛毁僧。僧言：不但今世，过去无数劫时，一猕猴王居在林树，食果饮水，时念一切蚑行喘息人物之类，皆欲令度，使至无为。时有一鳖，以为知友，鳖数往来，到猕猴所，饮食言谈，说正义理。其妇见之，谓有淫荡，问夫为何所至。答曰："吾与猕猴，共结亲友，甚聪明智慧，又晓义理。"妇犹不信，因便诈病，困劣着地，治不肯瘥。谓夫言："吾病甚重，得卿所亲猕猴肝乃当活耳。"夫答曰："吾寄身托命，云何以活卿耶？"妇曰："夫妇同

① 译文载《世界文学》1982年第6期。

② 中译本由人民文学出版社1959年出版。

③ 《佛经文学故事选》。

④ 《佛经文学故事选》。

共一体，不念相济，反为猕猴。”夫敬重妇，往请猕猴共食。猕猴答曰：“吾家陆地，卿在水中，安得相从？”鳖曰：“吾当负卿。”猕猴从之。负到中道，语猕猴言：“妇病须卿肝。”猕猴曰：“何不早道？吾肝挂树，不赍将来，从还取肝，乃相从耳。”便还树上，跳踉欢喜。鳖问曰：“卿应取肝来到我家去，反更跳踉何耶？”猕猴答曰：“天下至愚，无过于你，共为亲友，寄身托命，还欲见危。”鳖妇暴志是，鳖者调达是，猕猴王我是①。

学者们已经判明，它原是一个古印度民间故事，后来经文人编入《五卷书》，被佛教徒附会为佛本生故事而进入佛经。其基本思想是讲交友之道：交朋友要提防朋友变心，一旦变了心就要使用妙计脱险。这自然是进入阶级社会之后的产物了。《五卷书》成书的具体年代难以断定，但人们考证出《本生经》结集年代约在公元前三世纪中叶②，可见印度的猴子乌龟故事早在公元前三世纪之前就已由口头文学家创造出来，流行于民间了。

它是什么时候传到中国的呢？载有猴子乌龟故事的汉译佛经《生经》，由西晋高僧竺法护于公元 280 年前后译出。另一部《佛本行集经》，则由隋代高僧阇那崛多于公元 604 年前后译出。它们传入中国的年代和渠道均确凿有据；而它别致的情节结构，又系出于精心构思，非简单模拟实际生活现象所致。因而中印故事的这种类同，很难用不谋而合的平行巧合来解释，只能说它们是同出一源。那么载于汉译佛经中的两篇猴子乌龟故事，就是中国和日本、朝鲜等处的同类故事的原型或祖型了。我们可据以研究一千多年来它们在我国各族口头文学中的演变情况，无须采取构拟原型的方式来作比较。这样的研究对象是很难得的。

《五卷书》中的《海怪和猴子》，于公元八世纪时，通过一个阿拉伯文译本《卡里来和笛木乃》，传到阿拉伯，变成阿拉伯的《猴子和乌龟》故事。《五卷书》中的印度故事，通过这部书，几乎走遍了全世界。我国新疆地区流行的动物故事，同其中的故事有许多类同之处，看来《卡里来和笛木乃》也传到了我国同阿拉伯文化有密切联系的西北一些民族地区。但至

---

① 《经律异相》，上海古籍出版社 1988 年版，第 128 页。

② 赵国华：《印度古代文学简介》，《南亚研究》1984 年第 3/4 期。

今尚未发现《猴子和乌龟》故事的踪迹。关于它通过这条线索的交流，我们只好暂且存而不论。

汉族的《猴子和鳖打老庚》及其他

《猴子和乌龟》故事在中国西北、东北、东南地区的汉族中间，均有发现。我见到的近年整理发表的就有六篇，它们是：

吉林的《猴子和乌龟》；

福建的《海母丞相》；

上海的《乌龟和梅花鹿》；

山西的《树梢猴心》；

陕西安康的《猴子和鳖打老庚》；

山东的《哪有闲心挂树梢》①。

其中以《猴子和鳖打老庚》这一篇最有特色，可以作为汉族故事的代表。

这些故事和印度故事相比，骨架犹存，而姿态神韵却大大改观了。

1. 改换细节。故事所在的环境变了，一些生活细节便随之而起变化，以便和新的自然社会环境相适应。东北地区故事里的乌龟，不是驮着猴子下水，却把一种叫“分水箕”的东西拿在手里开道，这是中国故事里常见的将农民日常用具神化而创造出来的宝物形象。上海故事里用中国人民所喜爱的梅花鹿代替了原故事中的猴子，梅花鹿全身是宝，均可入药，所以下面的情节就相应地改变成用鹿脑髓做药来医治龙王的头痛病了。陕西的《猴子和鳖打老庚》，将印度故事中的两种动物交朋友，变成它俩在彼此攀谈中，因得知原是同年同月同日生，“便打了老庚”，说老鳖取猴心，是为了献给龙王“做药引子”；猴子随机应变的话也变成“我早上在河坝里练跟斗，怕把心抖坏了，就取出来挂在柳树梢上”等等，这些地方都于细微处渗透着中国农村的风土人情和农民生活情趣。关于“药引子”，鲁迅在《呐喊·自序》中不就回忆过他小时候为了给父亲治病，到野外寻找成对的蟋

---

① 分别见《吉林民间文学丛刊》1980年第1期；《榕树文学丛刊》1980年民间文学专辑；《山海经》1984年第2期；《山西民间文学》1984年第3期；《安康民间故事》，安康地区群众艺术馆1983年编印；《四老人故事集》，山东民间文艺研究会1986年编印。

蛑这类稀奇古怪的药引子的事吗？以猴心做药引子，代替原故事中的吃猴心，一下子就点染上了中国文化色彩。

2. 改变对女性的态度。原故事本来是讲交友之道，并不涉及夫妇关系。但由于在印度社会里，存在着歧视妇女的深刻偏见，所以故事中节外生枝，把乌龟背叛朋友，归咎于他老婆的凶悍泼辣。印度的四篇故事，毫无例外都是如此。叙述中还穿插着许多诬蔑妇女的话，如《五卷书》中把女人和螃蟹、傻瓜连在一起，说“它们一抓住什么东西，就决不会再放手”，等等。阿拉伯故事也保留了这一枝节。可是中国的民间故事家却砍去了这个枝节，不但没有让反面角色的女人出场，而且取猴心不是为了进贡给龙王，就是为了给老母治病，和他妻子一点干系也没有了。这个改变是极有趣而又令人深思的。中国民间故事传说除了对皇帝的妃子怀有恶感之外，很少把坏人干坏事，归咎于他老婆的指使。故事传说里倒有不少女人创造出了使浪子回头、改邪归正的奇迹。这也许是因为在中国传统文化，特别是民间文化里，轻视妇女的偏见敌不过尊重妇女的思想；或者是由于历代封建统治阶级，常常以女性作为封建道德的化身来教化世俗，从而给女性形象增添了光彩。不管怎么说，这种变异是反映了中国历史文化特色而且具有积极意义的一种现象。

3. 叙述人的身份和风格的变化，印度佛经故事是以“佛告诸比丘言”来开头的，借佛祖向他的众弟子讲经说法的形式来叙述故事，结尾又由佛祖点明主旨：“尔时佛告诸比丘言：汝诸比丘，当知彼时大猕猴者，我身是也。彼时虬者，魔波旬是，于时犹尚诳惑于我，而不能得；今复欲将世间自在五欲之事，而来诱我，岂能动我此之坐处。”佛祖以猕猴识破虬龙的奸诈，比作自己不受邪魔外道所鼓吹的世俗私欲的诱惑。在佛经中，它是作为宣扬佛家教义的比喻来使用的。这样，便不能不在许多地方穿插进生硬的说教，并使情节发展和细节安排服从于这种说教，丧失其生动活泼的特色。猕猴脱险后表示：“彼岸树多果子美，香气四溢随风飘；小小猕猴我不贪，宁在此树乐陶陶！”就根据说教的需要，渲染了佛家出世的人生哲学。《五卷书》以大臣向王子传授统治术的方式来讲故事，用猴子乌龟故事打比方说明另一种处世哲学：“东西已经拿在手里，听了几句好话就丢弃，傻子就是这样受人愚弄，正如海怪为猴子所欺。”《卡里来和笛木乃》中的故事也是如此。哲学家向国王讲故事，开宗明义地："寻求一件事，比保持这件事容易，愿望实现了而不能很好地保有它，他的遭遇就像跟猴子交往的乌龟一样。"他们都是站在反面角色乌龟这一边，总结取猴心未能如愿的教训。宣传的思想虽然和佛经不一样，用故事来打比方进行说教的构思却是一致的。这种风气流行开来，便造成了印度故事浓厚的哲理性，表现出一种特殊风格。但有其明显缺陷，说教太多，叙述就有些臃肿拖沓。而且这些说教往往是抓住一点借题发挥，并不符合民间故事原作精神实质，甚至有牵强附会的情况。中国民间故事的特点就不同了。它们都是直接由劳动者来讲述的故事，生活气息较为浓厚，而没有那么重的说教气味；讲述者完全站在故事中开始受骗上当，最后机智脱险的猴子这一边，把自己的爱爱仇仇融化在猴子这个角色身上。于是在结尾中，或痛快淋漓地斥责嘲讽乌龟的恶劣愚蠢言行，如陕西故事以一段顺口溜收束："鳖老庚你快回朝，我在岸上啃毛桃。不义之人不可交，哪有猴心挂柳梢。"或对情节加以发展，给予坏人坏事以更严厉惩罚。在《乌龟和梅花鹿》中，人们就不满足于由梅花鹿痛斥乌龟的忘恩负义，以怨报德，最后还让梅花鹿将它推下山来，把坚硬的龟壳也摔碎了，从此留下一个永远磨灭不掉的耻辱印记，使世人引为警戒。这些故事由于被中国劳动人民的生活和思想感情所浸透，其风格就显得刚健清新多了。

蒙古族、藏族的《乌龟和猴子》

蒙古族的故事，我见到的一篇是《乌龟和猴子》①；藏族的同型故事，我见到三篇，它们是《猴子和乌龟》、《猴子和青蛙》、《乌龟和猴子》②。蒙古族和藏族的这几篇故事形态很相似，我们便把它们放在一起加以评述。

印度的乌龟吃猴心故事，传入西藏藏族地区，曾汇入《格言注解故事集》中，以书面和口头形式广泛流传于民间③，所以它演变成多种异文。耿予方译的《猴子和乌龟》，内容上还保留了乌龟的妻子出于猜忌，要丈夫取

---

① 《蒙古族民间故事集》，上海文艺出版社 1962 年版。

② 分别见《藏族民间故事》（资料本）第 1 集，中央民族学院 1959 年编印；《中国动物故事集》，上海文艺出版社 1978 年版；《民间文学》1959 年第 5 期。

③ 《中国少数民族文学》（上册），湖南人民出版社 1983 年版，第 413 页。

猴心给自己治心病的情节，最接近于它的原型，变异较少。另外两篇藏族故事和蒙古族故事则以富有民族文化特色的变异，引起了我们浓厚的研究兴趣。有些变异和汉族故事是一致的，如生活细节民族化了，丢掉了关于乌龟妻子的节外生枝，削弱了说教意味等，而最大的变化是获得了一种诙谐幽默的情趣。

猴子用计脱险后，并没有马上逃离仇敌，却给乌龟或青蛙开了一个小小的玩笑施行报复：青蛙驮了猴子上岸。到了山里，猴子爬上大树，向青蛙说："朋友，你把嘴张开，我把心抛下来。"青蛙听了张开大嘴等候。猴子却从树上撒下几粒臭粪，掉到青蛙嘴里，接着哈哈笑道："青蛙！青蛙！你要猴心，就吃猴粪！"

这样的叙述描写见于三篇故事之中。可见是深受人们喜爱的穿插。

有一篇藏族故事不这样讲，说猴子上树后对着在树下等吃猴心的乌龟唱起歌来："我马虎交了朋友，它的心眼真恶毒。要不是我的智慧啊，早已吃了大苦头！"乌龟听了心里明白，只好灰溜溜地走开了。以轻松愉快、旁敲侧击的方式嘲讽邪恶，别具一格。

这四篇故事中，有两篇并不止于猴子用计脱险，还在猴子和乌龟之间增添了一个回合的斗争：乌龟不甘心失败，爬上岸来躲在山洼里想伺机弄死猴子，猴子再施巧计，对着山洼唱："山洼，山洼，我猴子在你的怀抱里安家；如果没有藏着坏蛋乌龟，请你长长地说声'啊'!"乌龟听了，为了表示自己不在这里，长长地喊了一声"啊"，阴谋立刻败露。猴子以自己的聪明把愚蠢的坏蛋乌龟又戏耍了一番。这种斗争方式也是诙谐幽默、使人开心的。

以上几处变异，都是在其他民族的故事中所未曾见过，而属于蒙古族、藏族的猴子乌龟故事所特有的。在印度、阿拉伯故事里，猴子是一个饱经世故、善于思辨的哲学家的形象，故事富于哲理性。汉族故事里的猴子或梅花鹿，被塑造成既智慧又勇武的形象，除疾言厉色痛斥乌龟邪恶行径之外，还给予它重重的打击以泄恨。蒙古族和藏族故事里的猴子，却以开玩笑的方式来嘲笑坏蛋的愚蠢卑劣，在诙谐幽默的言行中隐藏着机智，故事里洋溢着喜剧性。它们实际上是机智人物故事的一种特殊类型；其中的猴子，已被赋予藏族阿古顿巴、蒙古族巴拉根仓这类群众所喜爱的机智人物的性格特征，焕发出新的艺术光彩。这种变异，主要是由于将本民族的口头文学传统渗透进外来故事之中的结果。在藏族动物故事中，有一种喜剧化的普遍倾向，不独猴子乌龟故事如此。那么，在汉族中间，不也流行着许多机智人物故事吗？为什么没有发生这样的演变呢？我想，这大概同汉族的动物故事不太发达，而人们又爱用各种故事进行道德教化有关吧。艺术风格问题较为复杂，同一故事却在流传过程中染上不同风格，对这种现象加以探讨是十分有意义的。

朝鲜族的《兔子和乌龟》

朝鲜族“故事篓子”金德顺老大娘口述的《兔子和乌龟》及有关资料，在我们面前开辟了又一个新的天地。

福建汉族的《海母丞相》、朝鲜族的《兔子和乌龟》、日本的《猴子的鲜肝》，从故事形态来判断，属于同一型式。汉族、蒙古族、藏族的故事，主要背景在山地，着重表现猴子，我们可以称为“山地型”；这三篇故事主要背景在海洋，着重表现水族生活，可以叫作“海洋型”。它们共同渊源于印度故事是没有疑问的，至于它们彼此之间的交流影响关系，就难以确切说明了。也许是印度故事在中国东南沿海地区演变为“海洋型”传到日本，或者是印度故事经朝鲜传入日本发生演变，再传到我国东南沿海一带。其中以朝鲜族故事最有代表性，其变异性最有研究价值。

它讲的是南海龙王得了重病，要吃活兔子的肝才能治好，龟丞相便自告奋勇去取兔肝，以享受荣华富贵的甜言蜜语将兔子骗进龙宫。临到剖腹取肝时，兔子说：“我的心肝是包治百病的良药，所以，山中的百兽，世上的人们，都时时想弄到它。因为这缘故，我平时从不轻易把肝带在身上，而是把它藏在山洞里别人找不到的地方。”兔子用计脱了险，乌龟却不敢回龙宫了，“因为，没有带回活兔子的肝，龙王是不会饶恕它的”。从此它只好到岸上生活，憋不住的时候才到水里待一会儿。

我们说它是“海洋型”，以水府作为主要背景，是就其外表而言。这一变化的实质在于它构造了一个影射人间封建社会秩序的水下朝廷。乌龟的平民身份改变了，在这个朝廷中扮演着不惜坑害百姓以效忠于最高统治者的帮凶角色。龙王手下有文臣武将、虾兵蟹卒，害了重病便传“圣旨”：

“谁要能治好我的病，一定给它升官重赏。”为了表示自己的忠诚，“龟丞相”便站出来设法诱骗兔子，想用它的心肝来换取自己的荣华富贵。猴子和乌龟的矛盾就不再是地位平等，只是品德各异的朋友之间的纠葛，而是压迫者与被压迫者之间的阶级斗争的反映了。《海母丞相》除将乌龟换成海母之外，内容与此完全一致。日本的《猴子的鲜肝》还加了一个生动的插曲：猴子被骗到龙宫，起初还蒙在鼓里，后来龙王手下的章鱼和刺河豚出于同情心，悄悄地把这个阴谋透露给猴子，猴子逃脱险境，章鱼和刺河豚却因此受到了龙王爷的责罚被打得变了形：章鱼的骨头被打出去了，刺河豚的刺也被从里头打到了外头。口头文学家借这篇动物故事，对封建社会的阶级关系作了生动的反映。其社会生活内容变得更为丰富广阔，主题也得到了深化，把批判的锋芒进一步指向了最高封建统治者。这一变异，就有了质的飞跃。

上述变异，是在封建社会里两种文化斗争的背景上来实现的。《兔子和乌龟》故事的整理者裴永镇告诉我们：

> （它）在朝鲜群众中流传很广，有文人们根据民间故事记录、改写的《狡兔传》、《兔生员传》、《鳖主簿传》、《兔鳖传》等多种书面本子。根据这些文字查考，这一故事最迟在十六世纪前就已经流传了。在这些书面本子中，大都把乌龟当作忠臣的形象加以歌颂，把兔子当作狡猾奸诈的典型加以鞭挞，结局都是苍天有感于乌龟的忠诚，给它降下一块兔子肝，使龙王得以病愈。而金德顺讲述这篇故事时，则把兔子作为聪明智慧的形象加以歌颂，把乌龟作为愚蠢的典型加以讽刺，并着力鞭挞了南海龙王的自私和残暴，较好地反映了广大劳动人民的意愿。①

他还告诉人们，金行顺曾一针见血地指出，《狡兔传》使乌龟终成忠臣的结局“是文人们故意改的，是替‘两班’贵族说话”，所以她改变了故事的结尾，使干坏事的乌龟没有得到好下场②。

封建统治阶级为了宣扬封建道德，维护自己的统治地位，不惜改变民

① 《朝鲜族民间故事讲述家金德顺故事集·整理附记》，第 398 页。

② 《民间文学论集》，第 172 页。

间创作原来的情节结构，把善恶美丑加以颠倒。劳动人民故事家则站在被压迫者的立场，把颠倒了的地方又颠倒过来。阶级社会里流行的民间故事，常因被不同阶级的人们所利用而起变异，染上阶级色彩。劳动人民在传述故事时，不但常把自己丰富的生活经验渗透进去，而且常把自己鲜明的阶级意识反映进去，在传播前人或外来故事时，或多或少地要加入一些新的创作成分。

从故事到小说

这个故事以汉译佛经为渠道传入中国后，曾被唐代作家张读改写成一篇讽刺小说《求人心遇猴僧》，收入《宣室志》①。内容梗概为：会稽富翁杨叟，因病卧床不起。医生诊断结果是心病，“盖以财产既多，其心为利所运，故心已离去其身。非食生人心，不可以补之”。其子宗素至孝，四处求取人心。后礼佛至山中遇一胡僧，胡僧以投身饲虎的佛家为榜样进行修炼。宗素便提出：“今师能弃身于豺虎，以救其馁，岂若舍命于人以惠其生乎?”胡僧许诺，求一饱而后献身。可是吃饱后却纵身跃上高树，并引《金刚经》作答：“过去心不可得，现在心不可得，未来心不可得。檀越若要取吾心，亦不可得矣。”结果是“跳跃大呼，化为一猿而去。宗素惊异，惶骇而归”。这篇作品开头点明时间背景为“乾元初”，即公元758年前后，这时距佛经中的猴子乌龟故事被传入中国已有四百多年之久了。鲁迅在《中国小说史略》里指出：“魏晋以来，渐译释典，天竺故事亦流传世间，文人有意无意中用之，遂蜕化为国有。”我断定张读的这篇小说，就是从印度的虬龙或鳖取猴心的佛经故事里演化出来的。它自然不属于民间口头文学的变异现象，但从比较中探究作家如何利用和改造民间故事素材，却也是极有意义的事。

小说以求取猴心治病作为核心情节展开，以志怪的形式，对唐代封建社会的人情世态作了深刻讽刺。资产“甲于郡中”的富翁利欲熏心，心力耗尽，得了绝症，这是对富家豪门的鞭挞；“以孝行称于里人”的那位孝子，却行为残忍，要把出家修行的僧人的心肝取来给家人治病，这是对封建孝道的讽刺；那位口称效法佛祖进行修炼，愿舍身济众的僧人，将一顿

① （唐）张读《宣室志》卷8。

饭骗进肚后，立刻逃之夭夭，这是对佛家的嘲弄。原故事只是对求心者取讽刺态度，小说把它写成一幕闹剧，对有关角色均加以揶揄嘲讽，借以针砭时弊。较之佛经故事，其所反映的社会生活内容更为厚实，主题也更具新意了。

小说在原故事的基础上，设计了更为精巧的情节结构。将原来的动物角色换成人，相应地以生动笔墨描绘人情世态，即为其特点之一。同是求心的情节，民间故事里有的是为了给妻子治病，有的是为了给龙王治病，但不及小说写得这样委婉细致而具有讽刺意味。

尤为高明的是，对猴僧的描写，亦物亦人，虚虚实实。出场时他俨然为一胡僧，然不盘膝打坐，却“踞于磐石上”；宗素问所从来，他答，“吾本是袁氏，祖居巴山”，其族人孙氏能在市肆间作戏，“使人获利”，暗示自己属于猿猴家族；饭后整衣出龛，“忽跃上一高树”，使宗素惊讶不已；在讥讽求心者一番之后，才显现原形，化为一猿而走。随着故事情节起伏跌宕的发展，逐步揭开人物身上神奇的面纱，现出本来面目。这就比将猴子直接作为动物形象来描写更有奇趣，而且便于让它插足人类社会，借这个故事来触及当时的社会现实。

由此我们看出民间文学和作家文学之间的深刻联系：民间文学常以其新奇脱俗的形象和意境有力地吸引着作家，而优秀作家又以其艺术才能丰富和提高了民间文学的思想艺术境界，借民间文学素材表现出个人的独特风格。

将表现同一素材的民间文学和作家文学作比较，是揭示民间文学和作家文学各自不同特质及其联系的重要方法之一。

随着我国各族民间文学遗产的大量发掘，加强研究已是刻不容缓的事了。我们应大力倡导对我国各族民间文学进行多侧面的、系统的比较研究，并在此基础上，形成中国的比较民间文艺学、比较神话学、比较传说学、比较故事学、比较歌谣学等。

目前流行的比较文学概念，是指国与国之间的文学的比较，其重要意义自不待言。以我国的实际情况而论，就民族与民族之间的民间文学进行比较研究，同样是大有可为、意义深远的一项事业。

中印故事比较的奇趣

——《鹦鹉故事在东西方的流传》序①

作为世界民间故事巨大蓄水池的印度，它所拥有的丰富而优美的寓言、童话等民间故事走遍了全世界。鲁迅下面这段话是我们所熟知的："尝闻天竺寓言之富，如大林深泉，他国艺文，往往蒙其影响。即翻为华言之佛经中，亦随在可见。"② 印度几部著名故事书，如《佛本生故事》、《五卷书》、《故事海》、《僵尸鬼故事》，均已先后译成中文出版；在季羡林等前辈学人的大力倡导下，对印度故事、印度文学的研究工作也获得了可喜成果。而著名的《鹦鹉故事70则》我们却一直无缘得见。现在就读于北京大学东方文化专业的潘珊将这部故事书从英文版转译成中文，并撰写出一篇洋洋大观的学位论文《鹦鹉故事在东西方的流传》，即将列入"东方文化集成"丛书之内付梓印行，我作为故事学园圃中的一名老园丁，喜悦之情不禁油然而生，特地写下这篇小序予以推荐。

季羡林先生主编的《印度古代文学史》（北京大学出版社1991年）曾对《鹦鹉故事70则》作过简略评介：它的成书年代难以确定，于14世纪译成波斯语，后又转译成土耳其语。由此，这部故事集便流传于西亚和欧洲。在鹦鹉讲述的故事中，约有一半是关于男女之间的偷情以及他们如何使用狡诈的手段来遮人耳目和摆脱窘境，还有一半则是与诡计和智慧有关的盗贼故事、妓女故事、断案故事和破谜故事等。潘珊的论文以10余万字的篇幅，对这部著名故事集从多角度作了全面而周详的评述，既有编撰成册之历史渊源的梳理，也有文本的细读与诠释；虽题为"流传研究"，却并不满足于陈述这部故事书的转译与传播过程，而重在借鉴历史地理学派方法进行影响研究，将流传于不同历史地理背景之上、以不同语言文字转述的同类型故事的情节细节异同之处作精细比较，以探求这部故事书的世界影响与艺术特色。我们从论文中就相关故事文本情节或母题整理的一系列比较

---

① 原载《中国比较文学》2014年第1期。

② 鲁迅：《〈痴华鬘〉题记》，《鲁迅全集》第七卷，人民文学出版社1980年版。

对照表，即可看出作者严谨的学风。季羡林先生在《比较文学与民间文学》一书中大力倡导“实打实”的学风，他说：“我羡慕天马行空；但是我更赞赏在地上脚踏实地走路的人。搜集一点这样实打实的表现相互影响的资料，十分不简单。有时候简直是可遇不可求，真好像是‘踏破铁鞋无觅处’，下联是‘得来全不费工夫’。”① 潘珊对印度鹦鹉故事的翻译和研究，我以为就具有季老所倡导的这种“实打实”的特色，值得称道。

论文中有关《鹦鹉故事》本体及其流传影响的精彩评说颇多，无需笔者赘述。下面我想从自己深感兴趣的“中印故事比较”这个题目上多说几句话。

我赞同学者将印度故事书大体区分为寓言故事和世俗故事两大块的说法。《五卷书》属于富含哲理性的寓言故事，《鹦鹉故事》则以富含民众日常生活情趣，显现出世俗故事的鲜明特色。其中有多篇故事可以在中国找到形态近似的姐妹篇，作者采用比较文学中影响研究的方法，考察出这是以多种语文转译之文本广泛流传，再进入口头文学领域被人津津乐道所造成的。作者的叙说推断令人信服。可是还有一些在中国、印度口传故事中相类似的篇目，却是难以用同出一源的影响研究来破解的谜团，如《鹦鹉故事》第 29 则《孙陀利与恶鬼》：

> 在悉乎罗村住着商人巨财，他的妻子名叫孙陀利，孙陀利有个情夫叫摩诃那，他常去情人家欢爱。一次当孙陀利在干这勾当时，丈夫碰巧回家了。现在，她该怎么办呢？
>
> 答案是：她一看到丈夫进来，就请情人爬进墙上的吊床，赤身裸体。她自己则披头散发地从屋里出来，离得老远就大喊道：“有个赤身裸体的恶魔正坐在我们屋里的吊床上！赶快叫人来驱鬼吧！”
>
> 趁着巨财去找人驱鬼的当儿，孙陀利手里举了根火把，放她的情人逃走了。

令人称奇的是，在中国先秦时期成书的《韩非子》中，也载有一篇与荡妇驱鬼来化解偷情困窘、情节惊人相似的小故事《李季浴矢》：

> 燕人李季好远出，其妻私有通于士。季突至，士在内中，妻患之，其室妇曰：“令公子裸而解发直出门，吾属佯不知也。”于是公子从其

① 季羡林：《比较文学与民间文学》，北京大学出版社 1991 年版。

计，疾走出门。季曰："是何人也？"家室皆曰："无有。"季曰："吾见鬼乎？"夫人曰："然。""为之奈何？"曰："以五牲之矢（屎）浴之。"季曰："诺。"乃浴之矢。①

印度故事中荡妇偷情，丈夫突归，情人被堵在房中。在此突发情境中，妻子急中生智，让情人扮成赤身裸体的恶魔形象，女主人公则以受惊吓的姿态找人来驱鬼，放她的情夫逃走，一场风波就此轻易化解。想不到在公元前 2 世纪的中国古代，也有这样的戏剧性故事被人们口头传述，同样是以偷情荡妇家中遇鬼的谎言让那位野男人平安脱身，还害得她丈夫按照当时流行的驱鬼祛邪习俗，用污秽的牲畜屎尿来洗浴身子，留下一个大笑柄，故事结局更为滑稽可笑。公元前 2 世纪的中、印之间，无疑不可能有口头与书面故事交流的线索，故事中从荡妇偷情陷入困境，到女主人公急中生智、以驱鬼来掩人耳目化解危机的趣说，只能用不谋而合的文化平行类同之说来解释，这就是比较文学中平行研究方法之体现了。

《鹦鹉故事》中的 70 则故事均由聪明的鹦鹉以对答的方式向女主人公讲述，散文体的情节叙说较为粗略简约，可是大多有可供咏诵的诗体偈颂穿插其间，构成生动活泼的体式。最为引人注目的是，全书大约有半数是讲述淫荡女性的机智故事。第 44 则故事中就讲："对那些想要财富、名誉和幸福的人来说，最好的方法就是机智。没有智慧的人，只能遭受痛苦。"崇尚机智，以机智来战胜强敌，化解危难，创造奇迹，这本是包括中国、印度在内的各国民间故事的普通主题。中国在 20 世纪80 年代，对机智人物故事的评说研究曾盛行一时，汉族的徐文长、谎张三，维吾尔族的阿凡提，藏族的阿克登巴，蒙古族的巴拉根仓，布依族的甲金，傣族的艾西、艾苏两兄弟，纳西族的阿一旦等，就是其中的杰出代表。而这类机智人物多为男性，故事的主题是向社会上有权有势的邪恶势力抗争，主持正义，扶持贫弱，含有鲜明的反抗阶级压迫的社会倾向性。而印度的《鹦鹉故事》主题却是称道荡妇的机智言行，其文化内涵之奥秘就耐人深思索解了。

中国民间文学中其实也不乏这类作品，如受人称道的明代咏私情的民歌中就有这样的句子：

① 刘守华：《中国民间故事史》，商务印书馆 2012 年版。

人人说我与你结私情，寻场相骂洗身清，你便拔出子拳头只说打，我便手指子吴山骂洞庭。

送郎出去并肩行，娘房前灯火亮瞪瞪。解开袄子遮郎过，两人并作了一人行。

结识子私情雪里来，屋边头个脚迹有人猜，三哥铜钱买双草鞋我个情哥郎颠倒着，只猜去子弗猜来。

这是明代著名通俗文学家冯梦龙所辑录的《山歌》中几首受人称道的咏私情民歌，为掩人耳目，女主人公或假扮彼此打骂交恶，或倒穿草鞋行走掩盖足迹，或用一件袄子遮裹住两人进出家门等，它们以女主人公自白的口吻唱出，对情爱的渴求和在家人眼皮底下随机应变的机智栩栩如生。只是由于这里的女主人公大体均为未婚少女，人们对其结私情便持同情宽容心态，不以“淫荡妇人”视之。至于《鹦鹉故事》，则在叙说中点明女主人公的“淫荡”身份，有些篇目还将女主人公追求婚外男女欢爱的意愿直言不讳地道出：“只有当我和那个男人在丈夫眼皮底下欢爱时，我的出生、生命和青春才会得到满足。”这样，对于故事中的女主人公形象的光彩便不能不有所贬损了。潘珊在论文中特地指出：“在鹦鹉所讲的故事中，通奸的男女总是凭借各自的机智巧妙地逃脱了刑罚，对通奸者这样的处理方式，可能也暗中传达出这位耆那教编撰者对通奸的态度，他不像婆罗门教徒那样，认为通奸由于扰乱了种姓制度而十恶不赦。”“因而编者对故事中通奸者的态度是宽容的，甚至对女性通奸者的机智还颇为欣赏。”而在儒家文化占据主导地位的中国社会，对婚外男女情爱却一直采取严厉排斥态度，即使民间流行的“荤故事”有所涉及，也难登大雅之堂。

放纵婚外男女欢爱，本为文明社会的道德伦理所不容，印度《鹦鹉故事》内容上的消极性和局限性是显而易见的。而其中女性的机智不但带来了这些生活小故事的逗人趣味，就那些急中生智、随机应变的智慧本身而言，它同样也是人类文化园圃中的灿烂花朵。其中有不少妙招，完全可以归入中国著名的“三十六计”之中，可在广泛的社会生活领域中发挥克敌制难、化险为夷的积极作用。如《鹦鹉故事》第 37 则《狮与兔》的开头讲：“要是您高兴就去享乐吧，好主人；要是您有兔子的机智，在需要时来帮你的话。”这里提到的是一个小兔子用计谋杀死强敌狮子的故事，它编选在印度的多种故事书中，传入中国后蜕变为西南、西北地区多个少数民族地区盛传的一个动物故事，以激励弱者用丰富智慧战胜强敌的勇气与信心，而《鹦鹉故事》也将它献给女主人公用以实现自己的享乐人生。可见这些故事的智慧之光不应被编撰者附会为荡妇谋略而遭抹杀。

从故事形态学来考察，《鹦鹉故事》的每一则均可以归属于某一故事类型。美国堂者斯蒂·汤普森《世界民间故事分类学》一书对此作了颇具权威性的解说："一个类型（type）是一个独立存在的传统故事，可以把它作为完整的叙事作品来讲述，其意义不依赖于其他的任何故事。当然它也可能偶然地与另一个故事合在一起讲。但它能够单独出现这个事实，是它的独立性的证明。组成它的可以仅仅是一个母题，也可是多个母题（一系列顺序和组合相对固定的母题）。"① 鹦鹉故事可以把"兔杀狮"所含机智作为荡妇巧妙生存的谋略之一，而它作为可独立存在的故事类型所蕴含的"弱者用智慧打败强敌"的宝贵精神内核却不应因此被否定，其理由正如不能将孩子和洗澡水一起泼掉一样。

出于人类本性的男欢女爱，其间不仅有强烈的情感激荡，也有智慧的闪光，故口头文学中的此类故事常被世人津津乐道。印度《鹦鹉故事》的特殊文化价值与美丽就在这里。

最后我还想说一说，从 21 世纪初开始，中国正强劲实施非物质文化遗产保护的文化工程，民间故事和其他民族民间传统文化事项在这一宏大文化工程中深受青睐，大放异彩。对中国、印度古代和现代民间文化的深入开掘和研究评说，必将使东方文化之花开放得更加璀璨夺目！

附录 （故事三则）

佛说鳖猕猴经

（白话译文）

很多年前，有一只猕猴生活在大森林中，饥食美果，渴饮泉水，十分

① ［美］斯蒂·汤普森：《世界民间故事分类学》，郑海等译，上海文艺出版社 1991 年版。

自由自在。森林旁边有一个湖泊，里面有许多鳖。有一天，一只鳖爬上岸，在岩石上晒太阳。它看见猕猴快活地从一棵树上跳到另一棵树上，极为羡慕。于是，它招呼猕猴，和它聊天。猕猴谈了许多鳖闻所未闻的故事，鳖也讲了一些水族群生活的情况，一来一往，两个就交上了朋友。

鳖的妻子嫉妒心非常厉害，它见自己的丈夫经常早出晚归，便怀疑它在外面有了相好。有一天，鳖又要出门，它妻子就问道："我看你成天往外跑，干什么去了？是不是在外面拈花惹草？"鳖说："你想到哪里去了！最近我和一只猕猴交上了朋友。这只猴子很聪明，知道的事情特别多。我们经常在一起讨论问题，交流想法。不知不觉地时间就过去了，所以每次回家都很晚。"它妻子起先并不相信，后来才知道鳖的确天天和猕猴在一起。可鳖妻子心里想："这个猴子，引得我丈夫天天不回家，让我独守空房。我要能想出什么办法杀死猕猴，我丈夫就不会天天想着往外跑了。"

于是，鳖妻子开始装病，躺在床上哼哼哈哈。这下，鳖着急了，它请来医生，又四处张罗找药。可是医生来了一次又一次，药吃了一帖又一帖，它妻子的病还是没有好。它妻子看着丈夫焦急的样子，心里暗暗得意，便对鳖说："你不要白辛苦了，你找的药都治不了我的病。我的病我自己清楚，只有吃了与你交好的那只猴子的肝才会好。"鳖连忙说："这可不行！猴子是我的好朋友，我们说过要同生死，共患难，怎好拿它的肝来为你治病呢？"它妻子一听就火了："人家都说夫妻一体，同命相依。你倒好，不向着自己的妻子，反而向着猴子，哪有这样的道理？"说完又是哭，又是闹。鳖被逼无奈，只好答应去同猕猴商量商量。

鳖来到猕猴家，猕猴很高兴，因为好多天没有见到鳖了，连忙拿出一些吃的来招待。鳖说："猴哥，你别忙。我多次到您家来，您都拿出很多好吃好喝的，我心里过意不去。这样吧，您是否屈尊到我家去一趟，让我有机会招待您一次？"猕猴说："朋友之间就不必那么客套了。再说，我生活在陆地，您生活在水中，我不会水，又怎么去呢？"鳖说："那没关系，只要您愿意，我可以背您。"猕猴便高兴地答应了。

鳖把猕猴背到了水中央，对猕猴说："猴哥，我们是朋友，朋友贵乎诚。今天有件事，我还是和你讲清楚为好。请您去我家，不是为了别的，我妻子有病在床，生命垂危，它说吃了您的肝，病才会好。所以我想请您帮帮忙。”猕猴听了吃了一惊，心想：“把肝掏去，还能活命吗？真是人心叵测啊！我和它交往这么久了，还发过誓，同生共死，没想到它竟然要害死我。”怎么办呢？已到了水中央，自己又不会水，逃是逃不掉的。猕猴想了想，心生一计。它不动声色地对鳖说：“我当是什么事呢？嫂子有病，我应该帮助。可您为什么不早跟我说呢？今天早晨我把肝挂在了树上，临走时一高兴，就忘了拿下来。得让您再辛苦一下，快把我驮回去，把肝取下来，好给嫂子治病。”

鳖只好驮着猕猴往回游。到了岸边，猕猴一下子从鳖背上蹦下来，跳到树上。它为自己脱离了危险而高兴得直翻筋斗。鳖伸长了脖子，在树底下眼巴巴地等着，见猕猴在树上一个劲地跳来跳去，就催促道：“猴哥，时间不早了，您取下肝，我们赶紧走吧!”

猕猴听完鳖的话，一手抓着树枝，一手指着鳖的鼻子骂道：“你是个笨蛋！也是个混蛋！天下哪有把肝挂在树上的？又有几个像你这样，当面说要共患难，同生死，背地里在算计着如何谋害朋友性命的？从今以后，我和你一刀两断！你快给我滚!”

鳖挨了猕猴的一顿臭骂，觉得非常惭愧。一缩脖子，滚到了水中。

（原载陈麟辉主编《佛经故事选》，上海社会科学院出版社 1993 年版。）

猴子和鳖打老庚

（陕西，汉族）

一只猴子下河洗澡，遇到一个大鳖在石头上晒盖。相互攀谈起来，它俩原是同年同月同日生，便打了老庚。从此，每天在河边相会，很是亲热。

过了些时候，猴子便邀请鳖到它家去玩，鳖去了，猴子住在岩洞里，没有别的东西招待它，摆了一席毛桃、花生、苞谷、黄豆之类的土特产。鳖玩了两天就要走。猴子说：“轻易不来，再玩几天。”鳖说：“不玩了，我得回去准备一下，也请你到我那儿玩几天。”猴子说：“你在水里住，我咋得去？”鳖说：“我背你去。跟我一路，水里和岸上是一样的。明天早上，你在河边等一会儿，我就来接你。”

第二天清早，猴子走到河边上等了一会儿，果然鳖从水里爬出来，把猴子背到水底一个大石洞里，鳖摆了一席鱼虾之类的美味食物，猴子自然很高兴。

它们吃罢饭，鳖突然提出要和猴子商量个重要事情。猴子说："老兄有何要事，尽管提出来。"鳖说："昨天晚上龙王给我捎信来，说他得了个心慌病，要一颗猴心做药引子，他知道我和你是老庚，所以托我向你要。我相信老兄一定能给为弟办到的。"

猴子听鳖说出这样的话，顿时心里不自在。想了想，说："既是老兄拿我的心敬献龙王，为弟怎能推脱。不过，我早上在河坝里练跟头，怕把心抖坏了，就取出来挂在柳树梢上……"不等猴子话落点，鳖就变了脸色："那，龙王派人来取东西，我无法交待，你也走不脱！"猴子接着说道："老兄不用着急，咱们现在就去取，烦你再把我背到河边。"

鳖一心想得到猴心，马上背起猴子往上爬，刚爬到河边，猴子一个跟头翻上岸，眨眼工夫又攀上了大柳树。鳖原以为猴子上树给它取猴心，仔细一看，柳树上啥都没有，只有猴子在上面高声叫道：

鳖老庚你快回潮，
我在岸上啃毛桃。
不义之人不可交，
哪有猴心挂柳梢？

（唐德坤讲述，李发林搜集整理。
原载《安康民间故事》，陕西安康地区群众艺术馆 1983 年编印。）

乌龟和猴子

（四川，藏族）

乌龟和猴子很要好。它们整天在草原上晒太阳，说笑话。要不，就一起到猴子住的森林里去玩。猴子还经常爬上树去，摘各种各样美味的果子，给它的朋友吃哩。

可是乌龟却有个打算：想吃猴子的心。有一天，乌龟对猴子说："朋友，我常上你这儿来吃、喝、玩，今天你到我家里去好不好？"

猴子说自己很愿意去，可是下不了海。

乌龟说："不要紧，我可以背你去。"

于是它们便一个背一个地下海去了。进到海里，乌龟却装出可怜而又痛苦的样子说："亲爱的猴子朋友，我有个儿子病得快要死了。医生说，只有猴子的心才可以治好它的病。那么，你是不是能把心割下一点呢？"

猴子听后，知道自己受了骗。但它很灵巧，立即想出个主意，哄乌龟说："是这么回事，可以倒可以！但是今天太不凑巧！刚才来得慌忙，把心忘在家里了。你到我的家里去拿来吧！"

于是，乌龟仍然把猴子背上海岸，并且一直背到猴子住的树下。猴子说："我上去拿，你在树下接吧。"乌龟连声说好。不料猴子爬上树后，却在树上唱起歌来：

我马虎交了个朋友，它的心眼真恶毒。

要不是我的智慧啊，早已吃了大苦头。

乌龟在树下听见，知道自己的计策被猴子识破了。可是又不会爬树，抓不到它，只好忍着气回去。

第二天，乌龟又想出一个办法：到猴子常去睡觉晒太阳的山沟里藏着，想在猴子睡觉的时候杀它。

猴子来了，可是这回却提高了警惕。它站在山顶大声地唱着：

山洼，山洼，我猴子在你的怀抱里安家。

如果没有藏着坏蛋乌龟，请你长长地说声"啊"！

乌龟听了，为了表示自己不在这儿，就长长地喊了一声："啊——！"

猴子笑了笑，说："这儿有乌龟，我到别处去了！"

（陈拓记译，原载《民间文学》1959 年第 5 期。）

中国与阿拉伯民间故事比较

提　　要

《一千零一夜》是一部著名的阿拉伯故事集，在中国又译作《天方夜谭》；《卡里来和笛木乃》是印度《五卷书》的阿拉伯文本，这个阿拉伯文本不是直译，而是改编，所以人们也把它看作一部古代阿拉伯故事集。本专题的两篇文章即围绕这两部故事书将中国和阿拉伯地区的民间故事作了初步比较。

《〈一千零一夜〉与中国民间故事》，就若干实例提出了自唐以来在中国和阿拉伯地区之间存在双向交流的论断，其中藏族的《阿力巴巴的故事》同阿拉伯的《阿里巴巴和四十大盗》，唐人传奇中的《苏遏》同阿拉伯的《商人阿里·密斯里》这两个类型之间的联系尤其隐含着丰富的文化信息，耐人寻味。

《〈卡里来和笛木乃〉与新疆各族民间故事》，探寻这部“走遍全世界”的故事集对我国新疆民间故事主要是动物故事的影响。季羡林先生在《新疆与比较文学的研究》一文中告诉我们：“在古代很长的时间内，新疆是东西各国文化交流的枢纽，许多国家的文化，包括世界上几个文化发源地的文化，都在这里汇流，有名的‘丝绸之路’就是通过新疆。”“今天在新疆许多民族中流传的民间故事，比如阿凡提的故事等等，也同样是进行比较文学研究的好材料。”（见《比较文学与民间文学》文集）

80 年代初期写作这两篇文章时，笔者深感搜求资料之难。现在全国和新疆地区的故事资料及相关学科研究成果日渐增多，将吸引学人对本课题作更深入的研讨。

《一千零一夜》与中国民间故事[①]

《一千零一夜》[②] 是我国人民十分熟悉和喜爱的一部阿拉伯民间故事集。近年来，一些热爱民间口头文学的青年同志时常问我，为什么《一千零一夜》中的故事，有的同我国穷乡僻壤流传的传统民间故事那么相似，怎样理解故事流传中这种奇特现象，本文试就这个问题提出一些线索作初步探讨。

双向交流的生动实例

《一千零一夜》中和中国民间故事相类似的作品，根据前辈学者指出和我自己发现的，已有十来例。如：

1.《乌木马的故事》与《维吾尔族民间故事选》中的《木马》；

2.《阿里巴巴和四十大盗》与藏族的《阿力巴巴》[③]；

3.《渔翁的故事》与《苗族民间故事选》中的《猎人老当》；

4.《辛伯达第一次航海旅行》与《太平广记》中记叙“以大鱼或巨龟为洲”的《东海人》、《行海人》等[④]；

5.《辛伯达第二次航海旅行》与《太平广记》中载有“鸟衔宝出”等

---

① 本文原载《外国文学研究》1981年第4期，1984年收入张隆溪、温儒敏编选、北京大学出版社出版的《比较文学论文集》，1990年收入智量主编、上海文艺出版社出版的《比较文学三百题》，1992年收入李达三和刘介民主编、台湾学生书局印行的《中外比较文学研究》第二册。本篇因篇幅较长，原分三节刊出，此次以《外国文学研究》刊出的为主体，适当补充了另外两节的内容（原刊于淮阴师专编印的《活页文史丛刊》174号及《湘潭大学学报》1982年增刊），拟了小标题。《比较文学论文集》的编者张隆溪、温儒敏在序言中指出，本文举出《一千零一夜》与中国民间故事“情节结构上有惊人类似的作品11例，然后从民俗学渊源学等角度对导致类同的种种复杂原因作出解释，同时指出形态相似的故事同中有异，各有特色，这是由各自不同社会条件和文化背景所决定的”。

② 本文据纳训译，人民文学出版社1959年出版的三卷本《一千零一夜》引述。另一种分为六卷的《一千零一夜》全译本于1984年由人民出版社出版。

③ 中央民族学院1959年编印的资料本《藏族民间故事》第2集。

④ 钱锺书：《管锥编》读《太平广记》札记之201。

异域见闻的《梁四公》[1]；

6.《巴索拉银匠哈桑的故事》与中国的《牛郎织女》和各种形式的天鹅处女故事[2]；

7.《商人阿里·密斯里的故事》与唐人传奇中的《苏遏》[3]；

8.《白侯图的故事》与中国的机智人物故事[4]；

9.《嫉妒者与被嫉妒者的故事》与《白族民间故事传说集》中的《两老友》[5]；

10.《白第鲁·巴西睦太子和赵赫兰公主的故事》与唐人传奇中的《板桥三娘子》[6]；

11.《第二个僧人的故事》与藏族《说不完的故事·引子》[7]。

这十一例在情节结构上的彼此类似均较明显。它们之间究竟存在着怎样的联系呢？1933年，郑振铎先生曾译出英国民俗学家柯克士所著《民俗学浅说》一书，该书结尾对各国故事所以存在“异常的惊人的类似”这一现象给予解说道：

> 是否一个国家从别的国家借了它的故事来呢？是否一切的故事皆从一个中心发出而传播之于四方呢？它们是否从各个民族的共同祖先那里流传下来的呢？是否相契相符的观念乃各自独立的生出的呢？这些问题乃为烦扰民俗学研究者的问题。没有一个理论，独自站着而能作出正确的解释，但每个理论却能各自适合于某种特殊的情形[8]。

---

① 《管锥编》读《太平广记》札记之34。

② 这类故事有《搜神记》中的《毛衣人》，出自敦煌石室的《田章》，汉族的《天牛郎配夫妻》和《春旺和九仙姑》，苗族的《牛郎织女的故事》，瑶族的《五彩带》，藏族的《诺桑王子》，傣族的《召树屯和兰吾罗娜》等。

③ （唐）谷神子撰：《博异志》，中华书局1980年版。

④ 《湖北民间故事传说集·荆州地区专集》中的《徐苟三故事·叫你也流泪》，贵州《民间文学资料》第44集中的《甲金故事·总有一天要对着哭》等。

⑤ 同类型的故事还有藏族的《克斯甲和劳让》，乌孜别克族的《野兽们的秘密》等。

⑥ 《幻异志》、《河东记》。

⑦ 《说不完的故事》，青海民族出版社1979年版。

⑧ 《民俗学浅说》，商务印书馆1934年版，第292页。

这段话至今看来，仍然是说得相当中肯的。各国故事在情节上之类似，是由各种情况促成的，一种理论可以解释某一种情形，但难以解释所有的情形，须对具体材料作具体分析，从多方面探求答案。《一千零一夜》虽是一部书，它却包含了产生于不同历史时期和不同国家的故事，因而也须从几方面来说明它和中国民间故事间的联系。

《一千零一夜》是怎样构成的？据英人汉密尔顿·阿·基布所著《阿拉伯文学简史》介绍："关于它的早期历史至今仍然模糊不清。山鲁佐德和敦亚佐德的基本故事可以上溯到印度，这些故事似乎被认作是这类文集的标准结构。"它是以翻译一本较为古老的波斯文本故事集开始的，这本故事就是公元十世纪阿拉伯历史学家马斯欧迪提到过的古波斯故事集《一千个故事》。以后新的故事逐渐替代了较老的故事。这些材料来源于完全不同的国家的民间故事，其中主要有十至十一世纪在伊拉克编写的讲阿拔斯的故事及十三至十四世纪在埃及编写的故事①。总之，在《一千零一夜》中，像滚雪球一样，融汇了许多国家的民间故事，经历八至十六世纪这样漫长的岁月，才变成现在人们眼前的这部巨著。在这滚雪球的过程中，它同中国民间故事发生了怎样的联系呢？

1. 共同吸收印度故事。《一千零一夜》中，吸收了不少古印度故事②。自公元前后印度佛教传入中国，大量佛经被译成汉文、藏文，佛教中包含的许多古印度故事也随之传入中国，并借宗教之力流播开来。有些阿拉伯故事与中国故事模样之相似，可能是共同源于印度，脱胎于同一母体所致。

钱锺书在《管锥编》中，列举《太平广记》中有关"以大鱼或巨龟为洲"的几种记述之后，追索到西晋竺法护于280年前后译出之《生经》。《生经》卷三第三五则载：五百贾客以一浮游水面之大鳖为高陆之地，登临其上，破薪燃火，炊作饮食。鳖王身遭火烧，投身入水，贾客遂遭难。钱先生由此推测《太平广记》诸说均"来自释典"。辛伯达航海故事之本事，也可能从同一印度古代传说而来。

---

① 《阿拉伯文学简史》，人民文学出版社1976年版，第158页。

② 《阿拉伯文学简史》第101页指出，公元十世纪前后，"翻译了大量印度和波斯故事，编成《天方夜谭》的初稿"。

《第二个僧人的故事》叙一公主与魔鬼以连续变形的方式来斗法的情节，与藏族《说不完的故事》的开头部分，叙述主人公顿珠偷学法术之后，同凶恶的魔法师变形斗法的情节极相似，据国内外学者研究断定，《说不完的故事》（即《尸语故事》）系由印度故事改编而成。又元魏时凉州沙门慧觉等所译之《贤愚经》卷十中，有一个《牢度差斗圣》的故事。出自敦煌石室的《降魔变文》，有一段以说唱文字演绎佛经中的这个斗法故事，更为精彩动人。阿拉伯故事与中国故事中有关变形斗法的情节，似亦共同源于印度。

《嫉妒者与被嫉妒者的故事》及中国白族的《两老友》等，均以被害者因祸得福的情节来表现善恶报应不爽的主题。它们也可能是共同吸取印度佛经中常见的这类故事演化而成。汉译《杂宝藏经》卷十中，就有一个与此近似的故事《婆罗门妇》。佛教在中国的传播，使它在我国许多民族中也流行开来。劳动人民利用和改造善恶报应的故事结构，通过符合现实生活逻辑的巧合情节，表达对于受迫害的善良人物的同情和对邪恶势力的憎恨，于是它成为广大人民群众喜爱的故事而汇入中国民间故事的宝库了。

2. 阿拉伯故事传入中国。中国和阿拉伯地区自古以来就有频繁的经济、文化交流关系，陆上“丝绸之路”可通，海上航道早已开辟，“唐时波斯商胡懋迁往来于广州、洪州、扬州、长安诸地者甚众，唐人书中时时纪及此辈”①。这方面有几个极为生动有趣的实例。

《一千零一夜》中《白第鲁·巴西睦太子和赵赫兰公主的故事》，是一篇极富于阿拉伯文学色彩的长篇魔法故事。其中有一部分叙述人兽易形的情节：某城公主是一个凶恶的魔法师，她使用法术种出小麦，磨出面粉，供人食用后，人们就按她的意愿变成了牛马驴骡，供其驱使。太子经另一懂魔法的老人指点，将老汉制作的面粉送给女王吃，反而把她变成了一匹母骡。母骡被一老妇人买去，恢复人形。太子则被他们母女俩变成一只丑陋的鸟儿，直到母亲海石榴花带领人马攻占魔法城，才救出太子。

唐人传奇中的《板桥三娘子》，亦演此奇异故事。旅店有一老板娘子，

---

① 向达：《唐代长安与西域文明》，生活·读书·新知三联书店1957年版，第25页。

施法于夜间种麦，磨面，做成烧饼。旅客早餐后，俱变为驴。一旅客目睹此状，思加报复，第二次住店，以自己所携之魔饼与老板娘的烧饼交换，把她变成了驴子。后在骑驴周游旅程中，经一老人说情，擘开驴皮，使其恢复人形而去。这个故事见于唐人的《幻异志》、《河东记》，明代冯梦龙编纂的《古今谭概》，为清代蒲松龄所吸取，写成《聊斋志异》中的《造畜》。杨宪益先生考证这一故事来源在近东一带，可能是唐宋时代外国商人带进来的，颇有说服力①。

《板桥三娘子》直接源于阿拉伯故事。关于变形幻想之传入中国，似可上溯至印度佛教的“密宗”。范文澜著《中国通史》中论述唐代佛教时指出，传入中国的佛教有一派叫“密宗”，“最初来中国传教的外国僧徒，一般兼习密教，利用人们的愚昧和迷信，施展一些法术，骗取愚人的信仰”②。北魏杨衒之撰《洛阳伽蓝记》中，就记述了法云寺内来自西域的胡僧摩罗，“密咒神驴，阎浮所无。咒枯树根生枝叶，咒人变为驴马，见之莫不惊怖”。汉译《出曜经》中，也载有一旅客被“咒术家女人”，以“咒术镇压”，变为驴，不得归，经人指点，吃了一种名叫遮罗波罗的仙草，才“还复人形”的故事③。云南崇信佛教的傣族中，过去也普遍流传这类人兽变形的魔法传说。江应梁在《摆彝的生活文化》一书中，根据实地调查介绍“扑食”这种魔法道：“据今之摆彝言，所谓扑食是生人变幻的玩艺，凡男子具此术的，可以变为牛、马、虎、象；女子具此术的只能变猫、狗、鸡、猪”，“变幻形体后若干小时内又复回为人身”。由于宗教宣传的推波助澜，此类幻想就在一些地方深入人心，影响及于民间文学了。

《一千零一夜》中《乌木马的故事》，讲三个哲人拿了他们分别制作的金乌鸦、铜喇叭和乌木马向国王献技，小王子爱上乌木马，骑着它飞上天空，周游世界，与另一个国家的公主相爱，历经艰难曲折终获幸福。

我国新疆维吾尔族的《木马》，不仅基本情节一致，连王子如何操纵木马，“扭它的右耳朵，就会立即飞上天空；扭它的左耳朵，就会降落在地

---

① 《译余偶拾》，生活·读书·新知三联书店 1983 年版，第 74 页。

② 《中国通史简编》第 4 卷，人民出版社 1965 年版，第 583 页。

③ 《洛阳伽蓝记校注》，上海古籍出版社 1978 年版，第 201 页。

上”(《一千零一夜》中“耳朵”作枢纽)，这些细节也相同，可以明显看出它们是一母所生的姐妹篇。《维吾尔族民间故事选》的编者刘发俊在该书《前言》中告诉我们：“中亚、西亚、阿拉伯、波斯等地区的民间故事，像《一千零一夜》和《十日谈》中的一些民间故事，同样在维吾尔族人民中流传。”《木马》就是一例。维吾尔族信奉伊斯兰教，宗教信仰、语言文字都与阿拉伯国家联系密切，因而促成了民间文学的交流。

然而鲁班造木鸟或木马的故事在中国源远流长，不仅唐代著名文人张鷟笔下所记之《鲁般作木鸢》，即已具备生动完整的故事情节，而且在唐以前直至战国时期，就有一系列记述。因而木马故事的老家可能还在中国，它是中国巧匠鲁班故事在唐代西传演化而成。

《阿力巴巴的故事》讲述“在一个遥远的地方，有回族三兄弟”，老三阿力巴巴外出与一伙土匪相遇，窥悉深山石洞秘密，用咒语打开石门，取走土匪所藏财物。老大前往盗取财物被土匪杀害。土匪扮作油商，又前往阿力巴巴家进行报复。老三与老二的妻子配合，给匪首唱歌跳舞，趁机将他刺死，阿力巴巴将藏有匪徒的六只油桶扔到河里，以无比的机智勇敢消灭了这伙匪徒。将它和《一千零一夜》中的《阿里巴巴和四十大盗》相比，不但情节一致，连主人公的名字也沿用了过来。许多细节，如老三向老大借斗量金银，土匪侦察阿力巴巴的住所并在其门上划记号，女主角借献舞刺死匪首等，也一模一样。这篇中国故事也有一些不同于阿拉伯故事之处，如将两兄弟改成三兄弟，用老三的妻子代替了原故事中的女仆，用一夫一妻制代替了原来的一夫多妻制，将四十个强盗改成七个，结尾处将油桶扔到河里，以代替原来用滚油灌进油篓烫死匪徒的情节等。借用外来故事的情节，根据本民族的生活习俗与文学传统进行巧妙的加工改造，故事便完全中国化了。据记录汉族这篇故事的耿予方先生告知，它是从来自藏、回杂居的拉萨地区的中央民族学院藏族学员口头搜集的，从它以“回族三兄弟”为主人公的情况来看，可能原来是一篇回族的故事。回族同维吾尔族一样，受阿拉伯文化的影响较深，人们从《一千零一夜》中借用故事进行改编，原是不足为奇的事。

3. 中国故事传入阿拉伯。这个问题目前似乎无人涉及，我以为是存在这一可能性的。《阿拉伯文学简史》载：

阿拉伯人喜欢到处漫游，这种天然的嗜好再加上去麦加朝觐的义务，促使他们向往着异国和异国人民。我们现在保存的《历史的锁链》，是第一部早期旅行家叙述印度、非洲、中国等地的故事集，于851年西拉夫港逐字逐句按照多方面材料编成的，并从910年起进行增补，这本书在古代东方深受欢迎。

生于巴格达，生活在十世纪的著名历史学家马斯欧迪，遍游东方各国，也到过中国，撰写了一部三十卷的百科全书，在至今流传下来的题名为《黄金草原》的第二部摘要中，包含着使读者感到津津有味的“深邃的见解和无穷的奇闻轶事”，其中就有关于中国的记载。《一千零一夜》中的《神灯》，以中国为背景，以古时中国都城中一个裁缝的儿子为主角来编织故事，就生动地反映了古代阿拉伯人民对他们所向往的神秘美好的中国的印象。基于以上事实，可否认为《一千零一夜》中，也汇入了一些唐代的中国故事？仔细考察长安书生苏遏与巴格达商人阿里故事之间的联系，不能不使人产生这样的遐想。

《商人阿里·密斯里的故事》讲一埃及商人在巴格达一凶宅里过夜而得宝的故事。这类故事在我国早有流传。魏晋人所撰《列异传》中之《何文》(《古小说钩沉》)，唐人所撰《博异志》中之《苏遏》，均叙此事。特别是苏遏故事与阿里故事有着惊人的相似之处：

苏遏是从外地来到长安的一个贫穷落魄的书生，阿里是流落在巴格达的一个破产商人。

苏遏住在一所凶宅里，“居者皆死，后复无人住，暂至亦不过宿而卒，遂至废破”。阿里所住的房子则“经常闹鬼。头天晚上在里面过夜的人，第二天总得死在里面”，“因此这所房子历来关锁着，我们主人不让开它”。

苏遏夜宿凶宅，半夜听见烂木精与金精呼唤对答，他仗胆同烂木精搭话了，了解到过去在此住宿的人，均因胆小惊恐而死，“人福自薄，不合居之，遂丧逝。亦不曾杀伤耳”。苏遏却以主人自居，“金精合属我”，遂安然无恙。第二天从墙下挖出紫金三十斤。阿里在那所房子里准备睡觉时，看守金库的魔鬼突然现形，呼唤他的名字，把黄金向他撒来。他从容对答。魔鬼便告诉他，过去有人在这儿过夜，见此情景，“总是吓得狂叫起来，牺牲了性命，我这才归去”。因见阿里理直气壮，“因此我知道你是金子的主人”。魔鬼便将金库交给了阿里。

苏遏按照烂木精的请求，把它送到昆明湖中，以免再打扰人们。阿里也按魔鬼的意愿释放了它，恢复了它的自由。此后均相安无事。

苏遏闭户读书，七年后当了刺史，阿里从商界进入政界，后来也当了宰相。

从废破的深宅大院地下掘出窖藏的财宝，这样的事例在我国从古至今屡见不鲜，有关的传奇故事便在这一基础上生成。它直到今天，依然是我国民间津津乐道的一个故事。人们传说明代南京首富沈万三就是由此发家的，山东采集的《财神沈万三的传说》中就讲，沈万三是开小杂货铺的，从山东到南京打算买房子定居，“当时南京城西门附近，有一所很好的房子，只是经常闹鬼，换了好几个户主，都没有住长远，现在急着脱手”。沈万三没处安身，先住了进去。他在南京的儿女“心里都害怕，恐怕见不着爹了。谁知一叫门，沈万三在屋里答应了。他们进去一看，惊得目瞪口呆，满屋都是金银元宝。沈万三告诉他们说，半夜他正在睡觉，突然进来三个红发鬼怪，见了我称主人，跪下就拜，交给我三把钥匙，它们就走了，我拿着钥匙，在屋里找到三个锁孔，打开一看，一座金库，一座银库，一座元宝库”。从此沈万三便成了南京城的首富，穷人称他为财神爷，以至于传说明朝开国皇帝朱元璋还找他借钱修筑南京城墙①。

把偶然获得的窖藏，归结为冥冥里注定为之所有的东西，这当然是一种宿命论。但它寄同情于贫穷落魄的书生、商人，赞颂主人公的勇敢冒险精神，仍然具有鼓舞人们积极进取的思想意义。因此，它的基本情节千百年来一直保留在劳动人民的口头文学中。

阿里故事同苏遏故事如此相似，应是从同一故事演化而出。从它在中国扎根之深、流传之广及与中国民族生活、心理之紧密联系来看，它很可能是在唐代，同古都长安的辉煌形象一道传入阿拉伯地区的。

关于阿拉伯故事之流入中国，现已有较多的人论及，而中国故事是否曾经流向阿拉伯地区并在阿拉伯故事中扎下根来，则至今未见他人提起，

---

① 《山东民间文学资料汇编·临沂地区集》，山东民研会、山东大学民间文学教研室 1982 年编印。

因而阿里故事和苏遏故事之比较，有其特殊价值。

以上三种情形均属于直接和间接的故事交流。还有几个彼此类似的例子，究竟是通过曲折途径相互影响所致，还是表现相近似的社会生活与社会心理，不谋而合地各自生成？这有待于进一步探讨说明。

故事类同，情趣各异

上面在比较中国和阿拉伯故事的异同之处时，着重讲了它们形态相似、彼此共通的一面。然而它们又同中有异，在内容与形式上，表现出各自不同的民族特色。

在生活思想内容方面，两国的故事尽管基本情节相同，主题一致，然而环境、人物、情调，却迥异其趣。

中国民间故事多以乡村山野为背景，以农民、牧人、猎人、樵夫等劳动者为主角。《一千零一夜》中的阿拉伯故事多以工商业繁荣兴旺的巴格达等城市为背景，以手工业者、商人为主角。中国的羽衣仙女故事，最流行的一种是牛郎织女式，青年农民在稻田中窃取天女羽衣而成婚，老牛成为他身边神奇的助手。同类型的阿拉伯故事，男主角却变成了一个银匠，因受兜售炼金术的魔术师之骗而进入深山奇境。中国的凶宅故事，穷书生得宝之后，“遂闭户读书”，以此作为进身之阶，终于官至刺史。阿拉伯故事则以破产商人为主角，他发财后，“在热闹的市区开设一间铺子，经营珠宝生意，成为巴格达城中最富豪的巨商”。后来又用财宝结交王室，并与皇族联姻，由此登上宰相的宝座。两国不同的政治经济特点，鲜明如画。

取材于城市生活的阿拉伯故事，同情善良、诚实的弱者，鞭挞凶残、贪婪、背信弃义的邪恶行为，颂扬勇敢、智慧、慷慨仗义的高尚品德，许多故事的思想情趣是健康积极的，但也宣扬了唯利是图、奢侈享乐的市民情趣。正如一篇故事里的外路人所讲的：“这里的人，除了经商谋利之外，他们不懂得什么是知识学问。”故事中不乏在尔虞我诈、金钱万能的城市生活中求生存发展的人生哲学，却缺少为集体、为国家民族热情献身的英雄主义激情。

民间故事往往与宗教有关。《一千零一夜》中的故事，具有浓厚的宗教色彩，普遍地表现出对伊斯兰的虔诚信仰，对异教徒的强烈憎恨。“真主”

无时无处不在，具有最高的权威。故事里的一切吉凶祸福都取决于真主的安排，以致在一定程度上掩盖和歪曲了实际生活的逻辑。许多说教游离于情节之外，可以明显看出，是讲故事人为了迎合宗教势力而添油加醋的结果。

《嫉妒者和被嫉妒者》中，那位好心人被坏人推入枯井以后，井底的仙人一再赞扬他是一位“虔诚信徒”，说“他迁到我们城中来居住，建了这座小礼拜堂，他在里面修道。他每天对安拉的赞颂和朗诵《古兰经》的声音给予我们慰藉”。因而将他救出枯井，并授以公主治病的秘方，终获善报。在中国的同类型故事中，都看不到这样的说教。虽以山神庙为背景，并不着重渲染神的意愿，而是由野兽们于无意中泄露秘密，使主人公因祸得福，构思极为巧妙。

中国民间故事的宗教色彩一般比较淡薄。有人认为这是记录整理失真的结果，这一意见并不完全符合实际。五十年代以来发表的故事，记录整理时，固然删削了宗教思想的成分，从口头流传的许多故事来看，宗教色彩本来就不是很浓重。儒家思想在中国社会中长期占据统治地位，无神论具有广泛影响。外来的佛教、伊斯兰教及中国特有的道教，对民间文学的影响自然也是巨大的，但没有一种单一的宗教给予社会生活以强有力的影响，像伊斯兰教在阿拉伯地区一些国家那样。人们信仰混杂，宗教对文化的约束力不大，思想情趣上刚健清新的特色表现得更为鲜明。

在艺术上，《一千零一夜》把人类创造的口头故事这种文学体裁向前推进了一大步，因而具有吸引和感动各国读者的巨大艺术魅力。

首先，这些故事一般都具有人物众多、背景广阔、情节曲折、结构复杂的特点，所反映的社会生活内容更为丰富，扩大了故事的容量，提高了故事反映社会生活的能力。同属天鹅处女型故事，我国唐代的《田章》不到两千字，现在整理的《召树屯和兰吾罗娜》，是故事中篇幅最长的，也不过一万多字。

《一千零一夜》中的哈桑故事，篇幅却扩展到七万多字。出场人物有十多个，活动在从繁华的巴格达城，到荒僻的深山野岭，再到神秘的岛国这一广阔背景上；故事情节以哈桑和七公主的悲欢离合为中心，巧妙穿插着伊斯兰教同拜火教的斗争，人间帝王的享乐生活，鬼神世界里神王的残酷统治等叙述，包含的生活内容五光十色，丰富多彩。

其次，是写实手法的加强。《一千零一夜》中的故事，既有奇幻诡异、变化莫测的情节，又有一幅幅精细描摹各种人情世态的风俗画，使瑰丽的幻想与真切生动的描述巧妙融合，构成绮丽动人的艺术境界。一般民间幻想故事，情节发展往往是对现实矛盾作象征性的概括反映。如汉族的《春旺和九仙姑》中，狠毒的岳丈要女婿上山砍回三百六十棵大毛竹，实际上是想借此把他害死，因为每棵毛竹里都藏着一条毒蛇。这一情节就象征着封建家长制对追求爱情自由的青年男女的迫害。砍毛竹，被蛇咬，这些情景虽然来自实际的劳动生活，但用在故事里，被赋予神奇色彩之后，就具有象征性了，是虚写，不是实写。哈桑故事中表现女王对七公主的迫害，却完全是实写，如她写信给神王说，“我对妹妹放荡、奸昧行径，深感痛心疾首，已重加体罚，禁闭在案”。她破口大骂妹妹“通奸，犯了大罪”，并“吩咐仆人拿来树条，卷起袖子，噼噼啪啪不住地鞭挞，从头打到脚，打得她遍体鳞伤，昏迷不醒”。这些地方显然是写实，已接近于现代小说具体生动地描绘环境特征、人物面貌和生动细节的笔墨了。现实主义倾向得到了明显加强。

此外，一般民间故事以情节取胜，在故事情节的迅速进展中，用朴实简练的语句，着力刻画人物的行动和语言，突出其主要性格特征，较少触及人物的内心活动。《一千零一夜》中的故事，普遍加强了描绘人物心理的笔墨。在人物命运突然转变的时刻，常常用饱含抒情和哲理的诗句，抒发人物强烈的内心感受，引起人们的共鸣。由于说唱结合，增强了故事的感染力。

第三，《一千零一夜》的故事属于连环体，往往在大故事中包孕着许多小故事，由一个故事引出另一个故事。每个故事既有相对独立性，又紧密相连成为一个整体，就像一条珍珠项链那样光彩夺目。印度故事常采取这类结构形式，《五卷书》就是一例。《一千零一夜》的结构，可能与印度故事的影响有关。中国藏族的《说不完的故事》，也采取连环体。现在青海民族出版社所出的一种，包括二十个相互关联的故事，很早就有人把它叫作第二部《天方夜谭》，但在中国民间故事集中，这种样式并未占据重要地位，也未产生广泛影响。

从艺术上对两国形态相似的故事进行比较，可以看出它们同中有异，各有自己的色香味，是世界民间故事大花园中的两簇鲜花。中国民间故事是以乡村山野生活为基础、以农民为主体的劳动者的口头创作。《一千零一夜》则与城市生活紧密关联着，而且由艺人与文学家参与，对汇入其中的各种故事材料，进行过一番加工改编。据说十世纪中叶，伊拉克的文学家哲海雅里就做过这样的工作，他邀请了许多说书的民间艺人，记录了他们认为最优美的民间故事，又从当时的各种故事集中，挑选了一些故事。他一共收集到四百个故事，构成现在《一千零一夜》的主要情节[①]。《一千零一夜》对故事艺术的发展，是特定的社会生活条件与文艺活动方式所促成的。

中国民间故事同样随着社会生活与文艺的发展，呈现出由简单到复杂，由象征到写实，由零散到系统化的发展趋势，同样走着人类口头叙事文学进化的道路。不过和阿拉伯故事比较起来，其发展有着自己的特点。

在《一千零一夜》成书的过程中，汉族的种种传说故事，也正向宋元时代城镇说书场上集中，被说书艺人改编成种种长篇话本，如《三国志平话》、《大唐三藏取经诗话》之类。到明代，这些材料经过一些著名作家的妙手进行再创作，于是《三国演义》、《水浒传》、《西游记》等长篇小说应运而生。

在我国，农民口头讲述的故事、艺人的说书、文人创作的小说，三者既有密切联系，又分道扬镳各自独立发展。中国民间故事园地里没有出现一部像《一千零一夜》这样的巨著，诚然是使人感到惋惜的事。但在这块肥沃土壤上，却绽开了另外几朵鲜花，这又是足以使我们自豪的。

《卡里来和笛木乃》与新疆各族民间故事[②]

我喜爱新疆各兄弟民族的民间故事。在这些故事里，迷人的幻想色彩

---

① 马坚：《〈天方夜谭〉简介》，载《译文》1956年第11期。

② 本文应王堡先生之约而作，原载《新疆民族民间文学研究》，新疆人民出版社1986年版。

和清新的现实生活气息结合在一起，深邃的智慧同浓厚的幽默融会于字里行间，丰富多彩的形式展现出口头文学家们编织故事的精巧技艺。它们扣人心弦，发人深思，深受全国人民的喜爱和民间文艺界的珍视。

近年来我对民间故事试作比较研究，发现新疆地区维吾尔、蒙古、柯尔克孜、塔吉克等族的故事，同汇集在《卡里来和笛木乃》一书中的古代印度、阿拉伯故事之间，有着十分密切的联系，由此可以从比较中深入探究这些故事的特点及其演变规律。

《卡里来和笛木乃》是怎样一部书

《卡里来和笛木乃》是怎样一部书呢？季羡林先生告诉我们，它原来是印度的一部古代寓言、童话集《五卷书》的阿拉伯文译本。六世纪时，《五卷书》被译成巴列维语，后来又由巴列维语转译成阿拉伯语和古代叙利亚语。阿拉伯语译本的译者是伊本·阿里·穆加发，译成的时间约在公元 750 年前后。人民文学出版社 1959 年出版的林兴华的汉译本，就是根据这个阿拉伯译本译出的。

> 这一部阿拉伯文译本，由于文字优美，已成为阿拉伯古代散文的典范，在阿拉伯文学史上，是一本很重要的作品。但是它的重要意义还不仅仅限于这一点，它在世界文学史上，也发生了非常巨大的影响。通过它，这一部古代印度名著几乎走遍了全世界，把印度古代人民大众创造的这些既有栩栩如生的幻想又有周密深刻教育意义的寓言和童话带到世界各个角落去。从亚洲到欧洲，又从欧洲到非洲，不管是热带寒带，不管当地是什么种族，说的是什么语言，它到处都留下了痕迹。①

《卡里来和笛木乃》不是一部纯粹的译作。译者在翻译过程中，又加进了一些新东西，对原作进行了一些改编，它是印度和阿拉伯文化相结合的产物。

这些故事是否来自《卡里来和笛木乃》

新疆一些民族故事，特别是以动物为主角的寓言故事，有许多同《卡

---

① 季羡林为中文版《卡里来和笛木乃》所写的《前言》，人民文学出版社 1959 年版。

里来和笛木乃》中的故事相类似或完全一致，可以断定它们是受其影响或由此脱胎而出。我看到的新疆民间故事的数量很有限，仅从已译成汉文的民间故事集中，就发现了十来例。

1. 维吾尔族的《大象的死》①，源于《卡里来和笛木乃》第 5 页的《大象与画眉鸟》。原故事讲大象任意践踏路边画眉鸟所筑的巢，伤害小生命，画眉鸟请乌鸦啄瞎象眼，又请青蛙相助，把它诱落至陷阱。寓言为“有才智的人能运用众人的智慧，获得千军万马所得不到的成功”。维吾尔族故事把画眉换成云雀，乌鸦换成啄木鸟，情节完全一致。但寓言有所变化：“正义像黄金般宝贵，正义能够战胜一切；倘若只依靠愚笨的身体，最终倒霉的还是自己。”前者突出的是弱小者能用众人智慧战胜强敌，后者强调了正义力量的胜利。

2. 维吾尔族的《老虎和兔子》② 及塔吉克族的《老虎与小白兔》③，均源于《卡里来和笛木乃》第 59 页的《兔杀狮》。前两篇除将人们不常见的狮子换成常见的老虎外，情节均与后者相同：机灵的兔子将狮子骗到井旁，让它把映照井中的自己的影子当作势不两立的仇敌，因而投井自毙。表现了寓言中常见的弱者智胜强敌这个具有普遍性的主题。

3. 维吾尔族的《能吃铁的老鼠》④，源于《卡里来和笛木乃》第 84 页的《老鼠吃铁》。一个出门旅行的商人将一百斤铁寄放在朋友家中，这位朋友竟以被老鼠吞吃了为由企图赖掉。后商人把朋友的孩子藏起来，说是被老鹰或百灵鸟抓走了，终于以此迫使对方把一百斤铁退了回来。两者的情节完全一致，均采取“以子之矛，攻子之盾”的方式，嘲讽不讲信义、骗取财物的朋友。

4. 维吾尔族的《乌鸦》⑤，源自《卡里来和笛木乃》第 116 页的《猫头鹰和乌鸦》。故事讲述乌鸦用苦肉计取得仇敌的信任，打进猫头鹰营垒，探

① 《维吾尔族民间故事选》，上海文艺出版社 1980 年版。
② 《维吾尔族民间故事选》，上海文艺出版社 1980 年版。
③ 《民间文学》1979 年第 2 期。
④ 《民间文学》1962 年第 6 期。
⑤ 《维吾尔族民间故事选》，上海文艺出版社 1980 年版。

明内情之后，采用火攻方式消灭了凶恶仇敌。两者的情节完全一致，寓意略有不同。原来是站在猫头鹰方面总结受骗上当的教训，“敌人本性难移”，“轻信敌人”便会吃亏。维吾尔族故事则着重赞颂那只乌鸦的有胆有识，以小的代价换来了巨大的胜利。

5. 维吾尔族的《鼠裔“靓女”》[①]，源于《卡里来和笛木乃》第132页的《老鼠择夫》。它讲老鼠选择丈夫的有趣故事：她想嫁太阳，太阳怕云遮；嫁云，云怕风吹；嫁风，风怕山挡；嫁山，山怕老鼠打洞，最后便嫁给了自己的同类。两者的情节完全相同，寓意却有变化，原故事是穿插在《猫头鹰和乌鸦》的故事中讲的，以此说明人的本性难移，“无论怎么样改变，你的根本的性质，是依然存在的”。在维吾尔族人民的口头上，却用这个故事来嘲讽那只“无视同类”，一心想攀高结贵，然而终难如愿的鼠姑娘，并借大山之口赞颂鼠类形体虽小却强而有力：“洪水冲不垮我，狂风也刮不走我半根毫毛。但是人们不屑一顾，而又难以掌击的老鼠却能穿透我的身心。我钦佩的对手就是老鼠。”在这里，老鼠的形象就成为社会地位卑贱，实则强而有力的劳动者的象征了。

6. 维吾尔族的《痴心妄想》[②]，源于《卡里来和笛木乃》第146页的《满头流蜜的教士》。原故事讲一个教士面对自己储存的一罐蜂蜜想入非非，结果不小心把手里的拐杖一挥，打破蜜罐，使这场发财梦完全破灭了。“将来的事未可预卜，不应该去妄想。”维吾尔族故事的内容基本相同，具体情节的变异却较大。讲的是几个吸麻烟的流浪汉躺在野地里，面对一棵大树，从它可以做成多少个木碗开始，编织发财美梦。然而故事并不到此为止，又接着让这几个流浪汉一本正经地去寻找阿訇，打听四千只羊该交多少宗教税，使这个贪财的阿訇也欢喜了一场，最后自然是梦幻一起破灭。它不仅鞭挞了痴心妄想的游手好闲之徒，对收取宗教税和贪图财物的阿訇，也给予了辛辣的嘲讽。通过这巧妙的变异，生动地反映出新疆维吾尔族人民的生活情趣与艺术情趣。

这个故事曾在世界范围内广泛流传。法国流传学派奠基人特奥多

---

① 《新疆民族文学》1983年第1期。

② 《新疆民间文学》第3集。

尔·本菲在1859年为《五卷书》法文版所写的长篇序文中，神话学派学者马科斯·缪勒于1873年写成的《故事的流动》一文中，都曾利用这个故事作为实例，来说明故事在广大范围之内的流传过程，建立流传学派的有关理论。它原是一个印度故事，以一个婆罗门为主角，由一罐粥开始想入非非。到阿拉伯的《卡里来和笛木乃》中，变成《满头流蜜的教士》。到希腊故事集《斯蒂凡尼托斯和伊赫尼拉托斯》中，主角又变成一个穷人或乞丐，他从床头吊着的一罐蜜糖和奶油做起发财梦。法国格林童话集中的同一故事《懒惰的海因慈》，讲的是懒惰丈夫打破蜜罐而使美梦破灭。俄国阿凡纳西耶夫记录的故事，讲一个穷苦农民看见野地树丛里藏着的兔子而驰骋幻想。到法国著名作家拉封丹的笔下，则变成一个顶着一罐牛奶到市场上去卖的村妇对未来生活的憧憬了。

联系这个故事在世界各国广泛流传的情况来看维吾尔族的《痴心妄想》，其价值更觉珍贵。它不仅给民间文艺学家所关注的这类故事增加了一个在中国流传的例子，特别是它富于民族特色，充分显示出维吾尔族口头文学创造力的变异，将给比较研究以宝贵的启示。

7. 柯尔克孜族的《麻雀与毒蛇》①，源于《卡里来和笛木乃》第55页的《老鸦智杀黑蛇》。这又是一个在口头流传中发生了有趣变异的例子。原故事讲树洞里有一条黑蛇，常把树上乌鸦巢里的小乌鸦吃掉。老鸦同胡狼一起谋划报复。它飞到一处，把贵妇人洗浴脱下的珍珠项链衔走，抛在黑蛇洞口，借追寻项链的人们的力量杀死了自己的仇敌。柯尔克孜族故事用人们喜爱的麻雀撤换了乌鸦这个角色。特别是从人们熟悉的生活中，提炼出一个生动情节：毒蛇占了麻雀的窝，做窝的大树长在一个油坊旁边。麻雀叼下一小节灯芯，点燃油坊屋顶上的苇子。毒蛇惊醒窜出，立刻被救火的人们砸成了肉泥。它设想奇妙，又富有现实生活气息，将一幕极生动活泼的喜剧展现在读者眼前。这些口头文学家们是多么善于编织故事，改造故事！

8. 柯尔克孜族的《四个朋友》②，源于《卡里来和笛木乃》第100页的

① 《新疆民间文学》第2集。

② 《新疆民间文学》第2集。

《四个伙伴》。原来讲的是老鼠、乌鸦、羚羊，随后又救出乌龟的故事。柯尔克孜族故事的角色略有变动，乌龟换成了青蛙，情节与之完全一致。

9．塔吉克族的《狮子与黄牛》①，基本情节和《卡里来和笛木乃》中从第540页开始的《狮子和黄牛》的故事相同：狮王重用黄牛，被狐狸或狼挑拨离间，引起冲突，最后黄牛遭狮王误杀。但两篇故事的结尾不同，《卡里来和笛木乃》中从事挑拨离间活动的那只狐狸笛木乃，最后阴谋败露，被狮王处以死刑，故事说明“谁若是利用阴谋诡计进行损人利己的活动，将会得到应有的报应”。它的情节结构复杂得多。塔吉克族故事则让狐狸和狼两个坏家伙继续施展阴谋，诱骗狮王出外猎鹿，使它落入了陷阱。着意在嘲讽轻信坏人的狮王的可悲下场。这一变异也是别具一格的。后一篇显然也是由前一篇脱胎而出。

10．蒙古族的《大雁和青蛙》②，源于《卡里来和笛木乃》第77页的《乌龟和野鸭》。两者的情节完全相同：野鸭或大雁想出一个巧妙的主意——让乌龟或青蛙咬住一根棍子的中间，两只野鸭或大雁各衔一端，飞向空中，帮助朋友搬家远徙。事先曾告诉它途中不能讲话，可是乌龟或青蛙在飞行中听见人们种种议论，忘记了朋友的忠告，忍不住要答话，于是张开口来，落地摔死了。这个故事在蒙古族居住地区流行较广，有多种异文。

《卡里来和笛木乃》一书中包括五十多个故事，以上十例占了它的五分之一。但这是就已经整理翻译成汉文的作品来说的，可以断言，在尚未搜集整理成篇的口头故事里，或在民族文字的故事书中，一定还可以找到不少彼此类同，由这部阿拉伯文故事集脱胎而出的作品。

文化交流线索耐人追寻

这些实例说明了什么呢?

第一，《卡里来和笛木乃》这部著名的阿拉伯文版的印度故事集很早就传到了中国。

我所见的一些评述新疆民族民间文学的文章，一般都注意到这些故事

---

① 《新疆动物故事选》，新疆人民出版社1979年版。

② 《新疆动物故事选》，新疆人民出版社1979年版。

同阿拉伯故事集《一千零一夜》的联系，却不知道同这部阿拉伯文版的印度古代故事集还有着密切关联。季羡林先生在《漫谈比较文学史》一文中，提到过《卡里来和笛木乃》在走遍全世界时对中国的影响，因受材料限制，只告诉我们，在《太平广记》和明末许多笔记里可以找到一些例子，也未发现它对中国民间口头文学的直接影响。因而他写道："可惜这个工作好像还没有认真严肃地开始。我觉得我们中国研究文学或民间文学的学者们有责任来进行这方面的研究工作。"① 现在我们通过初步比较所发现的实例，完全可以认定，这部对世界文学发生了"非常巨大的影响"的故事书，曾传播到我国新疆地区的几个民族中间，并对他们的故事创作——主要是以动物为主角的寓言故事的创作，产生过相当广泛而深刻的影响。由于故事采录工作缺乏科学的要求，我们所提到的这些故事大都未注明传承情况。可喜的是，《新疆民间文学》第2集上刊出的《四个朋友》及《麻雀与毒蛇》这两篇柯尔克孜族故事，除注明由朱玛拉依翻译、张运隆整理之外，还告诉我们，它是由阿合奇县的苏勒坦阿里讲述的，直接采自人们的口头。这就更有力地说明了印度和阿拉伯故事早已深入我国民间，融合在中国民间文学宝库之中的事实。近年发现，我国云南傣族的一部长篇叙事诗《兰嘎西贺》，即由傣族"赞哈"（歌手）将印度的一部著名史诗《罗摩衍那》改编而来。关于《卡里来和笛木乃》一书传到新疆并被口头文学家中国化这一实例，可与之并列，将成为激起人们浓厚兴趣的比较文学研究之重要对象。

关于《卡里来和笛木乃》一书之传入新疆地区的过程，尚须搜集更多的实际材料，方能具体说明。目前只能从维吾尔、柯尔克孜等民族在语言文字、宗教文化等方面同阿拉伯世界有着密切联系，因而造成了民间文学的交流这个角度予以初步说明。约在公元九至十一世纪，伴随着横跨亚非欧三洲的阿拉伯帝国的强大统治，阿拉伯文化的影响广泛扩展开来，十世纪伊斯兰教传入新疆，更加强了这种影响。八世纪译成阿拉伯文的《卡里来和笛木乃》，大约就是在这样的历史背景下传播到新疆地区，逐渐扎下根来的。

---

① 《书林》1980年第1期。

第二，这些印度、阿拉伯故事在中国的长期流传过程中，有了重要的变异和发展。

从十个故事的比较中可以看出，它们彼此情节类同，互相影响的印记十分明显。但源于《卡里来和笛木乃》中的故事在中国的流传过程中，又发生了不同程度的变异。有的改换了角色，有的变动了情节，有的发展了故事，有的变更了主题。因而即使在情节一致的情况下，也表现出不同的民族特色。

还有一种重要的变异是在艺术形式上。《卡里来和笛木乃》是一部长篇故事，它采取大故事里套小故事，从一个故事引发出另一个故事的结构形式组成。在故事叙述中，以对话的形式，穿插进大量哲理性的议论。正如原书的《序言》中所讲的："书中采用牲畜野兽的对话体裁，外表像是供人消遣的闲书，其实隐含陶冶理智的深意。其中有处世治家的道理，有宗教上生死轮回的道理，有教人顺从君王但不可阿谀逢迎的道理。这本书和其他含有哲理的故事一样，有形式又有内容，动物故事的形式是为了引导读者阅读的兴趣，动物说的话却是寓意深长的哲理。"它不但是一部故事书，同时也是一部处世格言集。

将新疆地区的有关故事进行综合考察，与之比较，可以看出形式上已发生了显著变化。首先是结构形式的改变。它们从连环体的长故事中走出来，成为一个一个各自独立的短故事了。《卡里来和笛木乃》中的《狮子和黄牛》穿插在 40 页到 86 页的十四个故事之间，塔吉克族的《狮子和黄牛》把它紧缩成了一个短故事，就是一个突出例子。特别值得注意的是由阿布都拉麦合苏木采录、井亚翻译，刊于《民间文学》1962 年第 6 期和《维吾尔族民间故事选》中的两组维吾尔族寓言故事，其中有我们在本文提到《能吃铁的老鼠》和《大象的死》，它们的语言精练生动，先叙述故事，最后用讲述人的口吻以四行左右的精美诗句概括主题。我们已介绍过《大象的死》结尾的四句诗；现在再将《能吃铁的老鼠》的结尾诗句抄在下面：

蕴倩花蕾应该说是美丽的，
有刺的草应该说是扎手的；
欺骗朋友的人啊，
将会受到加倍的惩罚。

十多篇故事均如此，结构十分严谨。同《卡里来和笛木乃》的结构形式，语言风格有着显著的差异，从而不禁使人想起：这些源于《卡里来和笛木乃》的寓言故事，在维吾尔族或其他民族中间，是否由某一位如同伊本·阿里·穆加发这样的高手，对它们作过一番精心的艺术加工呢？是不是存在着一部类似《卡里来和笛木乃》这样完整的维吾尔文故事集呢？这就有待今后深入发掘和研究了。

其次是议论的削弱和文学性的加强。以《能吃铁的老鼠》为例，在《卡里来和笛木乃》中，它插在卡里来和笛木乃这两只狐狸的长篇对话之间，所讲的都是关于怎样择善而交、远离坏人的道理，前面的议论四百字，后面的议论二百五十字，中间的故事叙述不到五百字，以便互相印证。这样，故事叙述自然相当粗略，如前半截：

> 某地有一个商人，他有一百斤铁。因为自己要到别处去谋生，便把这些铁寄在朋友的地方。等他旅行转回家来，便到朋友处去取铁。
>
> 朋友说道：“你的铁，全被老鼠吃了。”
>
> 商人说道：“不错！我听说老鼠的利牙，是最能吃铁的。”那个朋友见商人相信他的话，非常高兴。商人就此告辞而去。

让我们把它和维吾尔族故事的同样内容作个比较：

> 有一个旅行者在旅行前把一百斤铁寄托在朋友家里，并且告诉朋友说：“等我回来后再来取走。”朋友满口答应了。旅行者走了以后，朋友看着发光的黑铁暗暗地称赞不绝，同时，也就产生了贪心。在一个漆黑的夜晚，趁邻居都熟睡的时候，他就把这一百斤铁偷偷地高价卖了。
>
> 旅行者回来后，向朋友要自己寄放的铁，朋友带着很过意不去的表情说：“实在对不起！自从你走了以后，我就把铁放在一间很严实的房间里，同时，还加上了铁锁，谁能想到昨天我再去看时，铁竟全部被老鼠吃掉了！”旅行者听了，心里暗暗地奇怪，但并没有说什么就走了。

维吾尔族口头文学家保持了原来的故事“梗子”，增添了“枝叶”，对环境气氛、人物语言、动作、心理的描写及事件经过的叙述都比原作丰富生动得多。它不是简单的转述，而是文学上的再创造。

总之，我国的口头文学家不是简单地转述《卡里来和笛木乃》中的古老的故事，而是按照本民族的生活习俗、道德观念和文学传统，对这些故事进行着不同程度的改造加工，使它能反映出本民族的生活，表达出自己的人生哲学和爱憎情感，为人们所喜闻乐见，从而化为本民族口头文学的一部分了。人民群众高度的艺术智慧，巨大的艺术创造力，既表现于对各种形式的口头文学的新的创造方面，又表现于对前人和外来口头文学的主动承传改造之中。

第三，上述比较启示我们，应在中外文化交流的广阔背景上，研究新疆各族民间文学和中国民间文学的特点及其发展规律。

比较文学研究大大扩展了人们的视野，那些在过去狭小范围之内进行文学研究所得出的结论，往往存在局限性和片面性。在广大范围之内进行比较文学研究的新发现，将对这些结论重新进行验证。以新疆各族文学为对象进行比较研究，探讨中外文学交流的特点，是一个令人眼花缭乱然而又饶有兴趣的领域。刘宾《试论新疆多民族文学的比较研究》①，虽是就一般文学而言，它对民间文学研究，同样也能给人以有益启示。他根据国内外学者研究西域文化的成果指出："我们看到这样一种有趣的现象：当扫荡和囊括一切的阿拉伯文化在九至十一世纪潮水般向东方涌来时，却在新疆多民族地区削减了势头。在喀拉汗王朝和高昌回鹘王国之间，仿佛有一道无形的屏障，阻住了阿拉伯文化向内地的冲击。"怎样解释这种有趣的现象呢？他引几个美国学者合著的《世界史》中的一段话作为回答："很多世纪以来，中国就是一个相当稳定和稳固的帝国；虽然那个帝国包括了不同的种族和宗教，并且被外来的侵略和内战所干扰，但它却是统一的，被一种浸透到各部分的共同文化团结在一起。"② 汉族文化的深刻影响同新疆各民族固有的文化传统牢固结合，构成无形屏障，使阿拉伯文化的冲击在这里停滞下来。了解这一历史上文化交流融会的背景，对认识新疆民间文学的特点与发展演变规律，是很重要的。在新疆维吾尔、哈萨克等民族的故事中。吸收《一千零一夜》、《卡里来和笛木乃》等世界名著的影响，是无可

---

① 中国少数民族文学学会 1982 年年会论文，打印稿。

② ［美］海斯、穆恩、海兰：《世界史》（中册），第 638 页。

否认的事实。这些故事集，虽自阿拉伯世界传来，却融合着印度人民的创造成果，是印度文化和阿拉伯文化相结合的产物，但这只是一个侧面。自古以来就存在西域地区的中原汉族文化的深刻影响，并未消泯于阿拉伯文化浪潮之中。在新疆各族民间故事中，同中原汉族以至南方各族民间故事的联系更是随处可见，以《维吾尔族民间故事选》中的作品为例，《三条遗嘱》中父亲用折树枝教育儿子的情节同很早就载于《魏书·吐谷浑》传，后来深入人心的一个著名寓言中将军折箭教子的情节也相同；《木马》源于南北方各族人民世代传诵的鲁班造木鸢或木马的传说故事，唐代著名作家张鹫早在《朝野佥载》中就作了生动完整的记述；《阿姐儿》属于"灰姑娘"型故事，唐人笔记《酉阳杂俎》中所载的《叶限》，是它在世界上最早的文字记载，它的老家在壮族聚居的广西，等等。就一个一个故事来追根溯源，这种方法自然远远不足以说明其实际影响。更多的故事是新疆各族人民以自己的传统文化为基础，吸收来自印度、阿拉伯和中国中原文化的影响，融会贯通而成。这些故事风格之独特和艺术形式之精美，只能用它乃是由高度发达的印度、阿拉伯和中国文化在这个地区汇合之后孕育出生的文学花朵，来给予合理的解释。具有这样的奇光异彩的民间文学，在中国其他地方是无法找到的。正如特殊的地质条件才能育成某些特种矿藏的规律一样。通过比较研究，深入探讨新疆各族民间文学的特点和特殊价值，将使人们更加珍视这块宝贵的文艺学术园地。

附录

阿力巴巴的故事

（西藏，藏族）

在一个遥远的地方，有回族三兄弟。老大家有万贯巨财，单独住着一所漂亮的房子，生活很富裕；老二和老三因为穷得吃不上饭，穿不上衣服，所以两人住在一所又小又矮的屋子里。

老三的名字叫阿力巴巴，他的妻子能歌善舞；老二的妻子喜欢玩，不爱劳动。家中生活就靠老三经商，赚些钱来购买柴米油盐，老二在家里料理零星事务。

一天，阿力巴巴赶着五头小毛驴，在一个山谷里行走。忽然，远处传来一阵“哒哒”的声音。阿力巴巴仔细一看，原来是七匹快马，马上有七个蓬头散发的土匪，每人腰里插着一把刀，肩上背着一杆长枪，一直向对面山脚跑去。阿力巴巴便躲在路旁灌木丛中，不说话，不做动作，只瞪着两只乌溜乌溜的眼睛，注视着七个土匪的去向。

对面有像刀切一样的一处悬崖峭壁。七个土匪到了峭壁附近，一齐跳下马来，把马分别拴在七棵柳树上。七个土匪四周环视了一下，走近悬崖，一个匪首说，“爱刀儿鹅脖”，一扇高大的石门开了。七个土匪鱼贯而入，约莫吃顿饭的时间，七个土匪又排着队出来。刚才那个匪首又说，“纳玛苏敌”，那扇高大的石门关上了。七个土匪又骑上快马，扬起鞭儿，朝着远方跑去了。

阿力巴巴看得很清楚，听得很明白。牵着他的小毛驴，到了悬崖下面的石门旁边，像匪首说的一样，“爱刀儿鹅脖”，很灵，石门也吱呾一声开了。阿力巴巴牵着小毛驴进去了。

阿力巴巴举目一望，石洞里辽阔广大，虽无阳光，但不黑暗；行走几尺，有一台阶；阿力巴巴甚为诧异，复驱驴前进。石阶过后，又遇一小桥，桥下流着泉水，淙淙作响；桥头有一洞，洞口放着一锅，锅下炭火熊熊，锅内茶水滚滚；阿力巴巴置驴于桥头，独自一人入洞。洞内金银珠宝，堆积如山，阿力巴巴取袋装之，共装十袋，每驴驮二袋，欣然出洞。又照匪首所说的那样：“纳玛苏敌”，果然，石门又啪啦一声关上了。

阿力巴巴吆喝着驴子，心中十分高兴地往家中走去。老二见老三发了这笔横财，又惊又喜，不相信天下竟有此等怪事：“老弟，咱们人穷，但是有志气，你可不能当小偷啊！这么多宝贝从哪儿来的呀?”

阿力巴巴为了老二谅解他，遂将遇到土匪的经过有头有尾地讲了一遍。老二这才如梦初醒，帮老三把十条口袋，搬进房子里去。

老二老三是穷人，从来没见过这么多钱，他们不会清点数目。阿力巴巴打发自己的妻子去老大家里借斗，准备量一量，看看有几斗。

老大想：“老二老三穷得饭都吃不上，今天借斗干什么呢?”一边想一边在斗底涂上了一层酥油，才借给了老三的妻子。

老二老三把口袋里的金钱，量了一斗又一斗，量完之后也没有检查斗里是否有钱，又打发老二的妻子去送斗。老大一看，斗底有三个金钱，觉着这里面必有秘密，便嘱托妻子注意老二老三的行动。

老二老三因为有了钱，穿上了新衣服，吃上了肉、酥油、米面，并且动手盖新房子。老大的妻子迅速报告了丈夫。老大得知这个消息，冷笑了一下，对妻子说："没有关系。他们的上面有我，我是老大，他们发了财，总得有我的一份。"说完，气势汹汹地走到老三家里去了。

老大质问老二老三道："我们是一母同胞的兄弟，我是老大，你们是老二老三，有事应该跟我商量。现在你们发了财，我却一点音讯也不知道，这还有什么家法？这还算什么世界？"老三也不示弱，据理以驳："过去，你家有万贯，我们缺衣少吃；做哥哥的应当帮助小弟弟，而你一毛不拔；这算什么家法？这算什么世界？"

老二是个怕事的人，从中插嘴调和道："哥哥，弟弟！不必吵嚷，不必动怒。我们是一家人，以和睦团结为上策。我们的金钱，不是抢来的，也不是偷来的。前几天，老三去外面做生意，碰到一群土匪。土匪念了一个术语，悬崖上开了一扇石门；再念一个术语，石门又会立刻关闭。老三壮着胆子，按匪首术语进入石洞，搞了一些金钱，大哥如果需要，可以拿些去用。"

老大一听，心痒眼红，变黑脸为笑脸，声音温和，态度谦虚，对老三说："你再详细讲一下经过，好吗？"

老三这时也心平气和下来，仔仔细细地向老大作了说明。

* * *

老大回到家中，让妻子准备了十条大口袋，喂好五匹大骡子。高兴得站不住，坐不稳，睡不熟，只等雄鸡早一点报晓。

东方刚放亮，老大便骑上骡子，顺着老三指定的路线出发了。一会儿，来到了土匪的山洞。老大学着老三的语调，"爱刀儿鹅脖"，果然，一扇高大的石门开了。老大牵着五匹大骡子长驱直入，径奔金库而去。

老大装了一口袋，又装第二口袋，快要装完第十口袋的时候，土匪来了。

老大吓得面如土色，浑身发抖，两腿跪地，连连作揖，口中不住地喊着饶命。

匪首抽出一把亮刀，比划了一下，喝道：“小偷！你真胆大包天，前天偷了我们无数金钱，还不满足吗？今天又来大批搬运！”说罢，一刀剁去老大一条腿，说：“看你还敢不敢走进山洞！”又一刀剁去老大一只手，说：“看你还敢不敢偷拿金钱！”

老大疼得心像爆炸一样，两眼泪如雨下，但是没敢放声大哭，只是哀求道：“老爷，饶命吧！前次偷金钱的实在不是我呀！那是我的弟弟老三干的。现在他住着七层楼房，门前有一条大河，如果你们捉住他，金钱可全部追回。你们怜悯一下我吧！”

匪首狞笑了一下，骂道：“你这贪财爱命的家伙，叫你死个痛快吧！”一刀砍去了老大的半个脑袋，老大便死去了。

* * *

匪首和匪徒们商量：“如果明目张胆去捉老三，必然会暴露自己的土匪身份，被官家军队捉去有死无生。倒不如先派一医生去侦探一下，再作下一步计划。”匪徒们都异口同声地表示赞成。

匪徒们用金钱收买了一个爱财的医生。那个医生来到老三的住处。那时正是老二从楼梯上摔破了头，需要请医生治疗。

老三在街上看到有个医生东观西望，早已识破他是一个匪探，但装作不知道的样子，去问：“你可以治外伤吗？”匪探满口应允，并且吹了一下牛皮：“医生负有扶危救伤的重责，不管内科外科，都可一看就知道病源，几服药即可转危为安。就是不治之症，我也能起死回生。你放心吧！我完全可以担保。”

阿力巴巴说：“我们的家法有规定，凡是客人都要遮住眼睛入宅。”于是用一条白布，缠住医生双眼，把他领进了住宅。

医生为了达到侦探的目的，特意为老二上了顶好的外伤药，老二很快就痊愈了。老三给了他七个金元。医生问：“你们家做什么生意？”老三随口支吾道：“我们是卖油的。”匪探认为这是一个重要线索，便告别要走。老三又对他说：“我们的家法有规定，凡是客人临走时都要遮住眼睛。”于是又用一条白布，缠住医生的眼睛，派一个人领他离宅。走到一个门口，医生便用白笔在门上划了一个记号。领到大街上，就放他回去了。

医生回去见了匪首。报告了下列三点情况：

1. 卖油；

2. 门上做了白色记号；

3. 我的眼睛因为白布缠住，什么也没有看见。

匪首点点头，好像有所发现似的，感谢了医生，自己便到洞内去了。

* * *

匪首召集匪徒又开了一个紧急会议。做出如下决定："预备六只油桶，每人带一支枪，一把刀，藏在油桶里面；预备三匹壮牲口，装作驮着六桶油，去和老三做生意。桶内的人一定要沉着机智，等我命令一下，便冲破盖子，勇敢冲锋；回来时桶内装满金钱，那时再大庆凯旋，论功行赏。"

匪首一切布置停当，自己装作一个商人模样，牵着三匹高大的骡子，驮着六个油桶，径奔老三的住所而去。

阿力巴巴早已识破匪徒诡计，装作不知的样子，便买了六桶油，放在门前墙根下边。把匪首领到楼上，老三的妻子又唱歌又跳舞，老二的妻子不断地给匪首倒酒。匪首喝得醉醺醺的，妯娌俩把他绑缚起来，抽出他的刀子把他杀死了。

阿力巴巴和老二抬起油桶，向着门前的激流狠劲扔去，就像扔了六块巨大的石块一样，河水里溅起六团浪花，六个土匪就这样一去不复返了。

阿力巴巴和老二骑上两匹匪徒的骡子，到了山洞将全部金钱都驮回来；老二的妻子用一匹骡子驮走了匪首的尸体。从此，这一带的老乡，再也不受匪徒的抢劫，都过上了安居乐业的生活。阿力巴巴一家，也一切如意，幸福圆满。

附　　记

本篇选自中央民族学院 1959 年编印的资料本《藏族民间故事》第 2 集第 184—189 页。篇末署"耿予方翻译"。80 年代经耿予方教授告知，这是当时来自拉萨的藏族学员口述，由他记录并译写成汉语的。它原是见于《一千零一夜》的一篇著名的阿拉伯故事《阿里巴巴和四十大盗》，传入西藏拉萨地区后发生有趣变异，汇入中国民间故事宝库，成为进行比较故事学研究的宝贵资料。

民族文化和区域文化中的民间故事

提　　要

就中国国内各民族、各区域间的民间故事进行比较研究的成果日渐增多，本专题所收的三篇文章是从不同侧面着力探索的成果。

《楚文化中的民间故事》，对一个流行于南方的神奇幻想故事《早发的神箭》的区域文化内涵进行了探讨，它是有意识运用历史地理比较研究法剖析故事文化形态的一项新成果。

白族民间叙事诗《黄氏女》，演绎农家黄氏女因虔诚信仰佛教，善吟《金刚经》而获善报，女封男身，富贵显达的故事。本是一件明代即已成书的宝卷，伴随佛教信仰的普及化而流行不衰，在宗教性、世俗性、悲剧性的相互缠绕而构成斑斓多彩的艺术特色。它是一件盛传民间，可作纵向、横向比较研究的难得实例。

《论民间文学中的“大团圆”》一文，是就不少中国学人把文学艺术中的“大团圆”作为中华民族消极心理的反映，表示不同意见而写成的。从世界各国的民间故事来看，很少不以“大团圆”来结束叙述的。这样，它就超出某一民族而通向人类的共通心理了。这项研究属于比较文学中平行研究的范畴。民间故事中的文化心态固然常常和民族文化、区域文化有着很密切关联，但也不乏人类共通心理的深刻表现，研究起来有着广阔天地。

楚文化中的民间故事①

——《早发的神箭》文化形态剖析

楚文化的研究方兴未艾，激起海内外学人的浓厚兴趣。口头语言艺术被现代人文科学视为民族文化的宝库。对与楚辞相关的神话传说与民歌的研究在我国已取得引人注目的成果，但在更广大范围里为民众所喜闻乐见的民间故事，还不见有人把它同楚文化联系起来进行研究。具有辉煌成就与深远影响的楚文化，不可能在民众世代传承的故事活动领域中没有它的踪迹。本文拟以一个故事为例从这方面试作探索。

一个流行于楚地的神秘幻想故事

在中国南方大体属于原楚国疆域和范围之内，流行着一个被故事学家称为“早发的神箭”的神秘幻想的故事。丁乃通所著《中国民间故事类型索引》一书按国际通用的故事分类编码，把它列为 AT592 型之中国亚型，共列出十六篇。此书是依据 1966 年之前的材料编撰的。进入八十年代之后，由于大规模进行民间文学普查和采录，中国民间故事大量被发掘出来，我在近年出版的故事集中，又搜寻到同类型的故事二十三篇。它们的情节大同小异，在口头流传和书面写定时所用的名称更是各式各样。现采用国际学术界通用的故事研究法，参照丁乃通所写的提要，将这一故事的梗概介绍如下：

1. 密谋取代皇帝坐天下。(a) 朝廷大臣想篡位；(b) 风水先生发现了一处龙脉，想让自己的或他人的后代做天子；(c) 某少数民族出于对汉族皇帝或土王的憎恨，想取代他自己做皇帝。

2. 神弓神箭。它们用 (a) 竹子、(b) 桃木做成，(c) 或用神秘法术炼成。只要箭一离弦即可穿透重重障碍射中皇帝，但必须在指定的日子和时辰射出才有效。

3. 竹人竹马。主人公住地生长着一片茂密的竹林，当 (a) 神箭射中皇

① 原载《楚文艺论集》，湖北美术出版社 1991 年版。

帝，（b）或那位准备做皇帝的圣胎顺利出生时，竹林炸裂，竹中就会生出威武雄壮的兵马来帮他打天下。

4. 提前发射。由于（a）主人公性急，（b）妻子和母亲的疏忽，（c）他人的有意破坏，未到规定时间就将神箭射出，或圣胎早产。

5. 失败被害。结果神箭射到皇帝座椅或空中其他物品上，未能杀死皇帝，皇帝派兵征剿；因时辰未到，竹林炸裂后竹人竹马均未成形，不能作战。主人公（a）用计逃脱，（b）被砍头，（c）尸体变成马蜂复仇，终于蜇死皇帝。

这是一个讲述主人公以神秘手段企图推翻旧王朝，改朝换代，自己做皇帝而未能成功，饮恨千古的悲壮故事。虽篇幅不长，却具备英雄史诗的气魄与风格，闪耀出夺目的光彩。记录成文的许多篇目，今天读来依然扣人心弦，发人深思。

它是一个为中国所特有，主要流行于楚地的故事。

在从十九世纪中期到现在的一个半世纪中间，世界民间故事研究已取得丰硕成果。由阿尔奈和汤普森两位学者以数十年心血编撰而成的《民间故事类型索引》(简称 AT 分类法)，将能搜集到的世界各国的民间故事按情节统一进行定型归类和编码排列，便于人们检索在世界范围内流行的众多故事并对之作比较研究，是人文科学研究的一项重要成果。在这部书里，没有收录同中国《早发的神箭》相同的类型。

丁乃通编撰《中国民间故事类型索引》时，借用 AT 编号，将它列为 AT592 型之中国亚型。AT 分类法中之 592 型，故事名称为《荆棘中的舞蹈》，讲述主人公以某种神奇的乐器（魔笛、魔琴等）驱使恶魔不停地跳舞，从而将它制服的故事，它流行于世界上许多国家之中。把它与《早发的神箭》相比较，除赋予琴笛和弓箭以魔力这一点相一致，因而具有一定联系之外，整个故事形态及其内涵均相去甚远。这使得我们有充分理由把《早发的神箭》作为卓然独立于世界民间故事之林，闪耀出中国民族文化光华的作品来研究。

这个故事在中国大陆的地理分布情况如何呢？三十七篇异文中，标明流传地区的有湖北（12）、湖南（4）、广东（4）、广西（2）、贵州（6）、四川（2）。根据一些楚史研究者所判明的，古代楚国疆域，包括今天的湖北、湖南、安徽、江西、江苏、浙江六个省的全部，以及陕西、河南、山东、广东、广西、贵州等省区的部分地区①。那么，《早发的神箭》所流布的地区，大体上就在楚地范围之内。

记得一位著名学者讲过："言有易，言无难。"只要继续努力，对这个故事的异文还可以在其他地方有新的发现，却很难断定在其他地方绝对没有它的存在。但从我研究故事近四十年的见闻来看，还没有发现它在别的地方流行。另外，近年在河北发现了一个故事村——耿村，是属于中原文化系统的一个民间故事集散中心，民间文学工作者作了一次全面深入的普查，共得故事1380篇，编印成集计五百余万字，其中也没有见到这一类型的异文。据此，断定这个故事在其他地方比较少见，而在楚地，特别是楚文化的中心地带湖北、湖南却流行甚广，深得民众喜爱，我想是切合实际的。故事分布的这一特殊情况，不能不引起人们的深思。

楚人的"天子梦"

这个故事未能在更广大的地域传播，同它以传说形态出现，紧密附着于楚地的历史人物、自然与人文环境有很大关系。

从表面上看，它是一个关于"天子梦"的传说。人物、事件与背景，似乎都是当地所实有的，并非出自虚构。其中想当皇帝坐天下的主人公，一种说法是想篡夺王位的某位朝廷大臣，如唐时广东钦县的宁谏议，明代四川的礼部尚书周洪谟，清朝湖北的刘经略，以及朝代不明的湖北籍宰相傅杰和大臣徐六太爷等；另一种说法是农民起义领袖，如明代侗族起义领袖吴勉，清代苗族起义领袖吴天半，清代鄂东农民起义领袖钟九等；还有一种说法是风水先生，他看中了一处龙脉，图谋抢占龙脉而使自己或后人当皇帝。风水先生虽不是什么历史人物，讲述者却把他和某位皇帝联系起来，如湖北房县《天子坟》里就讲，那位风水先生叫儿子把自己的尸体葬于一个奇特地方，是想取代卢陵王。这样就有了比较确定的历史背景。

这类传说除与历史有关联之外，人们还常常从解释周围环境中的"天子坟"、"天子洼"、"天子窝"、"竹炸村"、"白竹村"、"爆竹岭"等特殊地

---

① 顾铁符：《楚国民族述略》，湖北人民出版社1989年版，第5页。

名和景物的来历入手展开叙述，使当地民众听起来感到真切可信。

因传说是依附于一定历史地理背景上的人物、事件、风物、习俗等而存在的，自然就限制了它传播的地区范围。有关学者把它称为“传说圈”。日本著名民俗学家柳田国男讲：“为了研究工作上的方便，我们常把一个个传说流行着的处所，称作‘传说圈’。”① 《早发的神箭》就是一个大体以楚地作为流传范围的传说圈。它同那些具有高度概括性、可以到处通行的如《蛇郎》、《灰姑娘》之类的故事有着明显的区别。

但它并不是那种直接表现历史人物和历史事件因而富于历史性的传说。在历史上想取代皇帝的固然大有人在，而以神箭来射杀皇帝和依靠竹人竹马打天下的情节却纯粹出于想象。流传于不同地区，以不同历史时代为背景的几十篇作品，都采取上述大同小异的情节结构。这种程式化、类型化的叙述方式，正是故事体裁所特有的。看来它的原型是具有神秘意味的幻想故事，后来才被人们附会到有关人与物之上而转变为传说，是口头文学中常见的故事传说化现象。

民间故事以情节取胜，一个故事由若干情节单元构成。从剖析情节单元及其串接方式入手，是把握故事文化内涵及其艺术魅力的主要方法。

《早发的神箭》由五个情节单元构成。“取代皇帝”是动因，“神弓神箭”、“竹人竹马”是手段，“提前发射”、“失败被害”是结果。想取代皇帝自己坐天下的三种人中，有乡间常见的风水先生。某风水先生看中了一处龙脉，相信把先人的尸骨葬于此处，后人即可贵为天子，他们煞费苦心抢占龙脉，故事讲述人对他们的作为似乎并不热心，有的还加以贬抑，如在湖北应山流传的《老龙潭与白竹岗》中，人们叙述那位风水先生图谋失败的情形道：“未出世的天子夭折了，那一支人马被消灭了，一场即将爆发的战乱被平息了，百姓又过上了太平日子。”它既是民众维护封建正统的保守思想的反映，又从另一侧面表现了他们想避免战乱，过太平日子的合理愿望。

而大部分故事，都是赞赏主人公反抗封建统治、大胆叛逆的正义之举的。如广东钦县流传的《蜂王》，主人公是唐朝的一个谏议大夫，他预计

---

① ［日］柳田国男：《传说论》，中国民间文艺出版社 1985 年版，第 49 页。

“那竹节里的人马，若到百日，便可成器，大家拿着枪刀，杀进京城夺王位，把昏王戳死，以出他这口气”。湖北浠水也流传着一个相类似的故事《茅庵洞》，讲“徐六太爷为官清正，却遇一个昏君”，“徐六太爷恨透这昏君，有心谋反”，于是生发出后面的情节。

至于以下层民众、特别是少数民族为主人公的故事，其抗争的正义性表现得更为鲜明了，代表性作品有壮族《简宜的故事》和《莫一大王的故事》，苗族《哈氏三兄弟》、《田螺相公》和《吴天半的传说》，土家族《覃厚王》和《张号的故事》，布依族《金竹师的传说》，仡佬族《竹生的故事》等。故事中的主人公大都是在自己和本民族乡亲遭受深重压迫，忍无可忍的情况下才同皇帝或土王抗争的。鄂西土家族的张号，因母亲和哥哥被土王抓去做苦工劳累而死，“张号伤心至极，找到师父要为母亲和哥哥报仇”，下决心要夺土王天下。广西莫一大王的父亲，原是一位壮族头人，残暴的皇帝要他献人皮盖宫殿，他拒不从命惨遭杀害，由此在孩子心里种下反叛的火种。贵州侗族的吴勉，曾在明洪武年间聚众二十多万人举行声势浩大的起义，其事迹后演成传说故事和民间诗歌，在《勉王歌》这部具有历史文献价值的故事诗中唱着：“天上降颗紫微星，地上生个吴勉王……吴勉满十八，碰到旱年荒年，碰到灾日难日，朝廷逼税，官府逼粮。苗家背井离乡，侗家四处逃荒，父背儿，母背女，蕨根当饭，蕨茎当菜。九洞聚款，六洞起事；上村抗税，下村抗粮。中村关洞，吴勉起兵救爷娘。”对“官逼民反”的实质作了十分清楚的叙述。

在中国漫长的封建社会里，皇帝作为最高统治者，不仅对臣民拥有生杀予夺的无限权力，还有根深蒂固的“君权神授”的传统观念作掩护，被神圣不可侵犯的灵光所笼罩。反皇帝即“大逆不道”，要遭“天诛地灭”。而在我们所研究的这类故事里，想改朝换代、自己当皇帝的人是那么多，甚至乡野小民也胆敢萌发出起兵打天下坐江山的野心。这种文化心态不禁令人惊愕。然而当我们联想起楚地的历史文化，又觉得这一文化事象不足为怪。

也许是由于古代楚国有过与群雄争霸天下的辉煌过去，遭到败亡后仍立下“楚虽三户，亡秦必楚”的誓言并得到实现，所以在这些盛传于楚地的故事中，楚人才有着以武力争夺天子宝座，主宰中华的伟大胸怀和气魄。

也许是因为楚地一直被视作“蛮夷”之境，远离封建王朝的统治中心，“天高皇帝远”，楚人便多了几分野性，敢于冲决封建主义的罗网和皇帝争高下。

也许是因为楚人具有独放不羁的浪漫主义气质，又受到本地区从陈胜、吴广（安徽）、王匡、王凤（湖北）到朱元璋（安徽）、陈友谅（湖北）、洪秀全（广西）、王聪儿（湖北）等一系列农民起义英雄人物事迹的激励，他们便胆大包天，把“皇帝佬”全然不放在眼里。

《史记·项羽本纪》载，项羽见秦始皇游会稽，即口出狂言：“彼可取而代之。”清代安徽捻军起义曾引吭高歌：“打天下，争天下，穷爷们天不怕来地不怕!”[①] 这些关于楚人文化形态的历史记述，给本故事作了最好的注解。

在神秘幻想背后

在这个故事中，“神弓神箭”和“竹人竹马”两个情节单元，不仅以其神秘幻想吸引着听众，还以它具有楚文化特征的独特而深邃的文化内涵受到研究者的重视。

故事里的神弓神箭具有穿透重重障碍，直射皇帝宝座的魔力。故事讲述人说它是懂法术的人练出来的，实际上它是楚地一种古代巫术的遗留。

神箭原是桃木制成，在巫风盛行的楚国，“桃弧棘矢”从很早的年代起便是驱鬼灭邪的神圣之物。对桃木的崇拜大概源自《山海经》，据汉王充《论衡·订鬼》引古本《山海经》，称海中一山上有大桃木，其枝间东北为万鬼出入之鬼门，两位神人——神荼和郁垒在这里阅领万鬼，见恶鬼即以苇索缚之以食虎，后世便传下在门边立桃木人及画神荼、郁垒像以御凶魅的习俗[②]。神人在桃树下捉鬼，于是桃木也有了灵气。另一说见《典术》：“桃者五木之精也，压伏邪气制百鬼，故今人作桃符著门上压邪气，此仙木也。”[③]《荆楚岁时记》中也有类似记述。弓箭的出现，是人类文明的一大进步。以“仙木”桃枝作弓箭，在古人心目中便具备了无比的威力，不亚于

---

① 《中国歌谣选》第1集，上海文艺出版社1978年版，第36页。

② 袁珂：《中国神话传说词典》，上海辞书出版社1985年版，第302页。

③ 《渊鉴类函》卷399。

现代人心目中的远程导弹了。《楚文化志》的作者特别注意到古籍中楚君熊绎“桃弧棘矢以共王事”的记载，认为始封的楚君将“桃弧棘矢”献给周王以除祟禳灾，表明他既是国君，又身兼大巫①。可见在巫术活动中迷信桃木弓箭的魔力在楚地由来久远。湖北民间，至今还可以看到人们将一束桃枝扎在门前以辟邪，就是这古老信仰习俗的遗存。《早发的神箭》中，主人公所用的本是桃木弓箭，如湖南的《覃厚王》中就讲，死去的母亲给覃厚托梦：“你要在我坟前栽上竹子，再在家中的神龛上供上一张桃木弓，三支柳木箭，直到三年零六个月，鸡飞马上屋时，把箭向东方射去，就可射死皇帝，我们土家族也就再不受他欺压了。”桃木箭本身就有魔力。另一些故事没有点明这一点，可能是由于在故事变异过程中，出现了一个懂法术的人（多为道士），由他将赋予弓箭以魔力的秘法传授给主人公，于是改变了以桃木作弓箭的情节（也可能和记录者对这一细节的忽略有关）。

“竹人竹马”的叙述更为神奇。故事告诉我们，到了某个神秘的时刻，漫山遍野的竹林炸裂，每个竹节里就会出来一兵一马，组成一支浩浩荡荡的队伍，帮主人公打天下坐江山。这实在是一种雄奇瑰丽的幻想。蓝鸿恩在给壮族《莫一大王的故事》作注时指出：“以竹子当兵马，是壮族所有英雄神话故事的核心，相同的故事早见于《竹王》，其他如依智高、黄九宵、韦银豹等故事莫不如此。”② 潘定智在《仡佬族传说试论》中也讲：“仡佬族崇拜竹，且有不少关于竹的传说”，因而提出“竹是不是仡佬族民族之魂的象征”的问题来供学人研讨③。其实关于竹的神秘传说，在湖北、湖南流行的汉族故事里也十分普遍。它显然不是南方某一民族所特有，而是流行于楚地带有区域性的文化事象。

在被学人断定为楚人作品的《山海经》中，“竹”和“竹箭”（小竹）出现的频率多达二十处，凡名山圣境必产竹，如“轩辕之山其下多竹”、“夸父之山多竹箭”等。除表明古代竹子在楚地生长极广之外，也反映了人们对它的神秘印象。又《庄子·秋水》：“夫鹓雏，发于南海而飞于北湖，

---

① 《楚文化志》，湖北人民出版社 1988 年版，第 406 页。

② 《神弓宝箭》，中国民间文艺出版社 1985 年版，第 64 页。

③ 《仡佬族文学资料汇编·传说集》，贵州民族学院 1985 年编印。

非梧桐不止，非竹实不食，非醴泉不饮。”鹓雏是凤凰一类的神鸟，非竹实不食。可见竹子是同凤凰有关而被楚人所崇拜的对象之一。

最著名的还有夜郎竹王故事，据《后汉书·西南夷传》载：“初有女子浣于遁水，有三节大竹流入足间，闻其中有号声，剖竹视之，得一男儿，归而养之。及长，有才武，自立为夜郎侯，以竹为姓。”它演变出众多大同小异的传说，流行于西南许多民族的口头文学之中，并伴以竹王祠、竹王庙和隆重的祭赛活动，《湖南通志》中所载王阮亭咏竹王祭赛诗，对活动情景有极生动的描述：“竹公溪畔竹茫茫，溪上人家赛竹王，铜鼓蛮歌争上日，竹林深处拜三郎。”著名学者马学良先生撰有《灵竹和图腾》一文，以大量材料说明，“故事传说虽不全同，但崇拜竹子，相信竹子与祖人有特殊关系，及竹能保护族裔，则各地夷族皆然”①。

不仅南方许多少数民族地区是这样，宋代江西诗人黄庭坚早就在诗赋中惊叹楚地竹林之“魂怪不常”。就以我的家乡湖北江汉平原来说，在人们的心灵上，住宅旁的竹林常成为主人家命运兴衰的标志，竹林茂密即预示人丁兴旺，家业隆盛；竹林枯萎就是衰败的征兆了。这种与南方特殊自然景观相联的古老观念至今犹存。

《早发的神箭》中的“竹人竹马”情节显然是由《竹王》一类神话传说演进而来的。竹生儿原本是以竹为图腾和象征性始祖的氏族或民族的神话传说，后脱去图腾意味，成为具有神秘色彩的幻想——竹中可生出奇男奇女，生出威武雄壮的兵马，获得了新的文化内涵。

本故事还有一些异文，由竹子生发出另一些奇幻情节，如说主人公会骑竹马，那竹马就是一根竹竿，在京城做官的主人公夜里骑上它，一下子就飞回楚地的家中与妻子团聚。或者讲述主人公爬到金竹颠上，用力把竹子压弯，然后一弹，就到了京城。他把竹颠拴在树上，等事情办完了，再回到竹颠上，解开索子，竹颠又一下子把他弹回南方家乡。所有这些关于灵竹的描写，既表现了楚地遍野竹林郁郁葱葱的自然景色，又透示出楚人崇竹爱竹，将自己的乐观进取精神和无限创造潜力融会其中的豪迈心态。

萧兵的比较文化学巨著《中国文化的精英——太阳英雄神话比较研究》

① 马学良：《云南彝族礼俗研究文集·灵竹和图腾》，四川民族出版社 1983 年版。

对竹崇拜和竹生人故事有专节论述，他在综合国内外有关研究成果之后指出，这是“西南太平洋文化的一个重要的因子”①，揭示了灵竹这一文化事象的重要研究价值。

由于神箭“提前发射”而遭致“失败被害”，是本故事的结尾。农民起义军领袖也有做成皇帝的，如朱元璋，那是另一种类型。《早发的神箭》所讲的都是英雄壮志未酬的悲剧性故事。以历史唯物主义观点来分析，封建社会中图谋改朝换代的农民英雄的失败在所难免，有其历史必然性。可是故事讲述人却把它归之于偶然的失误，是主人公和他身边的亲人性子急，提前起事才铸成大错。如湖南《田螺相公》中所讲的，田螺相公练了三年神箭，便安排自己好好睡一觉，叮嘱妻子明早鸡叫时喊醒他。他妻子守夜守得不耐烦，提早叫醒了他，他便骑马上山拉弓射箭：

> 一箭射到皇宫里去了。射得真准，恰好插在皇帝的宝座当中。可惜射早了一点，这时皇帝还没有来上早朝。不然，皇帝当然就死了。田螺相公却不晓得没有射死皇帝。他射完了，骑马下山，打算到京城去坐殿。皇帝早上上朝，看见一根箭插在宝座当中，吓得腿杆子打闪，站都站不稳了。皇帝传旨，要官兵查出是哪个射的箭。官兵查出来了，皇帝再传旨，要官兵捉拿田螺相公。

在这种情况下，竹子也提前炸裂开来。如湖南《覃厚王》中所描写的：

> 覃厚在牛四隘山上，射完了箭，便听得轰隆一阵巨响，回头一看，只见坟周围的竹子都炸开了，每一个竹节里，都滚出一个人来，骑着马拿着刀，好不威武。可是由于生长的时间还不够长，刚出竹节，又都倒在地上不能动了。

或者如同当阳《黄狗子屋场》里所写的，那位本可以做天子的孩子因提前降生，落地后不久就死去了，“就在这时，房前屋后的翠竹全部噼噼啪啪地炸开了，每个竹节里都有一对竹人竹马”，也随之死去。

这里以神秘幻想情节对农民英雄的抗争失败过程作了象征性的描写。这种描写因具有高度概括性和单纯性，使人觉得未免将复杂激烈的农民战争简单化了，然而它又富有诗意地表达出民众的乐观开朗胸怀，他们认为

---

① 萧兵：《中国文化的精英》，上海文艺出版社 1989 年版，第 379 页。

斗争的失败是因一时疏忽，并非不可避免。主人公将不断积聚力量，继续进行抗争。有的故事里还讲到，主人公被砍头以后，“装起脑壳”，骑着战马又跑回家乡，直到引起人们的惊叫，他才倒地死去（《田螺相公》）。或者要家人把自己的尸体放进一口大瓮里面，让它长成千千万万条生命（蛆），“用粥喂十天，就会变成千千万万的兵马出来报仇”（《简宜的故事》）。还有些主人公被害后，尸体上长出千千万万马蜂飞向京城，“把皇帝和奸臣统统锥死了”（《金竹》）。在神秘幻想中，凝结着楚人对封建统治者不共戴天的仇恨和不屈不挠的斗争精神。这类故事的讲述，不仅是给人们消闲解闷，也是在人们心底传递抗争的火种。

故事的构成与演进

《早发的神箭》这个故事类型是怎样的？作为一件完整的艺术品，怎样看待它和楚文化的联系？这是我们最后要给予回答的问题。

它是一篇包含几个情节单元的故事，并非一开始就很完整，在口头传承中，经历了一个由简到繁、由单纯走向复合的演进过程。

由“桃弧棘矢”原型演进而来的“神弓神箭”和由竹生儿原型演进而来的“竹人竹马”，早已分别存在于楚地的民间信仰和口头文学之中，直到农民起义的浪潮席卷楚地，其威猛声势和失败悲剧深刻震撼大众心灵的情况下，这几个情节单元才构成一个有头有尾完整曲折的故事。故事中所处的时代最早的人物是唐朝广东的宁谏议，我们可以把它看作上限，可是从中国封建社会由盛到衰的历史以及故事主要涉及明清时期的历史人物来看，似乎可以断定，它就是在明清之际实现整合，构成一件完整作品并从某一中心点流播开来，再同各地有关人物、风物相结合而成为一个“传说圈”的。

本故事虽包含几个情节单元，实际上是楚地历史与信仰这两种东西的概括反映。对桃木与灵竹的信仰属于楚地的原始信仰，汉以后创立的道教，继承楚地的巫文化而加以发展，对这个故事的构成和传播给予了有力的刺激。它的许多异文后来都染上了道教色彩。好几位主人公的师傅是道士，鄂西《张号的故事》中，就突出地描述了小伙子拜师学秘法的过程。故事中具有神秘色彩的那些风水先生，不仅看风水，也懂法术，实际上是道士（汉族地区的乡村道士兼看风水）。道教和其他民间秘密宗教往往介入农民起义。清代著名的白莲教起义就是一个突出事例。

关于楚文化的特征，尚待学术界进一步探明，但崇巫和尚武这两点已是学人的共识。《早发的神箭》就是这两种楚文化因子的融合。人们用神秘幻想情节表现英雄主人公以武力反抗封建帝王、图谋改朝换代的壮烈斗争。这些神秘幻想，源自楚地的原始信仰，又打上了后来楚地盛行的道教信仰的烙印。“道法自然”，道家和道教认为自然界里有一种神秘力量，事物之间存在一种神秘联系，可利用来同自然与社会中的邪恶抗争，实现人们的美好意愿。它已化为楚人的深层心理。随着民间艺术的嬗变，它在楚地文化氛围中，又演进为一种独具特色的艺术情趣，以狂放的浪漫主义精神和神秘奇幻的色彩有力地吸引着人们，使人目眩神驰。它和楚人勇敢豪迈的气概以及楚地葱茏险峻的自然景观交相辉映，蔚为壮观。

楚文化是一个历史概念。产生于封建中期的《早发的神箭》这个故事类型，虽说不是楚文化的直接产物，却同源远流长的楚文化有着深刻联系，是楚文化因子结成的文学奇葩。从这里，我们可以强烈地感到楚文化的流风余韵至今犹存，还可以由此窥见在中华舞台上演出一幕幕威武雄壮史剧的楚人心灵的一角。

楚地还流传以机智胜敌和咏诗联对的故事，它们洋溢着智慧幽默和“唯楚有才”的自豪感，也是具有深厚楚文化意蕴的口头文学，但那是有待开掘的另一个宝库了。

白族民间叙事诗《黄氏女》的比较研究[①]

《黄氏女对金刚经》(以下简称《黄氏女》) 在白族文学史上并不是思想与艺术最出色的民间叙事诗篇，却以其在民间流传广远而引人注目。从《白族文学史》、《中国少数民族文学》到《白族文学史略》[②] 等书，都给予

① 本文为刘守华、刘晓春合作，原载《民间文学论坛》1993 年第 3 期。

② 张文勋：《白族文学史》(修订版)，云南人民出版社 1983 年版；毛星：《中国少数民族文学》，湖南人民出版社 1983 年版；李缵绪：《白族文学史略》，中国民间文艺出版社 1984 年版。

了评介。笔者在1985年发表的《多侧面扩展民间文学的比较研究》① 一文中也从比较研究的角度提到这部作品。当时因材料不足，未能撰写专文。经过这些年有意或无意间的搜求积累，手头关于《黄氏女》的各族古今异文已有了七八种，似乎可以就这一件广传于世的民族民间文学作品作一次有意义的纵向（古今）与横向（不同民族、地区）的比较研究了。于是动手写成本文。

白族《黄氏女对金刚经》

笔者见到的于1963年出版的《云南民族文学资料》第11集中，载有从剑川采录的《黄氏女对金刚经》两篇异文，其一是刘举才抄本，共2 310行。另一份出自歌手张明德之口，只有700余行。这件作品以长诗和故事形式流传于剑川、洱源、鹤庆、大理等县市，“黄氏女和段赤城、柏节夫人一样，是深受白族人民喜爱的民间文学形象”②。

据长诗描述，黄氏女为剑川沙溪人，“沙溪出了黄氏女，提起她谁不知道，她的娘家姓黄，丈夫家姓赵”。她待字闺中，吃斋信佛，后嫁给屠户赵联芳（一作令芳），生有一子一女，女名玉英，子名长寿。因赵不信佛，蛮横浪荡成性，黄氏女饱受欺凌。她长于念诵《金刚经》，念起来感天动地。“阎罗王也被感动”，便打发童子请黄氏女到阴间阎罗殿去对《金刚经》。黄氏女在病中和一双儿女生离死别，痛断肝肠。她进入地府，目睹惩罚“罪人”的种种酷刑，触目惊心。黄氏女同阎罗王对完《金刚经》之后，本应回阳世与家人团聚，但肉身已毁，只好转世投胎，“黄氏善人你听着，封你当官管万民，女转男身回人间，代代有功名”。这是体现“大团圆”思想的最为流行的结尾。也有另一种说法：黄氏女因留恋人间，私自逃出地府，被阎王捉去灌了迷魂汤，因而失去对往事的记忆，从此和家人永诀。

两部白族文学史对这一作品思想内容的复杂性所作的剖析，特别是有关研究者对女主人公悲剧性格的民族文化内涵的揭示，是于读者有启发的。存在明显不足的是关于它的来龙去脉的追索，《白族文学史》认为它形成于

① 《民间文学论坛》1985年第3期“专论”。

② 王明达：《黄氏女的悲剧形象与白族的宗教信仰》，《山茶》1984年第1期。

封建统治和佛教势力鼎盛的元明清时期，“可能产生于剑川，然后再流传到洱源、鹤庆、大理以及其他一些白族聚居地区的”。从我们下面将要介绍的材料可以看出，这一论断和实际相去甚远。由于对作品的渊源未作深入考察，又缺乏对异文的比较研究，有关这部长诗的思想与艺术分析自然也就难以十分精当了。

《金瓶梅》中的《黄氏女卷》

明代著名长篇小说《金瓶梅》第 74 回《宋御史索求八仙鼎，吴月娘听宣黄氏卷》中的“黄氏女卷”，即黄氏女对金刚经故事，梗概为：曹州南华县黄员外之女，年方七岁，即吃斋把素，念《金刚经》每日不缺，感动观世音菩萨。后嫁与屠宰为生的赵令芳，生一男二女，长女娇姑，二女伴娇，子名长寿。黄氏女劝丈夫与他共同修行，令芳不能依随。黄氏女“念佛音，声朗朗，贯彻穹苍。地狱门，天堂界，毫光发现”，被阎罗王派善恶二童子请入地府对《金刚经》。“千死万死甘心死，怎舍娇娃女一双。”“望乡台上把家乡望，儿啼女哭好凄惶”，宝卷抒写了女主人公对儿女和人世难离难舍之情。黄氏女过无奈河，游地狱，最后来到阎罗殿，一字不差地说完《金刚经》。“阎王取笔忙判断，曹州张家女转男。”黄氏女投生张员外家，女转男身，取名俊达，十八岁科举登黄甲，升授曹州府南华县知县，后与丈夫子女团聚，一家五口驾祥云升天界同成正果，“此是看经多因果，得为男子寿延长”。

《金瓶梅》中写到的这部《黄氏女卷》出自何处？《金瓶梅素材来源》一书参照人民文学出版社 1985 年版《金瓶梅词话》第 74 回校记指出：《黄氏女卷》当为《三世修道黄氏宝卷》，一名《对金刚经》，有明刊本。明刊旧本今不获见，今所见的《黄氏宝卷》，人物形象和故事梗概均与《金瓶梅》所写的略相同，但文字上出入较大①。

不须细加比较，一眼即可看出，白族《黄氏女对金刚经》的长诗和故事以及其他地区流行的同类型作品，均由这部早在明代即已刊印传世的《三世修道黄氏宝卷》脱胎而出。

---

① 周钧韬：《金瓶梅素材来源》，中州古籍出版社 1991 年版，第 364 页。

《金瓶梅》第74回关于吴月娘请三位尼姑到内室宣讲《黄氏女卷》这一情节，对我们研究这一作品具有特别意义，它不仅使我们看到了《黄氏女宝卷》本文的大致面貌，还生动地展现了当时人们听讲这一宝卷的风俗画面。从小说的写实笔墨中可以看出，黄氏女对金刚经的故事已广泛流行于民间，特别是在女性群体中，似乎成了一个兼有宗教性和娱乐性的流行节目，所以那位薛姑子宣讲起来十分自然熟练，吴月娘周围“挤了一屋里人”，也听得津津有味，从掌灯时分到三更天气才结束。这样一部作品明清以来流布全国乃至穷乡僻壤也就不难理解了。

两湖“善书”和“女书”中的《王氏女》

湖北等地乡镇，一直流行“说善书”的习俗，实为明清以来“宣讲宝卷”活动的流变。笔者见过一本书名为《翼道集》的木刻善书脚本，其中有《女转男身》一篇，梗概为：山东曹州府南华县有一女王五娘，自幼吃斋念经，后嫁给赵屠夫，因信仰不同，夫妇不睦，分房各宿。青衣童子奉阎王之命，请这位善婆到地府去对经。随后发放福地，送至张会元家投胎，女转男身，取名张世芳。十七岁科考点状元，并任曹州知府，与前夫赵屠户相会。后张看破红尘，辞官不做，上白云山修行，功德圆满登仙而去。

最引人注目的是近年在湖南江永县一带发现的“女书”中，有一部长篇叙事诗《王氏女》。“女书”是当地流行的一种记录方言的特殊文字，由妇女创制，只在女性群体中流行。女书除了写书信，在结拜姐妹间交流情感之外，就是用于传承韵文体裁的民间文学作品，主要是八部民间叙事长诗，即《祝英台》、《卖花女》、《罗氏女》、《肖氏女》、《三姑记》、《秦香莲》、《鲤鱼精》和《王氏女》①。《王氏女》的篇幅计800行，梗概为：王氏生于曹州府南华县，因排行第五，人便称为王五娘。嫁给世代以屠宰为业的赵令芳，生下一儿一女。后因令芳不信佛，夫妻不睦，“同住房屋各铺床”。王氏念经惊动阎王，阎王派童子接引她到地府，“王氏阳间念经女，取她前来对金刚”。得阎王嘉奖，女转男身，投生张家，取名张仕芳。在本

① 刘守华：《湖南江永“女书”中的民间叙事文学》，《民间文学论坛》1992年第3期。

县中秀才后又出外求官，得中状元并任曹州知府，最后找到南华县和前世几位亲人相聚，“母子四人来修善，不在朝中保君王，玉帝传下四人到，同落西天过光阴”。

《王氏女》传承人是88岁（1990年）的高银先老太太。她生于湖南江永县上江圩乡甫尾村，不识汉字，也不会讲官话，只会讲土话，但懂“女书”中的异形字，能按“女书”文本用土语诵读并向人传授“女书”。她是汉族，由于当地长期汉瑶杂处，所以这些口头文学中也有瑶族民间文化的影响。由她传承至今的这部《王氏女》，不仅最为完整，而且具有鲜活的面貌，在比较研究中有着重要价值。

从纵横比较中看白族《黄氏女》

在我们面前，有了明代的《黄氏女宝卷》和湖南汉族长诗《王氏女》等同类型作品，就可以在纵向和横向比较中来评析白族长诗《黄氏女》的构成及其思想艺术特征了。

这部作品在明代宝卷中的基本形态为：一位出嫁给屠户家的善心娘子黄氏女长期吃斋念经感动阎王，被阎王差人请进阴曹地府对经，经历了和丈夫子女生离死别的哀痛，目睹了地狱因果报应的惨状，最后受阎王嘉奖女转男身获得善果。白族长诗《黄氏女》的基本形态与之相同，不仅人物面貌及其关系、故事情节构成相同，而且许多细节如丈夫和儿子的姓名，转世投胎的家庭都契合一致。面对这一事实，我们只能用长诗脱胎于宝卷来作解释。

就历史文化背景来看，早在南诏和大理国时期，白族和中原汉族的文化交流就十分频繁。白族地区佛教有广泛影响，如元朝郭松年在《大理府行记》中所说的，这一带的居民“家无贫富，皆有佛堂，人不以老壮，手不释数珠，一岁之间，斋戒几半，绝不茹荤饮酒，至斋毕乃已”。而宝卷就是佛教的通俗文学。宝卷渊源于唐代寺院中和尚的俗讲和宋代瓦肆里和尚的说经，以说唱结合的方式主要演说佛教故事，明代盛极一时①。在明清以来的四五百年间，《黄氏女宝卷》随着佛教文化的传播进入白族地区并扎下

① 《说唱艺术简史》，文化艺术出版社1988年版，第100页。

根来是不难理解的事。

以上是从明代宝卷和白族长诗“异中之同”的比较引申出来的结论。然而本文的重点却是由纵横比较中着重追寻“同中之异”，以便使我们更清楚地认识白族长诗《黄氏女》的时代与民族特色。我们以为这些特色可以从世俗性、悲剧性和抒情性的增强这三方面给以说明。

1. 世俗性

明以来白族地区的几个《黄氏女》本子，基本上是宣扬因果报应的宗教故事，尽管以一个有丈夫和儿女的乡村女性为主人公，对她的世俗生活的表现却十分薄弱。在《金刚经》的故事发生时，屠户赵令芳刚好到山东买猪去了，从三岁到九岁的三个儿女均未开口讲话，实际上是黄氏女一人在那里唱独角戏。白族的《黄氏女对金刚经》却在原有故事的框架之内，添枝加叶，大大充实了对主人公家庭生活的描述，尤其是表现了吃斋念佛的妻子和以屠宰为业的丈夫之间富有戏剧性的家庭纠葛。长诗以黄氏女到“太子会”上去烧香，半路遭雨淋染病发烧为中心事件展开叙述。丈夫责怪她“天天生病为哪样，因为没有吃油荤”，并说“吃肉喝酒这两样，世间最快乐”。黄氏女则批评丈夫“劝你的话不听，横头横脑胡乱说”。两人因信仰不同而格格不入。接着，长诗增写了一个黄氏女怎样吩咐女儿玉英前往姨妈家去请医生开药方抓药治病的生活插曲。原来这个本子讲的阎王召唤黄氏女赴阴曹地府对《金刚经》的故事纯粹出于幻想，白族本子却把主人公写成因吃斋念佛，身体虚弱，遭雨淋发烧不治而亡，实际上以此为主线来展开叙述，大大增强了世俗生活的内涵，从而使作品的面貌为之一新。

增强世俗性，便使得这部作品在民间流传时群众感到更为亲切，更易于引起人们的情感共鸣，从而加强了对宗教性内容的批判。赵令芳批评妻子的那些话看起来有些“横头横脑”，实际上却有不少合情合理的地方。请看看：“十七岁嫁来我家，甘心情愿不吃荤，看见我去当屠户，跟我来作对。二十岁就吃长斋，走南走北在随她，白天她去忙拜经，忙得来天昏地暗。”黄氏女整天吃斋念佛，家庭生计完全由当屠户的丈夫维持。儿女均未成年，她就要撇开儿女离去，怎能不使丈夫产生怨恨之情。至于儿女玉英在生离死别关头对母亲的依恋哭诉就更加动人了：“大哭一声亲生娘，怎么这样下狠心，要我姊妹靠谁人，妈的心不疼？饥渴谁人给我们？衣服破烂谁人补？水一桶也提不起，桶底也打脱。楼上香火谁人点？地下粪草谁人扫？”“你也应该想一想，不要砍断亲骨肉，阎罗王要责怪时，我抵着去拼。母亲莫吃铁水汤，好好去和阎王讲，就说儿女很可怜，心中丢不下。”这里交织着爱与恨的悲泣，无疑是对宗教扼杀人间真挚情爱的一种批判。

2. 悲剧性

《金瓶梅》中的《黄氏女卷》和江永“女书”的《王氏女》中，当阎王强令黄氏女赴阴曹地府时，她只流露出对人间生活的留恋，“千死万死甘心死，怎舍娇娃女一双。大姐娇姑方九岁，伴娇六岁怎抛娘？长寿娇儿年三岁，常抱怀中心怎忘?”并未觉悟到正是吃斋念佛，对宗教的虔诚使她走向了家破人亡的绝境。临死之前，仍要先烧香拜佛，“王氏烧纸香一炷，祥言再念我金刚，辞别三君玉帝佛，又去厨中辞灶王”。黄氏女虔诚信教而又被宗教所愚弄，她却未能在对自己人生信仰的否定性嘲讽中产生悲剧性思考。整个看来，黄氏女形象只是佛教因果报应观念的载体。

白族的《黄氏女对金刚经》，却以浓厚的悲剧性打动人心。黄氏女作为一个弱小人物，她对宗教的虔诚不是出于某种精神升华的自觉愿望，而是出于对现实苦难的逃避和对来世人生的一种期待。当她矢志追求的美梦破灭以后，她的生命中便迸发出自我保护和自我拯救的抗争欲望。

黄氏女是一个虔诚的信徒，“世间诵经的人多，哪个比得黄氏女，因为一心南天佛，舍得下功夫。敬经胜过去念经，软铁炼成了金刚，久炼金刚黄氏女，炼得好功夫”。足见黄氏女心诚之至。丈夫以屠宰为业，黄氏女劝诫丈夫多行善，“一善改百恶”。同时，黄氏女又是一个被愚弄者。黄氏女吃斋念佛，无非是保佑家人平安，祈望来生幸福，但阎罗王却要逼得她家破人亡，骨肉分离，饱尝生离死别之人间大悲大痛。美学研究者认为，悲剧主体是陷于人生苦难或生命不可避免地走向毁灭的人，他们“往往都因出现动机与结果完全悖反的意外变故而毁灭”①。可以这么说，黄氏女虔诚信教，却最终为宗教所欺骗和愚弄。这是黄氏女形象的悲剧意义之一。

如果说作为虔诚信徒与被愚弄者双重身份的黄氏女只是处于一种被动

① 邱紫华：《悲剧精神与民族意识》，华中师范大学出版社 1990 年版，第 11 页，第 42 页。

的受驱使的处境中的话，那么作为生命超越者的黄氏女则是逐渐萌发了生命的主体意识了。当黄氏女念经惊动了阎王，差她下阴间去对金刚经时，黄氏女便陷入了她自己日日虔诚营造的罗网之中。正是这骨肉分离的悲剧成了她对宗教怀疑的萌芽的契机。只有当她意识到自己的动机与结果完全悖反时，黄氏女这一形象才迸发出人的价值的光芒。黄氏女由阳世到阴曹地府的路上，时时刻刻都眷念着子女，当她在望乡台上望见亲友们悲戚的样子时，便不顾童子的阻挠，毅然返回阳间，与子女相会。儿女们的可怜惨状令她凄然泪下，“可怜我的儿和女，实在难舍又难分，长寿孩儿正吃奶，两眼泪汪汪。一边吃奶偷看我，两眼半开半闭着，她想同我说一声，难舍这口奶”。正是对这份骨肉亲情的眷恋，使黄氏女不愿离开人世，“走了一段又回头，丢下一双儿和女，实在不忍。再想回转去看看，再把家事理一理，趁着机会去一转，以后难再见”，一直挨到五更天。黄氏女虔诚信教，宗教并未带给她家庭的幸福宁静，相反的却是家破人亡。黄氏女一而再地返回阳间，既是受母爱的召唤，也是对宗教怀疑的萌芽和抗争的开始，她虽然知道自己的死亡命运不可抗拒，却多次抗争，作品中洋溢着感人肺腑的悲剧精神，使其和其他几部黄氏女作品相比别具一格。

3. 抒情性

汉族地区有关“黄氏女”的作品，都采用第三人称，基本上是一种故事的平铺直叙，在叙述中穿插着宗教说教。而白族地区的《黄氏女》则采用“大本曲”的抒情格调来表现。“大本曲”大都是以一完整的故事作内容，人物有感情和性格的变化，故事内容有戏剧冲突，只不过这些都是通过演唱者的叙述来展开的。演唱者可扮演着不同角色。大本曲拥有成套的唱腔。凡喜怒哀乐之情，都有它相应的唱腔，曲折复杂的故事，要求有丰富的音乐去表现，这就促进了大本曲音乐的发展；而大本曲音乐的不断丰富，又能表现出更为复杂的生活内容，反过来促使内容性格化和戏剧化。大本曲内容的性格化和戏剧化为人物活动提供了充分的艺术时空。同时，人物之间的冲突更趋激烈，戏剧化的倾向使人物内心世界的表露更为淋漓尽致。黄氏女这一形象的感人之处在于抒情氛围中的悲剧意蕴。黄氏女在生离死别这一人生之大悲大痛中对子女的深情依恋，对宗教的谴责表现得淋漓尽致。阎王派青衣童子抓黄氏女去阴间对经，黄氏女仍苦口婆心地规劝丈夫“去恶从善”，两人之间展开了一场“世俗生活方式与宗教生活方式”的对话，黄氏女对宗教的迷醉此时尚未觉醒。到了望乡台，她不顾童子阻拦，两次返回家中。其中的两段“五更调”，都是黄氏女在世俗与宗教冲突的夹缝中酿就的悲剧性格的真实写照，抒情浓郁悲凉，令人怆然泪下，可以说是一曲惨绝人寰的哀歌。此时的黄氏女已觉悟到自己被愚弄，开始怀疑宗教的意义。对宗教，她从虔诚到怀疑；对子女，她更珍惜即将失去的母子（女）之情。“阎王是个瞎眼睛，妈挂儿来儿挂妈，谁人劝一声。世上多少诵经的，为何不去请别人。”“一更明月露上顶，转回看看亲儿女。我儿长寿真可怜，渴奶了几天。别人睡了还含奶，我儿饿时含指头，挂念你们又回来，再喂你点奶。”愤怒的控诉，无奈的挣扎，让人似乎触摸到一颗由无奈与悲愤交织而成的颤抖的心。

白族《黄氏女》世俗性、悲剧性和抒情性因素的增强，有其深刻的社会文化背景。从长诗的艺术特点看，它与南诏以前及南诏大理国时代的白族文学都有显著不同。这篇长诗中的人物性格不是由作者介绍和说明，而是通过人物自己的语言和心理活动去表现。其篇幅之长，所反映的社会关系之复杂，描写之细腻，心理刻画之深刻，这样的作品在古老年代白族文学中是不大可能找到的。再就作品中浓郁的佛教色彩看，只能产生于佛教盛行的年代。有学者认为，佛教传入白族的时间可能始于唐代①。又据有关学者研究，“白族唱‘大本曲’活动的产生时代，晚于我国中原民间讲唱文学”②。就作品中所出现的多种宗教信仰混杂的情况看，汉族地区有关的“黄氏女”作品大约在明代流入白族地区。这一时期，白族地区佛教兴盛、寺院林立，寺院的主持往往是大地主和放高利贷者，他们霸占田地，夺取地租，放高利贷，残酷剥削农民。这一历史事实，无疑会使白族人民在吃斋念佛的同时，又不免会对佛教宣扬的普度众生产生怀疑。这一普遍的社会情绪自然而然地会反映到民间文学中来。

至于作品中世俗性、悲剧性加强，而另一方面又以大团圆为结局，我们认为应从作品传承的社会文化背景与“大本曲”这一体裁功能的矛盾中

---

① 《中国少数民族宗教概览》，中央民族学院出版社1988年版，第210页。

② 赵橹：《白族“大本曲”与佛教文化》，《民族文学研究》1992年第3期。

进行分析。人们称传统“大本曲”为“高台教化”，“教化”二字说明许多传统的大本曲曲本，是借历代悲欢离合的故事，阐发忠孝节义的意旨。而白族唱“大本曲”活动，在时间上、场所上与佛教关系密切。每年七月中旬，白族村村寨寨，配合“盂兰胜会”超度亡灵，唱“大本曲”三至七昼夜；唱“大本曲”的场所，虽不在寺院，但讲唱艺人在讲唱前，必置供桌于前，供观世音及其他菩萨佛像一尊，并置瓶花、供果、净水、檀香之类，炉香袅袅与寺院中讲经说法的场面颇为相似，这些足证白族唱“大本曲”活动，与寺院的讲经说法一脉相承①。“大本曲”的“教化”功能与白族民间对宗教的批判情绪之间的矛盾，反映在作品中，便使得长诗的内涵颇为复杂。和白族的一般民间文学作品相比，其宗教色彩无疑十分突出。可是和明以来汉族地区的几个本子相比较，它明显地增强了世俗性、悲剧性和抒情性，染上了白族民间文学的鲜明色调，成为白族民间文学中一件颇有代表性的作品。可以说，它是对民族民间文学进行比较研究的一个难得的实例。

论民间文学中的“大团圆”②

——兼对一个流行文学观念质疑

我国文学园地，长期流行一种观点：中国民众喜欢以“大团圆”结尾的作品；“大团圆”是中国民族心理、中国文艺民族特色的反映。近年来人们又对这个问题展开了讨论，有的人竭力抬高悲剧性作品的地位而贬抑“大团圆”思想；也有人主张按“大路朝天，各走半边”的原则，让它们各得其所地向前发展③。在有关“大团圆”问题的文章中，都以相当篇幅涉及中国民间文学。可是从中外民间文学的大量实例来看，上述流行观念并不正确。本文试用比较研究方法剖析一下民间文学中的“大团圆”问题，并对文学发展某些带规律性的现象作初步探讨。

---

① 赵橹：《白族“大本曲”与佛教文化》，《民族文学研究》1992 年第 3 期。

② 原载《华中师范学院学报》1983 年第 4 期，《全国高校文科学报文摘》1984 年第 2 期摘要转载。

③ 《文艺研究》1981 年第 1 期发表的远帆《谈谈“大团圆”》一文。

“大团圆”在世界民间故事中的普同性

就民间口头文学创作而言，放眼五洲四海，“大团圆”并不只是中国民众所喜好的。我们虽然难以断言一切国家民族的民间口头文学均渗透着“大团圆”的思想，然而说许多国家民族的民间口头文学都有这样的特点，其普遍性远远超出中国以外，却是符合实际的。

大约在公元九世纪中叶至十二世纪之间汇编成书的一部印度古代寓言、童话故事集《五卷书》(其中最古老的故事可以上溯到公元前)，其中心内容就是表现被剥削被压迫的劳动人民斗争的勇气和信心，他们同奴隶主和封建主之间的斗争，由于历史条件的限制，几乎全以失败结束。但是他们并没有被失败吓住，他们前赴后继，一次斗争接着一次斗争，决不罢休。他们的勇气没有挫折，信心没有动摇。“他们这种信心和勇气，就突出地表现在他们创造的寓言和童话里面。”① 在这些故事里，善良战胜邪恶，被欺凌的弱者打败横暴的敌人，成为普遍的主题。

成书于八至十六世纪的阿拉伯故事集《一千零一夜》，书中更充满“大团圆”的故事。

十九世纪二十年代问世，享有世界声誉的《格林童话全集》，汇编了格林兄弟采录的两百篇日耳曼民间故事。其中绝大多数也是以“大团圆”结尾，善良的人通过曲折斗争获得幸福，作恶者受到严厉的惩罚。

关于俄罗斯民间故事的特点，高尔基在《谈故事》中指出：“总之，故事在我面前展开了对另一种生活的希望之光，在那种生活里，有一种自由的、无畏的力量在活动着，幻想着更美好的生活。”② 尽管现实是阴暗的，俄罗斯民间文学却以自己乐观主义的幻想，给人们展现了创造美好幸福生活的“希望之光”。

1979 年由人民文学出版社出版的《亚洲民间故事》，选译了亚洲十八个国家的三十九篇优美的故事，它们“通过完整的故事情节，表达出劳动人民反抗迫害、克服困难的精神。他们不为强大的敌人所吓倒，勇于斗争，善于斗争，终于取得胜利，使正义得以伸张，恶人受到惩罚”③。

---

① 季羡林：《五卷书·译本序》，人民文学出版社 1981 年版。

② 《苏联民间文学论文集》，作家出版社 1958 年版，第 115 页。

③ 《亚洲民间故事·前言》。

1980 年中国民间文学出版社出版的非洲民间故事集《蛇神》，选择了埃及、苏丹、东非、南非、尼日利亚、尼亚萨兰、塞内加尔、冈比亚和乌干达的故事二十二篇。译者在《前言》中指出，“绝大部分的故事，都展现了善良与邪恶的矛盾斗争，其结果总是善良战胜邪恶”。

这些事例表明，“大团圆”思想不只存在于中国民间故事中，而且普遍存在于亚洲、欧洲以至非洲广大地区许多国家的民间故事中，它并不是和某一个国家民族的生活、心理相关联，更不是和历史上某一个阶级的兴衰相关联的一种文学现象。

中国民间故事中的“大团圆”，和世界各国民间故事中的“大团圆”，其基本思想是一致的。有许多故事，还以大同小异的情节在极广大的时间与空间的范围之内流传不息。以“大团圆”结尾的《灰姑娘》故事，据有关学者研究，它在全世界有五百多种异文。取材于这个故事拍摄成的影片《玻璃鞋》等，风行全球。唐人段成式所撰《酉阳杂俎》中的《叶限》是它在世界上最早的文字记录，距今已达千余年。广西壮族民间至今尚在口头流传的《达稼》，与《叶限》的内容一脉相承①。

薛平贵衣锦荣归，与苦守寒窑的王宝钏团圆的故事，在我国几乎达到家喻户晓的程度，据杨宪益先生考证结果，它的情节竟然与格林童话中的《熊皮人》“极为相像”②，可能是由同一故事演化而来。

这些均以“大团圆”收尾，情节结构相近似的故事，究竟是怎样形成的，是一母所生的孪生姐妹，还是互相影响所致，抑或不谋而合地各自独立生成，这些我们姑且不论，但它表明“大团圆”的故事之为世世代代生活在世界上广大地区之内的人们所喜爱，却是不容置疑的事实。因此，所谓“中国人喜欢‘大团圆’”这一流行说法，实际上是并不确切的。既然它并不是中国民族所特有的一种现象，某些同志所说的，由于“宋以后封建阶级走了下坡路，日益腐朽没落”，中国文艺上便“发生了一个明显的变化，大团圆的思想逐步代替了悲剧性结局”，就难于自圆其说了；另一些同

---

① 蓝鸿恩：《德国的〈灰姑娘〉与广西壮族的〈达架〉》，载 1980 年 6 月 19 日《广西日报》。

② 《译余偶拾》之三，载《读书》1979 年第 9 期。

志在否定上述结论之后，从“民族生活的基本事实，以孔学为代表的思想传统等等的影响”所形成的民族性格和心理方面所找到的造成“大团圆”的思想和根据，也同样不能给予令人信服的解释。

“大团圆”思想在民间文学中主要表现为相信一切善良、正义、美好的事物在斗争中会获得胜利，人们所同情喜爱的主人公会获得幸福。如果主人公不能以自身的力量，通过实际的斗争创造美好的结局，作者也要驰骋幻想，借助各种神奇力量帮助他们消灾致福。渴求美满生活，对自己的力量与前途充满乐观自信，无论怎样的艰难曲折，也不能消泯他们斗争的意志与追求美好生活的信心，这恐怕是处于各个社会发展阶段上的各民族共同的心理趋向。民间文学是劳动人民心声的自然流露。正是这种“根深蒂固”的共同心理趋向，才造成了人们对“大团圆”作品之“根深蒂固”的普遍喜好。为什么社会发展、社会意识截然不同于中国的欧洲和非洲地区的民间故事也多以“大团圆”结尾，为什么我国处于原始社会阶段，同缓慢发展的封建制和追求“和平中正”社会理想的孔学并无联系的鄂温克人、鄂伦春人，他们的民间口头文学“几乎每一个神话都是以善良的最后胜利而结束”①？这种类同性只能从人类共同的心理趋向去求得合理的解释。

自然，这种喜好“大团圆”的心理并不是抽象存在的，它不可避免地要打上历史发展、民族生活与阶级意识的印记。人们对美好生活的憧憬是一致的，这种美好生活的具体内容却形形色色，千差万别，反映出不同国家历史文化的鲜明特点。尽管民间文学对此未作很具体、细致的描写，只是以极为概括的方式在结尾中作出交代，我们依然可以从中看出不同国家民族生活、心理的鲜明特色。

“大团圆”思想在民间文学中之普遍流行，与民间文学具有积极鼓舞人们生活勇气的“功利主义”特性也是密切相关的。民间文学当然也是社会生活在人们头脑中反映的产物，但它反映的生活总是着眼于使人愉悦、奋发，增强生活勇气与斗争信心。唱歌是为了解忧愁，这在许多民歌中已有清楚的表述，安徽的一首民歌就唱道：“山歌本是古人留，留在世上解忧愁。三天不把歌来唱，三岁孩儿白了头。”至于讲故事的作用，恩格斯在他

---

① 秋浦：《鄂伦春社会的发展》，上海人民出版社 1978 年版，第 136 页。

早期所写的《德国的民间故事书》中作了很好的概括。他指出的人们在繁重的生产劳动之余讲故事，是为了使大伙得到安慰，感到快乐，认识自己的力量，激起生活的勇气等等，不仅在德国是这样，在中国和其他国家同样如此，这是对民间文艺重要特征之一的科学概括。这样，人们在民间文学中，特别是在故事体裁中，就不能不侧重于表现主人公斗争胜利同生活趋向圆满的一面。如果按照实际生活的逻辑难以构成光明美好的境界，就用幻想的方式加以补充；不仅按照实际存在的样子来反映生活，而且往往按照人们所愿望的和可能存在的样子来反映生活，给予“大团圆”的结局。我们通常提到的“现实主义”与“浪漫主义”，虽是近代文艺学中出现的概念，但其是对人类文艺发展史上两种创作方法的总结和概括，民间文学中的“大团圆”就是现实主义同浪漫主义相结合的体现。在生产力十分低下，认识水平极为幼稚的人类童年时期，人们在神话故事中“用想象和借助想象以征服自然力，支配自然力”，即有“大团圆”思想的萌芽。女娲补天、后羿射日和愚公移山之胜利结局，是人所熟知的例子。鄂伦春人有一则神话《白衣仙姑》，《鄂伦春社会的发展》的作者评述这个故事道：“在原始社会里，疾病死亡对于鄂伦春人是一个严重的威胁，他们无力去战胜它，也就幻想着能有什么白衣仙姑之类来援救他们，以求获得精神上的慰藉。神话正是具有这样一种魅力。”它的“大团圆”思想就更为明显了。

民间文学中的“大团圆”，常带着浓厚的幻想色彩。它主要是劳动人民渴求幸福美满生活，及对前途乐观自信的主观精神的反映，这种精神并不完全是脱离现实的想入非非，它往往反映出人生及社会总的前进趋势。正如高尔基在《论民间文学》一文中所揭示的：“恰恰是这种把自己的劳动加以诗化的才能，使得在古代的‘原始’人身上发展了一种预见可能发生的事情的更高的才能。通常把这种才能称之为‘幻想’，并把这种幻想理解为完全是脱离现实的，但这是不正确的，因为思维是有严格的物质基础的，没有而且也不可能有不以现实的因素为基础的幻想，而在其中又不隐藏着人的劳动活动的这种或那种成果、人的这种或那种具体而合理的要求与愿望。”① 真善美战胜假恶丑，光明取代黑暗，幸福代替苦难，人类社会不就

① 译文载《民间文学》1963年第3期。

是按照这样的趋势向前发展的吗？民间文学中的“大团圆”不少出之于幻想，而能给予人积极向上的精神力量，就因为它是植根于现实的一种积极浪漫主义精神的反映。这不仅是民间文学，也是中外文学史上许多优秀作品千百年来具有激动人心的魅力之所在。

“大团圆”观念的两重性

鲁迅关于“大团圆”问题写过两段话。一方面，他对民间流传的白蛇传故事之“大团圆”结局——白状元祭塔，法海被玉皇大帝捉拿钻进螃蟹壳永世不得出来，表示赞赏“满意”；另一方面，又认为小说里所反映的“中国人”喜欢“大团圆”的心理，是出于掩饰“人生现实底缺陷”，“互相欺骗”，表现了一种消极的“国民性”。这两种对于中国文学中“大团圆”思想之乍看起来互不相容的观点如何理解？

文艺上迎合人们口味的“大团圆”也是各式各样的，我们应当用列宁关于两种民族文化的学说，和毛泽东关于分清中国古代文化中封建性糟粕和民主性、革命性精华的论述，对形形色色表现“大团圆”思想的作品作具体分析，而不应笼统地沿用鲁迅早期关于“国民性”的概念来观察阶级社会中的文艺现象。这个原则，对于我们研究世界范围内的民间文学，自然也是适用的。

鲁迅所赞赏的白蛇传故事的“大团圆”结局，表现了中国广大被压迫民众的心理。他们疾恶如仇，看不惯邪恶势力的横行霸道，便把玉皇大帝抬出来严惩法海，这也是给予现实生活中法海一类的恶人以当头棒喝。他们同情白娘子，不愿看到她冤沉海底，便让小青炼法和她的儿子中状元来相救，使之重见天日。这样的“大团圆”来自劳动人民创作的刚健清新的民间口头文学，其影响也及于进步文人创作的各种形式的文学作品。茅盾在《夜读偶记》中对此曾给予极中肯的评述。他说：

> 现实主义文学总是充满了乐观主义精神，富于不屈不挠的求生意志的，这是和反现实主义的文学根本不相同的一点。中国的现实主义文学一向强调“善有善报，恶有恶报”，而且也或浓烈或较隐蔽地表现了生活的辩证关系（即所谓“福兮祸所伏，祸兮福所倚”的观念），这些“报应”、“祸福循环”的描写，虽然有时带着迷信和定命论的色彩，可是实在也反映了人民对于真理正义必然最后胜利的坚定信心。迷信

和定命论的色彩，不过是科学不发达时代的局限性。在人民大众中，颓废和悲观，是没有市场的①。

这段话也适用于民间文学。民间文学中的“大团圆”常用善恶报应的形式表现出来。它当然也存在一定的局限性，如将复杂的现实矛盾简单化，不能引导人们认识取得斗争胜利的曲折性；凭借自身的力量无法战胜邪恶，便不得不求助于皇帝、清官和神仙宝物来实现“大团圆”的结局，表现出一定程度的消极性；有时带上宿命论的色彩等。这是旧时代劳动人民所处的历史地位同世界观上局限性的反映，但其主导的一面是以乐观主义精神、不屈不挠的求生意志同相信真理和正义必将取得最后胜利的坚定信心来振奋被压迫劳苦大众的不朽魅力。它给予人们的精神力量是取之不尽、用之不竭的。中国苗族民间故事《灯花》，以幻想的情节讲述一个浪子回头，破裂的家庭终于“大团圆”，从此“生活过得比花还要香，比蜜还要甜”的优美故事，它使日本妇女北岛岁枝从对人生的绝望中振作精神坚强生活的动人事迹，就极其生动有力地说明了中国民间文学中“大团圆”思想的积极意义。这个被中日两国人民传为佳话的事例，对我们理解民间文学的本质具有重要启示作用。

由于“大团圆”作品之为人民大众所喜闻乐见，于是剥削阶级也利用这种形式来施行“教化”，特别是各种宗教势力，更是广泛利用“善恶报应”、“大团圆”的形式，来制作种种面向大众的通俗文艺，民间文学也因之受到这些消极有害意识的渗透，构成精华与糟粕杂糅的复杂情况。这在中国封建社会后期即宋以后，表现得格外突出。孔子的哲学思想，诚然对中国人喜欢“大团圆”的心理有过一定影响，但综观中国思想文化领域的情况，宋明以后，已由隋唐时期的三教鼎立，走向以儒家为中心的儒教和佛教、道教的三教会同，它们的宗教精神已彼此融合②，在通俗文艺中，“因果报应”与“大团圆”思想相结合，构成一股逆流泛滥开来。中国南方农村，过去广泛流行“说善书”的习俗，所谓“说善书”，就是讲述种种善恶报应故事。我近年在鄂西看到三本于晚清时期在川鄂地区刊印的“善书”本子，共收录了二十篇故事，标题有《思亲感神》、《苦节受封》、《息讼获

① 《茅盾评论文集》(下册)，人民文学出版社 1978 年版，第 36 页。

② 任继愈：《佛教与中国思想文化》，载《世界宗教研究》1981 年第 1 期。

福》、《五世轮回》、《安常是福》、《贤妇承恩》、《忠厚善报》、《孝子还阳》等。主人公都是当时社会上的普通男女，故事中也反映了现实生活里的种种矛盾纠葛，最后无一例外均以“大团圆”结尾，热热闹闹收场。怎样获得“大团圆”呢？有的是因忠孝节义，蒙皇恩而致荣华富贵；有的是命中注定，得到应有的报应；也有的是由城隍、玉帝显灵来赏善罚恶。作者借此宣扬“谋事虽在人，成事本在天”，“都是夙业所致，哪有一毫差错”，“休道天高无耳目，亏心暗室有神明”等等，浸透了封建伦理道德与封建迷信思想。这样的“大团圆”思想，当然不能把它们看作中国人的民族心理与民族性格的反映，它是封建社会趋向没落时，剥削阶级为了挽回世道人心迎合民众心理而精心制作出来的。清乾隆时期，有人曾刊印过一部汇集因果报应故事的书《太上感应篇注讲证案汇编》，作者开宗明义地写道：“世道不古，人心浇漓，礼教不能劝化，刑罚不能禁止。惟感应二字，可以动其从善去恶之良心。人即不畏王法，未有不畏鬼神者。王法或可以势力机巧而脱，鬼神定不以富贵幽隐而遗也……可见此篇不但扶翼圣经，亦且补助王化也。”[①] 这是一段难得的奇文，它用感伤的调子，道出了在封建大厦摇摇欲坠，礼教刑罚、软硬兼施都难以济事的形势下，那些热心于维护旧世道的文人们，怎样企图借助于鬼神报应之说来“补助王化”，匡正“不古”的“人心”。为什么宋明以来，与封建伦理道德和鬼神迷信相结合的“大团圆”作品，在大众中盛极一时？其社会与阶级根源正在这里。鲁迅所说的那种意在掩饰“人生现实底缺陷”，自欺欺人的表现“大团圆”的作品，应归于上面这类“补助王化”的文学之列，它和寄托劳动人民乐观进取精神的民间口头文学属于两种对立的文化，其思想情趣是有本质区别的。把这两种本来表现着对立思想倾向的“大团圆”作品混为一体，笼统地作为一种民族心理的反映来看待，是不符合客观实际的。

迎合人们喜欢“大团圆”的心理，炮制种种故事，宣扬封建统治者的功德和宗教的威力，或者把这方面的内容渗透到民间文学中去，这种情况同样存在于世界其他国家里面。《一千零一夜》就其主体而言，是阿拉伯人民优秀的口头文学，但其中也存在着许多糟粕，且不说，“大团圆”的实际

① 《珍本善书·感应篇汇编》（上册）第1页，上海大众书局发行。

内容常常离不开“生活舒适安逸，享尽人间幸福”，追求享乐的老调子，而且毫无例外地把这种“大团圆”的结局归之于国王的英明赏赐和“安拉”的神力护佑。故事中写道：“从此他在哈里发的关怀爱护下，继续和妻子过着安居乐业的幸福生活，直到白发千古。”“安拉是人神万物的主宰，来自安拉的恩惠是幸福，只有安拉才是最有权威最伟大的。”“总而言之，一切都是生前注定了的；生前注定的事是无法逃避的。”

在基督教流行的欧洲，故事中则把“大团圆”归之于“上帝”的安排。格林童话中就有明显的反映，如“谁信赖上帝，谁就有幸福，不会失败”。格林还专门记录了十篇《儿童的宗教传说》，它们几乎都是以穷人因冻饿疾病而死亡结尾，然而故事却用甜美的幻想，将悲惨的现实也装点成“大团圆”的美好归宿。“上帝慈悲，又把他接去了。”“他倒下死了，赴永久的宴会去了。”“如果他们还活着，如果上帝不把他们在做无罪的孩子的时候接去，那么他们的遭遇就是这样（上绞架，刑轮）”。

总之，喜欢“大团圆”，追求人生圆满，这恐怕是人类的美好天性，不只是某一个民族的心理。中国和外国民间文学中的“大团圆”所表现的主要是一种积极向上乐观进取的精神。由于阶级社会中存在两种文化的斗争，剥削阶级意识和宗教观念也渗入其中，与之结合，造作出五光十色的虚幻花朵，粉饰黑暗残酷现实，麻痹人民斗争的意志。于是“大团圆”思想就变质了，具备了两重性。

“大团圆”与悲剧性故事

现在有些文艺评论常将悲剧作品同“大团圆”作品相比较，表现出一种厚此薄彼的倾向。就民间文学而论，悲剧性作品在这块园地里占有怎样的地位？它是怎样发展的呢？

人类创造的最古老的悲剧故事是表现人与命运的冲突的。车尔尼雪夫斯基在《生活与美学》中说：“古代希腊人（即希腊哲学家出现以前的希腊人）有过一种生动而纯真的命运的概念，直到现在在许多东方民族中还存在着；它在希罗多德斯的故事、希腊神话、印度史诗和《天方夜谭》等中占有统治的地位。”① 《一千零一夜》中的大多数故事固然是以“大团圆”结

① 周扬译：《生活与美学》，人民文学出版社1959年版，第25页。

尾，也穿插着一些表现命运的力量不可抗拒的悲剧性故事，如《冤冤相报》①。在成书于公元前近千年的《埃及古代故事》② 中，这样的悲剧性故事更为常见，如《厄运被注定的王子》、《赛特那和魔术书》等。这类悲剧性故事是怎样产生的呢？它是由古代劳动人民对世界上变化运动的自然与社会现象认识幼稚低下，“将意外之事的力量人格化”，变成不可捉摸的“命运”支配人们生活的结果。无辜的好人被误认为坏人而遭杀害，鳄鱼食人，乘船遭难，这本来是日常生活中所常见的，古代人们不能正确理解这些现象，把它们都归结为“命运”之神的有意安排。人们愈想趋吉避凶，反而愈受命运的嘲弄。“奸恶、任性而强有力的人爱显示自己的威力”，“命运也预先声明她的决定，以便幸灾乐祸地证明我们在她面前是多么无力，并且嘲笑我们想同她斗争，逃避她的努力是多么微弱而无用”③。故事里所表现的人类在不可理解的自然力量与社会力量面前的这种软弱无力的思想当然是消极的。后世民间文学中的取宝寻宝故事，很少不以“大团圆”来结尾的，因而受到人民群众的喜爱。《赛特那和魔术书》中的主人公不仅取宝失败，遭致全家毁灭的惨祸，作者还让他现身说法，告诫后人，“莫取这卷书；因为它会带给你灾祸，就同当初它带给我们一样”。让人们甘心作命运女神的奴隶。中国民间文学中也有不少这样的作品。它在人民生活中所起的作用是消极有害的。

我们自然不能由此得出一种结论，似乎民间文学中所有悲剧性作品都是消极的。二十年前，上海文艺出版社出版了一本辽宁省熊岳地区的民间故事集《苹果姑娘》，其中大半是悲剧结尾，歌颂主人公的自我牺牲精神，如为了拯救旱灾，甘受惩罚的《小白龙》；为找寻失去的太阳而化身为金鸡的《金鸡和太阳的故事》；以及为了培植出又香又甜的苹果，不惜舍出身躯的《苹果姑娘》等。搜集整理者苏芳桂曾就这个问题向她的外婆——被人称为“故事篓子”的“不识字的作家”请教，获得了发人深思的回答。让我们把这段精彩文字照录如下：

熊岳民间故事多悲剧性的结尾，我曾经这样问过我的外婆：“为啥

① 《一千零一夜》三卷本第二卷《隐士的故事》。

② 倪罗译：《埃及古代故事》，作家出版社 1957 年版。

③ 周扬译：《生活与美学》，人民文学出版社 1959 年版，第 28 页。

这些故事悲的多喜的少呢？为啥好人到最后必得死呢？不死不行吗？”她说：“孩子，在那个世道里，好人多祸，恶人多福啊！再说，这些好人都没有白死，他们死得值得，死得光彩。为了一件对人民都有好处的事，他们能豁出自个儿的性命，更让人佩服，更能给后辈人做个样子，叫后辈人都学他，人心才能慢慢地变好。”

外婆的话，说透了两层意思，悲剧性结尾的原因和作用。

美与丑、善与恶的斗争常常是民间故事的主题，也常常是美与善最后取得胜利，丑与恶被打倒、被消灭。这代表了人民的美好理想和愿望。这是问题的一面。另一方面，在那漫长的、黑暗重重的封建社会里，当丑与恶的力量还相当强大，还占着统治地位的时候，它们常常能够在斗争中取得暂时的胜利，这就是“在那个世道里，好人多祸，恶人多福”的道理，这就是民间故事中悲剧性结尾的历史根源①。

这位老大娘虽不懂什么文艺理论，她讲的关于悲剧作品的道理却朴实而深刻。我国各族民间文学中，这类作品也是为数不少的。蒙古族的《猎人海力布》，侗族的《长发妹》，白族的《小黄龙和大黑龙》，汉族（湖北）的《白龙挂须》等，均以主人公在和自然灾害的斗争中英勇牺牲换来大伙的幸福，表现出悲壮感人的力量。主人公的牺牲虽是悲剧性的，但和那些贯穿着宿命论的古老悲剧故事相比，对世界的认识已有很大进步，对人的力量与意志的信心大大增强。它在人们心中所唤起的是前仆后继的悲壮情感，献身集体的崇高意向，其作用是积极的。其总的数量虽然只居辅助地位，在人民文艺生活中，却是对普遍流传的那部分“大团圆”故事的一个有益的补充。

悲剧性作品在近代民间文学中的发展，更是一个引人注目的现象。在已整理发表的几部优秀的民间叙事诗中，汉族的《钟九闹漕》，苗族的《张秀眉之歌》和蒙古族的《嘎达海林》，反映了在群魔乱舞的旧中国大地上农民起义前仆后继英勇壮烈的斗争事迹；汉族的《双合莲》，回族的《马五哥和尕豆妹》，傣族的《娥并与桑洛》和《线秀》等，叙述了广大青年男女争取爱情自由，不惜以一死反抗封建势力迫害的动人悲剧。我国古代劳动人民曾创作了像《孔雀东南飞》那样优秀的悲剧叙事诗，但悲剧性的长篇叙

---

① 《苹果姑娘·搜集熊岳民间传说的几点体会》，上海文艺出版社 1959 年版。

事诗在近代大量涌现于我国许多民间文学园地，并为人民群众所广泛传诵，应当看作文学发展规律的一种反映。有的同志认为傣族几部悲剧叙事长诗的出现，在傣族文学史上“竖起了一座继往开来的里程碑”，这一意见是颇有见地的。这些长诗大都是取材于真人真事之作，现在的悲剧结局固然原型就与悲剧有关，然而变化的实质，则是现实主义倾向在民间文学中日益增强的表现。促成这种变化的根源在于社会生活与人们认识社会生活能力的发展提高。这个历史时期正值封建社会处于穷途末路之际，旧制度的腐朽丑恶本质日益显露在人们眼前，在社会生活的广泛领域中，激起了人们的抗争浪潮。由于历史条件的局限，人民群众的斗争多以失败告终。但这些可歌可泣的斗争，深深地吸引着被剥削被压迫者。他们的英勇斗争精神固然震撼着人们的心灵，其失败的教训也值得后继者认真吸取。遵循现实主义原则，真实具体地描绘人物性格与斗争面貌，更为人们所欢迎，也更能激发他们对反动势力的仇恨和斗争决心。《马五哥和尕豆妹》编成长诗后，遭到禁止。不少人因传唱这首长诗，甚至遭到揭背花（用细柳条抽打脊背，直到皮破肉烂）一类的酷刑，然而它却越传越广，从主人公的故乡甘肃一直流传到青海、宁夏的广大地区。傣族几部悲剧叙事诗的主人公，成了许多傣族男女青年心目中崇拜的偶像，有的地方还把传说中与主人公有关的东西奉为“圣迹”，其流传之广，达到有口皆碑的地步。傣族的《线秀》，在口头流传过程中出现了两种不同的结尾，除主人公遭国王迫害致死外，还有一种说法是，男主人公战败国王，从王宫中夺回自己心爱的情人。这是沿用传统的“大团圆”手法。但男主人公不过是一个普通富人家的儿子，他“依靠两个结拜弟兄，或者说得到几个寨子的人的帮助，就能够战胜国王吗？回答是否定的。因为历史的进程没有创造出这种条件，当时的具体环境也没有提供这种基础”。两种说法相比较，“不团圆更合情理”①，这位傣族文学研究者的意见是很中肯的。

令人感兴趣的是，早在三百多年前，一位精通佛学和傣族文学传统的傣族学者、诗人，在《论傣族诗歌》中就表示了对傣族叙事诗中“大团圆”

---

① 陈志鹏：《傣族文学史上的里程碑》，载《傣族文学讨论会论文集》，中国民间文艺出版社（云南）1982年版。

公式的不满。他说，这些叙事诗“以佛祖、天神、菩萨为救世主，以王子、公主为核心，歌颂国王和王后，以成佛积德为思想基础，不敢超越神佛的礼民教原则，不敢违背金殿王朝的旨意，结尾总是以得当王而胜利告终”。“全是瓦雀屎从一个屁股屙出来。”[①] 由于封建王朝统治者和佛教势力的干预，叙事诗中的“大团圆”变成了完全脱离现实，体现封建统治者旨意和宗教教义的千篇一律的公式，它的积极意义与艺术魅力自然也就丧失殆尽了。我们不能只把它看成《论傣族诗歌》一文作者个人的喜好，它鲜明地表现了人们厌弃陈腐公式而追求文学与现实生活相结合的可贵倾向。生活之树长青，植根于人民生活肥沃土壤之上的民间文学自然会开放出新的花朵。人们把那些真实反映现实斗争面貌的悲剧叙事诗的出现，看作傣族文学发展史上的“里程碑”，其意义就在于此。

这个变化在我国民间文学领域具有普遍意义，反映了现实主义倾向发展的客观趋势。这类悲剧性作品的发展，并不意味着人民群众对一切“大团圆”作品的否定。依靠菩萨保佑、金榜题名等而获得“大团圆”的作品，人们已经厌弃了（优秀的古代传统作品具有永久的魅力而继续流传是另一回事），但以自己的机智勇敢战胜和嘲弄敌人的作品，即使具有强烈的夸张性，人们仍是喜爱的。侗族的《珠郎和娘美》，也表现了青年男女在争取爱情婚姻自由上的斗争，珠郎被恶霸地主杀害，娘美智杀仇人，带着珠郎的遗骸远走他乡。它赋予女主人公的形象以英雄主义的光彩，因而深受人民群众喜爱，以诗歌、故事和戏剧的多种形式在侗族人民中流传。这一历史时期，以阿凡提为代表的各民族、各地区机智人物斗争故事的广泛流行，也反映出人民群众喜爱“大团圆”的积极浪漫主义文学的传统心理。许多悲剧性作品之所以能脍炙人口，并不在于它的悲惨结局令人心胆摧裂，而在于它在悲剧冲突中深刻有力地展现了主人公坚强不屈的性格和崇高优美的心灵，能给人以斗争的力量和勇气，其实质截然不同于贯穿宿命论的一些古代悲剧作品。由此可见民间文学中表现“大团圆”思想的优秀作品和真实反映现实斗争的悲剧性作品，实际上是互相补充，而不是截然对立的。

---

① 《论傣族诗歌》，中国民间文艺出版社（云南）1981 年版，第 44、63 页。

附录一

覃厚王

（湖南，土家族）

有一年，湘西遭到了天旱和虫灾，种的庄稼没有收成。皇帝却还逼着土家族人民缴纳重税，因此，土家人民只好吃草根和树皮，有许多人饿死了。

覃厚的母亲也在这年饿死了。覃厚便和哥哥、嫂嫂把母亲埋在屋后的一块空坪里。第二年，覃厚忽然做了一个梦，梦见母亲告诉他说："你要在我坟前栽上竹子，再在家中的神龛上供上一张桃木弓，三枝柳木箭，然后关起门，在家里练武，直到三年零六个月，鸡飞马上屋时，把箭向东方射去，这样就可以射死皇帝，我们土家族也就再不受他欺压了。"

覃厚醒来后，就照着母亲的话做了。而且请来哥哥商量，要哥哥招兵买马，以便起事；请来嫂嫂，要嫂嫂按时给他送茶送饭。他呢，就天天在家里练武。

日子一天天地过去了，他也就练得了一身好功夫，坟前栽的竹子，也已长成竹林，把坟墓都快遮蔽住了。

三年刚刚满时，嫂嫂再也忍不住了，她把红鸡和雄马搬上屋顶，高声叫道："叔叔，鸡飞马上屋啦!"覃厚看后，信以为真，于是打开大门，拿起桃木弓，带上柳木箭，来到牛回隘山上，朝着京城连射三箭，只听得哗啦啦的一阵响，箭就穿过云层飞走了。

这时，皇帝正在金銮殿上坐早朝，忽然有三支响箭落在龙案上，吓得他面如土色。几个随从的大官，拿起响箭一看，只见上面刻着"湖南覃厚王"五个字。皇帝大怒，就命令数百员大将，带领几十万兵马，到湘西来征剿土家族。

覃厚在牛回隘山上，射完了箭，便听得轰隆一阵炮声，回头一看，只见坟周围的竹子都炸开了，每一个竹节里，都滚出一个人来，骑着马拿着刀，好不威武。可是由于生长的时间还不够长，刚出竹节，又都倒在地上不能动了。覃厚晓得起事的时间早了，心里很后悔。

皇帝的兵马杀来了，覃厚便带着哥哥招集来的人马去抵挡，可是由于众寡不敌，终于被打败了，覃厚也被捉住了。

覃厚的哥哥，看看事情已败，便冲出重围，朝山里跑去。当他逃到一条河边时，河里没有渡船，后面追兵又到，焦急万分，这时，只见水面上浮出了一块圆石，他赶忙跳上去，圆石载着他渡过河去。刚上岸，水里哗啦一声，起了个漩涡，圆石便不见了，原来这是个大团鱼。皇帝的兵马，杀尽了土家族，只留下覃厚的哥哥一个人，因此，覃姓便传下来了。现在的覃姓不吃团鱼，听说就是这个缘故。

晓村采录

原载《湖南民间故事选集》湖南人民出版社 1959 年版。

附录二

《早发的神箭》异文篇目索引

田螺相公（湘西苗族），《民间文学》1956 年 12 月。

覃厚王（湘西土家族），《湖南民间故事选集》，湖南人民出版社 1956 年版。

天子窝（湖南澧县），《中国民间故事集成·湖南卷》，澧县资料本 1987 年编印。

张号的故事（鄂西土家族），《白鹤井》，1982 年编印。

竹炸河（鄂西），《恩施市民间故事集》，1988 年编印。

天子坟（湖北房县），《龙涎香》，1986 年编印。

天子洼的传说（湖北随州），《随州民间传说》，1982 年编印。

黄狗子屋场（湖北当阳），《当阳市民间故事集》，1989 年编印。

白竹村的来历、白竹晚音（湖北京山），《京山民间故事集》，中国民间文艺出版社 1990 年版。

神奇的竹马（湖北松滋），《松滋县民间故事传说集》，1982 年编印。

金竹螺的传说（湖北崇阳），《崇阳民间故事集》，1988 年编印。

茅庵洞（湖北浠水），《湖北民间故事传说集·黄冈地区专集》，1981 年编印。

神竹爆炸（湖北谷城），《谷城民间传说故事》，1983 年编印。

老龙潭与白竹岗（湖北应山），《应山民间文学集》，1986 年编印。

金竹、竹生的故事（贵州仡佬族），《仡佬族文学资料汇编·传说集》，贵州民族学院 1985 年编印。

金竹师的传说（贵州布依族），《布依族民间文学》，1982 年第 1 集。

吴勉（贵州侗族），《侗族民间故事选》，上海文艺出版社 1982 年版。

吴天半的传说（贵州苗族），《梵净红云》，贵州人民出版社 1987 年版。

皇帝井（贵州），《南风》，1990 年第 3 期。

简宜的故事（广西壮族），《壮族民间故事选》，广西人民出版社 1982 年版。

莫一大王的故事（广西壮族），《神弓宝箭》，中国民间文艺出版社 1985 年版。

哈氏三兄弟（四川苗族），《苗族民间故事选》，上海文艺出版社 1981 年版。

周洪谟的传说（四川），《中国民间文学集成·四川宜宾地区卷》，1989 年 6 月编印。

陈白河的传说（广东），《民俗》第 51 期（1929 年 3 月）。

王庵的传说（广东），《民俗》第 37 期（1929 年 2 月）。

蜜蜂的故事——蜂王（广东），《民俗》第 31 期（1928 年 10 月）。

不同文化背景下的故事传承

提　　要

民间故事是一种口头传承的叙事艺术，因此民间故事研究不能只限于研究用文字记录写定的文本，还要研究由故事讲述人和听众的双向交流所构成的故事传承活动。正如《大英百科全书》的民间文学条目中所指出的，“对于民间故事，一个收获比较大的方法是研究讲故事的人和他们的听众”。就故事传承情况作跨国跨民族的比较，是比较故事学中一个十分新颖而有重要价值的课题。

本专题包括三篇文章。《中国民间故事的传承特点》综述了就三十二位最具代表性的中国民间故事讲述家进行具体考察所得的印象，联系他们所处的历史文化背景探寻中国民间故事传承活动的民族特色。

《东西方两位女故事家之比较》，就中国山东半岛和意大利西西里岛上的两位著名女故事家的讲述活动作比较，从中鲜明地反映出东西方民间文化的异同。

中国湖南江永地区“女书”——一种奇特的女性文书的发现，近几年曾在海内外激起热烈反响。《中国“女书”中的民间叙事文学》一文，就这一发现探讨了民间叙事文学中女性文化和男性文化的微妙差异，它在第十届国际民间叙事研究大会上发表时，曾引起国际学人的浓厚兴趣。

读者如果想对民间故事传承问题有进一步了解，可参阅乌丙安的《论民间故事传承人》（钟敬文主编《民间文艺学探索》，北京师范大学出版社1987年版），日本野村纯一的《日本民间故事讲述家的研究》（《日本故事学新论》，辽宁大学出版社1992年版）和另一位日本学者齐藤君子写的《从传承人理论看俄罗斯民间文艺学》（《民间文学论坛》1992年第4期），等等。

中国民间故事的传承特点[①]

——对三十二位民间故事讲述家的综合考察

近年来，对民间故事讲述家的发现与研究，在我国民间文艺界引起广泛重视，给故事学的发展开拓出一个新的天地，产生了良好影响。在我国各族民众中，不见经传的故事讲述家不可胜数。已知名的故事讲述家，据巫瑞书所列出的，已达127人[②]。最近我查阅有关资料，将这个数字增加到141人。可惜对其中大部分人的情况，我们知之甚少。既发表了相当数量的故事，又作了个人情况介绍的，就我所接触到的材料不过三十二人。和前些年相比，这已经是很大的进步了。这些故事家是：鄂伦春族的李水花，蒙古族的金荣，朝鲜族的金德顺、黄龟渊，满族的傅英仁、马亚川、李马氏、李成明、佟凤乙，藏族的黑尔甲、七尖初，侗族的杨雄新；以上是十二位较为著名的少数民族故事讲述家。汉族方面的二十名故事讲述家，为内蒙古的秦地女，辽宁的李明、张文英、刘永兰，山东的张建新、胡怀梅、尹宝兰、王玉兰、刘不发，河北的纪文道、王国勋，河南的曹衍玉、邱海观，四川的兰锡昌，湖南的孙明斗、易法松、张志轩、肖卯秀，湖北的刘德培，江苏的陈理言[③]。本文即以这三十二人为对象，试从现有材料所记述的他们的故事传承活动中，来考察一下中国民间故事的传承特点和规律。

家族传承与社会传承

从我们接触的日本故事讲述家的材料来看，他们的女性故事家较多，这些女性讲述人的活动范围以家庭为主，故事也来自家族世代相传。水泽

---

① 本文在《民族文学研究》1988年第3期发表时，题为《文化背景与故事传承》。

② 巫瑞书：《民间故事家资料索引》，《民间文学研究动态》1986年第2—3期。

③ 关于他们的材料，主要来自下列书刊：《民间文学》1965年第11期，1986年第3、6、7、8、9、10、11、12期，1987年第1期，《金德顺故事集》，《满族三老人故事集》，《山东四老人故事集》，《泰山民间故事大观》，《白凤凰——李明故事集》，辽宁《民间文学论集》第1、2、3集，《黑龙江民间文学》第18集，《湖南石门县民间故事资料集》，《四川荥经县民间故事资料集》，唐山《韩老大和五娘子故事资料本》等。

谦一的《老大娘的夜话》一书，在介绍安藤增老太婆时就写道："像这样喜好讲故事的故事老头、故事老太太，每个村子必定有那么一两位。大部分是故事老太太。她们不仅给自己家的孩子讲故事，也给全村的孩子们讲故事。可以说是村子里以讲故事为职业的人。"北泽德太郎在《海螺河童与雪女》这本故事集的序言里告诉我们，那些故事讲述家，"他们好像是世袭的那样，在一个家里代代相传"①。

在中国历史文化背景上出现的故事讲述家，在民间故事的传承上表现出自己的鲜明特点。

中国的男性故事家较多，以巫瑞书提供的一百二十七人为例，女性只有二十五人，占五分之一。在我挑出的三十二人中，男十七，女十五，女性略低于二分之一。从这个数据和我在湖北实际观察所得的印象看，中国的男性故事家在数量上似乎超过了女性故事家，这是很值得我们加以考察的文化现象。

女性故事家偏于家族传承，男性故事家偏于社会传承，这个基本特点，似乎在各国都是一致的。可是中国民间故事的社会性传承更为突出，即使是女性讲述人，也往往是纵向的家族传承同横向的社会传承相结合，而且随着时代的前进，社会传承越来越占优势，并给予深刻影响于故事本身的构成。

中国男性故事家或他们的父辈，大都是走南闯北，见多识广，阅历较为丰富，眼界较为开阔的汉子。在我们提到的十七人中，这种情况就占了十三人。如纪文道、邱海观是泥瓦匠，易法松是理发匠，黑尔甲是流浪汉，刘德培操多种手艺在鄂西一带谋生，兰锡昌做生意足迹遍布西南几省，刘文发逃荒从山东直达东北，王国勋出身于小商贩家庭，年轻时靠从事编织活计并到集市上出售自己的产品为生。马亚川从小就跟当厨子的外祖父走乡串屯，傅英仁、黄龟渊和杨雄新曾在青少年时代远离家乡求学。四川的民间文学工作者在川西平坝新津县兴义乡，对二十五名故事讲述人进行调查，发现其中有泥瓦匠、篾匠、编织匠、弹花匠、民间医生、教书先生以

① ［日］野村纯一：《日本民间故事讲述家的研究》，译文载《民间文学论集》第3集。

及船工、渔民、跑江湖的共二十二人，纯粹的农民只有三人①，和我们的考察所得相一致，表明了这种情况的普遍性。

他们也在家里听故事、讲故事，可是主要传承活动却在社会上，在“吃百家饭”的地方，在同一劳动、流浪的伙伴中间。具体的讲述形式因地而异，如四川多在茶馆里摆龙门阵，讲故事。川西农村一个八十多岁的老人田静如坐了几十年茶馆，在这里听别人讲故事，也把自己积累的故事讲给茶客们听，茶馆是人们憩息消闲场所，又成了民间故事重要集散地之一。

我国民间的文化娱乐活动，常集中在各种喜庆节日举行，其中也包括讲故事。湖南石门的易法松老人，在走乡串户给人理发的几十年中，走到哪，讲到哪，成了当地有名的“白话佬”。乡里人有红白喜事，就把他请去陪客讲“白话”，一讲就是几天几夜。

还有一种形式是在劳动间隙和旅途歇脚时即兴讲述，如黑尔甲自述中所介绍的：

> 我小时候很苦，伯父死后，我一人在外做活，跟人到处跑，草地里的故事多，每夜走到一处，一打野歇，烧茶、打尖时就有人讲，我懂得十多种不同的地方话，因为这样，就记得多了。——这样的故事，草地还不知道有多少呢！
>
> 也不知道是什么原因，不论做庄稼，或者在山上放牛、挖药，每到夜里，我们浇火、煨茶时，都要讲故事。我常常在这个时候替他们讲。一起干活的伙伴都说我讲得好，这样就传出去了，其实并不是我会讲，是大家替我讲过，我只是记性好，都记着就行了②。

这虽然是一个藏族故事家的自述，却很有代表性。刘德培的讲述也属于这种类型。

中国的民间故事之家也很普遍，在三十二名故事讲述家中，就有十八人是在这样的家庭环境中长大，并养成喜爱故事的文化心理的。女性故事家更是这样。在寂寞的冬夜，妈妈或奶奶一边做着针线活，一边娓娓动听

---

① 吴文金：《川西平坝农村民间故事讲述人特点结构浅析》，载《民间文学论丛》第2辑。

② 萧崇素：《奴隶和龙女·后记》，中国少年儿童出版社1959年版。

地给身边孩子讲故事的情景，是许多人都有过的童年生活经历，用不着加以描述。值得提出的是，在旧中国动荡不安的社会环境中，即使是女性，也有不少人离开家庭，走向社会，其中就包括了一些著名的故事讲述家。山东的王玉兰老太太，幼小时跟随父母出外乞讨，成年后又带着孩子四处奔波求生，足迹遍及南北方数省，她喜欢听人讲故事，又以唱歌讲故事作为自己的谋生手段，具有和许多男性故事家相同的在广大范围内传承故事的特点。

家庭传承与社会传承的故事，并不是截然对立的。就那些故事篇目来说，常有相一致或彼此转化的情况。可是就两种传承活动来看，它们还是各有自己的特点的。

所谓家庭传承，多由长辈向孩子讲述，故事内容富于教育性与知识性，其品种或为本民族的神话传说，本家族先辈的传奇故事；或为取材于人们日常生活的童话及生活故事，具有较为严肃庄重的风格。内容、形式较为稳定，讲孝顺父母、家庭和睦、恶人遭灾、好人得济的故事照例占有很大比重，由此形成与社会伦理道德相一致的家庭风尚。裴永镇说，金德顺的儿孙们由于受到故事熏陶，也都为人正直，贤慧善良，就表明了家族故事传承所产生的深远影响。它是旧时代家庭文化、家庭教育的一个重要方面。

社会传承是在一定社会生活范围内，由共同生活、劳动的伙伴彼此讲故事。虽然中心人物是少数会讲故事的人，但他和听众是平等的伙伴关系。这些故事富于趣味性和娱乐性，因来源广泛，所以内容和形式更富于变化，显得更为活泼。以山东的两位故事家为例，属于家族传承型的尹宝兰老太太，所讲的三十八篇故事中，关于妇女生活及家庭伦理道德主题的就有二十二篇，如《牛郎织女》、《割股孝亲》、《桑椹女与皇帝》、《王小娶皇姑》、《后娘的故事》、《儿媳悔过》、《梁山伯与祝英台》、《聪明媳妇》、《打拳招亲》、《李小姐看家》、《巧女的故事》、《槐花劝母》等，占总数的百分之五十八。另一位属于社会传承型的刘文发，在二十三篇故事中，上面这类故事只有两三篇，占百分之十左右，而以男性为主角，表现较为广阔的社会历史与现实生活内容的故事则占着绝对优势。篇目有《王羲之听棋》、《雍正挨揍》、《王中打鬼》、《骚仙吕洞宾》、《无名异（一种草药）的来历》、《笨地主》、《憨子作买卖》、《三个怕婆人告状》等。特别值得注意的是，社会传承故事更鲜明地表达了劳动人民对旧社会的强烈不满与愤怒抗争情绪，那些讲述某一机智人物巧妙捉弄财主县官，令人开怀大笑的故事，便流行在这个圈子里。这类故事的风格如同野外草台班演出的民间小戏那样，大胆泼辣，无所顾忌。对腐朽陈旧的社会制度和伦理道德，往往表现出可贵的叛逆精神。可是另一方面，那些情趣低下的故事，如“荤故事”之类，也常在这样的场合流行，供给人们开心取乐。

我们将主要来自女性家庭传承的许多外国长篇故事同中国女性讲述家所讲故事相比，可以看到许多相一致的地方。而将这些故事同中国男性讲述家所讲故事相比，便觉得大异其趣，相去甚远。为什么会这样？我想，大概是由于家庭结构和家庭文化更为稳定，更富于人类文化的共性；而社会结构和社会文化的变革则更为活跃，从而更充分地表现出民族文化的个性吧。从这个意义上说，社会传承性更为突出的中国民间故事，其文化价值就更加值得我们珍视了。

口头传承与书面传承

民间故事是一种口头叙事文学，主要以口头方式世代传承，这是人所熟知的。但在我国的历史文化环境中，它并非纯粹的口头文学，我们称为故事家的那些会讲故事的人，也并非都是“不识字的小说家”。就这三十二人来看，真正不识字的只有一半，另一半则具有初等以至中等文化程度，如金德顺解放后自学了朝鲜文，能阅读《春香传》、《沈青传》、《三国志》等话本和唱本。刘德培小时读过两年私塾，后来努力自学文化，能读懂通俗小说，在五十年代当过会计。邱海观小时候读过三年私塾，后来又提高文化水平，当了会计。张文英读过六年书，当过会计、技术员，能自编自演小节目。马亚川读过四年书，后当乡文书，既能讲，又能写，被人称为“口笔相应”的“全才”。还有几位文化程度更高：傅英仁上过中学，十九岁就当了小学教师，后又进东北师范大学中文系参加函授学习。黄龟渊于中学毕业后，进农业专门学校攻读，在三十年代就当了郡里的农业技术员。杨雄新于抗战时期由中学毕业后，即长期在家乡教小学，是当地颇有影响的乡村知识分子。这些具有一定文化、能够读书识字和写作的人加入故事讲述家的行列，不能不给中国民间故事的传承带来一些新的特点。

这些能读书写字的故事讲述家，一方面接受口头传承的故事，同时不断吸收来自书面的历史和文学素材，来充实自己的口头讲述内容。马亚川讲述的满族传说故事，有一些是从他当厨子的外祖父口头听来的；还有许多是从一位晚清秀才抄写的《女真谱评》这部书上看来的。这部手抄本包括一千五百多个故事，后来书散失了，里头的故事传说却在他的记忆里和口头上一直保留到今天。金德顺的故事主要来自母亲和外祖母口头上，因她能阅读书本，她讲的《蔷花和红莲》、《亨卜和脑儿卜》及《兔子和乌龟》便是很自然地吸收了书面流行的《蔷花红莲传》、《亨卜传》、《狡兔传》这几部作品的精华。

还有一种更为普遍的情形，是间接受到书面文学的影响。黑尔甲虽然不识字，他伯父却是会看书的喇嘛，在伯父讲给黑尔甲的故事中，有一些便是从藏文的《尸语故事集》上看来的。黄龟渊在学校读书时，老师白天教书，晚上给学生讲故事。黄龟渊至今还能讲不少中国历史故事和名人传说，实际上是老师依据汉文典籍所传讲的。山东的胡怀梅老太太，本来不识字，她口头讲述的故事中却有《欧阳修巧对赖秀才》、《孙膑与庞涓的故事》、《李白赶考》、《曹国舅出世》、《胡九荣会刘伯温》、《九岁神童惊乾隆》等，广泛牵涉中国历史文化，与一般女性故事家着重于家庭生活故事有明显区别。细查原委，原来她出身于书香门第，曾祖父中过举，堂祖父是个老秀才，常讲故事给她听，后家道败落，家传故事便受到较深的书面文学影响。

现今口头传承的中国民间故事中，直接和间接受书面文学影响的事例俯拾即是，无须多列。它给予中国民间故事（尤其是汉族故事）的内容和形式以相当深刻的影响。

中国民间广泛流行吟诗联对故事，故事主人公并不是什么读书人，而是农家小伙子或巧姑娘，他们却以巧妙的诗对压倒了自以为了不起的秀才或官吏。胡怀梅讲的《九岁神童惊乾隆》，就称赞一个九岁的农村孩子，以“万里长江当浴盆”对乾隆的“千年古树作衣架”，从而显示出他的奇才。这些诗对不用说是从书面文学中脱胎出来的，可是讲述者和听众都把它们作为显示下层民众杰出才智的典型情节而津津乐道，心领神会。

中国民间故事中，有一类被人称为《三国外传》、《西游外传》、《水浒外传》之类的故事传说。它借用《三国演义》、《西游记》、《水浒传》等小说中的人物事件，串演新的和原作大异其趣乃至截然相反的故事，如鄂东一带流行的“反三国”，就把《刘备三顾茅庐》变成了《曹操三请诸葛亮》。讲述者往往把它当成煞有其事的传说来讲，其实它并不是来自历史的古老传承，而是在阅读这些通俗小说之后，在原作基础上所进行的一种再创作，借以表达人们特有的褒贬爱憎，显示自己的艺术才能。鄂东讲述“反三国”故事的八十二岁的王细乃老人就说：“别人写出来的是书，我这口头讲的要是有人写出来，不也是书？”中国许多通俗小说常吸取民间故事传说素材，成书以后，有些民间故事讲述家又借用其中的人物、故事花样翻新，创造出新的作品来。

中国的书面文学和口头文学关联十分紧密，作家书面文学常因吸取民间口头文学滋养而形成一个新的转变。同时，民间口头文学也由于借鉴书面文学成果而得到丰富和提高。文学的口头传承和书面传承，并非井水不犯河水那样平行发展，而是既平行，又常常有所交错，呈现出一种同步向前乃至合流的趋势。我们读山东省两位故事家尹宝兰和王玉兰讲的《花开》和《九仙女》，仿佛置身在蒲松龄《聊斋志异》的艺术境界之中，就是一个例证。难怪人们把这些故事叫作“聊斋汉子”了。

外国研究家是把同书面文学有联系的这些作品排除在民间口头文学之外的，丁乃通先生所撰《中国民间故事类型索引》一书，按照西方惯例，就一律不收中国民间盛传的吟诗联对故事，说“我们不难想象到，许多这些故事目不识丁的群众不会有太大的兴趣，而且一定是文人创造出来的”①。美国学者埃利斯在《多余的童话》中，大做翻案文章，断定《格林童话》与德国民间文学并无直接联系，其重要根据也是由于发现主要故事讲述人德·维曼不是农奴而是中产阶级妇女，不是未受过教育的民间文学传承人，而是一个识文断字，熟知法国作家文学成果的知识女性②。我们很难赞同他们的观点，他们把民间文学的口头性绝对化了。这种绝对化，又是同西方学者片面夸大民间文学的原始性分不开的。他们把民间文学看作一种原始文化或原始文化的遗留物，远离人类文明进程，完全停留在纯粹口头表达

① 《中国民间故事类型索引·导言》，中国民间文艺出版社 1986 年版。

② 阎云翔：《格林童话的可靠性面临挑战》，载《民间文学论坛》1958 年第 5 期。

的阶段上。

这样的纯口头文学，在我国一些社会发展较为落后的少数民族中间确实存在，并具有宝贵的文化史价值。可是我们不能以偏概全，就我国发明和使用文字已有长期历史的汉族以及好些少数民族来说，随着书面文化积累的增加和走向普及，讲故事、听故事人中直接、间接接受书面文学影响的人越来越多，从而不可避免地形成了书面文学和口头文学的交流。

从明清以来，这种交流的深度和广度日益扩展。现今民间口头流传的故事，有许多是明清以来创作的，同明清通俗文学潮流对家庭文化与社会文化的有力冲击有密切关系。

中国是一个书面文化遗产的积累十分深厚的国家。研究中国的民间口头文学，不能不重视这一历史文化背景，对书面文学和口头文学的互相渗透以及书面传承和口头传承的密切结合应予以充分的注意。

故事传承的时代变异

这三十二位故事讲述家，从年龄来看，七十岁以上的十五人，其中最老的九十二岁，六十至七十岁的十人，这两部分人加起来共二十五人，占百分之七十八，构成中国故事讲述家的主体。还有五十至六十岁的五人，五十岁以下的二人，他们大量积累故事的童年时代，为二十世纪二三十年代，距离现在半个世纪左右。当时正是辛亥革命结束中国长期封建主义统治，社会发生大转变的时期。他们成年后，又经历了由旧中国到新中国的伟大变革。这一代故事讲述家经历的两次历史巨变所给予社会和人们心理的巨大冲击，即使处于穷乡僻壤之中，也难以避免。民间故事作为社会文化的一个侧面，不能不带有时代转变的烙印。

中国旧时代的故事活动，具有怎样的特征呢?

中国的封建统治阶级和宗教势力，曾有组织地开展过讲故事活动。满族故事家傅英仁，给我们介绍了清代宫廷内部的讲故事习俗。清末，宫廷内有一个专门给帝王讲故事的讲评班，讲述者十五岁被选进宫，二十岁回家。入宫时要在训练班学习三个月，然后分成南北两派讲述，南派讲汉族的历史传奇故事，北派讲努尔哈赤故事，傅的曾祖父就在后面这个班里。讲评班的人进宫就穿上皇帝赏赐的黄马褂，被人称为“黄大衫队”，享受很高的待遇。今天傅英仁讲述的《南北罕王传》，就是从祖上留传下来的宫廷讲述本子里来的①。俄国沙皇曾把故事讲述人请进宫廷，中国汉武帝身边的东方朔其人，实际上也是一个故事、笑话讲述家，但以后在我国就没有听说存在这类习俗了。这是故事学上很有意义的一个材料。满族传说故事较发达，而且特别重视讲述本民族的历史传说，把它作为保持民族历史文化传统的一个重要手段，很可能同这一习俗有关。

在中国南方许多省区，有一种宣讲“善书”的活动，实际上是讲故事，讲时在广场上搭起台子，点燃香烛，请专门从事宣讲活动的先生登台讲说。以讲为主，在需要抒情的地方，也穿插着吟唱，说唱结合，很是感人。宣讲的本子多是关于善恶报应的故事，有取材于社会新闻而新编的，也有从传统故事改编来的。以劝善为主旨，有的地方先宣读“圣谕”，再开讲说书。它具有浓厚的道德教化色彩，属于道教倡导的一种文化活动，国内外学者一般都把它归入道教文化之列。

以上两种故事讲述活动，和民间故事传承虽有一定关系，严格说来，还不能纳入民间文学范围。而且这样的活动，早已随着社会文明的进展变成了历史的陈迹，因此它们不在我们这里研究考察的范围之内。我们提到的三十二位故事家所从事的跨越新旧两个时代的讲述活动，具有另一种性质。它是以劳动人民为主体，紧密结合他们的生产斗争、阶级斗争和日常生活所开展的一种民间文学传承活动。这种活动不论在新旧时代都保持着自己的活力，又因时代的转变而具有不同的特点。

旧时代的民间故事传承活动，表现出朴素自发的性质。那些故事讲述人，不但是社会地位低下的劳动者，而且有许多人还身世悲惨，苦难深重。七尖初幼年丧父，中年丧夫，晚年婆媳不和。曹衍玉青年丧夫，带着孩子改嫁，受尽歧视折磨。胡怀梅青年丧夫，长期寡居。王玉兰丧夫之后，公婆又相继去世，孤苦伶仃，只能带着孩子要饭流浪。李成明六岁至九岁给人放猪，十至十三岁放牛，十四至十六岁放蚕，十七岁出嫁徐家，靠租种财主田地生活。刘文发逃荒外出。黑尔甲、刘德培等长年靠出外帮工谋生。

---

① 孟慧英：《满族民间故事传承人故事承继路线探微》，载《民间文学论集》之三。

人们口头世代相传的民间故事，便成为他们贫困孤寂生活的伴侣。张振犁在介绍曹衍玉时写道："在旧社会的封建家庭里，她倍受歧视、打骂、折磨，沉重的农田、家务劳动和精神上的痛苦，使她逐渐陷于痴呆、麻木。后来，是她在讲故事中发现了她和故事主人公的共同命运，很快就产生共鸣，从故事的结局中找到了精神寄托。"① 这种情况在旧时代具有很大代表性。无论在家或外出，做工或务农，总有闲暇的时候。那时没有别的文化活动，人们便借即兴讲说故事以消遣时光。还有更重要的心理动因，是自我慰藉。当时他们所讲述的故事，大都具有浓厚的幻想成分。心理学家指出："未能满足的愿望，是幻想产生的动力；每个幻想包含着一个愿望的实现，并且使令人不满意的现实好转。""人总是利用他的想象力（幻想）来满足那些现实不能满足的愿望。"② 金德顺讲故事，多以"穷人得好"为主题；尹宝兰讲故事，也是贯串着"穷人多济"的思想，她们都道出了当时自己传承故事时，有着使被压抑的愿望得到满足、负载的痛苦得到解脱，从而获得愉快的心理效应。这样，置身于困苦生活中的故事讲述人，自然就乐此不倦，以至于达到入迷的地步了。

在当时的家庭讲述中，长辈对着孩子讲故事，自然是有着一定的教育目的的。胡怀梅常对人说："为男为女在世间，良心行为要当先；为人不懂世间理，枉在人世走一番。"这是她自己为人处世的准则，自然也贯串在她所讲的故事之中。如若就她从事故事活动的总倾向来考察，恐怕是把自娱自慰放在首位的。至于刘德培等人在家庭之外的其他场合对着伙伴们讲故事，自娱自慰的特点就更突出了。他自己就说，"我一直把讲经当个玩艺儿"，主要追求逗笑取乐，对内容是不怎么选择的，因此他的故事中，用今天的眼光来取舍，格调较低，不能发表的竟有 150 多篇，占总数的三分之一。

在这些故事讲述当中，还有些人保持着宗教迷信心理。胡怀梅为了寻求精神寄托，参加圣贤道，学会了跳大神。李马氏的母亲会讲故事，为了给孩子们治病，又许愿当了野萨满。他们的审美情感与宗教情感往往混同

① 《从曹衍玉讲的故事谈起》，载《民间文学》1986 年第 9 期。

② 《弗洛伊德论创造力与无意识》，中国展望出版社 1986 年版，第 44 页。

在一起，头脑里还有着某些原始思维成分，往往以虔诚信仰的心理来传诵那些神奇幻想故事，使这类体裁得到普遍流行。

以上几个方面，都表明旧时代的故事传承具有浓厚的自发性。

有些故事讲述家，虽然他们的生活跨越了两个时代，但他们在新中国成立以后，并没有怎么讲故事。只是在民间文学工作者发现他们上门采访时，才把蕴藏在记忆深处的故事倾吐出来，秦地女和金荣这两人就是这样。金荣今年六十八岁，生长在一个故事之家，小时从外祖父和阿妈那里听了许多故事。可是近六十年来，由于没有适宜的环境，她总是默默无言地干活，不曾开口给人讲故事，直到 1983 年冬，民间文学工作者下乡采风，她毛遂自荐，才讲出生动优美的民间故事一百多篇①。这些故事像窖藏的老酒那样完全保持了它古朴的风貌。但这种情况并不多见，大多数人跨进新时代后，仍然在继续从事民间故事讲述活动，有的主要在这一时期的讲述活动中成长为受人欢迎的故事家。他们中间有金德顺、佟凤乙、纪文道、张文英、刘文发、张建新、王国勋等，以中年故事家为主体，也有少数老年人和青年人。由于时代的进步，社会条件和故事家本身的种种改变，故事传承活动的自发性虽然没有完全消失，但自觉性已经明显增强，表现出一些新的特点。

这些故事讲述家，在旧时代处于社会底层，新中国成立后，他们在政治、经济上获得解放，许多人成为民众中的先进分子与活动分子，萌发了作为社会主人公的自觉性，怀着一定的社会责任感来讲故事，便由自娱自慰开始向宣传群众、教育群众转化。金德顺就是在解放后走出家庭，走东家串西家，到处讲故事而知名于地方的。她讲故事很注意教育性，能鉴别出哪些故事是替穷人说话的，哪些是替富人说话的。有的故事如《七十岁老翁要娶娇》，她认为“这是糟践穷人贱民的，通常她不讲这种故事。这些都充分表现了金德顺朴素的阶级意识和鲜明的爱憎观念”②。

五十八岁的纪文道，不但见多识广，而且接受新事物很快，“在他的讲述中，有一种潜在的社会责任感，他常常能随着时代的变化和听众的需求

① 琴音：《她奉献的是珍宝》，载《民间文学论集》之三。

② 裴永镇：《金德顺和她所讲的故事》，见《金德顺故事集》。

不断对故事进行修改”①。他所讲的故事，生活气息浓厚，清新活泼，幽默风趣，极少有宣扬封建迷信及旧的伦理道德观念的。他曾将一个挖苦庄稼人的《吝啬鬼的遗嘱》，改成了讽刺财迷地主的吝啬成性，就是一个实例。

四十三岁的张文英，因当过生产队长和会计，以讲故事来作宣传教育的自觉性更为明显。如赶马的和喂马的闹别扭，他便讲《和合二仙》；一户人家里哥嫂同小叔子打架，他就讲《摇钱树》；有的社员找盲人算命，他就讲《两个大嘴子》。在工作中每遇到难事，便用故事排解纠纷和解决疑难②。

因注重故事的社会教育效果，流行故事的品种也起了变化。旧时代中，富于神奇幻想的童话故事特别流行，现在情况不同了。以张文英所讲的故事为例，幻想故事所占比例很少，大量的是生活故事和笑话。“这些故事和笑话，反映了阶级社会中劳动人民的生活愿望；所歌颂和赞扬的是正直、勤劳善良、聪明的人，讽刺鞭挞的是那些剥削者和压迫者。同时也对人民的缺点进行善意、幽默的讽刺，这大概同张文英注重民间故事的教育作用有关。”③

神奇幻想故事的流行被富于现实性、喜剧性的故事所代替，不只是北方如此，南方也有这样的情况。广西三江一个侗族故事之家，就发生过一件意味深长的事。杨雄新本是一位能讲两百多篇故事、在当地很有影响的故事家。可他儿子杨正群却不爱听父亲讲神话传说一类故事，而跑到寨上在其他老人跟前听讲取材于现实生活的幽默故事，后来他自己也成了能讲两百多篇故事的讲述人，并当了生产队长。“杨正群选择幽默故事作为讲述重点，恰恰反映了远古与现代在他心目中截然不等的位置。”④ 新时代里的故事讲述人力求贴近现实、加强故事的教育效果，同听众期望从故事中认识现实生活、获得有益启示，这两方面的要求是一致的，从而增强了故事

① 志华：《纪文道和他讲述的故事》，载《民间文学》1986年第10期。

② 张其卓：《民间故事讲述家张文英简介》，载《民间文学论集》之二。

③ 张其卓：《民间故事讲述家张文英简介》，载《民间文学论集》之二。

④ 李溪：《侗族一个故事之家传承诸因素的调查》，载《民间文学论坛》1986年第5期。

传承活动的自觉性。

故事活动中自觉性的增强，还表现在新中国大力推进民间文学事业对讲述活动的影响上。自 1950 年中国民间文艺研究会成立以来，对民间文学的搜集整理出版推广与研究，就纳入了我国社会主义文化事业的轨道。它不仅吸引了一批文化人来从事这项工作，还给予深刻影响于广大民众的民间文艺活动。满族故事家傅英仁就是一个突出例子。他生长在一个故事之家，“年轻时对民间文学的爱好主要还是出于个人兴趣和自发的民族感情。他自觉不自觉地作了些记录，搜集了一些文化资料。解放后，他接受了革命思想，逐渐懂得了这对于继承民族文化遗产，对革命事业都是很有意义的工作，并且懂得了如何从中区别精华和糟粕”①。他在三十多年身处逆境的日子里置身在普通民众之中，听故事，讲故事，又以民间文化工作者的身份四处采录故事，研究故事。这样的人在中国民间文艺研究会的会员中已有一大批。其中有些人除口头讲述传统故事外，还能改旧编新参与文学创作活动。这样的新型故事家产生在旧中国向新中国转变的特殊历史文化背景上，是中国所特有的民间文学现象。在他们身上，民间文学活动的自发性显然已被自觉性所取代。

在中国广大范围内，自发性的民间故事传承活动将长期存在，这是毫无疑义的，但确实已经出现了自发性传承到自觉性传承的转变。现有的民间文艺学，囿于传统观点，对这类具有新时代特点的民间故事传承活动和故事家，重视和研究得十分不够，我们应当改变这种状况。

对这三十二位故事家综合考察的结果，我们获得了这样的印象：中国的民间故事传承男性特点更重，社会性更突出；同书面文化的联系更为紧密；对时代变革的适应性也比较强。世界各国民间口头文学的传承有许多相一致的地方，而各国历史文化发展的独特风采，也会在这个领域自然地表现出来。

本文所作的考察很粗略，只是提出这个课题来和全国同仁共同进行研讨。期待着对此作更广泛的考察和更深入的理论概括。

---

① 栾文海：《野火春风——记满族故事讲述家傅英仁》，载《黑龙江民间文学》第 14 集。

东西方两位女故事家之比较①

——从《意大利童话》说起

世界文学潮流的嬗变令人眼花缭乱，一种“返璞归真”的趋向愈来愈引起人们的注意。那些似乎早已被人们遗忘的民间故事获得新的生命，又大步进入现代文化生活领域。讲说故事这种古老的口头文学活动在美国东山再起。自加西亚·马尔克斯于1982年获得诺贝尔文学奖之后，他所代表的“魔幻现实主义”流派曾风靡于世，据作家本人回忆说，他其实是用他外祖母给他讲故事的方法创作出了《百年孤独》这部著名长篇小说。意大利著名作家伊塔洛·卡尔维诺，依据20世纪人们采录的民间故事素材，编写出《意大利童话》一书，在西方一版再版，1980年竟成为美国的畅销书之一。中国自1985年开始，对民间文学进行大规模的普查和发掘，编纂《中国民间歌谣集成》、《中国民间谚语集成》和《中国民间故事集成》，文学创作上也有一些人倡导“文化寻根”，推出了一批具有浓厚中国民俗和民间文学色彩的文学艺术作品。如同有的评论家所指出的，“虽然小说返回自己久遭掩埋的传统文化基地，然而这一举动恰巧汇入了世界文化的潮流”②。

正是在这样的文化背景下，《意大利童话》的中译本（刘宪之译）于1985年由上海文艺出版社出版后，同样受到了我国大读者和小读者的欢迎。这部意大利民间故事集和一般性的外国民间故事读物不同，编者学识渊博，具有丰富的民间文艺学和民俗学的知识。他改编民间故事时很注意忠实于原作的风格，并就原材料的来源和有关情况作了详尽的注释，以便研究者参考，从而使这部书的文学性与科学性相结合，具有雅俗共赏的价值。特别令人感兴趣的是，书中介绍了生活在十九世纪后期西西里岛巴勒莫地区的一位女故事讲述家麦西娅，选录了她所讲的十一篇故事。近几年来，在我国的民间文学采录热潮中，也发现了许多女性故事讲述家，山东半岛的

① 本文在《外国文学研究》1989年第4期发表时，题为《东西方民间叙事之比较》。

② 吴亮、程德培：《探索小说集·代后记》，上海文艺出版社1986年版。

尹宝兰老太太就是颇有代表性的一位[①]。卡尔维诺在给《意大利童话》中文版的题词中说："民间故事是最通俗的艺术形式，同时它也是一个国家或民族的灵魂。"下面试将麦西娅和尹宝兰这两人所讲的故事略作比较，借这个窗口来窥探一下意大利和中国民间文化的特色。

东西方民间故事奇妙的类同

意大利虽然是一个距离我们很遥远的西方国家，它的民间故事却有浓厚的东方情调，和中国汉族的民间故事存在一些令人惊奇的类同之处。

1. 故事家及其讲述活动的类似

《意大利童话》的序文中，引述1871年出版的由乔赛普·皮特里采录编辑的《西西里童话和民间故事集》的前言，对麦西娅这位故事家作了如下描述：

> 她毫无美貌可言，但却很有口才，讲起故事来娓娓动听，人们都佩服她那超群的记忆力和才能。麦西娅已七十多岁，是母亲、祖母和曾祖母。还在孩提时，她就爱听祖母讲故事，而祖母的故事也是从自己母亲那儿听来的，后者又从祖父那里听到了不计其数的故事。麦西娅的记忆力很好，能够过耳不忘。在波哥，她的朋友们都认为她是个天生的说书人，她愈讲，别人愈爱听。
>
> 麦西娅没有读过书，却懂得许多他人不懂的事情，而且讲起这些事情来头头是道，人们谁都不能不佩服她。
>
> 麦西娅看着我呱呱坠地，还常把我抱在怀中，这使我有机会从她的口中听到许多美妙的故事，它们都带着她本人的特征。三十年后，她把曾对一个孩子讲过的故事，又重复讲给长大成人的青年听，而且故事仍旧是那样丝丝入扣，流畅优美。

麦西娅的故事和她讲故事的情况，是由一位幼小时就爱听她讲故事的作家、学者用文字记录介绍，留传于世的。有意思的是，采录尹宝兰老太太的故事的也不是别人，而是从小就围绕膝前听她讲故事的孙子王全宝。

---

① 尹宝兰所讲的三十八篇故事及其生平简介，载于山东民间文艺研究会1986年编印的《四老人故事集》中。

王全宝介绍他祖母讲故事的情形道：

> 尹宝兰老太太，1895年9月15日出生于山东省费县费城镇肖山坡村的一个贫苦农民家中。父亲心灵手巧，饱经沧桑，听了不少故事，干活休息时便经常给人讲故事。由于受父亲讲述的故事的影响，她从小就喜欢听故事。经常在东邻西舍、婶子大娘跟前听故事、学歌谣，边学边记，积累了许多故事，有时她也给同伴讲述自己从大人那里听来的故事，吸引着孩子和大人。
>
> 她十八岁出嫁，因公婆管教严厉，家中人口多，家务活重，四十岁以前很少出去听故事、讲故事。四十岁上，她有了孙子，分家另过，出入家门自由了，她的故事才广泛流传开来。只要有闲空，人们就围着老太太听故事，特别是妇女和儿童。
>
> 老太太非常喜欢听戏看电影。以前耳朵不聋，都是让儿孙们推着去邻村听戏看电影，边看边想，边听边记，看完听完回到家就讲开了。大段的唱词，老太太也能背下来。最近几年，老太太听觉差了，不大外出看电影听戏，把自己记得的几百则故事反复讲给别人听，越讲越熟，大部分故事已经定型。儿孙不让她干体力活，她闲不住，手拿拐棍，一串半个村子。小山村到处有她讲故事的声音和由听故事引起的笑声。

从以上记述可以看出，意大利和中国，都盛行讲故事的口头文学活动，并在这些活动中，涌现出一些出色的女性故事讲述家。她们出身贫苦，没有机会读书识字，却有幸生于故事之家，依靠家族传承——来自母系或父系亲属的世代相传，从小就被民间故事所深深吸引。因具有惊人的记忆力和灵巧的口才，故事越积越多，越讲越好，主要以妇女和儿童为对象，在家庭、邻舍间进行经常性的讲述，终于成为娴熟的故事讲述家。这是一种自发的，又是植根于人类生活和人类心灵深处的文化现象，因而遍及东西方各个国家和地区。

2. 讲述的故事体裁的类似

这两位故事家都善于讲述富于浪漫幻想的民间童话故事。在麦西娅所讲的十一篇故事中，这类故事就有七篇，它们是《格莱都拉·贝德都拉》、《苦命姑娘》、《黑蛇皮皮娜》、《伊斯梅利亚商人》、《偷东西的鸽子》、《经营蚕豆和豌豆的商人》、《生疥疮的苏丹》。尹宝兰所发表的三十八篇故事中，讲得最精彩的也是这类幻想性的童话和传说，达二十篇，占了一大半。故事里年轻的或年幼的男女主人公，大都有一段遭受贫困或厄运折磨的历史，可是后来获得具有神奇力量的仙人、精灵、宝物或魔法的帮助，便逢凶化吉，时来运转。王全宝说他祖母所讲故事，“内容涉及社会的各个方面，但最基本的是：穷人、弱者、受欺侮者最后总有个好结局，富人、恶人、统治者最终总会受到应有的惩罚。用老太太的话说，就是‘穷人得济’。贫苦农民在旧社会受的压迫太重了，他们只好在理想中寄寓自己的感情”。麦西娅的故事也同样施展丰富的想象，给阴暗的现实和男女主人公的不幸境遇涂抹上光明与欢乐。两方面故事的基本构思和幻想与现实巧妙融合的艺术手法，十分接近。

这种接近，有一部分是由世界范围内的文化交流造成的。民间故事，特别是那些具有高度概括性、能够引起各国民众广泛共鸣的童话故事，有着很强的流动性。意大利故事中也有不少故事是外来的。北方的民间故事中有一些来自日耳曼民族，而南方特别是西西里岛，则有不少民间故事来自东方各国。麦西娅所讲的《贝莱都拉·贝德都拉》，属世界著名的“灰姑娘”型童话，它的祖型为唐人区。当地流传至今的《达稼和达仑》，仍保持着它的基本形态。在一千多年的漫长岁月里，它辗转传遍全世界，演化出五百多种异文，也进入西西里岛故事家的口中。

麦西娅所讲的另一个童话故事《经营蚕豆和豌豆的商人》，属世界著名的“穿靴子的猫”这个型式。十六世纪即出现于欧洲，后传遍东西方。中国新疆维吾尔族中间流传的《一棵石榴树的国王》即是它的异文之一。故事讲一只猫、一只狐狸或一颗蚕豆，以它的魔力和狡诈帮助主人获得了高贵的妻子和巨大的财富。五十年代初期，我国《民间文学》杂志在发表这篇故事后，曾就它的主题是不是宣扬“不劳而获”的思想展开过讨论。中国读者在阅读《经营蚕豆和豌豆的商人》这篇意大利童话时，便有了“似曾相识”的亲切之感。

可是就麦西娅、尹宝兰所讲的绝大多数具有某些类同性的故事来说，很难找到彼此交流影响的线索，用这两个地区在一定历史时期内文化发展和民众心理结构的类同性来解释也许更为合理。心理学家指出，幻想是一种真正的原始经验，现代生活中的幻想，来源于集体无意识中的神话原型，它们至今仍是人们取得心理平衡和心理补偿的一种不可缺少的手段①。因此以幻想方式来补偿现实生活之不足，表现“穷人得济”主题的这类童话故事的流行就成为一种世界性的文化现象了。

女性又特别喜爱和擅长讲述这类故事。世界各国的民间童话故事，大都靠女性讲述人保存下来。究其原因，一是同她们所担负的抚育下一代的职责有关。孩子们成长的心理历程，有一段似乎重现了人类童年的心理特征，特别富于幻想和好奇心，童话故事于是成了他们童年的美好伴侣。麦西娅和尹宝兰，都曾在这样的环境中讲故事，并靠着这些小时在她们怀里听故事，后来成为文化人的后辈把许多故事记录保存下来。

二是同女性人类学所揭示的女性的普遍心态有关。女性的心理活动特别富于幻想，相信奇迹。法国西蒙·波娃的《第二性——女人》一书，在“女人的处境和性格”这一章中指出：“女人的心理状态，因袭了过去崇拜土地魔力的农业社会心理：她是相信魔术的。她觉得被海浪、被光芒、被神秘的液体所包围；她相信心电感应，相信星相术、催眠术、占卜、碟仙、千里眼；相信‘诚则灵’；她的宗教信仰充满了原始的迷信，譬如蜡烛、符咒等；她相信圣人是古代自然界神怪的化身——譬如有一个可以保护旅途中人，有一个可以帮助妇女分娩，有一个可以帮忙找回失去的东西；而且，没有任何怪事会令她吃惊。”② 这样说，并不意味着男性故事家就不喜爱和不会讲述幻想故事。可是在一般情况下，他们都没有女性故事讲述人对神奇事物信仰得那么认真，讲得那么活灵活现，就像她们刚从那些神奇幻想境界出来似的，完全打破了真实生活与幻想世界之间的界限。麦西娅和尹宝兰都具有这样的讲述才能。

3. 女性形象的类似

卡尔维诺在《意大利童话》的序言中特地指出，麦西娅的故事“总是想再现充满活力、有胆量、有勇气的女性形象。这与人们对西西里妇女的

---

① 荣格：《心理与文学》，生活·读书·新知三联书店1987年版，第13页。

② ［法］西蒙·波娃：《第二性——女人》，湖南文艺出版社1986年版，第385页。

传统看法（羞怯、内向）形成鲜明的对照。我想，也许麦西娅是有意这样做的”。麦西娅所讲故事的主人公大都是年轻的女性。在幻想故事中，她们虽然借助某种神奇力量改变了自己的恶劣境遇，可是这些神奇力量都是她们以自己的积极行动争取得来的，“苦命姑娘”勇敢坚毅地寻找自己的命运之神，从而使厄运得以转变就是一例。至于在《聪明的凯瑟琳》、《光喝风不吃饭的新娘》、《西班牙国王和英国贵族》这几篇传奇故事里，女主人公乐观开朗、机智干练的形象更是光彩焕发。尹宝兰所讲的那些山东故事里的女性，同样也表现出这种巾帼英雄的气质。《百鸟衣》中的媳妇，遭皇上欺凌，却用巧计让丈夫穿“百鸟衣”进宫，很轻易地就取代了那位昏庸皇上。《打拳招亲》和《李小姐看家》中的两位少女，一个以比武自找意中人，一个以超群的武术打败一伙强盗，保护了自己的家园。把她们的形象和西西里故事中耍弄骄横王子的女教师凯瑟琳和女扮男装、多才多艺的王妃相比，其胆识与才能可以说毫不逊色。在幻想故事中，尹宝兰讲述的《花开》，将一个由山中精灵变成的女子，描写成呼风唤雨、无所不能的女强人；麦西娅故事中的黑蛇皮皮娜，经历了由人变成蛇，再由蛇变成人的曲折变形，她和厄运作斗争，主宰自己命运的神奇本领，同中国妖女惊人的相似。海外学者也发现，中国封建社会中形成了根深蒂固的轻视妇女的偏见，然而奇怪的是，民间文学中塑造的妇女形象却有不少是强而有力的，乃至在一定程度上压倒了男性。这一方面反映出为传统观念所忽视的女性潜在力量的存在，另一方面恐怕也是女性“自我陶醉”、“自我扩张”心理的自然流露。它也是两方面故事中耐人寻味的一种类同现象。

从民间故事窗口看东西方文化差异

比较文学研究虽可以考察异中之同或同中之异，但似应以后者为重点。将上面这两位故事家进行比较时，更值得我们注意，也更能激起人们兴趣的也是故事中的同中之异，即东西方文化的差异在她俩的故事讲述活动中以及在两国民众艺术欣赏趣味中的表现。这种差异在故事的内容和形式上可以找到许多，最重要的我以为是如下两点。

1．故事空间的差异

尹宝兰一直生活在一个闭塞的山村，基于她个人和家族的生活体验，故事空间以从事农业生产的山村为中心。主人公大都是山村的普通男女，以务农为主，也有少数人卖菜、打猎或到关外挖参。故事以叙述他们贫困悲苦的现实生活为开端，接着出现奇迹，命运陡转。奇迹的出现，来自下面三种力量——山里埋藏的聚宝盆之类的宝物，懂得报恩的神奇动、植物（老虎、人参等）及修炼得道、掌握了某些神秘法术的道士和山中精灵；洞察人间善恶、赏善罚恶、主持公道的雷公等天神；还有京城里的皇帝与清官。《老虎报恩》讲一个天天在山上打猎的王小二因救老虎，帮它拔掉了卡在喉咙里的骨头，老虎报恩，居然给他背来了一个漂亮媳妇。《大米的故事》讲天老爷给行孝的二媳妇糊了半身金子，却用天雷劈死了虐待婆婆的大儿媳。《小牛的故事》讲员外家的小老婆生下一个男孩，母与子均遭大老婆的残酷迫害，最后儿子一举考中状元，于是苦尽甜来。《花开》讲一个卖豆腐老汉的孩子进山观景，遇见一个虫精变成的女子，本来会遭厄运的，由于老道士教他用五雷法驯服了这个有神奇能耐的女子，便带她下山建立了幸福美满的家庭。以上这几个故事，大体上代表了尹宝兰故事的叙述空间。主人公的活动以山村为基点，又有着一段曲折不平凡的经历，将活动空间扩展到深山野岭、茫茫天宇和繁华的京城。上述空间不仅表现出尹宝兰生活地区的自然环境特征，还打上了中国历史文化的鲜明印记。以十年寒窗、金榜题名作为转变主人公命运的契机，这一叙述模式兴起来自隋代，被历代所沿袭的科举制度。包括玉帝、雷神、山精、水怪在内的这一系列鬼神精灵体系，则是中国土生土长的道教所构造的。对山兵和天空的神秘幻想，也打上了道教的烙印。道教中修炼得道的道士常常具有役使鬼神、制御万物的神秘法术，成为沟通现实世界和神秘世界的强有力的人物与桥梁，起着主宰人们吉凶祸福的作用。

麦西娅的故事，则在我们面前展现了另一个迥然不同的空间。她是意大利西西里岛滨海城镇巴勒莫的居民，她的故事空间，以从事商业活动的城市为中心。故事里的主角不是商人及其子女，就是王室贵族——国王、大臣、王子、公主等。这同意大利的地理环境和历史发展有关。十至十一世纪，意大利的许多城市成了自由城邦，从十三世纪开始，全国进而分裂为若干独立国家，一个城市就成为一个国家。直到 1870 年，意大利才实现统一，开始迅速发展资本主义。商人是城市生活的主角，自然也成为民间故事的主角。麦西娅讲述的十一篇故事中，就有五篇讲到商人：《经营蚕豆和豌豆的商人》，讲某商人依靠一粒有魔力的蚕豆而成为大富翁；《伊斯梅利亚商人》，讲遭难的王子被商人所救，最后重享荣华；《聪明的凯瑟琳》、《格莱都拉·贝德都拉》和《黑蛇皮皮娜》三篇故事里的女主人公都是商人的女儿，其理想归宿就是同国王或王子结婚。从故事中可以看出，商人在城市中的地位和王室相当，而且不少故事以商人及其子女和王室成员相抗衡并取得胜利，构成富有戏剧性的情节，表现出资本主义开始迅速发展的社会态势，从空间景象透出这些故事所出现的时代特征。

她们两人都讲到过去的最高统治者——国王或皇上，然而各有特色。尹宝兰的故事空间里只有一个统一的国家和一个皇上。“天高皇帝远”，皇帝和公主都只是故事里的陪衬人物，只有一个模糊不清的影子。其实他们不过是一些象征性的符号，作为主宰普通人命运的权力和享受荣华富贵生活的象征而存在。故事家安排主人公的美好归宿时便常常让他们同皇上和公主搭上关系，这是中国民间故事的常见叙述模式之一。

麦西娅故事里的国王、大臣、公主、王子，却是一些活生生的人物。有些遭逢不幸的少男少女，细查其家谱，原来竟是王室后裔，因社会变乱而沦落底层。由于这些都市国家本来很小，后来又纷纷衰落，于是国王、公主、王子便成了人们可以亲近，既有普通人的情欲，又笼罩着某些高贵神秘色彩的艺术形象，广泛流行于口头文学之中。

她们两人都讲到奇迹，以奇迹来转变主人公的厄运，表达对美好生活的憧憬，而其文化内涵也有显著差异。西西里地区信奉天主教，但虔诚信徒不多，所以麦西娅故事的宗教色彩并不浓厚，经常出现的变形幻想，主要源于古代巫术。西西里故事的奇迹既不来自天神，也不来自山中的精灵和修道人，主要来自海上。《生疥疮的苏丹》讲一个渔夫的儿子，带着一本魔法书出海航行，在两个荒岛上发掘出大批金银财宝，因而致富并娶公主为妻。这篇海上历险记，代表了意大利故事的典型风格。人们崇拜海洋，面对汪洋大海驰骋奇思妙想。这类故事因和资本主义的海外开拓事业相结合，富有生命力，成为西方文学中不朽的主题原型。

从麦西娅和尹宝兰提供的故事空间里，我们不但看到了她们所处的不同国家、地区的自然与社会环境，还能鲜明地感受到构筑这些艺术空间的民族心态。她们讲述故事，都是在由近及远、由此及彼的较为广大的空间范围之内，展现主人公曲折多变的命运历程，由此构成奇幻动人的故事。但因空间范围各有其特征，便在人们面前显现出了各自不同的魅力。

2. 叙述风格的差异

意大利民间故事有自己鲜明的民族特色。一些研究家认为，意大利民间故事既不像许多德国民间故事那样杀气腾腾，充满了刀光剑影和流血事件；也不像丹麦的民间故事哀怨凄切，令人潸然泪下。它们用乐观的口吻、形象的语言和优美的想象，表现了将东方人的机敏，西方人的幽默，地中海沿岸居民的热情风趣和阿尔卑斯山民的刚毅、肃穆融会在一起的意大利民族性格①。因意大利故事，特别是包括麦西娅所讲故事在内的南方民间故事，曾吸收东方故事的影响，具有浓厚的东方情调，其内容和叙述风格上便有不少互相接近的地方。艺术境界清新优美，洋溢着乐观、机智的情趣，这种共同魅力不论从麦西娅或尹宝兰的故事中都可以鲜明地感觉出来。但它们毕竟出现在两种很不相同的历史文化背景上，叙述风格自然会有不少差异。下面试将这种差异集中到叙述人同叙述对象的距离上来考察。这种距离，不只是选择观察点和空间距离，还包括道德距离和感情距离，即叙述人对叙述对象的情感态度在内。

她们两人作为故事叙述人，同叙述对象的距离似乎有远近之别。

尹宝兰讲故事时，同叙述对象的距离比较近。试以她讲的《蛤蟆儿》即关于青蛙女婿的故事为例，下面是小两口结婚办喜事的情景：

> 到了这天，到门前落轿，嫁妆也抬进去了，出来迎轿的，出来进去的，也爬出个蛤蟆来拜轿，那么大小，红眼一扒。抬轿的、拿嫁妆的一看，好他奶奶！怎么个大蛤蟆！上轿前，连点头带作揖，挠着爪，肚子一鼓一鼓，爬屋里去了，拜天地呀。“蛤蟆，出来吧。”好他娘，也出来，也点头，也作揖，领她上屋去了。跑个椅子上，啧啧地在椅子上趴着，也吃了面汤……
>
> 到晚上睡觉，他娘说：“蛤蟆，你有地方了，上你屋睡觉去，也有

① 袁华清：《意大利文学宝库中的瑰宝》，载《猫先生开店》，少年儿童出版社 1984 年版。

床也有铺盖的。”

蛤蟆来到床前，紧赶爬上去，媳妇一脚：“我叫你个蛤蟆上来！”摔得它扑哧一声。又紧赶爬上床去，又一脚，摔下来了。摔急了，看门后有麦秸，爬着爬着到门后睡觉去了。

媳妇呀，送饭也不吃，管怎也不吃。怎活？到晚上，一睡觉她就摔，到第三晚上，摔急了，一打滚变成个人。

“你看看，你再摔，你看看我是个人吧？”

好他娘，媳妇一睁眼看着，是个美貌英俊的十七八岁的学生在床前站着，一骨碌爬起来……

“可了不得！你麻利脱了吧！你看看，你就这样有多好。”

一打滚，一甩了蛤蟆皮，掖席底下。

好他娘，这回打开柜，也有菜，也有点心、果子、鸡蛋，拿出来，两人连喜带说地吃了，吃完了睡觉。

故事讲述人好似这主人公的贴身家人，在最近的空间距离内耳闻目睹了这一对奇特的小夫妻从接轿拜堂到洞房之夜的种种喜剧性情景。因为看得真切，所以描述得格外生动传神。

空间距离的缩短，同情感、道德观念的贴近是密切相关的。在这一节叙述中，尹宝兰连用了好几个“好他娘”、“好他奶奶”来表达她身临其境，禁不住流露出来的惊奇和惊喜的感情。这种感情，使她贴近那对新郎新娘，甚至达到了合二而一的地步。不用说，叙述人对这件虽然具有神奇色彩，但是明媒正娶的婚姻是持肯定态度的。在小蛤蟆变形为人为神的构思中，含有卑贱可以向高贵转变、平凡可以化为神奇的寓意，但也不无“嫁鸡随鸡，嫁狗随狗”的封建伦理观念的表露。

尹宝兰讲故事同叙述对象的距离较为贴近，不单纯是一个表现方法，也反映出她所处的文化背景的特点。她的故事多取材于自己十分熟悉的山村生活，很容易将自己化身为故事里的一个角色，置身于叙述对象的行列之中。故事里的主人公大都是勤劳善良然而过着贫困生活、和她境遇一样的普通男女，喜怒哀乐的情绪自然容易沟通。她家世代居住在孔子的家乡山东，深受儒家道德伦理的熏陶，加上她在村里“辈分大，人缘好，东邻西舍有什么事，总少不了她。婆媳吵架、夫妻闹矛盾都是找老人调解”。故事讲述活动同她平时对邻舍和后辈进行的伦理教育活动密切关联着。因此在道德伦理观念上，便常常情不自禁地站在自己所同情、赞扬的正面主人公这一边，以鲜明的态度抑丑扬美、劝善惩恶，甚至把正面主人公作为某种德行（如孝道）的化身。她所讲述的《老虎报恩》、《小雀报恩》、《割股孝亲》、《儿媳悔过》、《槐花劝母》等，都是中国流行的以因果报应为主题的道德训诫故事。其他故事也有较浓厚的道德教化色彩。一些故事的结尾表现得尤其明显，如说："那个儿媳妇一家四口过起来哩！那个大婆子拉磨去了。人还是好心眼的好啊！""冻不死啊，天上有差下来的火龙烤着，那是神仙使奥妙，表表郊香女的孝心就是了。""雷公来看看，这个人怪孝顺，不劈她了。打那，这个儿媳怎么也不敢不孝顺老婆婆了。"

从这个角度我们再将麦西娅的故事拿来和尹宝兰的讲述相比较，便可以发现两者大异其趣。麦西娅故事中的叙述人同叙述对象保持着相当的距离。这一方面是由于她所讲的故事中，空间背景十分广阔，一个故事里常常要讲好几个城市乃至好几个国家的人和事，男女主人公一会儿从西西里到热那亚，一会儿从西班牙到巴西，而麦西娅本人并没有离开家乡到远方旅行的经历；何况这些人和事又多半发生在她并不熟悉的富丽堂皇的王宫里，这就限制了她从很近的距离作真切的观察和描述。试以《西班牙国王和英国贵族》这篇故事为例，麦西娅这样叙述西西里王子和西班牙姑娘的婚事：

> 宫廷派这位贵族去西班牙接姑娘。不过，姑娘先在一座宫殿里花了四个月时间学习怎样当王妃。学习结束后，她变得非常聪明了，就由别人代理王子跟她举行结婚仪式，然后乘马车启程去王子的国家。她的母亲由于精心抚养了这样一个女儿而受到高度赞扬，药剂师也由于在这桩婚事中的作用而得到一大笔赏金。王子骑马来迎接新娘。他们相遇后，王子下马，进了她坐的马车。想想吧，他们是多么幸福啊！
>
> 毫无疑问，姑娘过上了天堂般的生活，天天待在屋里，从不抛头露面。

同是讲办婚事，这桩在实际上更加热闹铺张的王室婚礼，在麦西娅的口里，反而比尹宝兰对那桩山村婚事的叙述要粗略得多，可以明显看出是远距离的观察，乃至带有不少揣测成分，如："想想吧，他们是多么幸福啊!”“毫无疑问，姑娘过上了天堂般的生活”之类。单就这一节来看，艺术表现上似乎很平淡，可是讲述人却以背景的广阔、事件的繁复和人物命运的曲折来取胜，自有它引人入胜的魅力。

麦西娅在叙述中的情感和道德倾向，也同叙述对象保持着相当的距离。她虽然不像某些西方小说那样，着力于客观显示，而把自己的主观倾向完全隐蔽起来，可是和中国的尹宝兰讲故事相比，她这个叙述人显然要超脱许多。《左侍从》讲皇帝看中了大臣的漂亮女人，这本来可以构成一场严重的道德冲突，故事里却让国王只存在一点非分之想，在大臣妻子的卧榻前缩回了那罪恶的一步，并自惭自悔，一场误会很快消释，君臣和好如初。《聪明的凯瑟琳》讲平民出身的妻子因维护自己的尊严，同做了王子的丈夫发生冲突，开始闹得要势不两立的样子，后来妻子出逃，耍弄了丈夫一番，并给他带回来三个孩子，于是丈夫心悦诚服地放下架子，向妻子道歉。由于这些故事对人物冲突纠葛的处理，不是向着刀光剑影、杀气腾腾的方向去强化，而是有意识地淡化矛盾，引向喜剧性的解决。加上叙述人较为超脱，故事里便洋溢着一种轻松、幽默的情趣。《格莱都拉·贝德都拉》中，国王抓住想再次脱身的“灰姑娘”，要判她的罪。“你判我什么罪呢?”“我判你去做王子的妻子。”《聪明的凯瑟琳》中，女主人公打过王子一记耳光，不仅不后悔，还要再打他一记耳光，接着送过来三个孩子，“原来这就是你原先说过的要给我的一记耳光!”这些重要的对话，就显示出淡化冲突的幽默技巧。她还爱用下面的一些这样的俏皮话来结尾，如：“他们从此过得幸福，快乐，我们却在这里把嘴皮磨。”“他们非常幸福地生活，我们却什么也捞不着。”叙述人一下子就跳出故事，离开人物，回到听众中间来了。而这在尹宝兰的故事和其他中国民间故事中，是从来见不着的。

总的来看，尹宝兰的故事富有中国文化注重道德教化的特点，其中所反映的中国封建社会的善恶势力的矛盾冲突较为严酷，叙述人以严肃、庄重、疾恶如仇的态度，贴近正面主人公进行讲述。故事的基本倾向表现了劳动人民淳朴的道德风貌，但也渗透着一些封建主义意识和因果报应观念。

麦西娅的故事，流行在经过文艺复兴洗礼、资本主义开始发展，人文主义思潮兴盛的社会文化环境中。社会冲突比较缓和，故事的情调也显得比较轻松、幽默，更富于喜剧性和娱乐性。

伴随着人类社会历史的进步，叙事文学演进呈现出一种趋势：严肃、庄重的体裁逐渐退化，轻松活泼、富于喜剧性的体裁获得广泛发展。包括麦西娅所讲故事在内的《意大利童话》，它所产生的时间背景，虽早于尹宝兰的故事大约一个世纪，可是从人类历史进程来看，它们的先后顺序则应该颠倒过来。意大利故事更接近于现代文化潮流，这就是它之所以能成为八十年代畅销书的原因。

尹宝兰的故事自有它作为东方文化一个小窗口的特殊价值。但尹宝兰故事只能代表中国民间故事中形态古朴、接近于儒家正统思想的那一部分。还有叛逆正统、叙述风格也另具一格的民间故事，广泛流行在南方的少数民族中间，那须另作考察，已超出本文范围了。

中国“女书”中的民间叙事文学①

在中国湖南省江永县，流行一种记录当地方言的特殊文字，它既不是方块汉字，也不属于拼音文字，而是参照汉字形体创制的特殊文字系统。它们只在女性范围内使用，当地人们称之为“女书”，而把普通汉字叫作“男书”。报道这一发现的《关于一种特殊文字的调查报告》（宫哲兵）于1983年在《中南民族学院学报》公开发表后，曾引起国内外学术界的惊奇和重视。近几年对女书的调查研究逐步深入，特别令人喜悦的是，1991年初河南人民出版社出版了谢志民编著的三大卷女书资料汇编《江永“女书”之谜》，使世人得以窥见女书的全貌。书中按十类体裁编排，收录女书作品二百零八件，而其中的民间文学就达到一百六十八件，计有民间抒情歌谣九十九件，谜语四十四件，民间叙事诗歌二十五件，不论在作品的件数或字数上都占着绝对优势。非民间文学作品主要是书信，占了三十一件。

这些文学作品虽然是用一种特殊文字书写成篇，却完全不同于文人的书面创作。就作品本身而言都是在当地民间世代相传的口头文学，只是用女书文字记录写定，仍保持着它们的本来面目。就流传形式来说，它们主

① 本文曾在第十届国际民间叙事研究大会上发表（1992年7月于奥地利因斯布鲁克举行），中文本原载《民间文学论坛》1992年第3期。

要是在一伙姐妹中读唱（女书文体全部是韵文），其文本实际上是供人们口头咏唱的脚本，因此，我们完全可以把这些作品当作民间口头文学来看待。

女书中有二十五件民间叙事诗歌，最著名的长篇叙事诗就有八部，即《祝英台》、《卖花女》、《罗氏女》、《王氏女》、《肖氏女》、《三姑记》、《鲤鱼精》和《秦香莲》①。这些作品给我们研究女性心灵世界在民间叙事文学中的反映提供了极宝贵的资料。

女性心灵世界的投影

女书这种特殊文字，是由女性创制并为当地女性所享用的。女书所载的那些叙事诗篇，就整体而言，并非女性所创造，而是来自民众的口头传承。但它们进入女书，被女性作者加工改制，染上了特殊色彩。从这些作品中，我们可以鲜明地感受到女性心灵世界的奥秘。

女书中的叙事诗篇，除《清朝不太平》等少数篇目外，绝大多数都是取材于爱情婚姻家庭生活，全以女性作为主人公。由亲人的悲欢离合构成激动人心的故事，在娓娓动听的叙述中突出女主人公的自立自强精神。

《祝英台》，叙述梁山伯与祝英台的爱情悲剧，为中国著名的四大传说之一。祝英台从女扮男装、出外求学，到结识梁山伯、以身殉情，处处表现出不同凡俗的主动精神。《鲤鱼精》叙述一条成精的鲤鱼幻化成富家小姐与书生相恋的故事。虽然最后被包公的宝镜照出了原形，其主动追求幸福爱情生活的形象可与祝英台相媲美。

其他各篇的故事均发生在已婚夫妇的家庭生活中间。《卖花女》中的张氏，在丈夫官场遭遇危难的情况下，毅然决然走上街头抛头露面叫卖自己所剪的纸花，借以维持全家生计。"奴家算来不由命，上街去做卖花人，剪起纸花街上卖，卖起银钱过光阴。"上街后受到皇帝国丈的凌辱，痛斥压迫者的暴行，坚贞不屈，惨遭杀害。后来由包公昭雪沉冤，起死回生，才与家人重新团聚。"做官要学包丞相"，"为人要学张小姐"。女主人公坚毅刚强的形象栩栩如生。

---

① 前七篇作品均见《江永"女书"之谜》一书。《秦香莲》未见原作，在《妇女文字和瑶族千家峒》（中国展望出版社 1986 年版）一书第 144 页载有该地妇女按照女书唱《陈世美不认前妻》即《秦香莲》的记述。

《王氏女》，又名《王（或黄）氏女对金刚经》，叙述一个笃信佛教的女子因熟读《金刚经》被阎王褒奖使其女转男身，考中状元而富贵显达的故事。作品中虽然贯串着佛家的报应轮回观念，可是让妇女转身当状元，和某些通俗小说、戏曲中的女扮男装考中状元一样，又强烈地表现出女性要求自立自强、出人头地的心理。

《三姑记》，由民间故事《三女婿》改编而来，叙述某财主的三女儿，自愿嫁给一个小伙子。在给父亲庆寿时，因家道寒碜，不及两位姐姐富有，在嫌贫爱富的父母面前受尽欺凌。可她人穷志不穷，“哪个穷人穷到底，哪个富贵栽了根，哪有青山无古树，哪有世上无穷人，日后若还有好处，定与母亲说分明”。后来果然时来运转，而作威作福者则家道败落，受到命运的嘲弄。

还有《肖氏女》，系根据宋元南戏剧目《肖涉贞祭坟重会姻缘记》改编而成。《罗氏女》所叙述的即《秋胡戏妻》的故事，早在唐代变文中即已出现。这两篇作品都是叙述女主人公在同丈夫长期悲苦离别之后，能忠贞不渝地抗拒他人对自己的诱惑或摆布，终于迎来了夫妻之间的美满团聚。他们自立自强的品格在这悲欢离合中得到突出的表现。

对这些作品进行宏观考察，可以看出：

1. 它们不仅以女性为主人公，而且大都将女主人公塑造成为旧时代的“女强人”形象。在婚前主动向自己的意中人表示爱情；在婚后家庭生活处于逆境时，勇敢而乐观地挑起维持家庭生计的重担；在丈夫长久别离的情况下也能抗拒种种胁迫诱惑，把握自己的命运。另一方面，和社会上男性处于支配地位的情况相反，这些作品中的男性大都比较怯弱，且不说《祝英台》中的梁山伯和《鲤鱼精》中的公子，完全是文弱书生形象；《三姑记》中的穷庄稼汉和《王氏女》中的赵屠户，也十分憨厚老实，家庭事务完全由妻子操持；就是《卖花女》中当了解粮官的刘公子，遭遇危难时回家来也束手无策。女主人公的有胆有识、能干泼辣和男人们相对地软弱无能相映成趣，使故事叙述生动活泼，给女主人公形象增添了动人的光彩。

2. 要求女性和男人地位平等的强烈愿望。《祝英台》中的女主人公要求女扮男装出外求学时曾慷慨陈词道，“好女入得千人队，好马入得万人场”，“则天皇帝一女皇，总管山河实威风”。在我见到的许多梁祝故事文本中都没有这类话语，只存在于女书中，就突出地表现了女性活动的内心世界。

3．坚持婚姻自主，勇敢地和外来的胁迫诱惑进行抗争。《三姑记》的三姑娘自愿嫁给一个穷小伙子，“他做高官他富贵，我受苦来我受贫”，她相信贫富贵贱可以改变，“男勤耕来女勤织，皇天不饿苦耕人。黄河尚有澄清日，岂可人无得运时”。《卖花女》中的张小姐，对国丈的威胁利诱毫不动心，严词予以痛斥：“宁可为刀杀下死；不愿失身伴皇亲，若是依你成亲事，披毛戴角是畜生。”在坚持婚姻自主的过程中，表现出“贫贱不能移”、“富贵不能淫”的崇高品质。

4．对官家的憎恶和鄙视。中国男性受儒家“学而优则仕”思想的熏陶，热衷于“十年寒窗无人问，一举成名天下知”，以仕途显达、光宗耀祖为人生最大追求。女书所载的这些民间叙事文学中的主人公，却大都对丈夫出外求取功名富贵，采取厌弃态度。特别突出的是《罗氏女》，丈夫秋胡在新婚数日后便要出门求官，说什么“男儿十五无官职，枉作男儿做文章”，“有志跳得龙门过，无志不敢入朝堂”。妻子罗氏却苦口婆心加以劝阻，“你今要去求官职，山遥水远路难行”，“何不在家安乐好，当然坐定管田庄”，希望共同安享家庭生活的乐趣。而最主要的是她担心丈夫在外喜新厌旧，变成忘恩负义的角色，“又怕丈夫心不正，花开儿女爱他乡”，“女人便似金心女，男人尽是铁心肠，世上真正有几个，做官多少不回乡”。经过几次辩论，丈夫执意要走，罗氏无可奈何。后来秋胡在外备尝官场艰险：“朝中官人无数万，十个求官九个亡，十个做官九个死，路上枯骨白如霜。”终于按照罗氏意愿回归乡里了。秋胡故事早见于敦煌石室的唐代变文之中，然而变文中却是母亲对儿子出外游学求官难舍难离，妻子则对丈夫唯命是从：“女生外向，千里随夫。今日属配郎君，好恶听从处分。郎君将身求学，此惬儿本情。”女书中的同一故事，却让女主人公扮演了劝阻丈夫出门求官的角色。这表明随着封建社会走向腐朽衰败，儒家的道德伦理在女性中的影响力已大大削弱，不能不令人深思。

中国封建社会中儒家对女性的主要道德规范是“三从”，“在家从父，出嫁从夫，夫死从子”。它们不仅严重束缚了中国妇女的身心，而且“曾经是世界性的倾向”[1]。女书中的民间叙事作品，对女性性格和命运的描写，打破了儒家的道德规范，按照劳动妇女的意愿，塑造出一系列具有自立自强精神、闪射出理想光芒的女性形象，这是极有意义的。

女性艺术情趣的展现

女书所载的这些民间叙事文学作品，因受女性心灵的投射，在艺术表现上也有自己的鲜明特色。

1. 浓厚的浪漫主义色调。女书中有一些自叙身世的作品，完全用写实手法自叙自叹个人的悲苦境遇，哀婉动人。而在上述几部虚构性的长篇叙事作品中，却以女主人公为强者来构造故事，情趣迥然有别。中国旧时代的妇女身受多重压迫，地位低下，如同一些小说戏曲中所描写的，心比天高，却命同纸薄，许多美好意愿在黑暗现实中只能化作泡影。这样，在民间叙事中对一系列“女强人”形象的刻画便不能不借助浪漫主义的幻想来完成。

一是请出中国民间传说中受人称道的清官包公来主持正义，惩罚邪恶。忘恩负义、不认前妻的陈世美，是秦香莲向包公哭诉冤情，由包公处以极刑的。《卖花女》中张小姐被害，深埋在花园内，也是由包公出面伸张正义，使冤案大白。这位包公不仅敢于触犯皇亲国丈，对前来说情的皇帝和娘娘也不放在眼里。“包公看了心大怒，无道昏君骂几声，国丈治罪犯条律，又把圣旨说人情。”“一句气了包丞相，大骂娘娘正宫身”，“若是不看万岁面，要你娘娘做不成”。包公还有沟通鬼神的能耐。包公虽然在宋代历史上实有其人，民间文学中却对他的事迹予以夸张虚构，成了凝聚被压迫民众理想愿望的箭垛式的人物。

二是请出民间宗教信仰中的神灵来帮助主人公逢凶化吉。在中国南方道教颇为流行，民间道教信仰以玉皇大帝为宇宙间最大天神，包公胆大包天，就由于他自称“上界玉帝拨下我，相伴仁宗圣王君”。玉帝手下还有一位巡察人间善恶的使者——太白星君，“小姐正在双流泪，太白星君下凡尘。太白星君来变化，变做街坊卖菜人”。他在《卖花女》、《肖氏女》、《三

① ［日］富士谷笃子：《女性学入门》，中国妇女出版社 1986 年版，第 86 页。

姑记》等几篇作品中都曾化身相助女主人公，以巨大神通消灾赐福。这类角色虽然和人们的宗教信仰有关，却已在民间文学中被塑造成为体现人们美好意愿的艺术形象，给黑暗现实注入了一线光明，增强了作品乐观主义的情调。

2. 叙说的委婉细腻。几部长篇叙事诗均未触及社会斗争的重大事件，完全叙说家务事、儿女情。因将女性的细腻、敏感和富于同情心的特点融会其中，便显得格外生动亲切，娓娓动人。《三姑记》中便有很好的例子。富有的大姑、二姑家的孩子哭了，外婆拿起大块猪肉给他们吃。贫穷的三姑家的孩子哭了，外婆到厨房里走了一圈，“好东好西全不拿，拿个萝卜起满筋”。孩子饿极了，一口吞下，外婆见了不但不同情，反而“拿只棍子打女孩，骂她是个叫花精”。抓着一个极普通的生活细节来描述渲染，便突显人物的性格，造成了情节的起伏，而且表达了叙述人的褒贬爱憎。

这些民间叙事作品一方面有着对于日常生活的广泛而生动的描述，同时驰骋丰富的想象，倾注热烈的情感，表现出女性经营的语言艺术的特殊魅力。

女性社会与“女书”的产生

女书产生在一种特殊的自然和人文环境中。

关于女书所使用的这种奇特文字的来源，有多种记法。有人认为它是先秦时期一种古文字的孑遗，有人则认为不过是明清时期当地女性以传统图案和普通汉字为基础所创造出来的记录当地方言的特殊文字①。

为什么这种文字能在当地创制和流传呢？

原来湖南江永一带的居民，是南北参半，汉瑶杂处。妇女缠小脚，不下地生产，只在家中纺纱织布，生活较为悠闲。可是这里受南方一些少数民族生活习俗的影响，又流行女子“不落夫家”的习俗，女子婚后三天即返回娘家，直到生孩子以后才能随夫居住。在不落夫家期间，不能与其他男性交往，只能在女性群体中生活。在当地的民间节日中，有些节日是为女性所专有的，如正月十五和四月初八的女子“斗牛节”，六月至七月上旬

① 官哲兵：《女书文字的创制》。

的“吹凉节”。还流行结拜“七姊妹”的活动。这样，就为女性进行群体活动，聚集在一起学习读唱女书，传承民间文学，交流思想感情提供了极为便利的条件。

本文提到的八部民间叙事诗，有五部由江永县上江圩乡甫尾村的老太婆高银仙抄存。关于该村的一篇调查报告介绍有关情况道：

> 解放前，这里的女子时尚裹脚，不事农桑，只在家里纺纱织布，操持家务。女子出嫁，“三朝”过后择吉日回娘家，节庆日夫妻方可见面，直到有了孩子才长住夫家。
>
> 古时本村女子有一种专门的节日——四月初八斗牛节，庆贺牛王的生日。这一天，本村的青年女子聚在一起娱乐，懂女书的妇女就读唱女书，至晚方散。
>
> 甫尾村以前曾有女书流传。高银仙老太太至今会读会写女书，并且还保存有女书。高银仙现年八十三岁（1985 年），未婚前在娘家学会女书，曾有六个结拜姊妹。女书的传授方式是，由会女书者读女书，学的人在旁边听边记。读女书时，男女都可以在旁边听，只要愿意，谁都可以学，但男子都不屑于学，只有女子学①。

正如一位研究者所指出的：“江永县的女性社会一方面与男性社会隔绝，另一方面在这个女性社会的内部又特别活跃。文字是社会交际的工具，一个女性社会的形成，为一种女性文字的产生提供了土壤，创造了条件。”②以这种特殊文字来记录写定和传播的民间叙事文学作品，经历漫长年代，便打上了女性心灵的深刻烙印，赋予它们以女性文学的特殊光彩。

民间文学通常都是一种口头传承的语言艺术，有的国家据此便称之为“口承文艺”，而江永女书却以一种完全和口语相一致的方言文字来记录和传播民间文学。另外，在通常情况下，民间文学的传承的性别特征并不十分突出，许多作品通行于男女两性混合群体之中，而江永女书中的民间文学却在与男性隔绝的纯粹女性群体中流传。这种奇特的文化事象不能不激起海内外学人的极大研究兴趣。

---

① 宫哲兵：《妇女文字和瑶族千家峒》，中国展望出版社 1986 年版，第 136 页。
② 宫哲兵：《女书文字的创制》。

民间故事与古代科技

提　要

本专题所载两篇文章，评论了中国著名能工巧匠鲁班以巧手制作“木鸟”和“木人”的传奇故事。这类故事实为民间故事园地的一个特殊品种——民间科学幻想故事。它们具有双重价值：一方面，它是比较故事学中跨学科比较研究的对象。“木鸟”为现代飞机的雏形，“木人”为现代机器人的雏形，民间口头文学吸取这类古朴而具有远大眼光的科技幻想编织传奇故事，不仅使故事具备了引人入胜的巨大魅力，而且在世界上的广泛传播无疑对人类科技发展起着积极推动作用。以这类具有潜科学价值的幻想取代纯粹的神奇想象，不但在民间文学而且在整个人类文化发展史上可以说都具有划时代的意义。

另一方面，“木鸟”和“木人”故事，在中国和印度这两个文明古国都有久远的传播历史，在南亚和中亚许多地方也可以找到它的踪迹。过去一般学者都断定它们源于印度，《“木鸟”——一个影响深远的民间科学幻想故事》一文则认为“木鸟”这个故事源于中国的《鲁班传》，大约在唐代沿“丝绸之路”传入印度和波斯。正是基于这一点，郁龙余先生在主编《中印文学关系源流》一书时，便把它作为一家之言选了进去。就这个故事的源流及其价值作进一步研讨，是比较故事学中一个饶有兴味的题目。

木　　鸟[①]

——一个影响深远的民间科学幻想故事

《民间文学》1980 年第 5 期发表的《木鸟》——讲述鲁班制造木鸟载人飞行的故事，是一篇构思新奇而影响深远的作品。它代表着迄今尚未引起人们注意的一类作品——民间科学幻想故事，十分值得我们珍视。

这个故事在我国唐代就已完整地出现了，它不仅在我国许多民族和地区流行，还传入印度和波斯，在世界流传。很可能对现代飞机的发明有所启发，有所推动。

盛传于古今中外的“木鸟”故事

古今中外大同小异的木鸟故事，我先后接触到十个，它们是：

《木鸟》，甄茂枢搜集整理，流行于河北，见《民间文学》1980 年第 5 期；

《鲁般作木鸢》，唐段成式《酉阳杂俎》续集卷四，原出自张鹭《朝野佥载》，见《太平广记》225 卷；

《襄阳老叟》，出自唐李隐《潇湘录》，见《太平广记》287 卷；

《金翅鸟》，昂旺卓玛讲述，流行于西藏林芝县，见上海文艺出版社 1980 年出版的《藏族民间故事选》；

《六弟兄》，系藏族著名长篇故事《说不完的故事》的第一个故事，朝群译，见《西藏文艺》1980 年第 1 期；

---

① 原载《民间文学》1981 年第 5 期，选入《中印文学关系源流》（比较文学丛书），湖南文艺出版社 1987 年版。此文发表后颇受学界关注。俄罗斯著名汉学家李福清赠我一册由台湾洪叶文化事业有限公司于 1997 年出版的他的新作《李福清论中国古典文学》，新收录的《印度故事在中国及其他国文学中之作用》一文，论及神木鸟故事，他不赞同本文关于鲁班造木鸟故事源自中国的说法，主要理由是：“我们有无数例子证明印度故事透过佛教传到中国、韩国、日本及阿拉伯、波斯及西方，但未有中国的故事流传到印度。中世纪文学关系一般是往一个方面，如从一个文化中心往受这个文化的国家……”就中世纪文化流向的一般规律来推断神木鸟故事的源流显然还难以使人信服。笔者期待着出现更切实深入的论考，来修正本文结论。

《六个义兄弟的旅行》，萧崇素搜集整理，见中国少年儿童出版社 1957 年出版的藏族故事集《奴隶与龙女》；

《小木匠》，刀新才译述，见人民文学出版社 1962 年出版的《云南各族民间故事选》；

《金翅鸟》，系印度古代著名童话、寓言集《五卷书》第一卷第八个故事，见季羡林译，人民文学出版社 1959 年出版的《五卷书》；

《木马》，达吾提讲述，刘肖完整理，见作家出版社 1956 年出版的维吾尔族故事集《一棵石榴树的国王》；

《乌木马的故事》，见纳训译，人民文学出版社 1959 年出版的阿拉伯著名故事集《一千零一夜》第二卷；

这十篇作品讲的都是一位匠人制造出一只载人飞行的木鸟或木马，主人公骑着它创造了许多奇迹的故事。它们又可以分为三组：

一、二、三篇为一组，其中《鲁般作木鸢》最值得我们注意。现全文照录如下：

> 鲁般者，肃州敦煌人，莫详年代，巧侔造化。于凉州造浮图，作木鸢，每击楔三下，乘之以归。无何，其妻有妊，父母诘之，妻具说其故。父后伺得鸢，击楔十余下，乘之，遂至吴会。吴人以为妖，遂杀之。般又为木鸢乘之，遂获父尸。怨吴人杀其父，于肃州城南作一木仙人，举手指东南，吴地大旱三年。卜曰："般所为也。"赍物具千数谢之，般为断一手，其日吴中大雨。国初，土人尚祈祷其木仙。六国时，公输般亦为木鸢以窥宋城。

鲁班是我国民间传说中一位无所不能、无处不在的能工巧匠。人们传说他制造了一只木鸟，像现在乘坐飞机一样，每天在肃州与凉州之间来回上下班。其父好奇，等儿子归家后，也跨上木鸟试飞，因不会操纵，一下子从大西北飞到江南，结果被人误杀，酿成悲剧。大体上是同一时期出现的《襄阳老叟》，讲襄阳一带有一老人，授神斧给一年轻匠人并华，"华得此斧后，造飞物即飞，造行物即行"，后至安陆，给一富人营建"独柱亭"，与其寡居之女相爱，便造一木鹤，于夜间携女双双乘木鹤飞返襄阳。但被富人向官府告发，这位"巧妙通神"的工匠终于惨遭杀害。那位赠神斧的老汉没有姓名，实际上是中原地区的鲁班。我们可以把这个故事作为《鲁般作木鸢》的姊妹篇来看待。《木鸟》的情节和《鲁般作木鸢》完全一样。据采录者甄藏枢来信告知，《木鸟》是他二十多年前从来自河北中部地区的两位六十多岁的匠人口中采录的，两人讲的主要情节相同，但结尾不一样，一说鲁班父亲被江南的一个昏君处死，于是鲁班造木人手指东南，使国王生恶疮不治而死；一说鲁班造的木人手指东南的结果，使那一带大旱三年，老百姓自然也遭了难。整理时为了保持鲁班善良可亲的形象，便采用了前一种说法。《木鸟》显然脱胎于《鲁般造木鸢》。唐代的鲁班故事，至今仍在北方劳动人民口头上流传，而且相当完整地保持着它本来的面貌，其艺术生命力之长久，令人惊叹。

四、五、六、七、八篇又是一组。其中《六弟兄》等三篇藏族故事是同一作品的异文，均来自《说不完的故事》，讲述六个匠人的孩子结伴出外旅行，其中一个伙伴娶上了美丽的妻子，被国王所迫害，陷入绝境。于是木匠、铁匠、画匠的儿子等精心制作了一只能载人飞行的“神木鸟”，将遭难的伙伴和他的妻子救了出来。傣族的《小木匠》情节略有不同，他是自己动手做了一只叫“云烘”的木鸟，夜里骑着它和心爱的公主在十二层高楼上聚会。当他俩的爱情遭到国王摧残时，则乘“云烘”双双飞走。印度的《金翅鸟》，叙述一个车工，用木料为自己的好朋友——织工做了一只能飞的“机器金翅鸟”，夜里飞进幽深的王宫去同公主相会，后来还驾乘金翅鸟帮助国王击退了入侵的强敌。藏族民间文学，受印度佛教文化的影响较深，关于木鸟的故事，看来也是由印度故事演变而来，经过巧妙的加工改造，染上了本民族的特色。

九、十两篇则是第三组。基本情节一致，都是从几个匠人在国王面前比赛手艺讲起。有着强烈好奇心和冒险精神的小王子，对他们制作的金乌鸦、铜喇叭和铁鱼等都不感兴趣，却骑上木匠制作的木马快乐地飞行起来，来到一个遥远的地方，和那儿的公主相爱成亲。当他俩的爱情遭到破坏，公主被囚禁时，王子又骑着木马把她救出。最后以奖赏手艺高明的老木匠结束故事。维吾尔族的民间文学，深受阿拉伯伊斯兰文化的影响，维吾尔族的《木马》，看来是从《一千零一夜》中的《乌木马故事》脱胎而来。

这三组故事之间有什么联系呢？季羡林先生在《五卷书》中译本的序言中，曾指出中国的《襄阳老叟》和印度的《金翅鸟》，“同出一源，毫无疑问"，此中国故事来自印度，是印度故事的发展。我却以为印度的这个故事源于中国的鲁班故事。主要理由是：鲁班造木鸟的故事在中国源远流长，不仅在唐代已构成生动完整的情节，而且在唐以前直至战国时期，就有许多记载。

《墨子·鲁问》载："公输子削竹木为鹊，成而飞之，三日不下。"东汉著名学者王充在《论衡·儒增篇》中，曾对此作过认真考辨，说鲁班"刻木为鸢，以像鸢形"，"审有机关，一飞遂翔，不可复下"的情况是可信的，"三日不下"的说法则不合情理。从《论衡》的内容可以看出这类故事在古代已为人们所熟知。张鷟在《朝野佥载》中记述鲁班作木鸢的事迹之后，顺便提到前人笔下关于战国时"公输子（即公输般，亦即人们常称的鲁班）亦为木鸢以窥宋城"的记载，那么，当时就已出现关于鲁班制作载人进行侦察飞行的木鸟的传说了，人们的想象是多么大胆而新奇！这是木鸟故事的最古老的形态。

这类传说是以我国古代科技发展的光辉成就为基础而创造出来的，并非出自纯粹的虚构。科技史家们对古籍上的有关记载进行考证之后指出，虽然两千多年以前的科学技术水平，还没有达到能够制作载人飞行器的地步，但出现了一种用木或竹制作的鸟形飞行器是可信的，"不管那只木鸟是墨子造的，还是鲁班造的；不管那只木鸟飞一日也好，飞半日也好，总之，反映了这样一个事实：那就是在两千三百多年以前，我国就出现了第一架飞行器。这在我国的技术发展史上，应该看作是一件了不起的大事"①。因而这个幻想故事的产生，是有其现实基础的。

《异苑》中也记载了一个以战国时代为背景的木鸟故事，说魏安釐王羡慕飞天的翔鹄，有一个名隐游的异人便作木鹊献王，结果王斥之曰"无用之器"，于是隐游"取而骑焉，翻然飞去，莫知所之"②。

托名南朝梁代任昉著《述异记》中讲："昔鲁班刻木为鹤，一飞七百里，后放于北山西峰上。汉武帝使人往取之，遂飞上南岭（天姥山）。"

唐人笔下的《鲁般作木鸢》，不单纯是作为口头故事流传，还和某些民

---

① 张鸿：《古代飞行的故事》，中华书局1965年版，第10页。

② 《太平广记》卷284，中华书局1961年版。

间习俗关联着。“国初，土人尚祈祷其木仙”。既然唐初民间还保留着祈祷与木鸟故事有关的出于鲁班之手的木仙人的习俗，这种习俗的形成时间显然早得多；再联系到故事里说鲁班是在凉州造浮图（佛塔）的匠人，这类佛教工程，在北朝盛极一时，隋代仍在继续①。故事的形成时间很可能在隋代甚至更早。看来它与上述鲁班制作“一飞七百里”的木鹤，引起汉武帝注意的这类故事有着直接的联系，是它的丰富和发展。

从鲁班造木鸟的故事深深扎根于我国民间的情况来看，它不可能是从印度和波斯传入的。印度《五卷书》中的故事，虽然最早形成于公元前二世纪左右，但那些主要是动物故事，直到公元九至十二世纪才得到丰富充实，成为现在的样子。阿拉伯的《一千零一夜》则成书于公元八至十六世纪。中国的木鸟故事产生和在群众中广为流传的时间比它们要早得多。故事里说鲁班是肃州敦煌人，是在那一带从事佛教建筑工程的一位巧匠，敦煌是古代由中国通往西域各国的“丝绸之路”的要冲。这个细节给我们提供了一条重要线索。关于鲁班造木鸟的故事，大概就是在唐代中国同印度、波斯之间频繁的文化交流中，由“丝绸之路”传到印度和波斯的。经过当地人们的加工改造，又以新的面貌，随着宗教文化，再分别传入我国的藏族、傣族和维吾尔族中间来，演变成现在的样子。这个结论也许还不足以使人信服，只是一种推测。本文并不想就它的演变问题作深入的比较和考证，上面的叙述只是为了说明，木鸟故事在我国不仅是一个源远流长、从战国以来就世世代代体现着人民智慧与理想的故事，而且是一个广泛流传在亚洲大陆，深受许多国家、民族的劳动人民喜爱与传诵的故事。

是一种怎样的思想与艺术特点使得它不胫而走，流传不息，具有如此巨大的艺术生命力呢?

“木鸟”故事的艺术生命力

人们公认为世界上第一架真正的飞机，是1903年美国莱特兄弟发明的。从此，形形色色的“铁鸟”在空中自由翱翔，把过去人们梦寐以求关于飞行的理想变成了现实。

① 《中国佛教》，知识出版社1980年版，第52、60页。

从远古时候起，人们就梦想着能在空中飞行，凌虚履空，最大限度地增强自己的行动能力，从而创造出种种人间奇迹。他们编织了许多美丽的故事来表达自己的大胆幻想。这些故事大体上可以分为两种类型：一是具有神话性质或神奇特征的。主人公是神仙或精怪，他们能够腾云驾雾，乘龙驭凤，利用自然力飞行，《西游记》中的孙悟空就有这种本领。如果主人公是普通的人，则须借助某种魔法或宝物来飞行。嫦娥因偷吃了丈夫后羿弄来的“不死之药”，才飞向月宫。牛郎披上那张神奇的牛皮，便追赶织女直达天庭。“波斯飞毯”、“登云靴”等，是幻想故事中常见的具有飞行力的宝物。我数月前在宜昌地区听人讲白莲教传说故事，就提到一位参加白莲教起义的老汉，将一方“飞毯”式的手帕铺在地下，站在上面作法，手帕即托着他腾空而去，飞向了直插云霄的神农架，使前来搜捕他的官兵吓得目瞪口呆。道家吹嘘自己能“用药用符”，使人“因风高飞，出入无间”①，古人修仙学道，千方百计企图获得这种飞行的法术和能力，因而留下了“一人得道，鸡犬升天”的说法。木鸟故事所表现的，也是人们关于飞行的幻想，却具有不同于神话和神怪故事的许多新特点。

首先，这类故事不是依靠神仙精怪等超自然的神奇力量或由他们赐予的魔法、宝物等来创造飞行的奇迹，而是由人将智慧的头脑和灵巧的双手结合起来，制作出一种载人飞行的工具，表现出对人类本身潜在创造力的高度自信。

其次，关于直接利用风云等自然力和借助魔法、宝物来飞行的幻想，都带有幼稚虚妄的色彩。木鸟故事中的木制飞鸟则是在人类文明与科学技术已发展到相当水平的情况下，人们按照“仿生学”的观点，运用木工、铁工等的精巧技艺模仿鸟类飞行的姿态制作出来的（阿拉伯产良马，所以故事中的木鸟变成了双翅飞马，实际上仍是鸟的姿态）。试看它们的工艺设想：

中国唐代故事中的木鸟，用击楔的方式来操纵。

印度故事中的木鸟是“用木头制成的、用各种各样的颜色涂抹得花花绿绿的、用一片木楔推动着自己能够飞的机器金翅鸟”。

---

① 《抱朴子·遐览篇》。

藏族故事中的木鸟，身躯是用上好的木料做成的，“铁匠的儿子为它在肚子里装上一个圆盘，这个圆盘往下一按，神木鸟就往上飞；往上一按，神木鸟就下降；直着一按，神木鸟就一直飞，左拐右拐都很灵活”。

傣族故事中的木鸟类似风筝，它用绳线操纵，人骑上去，拉动绳线，就可以随意飞翔；不用时，则把它拴在树上。

阿拉伯故事中的木马，“一开升腾的枢纽，马腹中迅速充满空气，随即震动起来，升上天空”。它的左右各有一个枢纽，“伸手握住右面的枢纽，马儿飞得越高越快；捏住左面的枢纽，马儿飞行的速度逐渐减低，慢慢向下降落”。

维吾尔族故事中的木马，“上面有二十六个螺丝，你扭开第一个螺丝，木马就能够飞起来，再扭一个螺丝，就能够加快，扭到二十六个螺丝就要比什么鸟都飞得快，骑上它可以周游世界”。

这些工艺设想虽然很粗略，距离现代飞机的设计还相当遥远，但它都是依据当时人们熟悉的木工与铁工工艺水平被提出来的，表现出符合人类科学技术发展趋势的远大眼光。

这类故事的古代异文，也有某种神奇的色彩，如《鲁般作木鸢》的结尾，说鲁班能造木仙人，用法术惩罚他的仇敌；印度的《金翅鸟》中，出现了神通广大的鸟王金翅鸟使神力相助车工击退敌军等，但这些只是穿插其中的枝节，不是作品的主体。而且随着人类文明的发展，这些神奇色彩逐渐消退，科学幻想故事的特征越来越鲜明，维吾尔族的《木马》故事就是其中最出色的一篇。随着社会的进步、文明的昌盛，民间文学中与人类童年时期某些原始观念相关联的神奇幻想，必然会逐渐被科学幻想所代替，化出更新更美的故事来。

第三，这类故事不是单纯地赞扬匠人的新奇创造，还把这件事放在一定的社会环境中，利用匠人劳动创造的杰出成果来帮助勤劳善良的人们摆脱压迫，谋求幸福美好的生活，从而表现出一种先进的社会理想。大部分作品都是用木鸟来打破封建势力对于青年男女爱情生活的限制与束缚，战胜种种残酷的迫害，使封建社会里常常出现的婚姻恋爱悲剧以大快人心的喜剧收场。《小木匠》的结尾，小木匠就带着公主，骑上木鸟，谁也无法阻拦地“飞向遥远的天边，飞向自由欢乐的国土”去了。自然，这只不过是一种幻想，在当时的世界上即使能像鸟儿那样轻快地翱翔，也找不到一块真正自由欢乐的土地歇脚。但相信人本身能制作出一种载人飞行的木鸟来，作为他们战胜黑暗势力，争取自由幸福的强有力的手段，充分表现出他们的乐观主义与进取精神，具有积极浪漫主义的特色。

这类故事还有一个奇特的内容：巧手高艺的匠人制作了能给人们造福的木鸟，他们自己却往往要遭遇不幸。那位叫隐游的异人给魏安釐王献木鸟，不仅未得到奖赏，还被用“无用之器”四个字否定了这项发明创造，还按照“夫作无用之器，世之好民也”的荒唐逻辑，要给发明人以惩罚。隐游只好骑上木鸟，翩然飞走。《木鸟》中的鲁班自己没有因此受害，他父亲骑木鸟飞到江南，结果被一位昏王作为“妖人”杀死。《木马》中的老木匠，给国王贡献一匹自己精心制作的木马，王子骑木马飞走不明下落，老国王不问青红皂白，就要把他处死，先叫人“把他钉在桥头上，已经三天三夜”，直到王子归来，冤案才得昭雪。这些情节绝不是出于纯粹的虚构，它道出了旧时代一个令人痛心的事实：人们的奇创造，往往会引起惊世骇俗的反映，被反动统治者所扼杀。《木鸟》有一个别致的结尾：“讲故事的师傅说：‘要不是鲁老汉闯出这场祸，要不是江南那个昏君，那就好了，咱们中国的飞机早就满天飞了。’”联系到中国封建主义的长期统治阻碍科学技术发展的历史事实，木鸟故事所反映的这一内容是有现实生活根据的，今天读来也足以令人深思。

向四个现代化进军的新长征开始以后，我们翻译介绍了许多外国的科学幻想小说，国内这方面的创造也日益繁荣起来。人们介绍西方科学幻想小说的主要特色是：常常根据已知的科学知识，对科学的发展进行想象和臆造，预测科学的未来；同时也反映社会问题，提出解决社会问题的看法①。如果这个概括适当，木鸟故事已具备了现代科学幻想作品的基本特征。它讲述的虽只是一只木鸟的故事，却在人们面前展现出关于技术与社会发展的巨大希望之光，它怎能不为处于黑暗统治下的广大人民群众所喜爱和传诵呢？

---

① 王逢振：《人文科学与自然科学之间的桥梁——西方科学幻想小说概况》，载《世界文学》1980年第1期。

“木鸟”故事的世界性传播与飞机发明

高尔基曾说过：科学知识一经与科学想象相结合，就会给人以遐想、启示和力量①。这种力量会引起科学的创新，促进科学的发展，推动社会的进步。历史上有不少这样的例子。星际航行理论的奠基者齐奥尔科夫斯基认为，启发他进行科学创造的是“科幻小说之父”儒勒·凡尔纳。潜艇的发明人西蒙莱克说：“凡尔纳是我生命的总导演。”② 中国的木鸟故事所包含的杰出幻想，对人类一步一步地征服天空，发展飞行科学，是否也产生过积极的启发和推动作用呢？这是值得我们深入探究的一个问题。我以为是起过这样的作用的。

从很古老的年代开始，人们不仅幻想着能够像鸟儿那样飞行，还以种种实际努力来探索征服天空的道路。美丽的幻想与大胆的试验是紧密联系着的。在古代的中国和欧洲，都曾有人尝试用鸟羽做成人工翅膀、绑在身上模仿鸟儿扇扑翅膀的方法，企图飞上天空，但是这些尝试都失败了。这是因为人的体力有限，远远不能满足扑翼飞行所需的巨大动力③。中国一些神怪小说设想的“肋生双翅”的人物，所表达的就是这一类天真幼稚的幻想。木鸟故事却从另一方面来驰骋幻想：制作出一种像鸟儿的飞行器，用机械力来推动，用机关来控制。这就不是纯粹的幻想，是对飞行科学的可贵探索了。现代飞机正是按照这一基本原理制造出来的，这种杰出的工艺思想，充分闪耀着劳动人民集体智慧的光芒。

据文献记载，汉代著名科学家张衡“尝作木鸟，假以羽翮，腹中施机，能飞数里”④。很可能张衡就是按照过去关于鲁班削竹木为鹊的传说进行这种试验的。既然鲁班的传说能引起王充的注意，那么“善机巧”的张衡加以试验是不足为奇的。

特别值得我们注意的是风筝的出现。据《事物纪原》称：“纸鸢俗谓

---

① 王逢振：《人文科学与自然科学之间的桥梁——西方科学幻想小说概况》，载《世界文学》1980年第1期。

② 《光明日报·科学副刊》，1980年9月1日。

③ 史超礼：《飞机为什么会飞》，北京出版社1979年版。

④ 《古今图书集成·考工典》引《文士传》。

之风筝，古今相传，云是韩信所作。”风筝是否系韩信一人发明，我们这里不去探究。但西汉时风筝已出现，是可信的。发明风筝以后，不仅可作游戏之用，在古代战争中，还曾经用作通信联络工具。一般人都认为，“纸鸢”的发明，源于鲁班作“木鸢”的传说。这两个事例表明，人们曾受到木鸟故事的启发，不断进行科学技术试验，企图把美丽的幻想变成现实。

现代飞机产生后，人们征服天空的理想才开始实现。科学技术的发展，须取决于生产力的发展水平。二十世纪初期，汽车和摩托车都已发明，有了较大功率的汽油发动机，还生产了其他一些性能良好的材料，这才使飞机制造具备了相应的物质条件。然而人类世代相传的关于飞行的激动人心的幻想及试制种种飞行器的实践经验，对飞机的研制事业，显然也起着巨大的推动作用。从飞机发明者之一，美国奥维尔·莱特写的《我们是怎样发明飞机的》① 和有关资料来看，当时在欧洲研制飞行器已成为一股热潮，“在读了有关飞行问题的各种著作之后，给我们印象最深的是，居然有这么多的人在研究这个问题”。这时《一千零一夜》已有几种英文译本在欧洲发行。这些热心于飞行试验的人，是否读过《乌木马的故事》，不得而知。但包括《乌木马的故事》在内的各种飞行故事，曾鼓动起人们飞行的热情，给他们以有益的启发，这个推想是合乎情理的。

莱特兄弟在其自述中，讲到他们怎样研究鸟类飞行的原理，和我们讲的木鸟故事的工艺思想是一致的。中国的风筝，更是给了他们以重要的启示。英国李约瑟博士在其巨著《中国科学技术史》中，把风筝列为从中国传入欧洲的二十六项重要机械、技术当中的一项，并断定它在中国出现的时间早于欧洲十二个世纪②。莱特兄弟幼年时即对风筝很感兴趣，研制飞机时，曾做过“风筝式模型”，多次“把飞机当作风筝来飞”，通过“风筝行”测量有关数据。当时研制飞机有三种方案：一是制造模拟飞鸟的定翼飞机，装上发动机，直接作飞行试验；二是模仿鸟的扑翼动作，制造扑翼机。这两种方案试验时都失败了。莱特兄弟按第三种方案进行试验，先制作滑翔

---

① 《航空知识》1978 年第 5、6 期。

② 《中国科学技术史》第一卷第二分册，科学出版社 1975 年版，第 548 页。

机，像放风筝一样取得经验，初步解决稳定操纵问题，再装上发动机转入动力飞行，最后终于获得成功①。这里虽然看不出受木鸟故事的直接影响，但如果我们把风筝和木鸟故事联系起来看，对这个故事的杰出意义和深远影响就会获得深刻的印象了。

古代民间文学既是文学，也是科学，是劳动人民长时期从事生产斗争与阶级斗争经验的总结，是其智慧与情感的结晶。过去我们很注意从这个宝库里去发掘反映阶级斗争的材料，却比较忽视反映人们进行生产斗争与科学技术探索的作品。实际上这方面的民间文学作品也是很丰富的。以鲁班故事为代表的关于各种能工巧匠的传说故事，有的记述了人们劳动创造的业绩，有的以奇思妙想展望科学技术发展的未来，除本文提到的木鸟故事外，还有一组关于鲁班制造“木人”——机器人的故事，也很优美动人。现在受到人们欢迎的科学幻想小说这种体裁，同样可以在劳动人民的口头文学中找到它的渊源。高尔基在指出古代劳动人民早就梦想着能够在空中飞行等等之后，接着讲：“原始人的形象化的、假想的、然而已经工艺化的思想是有远见的，这种思想竟不亚于我们现代的假想。”② 关于鲁班造木鸟、造木人的故事，不过是其中最为突出、最富于生命力的代表作罢了。《中国科学技术史》的作者很注意在书中运用有关的民间文学材料，我国的民间文学工作要为实现“四化”服务，应当努力向这个领域扩展我们的搜集、整理与研究工作，取得新的成果。

我国科学技术落后的现状亟待改变。我们祖先在历史上所创造的一系列推动人类文明发展的光辉科技成果，还有他们所提出的在人类智慧星空闪射光芒的许多美妙幻想，将有力地激起广大青少年的民族自豪感、豪迈气概和坚韧不拔的毅力，向科学技术现代化进军。

附　　记

本文发表后，我又以惊喜的心情读到四篇关于鲁班造木马的传说，它们是：

---

① 杨荣《从莱特文章想起的》，载《航空知识》1978年第8期。

② 《论文学》人民文学出版社1978年版，第98页。

《木马的故事》，梅云归搜集整理，流传于楚国大诗人屈原的故乡湖北秭归县，载于秭归县文化馆 1980 年 12 月编印的《秭归民间故事》；

《木马三只脚》，陆家瑞搜集整理，流传于云南白族地区，载云南人民出版社 1982 年 1 月出版的《白族民间故事》；

《木马》，鄂美斋讲述，程自馨搜集整理，流传于云南楚雄彝族自治州永仁县，刊于《山茶》1981 年第 3 期；

《木马》，张巢搜集整理，流传于贵州布依族地区，载贵州人民出版社 1982 年 2 月出版的《布依族民间故事》。

这四篇传说广泛流传于我国西南地区的汉族、白族、彝族和布依族中间。前两篇内容相近，讲鲁班曾做了一匹能跑会飞的木马，“只要把马耳朵扭朝前，木马就会行走如飞；把马耳朵扭朝后，木马就停脚站住”。可是后来制作这种神奇木马的技术失传了，一说是由于一位师傅有“留一手”的保守思想，没有把鲁班祖师的手艺传给后辈；另一说是鲁班自己想把它作为驮木头的支架来用，弄断了一条腿。四条腿的会飞的木马没有传下来，却由此留下三只脚的木马，给木工作支架，一直使用到现在。

后两篇和河北的《木鸟》故事基本情节完全相同，只是结尾有所改变。它们都是讲鲁班出外做工，骑着自己制作的木马，经常回家与妻子团聚。后妻子泄露秘密，鲁班母亲好奇，骑上这匹木马朝西南飞去。故事的结尾有两种说法，楚雄彝族故事说她飞到靠近四川的永仁县境内，从天上摔下来，不幸摔死了。永仁县有个村子叫“木马”，这一特殊地名即由此而来。布依族故事的结尾则是，鲁班母亲骑木马停落在布依族山村，鲁班也骑着另一匹木马随后跟来，他在这儿传授木匠手艺，母子俩成了布依族群众敬爱的客人。将故事中的鲁班老汉换作鲁太婆，反映了南方尊崇母性的习俗。

它们不仅作为故事在人们口头流传，令人感兴趣的是，还和有关的实物、地名、习俗紧密结合着。木工普遍使用的三只脚的木马据说就从那种神奇木马演变而来。白族“从此以后，盖房子祭木神，要做一对小小的三脚木马，供在祭坛上先祭它”。因鲁班和班母骑木马在布依族山村居留过，“打这以后，这一带的布依族起新房子，都要在鸡叫头遍时，先用围席、衣服、梳子等东西，放在堂屋头祭奠鲁班和他母亲，等到天亮才把新房子的柱头立起来。这个习俗一直保留到现在”。由此可见其渊源之久远，影响之深刻。把这些在我国南北方许多民族流传的和唐代即已见诸文字的《鲁般作木鸢》的内容大同小异、有着惊人一致性的一系列故事联系起来进行思索，更使我们确信，它是一个深深扎根于我国民族生活土壤的优美故事。

又据金克木先生的《梵语文学史》介绍，除《五卷书》中的《金翅鸟》外，在印度另一部规模更大的《故事海》中，也有关于巧匠制作能飞翔的木鸟的故事。它在印度，在中亚广大地区，流行相当广泛，绝不止本文中所列举的篇数。接触许多新材料之后，我更加相信，它们系共同源于中国古代的鲁班故事。

民间故事中的机器人

——谈“木人”故事①

在向科学技术现代化进军的热潮中，我国的科学文艺日益繁荣，翻译与创作的科学幻想故事受到广大青少年的热烈欢迎。这个事实给我们研究民间文学以新的启示。劳动人民创造的古代民间文学，不仅是文学，是历史，也是科学。英国李约瑟博士所著的《中国科学技术史》，就引用了不少来自民间口头文学的材料，并对我国的《民间文学》杂志予以赞扬。民间文学中也有精彩动人的科学幻想故事。这些故事多半归在我国人民家喻户晓的能工巧匠——鲁班的名下，是鲁班故事的一种。其中最生动完整的作品，据我看有两组：一是关于鲁班制造“木鸟”，即机器鸟的故事。它说明我国古代劳动人民早在一两千年之前，就提出了模仿飞鸟的形态，制作载人飞机以征服天空的大胆设想。

另一组是关于鲁班制作“木人”——机器人的故事，它用巧妙的构思、生动的情节，提出了接近于现代机器人的新奇幻想，是凝聚着中国古代劳动人民智慧和天才的出色的科学幻想故事。

---

① 原载《榕树文学丛刊》1982年第1辑《民间文学专辑》。

“木人”故事种种

所谓机器人，是指能够模仿人的动作和智能的自动机器。研制这种机器来从事人的活动，是人们长期以来的幻想。有人认为，两千多年前我国发明的指南车上，由齿轮定向机械自动控制，使其指向南方的木人，就是关于机器人的最早的雏形。此后历代的能工巧匠，在制作自动木人方面作过多次尝试，见于文献的就有好几例。

晋代匠人解飞作舂车木人，车上置石碓，由车轮转动之力使木人活动，“动则木人踏碓舂，行十里成米一斛”。又于车上作木道人，车行时，木道人即“绕佛行，当佛前，辄揖礼佛；又以手撮香投炉中，与人无异”（《邺中记》）。

唐代山西匠人马待封，给皇后造妆具，妆台上站立着一个木妇人，灵活地给皇后递送面脂妆粉眉黛髻花之类，“凡供给，皆木人”（《山西通志》）。

唐代匠人杨务廉，刻木为僧，能手持木碗，在闹市行乞。“碗中钱满，关键忽发，自然作声云：‘布施’”，因此，“市人竞观”以为戏。另一匠人殷文亮，刻木为歌女，“唱歌吹笙，皆能应节”。如客人“饮未竟，则木妓女歌管连理催”，神妙令人莫测（《朝野佥载》）。这种情景，正如一些诗文中所赞叹的，“既手舞而足蹈，必左旋而右转；藏机关以中动，假丹粉而外周”（《木人赋》）。

宋代匠人李某，“多巧思。尝木刻一舞钟馗，高二三尺，右手持铁简。以香饵置钟馗左手中，鼠缘手取食，则左手扼鼠，右手用简毙之”（《梦溪笔谈》）。这个木人捉老鼠的灵巧动作，令人惊叹。

从这些记载中，可以看出一千多年前，我国古代能工巧匠们在制作能模仿人的某些动作的“机器人”方面，已达到十分精巧的地步。文人记述虽有夸张渲染之处，仍属于纪实，还没有构成为幻想性的文学故事。在上述工艺水平的基础上，人们进一步施展奇思妙想，便创作出了一系列关于鲁班造木人的优美故事。

这组故事最古老的一篇，恐怕是东汉学者王充《论衡》中所引述的《鲁班巧亡其母》：

世传言曰鲁班巧亡其母也。言巧工为母作木车马，木人御者，机

关具备，载母其上，一驱不还，遂失其母。

由机关控制的木人可以驾车载人，设想多么大胆。但说鲁班的工巧反而断送了他老母的性命，不宜仿效，这就是一种消极保守思想了。王充也对这一说法持怀疑态度，他依据当时的工艺水平推断，“机关为须臾间，不能远过三日”，“则木车马等亦宜三日止于道路”，不会闹出一直不停地往前走、使人车均亡的大事故来。

从人民群众口头上搜集整理的关于鲁班造木人的故事，新中国成立以来发表的有三篇：

《飞了》，流传江西，刊于《民间文学》1965 年第 2 期；

《木人上天》，未注明流传地区，刊于《民间文学》1959 年第 4 期；

《鲁班师傅的木人》，流传云南，载入人民文学出版社 1962 年出版的《云南各族民间故事选》。

它们的内容相近，都是结合木工的生活实际，讲鲁班师傅用高超的技艺做了一个木头人给他挑家什。木人身上有木楔（有的在头上，有的在屁股上，有的在脚后跟上），用木楔的松紧来控制他行走的速度，可以自由灵活地调整快慢。鲁班每次出门干活，这木头人就老老实实地挑着一担家什相跟，是一个得力的帮手。有一次远行，因木楔松动，木人越走越慢，远远掉在后头。鲁班托过路人兜头敲了他两下，便大步赶了上来。由于徒弟不知其中的奥妙，有一天敲击木楔时用力过猛，“马力”太足，失去控制，木人先是快步如飞，后来索性飞了起来，把一担精巧家什也带上天去了。它们的情节新奇动人，趣味洋溢，完全具备了科学幻想故事的特点。

以上几篇鲁班故事里出现的木人，会像人一样自动干活，代替人从事某些笨重的劳动。还有一类木人故事，巧匠制作的木人竟与生人无异，具备人的心理意识，可以同人们谈情说爱，结为夫妇，其设想就更是奇妙了。《列子·汤问篇》所载的《偃师戏》中，就有这样的木人。传说周穆王西行巡狩时，得到了一位巧匠偃师，偃师造了一些能歌善舞的木人，“千变万化，惟意所适，王以为实人也”。歌舞毕，木人竟然和穆王左右的姬妾眉目传情，惹得皇上大怒，要诛偃师泄愤。偃师只好将木人剖散，原来不过是用胶漆黏合的一堆木头块。穆王见了禁不住叹道：“人之巧，乃可与造化者同功乎!”藏族口头流传的长篇故事《说不完的故事》中，有一篇《巧木匠》，基本情节与《偃师戏》一样，只是结尾不同，发挥浪漫主义的想象，让木头人将爱他的王妃背出王宫，在巧木匠的热心关怀下结成了美好夫妻①。《列子》一书，是后人托名先秦时的列御寇所作。西晋竺法护所译的佛经《生经》中，有一篇印度故事《傀儡戏》，内容与《偃师戏》完全相同，因此学者们断定，《列子》中的木人故事来自印度佛经。藏族的《巧木匠》，可能是从印度故事演变而来，但经过藏族人民的改造加工，已经完全变成一个表现中国人民的乐观进取精神与艺术情趣的幻想故事了。

科学幻想与叙事艺术的融合

木人故事具有不同于一般民间故事的新特点，值得我们重视和研究。

它可以归属在随着人类文明发展而产生的民间故事新品种——科学幻想故事中。广义的民间故事，可以分为两大类：幻想性故事与现实生活故事。幻想性故事也植根于一定的现实社会土壤上，但着重反映人们的想象与理想。幻想性故事又有各种不同的类型。神话及古代传说所包含的幻想是幼稚的，是处于人类社会童年时期的人们用不自觉的方式对自然和社会形态所作的一种艺术加工。随着人类文明的发展，童话及其他幻想故事的作者以自觉的方式利用和改造古老神话中的幻想材料，来编织反映人们日常生活与理想愿望的新故事。同时以生产技术的进步为基础驰骋大胆的幻想，创造出具有崭新内容与形式的科学幻想故事。它们有幻想，却不是借助于仙人精怪、奇禽异兽或宝物魔法来体现，而是把能工巧匠的技艺加以夸张，在当时已达到的先进生产技术水平上，提出大胆的假想。挑家什的木人，以身上的“木楔”为控制中枢；驾车的木御者，“机关备具”。它不仅表达了人们渴望以自动化的机械人来代替自己从事繁重体力劳动的积极愿望，还体现出发展科学技术的远大眼光。它所提出的幻想既是大胆的，又具有实际可能性，符合科学技术的发展趋势，并非纯粹的空想。现代机器人的出现，充分证明了这类故事的工艺思想是多么杰出，其生命力是多么长久。

① 《金玉凤凰》，少年儿童出版社 1961 年版。

在艺术表现形式上，木人故事也有引人入胜的创造。它不是平铺直叙地介绍匠人的发明创造，常常以真假难辨，奥妙莫测，造成某种误会来构成生动的情节。能歌善舞的木人同王妃眉目传情，惹得国王冒火的故事固然超味横生；鲁班以令人不可思议的方式，托过路人用斧头照着那个挑木工家什慢吞吞走路的汉子兜头敲两下，让他快点赶路的情节也十分别致。这和现在西方许多写机器人的科学幻想作品常常在真真假假之间展开富有戏剧性的情节的构思方式也是很相似的。这种写法不只是出于追求生动活泼的艺术效果，也是为了借此反映特定社会环境中人与人之间的关系，把表达发展科学技术的预见同揭示社会生活中的矛盾结合起来。昏庸国王被木人所激怒，要把他们肢解以泄愤，表面上是因误会而构成的一场喜剧，实际上包含着对封建帝王酷虐罪行的愤怒控诉，难怪藏族故事要将它的结尾作一个大改变了。有的故事以不胜惋惜的口吻讲，由于鲁班的一个徒弟偷懒使滑，怕挑重担，背着师傅同木人换挑子，在木人身上乱敲乱打，结果木人飞上了天，从此便在人间绝迹了。它既有教育下一辈的意义，也包含着这类新技术未能在旧时代得到发展的解释，具有发人深思的内容。

我们过去对民间故事的发掘整理与研究，多从思想品德教育等方面着眼，艺术上的借鉴作用也有所涉及。至于从中发掘科学技术方面的宝贵材料，则是一个至今尚显得十分薄弱的环节。同今天现代科学技术飞跃发展的状况相比，这类作品所反映的科学技术水平当然是很落后的，然而我们的祖先在一两千年前的古代，就能够大胆地提出这些“不亚于现代人的假想”的科技幻想，他们远大的眼光、卓越的想象和丰富的智慧，都是足以激励我们今天向科学技术现代化奋勇进军的。所有文学体裁最先都来自民间文学，关于鲁班造木鸟和木人的故事，就开了科学幻想故事的先河。由于受时代的局限，它们尚未得到充分发展，作品的数量不够，然而它却像几颗明亮的星星在民间文学的星空闪射出耀眼的光芒，对今天的科学文艺创作，具有宝贵的借鉴作用，对我们研究民间故事的发展演变规律，充实民间文学基本理论，也有着不可忽视的意义。

因此，在民间文学的搜集整理与研究中，我们应当珍视这类表达科学幻想内容的作品。

附录

木　鸟

（河北，汉族）

山东有条清水河，河水由西往东长年不断地缓缓流呀流个不停。在一个几十户人家的庄头上，小河绕了个弯弯，就向北淌走啦。这个庄子就是鲁班的家乡——鲁家湾。

鲁班家里，除了他贤慧的妻子，还有年迈的二老爹娘，一个聪明的妹妹。他的父亲鲁老爹是一位远近几十个村子闻名的老木匠。

鲁家一家人男男女女都是巧匠人。

据说有一年，鲁班到肃州那边去做活，一去两年没见回家。鲁老爹老两口白天盼黑夜想，掰着指头算计着儿子回家的日子，每逢老两口子念叨时，儿媳妇总是心地平静地说："爹、娘，他在外边不会有啥不好，您二老尽管放心吧。"

你说怪不，鲁班走后快两年的头上，鲁班老婆的肚子慢慢显出大来了。开初是左邻右舍嘀嘀咕咕，赶到后来，就连公公婆婆也看出了这不好的苗头。鲁老汉气得直跺脚：这样伤风败俗，鲁家说啥也不能容，不等鲁班回来就要休掉。鲁老太虽然也着急，但是她一向知道媳妇是个正经人，总往好处想：莫非媳妇害了什么怪病？可到底是咋回事，左思右想总也闹不清。后来老太太就索性直截了当地去问了问媳妇。其实媳妇早就听见了那些风言风语，也看出了公公婆婆不安的神情，就是不好意思张口。现在婆婆找上门来打听，正是时候，也就羞答答地说出了实情。

原来，鲁班同几个伙计到肃州后，整天忙忙碌碌，起早贪黑，风吹雨淋，生活十分艰苦。这些都不怕，大伙最愁的是长期回不了家，惦记父母妻小。后来伙计们就找鲁班商量，让鲁班想主意。有的说："鲁班呀鲁班，你做出了云梯，创造了指南，怎么想个办法让我们飞回家？"鲁班听了这个"飞"字马上一愣，鲁班想天上的鸟飞得很快，如果让伙计们坐上能飞的鸟回家就好了。他琢磨来琢磨去，后来真的终于做成了一只能飞的木鸟。这玩意可了不起，骑上它，拍一拍走八百，按一按走一万。就有一条，必须每月初一晚上——月黑头才行，而且必须二更天出发，三更天到家，四更天就得往回返。半年多以前，他才试飞，至今才不过三几次。还在修改，以便每月能多用几次。鲁班这几次回来一是深更半夜，二是忙于摸索飞鸟的毛病，每次只能和妻子匆匆见个面，问问二老情况，就赶忙往回返，并嘱咐妻子在木鸟未做好前注意保密，万万没有想到妻子受孕，把这件事泄了密。

老两口听了媳妇的话，还是半信半疑。心想："儿子手艺巧，咱相信。可千里迢迢，说来就来，说走就走，哪有这么容易?"媳妇为难地想：还是等鲁班回来时让他亲自给老人讲吧！老两口也琢磨：不是每月初一晚上[①]都回来吗？打定主意要亲眼看看。

又是一个月黑头的晚上，天黑得对面不见人，伸手不见五指。老两口从傍晚就着急，巴不得马上看见儿子坐飞鸟回来。老太太扒着窗户口往外瞧，老头子顺着门缝往外瞅。二更到了还不见一点风声，媳妇屋里的窗户口上透出微弱的灯光，显然是为了等待亲人没有熄灯。老两口正着急时，猛地听到打正西方向传过来嘭扇嘭扇的扑翅声，由小到大，由远到近。眨眼工夫，就见一只鸟似的东西呼哧呼哧地往下落。两个翅膀足有门扇大，上面黑乎乎地坐着一个人。老两口子正发愣，那东西不动了，声音也不响了，只见坐着的那个人一迈腿就下来，停也没停就进了媳妇的屋子。老头子从个头走像认定是自己的儿子，打心眼里那个痛快劲就不用说了。趁老太太没留意，老头子就蹑手蹑脚地摸到院里，来到那东西跟前，动动这摸摸那，又怕惊动儿子和媳妇，又佩服儿子的手艺高强。后来他不知怎么一高兴，竟迈腿骑上去啦，就听得"嘭"的一声，木鸟冲天而起，驮着老头飞啦！老太太一看怪东西驮着老头子飞啦，大叫一声："救人哪!"就晕了过去。正在屋里和妻子说话的鲁班听见母亲的喊声，忙往外跑，可是已经晚了。老太太醒过来见儿子也没了法子，哭得死去活来。鲁班心想：若是落在不远的地方还好，如若落在异国他乡或者大海里，那就可怕了，不懂

---

① 甄茂枢搜集整理，原载《民间文学》1980年第5期。

事的人会当成怪物的。鲁班既担心父亲的安危，又惦记木鸟去向结局，急得蹲在一边唉声叹气。

再说，鲁老汉坐上木鸟，不知动了哪里一下，忽然腾空而起，直往南方飞去。老头在这黑乎乎的夜里胆战心惊，两只手紧紧抓住木鸟脖子，两条腿紧紧夹着木鸟身子，一动也不敢动，直到天色蒙蒙发亮，木鸟慢慢下落，原来木鸟飞到了江南异国。守城的大兵发现这个怪物，哪知是什么木鸟，没问青红皂白，就把老头捆绑起来。国王也是个昏君，一听城外落了怪物，立即下令斩了老头，烧掉怪物。鲁老汉不仅白白丢了一条命，而且使鲁班改进木鸟的计划前功尽弃。

后来，鲁班听说父亲被昏君杀死，木鸟也被烧了，一怒之下，做了一个木头人，立在院中，手指正南方向。你说怪不？打那以后，这个昏君脊梁上就生了一个恶疮，没用半个月，就死啦！这才算出了鲁班的一口气。不过从那以后，鲁班再也没回肃州去，再也没提造木鸟的事。

讲故事的师傅说：“要不是鲁老汉闯出这场祸，要不是江南那个昏君，那就好了，咱们中国的飞机早就满天飞了。”

民间故事与宗教文化

提　要

民间故事与宗教文化的关系，是比较故事学中跨学科或跨民俗种类比较研究的一个重要方面，正日益为学人所关注。本专题收入两篇论析中国道教文化和民间故事传说相互关系的文章。

《耿村故事与道教文化》是笔者参加河北耿村故事国际学术讨论会发表的论文，以一个虽以北方中原儒家文化为主导，其流行的故事传说仍深受道教文化浸染的著名故事村。论文对众多男女的口述故事之宗教文化色彩进行了生动译说。

《泰山神仙故事的文化特色》，是笔者向泰山文化学术研讨会提交的论文，就已故著名民间文艺学家陶阳先生亲身参与泰山地区民间文学田野调查，所主编的《泰山民间故事大观》，以书中的泰山诸神故事传说进行译说而写成的。这些口头文学中的山野奇葩，既焕发着炫目的道教神仙文化异彩，又饱含浓郁的世俗生活情趣，给人以丰富奇妙的审美享受。

作为中国民族宗教的道教，对民众口头传承的故事传说拥有广泛而深刻的影响，道教文化及其神仙方术系统扩充了民间故事的艺术空间，丰富了它的艺术手段，并由此形成了它鲜明的民族文化特色。不联系民间道教信仰，便无法完全理解中国的民间故事，正如不联系佛教、基督教和伊斯兰教，便无法完全理解印度、欧洲和阿拉伯的民间故事一样。但中国的宗教生活较为自由松散，对文化的强制约束力不大，因此人们常常按照自己的世俗观念和审美情趣来改造处置宗教题材，表达非宗教性乃至反宗教性的内容，进行生动活泼的艺术创造。在彼此渗透融合中，保持了民间故事刚健质朴的本色。这几篇文章在海内外均颇有影响。

这个专题的研究方兴未艾，成果不断涌现。笔者从20世纪80年代起，而深受吸引，曾与相关同仁，组建湖北省道教学术研究会，同武当山、龙虎山道门结缘，撰写有关张天师、张三丰的学术论文，将张三丰传说推举申报列入湖北省非物质文化遗产省级名录，并先后出版《道教与中国民间文学》、《张天师传说汇考》及《太极爷张三丰传说》等书。期待有更多学人涉足这一“众妙之门”。

耿村故事与道教文化[①]

耿村的道教故事传说

我以极大兴趣读完了四大本《耿村民间故事集》。四集共收录故事1143篇，其中染有鲜明道教色彩的故事达120篇，占了十分之一。至于保留某些道教影响烙印的故事，比这个数量更大。如白胡子老汉出现在一百多篇故事中，白胡子老汉实际上是道教神仙的形象，只是不那么确定就是了。

耿村故事集中的“仙道传说”，集中选编了一批典型的道教故事，其中包括：

关于八仙主要是吕洞宾、韩湘子和铁拐李的传说；

关于几位著名道士——张天师、济小塘等的传说；

关于道教崇信的一些天神、地祇的传说，如《王母娘娘寻玉皇》、《太白金星弟子下凡》、《真武苦修行》、《财神和土地》、《灶王爷和灶王奶奶》等；

耿村故事集的鬼怪精灵故事，也深受道教影响。道士除妖的故事流行最广，如《李道士捉妖》、《王半仙掌击狐子精》、《火烧蛐蜒精》、《济小塘

---

① 原载《民间文学论坛》1991年第6期及《中国耿村国际学术讨论会论文集》，中国民间文艺出版社1991年版。耿村属河北省石家庄市藁城市，是河北平原上一个四通八达、集市贸易繁荣的村落。共有居民285户，1150余人。从明代开始形成村落，以经商和讲故事为该村经济文化最大特色。20世纪80年代中后期，在全国开展民间文学普查、编纂民间文学集成这一文化工程的推动下，当地政府文化部门组织民间文学工作者前往该村采风，采录故事一千余篇，发现故事讲述家130余人。耿村和湖北丹江口市的伍家沟，还有重庆市巴县的走马镇，成为三个各具特色的著名故事村。

捉妖修大寺》等。也有些精灵是与人为善的，故事有《狐仙顺华》、《许仙救白蛇》、《老张（九尾狐）游南天门》等。道家认为，不论有生命或无生命的物体（如石头、扫帚），久存世间均可成精，成精即能幻化成人形。成精后倚仗自己的魔法祸害人类，必遭毁灭。如诚心修道，将修炼与积善结合起来，则可得道成仙。动物精灵的道行常凝聚在它们口中的那颗宝珠上，《红狐仙的故事》中具有无限魔力的那颗珠子，就是按道家内丹学说构造出来的一类宝物形象。不论有无道士出现，中国的鬼怪精灵故事都与道教的种种神秘观念密切相关。

耿村故事集中的一般性幻想故事（童话），仔细考察起来，同样有着道教神秘幻想的烙印。这些故事主要借助超人角色、神奇宝物和魔法这三样来构筑迷人的幻想世界。道教神殿中知名的或不知名的神仙，常常是故事中召之即来、挥之即退的角色。道家的种种法术，如凌空飞行、兴云致雨、隐身变形、随心造物等，更使故事情节变化多姿，引人入胜。特别是那些以“斗法”构成主要情节的故事，如《茅山学艺》、《金生得救》、《除妖先生李二仙》、《嘎达学艺》等，更显示出道教神秘幻想的艺术魅力。

耿村故事集中选编了少量神话。我不赞成有的外国学者所提出的“道教神话”之说，但中国神话和道教的关系确实十分密切。除道教将古神话中的盘古、女娲、黄帝、王母等披上道家外衣，请进自己神殿之外，民间口头传承的古神话也往往用民众所熟悉的道教人物及故事来改变其原初形态。《女娲补天》中加进了女娲怀孕八十年生下太上老君的奇特构想。《人是怎么来的》讲玉帝和王母娘娘开初打发四百童男童女下凡开天立世界，后来想念他们，便让王母娘娘捏出四百泥人把他们换回天宫。《女娲和伏羲》在洪水漫天、兄妹成婚的叙述之前加了王母娘娘派太白金星下凡，生下伏羲、女娲同凶横霸道的雷神抗争的情节。这些因受道教信仰影响而产生的局部变异，成为中国神话的特殊品种。

由于道教倡导在名山胜境学道修仙，因此中国的许多风物传说染有浓重的道教色彩。耿村及其周围，没有这类著名风物，自然也就没有这类传说进入口头传承领域。可是耿村人对叙说历史上各类著名人物的奇闻异事有浓厚兴趣，道教信仰的影响便常常在这些人物传说中投射出来。《秦始皇坐天下的传说》讲玉皇大帝曾派仙女下凡度始皇成仙上天未成；《诸葛亮小时候》讲他小时拜老道士学艺，按师父指点打死了一只天鹅精用鹅毛作扇，从此智慧超群；《老土地煮秤砣》叙述唐代著名文学家韩愈苦心修道而成老土地；《赵匡胤卖华山》及《石阁老和土地》，让历史人物和王禅老祖（流行说法为陈抟）、土地爷发生戏剧性纠葛。这些虚构情节都明显表现出道教信仰对民间文学的渗透。

耿村故事的道教影响是从哪里来的呢？仔细查考，主要来自以下三方面：

1. 耿村人的宗教信仰。耿村的古代景观是七山十庙。十庙是：村中的五道庙、三官庙，村西的真武庙和奶奶庙（娘娘庙），村南的耿王墓大仙堂、观音庙（老母庙）、马王庙、蛇仙洞和关爷庙，村东南的自落寺。其中三官庙、真武庙和关爷庙为地道的道教庙观。五道庙①、马王庙、蛇仙洞、大仙堂也与道教信仰有关。信奉多神，以为人中英杰和动物精灵均能升仙成神，正是民间道教信仰的特点之一。这些庙观虽早已破废，宗教活动所造成的影响却长期存在，以至于在抗日战争的艰苦岁月里，故事家靳正新曾暗中祷告，祈求耿王保佑自己平安无事。民间信仰佛道混杂，两者并无明确界限，而耿村的道教影响明显超过了佛教。许多与道教相关的故事为耿村人所津津乐道，同耿村民间信仰的特点是分不开的。

2. 通俗小说和戏曲的影响。元代开始，即有“神仙道化戏”或“道剧”广行于世。明清时期，宣扬道家思想，描写神魔争斗、邪不敌正和修仙学道、终成正果的小说大量涌现。《西游记》、《封神演义》、《韩湘子全传》、《吕祖全书》、《八仙出处东游记》、《北方真武玄天上帝出身志传》等就是具有代表性的几部。有关作者吸取道教典籍和民间传说加工演绎，成书后流行于市井乡里。其中一部分辗转流传进入民众口头，又同民间文学结缘。《耿村民间文学论稿》就揭示出这种情况：“从书本上拿来的题材，恐怕耿村故事家个个都有，有直接的，大量是间接的。”以靳正新为例，记忆中来自书本的故事就达一百篇之多。《张天师和府官》、《张天师捉妖》即间接来自书本，由他作了较大加工。

---

① “五道”疑为五通或五盗之讹。任继愈主编《中国道教史》称：“五通神与五显、五圣、五盗神为同一信仰在不同地区的演变。”

耿村故事集中几篇关于桃花女的故事，如《桃花女巧计救太子》、《桃花女破周公》、《桃花女斗蟒精》，其本事出于元杂剧《桃花女破法嫁周公》及清人小说《桃花女阴阳斗传》。耿村故事集中称颂了一位为北方民众所熟悉的道士济小塘，本为明代辽宁人，其事迹也是借了清代小说《升仙传演义》及有关地方戏才广为人知，演成《济小塘捉妖修大寺》、《济小塘修仙》、《济小塘闹严府》等民间传说。不为本地见闻所限，从小说戏曲取材编讲故事，广泛表现中国历史文化，成为耿村故事的一大特色。

3. 外地作品传入。耿村是个交通要道和商业集市，外地人不断涌入耿村和耿村人走南闯北，使这里不仅成为物资也成为文化的集散中心。许多道教故事从外地流入，并非耿村的土特产。如靳正新讲的《歪脖子王樵》为去保定地区时听人所讲。王仁礼讲的《李道士捉妖》来自晋县农村。徐大汉讲的《老土地煮秤砣》来自武安县。张书娥讲的《铁拐李成仙》来自张家口。另一篇《张四姐下凡》则从内蒙古听来。王玉田口中的《赵匡胤卖华山》得之于在耿村开店的外地伙计，等等。道教是中国土生土长的宗教，历史悠久，流行全国。耿村是个开放型的村落，因而有关道教的故事传说也流入耿村，反映出道教文化强大的辐射力。

道家文化心态的浸染

上述有关道教的故事传说表现了怎样的文化心态，给了耿村故事以怎样的影响呢？

1. 表现了道家“贵生”和发挥人的潜能创造美好生活的积极进取精神。道教以“贵生”、“恶死乐生”，追求长生不老为要旨。贵生，便珍惜生命，热爱人间生活，并以各种方术延长寿命，同侵害人类的自然暴力及社会邪恶奋勇抗争。宋代道书《云笈七籤》中有一段话：“道者，虚无之至真也；术者，变化之玄技也。道无形，因术以济人；人有灵，因修而会道。”对道教精神作了最简明有力的概括。道是虚无的，可它又无所不在，统摄着天地万物，并借种种玄妙的方术体现出来。得其道，即可长生不老，变化通神，役使万物，主宰宇宙，无所不能。道术虽然神秘，作为万物之灵的人，只要拜师勤修，不难会通。得道者不应以个人的长生久视为满足，而应以救世济人为宗旨。耿村流行的许多道教故事，所表现的正是这样一种精神。世界各国的民间幻想故事，莫不是借助某种神奇力量使处于逆境中的主人公命运发生急剧改变，获得美好生活的。外国故事多以上帝或真主直接给主人公赐福消灾为流行情节，中国道教故事着重表现的却是普通人乃至自然界的鸟兽虫鱼怎样在明师指点下，通过自己的勤苦修炼来获得这种神奇力量从而主宰自己的命运。不论八仙、张天师、济小塘还是那位去茅山学艺的小伙子，莫不如此。就他们学到手的那些道教法术来看，虽出自大胆幻想并与道教的某些神秘信仰有关，其中也不乏在今天值得称道的科学幻想。长生不老和凌虚履空，所追求的是打破时间、空间对人类生活的限制。道士用手中的五雷符击杀妖魔鬼怪，不过是企图驾驭自然界雷电的威力使之为我所用。

上层贵族所信奉的道教主要是企求个人长生，以便无限享受今生的富贵荣华，他们对服食烧炼丹药最感兴趣。下层民众所信奉的道教和他们口头传述的道教故事，则企望借助仙人、道士的神奇方术救世济人，解脱自己的困厄。《金生得救》的故事中，槐树精使妖术劫走一位小姐，济小塘和梅花大王（梅花仙）施道法杀死槐树精救出小姐。小姐不知如何谢恩。济小塘说："俺俩嘛也不要，生来是专为百姓除害的。"这一表白就代表了民间传诵的道教故事思想内容的健康基调。

道教故事自然有它宣扬鬼神迷信、助长民众落后愚昧世界观的消极作用。我以为目前更值得注意的是对于作为我国民族文化重要组成部分之一的道教文化的积极内容重视不够。任继愈先生在给新出版的《中国道教史》作序时指出："佛道两教相比较，道教更具有中国封建社会农民型的朴素意识。"特别是在民间流行，注入了农民意愿的道教故事，所蕴含的富于积极进取意义的民族精神，更应受到人们的珍视。耿村人勤奋坚韧自强不息的精神，不能说和这些故事的传播毫无联系。

2. 以种种神奇幻想增强了民间故事的浪漫主义光彩。袁学骏在研究耿村故事的过程中，发现幻想之丰富"简直出人意料"，并由此断言："自神话以来浪漫主义的表现艺术曾是民间故事的主流。"（《民族文化的奇观》，见《耿村民间故事集》之二）我很赞同他的论断。许多道教故事正以其不同凡俗的艺术表现增强了耿村故事的浪漫主义光彩。

在这个艺术世界里活动的，不仅有形形色色的普通人，还有天上的神仙和山野冥间的鬼怪精灵。得道的主人公在人间天上自由来回，不受山河的阻隔；随意变形易貌，驱遣风云雷电；洞悉一切宇宙奥秘，自由索取地下宝藏；尽得造化之妙，可以随欲而具，无所不作。道家把天地人作为一个整体来把握，力求穷尽宇宙的奥秘，达到人与自然的和谐。被这种精神所渗透的道教故事便具有一种雄健幽深之美。

中国自唐宋以来，即由三教鼎立逐渐走向三教合一，明清时期三教融合更加深入，这在民间口头文学中间自然不能不反映出来。如对耿村故事作具体的分析比较，则儒家的伦理道德在内容上占了主导地位，道教文化在其艺术形式和风格上留下了鲜明的印记。佛教文化影响似乎比较淡薄。在中原文化这一大系统内，同时又呈现出地域文化特色。

道教故事传说的世俗化

耿村故事家在传承这些与道教有关的故事传说时所表现的艺术创造性及其思维特点，值得我们认真予以研究和评估。

大凡出色的故事家都不满足于简单地转述前人或他人的故事，而是在传承中融合着自己的创造。耿村就有许多这样的故事家。从研究故事的变异入手来探索耿村故事家的艺术创造才能及其思维方式特点，是一个饶有兴趣的课题。

先让我们看几个故事。

女故事家孙胜台讲了一个仙道传说《三皇姑成仙》。这个三皇姑其实就是妙善公主即佛教的观音大士。观音菩萨原型出自印度，本为男身。在佛教中国化的过程中才演变为女性，并由信徒造作了她的身世。根据河南宝丰县香山寺由宋蔡京所书《大悲观音菩萨得道远征果史话碑》载，妙善为古代妙庄王的三公主，笃信佛教，违抗父旨，立志出家，竟被庄王斩杀。玉帝使她复活于香山紫竹林中修道，成为普度众生的观世音菩萨。后庄王身染重病，须用亲人手眼制药方可医得。大女儿、二女儿均不愿损毁身体，只有妙善公主献出了双手双眼舍身救父。庄王命工匠塑一尊“全手全眼”观音像寄托怀念爱女之情，工匠将“全手全眼”误听为“千手千眼”，便塑成千手千眼观音像流传于世。

《三皇姑成仙》是孙胜台小时听舅父讲的，她自己又向人讲过许多遍。

和宋以来关于观音修道故事的标准型式相比较，相去甚远。其中讲到，“她没有去姑子庵，上山修炼去了”。最后“脱了壳，成了仙”。把一个佛教故事变成了道教故事，显示了道教在民间的深远影响。又在故事中设置了原传说所没有的难题考验情节，由庄王给她一担麦子，限一夜间磨好，后由老土地出来相助，“赶天明把一担麦子推完了，弄得麦子是麦子，面是面”。接着庄王又将一斗黄米和一斗细沙合在一起，限一宿把它们分开，正在她为难时，一群蚂蚁爬来把米和沙分成了两堆。这些同古代宫廷生活不协调的情节，显然是耿村农民故事家的添枝加叶。末尾讲：“她拿起斧子，把左手剁了下来，又抠去一右眼，说：‘你们拿去吧，去对你们主子说，等他病好了，到三皇姑庙里来还愿，还我全手全眼。’”这也不是一位出家修行的公主的口吻和姿态，倒有着这位泼辣强悍的女故事讲述家的身影。

另一位故事家张才才所讲的《王母娘娘寻玉皇》，说王母娘娘原是一个财主家的秃丫头，格外爱花，“做得再累得慌，不歇也得先给花浇水”。因在井边给牡丹花浇水，遇上天上的玉皇大帝选媳妇，被玉帝看中，托太白金星说媒，不久就成了亲。成亲后，“王母娘娘摘掉银盔，头发又黑又长还挂着亮，她问玉帝：‘人都喊我小秃妮女，我秃不秃？’逗得玉帝直笑”。玉帝和王母都是道教中主宰世界、地位显赫的天神，在这个故事里却被抹去神圣灵光，改塑成一对农家小夫妻，洋溢着农民生活情趣。

其他如《张四姐下凡》（玉帝女儿自找情人）、《太白金星弟子下凡》、《韩湘了出家》、《老土地煮秤砣》、《铁拐李偷大梁》、《张天师和府官》、《财神爷吃请烧帐》等篇，也都有这样的变异和加工创造。

它们已不属真正的宗教性的故事传说。宗教传说对所赞颂的偶像顶礼膜拜，对世代传诵的故事文本视若经典，不敢在转述时越雷池一步，因而它具有严肃神圣的风格，叙述中融合着虔诚的信仰。湖北武当山地区流传的关于真武大帝的传说，就有这样的特点。这些作品为道门和民间所共同传诵，自然也可作为民间故事的一个类别来看待。而耿村故事家所讲述的上述作品，内容虽与道教有关，却并非以道教信徒的眼光和心理来叙说故事，常常大胆而灵活地把自己所熟悉的农民生活情趣融合进去。即使是主张“上辈人怎么传的我就怎么讲”，即应忠实于前人文本的孙胜台大娘，她也赞成要讲好讲圆满，在讲述时对原作进行“微调”，其他故事家对原作变异的幅度就更大了。王仁礼说他自己“对原来的故事，我也添添去去加工了好些”。这在耿村故事家中间看来是较有代表性的。由于不受宗教心理的局限而贴近农民生活进行讲述，便使得这部分作品的宗教性逐渐淡化，世俗性不断增强。在人类文明进步的长河中，宗教文学呈现出世俗化的普遍趋向，耿村故事尤为突出，这应当被看作民间艺术的一大进步。

从这里就引申出如何看待耿村故事家艺术思维的特征问题。我不赞同“非科学的原始思维是它的心理机制的主导”的论断，因为它低估了耿村故事家艺术思维的发展水平。

关于原始思维，是一个须专门研讨的问题。《原始思维》一书的作者列维-布留尔认为原始思维就是以受互渗律支配的集体表象为基础的、神秘的、原逻辑的思维。从认识过程来看，它大体属于直觉性的表象活动，尚未进入理性认识阶段，具有形象性和神秘性。古神话中基于“万物有灵”观念，不自觉地将日月星辰草木虫鱼拟人化，就是原始思维的表露。神话艺术以原始思维作为主导心理机制已成为学人的共识。

就耿村故事而论，神话数量极少，且不说大量表现近现代生活的故事无法和“原始思维”相联系，即使是含有神奇幻想，与道教相关的许多作品，也难以用“原始思维”来说明其创作与流变的过程。原始思维常常以幻想的方式表现出来，然而并非一切幻想都是原始思维的产物，幻想有的和自觉的理性思维相结合，有的出于不自觉的直觉表象。处在前一种情况下的人们，能区别虚幻与真实的界限，后者则不能，因而对自己创造出来的虚幻图景往往信以为真，并伴生出种种盲目信仰。神话艺术就是如此。宗教信仰中有原始思维因素。但深入考察宗教心理，也不能把它和原始思维等同起来，因阶级社会中创立和推行各种宗教的宗教家们都有自己成体系的思想，那些显然不属于原始思维之列。

至于崇信宗教的普通民众身上虽有原始思维成分，但他们又在有组织的宗教活动中受到宗教思想体系的灌输。他们的宗教心理构成比较复杂，并非纯粹的原始思维。中国道教典籍浩如烟海，道家学者纷纷参与编撰各种神仙传记，文人创作的神怪小说和戏曲充斥社会，民间流传的种种有关道教的故事传说莫不受其影响。其中也含有一定的原始思维成分，这表现为：这些作品的古老原型与原始思维有关；在世代传承过程中，融入了某些讲述者的原始信仰。可是就这类和道教相关的故事传说整体而论，其形成与传播的心理机制也难以用原始思维来说明。

说到耿村的情况，这里一直是一个颇为开放、经济文化发展处于前列的乡村，许多故事家有相当的文化水平，而且见多识广。他们接受、理解和传播这些与道教相关的故事，显而易见并非出于虔诚的宗教信仰和原始思维，而应该说是以现代艺术思维为主导了。孙悟空本是明代作家吴承恩用自己的艺术思维创造出来的动人形象，张书娥讲《张四姐下凡》，把孙猴子请出来，让他帮张四姐对抗玉帝，在人间找了个穷小伙子结为夫妻。韩愈这个著名文学家修仙学道，竟然把一双腿子伸进灶里当柴烧去煮秤砣，最后当了个土地爷。徐大汉在街头对人讲这个《老土地煮秤砣》的故事时，幽默风趣，逗得人们哈哈大笑。这些事例都很难用原始思维解释清楚。

我们前面曾经提到，耿村有道教信仰的根基。但耿村故事家的情况不一，已去世的几位女故事家，不识字，特别爱讲神仙鬼怪故事，她们头脑里的原始思维可能要多一些。可是就整体而论，就那些一直很活跃的故事家而论，他们已从道教信仰和原始思维中解脱出来。

怎样区别原始思维和一般艺术思维的界限，人们常常以幻想虚构之有意或无意作为一个简单而又明确的标志。

鲁迅在《中国小说史略》中说，“六朝人视一切东西，皆可成妖怪”，把本来出于幻想虚构的神怪故事统统当作事实，因而记述比较简短质朴，不敢有所发挥。“及到唐时，则有意识的作小说，这在小说史上可算是一大进步”。因有意作小说，便放开笔墨，施之藻绘，扩其波澜，叙述委婉曲折，其艺术成就便大大超过简朴的志怪文字了。这段论述完全适用于故事体裁。神话是无意识的不自觉的虚构，后世的许多幻想故事，利用前人创造的神怪、宝物、法术等具象化的材料来对现实生活或人们的理想愿望作象征性的反映，就属于有意识地编故事，其心智已由原始思维进到有理性参与的艺术思维了。唐人李朝威作《柳毅传》，明人吴承恩作《西游记》，清人蒲松龄在《聊斋志异》中收入许许多多鬼狐故事，都是运用这种艺术思维所取得的成果。这在现代中外作家中也不乏其例。获得诺贝尔文学奖的哥伦比亚作家加西亚·马尔克斯，以有意识的虚构将鬼怪魔法融化到自己的小说中去，开创“魔幻现实主义”流派，在世界文坛曾风靡一时。在耿村的故事活动、包括他们讲述那些仙道鬼狐故事的活动中，占主导地位的心理机制，我以为也是这种有意识编故事的艺术思维。我们不应把耿村故事置于中国和世界文学艺术发展的主潮之外来看待。不弄清这一点，就很难完全理解耿村故事的思想艺术特征及其美学价值。

湖北武当山脚下有一个闭塞的山村叫伍家沟，民间文学工作者深入这个山村，采录编选了一本《伍家沟村民间故事集》，书中最有特色的仙道鬼狐故事，就打上了原始思维的深重烙印，明显有别于耿村故事。

由此看来，道教影响经过耿村故事家艺术思维的过滤，在很大程度上已被吸收融化成耿村故事艺术形式和风格的一个组成部分，实际上并未成为耿村人心中根深蒂固的宗教信仰。耿村故事不仅是中国乡村故事的代表，而且是开放型的最接近于中国近现代文化主潮的乡村故事的代表，它对研究中国民间文化或乡村文化是一个极有价值的典型。

泰山神仙故事的文化特色[①]

十多年前，我在《文史知识》杂志发表《碧霞元君形象的演变及其文化内涵》(1995 年第 11 期)，开始和泰山诸神结缘。现在参加“东岳论坛”，继续清理解读有关泰山的神话传说、故事（统称故事），以求进一步理解其文化内涵与审美情趣。这或许对我们领会齐鲁文化乃至中华民族文化的一个侧面不无裨益吧！

在此之前我还没有到过泰山，我考察泰山诸神故事，主要依据陶阳先生率领的一个工作小组，于 1980 年底赴泰山地区实地调查采录泰山故事后选编出版的《泰山民间故事大观》（文化艺术出版社，1984 年版）。他们在这里工作一个多月，按照“上下古今，精华糟粕，一概搜集，全部保存”的原则，采录到有关泰山的各类故事异文近 300 篇，书中收录近 200 篇。此次调查是为了摸索“忠实记录，慎重整理”民间文学的工作经验，《大观》的成书得到了时任中国民间文艺家协会负责人贾芝的充分肯定，由于这些故事中多数是关于泰山奶奶即碧霞元君和其他尊神神异行事的叙说，而且

① 本文原载《文化学刊》2010 年第 1 期。

基本按口述时的原汁原味记录写定的，以朴实生动为其显著特色，从而给学人提供了研究这些神奇故事的宝贵资料。

一

宋代张君房编撰的一部著名道书《云笈七签》所载《五岳真形图序》中说："东岳泰山君领群神五千九百人，主治死生，百鬼之主帅也，血食庙祀所宗者也。"可见泰山居留的尊神众多，有着久远的文化渊源。

这个古老观念是怎样形成的？一种流行解释塑古神话，《重修纬书集成》卷五引《孝经援神契》："泰山一曰天孙，言为天帝孙也。主召人魂魄。东方万物始成，知人生命之长短。"这一说法太简略，难以窥其堂奥。我以为应联系中国的山岳崇拜与祭祀的古老信仰礼俗来探究。山岳崇拜在人类原始的自然物崇拜中占有重要位置，在中国尤为突出。早在战国时代齐鲁地区就有些儒生认为五岳中泰山最高，又屹立于日出之东方，帝王应到泰山祭祀，于是到泰山筑坛祭天曰"封"，在山南梁父山上辟基祭地曰"禅"，秦始皇、汉武帝都曾举行过这样的大典，司马迁作《史记》曾列专篇记此事，这就是广为人知的《封禅书》。此礼俗后世奉为经典，历代传承不息。加之汉代道教兴起后，在学道修仙方术中，将高山和仙界相联结，晋代葛洪所著《抱朴子内篇·登涉》中就写道："山无大小，皆有神灵，山大则神大，山小即神小也。"东岳泰山既然能作为帝王封禅的五岳之首，它能吸引众神居留，就是理所当然的事了。

从《泰山民间故事大观》一书可以看出，活跃在泰山地区民间信仰和口头文学中的尊神，除已列入国家首批非物质文化遗产保护名录的泰山石敢当之外，就是碧霞元君（泰山奶奶）和吕洞宾了。叶涛先生已有专书评说泰山石敢当，本文着重评说关于另两位尊神的叙事特色。

首先说碧霞元君。载于《道藏》的《碧霞元君护国庇民普济保生妙经》即《碧霞经》，已经对这位泰山主神的形象作了完整而定型的勾画：

> 是时元君已证太一青玄之位，观见众生受此沉沦，慈悲不已，为化女流，普度群生，于四月十四日分真化炁，现是慈颜，陟降泰山，……受命玉帝，证位天仙，统摄岳府神兵，照察人间善恶，罪福照报，感应速彰。

近年由中国道教协会编撰的《洞天胜境》一书，介绍这位泰山神时说："道教则称元君，乃应九气以生，受玉帝之命，证位天仙，统摄岳府神兵，照察人间善恶。"这段话来自上述道经，成为现今对碧霞元君神性的通行解说。《泰山民间故事大观》一书从当地居民口头采录了十多篇有关于碧霞元君的故事，多位故事家都饶有兴趣地讲到这位女神，可是她的作为与品性，却和道经所载大异其趣。本书中主要叙述她怎样以自己的机智抢占到泰山主神之位。故事说她原本是玉皇大帝的妹妹，或是西天佛爷的师妹，这兄妹俩都看中了泰山这块宝地。结果在抢占泰山当家人这件事上，本来处于弱势的小妹却以机智取胜。试看这段叙说：

玉皇大帝跑得快，先来到山顶。为了证明他已到达，便在山顶上埋了个念经的木鱼。泰山奶奶来晚了，发现玉皇大帝已经埋下木鱼，便把自己的绣鞋又埋到木鱼下边。

泰山奶奶找到玉皇大帝。玉皇大帝高高兴兴地说："妹妹，你来迟了，这块地方归我了！"

泰山奶奶说："哥，你才来迟了，这地方归我了！"

玉皇大帝说："我先到这儿，有木鱼为证。"说着从地下挖出木鱼来。

泰山奶奶说："你再往下挖挖，看看还有什么？"

玉皇大帝往下一挖，挖出了她的绣鞋，不觉愣了。泰山奶奶说："后来者居上，哥，你还不知道！"

玉皇大帝输了，可是又不甘心，愤愤地对泰山奶奶说："泰山就归你！我要把山顶上的树都拔光，晒死你这个黄毛丫头！"说完，就把山顶上那么多的树全都拔了起来。

《泰山民间故事大观》的编者对此有一番评论，他们认为，"神也和人间的凡人一样，私有欲也很强，也互相争夺，互相扩展，互相欺骗"，作为正面主人公的碧霞元君，在争夺地盘时也表现出"狡黠的一面"。这段话大体得当，却似乎未尽其妙。泰山地区的口头文学家在进行艺术虚构时，将玉皇大帝或西天佛爷作为碧霞元君的对手，既有提升这位女神神格的意味，更是为了凸显对手的强大反衬出她的弱势。在此情势下，碧霞元君以自己的小聪明来反败为胜以弱胜强，就不能不令民众大快人心了。女神在这里所扮演的实际上就是民间机智人物故事中那位“巧女”的角色。口头文学家又别出心裁地将争夺泰山当家人的男女主人公设计为玉皇兄妹或西天佛爷师兄妹，争斗中并未失兄妹情意，使这场争斗饱含人情味道；又将泰山之巅的秃顶景象，说成是玉皇大帝恼羞成怒后对“黄毛丫头”小妹的惩罚，赋予泰山自然景观以人文色彩，这些地方都显示出泰山民间文学的生动美妙情趣。

碧霞元君入主泰山后，就成为护佑一方黎民的“泰山奶奶”。按道经所载：“人之元神禀受于天，善恶初萌，神明即照，掌善恶之神必记必报。”元君的职责就是“统摄岳府神兵，照察人间善恶，罪福照报，感应速彰”。可是泰山地区的流行民间故事，却很少见到像道经这样来叙说碧霞元君事迹的，人们所津津乐道的是她怎样奋勇对抗龙王和玉帝对人间生灵蛮横无理的残害，以无比慈爱来保境护民，试看这样的叙说：

> 她卸去了头上的装饰，脱下了秀美的衣衫，脚踏乾罡，手拿宝剑，在泰山顶上用心作法。她想到这方百姓的无故受害，她又怜悯又悲伤地大哭了三天三夜，衣襟上都沾满了血迹。（《碧霞祠的匾冲到江南去了》）。

在口头文学中，碧霞元君成为一位既神通广大、强悍有力又对黎民百姓满怀慈爱的女神形象。和道教神谱相比，可以说口头文学家对这位女神的形象又进行了一次世俗化的再创造。

二

泰山诸神故事中，另一个深受民众关注的神仙，就是八仙之一的吕洞宾。

中国道教信仰和民间文化中的八仙是一个光彩焕发、深受民众喜爱的群体。八仙群体的中心人物应推吕洞宾。据《列仙全传》等书所载，他为唐代士人，三举进士不第，成为一个落魄文人。游庐山遇火龙真人传天遁剑法，游长沙遇汉钟离，经十试通过，得其道，遂在人间度人济世。宋代封为妙通真人，元代封为“纯阳演政警化孚佑帝君”，全真教奉为“北五祖”之一，通称“吕祖”，其神位见于许多道教宫观，民间香火极盛。

关于吕洞宾的民间传说数量最多，他也是地方戏曲中上场最多的仙人角色。他具有江湖游侠特征，常用自己佩带的神剑斩妖驱邪，除暴安良。但民间口头叙说最多的是他作为多才多艺而又放荡不羁的仙人的传奇。人们不仅津津乐道他三戏白牡丹的风流故事，还说他有一个神通广大的儿子白氏郎。

吕洞宾的足迹遍及中国名山胜境，泰山自然也少不了他。泰山的吕仙故事大都同他的风流韵事有关。在《瑶池会》和《吕洞宾给王母娘娘拜寿》这两篇故事中，吕洞宾在瑶池赴宴时，王母娘娘指责他贪图酒色财气，吕洞宾毫无愧色地将这顶大帽子反扣在这位至尊至贵的女神头上，这里就是其中的一段话："牛郎和织女，情投意合，要结为夫妻，你却吃醋了，拔下王簪，划了一道天河，将一对情人分开，一年才允许人家会一次面，弄得哭哭啼啼，肝肠欲断，你多么缺德啊！……"吕仙理直气壮的对答，使得王母娘娘张口结舌。在这场关于酒色财气的论辩中，民间故事充分凸显了吕洞宾对宗教禁欲主义的大胆叛逆精神。

另一个关于吕洞宾的有趣故事是《白氏郎的故事——泰山众神的由来》。"泰山上的神为什么这么多这么全呢?"故事以这样一个吸引人的悬念开头，却出人意料地用吕洞宾和白牡丹所生的那个震骇天宫地府的淘气孩子白氏郎传奇中的一件趣事来回答。原来吕洞宾与同在泰山修仙的白牡丹相恋后，生下一个儿子叫白氏郎，白氏郎上学时便有神人预言他长大后会成为一代帝王，可是作为私生子，他又因没有父亲常受世人的轻鄙和欺凌，母子俩激愤地表示："如果将来做了皇帝，有仇的报仇，有冤的报冤，非杀个血流成河不可。"此事被灶王爷听到，随及向玉皇大帝禀报，玉帝为免除将来人世间的祸患，便抽去白氏郎身上的龙筋；但他手中仍留有一个神奇的宝葫芦，便提着宝葫芦在四方游荡，"逢庙装神，遇洞收仙"，把五湖四海的神灵都装在葫芦里。最后见到泰山奶奶，因泰山奶奶有恩于白氏郎，白氏郎还拜认她作了干娘。在泰山奶奶的责问下，白氏郎跪地认错，一时不小心摔破了宝葫芦，"众神慌慌张张地都爬出来，四处躲避，逢庙进庙，遇洞钻洞，因此从山顶到山下，各个洞里，各个庙里，都有了神仙"。

研究者曾指出，吕洞宾"却是八仙中被道教徒捧得最高的偶像，也是群众口头传承的八仙中反抗性最强的一位英雄”。在广泛传播的有关吕洞宾的故事戏曲中，吕洞宾三戏白牡丹的情节最引人关注。而在泰山民间故事中，却以白氏郎传奇为叙说重点；在那位桀骜不驯、沉溺于皇帝美梦中的白氏郎身上，似乎有着掀起一场又一场农民起义风暴的古代草莽英雄的影子。作为一件影响深远的虚构艺术品，吕洞宾父子形象均以对儒道伦理的大胆叛逆而焕发异彩。在崇奉碧霞元君的泰山地区，人们在编故事时又让天不怕地不怕的白氏郎被泰山奶奶所收服，从而将这里人们的泰山情结凝聚在口头文学和民间信仰之中。这样看来，泰山流传的有关吕洞宾的这一组故事，在幽默诙谐叙说中，似乎又传透出根植于齐鲁文化深处的一些复杂情趣，值得我们深入体味了。

《泰山民间故事大观》中还有两篇故事：《孙悟空净瓶装神》和《泰山神圣的由来》，这两篇故事也是由泰山神仙为什么又多又全这个问题引发而来的，属于白氏郎故事的异文。口头文学家将泰山的神仙信仰和泰山自然景观融合起来编织故事，以奇趣横生吸引读者。

大体说来，泰山众神主要属于道教神谱。可是在民间口头叙说的泰山众神传说与故事中，又突破了道教信仰的局限，人们从赞赏泰山的山石草木等壮美自然景观的心态出发，广泛吸纳民间信仰、民间口头文学的文化汁液，别出心裁地构造出许多优美动人的神奇故事。在这个艺术世界里，西天佛爷、玉皇大帝、泰山奶奶可以和谐相处，儒家伦理道德成为众神赏善惩恶的准则，民间小女子可以成为一座大山的当家人。在口头文学家的叙说中，儒、道、佛三家的传统观念及所信奉的对象已经合流，宗教信仰和世俗文化的基因也早已融合无间了。他们所讲述的乍听起来是被浓重的神圣光彩所笼罩的故事，而仔细体味却饱含了泰山地区人们鲜活的生活意愿与审美情趣，焕发出泰山文化的奇光异彩，是在齐鲁文化框架下多重文化因子的结晶。

在评说泰山精彩的神仙故事时，请允许我对陶阳先生 20 多年前采录和编印《泰山民间故事大观》一书再次表示由衷的赞誉与感谢。

附录

张天师和府官

（河北，汉族）

传说，从前河北有个人在山东做府官，他三年满任，又上了年岁，朝廷让他卸职回家为民。他想起老乡张天师①。哎，我要回家，到他府上走一遭，看看他捎信不。

那府官换好衣裳就去了。到天师府进门一看，见门里不远有个小和尚，那小和尚土不拉叽的，浑身是土，像是在地里打过滚一样，在一张床上躺着。走近仔细一看，小和尚的一对眼睛，一个是红的，一个是蓝的。再往四周看看，天师府的院里杂草丛生、密枝麻林的，连道儿都没有。他不知张天师在不在，打算问问小和尚再说。来到小和尚跟前，用手一拨拉他的脑袋："哎，请问小师父，张天师可在府中？"小和尚不耐烦地翻翻白眼，理都没有理他，把身子一翻，合上眼不动了。"哎，你这小师父，怎么连本府都不认识？我看你是神家不大，架子倒是不小！"就在这时，大殿里传出问话声："外面何人喧哗？"

府官一听，忙说："是下官前来拜见天师。""里边有请。"他顺着声音朝里走，来到大殿，张天师正在大殿上坐着。府官忙上前施礼。没等他开口，张天师就问："哪里来的无头鬼啊？"

"天师，怎么把我忘啦，我是河北人，咱们同是老乡，为嘛说是无头鬼？没头我还能说话？""你本来就是无头鬼。头在进门你就先得罪了一个人。""我谁都没有惹啊！""没有，刚才你在外面吵吵嘛来？""我向那个小师父打听你，拨拉了他一下。""这就是了。你知道那人是谁不？""我哪里知道他是谁？"

"你捅的那个人是太岁，谁都不敢在他头上动土，你倒好，把他头上的

① 张天师：道教创始人张道陵被封为正一天师，俗称张天师，被民间赋予捉鬼降妖的巨大神通。但民间故事中的张天师并非历史人物，而是以张道陵为原型创造出来的得道者的艺术形象。

帽子都拨拉掉了。你的脑袋还想要啊？你不是无头鬼是嘛？”

这样一说，可把那府官吓坏了。他浑身打战，面色焦黄，“扑腾”就给张天师跪下了，“天师大人，我有眼不识泰山，不懂这里的规矩，冒犯了太岁，请你看在老乡的面上，替我在太岁面前美言几句，搭救搭救我吧！”“起来，起来。念你对我有故乡情义，一定给你讲情。我对你说，来到我这里不该说的话，不要随便说，再不惹乱子，你的性命还能保住。”“是，谢大人。”

张天师问：“你到我府上有嘛事？”“远不了我要告老还乡，想看看你往家里捎信不？”“我家里早没人了，不捎信。你这人想得还挺周到。”

张天师让人上茶，又让人去备酒菜。府官见天师待他热情，坐在那儿等着。张天师见他喝了那碗茶水，心想：他怎么也是死鬼一个了，让他在这随便吧。

张天师扔下他就出去了。工夫不大，进来了两个人，一个端着菜，一个端着酒。端菜的那个面黄肌瘦，像是饿死鬼转生。端酒的那个白胖白胖。府官觉得奇怪，忘了张天师的话，他开口就问瘦子：“你怎么这么瘦？”“整天不让我吃饱，饿的。”“你怎么那样胖？”“让我随便吃，随便喝，又没事干，养的。”“哎呀，怎么这样不公平啊？”“那有嘛法子，法术无情。”说着话儿，他们把酒菜摆好了。

府官对两个伺候他的人说：“请二位也来干一杯吧！”“俺们不喝酒。”“请来吃菜。”“不不不，你该喝就喝，该吃就吃，别管俺们了。”“你们是不敢吃还是不吃？”“这里有规矩，不敢随便，你还是自斟自饮吧。”

府官是个叨叨嘴，酒过三巡，菜过五味，他已带了酒气，又问起瘦子：“你干吗非在这受罪，另找个饭门不行？”“这儿进出都有规矩，天师大人管教得厉害，想走也难走。”“哎呀，难道非得把人饿死？这样吧，我跟张天师是老乡，等我跟他说说，让他把你放了。”“我没处投奔，上哪儿去啊！”“没处投奔跟我走。”“谢大人救命的恩情，久后愿给你牵马坠镫，尽力效劳。”“好好好，我豁着老脸给你讲个情，跟着我去享两天福吧。”他这一说，那瘦子也不离他了。

酒足饭饱后，府官就去找张天师：“天师大人，我有句话不知道当说不当说？”“嘛事？说吧。”“你使用的那个瘦子，让他跟我走吧，到我家管他几天饱饭，让他壮壮身子。他个活人都饿成那样子，怪可怜的!”

“该饿着他，你不知道，让他吃饱就坏了。”“哎呀哈，吃饱饭有嘛事?我光听说有饿死的人，可没听说有撑死的。就让我把他带走吧，几时给你养壮了，我再打发他回来伺候你。”“你答应他来没有?”“已经答应了。”“既然你一心想把他带走，我也不强留。可你这会儿闯下的大祸，比刚来那会儿还要大。”“我好心救人，怎么是祸?”“现在你不知道，到时候你就明白了。好了，你愿意就把他领走吧。”瘦个子见张天师答应让他走，赶紧拾掇东西，等着跟府官走。

府官辞别了张天师，领着那瘦子出了天师府，一直朝河北走。走来走去，他们回到家乡。时间不长，河北可满地都是蚂蚱，蚂蚱一飞，都把日头儿遮住了。眨眼庄稼一扫光，老百姓急了，官员也急。他们奏折一个一个飞到朝廷那里。朝廷见了奏折，立时派人去找张天师问他干吗把蚂蚱神放到河北?张天师对钦差大人说：“你们河北有人在山东做府官，现在已经告老。临走时来我府看望，见了蚂蚱神，硬要把他带走。你们问他吧，我已经管不着了。”

那钦差听了立时快马加鞭，赶到京城跟朝廷一说，朝廷立时传来河北总督，让他查明那个回家的府官。

有名有姓，又有地址，好找。那府官被解到总督衙，总督问他：“你干吗把蚂蚱神带到咱们河北?”“大人，他在天师府快要饿死。我可怜他，就把他带回来了，谁知道是个大祸害。”“把他推出去斩了!”那府官被人架着往外走，想起了张天师的话，可后悔来不及了。

河北总督又派人到天师府求救，在张天师面前说了好多好多好话，张天师才又把蚂蚱神捉回去了。

蚂蚱神在河北闹腾了好些日子，地里没打粮食，饿死了不少老百姓。人们净骂那个该死的领蚂蚱神的人。

讲述人：靳正新，男，61 岁，农民，小学文化程度

采录：李殿敏

采录时间地点：1988 年 3 月 1 日于耿村

原载《耿村民间故事集》第二集，民间文学集成资料本，1988 年编印。

连接中国和世界的故事类型

提　要

本专题包括四篇文章，论析在中国和世界广泛流传的两个著名故事类型。《“孔雀公主”故事的流传和演变》及《纵横交错的文化交流网络中的〈召树屯〉》两文，所论析的是同一个故事，即傣族叙事诗《召树屯》所依据的孔雀公主故事，它是著名的天鹅处女故事的类型之一。文章将它的众多异文进行形态剖析，勾画了它在南亚地区纵横交错的文化交流网络中所经历的有趣演变过程。值得一提的是，八大藏戏之一的《诺桑王子》，也是由这个孔雀公主故事脱胎而来。

《“蛇郎”故事在亚洲》及《闽台蛇郎故事的民俗文化根茎》，研究遍布世界的蛇郎型故事，而以亚洲地区几个国家的异文作为考察的重点，用比较方法揭示其同中之异，透过奇异怪诞的情节探寻它们的历史文化内涵。

“孔雀公主”故事的流传和演变[①]

我国云南傣族的一部民间叙事长诗《召树屯》，近年来先后被艺术家们改编拍摄成美术片和故事片《孔雀公主》，赢得了各族人民的喜爱。王子召树屯和孔雀公主兰吾罗娜的动人形象，深深地激动着广大观众。研究家们也对它产生了浓厚的兴趣，发表了不少使人耳目一新的文章。它说明，凝聚着劳动人民艺术智慧的优秀的民间文学作品，经得起时间的磨练，具有不朽的生命力。

---

① 原载《民间文艺集刊》第8集，上海文艺出版社1986年版。

由于和《召树屯》相类似的姐妹篇在印度、泰国和东南亚许多地区都有流传，因此学者们十分关注它的源流问题，王树、谢远章诸先生先后发表了不少有益的见解①。长诗是在散文故事的基础上创作而成的，本文试用比较研究的方法，初步推断一下关于孔雀公主的口头传说故事的流传演变情况，清理一下这个在广大时间与空间范围之内流动的著名故事的“家谱”，这对弄清长诗的源流问题，也许不无裨益。

从天鹅处女型故事的早期形态说起

长诗《召树屯》是傣族歌手根据人们口头传说中关于王子召树屯和孔雀公主兰吾罗娜相爱的古老故事编成的。那些流传久远的民间故事，实际上也和人类一样，有自己的家族，并不是孤零零地存在于人们的口头上；它们随着社会生活的发展而不断演进，推陈出新，由简趋繁，并非总是一副模样。孔雀公主故事属于“天鹅处女型”故事之列，国内外许多著名学者对这一类型的故事作过半个世纪的研究，《民间文学论坛》新近发表的《天鹅处女型故事研究概观》②，介绍了这些研究成果，对我们探索孔雀公主故事的源流颇有启发。把它放在天鹅处女这个故事家族中来作比较，我以为它的演化过程，大体经历了四个阶段，借用生物学的术语，就是经过了四代。

关于天鹅处女故事的基本形态，早在1929年世界书局出版的《童话学ABC》一书中，赵景深就根据英国学者哈特兰德的研究成果加以介绍道：

> 天鹅处女的童话是表现禁忌的。这一系的童话很美丽，所以传播很广。普通都是男主人公看见了几只鸟（天鹅、鹅、鸭、鸽子等）飞到湖畔，脱去羽毛，成了非常美丽的裸女。他取了其中之一的羽衣，逼她嫁给他；隔了许多年，她找到羽衣飞去，从此永不回来，有时她的丈夫也可以找到她。这样的童话，欧洲、亚洲和非洲都有。我国的牛郎织女传说也属于此系。

这里对世界各地广泛流传的天鹅处女故事的情节结构进行了综合概括。

① 谢远章：《〈召树屯〉渊源考》，载《云南社会科学》1982年第2期；王松：《傣族长诗〈召树屯〉纵横谈》，载《思想战线》1982年第4期。

② 汪玢玲：《天鹅处女型故事研究概观》，载《民间文学论坛》1983年第1期。

组成这种情节结构的共同要素是什么呢？我以为是以下三点：

1. 远方的羽衣仙女飞来湖中洗浴，男主人公窃取羽衣与之结合；

2. 女主人公找到自己的羽衣后飞返故乡；

3. 丈夫追寻妻子，重新团聚（也有的从此离异）。

这个故事的基本构思是什么？过去有些学者认为它是“表现禁忌的童话”，因为故事里的男子违犯了禁忌，才使女主人公重新获得羽衣，得以飞走。从民俗学角度来考察，上述情节确有这样的含义。但单纯用民俗学的观点和方法来评判整个作品，却又难以把握它真正的主题。实际上，它是一个表现人类爱情婚姻生活的故事，有关禁忌的情节，不过是作品中具有象征意义的情节单元之一。把握它的基本构思，联系人类婚姻制度发展史来考察这个故事，就可以大体判明它随社会生活的发展而不断演进的面貌了。

天鹅处女故事的文字记载，可以追溯到我国东晋干宝所撰《搜神记》卷十四中之《毛衣女》，全文如下：

豫章新喻县男子，见田中有六七女，皆衣毛衣，不知是鸟。匍匐往，得其一女所解毛衣，取藏之。即往就诸鸟。诸鸟各飞去，一鸟独不得去，男子娶以为妇，生三女。其后使女问父，知衣在积稻下，得之，衣而飞去，后复以迎三女，女亦得飞去。

这个故事又见于《玄中记》。《搜神记》的作者干宝生卒年不详，约公元314年在世。那么，这就是公元四世纪初记录下来的一篇民间故事了。钟敬文早在三十年代写的《中国的天鹅处女型故事》中指出：《搜神记》和《玄中记》中所载的《毛衣女》，“不但在文献的‘时代观’上，占着极早的位置，从故事的情节看来，也是‘最原形的’，至少较近原形的’”①。日本民俗学家君岛久子在近年发表的《东洋的仙女们》一文中也认为流行《毛衣女》故事的江西豫章，不仅是中国此类故事的故乡，也是东方此类故事的发祥地②。《毛衣女》是世界上最早见于文字记载的天鹅处女故事，已是学者们所公认的事实了。

---

① 《钟敬文民间文学论集》（下册），上海文艺出版社1985年版，第55页。

② 汪玢玲：《天鹅处女型故事研究概观》，载《民间文学论坛》1983年第1期。

故事中所叙述的人鸟结合，用今天的观点看来，自然是荒诞不经的。如结合原始社会史细加考察，那些离奇的情节实际上是当时社会生活透过古代人们幼稚想象的曲折反映。那个远方雀女，不过是以飞鸟作为图腾的氏族或部落的女子。男子以窃取羽衣的手段强迫成婚，乃是抢亲习俗的象征性反映。女子寻得羽衣即飞去，包含着女性对母系氏族或部落生活的留恋。直到近代，我国西南一些少数民族还残留着女子婚后不落夫家的母权制的古老习俗。例如云南普米族中，就有抢亲习俗的遗留。在成婚后的数年中，女子多半时间仍住在母家，直到第一个孩子出世，才回夫家“坐家”①。男性以强制手段占有远方女性，女性不甘心“从一而终”，加以抗拒，这种婚姻形态，可以看作人类从族外群婚向对偶婚过渡、从母权制向父权制过渡时期的古老生活习俗的一种反映。召树屯王子和孔雀公主相爱的故事，同这个产生于一千多年前的《毛衣女》故事，在构思上有着明显的一脉相承的内在联系。

《毛衣女》是不是天鹅处女故事的最原始的形态呢？我以为它只是接近原始形态，还不是第一代，而属于第二代。《毛衣女》的故事虽然很简略，却已经把男女主人公从结合到分离的过程叙述得相当生动完整。它还有一个更粗略的雏形和“祖型”，这就是从族内群婚向族外群婚过渡时所产生的关于图腾婚的神话传说。我国众多的少数民族所崇奉的图腾，大都是动物，它们又可以分陆地走兽、水中鱼龙和天空飞鸟三大类。关于人类同虎熊或鱼龙结合并繁衍后代的图腾婚的传说较为常见，人们很熟悉。而以飞鸟为图腾，关于人类同飞鸟结合的图腾婚的传说，则不常见，所以人们感到陌生。实际上在中国古代，以飞鸟作为氏族或部落图腾的现象也是相当普遍的。据学者们推断，殷、楚、赵、秦，虽然立国有先后，但在神话传说中均以某种鸟类作为自己的图腾②。向前追溯，夷人中的一支——生活在山东半岛的鸟夷族，据说其首领少皞氏挚，曾“以鸟名官”，有凤鸟氏、玄鸟氏、青鸟氏、丹鸟氏等共二十四种，实即二十四个以鸟作标志的氏族，它

① 《西南少数民族风俗志》，中国民间文艺出版社 1981 年版，第 318—319 页。

② 甄朔南等：《中国石器时代人类对动物的认识和利用》，载《科技史文集》第 4 辑，上海科学技术出版社 1980 年版。

们显然是一个以鸟为图腾的大部落。商族即其后裔，保持了图腾的遗俗[①]。既然有鸟图腾的氏族或部落存在，其他氏族或部落与之通婚，加以附会想象，就演成人鸟结合的传说了。古典文献中关于商民族始祖契降生的神话就是一例：

天命玄鸟，降而生商。

殷契母曰简狄，有娀氏之女，为帝喾次妃，三人行浴，见玄鸟坠其卵，简狄取吞之，因孕生契[②]。

这里讲的在水池边行浴的女人吞吃玄鸟的卵而生子的故事，实即以玄鸟为配偶的传说。玄鸟即燕子。以燕子作配偶是难于想象的，它不过是“有娀氏之女”同“玄鸟氏之男”通婚的一种象征性的说法罢了。这个传说以女子为中心，男女没有固定的配偶关系，反映出远古时期人们“只知有母，不知有父”的母权制和群婚制的社会习俗的特征，这是和后世有关传说故事大不相同的地方。然而以从天而降的飞鸟作为配偶的神奇构思却由此产生，并被后世沿袭下来。它是孔雀公主这类故事的神话基础或原始形态。追溯故事的演变过程，是不能撇开这起始的一步的。

天鹅处女型故事的发展形态——丈夫寻妻

天鹅处女故事的第三代，是将故事的重心转到丈夫历尽艰险去寻找妻子，以勇敢和智慧赢得美满的爱情。汉族的《田章》[③] 和《天牛郎配夫妻》[④]，苗族的《天女与农夫》[⑤] 和《天鹅姑娘》[⑥]，瑶族的《五彩带》[⑦]，壮族的《孤儿》[⑧] 和《鸟眼田》[⑨]，傣族的《召西纳》[⑩]，大体上都可以归入这

---

① 郭沫若：《中国史稿》第一册，人民出版社 1976 年版，第 112 页。
② 袁珂：《古代神话选释》，人民文学出版社 1979 年版，第 215 页。
③ 《民间文学作品选》（上册），上海文艺出版社 1980 年版。
④ 《中国民间故事选》第 1 集。
⑤ 凌纯声、芮逸夫：《湘西苗族调查报告》，商务印书馆 1947 年版。
⑥ 《云南民族文学资料》第 2 辑，云南人民出版社 1957 年版。
⑦ 《瑶族民间故事选》，上海文艺出版社 1980 年版。
⑧ 《壮族民间故事资料》第 2 集，1959 年编印。
⑨ 《广西民间故事资料》第 1 集，1980 年编印。
⑩ 《金湖之神》，中国民间文艺出版社（云南）1981 年版。

一发展阶段。其内容和形式又各有特点。

《田章》出自敦煌石室所藏句道兴《搜神记》抄本。前半部分叙述农民田昆仑从一水池边偷取天女羽衣，婚后生一子名田章，五年后昆仑外出，天女便从婆母手中索还羽衣，腾空飞走。后田章于水池边遇天女，遂随母上天。以上情节显然是由《毛衣女》脱胎而来。但后半截转到以田章为中心来展开情节，叙述田章在天公的爱怜下，学到许多方术技艺，十五岁时携带天书返回人间，以自己的聪明才智为官家解析疑难，最后被皇帝重用，于是名扬天下。它把天女之子作为一个才智杰出的机智人物来赞美，从而也赞美了田昆仑和天女的婚姻，别有一番情趣。其中解析难题的情节，又见于《晏子春秋》等书，形态甚为古老。钟敬文在《中国的天鹅处女故事》中特别指出，这个故事的情节，在一千多年前就有了这样巨大的进展，实足令人惊异。

汉族的《天牛郎配夫妻》，苗族的《天女与农夫》和《天鹅姑娘》，瑶族的《五彩带》，叙述男主人公同天女的结合，与《毛衣女》相同。但其重心转移到天公或玉皇对上天寻找天女的女婿施加种种考验或迫害，男主人公则在天女的帮助下，取得了斗争的胜利，有情人终成眷属。这些考验情节，有时是岳父和天女为了考察女婿的品质和才能所作的一种巧妙安排，并不怀有恶意。它是近代仍然保留在某些少数民族地区的"考验婚"这种古老习俗的反映。有时则出自狠毒岳丈的蓄意陷害，他派女婿去烧火地，却打算借一场大火把女婿烧死；带女婿去照看山林，却谋划半夜里把女婿推下山岩。老头子要残害女婿，主要是由于女儿违反父母的意愿，私自找了一个他们所不喜欢的"凡间"男子做丈夫，"擅自与凡人结婚，犯了天规"。在这种情况下，斗争往往发展到势不两立的地步，以具有叛逆精神的女主人公随丈夫离家出走甚而置老父于死地而告终结。这类情节，往往象征性地反映出"父母之命，媒妁之言"及"门当户对"等封建婚姻习俗对男女婚姻自由的束缚。壮族的《孤儿》和《鸟眼田》，女婿没有上天，却由小外孙在妈妈的帮助下同外公斗法，他们所争取的仍是自主婚姻的合法地位。这类故事，有的同古老的牛郎织女故事相结合，结尾带有一定的悲剧色彩。大多数均以大团圆结束，洋溢着乐观主义的情调。

云南傣族的《召西纳》，值得我们特别注意，它叙述猎人召西纳同来自远方的孔雀公主相爱的故事。七个孔雀公主飞来莲湖洗浴，七妹同猎人结合的情节，同其他源于《毛衣女》的天鹅处女型故事是一致的。不同之处在于它以恶毒的蜘蛛精作为对立面，猎人将孔雀公主从蜘蛛精的魔爪下解救出来，孔雀公主又以坚贞的爱情感动天神，救活了被蜘蛛精毒死的猎人，从而建立起生死不渝的爱情。故事里的蜘蛛精要占有孔雀公主，显然是一种社会邪恶势力的象征，因而主人公的反抗，具有阶级斗争的色彩。

从这些故事所反映的婚姻形态来看，已由不稳定的对偶婚向一夫一妻制过渡，因而男女主人公对爱情的追求成为叙述的中心。他们的结合，固然开始出于男子的主动，但在丈夫追寻妻子，遇到种种艰难险阻时，却是男女双方怀着深挚的爱恋共同排除危难，维护了自己的权利。它所表现的已是现代意义上的爱情了。恩格斯在其名著《家庭、私有制和国家的起源》中说，“一夫一妻制是现代的性爱所在其中发展起来的唯一形式”，“现代的性爱，同单纯的性欲，同古代的爱，是根本不同的。第一，它是以所爱者的互爱为前提的；在这方面，妇女处于同男子平等的地位，而在古代爱的时代，绝不是一向都征求妇女同意的。第二，性爱常常达到这样强烈和持久的程度，如果不能结合和彼此分离，对双方来说即使不是一个最大的不幸，也是一个大不幸；仅仅为了能彼此结合，双方甘冒很大的危险，直至拿生命孤注一掷……”它和中世纪之前古代世界的萌芽的性爱有着明显的区别[①]。恩格斯讲的虽然主要是欧洲的情况，其基本精神也适用于中国。据此可以看出，《天牛郎配夫妻》等故事和古代的《毛衣女》相比，所反映的社会生活内容已有了巨大的进展。人们借用追寻羽衣仙女这类传统情节型式来展开具有现实意义的矛盾冲突，表达对美好爱情的追求。那些含有古老习俗特征的情节，获得了新的思想和美学意义，故事的内容和形式变得更为优美动人了。

“孔雀公主”是天鹅处女型故事的最后形态

把上述故事情节再加以扩展变化，使主人公的爱情和宗教、战争等结

① 《马克思恩格斯选集》第四卷，第73页。

合，在更复杂广阔的背景上来展开叙述，就构成天鹅处女故事的第四代，即长诗《召树屯》所依据的孔雀公主故事了。云南傣族的《召树屯和兰吾罗娜》[1]、《猎人与孔雀》[2] 及《婻倪罕》[3]，是人们所熟悉的孔雀公主故事的几篇异文。有趣的是，在藏族地区，也有情节完全一致的孔雀公主故事广泛流传，这一事实尚不为人所知，我们便先从藏族故事谈起。

八大藏戏之一《诺桑王子》[4]，所叙诺桑王子同化身为白鹤的羽衣仙女引超娜姆相爱的故事，和召树屯王子同孔雀仙女兰吾罗娜相爱的故事几乎完全一样。它的基本情节是：

> 北方额登巴国的王子诺桑，英俊贤明，深得人心。国内有一猎人帮列金巴，因救护龙王脱难，获得一条捆仙索，用这条捆仙索捆住了常到湖中来洗浴的仙女引超娜姆。经山中隐士指点，献给诺桑王子为妃。诺桑王子同仙女十分恩爱，遭到其他嫔妃嫉妒。她们便勾结宫廷巫师黑葱，制造国家“不祥之兆”，鼓动老国王强令诺桑王子带兵远征北国，进而借口要取引超娜姆“半仙之体的心肝”祭神，阴谋加害。仙女在母后帮助下飞返天宫。诺桑出征回来，见此情形悲愤填膺，立即动身追寻妻子，经历千辛万苦，到达天宫。将妻子留下的指环丢入下山汲水的侍女水桶之内，夫妻得以相见。通过比试武艺，诺桑战胜其他求婚王子，于是得到天国国王的应允，夫妻双双回到人间，过上了幸福美满的生活。

此剧的译述者王尧告诉我们，它是根据一个民间故事改编的，故事最早出现在《如意宝树》一书中，题名为《诺桑明言》。改编上演的时期，至迟也是《西藏王臣史》的作者阿旺罗桑嘉措（1617—1682）时的事了。在著名的仓央嘉措（1683—1707）的情歌里也提及这个故事，它在藏族地区已流传三百余年。这个藏剧，又演变为各种口头传说故事，1939 年，庄学本在金沙江边的巴安（今四川巴塘县）一带考察时，直接从藏民口头上采

---

① 《云南民族文学资料》第 2 辑，云南人民出版社 1957 年版。

② 《云南民族文学资料》第 1 辑，云南人民出版社 1956 年版。

③ 《金湖之神》，中国民间文艺出版社（云南）1981 年版。

④ 王尧译述：《藏剧故事集》，中国戏剧出版社 1963 年版。

录到一篇《曲吉郎桑》①，收入《康藏民间故事》一书中。除几个人名略有不同外，内容完全一致。“郎桑”、“诺桑”，不过是同名异译而已。中央民族学院1959年编印的《藏族民间故事》资料本第二集中，有一篇《却呷郎绒万里寻妻记》②，故事虽不完整，讲述的只是寻妻的一段，内容也是从《诺桑王子》脱胎而出的，其中的王子“却呷郎绒”即“曲吉郎桑”的同名异译；仙女“银宗娜姆”即“引超娜姆”的同名异译。

傣族的三篇作品，情节大同小异，这里不一一介绍，最值得注意的是：

1. 它们开头都是由一个猎人同孔雀仙女发生关系，或猎人帮助王子召树屯用窃取羽衣的手法获得仙女，或猎人捕获孔雀仙女后献给王子，或猎人又兼有王子的身份。

2. 它们都把敌国入侵或边境盗匪骚扰，王子英勇出征的情节表现得十分突出。《召树屯和兰吾罗娜》中说：

> 不久以后，别个地方的头儿带了兵马来攻打召勐海了。人们都很恐慌，英雄的召树屯和兰吾罗娜商量了一个通宵，决定向父亲讨一支军队去阻击劲敌。

《婻俔罕》中描绘盗匪给百姓带来的灾难之后写道：

> 王子苏旺纳，不愧是林中的柚木，不愧是山中的雄狮，他自告奋勇去迎敌。

《猎人与孔雀》对此渲染得更为突出：

> 失败的消息震动了西双版纳，人民都很惊慌。七仙女看着情形不对，忙对小猎人说：“我看你是一个有本事的男子汉，我才嫁给你。”
>
> “现在敌人来侵扰我们地方，你应该去消灭敌人，不应该再守着我……”

3. 孔雀仙女不得不披上羽衣，飞返故乡，均由于巫师的阴谋陷害所引起。

4. 王子在寻妻的过程中，都得到过在山中修行的和尚或其他仙人的帮助。

---

① 庄学本：《康藏民间故事》，上海时代书局1940年版。

② 《藏族民间故事》（资料本）第2集，中央民族学院1959年编印。

藏族和傣族的这两组关于孔雀仙女的故事，所表现的王子和仙女的爱情生活，具有了更丰富的社会历史内容。故事被染上了宗教色彩，巫师要杀害孔雀仙女，去祭本地的勐神寨鬼；而隐居山林修行、传播佛教的和尚则帮助主人公化险为夷，消灾弭祸。尊崇佛教和攻击多神教的思想倾向十分明显。这自然具有消极性，但也曲折地反映了人民的意愿。人们在许多古老的幻想故事中，都曾借助于某种神奇力量来战胜邪恶，求得幸福。佛教深入人心后，人们便把佛祖和僧人作为这种神奇力量的代表编进故事，所表达的仍是那种万古不灭的积极追求美好生活的意愿。

关于战争的插曲，不仅使故事情节更为曲折丰富，作者还借此热情洋溢地赞颂了主人公把国家、民族利益置于首位的高尚情操和保卫家乡、抗击强敌的英雄气概。《婻悦罕》中逃难百姓的哭诉，“我们没有了安宁与和平，我们失去了幸福与欢乐，村寨变成了火塘，田地变成了荒野”，代表了在频繁战乱中广大民众渴望结束战乱、恢复和平与安宁的心声。他们把实现这种社会政治理想的希望寄托在贤明的王子和公主身上，赋予他俩的爱情以崇高的色彩。这样，传统的爱情主题便突破男欢女爱的个人幸福圈子，获得了新的生命。我们完全有理由把它看成这个古老故事发展的又一个新的也就是最后的阶段。

故事的横向流变

由于类似《召树屯》的长诗和故事在邻近我国的许多国家中都有流传，人们便很自然地提出一个问题来：它是由邻国传入我国，还是由我国传入邻国的呢？或者是不约而同，各自生成的呢？从它的演变过程，我们可以作出如下推断：

1.《召树屯》长诗所依据的孔雀公主故事，在我国南方源远流长，深深扎根于我国民族生活与民族文化的土壤之中，它随着社会生活的发展而逐步演进的线索十分清晰。撇开远古的玄鸟神话不论，从《毛衣女》到《天牛郎配夫妻》，都没有接受外来影响的可能性。在人类社会发展的早期，以简单形态在世界范围内传播的天鹅处女故事，完全有可能在相近似的自然与社会环境中不约而同地各自生成。据生物学家研究判明，亚洲候鸟多数在北部地区繁殖。南迁时，有的种群沿海岸飞达南部地区和南洋群岛；

有的种群经内蒙古、甘肃、青海，沿川滇西部横断山脉飞达缅甸、泰国、印度、马来半岛；有的种群经伊朗、伊拉克等地飞抵非洲[1]。生活在这广大区域之内的人们，将自己所见的飞鸟形象和具有普遍性的人类爱情婚姻习俗联系起来，以美丽的幻想编织成形态简单的人鸟结合的故事，是毫不足怪的。我们难以设想一千多年前的中国的《毛衣女》，同非洲的同类型故事之间，存在着互相交流的情况。

2. 社会向前发展，人类交往不断扩大，那些构思精巧，内容具有广泛概括性的故事，也就不胫而走，互相流动起来。日本的《天仙媳妇》，讲述一个青年农民同身着羽衣、飞到人间洗浴的天仙女相爱，后遭岳丈迫害，化作了天河两岸的牛郎、织女二星的故事。它之脱胎于中国的牛郎织女传说，甚为明显。我国民间至今流传的《天牛郎配夫妻》，即一母所生的姐妹篇。从历史地理背景来看，云南傣族的《召树屯》，也具有和邻近地区的同类型民间文学作品相互交流影响的可能性。

3. 把傣族的《召树屯和兰吾罗娜》及有关异文，和藏族的《诺桑王子》及有关异文加以比较，在探索它们的源流上，我们将获得新的启示。这两个流传在不同民族地区的故事，形态十分相似，不仅情节主干一致，连大部分枝叶也相同，可以断定，它们是同出一源。源于何处呢？《康藏民间故事》的采录者告诉我们，他所采录的故事，“显然不全是康藏当地的产物，有若干传自内地，若干则来自印度，使我们明了这片高原是中印文化交流之地，尤其是宗教信仰受到印度佛教的影响极大”。其中作为《诺桑王子》异文之一的《曲吉郎桑》，佛教色彩和异国情调都很浓厚，如“作法盗海”的巫师，在深山“静修菩提道”的隐士（和尚），“马首人身”的直生王，以“无上佛经”作公主出嫁的陪嫁，仙女胸前佩带的“佛珠”具有带人飞腾的魔力等，即是例证。因而采录者把它归入“歌颂佛教”，来自印度的故事之列。《诺桑王子》中，说仙女引超娜姆是“乾闼婆的后裔”，《却呷郎绒万里寻妻记》中，由“猴王”帮助王子搭桥渡过万丈深涧，这些地方均保留着印度文学影响的明显痕迹。从藏戏《诺桑王子》是从十七世纪之前即已成书的《如意宝树》一书中的《诺桑明言》改编而来的情况看，这

① 郑作新：《鸟》，科学出版社 1965 年版。

个故事大约最初是从印度的佛教典籍中以书面形式译述过来，再借戏文普及于民间，逐渐演变成口头传说故事的。《诺桑王子》及有关异文，都是按照它们在旧时代传播藏族民间的面貌译述和记录下来的，因而具有较为可靠的学术研究价值。

傣族的《召树屯和兰吾罗娜》、《猎人与孔雀》，是解放后从人们口头搜集的。《婻倪罕》这部长诗译自傣文手抄本。它们情节的主干和《诺桑王子》的故事之一致性，从我们前面所介绍的梗概即可看出。限于篇幅，我们不能将它们的枝叶细作比较对照，这里只举一例：《婻倪罕》中，猎人因帮助莲湖中的金角龙解除危难有功，龙神便赠给他一件宝物，捕获了从远方飞来湖中洗浴的孔雀仙女，然后将仙女献给王子苏旺纳。长诗《召树屯》所依据的九个本子中，也有讲孔雀公主是猎人捕捉到送给召树屯的。当时整理者认为猎人的形象在情节发展中“并没有起更多的作用”，反而有损于王子和仙女的爱情，便把它删去了①。这个奇特情节恰好和《诺桑王子》、《曲吉郎桑》的开头相同，这恐怕不是偶然的巧合，正是它们从一个娘肚里脱胎而出的印记。这个客观事实有力地说明，《召树屯》长诗虽然闪耀着傣族人民艺术智慧的光芒，而它所依据的孔雀公主故事却无独有偶地只存在于傣族文学宝库之中。

4.《召树屯》以大同小异的各种异文，流传于邻近我国的泰国、老挝、缅甸、印度等国。王松和谢远章等同志的文章中，都提到它们系出自一部包括五十个故事的佛本生故事集中。国外研究者指出：

> 《五十本生故事》大约是十三或十四世纪时成书于泰国清迈地区，故缅甸亦将它称作《清迈五十》。它属于巴利文大藏经的藏外经典，除东南亚佛教国家外，其他国家对这些佛教传说毫无所知。《五十本生故事》的体裁和内容均仿造巴利文大藏经的《本生经》，它被正统派比丘视作假造的。据说，曼德勒的正统佛教国王明顿王（1853—1872）甚至还宣布它为非法。即使这样，它至今仍在缅甸、泰国和柬埔寨的佛教徒中广泛流传。这些本生故事已成为我们了解在印度和斯里兰卡以外其他地区产生和发展的地方佛教传说的重要资料。②

---

① 《召树屯·前言》，作家出版社 1958 年版。

② ［美］P. S. 阇尼：《论佛像的起源》，载《世界宗教资料》1982 年第 4 期。

我根据作品实际推断藏族的《诺桑王子》和傣族的《召树屯和兰吾罗娜》系共同出自另一源头，而且最先是以书面形式译述过来的，同上述国内外学者考证所得的结论正好互相印证。看来它们均系从汇入《五十本生故事》的书面叙述脱胎而出，在不同地区演变，从而变得大同小异，染上各自的民族生活与文化色彩的。

5. 但上述结论仍不完全。《五十本生故事》中的孔雀公主故事既然不是古典的佛本生故事，它们又来自哪里呢？在中国南方许多民族中间有着广泛深远影响的同类故事，是否进入了南亚一带佛教徒的故事集呢？中国古代的《毛衣女》，日本学者认为最初是苗族、瑶族的故事，故事产地豫章，即今靠近湘东的江西新余一带，原是苗族、瑶族聚居地区。至今这类故事仍普遍流行于他们中间，看来是有历史渊源的。但它也是古代活动于南方的越人的故事，江西同样也有越人的足迹，他们是百越中的一支，称为“杨越”。源于古代越族的我国壮族、傣族，均盛传天鹅处女故事。越人古时以龙为图腾，“文身以像龙子”的习俗在越族系统的居民中，至今犹存。国内外流行的孔雀公主的故事，往往都有男主人公帮助龙神解除危难，后来他们又获得龙神酬报的情节，正反映出越人的民族心理。现多属于汉藏语系壮侗语族的各民族共约四千万人口，分布在中国、越南、老挝、泰国、缅甸和印度东部的阿萨姆这一广大地区。中国有壮、傣、布依等族。他们有着共同的族源和语源，古代的百越族群即其先民。孔雀公主故事在这片广大区域之内的普遍流传，可否认作古代越人带着《毛衣女》这样的故事种子向南迁徙，传播演变的结果呢？我看是可以的。佛教传入这一带之后，佛教徒吸收民间流传的孔雀公主的故事，加以改编，于是成为《素吞本生经》，进入经书，把它的基本形态固定下来了。它被渲染上佛教色彩之后，又随着佛教文化的传播，进入我国云南、四川等地的傣族和藏族地区，演变成《召树屯和兰吾罗娜》、《诺桑王子》。这就是比较文学家提到的“回返影响”。古代印度的佛教徒，常常吸取民间故事来编撰经书，以通俗生动的形式向广大民众宣扬佛教教义。孔雀公主故事被佛教徒染指，是一点也不奇怪的。比较文学家们在研究南亚文学的特点时，说佛教在这个地区造成了一种“纵横交错的关系交流网”① 是符合实际的论断。

《召树屯》、《诺桑王子》这几篇被我们看作天鹅处女故事第四代的孔雀公主故事，它在故事情节上最大的变异，一是加上了战争的插曲，这反映了南亚地区苦于战乱的民众的愿望；二是颂扬外来和尚的功德而鞭挞信奉本地多神教的邪恶的巫师，这只能是出于佛教徒的加工改作。我们说傣族近代的孔雀公主故事受过外来影响，其实主要是吸收这种新的变异，还不能说它的整个故事都来自邻国。因为这个故事的早期形态同样存在于傣族中间，它们的基本形态一致，是一个共同的祖先传下来的，“本是同根生”，说不上谁接受谁的影响。正是基于这种情况，所以傣族的孔雀公主故事有多种异文流传，有的保持着未受佛教意识浸染的早期形态；有的同所谓“佛本生经”中的外来故事更为接近；有的则更多地融会了近代傣族人民的艺术智慧，是植根于本民族生活心理的一种变异。傣族人民对这个传统故事的丰富和发展，自然也会被邻近各国的人民所吸收。优秀的民间文学作品，是具有冲破国界的巨大生命力的。

据此，我以为，把云南傣族的孔雀公主故事完全说成是从外国传来的，或者反过来断定它完全是土生土长之作，都未必符合实际。几百年来它在中国西南和南亚地区，经历了复杂的演变过程。佛教文化的传播，也促进了有关民间文学作品的交流。在交流过程中，汇入邻近各国和各族人民的智慧，才使这些作品的思想和艺术日趋精美。

纵横交错的文化交流网络中的《召树屯》②

几年前，我写过一篇论述傣族长诗《召树屯》的原型——孔雀公主故

---

① 《比较文学译文集》，北京大学出版社 1982 年版，第 171 页。

② 本文原载《民族文学研究》1990 年第 1 期。丁守璞在《1991—1992 中国少数民族文学研究概述》中指出：“刘文所涉及的课题，带有普遍意义。中国各少数民族间自古至今有着源远流长的文化交流史，而与周边国家间又存在着千丝万缕的文化联系，遂使各民族文学在其发展的历史长河中，自然的融汇着各民族文化的血液，带着多民族文化的烙印。科学的廓清重要作品的多重文化属性，科学的描绘出它们发生、发展的轨迹，已成为许多理论工作者孜孜以求的目标。”（见《1991—1992 中国文学研究年鉴》，社会科学文献出版社 1992 年版）

事的流传演变过程的文章。人们对这一著名作品的兴趣多年不衰，近年又有一系列研究成果问世。姚宝瑄在《民族文学研究》1987年第5期发表的《〈召树屯〉〈格拉斯青〉与〈牛郎织女〉之渊源关系——兼谈中国鸟衣仙女型传说对古代印度的影响》，东方既晓在《云南社会科学》1989年第1期发表的《〈召树屯〉〈朗退罕〉渊源新证》，就是引人注目的成果。

《召树屯》的原型来自何处？多年来成为学人争议的焦点。最先较多文章认为它来自印度，近年有几篇文章表示了异议，如姚文就认为，不论傣族的《召树屯》，还是蒙古族的《格拉斯青》，都是“国产物”，而非“舶来品”；并大胆推断，印度古代的鸟衣仙女故事，也是接受中国牛郎织女传说影响之后才形成的。我在关于孔雀公主的故事的文章中，持第三种意见，认为以上两种说法都有一定道理，但各执一端，又有其片面性，不符合这个故事在南亚地区纵横交错的文化交流网络中经历复杂演变的实际情况。

这个问题的探讨不只是涉及对《召树屯》这部作品的评价，它也是比较故事学研究中久已存在的“外来说”与“自生说”之争在一个具体作品中的体现。“外来说”和“自生说”，各自适合一部分文学事实。可是遇到比较复杂的文学现象，不管用其中的哪一种说法来解释，都往往难以自圆其说。在亚洲，特别是南亚地区的文学发展中，便常常会碰到这样的事例。美国的一位比较文学家亚瑟·E. 昆斯特在《亚洲文学》一文中提到南亚文学时，说“佛教造成了一种可与梵文传统相容的、纵横交错的关系交流网”①，对这一地区各种文学交流影响的复杂性作了概括性的论述，可资借鉴。本文即拟从这个角度，借助近年新发现的一些重要材料，对《召树屯》所代表的这件民族民间艺术珍品的来龙去脉再作一次探索。

《召树屯》故事的家谱

《召树屯》长诗取材于一个叙述某王子和远方飞来的孔雀仙女相爱的民间传说故事，我们把它叫作孔雀公主故事。它是一个在广大时间空间背景上流动的巨大故事圈，拥有多种异文。这些异文，有的显示出它所依附的民族及地域的生活文化特色，有的代表着它发育演进的不同阶段。情节繁

---

① 《比较文学译文集》，北京大学出版社1982年版，第17页。

富，内容丰厚，因而脍炙人口的民间故事，大都由几个情节单元复合而成，在长期流传过程中，经历了一个由简到繁、渐趋完整精美的过程。将一个大故事所包含的若干单元予以剖析，追寻它的原型和演变，是国内外故事学研究所取得的引人注目的方法论成果之一。我在《“孔雀公主故事”的流传和演变》一文中，曾尝试用这一方法，清理孔雀公主故事的“家谱”，将不同形态的众多异文排列为四代，断定它是一个表现人类爱情婚姻演进历程的传说故事。

第一代异文的内容为人鸟结合，以某种飞鸟作为始祖来崇拜。鸟是另一氏族或部落的图腾象征，它产生于族外群婚制的历史文化背景之上。

第二代异文，人鸟结合的情节得到充实。男子窃取羽衣而成婚，实为抢亲习俗的曲折反映；天女得羽衣而飞返故乡，表现出女性对于从妻居转向从夫居，从母权制转向父权制的抗拒心态。这些实际上是婚姻制度和习俗经历重大变革在口头创作中留下的印记。

第三代异文，在天女得羽衣飞走后，出现了丈夫追寻妻子的情节，借此表现出男女爱情的觉醒和由不稳定的对偶婚向一夫一妻制的过渡。

第四代异文即由《召树屯》所代表的这类故事。男女主人公的身份擢升为王子和公主，在他俩忠贞相爱、悲欢离合的遭遇中，穿插叙述战乱和宗教冲突，个人命运和广阔背景上的社会斗争紧密结合，构成更复杂的情节纠葛。思想生活内容更趋丰富，艺术上也具备了近代叙事文学的基本特征，因而在长时期内成为众口传诵的佳作，以稳定的形态在广大范围之内流传。

对一个拥有众多异文，已形成“家族”的故事来说，不联系它的家谱，只就其中一两篇作品进行研究，是很难看清它所由产生与流传的历史地理背景及自身演变情况的。

孔雀公主故事最后成型于印度

作为《召树屯》原型的孔雀公主故事，在中国有好几个姐妹篇，除以阿銮叙事诗和散文故事出现的《召树屯》外，还有八大藏戏之一的《诺桑王子》，藏族民间口头流传的故事《曲吉郎桑》，以及新疆卫拉特蒙古族口头流传的故事《格拉斯青》等。它们的情节大同小异，可以明显看出是同一故事所化出的流传在不同民族地区、以不同体裁表现的异文。它们属于这个故事的第四代，也是我们所见到的这个故事的最后完成形态。经过许多人的研究，它们的直接来源已经比较清楚了。

1. 关于《召树屯》所依据的孔雀公主故事，直接来自产生于泰国的《五十本生的故事》。据苏联学者弗·柯尔涅夫所著《泰国文学简史》介绍，《树屯和曼诺拉》是泰国人民中间最流行的一个民间故事，它以口头诗歌创作的各种体裁以及书面文学形式，特别是戏剧形式出现。在口头传说中，也被称为《鸟姑娘》、《孔雀姑娘》、《鸟的故事》、《娘曼诺拉》和《树屯王子》等。这个故事的内容，最早出现在古代印度的一部梵文文集《玛哈瓦斯特》所载的《鸟》中，后进入由泰国清迈僧人编撰的《五十本生故事》（或称《五十个故事》）之中。它最早的一部手稿是 1589 年在老挝寺院中写成的，实际上是印度支那西部沿海地区各族人民中的故事、传说的奇特的汇编。由于它以佛本生故事的面貌出现，随着佛教文化的传播，“大约从八世纪起，这个故事的情节为许多民族所熟知，而成了蒙古、西藏、老挝、泰国、中国南部的民间传说”①。

2. 孔雀公主故事还被藏族艺术家编成藏戏《诺桑王子》演出，从而广泛传播于藏族地区。过去不明它的渊源。新出的《藏族文学史》② 引用翔实材料，作了明确回答。据《诺桑王子》的一个手抄本的前言里说，它是定钦地方的才仁旺堆根据《菩萨本生如意藤》中的《诺桑本生》改编的。《菩萨本生如意藤》为佛本生经的一种，共收 108 个故事，其中第 64 个故事即为《诺桑王子》。作者格卫旺布，大约是十二世纪中叶的一个印度诗人。译者雄顿·多吉坚赞，十三世纪人，由元代“帝师”八思巴资助赴印度求学。他于 1276 年在八思巴的鼓励下，同另一印度学者共同将《如意藤》译成藏文。还有一部《狮子师本生鬘》，包括 35 个佛本生故事，也是由印度传入的，作者是印度的僧格孝振巴王子，藏文译者是楚臣迥乃白巴，他们的生平不详。估计这两部佛经故事出现的时间相去不远。其中第 25 个故事《紧

---

① 《泰国文学简史》，外国文学出版社 1981 年版，第 38—45 页。

② 《藏族文学史》，该书由中央民族学院佟锦华等集体编著，四川民族出版社 1985 年出版，第 249、261 页。

那罗女和诺桑》和《如意藤》所载诺桑故事完全一致，只是《本生鬘》中的故事，细节描述更生动，更富有文采①。

3. 新近发表的东方既晓的文章，在《召树屯》的渊源问题上又有新的重要发现，他经过艰苦细致的搜寻，在浩繁的古代汉译佛经里找到了《召树屯》的早期异文，这就是《六度集经》卷八《明度无极章第六》所载的皇孙和天乐女的故事，以及《根本说一切有部毘奈耶药事》所载善财王子与紧那罗女悦意的故事。前者文词简约，只有两千多字。后者以一万多字的篇幅对这个故事作了生动完整的叙述。下面是我查阅《大藏经》时对它所作的情节概要：

古时般遮罗国有二王，一在北界，一在南界。北界王以法化世，又有龙子时降甘雨，人民丰乐。南界王性行险恶，百姓叛离。臣下建议请咒师作法，将龙子拘来。龙子变为人形，向猎师求救。为答谢猎师恩德，以“不空绢索”相赠。

附近山上有一仙人居止，仙人告知猎师，每月十五日，紧那罗女悦意即来山下水池中沐浴。猎师隐在树间，手持龙索，将悦意捕获。悦意相告，“我堪与王为妇”，于是猎师将此女献给北界王之子善财。结成夫妇后，两人形影不离，十分恩爱。

后有一国起逆，国王命善财王子征伐外境。此时国王被噩梦困扰，国师提出取紧那罗脂烧香，以祈福消灾。宫人将此凶讯告知王后，王后按善财王子出征时的嘱托，将那件能使人随意腾空的“髻宝”还给悦意，于是悦意身腾虚空，逃脱厄运。她来到仙人住所，托付仙人将指环转交善财王子，并告知前往紧那罗国的路程。

善财王子得天神佐助，获胜归国，外出寻觅悦意。仙人指路，并取猕猴相助。善财过诸山河险难之处，直至紧那罗王城，见诸女出宫取水，打听到悦意住处，遂将指环默掷水罐之中。悦意得悉善财来此，令其拜见父王。紧那罗王为考试善财的技艺，让他以刀截柱，以箭射柱，又要他从一千名紧那罗女中辨认出悦意。善财一一通过，紧那罗

① 《藏族文学史》，该书由中央民族学院佟锦华等集体编著，四川民族出版社 1985 年出版，第 249、261 页。

王便命悦意相随而去。北界王见善财如此精勤智勇，即以之为王。

《六度集经》所载皇孙与天乐女相爱的故事，内容与此大体相同。《六度集经》系三国时由康居国来吴地传法的康僧会所译，译出时间在公元247年前后。《根本说一切有部毘奈耶药事》则为唐初僧人义净所译，译出时间在公元700—711年之间。虽然它们被译成汉文的时间距今已有1300—1500年之久，在民众口头上却还可以找到它流传的痕迹。1939年庄学本在四川巴塘一带考察时，从人们口头采录到的一篇故事《曲吉郎桑》，它的整体结构和许多细节，都与善财王子的故事惊人的类似，其渊源显然出自佛经。

我将善财王子和悦意的故事同载于《五十本生故事》的树屯和曼诺拉的故事相比较，一眼就可以看出，它们出自同一源头。而且是在唐初，就通过汉译佛经这个渠道传到中国来了。与之大同小异的皇孙和天乐女的故事，传入中国的年代更早一些。研究《召树屯》的渊源，应把这一事实考虑进去。

4. 姚宝瑄的论文，介绍了新近译成汉文的一篇新疆卫拉特蒙古族故事《格拉斯青》，并告诉我们，它也广泛传播在内蒙古、蒙古人民共和国、苏联布里亚特蒙古以及中亚一些地区。这个故事的发现，进一步开拓了我们的学术视野，引起人们的浓厚兴趣。据国外学者研究，这个属于孔雀公主类型的故事系由印度传来。联系到藏文《大藏经》于明末清初已全部译成蒙古文的事实，这一论断是可信的。

从上述材料看，中国傣族、藏族和蒙古族中间流行的王子娶孔雀仙女的故事属于同一类型作品，而且是直接从印度的佛本生故事改编移植而来，已是毋庸置疑的事实了。

能不能据此就断定这个作品完全是“进口货”呢？我以为也不能作这样的论断，而必须联系另一些重要事实作综合考察。

孔雀公主故事原型出自中国

一个著名故事并不是突然冒出来的。从清理孔雀公主故事“家谱”的情况来看，它的根深深扎在中国历史文化土壤中。

中国境内许多民族流行着以飞鸟作为始祖母的神话传说，它是孔雀公主故事的第一代异文或祖型。除古典文献中的“天命玄鸟，降而生商”等记载之外，姚宝瑄论文引《蒙古族文学简史》的材料也提到，在内蒙古、新疆地区的蒙古族人中间，有猎人用套马索套住天鹅女，成婚后繁衍子孙，成为杜尔伯特先祖的传说。它具有神话艺术严肃而神圣的风格，附着于民族文化根基之上，这一阶段不存在外来影响问题。

孔雀公主故事的第二代异文中，人所熟知的一篇作品，为见于干宝《搜神记》和《玄中记》中的《毛衣女》，记录成文的时间约在公元四世纪初，而在民间流行的年代则更早。流传的地点为江西豫章（今江西新余市）。钟敬文早在1932年写成的《中国的天鹅处女型故事》中，断定它“不但在文献的‘时代观’上，占着极早的位置，从故事的情节看来，也是‘最原形的’，至少‘较近原形’”①。日本学者至今仍赞同此说，认为江西豫章在六朝时原有苗、瑶族聚居的地方，所以《毛衣女》最初当是苗、瑶族的故事，后来才得到广泛传播。它不只是中国此类故事的故乡，也是东方此类故事的故乡②。

令人惊奇的是，这个故事还进入了著名的敦煌石窟古藏文写本之中。在《藏族文学史》和英人托玛斯编著的《东北藏古代民间文学》③ 两书中均有介绍。后一种著作收录原文并附有细密考证说明，更属难得，是一件关于我国古代民族民间文学的宝贵资料。其中两个古藏文卷子都叙述了一男子捕获孔雀女而成婚的故事，题为《金波聂吉新娘的故事》，两者的人物一致，情节细节略有差异。现将其中一篇的主要部分照录如下，以便我们领略这篇千余年前用古藏文记录的民间故事的风采：

> ……再说金波六兄弟人越来越富，福越来越大，他们在松蕊石的达姆上拉上丝线扣子，在金子的达姆上拉上丝线扣子。而金波聂吉呢，人越来越穷，运气越发不济。他安下个绳套儿，下了个马尾做的扣子。当他像在松蕊石的达姆上那样去抓时，他们说“别抓”。当他像在松蕊石的达姆上那样去扣时，他们说：“别扣！要像使用马尾扣子那样去捉，要像用绳索抓鸟那样去套。”于是他就使用绳索将鸟抓住，把它放

① 《钟敬文民间文学论集》（下册），第55页。

② 汪玢玲：《天鹅处女故事研究概观》。

③ ［英］F. W. 托玛斯：《东北藏古代民间文学》，四川民族出版社1986年版。

在右边的袖筒里捆紧，回到家里，就把它放在芦苇堆里。

第二天天一亮，他就出去捡柴火，捡树枝。当他回家来时，看见屋里摆着正够一顿吃的热气腾腾的饭菜；灰上放着一把勺，里头盛着满满当当的奶酪。金波聂吉饿了，吃上了饭，渴了，喝上了饮料。他心里很纳闷："这究竟是怎么回事啊，真是不可思议！"于是他就假装去捡柴火，捡树枝，藏在粪堆后面看看究竟是怎么回事。他看见从苇堆内出来了一只花尾巴孔雀。她摆出来一顿饭食，在灰上放上一把勺子，里头盛着乳酪。她人才出众，女人里再没有比她更漂亮的了。于是金波聂吉就娶她作为妻子，一起幸福地生活。

原作的上下文和编者的解说告诉我们：故事中的男女主人公属于两个国家。男主人公居住在机廷国（意为机高原，即汉文史籍上的析支，羌人的老家），父亲讨了两个老婆，大老婆生了六个儿子，小老婆生了一个孩子，即金波聂吉。女主人公原来居住在遥远的南木国，共有三姐妹，父亲和大姐被从黑妖国来的妖魔吃掉，二姐贞吉巴新变成孔雀鸟或抓住孔雀鸟的尾巴从天上逃跑，越过九重山，跨过九条渡口，来到机廷国，被金波聂吉捕获，回复人形，遂成夫妻。

托玛斯认为这个文本显然出现在藏文创制（约公元 634 年）之后，不晚于九世纪或十世纪。他还指出它有如下特征：它是供教育群众和消遣用的世俗文学作品；有一个不太遥远的口头来源；产生于东北汉藏边境羌人地区。

它给孔雀公主故事家族又增加了一篇价值不亚于《毛衣女》的早期异文，它的构成显然吸取过中原地区汉族《田螺姑娘》故事的影响，因实现了田螺姑娘、鱼姑娘向鸟姑娘、孔雀女形象的转变，为这个作品发育成后来的王子和孔雀公主相爱奠定了基础。

孔雀公主故事的第三代异文，在中国各族人民中间，流行更广。我初步搜求所得，即有汉族的《天牛郎配夫妻》，苗族的《天女与农夫》和《天鹅姑娘》，瑶族的《五彩带》，壮族的《孤儿》和《鸟眼田》，傣族的《召西纳》等，这些是现代人采录的口头传说故事。还有一篇具有重要价值的异文，为出自敦煌石窟的汉文写本，署名句道兴所撰《搜神记》中之《田章》。把它和同样出自敦煌石窟的《金波聂吉新娘的故事》相比较，看不出有直接的联系，系各自独立的文本。但属于这个故事家族却是没有疑义的。

它不止于叙述男主人公捕获雀女，成婚并生育子女，还着力讲说了其子田章上天寻母，母子团聚，天公怜爱外孙，教习方术技艺，使其返回人间，创造出不平凡业绩的故事。它是雀女得羽衣飞走后丈夫寻妻这一流行情节的别具一格的变异。由于它是最接近孔雀公主故事的完成形态，而又早在唐代即已见诸文字记载，并藏于敦煌石窟，因而对我在研究这个故事的流传演变具有特别重要的意义。

孔雀公主故事在我国境内的第四代异文，就是我们前面提到的《召树屯》、《诺桑王子》、《格拉斯青》等作品了。

由于这个故事的前面三代异文，在我国好几个民族中间都流行甚广，而且渊源久远，不仅有众多的直接来自人们口头的记录，而且每一阶段都有汉文或藏文的古典文献记载；在十世纪之前，就已具备相当完整的形态，而且看不出有外来影响的痕迹。它紧紧扎根于我国民间，其原型或祖型之出自中国，是可以断言的。既然如此，我们就不能因为《召树屯》等第四代作品受过外来佛教文学的直接影响，而贸然断定它们完全是“舶来品”了。

中国的孔雀公主故事经丝绸之路传入南亚

《泰国文学简史》在评述印度早期出现的宣传佛教精神的鸟姑娘故事时，说到“这个不知从哪里借用来的情节”，对故事情节的渊源表示了应有的怀疑。现在我们可以回答，它是从中国借用去的。

姚宝瑄的文章大胆提出了中国的鸟衣仙女故事传入古代印度的设想。他认为中国此类故事的雏形《牛郎织女》神话，形成于商末周初，即公元前一千年，它同天文学中对牵牛、织女二星的命名和传播有直接关系。科学史研究成果表明，“印度的二十八宿源于中国。首先传入印度的恰恰是织女、牵牛二星宿。这就是中国此类传说印度的依据”。姚文的论述颇具启发性，但鸟衣仙女故事和二十八宿的关系尚未进一步探明。在我看来，《牛郎织女》传说起源于星宿神话是可信的。可是，《牛郎织女》的早期形态和普遍形态中，织女这个人物并不是羽衣仙女，而是星宿的拟人化，后来才有一部分异文和羽衣仙女故事合流。而羽衣仙女故事则起源以飞鸟为氏族部落图腾和始祖母的古神话。它们早期分属于两个神话传说系列。这样，关于由二十八宿夹带中国的鸟衣仙女故事传入古代印度的推想，就显得论据不足了。

我依据有关材料推断，中国古代的雀女故事可能是经丝绸之路传入印度。

从汉代起，由中国通向西各国的著名的丝绸之路即已开通。到唐代，中国印度之间佛教文化的沟通已很畅达。据《释迦方志》所载，当时中印交通往来从敦煌出发，共有北道、中道和东道三条路线，分别到达北印度和中印度。其中经青海贯通西藏及尼泊尔的东道，是唐代新开辟的路线，古称吐蕃尼婆罗道，通称中印藏道，因距离最近，一度成为中印间的主要通道。北道和中道还可通向波斯①。隋唐时期，丝绸之路上唐梵沙门往来频繁，而敦煌是西行的门户和要冲。既然在敦煌石窟存有大体属于唐代的汉藏两种文字的三个关于雀女故事的写本，而且这种写本具有民间叙事的明显特征，可见当时它在这个属于中亚地区的范围内曾得到相当广泛的传播。伴随中印佛教文化的交流，人们把这个著名故事传播到印度和其他南亚国家，是毫不足怪的事。

《泰国文学简史》还告诉我们，“同《树屯和曼诺拉》故事相似的内容，(印度) 现代民间创作中却没有记载，尽管在这类创作中可以见到这一内容的个别情节”。从这个故事在印度缺乏传承根基，而在中国却根基深厚这一事实来看，断定它的老家在中国也是较为可信的。

孔雀公主故事的回返与变异

综上所述，我以为《召树屯》所依据的孔雀公主故事原型出自中国，传入印度，被人改编成为佛本生故事之一，又随佛教文化回流到中国境内，演变成《召树屯》、《诺桑王子》、《格拉斯青》等作品。其于佛教传播促成的文化交流网络而产生的这一特殊文化事象，深深吸引着研究者的兴趣。

为什么孔雀公主故事能够传出去又传回来？这种特殊的传播方式给这件作品和民族文化发展造成了怎样的影响？这是我们最后应当回答的两个

---

① 沈福伟：《中西文化交流史》，上海人民出版社 1985 年版，第 140 页；武伯纶：《传播友谊的丝绸之路》，陕西人民出版社 1983 年版，第 77—98 页。

问题。

孔雀公主故事之所以能在中国和南亚地区得到广泛传播，可从两方面考察。

首先，就作品本身而言，它初看起来是一个荒诞不经的故事，却以象征手法反映了人类爱情婚姻生活的发展过程，赞颂了男女主人公为建立美满幸福爱情所作的不屈不挠的努力。这是燃烧在各族人民心胸中的永恒不灭的火焰，因而很容易超越国界和语言等的限制，激起人们普遍的共鸣。

这个故事由得妻、失妻、寻妻和团圆四个情节单元构成，它可以作为一个具有广泛概括性的故事框架在巨大时空背景上流动，框架上留有许多空间，给人们以再创作的充分余地。故事里的女主人公可以由于各式各样的家庭与社会纠葛而离去，男主人公则经历种种考验与艰险而找到妻子，实现大团圆。人们可以从多种角度将主人公的命运和社会斗争结合起来，展开丰富生动、情理交融的叙述。迄今为止的万千种叙事文学，读起来令人眼花缭乱，实际上大都是将社会历史巨变楔入个人命运，特别是在男女爱情婚姻生活历程中来表现。孔雀公主故事就是这样一个富有魅力的文学模式或艺术框架。

其次，从文化背景来看，这个故事的广泛传播，同亚洲佛教文化的昌盛密切相关。八世纪以后孔雀公主故事以各种体裁在南亚地区传播，显然借了佛教文化的力量。当时在这个地区，出现了一股改编或新编佛本生故事的文学浪潮。所谓佛本生故事，其内容即讲述佛祖释迦牟尼曾转生为形形色色的人或动植物，借以宣传佛教教义的故事。从艺术上看，它是一种以具备智仁勇品质的正面人物或拟人动植物为主角，有着固定格式的系列故事。这种体裁能够很方便地吸收各式各样现成的民间故事，又很容易穿插佛家说教，纳入宗教宣传。它打破了宗教文学与世俗文学的界限，使它们彼此沟通，为僧俗所共赏，可以说是佛教徒在叙事文学方面的一个出色创造。虽然《本生经》只是小乘佛教的经典，实际上这些本生故事却受到广大僧俗的喜爱，因而在印度、斯里兰卡、缅甸、泰国、老挝、柬埔寨、印度尼西亚等南亚和东南亚国家广泛流传开来。佛教徒和文人们一方面改编传诵古典本生故事；另一方面，不断吸取流行的故事传说作素材，用它新编本生故事，蔚成风气。中国的雀女故事正好适应了这种需要，于是进入多种版本的本生故事集之中，获得了新的生命。

这些新编本生故事和原来的《毛衣女》、《田章》、《金波聂吉新娘》所代表的中国雀女故事相比较，发生了哪些重要变异呢？

1. 男女主人公获得了王子、公主的高贵身份。原故事是男主人公捕获雀女而成婚，留有原始婚俗的痕迹，同王子、公主之间的忠贞相爱显然不相称，于是改编者将男主人公化身为两个人物，由猎人将捕获的雀女献给王子。这一变动将荒野间发生的古朴传说改造成为在金碧辉煌的王宫里串演的爱情传奇，从而纳入了当时改编和新编本生故事的流行模式。

2. 穿插宗教宣传。体现在情节变异方面，就是将男女主人公的悲欢离合同宗教斗争紧密联系起来。婆罗门祭师要用外来的孔雀公主祭天，孔雀公主不得不飞返故国；在喜马拉雅山净修菩提道的隐士同情王子、公主的遭遇，尽力相助，终使团圆。山中隐士即早期佛教徒，人们俗称野和尚。佛教教义同情弱者，主张众生平等，佛教就是在同维护罪恶的种姓制度的婆罗门教的斗争中发展起来的。改编者将王子附会为佛祖的转生，又借情节发展斥责婆罗门的罪恶而赞颂佛教徒的德行与法力，这就完全符合本生故事的要求，染上了鲜明的佛教文化色彩。

传入阿拉伯的孔雀公主故事被人们改编成哈桑故事，极力赞颂安拉和长老，痛斥以炼金术来诈骗哈桑的拜火教徒，以适应伊斯兰教文化的要求，所产生的变异也属于这种情况。

这些新编本生故事伴随佛教几经中国藏族、蒙古族和傣族等地区传播，又回流进来，经人们再行加工制作，成为《诺桑王子》、《召树屯》、《格拉斯青》等著名作品。

这种再加工起了哪些变化呢？

1. 削弱宗教色彩而增强现实生活气息与人情味。以藏戏《诺桑王子》的改编为例，就将原来婆罗门国师迫害孔雀仙女的情节改成五百嫔妃因失宠而嫉恨益超玛，遂同国师相勾结施加迫害。结尾处诺桑对五百嫔妃给予了严厉的惩罚，有的被挖眼，有的被割耳，有的被逐出宫廷。戏中还着力渲染了王子和公主分离的悲痛，以及最后公主毫不留恋天国，毅然偕同丈夫返回人间的情景，缠绵悱恻，感人至深。

在《召树屯》长诗和有关口头传说中，人们将它作为本生故事时简略叙述的王子出征的情节加以扩展，铺叙成敌国入侵或边境盗匪骚扰，以致举国震动，百姓惊惶，于是王子自告奋勇，离别新婚妻子率兵出征，而公主也极力支持丈夫前去英勇退敌，并出谋献计，共同表现出爱国爱民的精神。战争在故事情节发展中处于十分重要的地位。试看散文故事《召树屯和兰吾罗娜》中的一节描述：

战争进入了决定性阶段，果不出召树屯和兰吾罗娜所料，侵犯的敌人在葫芦山谷被围得水泄不通，召树屯的队伍一鼓作气把敌人消灭干净了。召树屯胜利归来，召勐海大设筵席替儿子贺功。歌手赞哈勐代表人民欢跃的心情歌唱道：

“椰子果实香香甜甜，靠坚实的外壳保住；勐海人民安居乐业，靠英雄召树屯保护。”

召树屯笑着向众人说道：“这是兰吾罗娜的功劳，全靠她的好计谋，把敌人诱到葫芦山谷里全部消灭掉。还是请兰吾罗娜出来接受大家的祝贺吧！”

这个故事被傣族人民充分现实化、历史化了，并赋予它以壮美的风格。

2. 增强民族与地方色彩。特别是细节描述以及语言表达方式的民族化与地方化十分明显。上一节所描述的庆功会即是例证。再以女主人公的身份来说，本生故事中的有说她是洛伽山某王国国王的女儿，有的说她是印度佛教神话中的紧那罗女。紧那罗神属于“天龙八部”之一，是天上的歌手、乐人，人身马头或人头马身，有雌雄之分。古典《佛本生故事》中有《月亮紧那罗本生》，叙述紧那罗夫妇从天上下到喜马拉雅山，被一国王用箭射中女紧那罗，夫妇生离死别的故事。女紧那罗的形态并不是雀女，善财王子故事中的悦意，要靠头上戴的“髻宝”才能飞升就是例证。可是她一旦回归中国境内，身份和姿态就有了改变，《格拉斯青》中说她是天上王母娘娘的第七个女儿，叫她作七仙女，同中国古典神话中七仙女的形象合二而一。《诺桑王子》中的孔雀仙女益超玛，既有早期传说《金波聂吉新娘》中孔雀女的形态特征，从她的贤明智慧中，还可以看到几分由唐进藏世代受人景仰的文成公主的影子。

总的来看，中国的雀女故事外传，是适应印度制作佛教文学的需要，因而它的主要变异是赋予宗教色彩，纳入佛本生故事的模式。佛本生故事并不是纯粹的宗教的故事，它也是印度古代文学的重要代表作，原来较为素朴的孔雀女故事，进入本生故事行列，使这个故事的形态发展到一个新阶段，具备了新的思想与艺术特征。

它的回返，固然借助了佛教文化的力量，却因这个故事原来就扎根于中国，因而很容易以多种形式深入民间，成为我国民族民间文学的一部分优秀成果。它在保持一度作为佛教文化中本生故事一些艺术优点的基础上，又向着世俗化、民族化方面演变，借一个世代相传的古老传说故事，赞美彼此忠贞相爱，又能在国家民族遭受危难时挺身而出的男女主人公的崇高形象。即使在今天，它的思想和艺术，不也是耀眼夺目、令人赞赏吗？

在南亚地区纵横交错的文化交流网络上，以《召树屯》为代表的孔雀公主故事，可以说是一个熠熠闪光的结点。它体现了中国与印度文化的交汇，世俗文化与宗教文化的合流，书面文学与口头叙事的融合。这个文化交流网络虽然主要是由宗教文化传播所促成的，却在这个地区有力地推动了许多国家、民族间文化的交流影响，冲突融合，共同繁荣。这些奇特的文化结晶体难道不值得我们加倍珍惜吗？

“蛇郎”故事在亚洲①

一个巨大的故事圈

少女嫁给一条蛇，这条蛇脱去蛇皮，竟然变形为人。这个被民众口头传诵上千年的优美童话故事，它的空间分布，几乎覆盖了大半个地球。

中国的蛇郎故事极为丰富。1930 年钟敬文先生写作《蛇郎故事试探》时，引述当时已采录发表的蛇郎异文三十篇。美籍华人学者丁乃通在他于

① 本文原载《民间文学论坛》1987 年第 3 期，有删节。全文选入卢蔚秋编《东方文学比较文学论文集》，湖南文艺出版社 1987 年版。姜彬（天鹰）在一篇评论中指出，此文“别开蹊径，把它放在亚洲这个大范围来研究，把中国的‘蛇郎’故事，和日本、印度、缅甸、朝鲜等国的同类故事相比较，不但见出各国故事的异同，也探究出这个故事的原始形态和它的演变，对这一故事的研究，开拓出一个新的境界”。（见《探索者的足迹》，《华中师范大学学报》1987 年第 2 期）

1978年出版的《中国民间故事类型索引》中，收录蛇郎故事六十七例（含上述三十例）。我在写作《中国民间童话概说》的过程中，多方搜求它的异文，新发现三十八例。这样，中国的蛇郎故事就积累至一百零五篇之多了。它们流传在从西北高原到东南沿海，从北方草原到西南边陲的二十二个省区的二十四个兄弟民族之中，深为广大中国人民所喜爱①。

它在中国的邻邦印度、缅甸、日本、朝鲜以及东南亚各国，也流行较广，仅在近几年中译成汉文发表的就有十余篇之多。

令人惊奇的是，它还盛传于西方。芬兰学者阿尔奈和美国学者汤普森编撰的《民间故事类型索引》（简称AT分类法）中，将它命名为《蛇王子》，编排为神奇故事433型，共收录主要来自欧洲，也包含少量来自亚洲、非洲、北美洲和拉丁美洲的故事共一百二十七篇②。

综上所述，已见于著录的蛇郎故事的各国异文已达二百五十余篇。其中东方的约占一半，中国异文占了五分之二。这个跨越广大时空领域的巨大故事圈，实在是我们作比较故事学研究的极好对象，其中蕴含着一些很有价值而又难于理解的人类文化之谜。

本文以它的亚洲形态为主，试作初步比较。

中国的《蛇郎》

AT分类法将神奇故事433型《蛇王子》分作433A、433B和433C三个亚型。其中收录中国材料甚少，这三个亚型，主要是从印欧故事中抽取出来的。丁乃通先生编撰《中国民间故事类型索引》时，依据他搜罗的中国蛇郎故事异文的普遍形态，另立了一个433D型。这个类型的故事最为流行。还有不常见的另外两个类型，我把它们列为433E和433F。中国的一百

---

① 这些故事流传的地区有：黑龙江、内蒙古、河北、河南、山东、山西、甘肃、青海、新疆、西藏、四川、云南、贵州、广东、广西、湖北、湖南、江苏、浙江、安徽、福建、台湾等。来自以下民族：汉、满、朝鲜、回、维吾尔、藏、撒拉、东乡、壮、傣、布依、水、侗、黎、高山、仡佬、傈僳、德昂、基诺、彝、苗、瑶、土家等。

② 这些故事来自以下国家和地区：挪威、瑞典、丹麦、俄国、立陶宛、爱沙尼亚、捷克、匈牙利、德国、奥地利、爱尔兰、意大利、南斯拉夫、希腊、土耳其、波多黎各、多米尼加、美国、印度、中国。见阿尔奈、汤普森编：《民间故事类型索引》英文版，美国印第安纳大学1973年版，第147页。

来篇蛇郎异文，大体都可以用这三个亚型加以概括。

433D　一老汉因在劳动中得到蛇的帮助，答应嫁一女给蛇。蛇上门求亲，为大姐、二姐所拒绝，只有三妹愿遵父命，远嫁蛇家。三妹与蛇郎成亲后，蛇郎变形为人，建立了美满幸福的家庭。大姐心怀嫉妒，害死了妹妹，冒充三妹与蛇郎同居。三妹灵魂不灭，变成小鸟；小鸟被大姐杀死后，变成竹子或枣树；竹或枣树被砍后变成竹床或木凳，不断揭露真情，表示对蛇郎的亲爱和对大姐的仇恨。大姐烧了竹床或木凳，三妹的灵魂变成火炭或剪刀，随之复活，夫妻团聚。大姐丑行败露，被蛇郎撵走或羞愧自尽①。

433E　一美男子潜入居民家室，与其女或妻私通，主人知情后打杀之，变形为蛇，方知系一蛇精作祸。

433F　一女上山劳动遇蛇，与蛇婚配，子孙繁衍，成为蛇氏族。

以上三类故事，如从它所反映的社会生活内容的历史顺序来排列，应该是433F、433E、433D。

其中433F型为蛇氏族的始祖传说，在怒族、白族流传至今的口头传说中，有着很生动的叙述，它是蛇郎故事的最为古老原始的形态，价值十分宝贵。

到433E型出现，蛇郎形象起了大转变，由人们尊崇的始祖，变成了“淫人妻女”、罪孽深重的妖精。它见于《太平广记》所载的几个蛇精故事中。《太平广记》为宋人编撰，上述故事出自魏晋隋唐志怪书中，实则渊源于中古时期的民间传说。

在中国近现代最流行而又最具有代表性的蛇郎故事是433D型。它的构思特点是，以蛇之变形来象征人的境遇变幻，将蛇郎塑造成一个由贫贱走向富贵的男子，在它命运急剧转变的过程中，将两姐妹——实际上是两种女性的思想性格进行鲜明对比。心地善良淳朴的妹妹不嫌蛇郎贫贱，终获幸福。开始嫌弃蛇郎的大姐后来又以卑劣手段害死妹妹，企图攫取富贵，落得可耻下场。中国蛇郎故事大都具备三妹灵魂不灭，连续变幻的精彩情

① 详细提要见《中国民间故事类型索引》中译本，中国民间文艺出版社1986年版。

节。妹妹不仅有着善良的品格，还有不屈不挠的斗争意志，从而成为一大特点。以蛇郎象征境遇变幻的普通男子，赋予中国蛇郎故事以特殊的思想与艺术光彩。这样说是否符合作品实际呢？请看：

1. 中国蛇郎故事，大都是以一老汉或寡妇身边没有男人作帮手，在山野间干活有困难，呼唤他人帮忙来开荒。蛇因帮他们干活，才得到求亲的许诺。这不是暗示他是一个好小伙子吗？

2. 蛇求亲时，妹妹表示："我家爹咋个说就咋个好，嫁鸡随鸡，嫁狗随狗，嫁给老蛇我坐地守。"（仡佬族《蛇大歌》）"嫁鸡随鸡，嫁狗随狗"，这是旧时中国劳动妇女择偶时的一句口头禅，它含有不得不屈从父母之命的意思，有一定消极性；也含有和处于贫困境地的丈夫患难与共、同舟共济的美好愿望。

3. 中国有些地方和民族的蛇郎故事，如河北汉族的《姐妹俩》、西北东乡族的《沙郎哥》和撒拉族的《老生巴姑》，其中的男主人公——家郎、沙郎哥，已经被从前抹掉蛇形，完全现实化了，变成了一个由贫寒走向富裕的小伙子，大姐不愿嫁他，只因"他是个穷光蛋，嫁过去还不是活受罪"（《姐妹俩》）。这类特殊异文虽然只有少数几篇，却可以从它在民众口头合理演变的轨迹看出其本来的象征意味。

4. 在蛇郎变形的幻想情节中，寄托着旧时人们企求扭转自己贫困不幸命运的期望和信心。特别是山野乡村的少女们在只能"嫁鸡随鸡，嫁狗随狗"，对自己未来命运捉摸不定，惴惴不安的情况下，蛇郎故事就是她们的抒情诗篇。她们是巴不得找到一个像蛇郎那样的男人的。许多情歌中唱："茄子开花球打球，心愿嫁郎不怕穷，只要两人情意好，做来做去天会红。""墙里开花墙外红，有心跟哥莫嫌穷，有朝一日天变了，两朵鲜花一齐红。"故事和歌谣所表达的思想感情不约而同，异曲同工。

5. 蛇郎故事代表了中国文学中的一个重要典型。中国封建社会家庭，以男子为中心。男人由贫困潦倒骤至富贵，常引起家庭生活的重大变故。这种变故深刻地触及当时社会的人情世态，成为有力叩击民众心扉的文学题材。在通俗小说和戏曲中更为流行。其主题大致有二：或斥责男方发迹后的忘恩负义，如《秦香莲》，多以悲剧形式来表现；或嘲讽女方的嫌贫爱富，如《姊妹易嫁》，具有浓厚喜剧色彩。《姊妹易嫁》的构思同《蛇郎》

不谋而合，令人惊奇。试看它的梗概：放牛娃毛纪小时同张家长女素花订婚。若干年后，张家暴富，毛生前去求亲。素花见他不过是个穷书生模样，拒不允婚。妹妹素梅同情毛生，毅然与之结合。原来毛生勤学苦读，已科考得中，不过是以贫贱之相来试探素花罢了。穷汉转眼成贵人，素梅以善良获得意外幸福，素花则悔恨莫及。中国自隋代以后实行开科取士制度。在科举考试中，“十年寒窗无人问，一举成名天下知”的虽只是极少数人，可它却成为封建时代知识分子唯一的进身之阶，给予社会文化生活以巨大影响。文学中人物命运的升降，也常常以科考为背景。吕蒙正、朱买臣就是活跃在戏曲舞台上为广大民众所熟悉的这类人物。蛇郎故事的构思同上述作品完全一致，所不同的只是用童话艺术的幻想与象征手法来表达而已。这类故事还延续到社会主义时期的文学艺术作品之中，具有惊人的稳固性。《天云山传奇》、《真情假意》等作品，写一个命运坎坷的男人同两个女人的纠葛，在不同程度上都有《蛇郎》的影子。《真情假意》原是一部弹词，叙述一对外貌相同的孪生姐妹董琴琴和董佩佩，在对待一位因公致伤的工程师的爱情上，展现出美丑两种心灵的故事。陈云同志称赞它说：“这部书有切合现实的时代气息，对广大青年有教育意义。”① 它在构思上和蛇郎的一致性，一眼即可看出。我们很难说《蛇郎》和《姊妹易嫁》、《真情假意》之间有过实际影响，究其原因，恐怕只能用“原型说”来解释。在《蛇郎》中，已凝聚着一种具有中国历史文化特征的民族心理与审美情趣，构成了一个为中国民众所喜闻乐见的文学原型。

日本的《蛇女婿》

这类故事在日本也十分流行，通称为《蛇女婿》。日本著名学者关敬吾在他的代表作《日本之昔话——比较研究序说》一书中，将蛇婿故事归纳为以下四种类型：

蛇婿 1——一个漂亮小伙每天晚上来找姑娘玩，因来历不明，引起家人怀疑。姑娘按照父母的主意，把一根带刺的线刺进小伙子头发当中，第二天顺着线绳追踪至山野，发现原来是一条蛇受伤死去。

---

① 陈云：《关于评弹》，载《曲艺》1983 年第 2 期。

蛇婿2——一条蛇正吞食青蛙。一对夫妇为救青蛙。答应将三个女儿中的一个嫁给蛇，正当姑娘要被蛇带走的时候，被救的青蛙又救了姑娘。

蛇婿3——农民为救青蛙，愿将女儿嫁给蛇。蛇女婿每天夜晚上门和姑娘同居，白天即悄然离去。青蛙变成占卦人给姑娘出主意，要这小伙子上树取鹰蛋给自己吃。上树后小伙子现了原形，变成一条大蛇，被老鹰啄死。

蛇婿4——因天大旱，田地干枯，农民为了求人浇水灌田，许愿将三个女儿中的一个嫁给蛇。姑娘用计杀蛇后逃了出来①。

蛇这个角色，也可换成猿猴或鬼，演变成猴女婿或鬼女婿故事。近年在我国翻译出版的一些日本民间故事书中所收的《蛇女婿》、《鬼女婿》、《青蛙报恩》、《老鹰的蛋》及《猴女婿》等，就是上述故事的一些有代表性的篇目。

日本的蛇女婿属于433型故事是毫无疑义的，它们的内容和形式有不少接近于中国故事的地方。从事农业而缺乏劳力的老人，在无可奈何之际，只好以许嫁女儿为条件寻找干活的帮手，这样的开头就很一致，反映了故事流行地区的农家生活背景。中国最流行的433D型，在日本某些地区也有。可是日本最流行的上述几类蛇婿故事，又有许多地方和中国故事大异其趣，显出两个国家不同的历史文化色彩。

日本的蛇女婿是妖，中国的蛇郎是神，一正一反，因而故事的结局也就截然不同。中国故事是以妹妹复活与蛇郎团聚，象征善良战胜邪恶；日本故事却以女主人公杀死蛇妖来表达这一主题。日本著名学者柳田国男在《传说论》中，已将这一特点揭示得很清楚。他承认日本也有类似中国以大团圆结束的433D型故事的存在，“不仅有不少传说，为各家各户歌颂了这种奇怪而美满的婚姻，就是民间的故事，也总是渲染了委曲求全、逆来顺受、嫁给大蛇的孝顺孩子，最后能够得到善报。于长辈、于自己都是有益的……但这非常不符合民意，所以人们总是把故事的结尾部分给改成了不是讨伐，就是诛灭，置之死地而后快”②。小女儿虽然听从了父母的安排，

① 《日本之昔话——比较研究序说》，日本株式会社同朋舍1982年版，第294—295页。

② 柳田国男：《传说论》，中国民间文艺出版社1985年版，第25页。

并未真心诚意嫁给蛇，而是用各种巧妙办法杀死了蛇，脱逃回家。或用针刺中了蛇的眼珠；或把一千根针插在一千个葫芦上，投进水里，要蛇女婿把葫芦一一弄沉，最后被针刺死；或要猴女婿爬到悬崖边的树上去摘花，一下跌死；或让鬼女婿背着自己涉水过河，被激流冲走；等等。其情节发展和中国蛇郎故事迥然有别。日本民间文艺学家将中日两国故事相比较之后说："日本的蛇郎从古以来就不曾得到（中国）彝族蛇郎的运气。""彝族的蛇郎故事中，姑娘被蛇钟情，或为了亲人的利益舍生忘死来到蛇的居处。结果她的命运是很好的，过的是富足的生活，而这一点成为展开以后的情节（姐姐破坏，几次转生，重过幸福生活等）的导因。日本的蛇郎是姑娘战胜的，情节的展开必然取别种形式。"① 这一评述是符合实际的。这种差异是怎样造成的呢？

日本民间文艺学家从民俗学角度作了细致剖析。他们指出，日本故事中的蛇是水神的象征，古时从事水神祭祀的巫女是处女，所以女嫁蛇故事是把姑娘作为祭祀的牺牲品。蛇是邪神之一，人们希望姑娘击败邪神，逃脱厄运，便形成了"日本民间故事中的蛇郎故事恐惧成分多，并与击败邪神故事相联系"② 的特殊形态。

中国故事中的蛇郎是一个美好高贵的艺术形象，这与中国南方诸民族尊崇龙蛇的古老信仰有关。就其在现实生活中的象征意义而言，则代表着由贫贱而骤至富贵的男子的命运，也代表着只能"嫁鸡随鸡，嫁狗随狗"的女人对未来丈夫的期望。那么，日本的蛇女婿或猴女婿的人的本质是什么呢？

这些故事中的蛇，有的是残害生灵的恶魔，如《青蛙报恩》中的大蛇被杀死后，青蛙向姑娘谢恩道："就因为有了这条蛇，不知吃掉了我多少子孙后代。这次可把它杀死了，我们可以过上安稳的日子了！"这条蛇强迫农民把一个少女嫁给它，看来不怀好意，被姑娘用计杀死确实是罪有应得。

---

① 志村三喜：《围绕蛇郎和龙女谈彝族民间故事的源流》，载《山茶》1985年第5期。

② 志村三喜：《围绕蛇郎和龙女谈彝族民间故事的源流》，载《山茶》1985年第5期。

人们用这类故事来象征被压迫者用计谋战胜压迫他们的凶恶残暴的敌对势力是显而易见的。

还有许多故事中的蛇女婿，其象征意义较为复杂。试看高知县流行的《蛇女婿》的开头：

从前，在一个地方，有个娇生惯养的姑娘。每天晚上都有个漂亮的青年来找姑娘玩，风雨无阻，从不间断。姑娘的母亲见青年人长得挺漂亮，开始也很喜欢，可是后来见他不管打雷下雨，都来家玩，就对他产生了怀疑。

这种不同于中国故事的开头，实际上是一种特殊婚姻习俗的反映。中国很早就普遍流行着明媒正娶的嫁娶制，女子从夫而居，因此蛇郎故事开头，常有蜜蜂作媒说亲，经父母主婚，姑娘远嫁蛇家，在一年一度的菜花黄或中秋节之际回娘家探亲的情节。其中所反映的中国民族的生活习俗，鲜明如画。这样的开头，常常预示着结局的美满。上述日本故事中的小伙子夜访情人，则是日本古时流行的“访妻婚”的遗留。它是招婿制的初期形式。开始男子到女方家访问幽会，后来才经父母认可到女方家落户，成为女婿，地位较低贱，家长大都由女子担任，具有浓厚的母权制族外婚的色彩。“虽然世界上其他民族也时有招婿的这种婚姻形式，但是把招婿作为一种普遍婚姻形态，持续这样长时间的情况却很少见。日本古代社会的招婿制是日本历史发展的特殊产物”①。在特定历史条件下自由访妻的小伙子自然不都是坏人，故事中的蛇女婿并没有什么坏的表现。可是因为来历不明，便引起女方父母的怀疑；或者是有一些游手好闲之徒，寻花问柳，激起人们的愤恨，于是这类人物在故事中成了批判的对象。其实有些故事中的蛇女婿，憨厚得可爱，却无端受人歧视，遭到自己所追求的女人的折磨，死得很冤枉。就像中国《白蛇传》中白娘子的遭遇那样。这类故事具有悲剧色彩，人们怀着复杂的情绪来讲述蛇女婿之死，和中国普遍流传的蛇郎故事的情调大不相同。

可是，向前追溯，这类故事又同中国唐宋典籍中所载的433E型蛇精故事十分接近。宋人编纂的《太平广记》456卷中的蛇部，共收关于蛇的各种

① 张萍：《日本的婚姻与家庭》，中国妇女出版社1985年版，第15页。

奇闻异事一百多则，其中蛇变幻成男性娶女或与女性私通的故事有五篇，梗概如下：

《太元士人》（或作《女嫁蛇》）：晋太元中，一士人嫁女，男家之富有“拟于王侯”。夜间，丈夫于帐中现蛇形，“缠其女”。

《楚王英女》：楚王少女英，与一少年私通，“为魅所祸”。后请法师治之，“于城西北得一死蛇”。

《朱觐》：一姿容端丽的少女“为鬼魅所幻惑”，每夜有白衣少年进房，男女“语笑正欢”，侠士朱觐以箭射杀之，为一白蛇。

《薛重》：薛重夜还家，“闻妇床上有丈夫眠声”，开门搜寻不见，“见一蛇隐在床脚，酒醉臭”，因斫杀之。哪知被杀者原为一神，它不但化身为蛇“淫人妇”，还恶人先告状，在地府讼薛重杀人。经府君明断，这个化身为蛇者以“淫妄之罪”受惩。

《王真妻》：王真外出，一少年与其妻频相往来，“戏诱赵氏而私之”。正当赵氏与少年“同席饮酌欢笑”之际，王真忽归，于是少年化为一大蛇奔突而去。

这几篇讲的都是由蛇化身的美少年或伟丈夫同已婚或未婚的女性私通，被视为“淫人妻女”的罪恶行为而受到严厉惩罚的故事，同日本蛇女婿故事的内容很接近。其间联系，耐人寻味。把它放在中日文化交流的历史背景上来考察，我以为日本的蛇女婿故事中烙印着中国古代蛇精故事的深刻影响。美少年夜间上门同女子幽会，男欢女爱，在人类早期婚俗中本是很正当的。中国南方的一些少数民族，将这样的婚俗一直保持到近现代。而《太平广记》所载文字，却将男主人公斥之为淫人妻女的鬼魅妖孽，不分青红皂白地予以斩杀。故事本出自虚构，如此安排不过是杀鸡吓猴，以警戒现实社会中敢于自己寻求爱情自由的男男女女罢了。它有着宋代文化思想统治的鲜明烙印，而日本正是深受其影响的国家之一。正如有关著作所指出的，十二世纪末武士阶级掌权以后，“把中国儒学推到了顶峰的宋代理学也传到了日本，尤其是三纲五常、忠孝和礼的学说，得到了广泛传播”。“儒家所提倡的调整社会关系和家庭关系的这套伦理纲常，从上到下，渗透到每个人的思想之中”[1]。访妻，在日本中古时期本是一种常见的婚姻形态，为什么人们后来在故事中对蛇女婿如此憎恶，我以为是接受了包括上述蛇精故事在内的宋代文化的影响以及婚姻形态逐步演变的结果。

那么，为什么这类蛇精故事流行于日本，而在中国本土反而传布不广呢？究其原因，除了如同日本学者所指出的，中国尊崇龙蛇的民族心理根深蒂固，故较少以龙蛇作为鄙薄诛杀对象之外，更为重要的，是中国很早就普遍实行以男子为中心的一夫一妻制，蛇郎正是这种婚姻家庭形态的象征性反映，而且是依附于这一社会制度与习俗而获得广泛传播与不断完善的活力的。日本却长时期流行具有母权制特征的访妻、招婿制，女婿地位较为低贱，中国古代的蛇精故事同它一拍即合，正好提供了一个与之相对应的文学原型。故事中的蛇女婿虽然死得不明不白，但他的死却标志着一种社会习俗的变革——招婿制被嫁娶制所代替，这种巨大变革造成的心理冲击，使这类故事在人们记忆中保留下来，并构成了它颇为独特的形态。日本学者在比较中日两国蛇郎故事异同之成因时，从民俗学角度探求其原始信仰、原始意象的差异是于我们有启发的，但未触及它们同两国现实的社会制度与习俗心理的紧密联系，就不免使人感到有些不足了。

印度的《蛇丈夫》与缅甸的《蛇王子》

AT 分类法中所列的三个蛇郎类型——433A、433B 和 433C，流行于欧美和南亚的印度、缅甸等国[2]。其梗概是：

433A　蛇带一个公主到他家中，姑娘吻他，使他从魔法中解脱，又变成一个青年。

433B　王后生下一个蛇形男孩，孩子要娶媳妇，父亲给他找了一个贤慧姑娘作伴侣。姑娘给他洗澡，解脱了魔法，或当他变形为人后，烧掉了蛇皮。

433C　蛇丈夫与嫉妒的女人。一个姑娘嫁给一条蛇后，蛇变形为英俊富有的青年，他们过着幸福的生活，一个嫉妒的姑娘也要嫁给蛇，她父亲

---

① 《日本的婚姻与家庭》，第 61 页。

② 欧美的少女与蛇，或美人与兽的故事，和印度故事属于同一类型，一般认为源于印度。其联系须另作深入考察。

便捉来一条蛇，让她和蛇待在一起，结果被蛇咬死了。

433A 和 433B 实际上是一个类型，只是情节繁简不同而已。印度《五卷书》中的《蛇丈夫》[①]，印度民间流行的《银色的蛇》[②] 和《龙王子》[③]，印度尼西亚的《本苏与蟒蛇》[④]，大体都可以归属于这个类型。

它们都是围绕蛇丈夫的变形来展开曲折生动的叙述，可是这个地区的人们却赋予变形以特殊的含义。有的是无辜的好人受魔法折磨变成蛇，如《银色的蛇》中的王子："我原是离此很远很远的西邻国的王子，只因受了魔术的作弄，变成了一条小蛇。"《公主与蛇成亲》[⑤] 中的那条蛇也是一位王子，"由于得罪了森林女神，受到她的诅咒，变成了蛇。森林女神说，只有到一位公主同我结婚的那一天，我才能重新变成人"。也有的是干了坏事，受人诅咒，轮回转生成为蛇。《蛇儿子》中的蛇儿子说："我前世本为富人，攒了许多金银财宝，但是我一分钱也舍不得给别人，甚至连我母亲都没给过，最后她被饿死了。我的罪过太大了，所以受人诅咒，今生变成了蛇。"《本苏与蟒蛇》中的那条大蟒蛇讲："过去我是一个有权势的国王，但由于我对老百姓残暴，真主惩罚了我，把我变成了蟒蛇，真主说只有当好心的年轻姑娘敲打我的身子时，我才有可能恢复原形。"[⑥] 这些蛇丈夫后来遇到了倾心相爱的女子，她们勇敢地破除魔法，施以爱情，历经凶险，终于把丈夫从异类中解脱出来，于是恢复人形，恢复良知，情爱更深，皆大欢喜了。

另一个亚型 433C，以印度的《公主与蛇成亲》[⑦]、缅甸的《蛇王子》[⑧]

---

① 《五卷书》中译本，人民文学出版社 1981 年版，第 142—145 页。又《印度民间故事》中的《蛇丈夫》，实为同一作品之不同写本，北京大学出版社 1984 年版。

② 《印度童话集》，中华书局 1942 年版。

③ 《印度民间故事》，北京大学出版社 1984 年版。

④ 《东南亚民间故事》（下册），福建人民出版社 1982 年版。

⑤ 《南亚民间故事选》，山东少年儿童出版社 1984 年版。

⑥ 《南亚民间故事选》。轮回报应观念源自佛教，这里出现"真主"，又有了伊斯兰教的色彩。

⑦ 《南亚民间故事选》，山东少年儿童出版社 1984 年版。

⑧ 貌阵昂：《缅甸民间故事》，作家出版社 1957 年版。

和《蛇王子与三姐妹》[1] 为代表，它以情节发展上插入一个嫉妒女人为标志。和中国蛇郎故事一样，这个女人多半以姐姐身份出现，但她们没有将妹妹害死，因而也没有中国故事中被害者变形复仇的精彩情节，只是对姐姐给予适当的惩罚和嘲弄罢了。

将印度、缅甸的蛇丈夫、蛇王子，和中国、日本的蛇郎、蛇女婿故事相比较，有哪些显著不同之处呢？

1. 首先是故事中的幻想形象——蛇的特征与含义不同。

缅甸故事中的蛇，原型是一种神物。它不是普通的蛇，而是名叫那伽（Naga）的蛇龙。传说它们住在海底，雄的常化作人形跟人类女子结婚。它们可以随心所欲地变化形体，不需要他人为之解脱。蛇龙形象虽源自印度神话，在缅甸民间文学中却具有自己的独特光彩[2]。

印度和东南亚一些地方的蛇丈夫、蛇儿子，它们的原型则是属于畜类的普通的蛇，是好人受诅咒，或者恶人遭报应变成的。人遭惩罚变成蛇，蛇比人低贱，须用法术或积累善行方能解脱，这里有着佛教哲学的鲜明烙印。佛家有“五道（或六道）轮回”之说，五道即地狱、饿鬼、畜牲、人、天。众生依据自己生前的善恶行为，在上述五道中轮回转生，概莫能外。蛇属畜道，用以惩罚恶行。所以印度故事中的蛇丈夫，是受难者的象征，由于他们获得了女主人公忠贞的爱情，才得以从畜类即苦难中解脱出来，恢复了人的面貌和良知。故事具有佛教色彩，但它着重表现的是爱情的力量，寄托着苦难中的民众对美好崇高爱情的憧憬，这又是超脱宗教精神的，因而激起了人们的强烈共鸣，得以流传不衰。

从比较中可以看出，中国蛇郎原型是受人尊崇的龙，故事中以之象征人类境遇由贫贱向富贵的转变；日本蛇女婿的原型是代表水神的邪神，在故事里扮演着社会地位低贱的上门女婿的角色；印度的蛇丈夫原型即为普通的蛇，是遭难受罚者的形象；缅甸的蛇王子，其特征接近于中国的蛇郎。由于蛇的原型与象征意义各不相同，因而少女与蛇结合这一幻想情节，便具有不同特征与含义而异彩纷呈了。

---

① 《东南亚民间故事》（上册），福建人民出版社 1982 年版。

② 貌阵昂：《缅甸民间故事·绪论》。

2. 艺术风格上的差异。缅甸学者貌阵昂在《缅甸民间故事》一书的《绪论》里指出："《蛇王子》这一类的民间故事可以在别的许多国家里找到，而且也有类似的快乐的结局和悲惨的结局。不过缅甸的故事里，幽默的色彩比较浓厚，即使在悲惨的结局里，也描写了大姐怎样一步步地被蟒蛇吞吃掉，格调非常轻松。"这个故事的结局有两种讲法，一种讲法是两个嫉妒的姐姐，吵着要妈妈也给她们找一个蛇丈夫，于是抓来一条大蟒蛇关在房里，等候奇迹出现。可这条蛇后来却要吞吃大女儿，于是出现了一个令人啼笑皆非的场面：

大女儿醒来，大声喊道："妈妈，妈妈，蛇已经吞到我的脚踝上了。"

"胡说。"妈妈笑着说，"你的丈夫爱你，是跟你闹着玩儿呢。"

女儿不断叫喊，妈妈不断用"丈夫爱你，跟你闹着玩儿"来回答。最后女儿被蛇吞掉，再也发不出叫唤的声音了。"老太婆暗自好笑，说：'哈，哈，我的女儿已经不怕她的丈夫了。'"第二天早晨打开房门，不见女儿的影子，而那条蟒蛇的肚子却鼓得高高的在酣睡。这时老太婆才哭起女儿来。她央求蛇王子，用剑剖开蟒蛇肚子，"大女儿从蟒蛇的肚子里走出来，依旧跟过去一样完整"。

另一种讲法说蛇王子经商乘船回家，在途中找到了被两个姐姐所迫害而流落海岛的妻子和孩子。可他并没有愤怒地去惩罚两位姐姐，竟然同她们开起玩笑来。他把妻儿塞在一只贵重木箱里，让两个姐姐抬到自己房间去，怀着实现贪欲的喜悦打开箱子。这时，"小姑娘和她的孩子从箱子里走了出来，两个姐姐见了手足无措，只好求她原谅，邻人们从窗口把这情形看得清清楚楚，都讥笑两个姐姐，拿她们作了笑柄"。类似插曲在印度故事中也可以找到。

日本的蛇女婿具有浓厚的悲剧色彩。这种悲剧性在朝鲜族的《相思蛇》、《龙凤匹配》[①] 等同类型故事中更为突出。中国的蛇郎多采取富于道德伦理色彩的正剧格调。南亚地区特别是缅甸的《蛇王子》，则在叙述中洋溢着喜剧的诙谐幽默情趣，对恶人恶行的惩处并不严厉，而是给予辛辣的嘲

① 《金德顺故事集》，上海文艺出版社 1983 年版。

笑讽刺；叙述主人公的悲欢离合，常以欢快轻松的笑声代替催人泪下的深沉感慨。不同民族的审美心理特征，从同一情节的变异中，也可窥见一斑。

3. 背景有所不同。中国、日本的433型故事，多以山野间的农家生活为背景。南亚故事的背景较为广阔，他们时而过着富丽豪华的宫廷生活，时而沉沦在荒野洞窟的蛇群之中，时而出海经商，在水天茫茫的孤岛上与亲人团聚。这种变异不但反映出南亚地区的自然景物特色，还穿插着对残暴不仁的国王、财主的抨击，对安宁幸福社会的向往，扩展了故事的社会生活内容。《本苏与蟒蛇》中，少女本苏将纯真的爱情奉献给蛇，不只是使他恢复了人形，还使他明白了“一个好的国王应当怎样治理国家，怎样安抚百姓”。这类故事深入人心的结果，构成南亚文学中的一个重要原型——由贤明王后辅佐国王施行仁政，借以表达民族社会政治理想。

蛇郎故事的起源和演变

我们将中国、日本、印度、缅甸几个亚洲国家的433型故事作了比较，找出了它们同中之异。那么，这个故事是从何起源，又是怎样在广大的时间空间背景上流传演变的呢？

蛇郎故事的核心情节是女嫁蛇。人类中的女性同兽类中的蛇相婚配，本是没有任何实际生活依据，而且是不可思议的事。这种意象是怎样产生的呢？从民俗学来考察，它来自图腾崇拜的原始信仰之中。在原始文化背景上，人们曾普遍赋予那些同自己有密切利害关系的动物以神秘色彩，将它们作为本部落或本氏族的图腾来崇拜，并构造出自己同这些动物有亲缘关系的种种神话传说来巩固这种习俗信仰。其中对蛇的崇拜，在世界上相当普遍。据学者们研究，现在世界上生存的蛇类共有三千多种，主要产于热带和亚热带的森林中，以非洲、大洋洲、南美洲、南欧和亚洲东南部产蛇最多。我国有蛇类一百五十多种，多数分布于长江以南和西南各省区，如广东、广西、福建、台湾、贵州、四川、浙江、江西、湖南、湖北等。愈向北，蛇类愈少。蛇郎故事的流行区域和蛇类分布地带正好大体一致，可见蛇郎形象是以人们在实际生活中所见的蛇的形态为依据而构造出来的。

蛇的形体曲折蜿蜒，行动迅捷，既随处可见，又善于隐形循迹，不但可用自己的毒牙置人于死地，还可脱皮而逝。因此处于原始文化背景上的人们，便对蛇形成了一种神秘莫测、既亲切又畏惧的心理。特别是这时人们又怀有崇拜生殖机能的心理，通过联想，把蛇的形体和男性生殖器官联系起来，于是蛇就作为男性始祖的神秘象征，成了民族信仰和民间文学园地的常客了。弗洛伊德在《梦的解释》一书中指出："许多在神话和民间传说中代表性器的动物在梦中亦有同样的意思……男性性器最重要的象征则是蛇。"① 后世民间传说中的蛇精，也可以幻变成女性同人类中的男子成婚，著名的《白蛇传》就是如此。以蛇为男性始祖，则是更为原始的一种意象。从社会发展阶段而论，这自然是父系氏族社会取代母系氏族社会之后的文化现象了。

我国南方的怒族、傈僳族中间，直到解放前还有以动物命名的氏族，其中就有蛇氏族，并在人们口头上流传着关于蛇始祖的古老传说。如怒族的传说讲到，从前一条大蛇变成小虫爬到姑娘身边听她唱歌，姑娘要把小虫打死，小虫告诉姑娘，如果她答应做它的妻子，它就可以变成人。姑娘答应了，大蛇变成了漂亮的小伙子，两人成婚后，生儿育女，就成了蛇氏族的祖先②。白族的《三姑娘和蛇氏族》也讲到，三姑娘上山割茅草，嫁给了一条青蛇，生下十几个孩子。后来阿妈帮她带孩子，不小心用开水把这些蛇孩子烫死了。"后来，三姑娘又给蛇郎生了两个儿子，一个叫李保，一个叫李少。两弟兄都有好几个儿子，有的说怒族话，有的说傈僳族话，还有的说别的话，他们就叫蛇氏族。"③ 这类以始祖传说面貌流传的蛇郎故事，本文把它列为433E型，形态古朴，应看作后世蛇郎故事的祖型。

然而传说中的这种原始意象，还须结合当时的原始信仰及习俗加以探讨，方能求得明白理解。罗香林先生在《古代百越分布考》一文中，对此作过令人感兴趣的推论。他引述越地蛇郎传说之后说：

> 此传说之最足令人玩味的，为以年少貌美之女子，出嫁恶蛇，而恶蛇为能呈现人形之王子。此与远古图腾社会之组织与信仰，有其承袭演进之关系。盖远古之图腾社会，每选择貌美女子贡献与图腾祖，

---

① 《梦的解释》，中国民间文艺出版社1986年版，第278页。

② 林耀华：《原始社会史》，中华书局1984年版，第401页。

③ 《白族民间故事》，云南人民出版社1982年版，第86页。

为能使种人繁殖，而其贡献仪节即为以巫术形式献与图腾祖婚配，图腾之标志虽常为非人形之动植物或其他自然物，然实际所与接触之对象，则常为巫者或属于部落首领之真人[①]。

这里说的奉献少女与图腾祖婚配，是采取由巫者扮演图腾祖的象征形式。是否有更野蛮的形式，即将少女奉献给山野洞穴中的蛇，以完成这种仪式的呢？看来也是有的。晋代干宝所撰《搜神记》中，记载了一个很有名的李寄斩蛇的传说，说闽中某山谷中有大蛇，“土俗常惧”，人们每年要给它奉献十二三岁的少女，“至八月朝祭，送蛇穴口”，结果都给蛇吞吃了。后有一个勇敢的女孩子李寄，奋力斩蛇，才废除这一恶俗，她因此作了越国的王后。为什么一定要用女孩子来祭蛇？看来正是远古图腾婚姻习俗的遗留。既然以蛇为图腾的民族，古时曾经一本正经地演出过这种奉献少女与蛇始祖婚配的悲喜剧，后世人们把它作为童话故事来讲述，就毫不足怪了。

由于蛇崇拜是一个遍及世界的原始文化事象，在此基础上也就产生出各自的少女与蛇婚配的故事传说。非洲班图人中间，有酋长的女儿勇敢地嫁给“蛇人”的传说[②]；美洲印第安人神话传说中，也有一个年轻人变蛇同姑娘幽会，生下一个蛇孩子的故事[③]。我们很难想象它们和印度、中国的蛇郎故事有实际的影响交流关系，对于某些情节的类同，只能用不谋而合来解释。

就中国的蛇郎故事而言，罗香林先生在前引《古代百越分布考》中就已指出，它们源出越人。越人自古以来，即“以为蛇一类之水族为图腾祖”，蛇郎传说的流行区域“适与古代越族之种人分布相合”，这绝不是偶然的。从本文开头所述蛇郎故事分布情况看，虽流行全国，主要流行区域却是古代百越民族活动的南方长江中下游一代。它被许多民族所传诵，而在同古代百越有渊源关系的高山、布依、壮、侗、水、傣等民族中间，却流行最广。而且早在晋代陶潜的《搜神后记》中，就有了关于《女嫁蛇》

---

① 罗香林：《古代百越分布考》，见《中夏系统中之百越》，独立出版社1943年版。
② 《非洲班图民间故事·寻找危险的女郎》，百花文艺出版社1959年版。
③ 《印第安神话传说·蛇孩》，中国民间文艺出版社1983年版。

的书面记载。因而断定中国广为流行的433D型蛇郎故事，系从越人之蛇始祖传说演变而来，是有充分依据的。

由433F即蛇始祖传说演变而来的故事，有433D——流行至今的蛇郎故事和433E——唐宋时期的蛇精故事两个类型。它们都将严肃神圣的始祖传说故事化了，赋予其中的主角——蛇郎以新的象征意义。在433E型故事中，以蛇的形象象征邪恶势力，将远古时期人们对蛇的原始崇拜变为诛杀治罪，这是有进步意义的；但又渗透着扼杀青年男女爱情自由的封建道德伦理观念，因而在中国未能深入民间广泛传播开来。它传到东邻日本之后，在另一种文化背景上，却影响了日本的蛇女婿故事的构成。

中国南方各族居民，仍旧怀着尊崇龙蛇的心理，把蛇郎作为寄托人们美好愿望的象征性形象来表现，从而创造了至今流传不衰的433D型蛇郎故事。

这两个源于433F的亚型，看来是分道扬镳构成的，彼此之间不一定存在传承转变关系。

那么，中国西南地区和毗邻的印度、缅甸民间流行的同类型故事之间，是否有什么联系呢？由于彼此接壤，居民世代交通往来，特别是由于佛教的流行，造成了纵横交错的文化交流关系。即以这一故事而论，相互交流影响的烙印也是明显存在的。如汉族《翠儿和莲儿》① 中的蛇郎，“他原来不是蛇，是一个勤劳善良的青年遇难变成的。只要是他爱的人，用自己头上的汗给他洗一次脸，他就可以再变成人”。这一种在中国民众口头较为少见的蛇郎故事，就有着印度故事的痕迹。

还有傣族的《玉朵与蛇郎》② 和德昂族的《蛇郎》③，惩罚嫉妒的姐姐，是让她和一条真正的蟒蛇待在一起，被蛇吞吃，填了饥荒。而且当女儿惊恐叫喊之际，妈妈还满心欢喜地宽慰她：“孩子，不要惊慌，这是它在爱你亲你!”所受缅甸《蛇王子》故事的影响更为明显。

从《五卷书》中的《蛇丈夫》来看，其中并没有姐妹间的纠葛。可是

---

① 《民间文学》1956年第2期。

② 《傣族民间传说》，中国旅游出版社1983年版。

③ 《云南民族民间故事选》(上册)，《云南群众文艺》1979年10月编印。

缅甸的《蛇王子与三姐妹》，不只是出现了一个嫉妒的姐姐，而且让她用花言巧语掩饰自己凶残的面孔，害死妹妹，企图占有蛇王子。它已超越433C型的情节结构，十分接近于中国的433D型了。

在中国和印度、缅甸的一部分433型故事之间，存在着“你中有我，我中有你”，互相渗透的情况是不容置疑的。但就整体而言，印度、缅甸的433A、433B、433C和中国的433D、433E、433F却是两个不同的故事系统，是在不同的民族文化土壤上分别开放的艺术花朵。

我在1983年作中印故事比较时，曾以《搜神后记》中的《女嫁蛇》的文献记载年代最早，而它又系出于南方越人的创造这一事实，设想南亚地区的同类型故事，可能是越人的后裔支系带着这个故事种子广为传播的结果。现在看来，民间故事流传演变的实际情况比这复杂得多。蛇郎故事在亚洲大陆各国，都有它所由产生的原始文化基因——蛇图腾崇拜。中国有蛇氏族，印度也有蛇氏族和沿袭至今的蛇神崇拜。喀拉拉邦现在的非婆罗门人，主要就是古代蛇族人的后裔。社会不断进化，原始信仰逐渐削弱或者消失，但人们依然把关于少女与蛇这个古老而奇特的故事保留在集体的记忆中，并联系现实的爱情婚姻家庭生活，赋予它以新的象征意义。因而将不同国家、民族的蛇郎故事的类同性加以剖析，便会显露出各自不同的民族生活与心理结构的差异。大体说来，中国蛇郎故事重伦理，印度故事重情爱，日本故事的情与理较为朦胧，缅甸故事具有中国、印度之间的中间形态，朝鲜故事具有中国、日本之间的中间形态。在一定程度上反映出它们民族文化的特色。彼此间的影响渗透，虽使故事呈现斑驳的色彩，却不能因此而贸然断定它们是移植的外来品种。民间故事的流动现象是很普遍的，在比较研究中我们应重视探求不同国家、民族之间的民间文学的相互交流影响，但也要细心考察那些表面类同，实为各自生成，或原系各自生成，又在尔后的文化交流中有过影响的故事。欧洲民间文学研究中的流传学派，在故事比较研究上成绩显著，受人称道，可是其孤立地研究民间故事情节的迁徙，把自己的印度起源说和情节流传说绝对化，忽视各民族的历史文化同该民族的民间文学的深刻联系，这样的局限性在我们今天进行民间故事比较研究时应该努力避免。否则，我们就难以在前人研究成果的基础上向前跨进，取得新的突破。

闽台蛇郎故事的民俗文化根基[①]

执教于台北中国文化大学的金荣华教授，将他整理编印的《台东卑南族口传文学选》和《台东大南村鲁凯族口传文学》两书赠我，使我有可能就闽台两地民间口头传承的故事进行比较评说，这是首先要向金先生遥致谢意的。

一

祖国大陆人民对聚居在台湾地区的少数民族，统称为高山族。卑南族和鲁凯族就是这些族群中的两个。这两本书中的近60篇故事，是金荣华教授率领学生于1987年8月和次年元月，在台东卑南乡知本村知本天主堂曾建次神父（卑南族）的帮助下，先后在七个卑南族村落和一个鲁凯族村落采录所得，然后译成汉语，整理写定的。在整理卑南故事时，还参考和吸收了德国天主教神父施路德于60年代实地采录的卑南族故事资料。它们都是按照现代民间文艺学和民俗学的科学方法编辑成书的，既是优良的文学读物，更是珍贵的学术文献。

将这两本书中的故事和福建及其他东南沿海地区的故事相比较，发现了许多令人惊奇的彼此类同之处。

卑南族的《田螺的故事》和福建流行的《螺女江》属同一类型，《中国民间故事类型索引》一书列为400C型。它们共同渊源于晋代陶潜《搜神后记》中的《白水素女》。

卑南族的《熊外婆》，同样以《狼外婆》、《虎外婆》、《熊外婆》的名称流行于大陆，《中国民间故事类型索引》一书列为333C型，选录100余例。

卑南族的《抛彩球》，即《中国民间故事类型索引》中的923B型“掌握自己命运的公主”，该书选录50多例，其中福建、台湾各有一例。

卑南族的《会耕田的狗》，即《中国民间故事类型索引》中的503E型“狗耕田”，该书选录30余例，实则遍及大陆各地。

---

① 原载《民间文学论坛》1995年第4期。

卑南族的《弃儿寻亲》，即《中国民间故事类型索引》中的327型“孩子们和吃人的妖精”，在西南少数民族中颇为流行。

鲁凯族的《太阳的孩子》，同陶潜《搜神后记》中的《虹化大夫》的情节惊人地相似。太阳和虹不仅都化成伟男子下到人间寻求伴侣使之受孕生子，还在分娩后再次来到女家，交付一包婴儿用品，嘱令细心养护，瑰丽的想象同真切的写实融为一体。海峡两岸古今故事文本间的这一奇妙联系耐人追索。

特别是卑南族和鲁凯族口头流传的蛇郎故事和福建及东南地区的蛇郎故事，两者的关联更为密切，本文拟着重予以探讨。

二

我曾在北京大学举办的东方比较文学学术研讨会上发表过《蛇郎故事在亚洲》[①] 一文，对中国、日本、印度及缅甸等亚洲国家的蛇郎故事作过初步的比较论析。

蛇郎故事在世界各国的异文已发表250多篇，其中中国异文约占一半。世界民间故事研究中流行的AT分类法，把它列为433型。经前辈学者和我的清理归纳，它们又可以大致上划分为6个亚型。

433A和433B为典型的印欧型，故事梗概是：一青年或王子被他人施魔法变成蛇，因获得美好女性的爱情，得以解除魔法恢复常态并过上了幸福生活。

433C　蛇郎和嫉妒的女人：一女子嫁给神奇的蛇获得幸福，另一女子出于嫉妒也想嫁给蛇，结果被一条普通的蛇咬死。

433D　蛇郎和两姐妹：妹妹嫁蛇获幸福，姐姐害死妹妹谋占蛇郎，妹妹灵魂不灭，不断变形（鸟、树等）与之争斗，姐姐丑行败露羞愧而死，妹妹死而复生，夫妻终于团聚。

433E　蛇精作祟：蛇精变形为美男子潜入居民家室寻访意中人，被人发现逐出打杀，现出原形。

433F　蛇始祖：一女子上山遇蛇，与之婚配，繁衍子孙后代，被尊为

① 《东方比较文学论文集》，湖南文艺出版社1987年版。

氏族始祖。

中国大陆最流行的两种型式的蛇郎故事，即433F和433D，都存活于卑南族、鲁凯族的口传故事中。

卑南族和鲁凯族人讲述的蛇郎故事，以蛇始祖型为主，如卑南人的《蛇郎君》(由陈锡孚于1966年讲述)：

大南村有一位漂亮少女，很多头目的男孩向她求婚她都不接受，因为她爱上了一条蛇。后来蛇向少女的父母提亲，把少女娶回家去。蛇的家在深山的一个湖里，他们生了很多鸟、蛇等动物，于是世界上就有了各种禽兽。(《台东卑南族口传文学选》165页)

口述者所提供的只是一个梗概，原故事无疑要丰满很多。

鲁凯族的《蛇郎君》是一位名叫杜玉英的女性用汉语讲述的，属同一类型，而情节和细节却十分生动，引人入胜。其梗概如下：

从前有一位头目的女儿叫玛嫩，爱上了一条百步蛇。别人看到的是一条蛇，她见到的却是一位年轻英俊的王子，是从外地特地来向她求婚的。他俩决定结婚，男方送来聘礼。婚礼依照平时习俗举行。玛嫩嫁给高山上的蛇家。她看到自己进去的地方是一座宫殿，别人看到的却是一个湖。后来，人们在每年举行丰年祭之前，都要请祖先来尝一尝，我们的头目看到蛇尝过小米饭以后慢慢地回去了，便向大家宣布："我们的祖先已经回来尝过小米饭了，现在可以举行丰年祭了。"(《台东大南村鲁凯族口传文学》，第55～60页)

《鲁凯族口传文学》一书中还附录了由另外两位老人所讲的蛇郎君故事，内容与之大同小异。

卑南族故事中，少女嫁蛇之后，"他们生了很多鸟、蛇等动物，于是世界上就有了各种禽兽"。鲁凯族故事中，少女嫁给百步蛇之后所生的子孙，成为我们的祖先以及人们一年一度举行丰年祭必须祭礼的对象。它们属于始祖型传说的特质十分明显。罗香林先生40年代作《古代百越分布考》①，首次提及古代越人的蛇图腾崇拜遗存于有关蛇郎的口头传说中。他认为：

此传说之最足令人玩味的，为以年少貌美之女子，出嫁恶蛇，而

① 《中夏系统中之百越》，独立出版社1943年版。

恶蛇为能呈现人形之王子。此与远古图腾社会之组织与信仰，有其承袭演进之关系。盖远古之图腾社会，每选择貌美女子贡献与图腾祖，为能使种人繁殖，而其贡献仪节即为以巫术形式献与图腾祖婚配。图腾之标志虽常为非人形之动植物或其他自然物，然实际所与接触之对象，则常为巫者或属于部落首领之真人。

这里说的奉献少女与图腾祖婚配，是采取由巫者扮演图腾祖的象征形式。是否有更野蛮的形式，即将少女直接奉献给作为图腾崇拜的蛇，以完成这种仪式的呢？看来也是有可能的。晋人干宝所撰《搜神记》中，有一篇《李寄斩蛇》的著名传说，说闽中某山谷中有大蛇，“土俗常惧”。人们每年要给它奉献十二三岁的少女；“至八月朝祭，送蛇穴口”，结果都被蛇吞吃了。后有一个叫李寄的女孩子奋力斩蛇，才废除了这一陋俗。为什么一定要用女孩子来祭蛇？显然正是越族人以蛇为图腾祖，名为给蛇王娶妇，实则是以人作牺牲献祭的更原始习俗的表现。在李寄斩蛇故事流行之前，肯定是有这一图腾婚的蛇郎故事生于民间的。在云南地区白族、怒族所属的那些崇蛇的民族中，关于蛇始祖的传说一直传承至今。《三姑娘和蛇氏族》就讲，三姑娘上山割茅草，嫁给了一条青蛇，她给蛇郎生了两个儿子；“两弟兄都有好几个儿子，有的说怒族话，有的说傈僳族话，还有的说别的话，他们就叫蛇氏族”①。

古代闽中是闽越人居住的地方，闽越人以蛇为图腾由来已久。汉代许慎《说文解字》释“闽”字道：“闽，东南越，蛇种。”早期的蛇郎故事就是蛇图腾崇拜的伴生物。关于台湾的卑南、鲁凯等高山族的来源，有关学者指出：

高山族的来源是多样的。考古材料、历史文献以及民族学资料证明，高山族先民主要来自祖国大陆东南沿海一带，是古越人的一支——闽越的后裔，但也融合了少数来自琉球群岛和菲律宾群岛等地的居民②。

卑南族、鲁凯族人在口头文学中传承不息的始祖型“蛇郎群”故事，

---

① 《白族民间故事》，云南人民出版社 1982 年版。

② 许良国、曾思奇：《高山族风俗志》，中央民族学院出版社 1988 年版，第 5 页。

只能从越族崇蛇的古老文化因子中求得合理的解释。

以上几篇《蛇郎君》故事异文，在叙述中都强调：第一，“她看到的是一位年轻英俊的王子，是一位从外地来向她求婚的王子，而别人看到的则是一条百步蛇”。第二，别人看见女主人公进去的地方是一个湖，而她本人“看到她就要进去的那幢房子是一座宫殿”；众人都为女孩子为蛇王子所喜欢而感到高兴。第三，结束故事叙述之后，讲述人告诉听众，这位迎娶少女的蛇王子就是他们民族的祖先，“我们把百步蛇看作是早先头目的子孙”。总之，故事中把人们尊崇蛇王的心态表现得十分突出，口头叙说显然是古代以少女奉献蛇图腾祖先这一仪式留下的遗迹。关于接受聘礼、按流行习俗办理婚事等，则是后来添加的细节。就整体而言，它们保持着十分古朴的风貌，是关于图腾婚和古代越文化的极为难得的口碑资料。岑家梧在《图腾艺术史》中告诉我们：“台湾蕃族（高山族），每一蕃社必有他们祖先起源的历史传说，鸟蛇化身而为其社祖者甚多。”① 这一论断在卑南、鲁凯人的口传文学中得到完全证实。

为什么这类始祖型的蛇郎故事在福建口头文学中没有发现？我想这是由于《李寄斩蛇》的故事广泛流传并为大众所认同之后，排挤了有关蛇始祖传说的结果。《福建民间信仰源流》一书认为：“明清时期，福建的水上人家继续崇拜蛇王，而闽中的陆地居民倾向于把蛇王看作蛇精，这两种不同的观念反映了陆地居民与水上人家的斗争。不过，这一斗争的结局是两种形象的调和。”② 这是一个富于启发性的论断。须作补充的是，从大的文化背景审视，这种情况似乎同汉以后特别是宋明以来，儒释道三家都对蛇崇拜和以人祭蛇的原始信仰采取排斥态度有关。李寄斩蛇后被越王聘为后，“拜其父为将乐令，母及姊皆有赏赐”，表现了反对“怪力乱神”的儒家正统观念。民间故事和通俗文学中关于张天师和观音菩萨斩灭蛇精的叙述，表现了民间道教和佛教对蛇崇拜习俗的否定。而在卑南、鲁凯等高山族聚居地区，由于未受到大陆宋以后“三教合流”这一思想文化潮流的有力冲击，有关蛇崇拜的习俗和传说故事便保存了下来，成为远古越族文化的

① 《图腾艺术史》，学林出版社 1986 年版，第 20 页。

② 徐晓望：《福建民间信仰源流》，福建教育出版社 1993 年版，第 28 页。

“活化石”了。

以上所讲的都是关于始祖型的蛇郎故事。

三

福建和大陆许多地方普遍流行的433D蛇郎和两姐妹型的故事，也存活于卑南人的口传文学中，《虎郎君》就是很有代表性的一篇。其梗概为：

从前，一位妇人生了两个女儿，女儿长大后，有一只老虎来提亲。妹妹无可奈何地答应了。在归家途中，老虎脱掉虎皮，变成一个英俊潇洒的男子，而且他的家庭是一个富有之家。过了一段时间，姐姐去看望妹妹，出于妒忌，把妹妹推落井中，冒充妹妹做了虎郎的妻子。妹妹死后，灵魂不灭，连续变作青蛙、竹子和花，虎郎君终于认识到“这花就是我的妻子”。（《台东卑南族口传文学选》，第71～73页）

金荣华教授在附记里中肯地指出：“这是一个433D（蛇郎）型故事。开头似乎省略了老虎为什么来求亲而母亲不得不答应嫁一个女儿给他的原因，那通常是请老虎帮忙做一件事以前的承诺。最后则显然少掉了女主角复活或再生并与丈夫团圆的结局。”① 这是讲述人即兴讲述时的疏漏所造成的。

这个故事除将原来的“蛇郎君”改换成“虎郎君”之外，其整体形态和福建流行的《蛇郎君和莲子脸》几乎完全相同。不仅基本情节结构——从虎郎上门提亲娶妹妹，归家途中由虎变人，到姐姐害死妹妹企图占有虎郎，妹妹的灵魂连续变形向邪恶抗争等，具有明显的一致性；而且许多细节也表现出惊人的类同，如小女儿临行时，妈妈送给她一些芝麻：“你带着这些芝麻，走的时候沿路撒下，以后我去看你的时候，可以顺着芝麻找到你。”又如户外长出竹子，虎郎见了砍来做成一把椅子，“奇怪的是，当男的坐这椅子时，很好很舒服，姐姐去坐时就动摇不稳”，等等。我们有充分理由断定，卑南族口传的这篇《虎郎君》，是对大陆所特有433D型蛇郎故事的移植或借用。

我在《蛇郎故事在亚洲》一文中曾指出，433D型故事的构思特点是：以蛇之变形来象征人的命运变幻，将蛇郎塑造成一个由卑贱走向富贵的男

---

① 《台东卑南族口传文学选》，第71～78页。

子，在他命运急剧转变的过程中，将两姐妹——实际上是两种女性的人品进行鲜明对比：心地善良淳朴的妹妹不嫌蛇郎卑贱，与之结合，历经磨难，终获幸福；姐姐以卑劣手段谋害妹妹，企图攫取富贵，落得可耻下场。故事中，蛇郎是一个神奇美好的男子，表明它的形成有着崇蛇的民俗文化背景，和433F型蛇始祖传说之间存在明显的渊源关系。但它却以姐妹争夫作为中心情节，借古老的异类婚问题，象征性地概括反映具有近现代社会色彩的家庭婚姻纠葛，表达民众的正义感和道德伦理观念。它是一个内容既古老而又新鲜，既有浓郁幻想色彩又富于现实生活情趣的优美之作。不仅在中国，即使在世界口传文学中，433D型蛇郎故事也堪称民间童话之精品。因而至今仍在大陆许多地区为民众所喜爱，表现出久远的艺术生命力。与之同型的《虎郎君》在卑南人口传文学中的流行，表明高山族同胞的民间文学在保存越族文化古朴特质的同时，同样呈现出随时代变迁而不断演进的趋势。

《虎郎君》中一个有趣的变异是用虎郎取代了蛇郎。口头传承的民间文学富于变异性。变换角色以适应故事的文化背景，比如用兔子取代狐狸，将狼外婆换成虎外婆，本是民间故事中的惯常现象。可是用虎郎取代蛇郎，我在大陆故事中却还没有见过。发生这种变异的原因，似应联系卑南、鲁凯人中间久远传承的属于433F型的《蛇郎君》的特点来理解。那位蛇郎君是一位高贵的王子，他的宫殿建筑在湖水深处，他同人间女性结合之后就成了他们尊崇的祖先。而433D型故事的男主人公，却居住在山野间，脱去蛇皮之后就成为人间的一名普通男子，只不过生于富有之家。在前一类故事中具有神圣和神秘色彩的蛇郎形象占据人们心头的情况下，后一类故事中的男主人公实在不配再称为蛇郎君，人们便以老虎来扮演他的角色了。福建本有《虎郎和龙女》的故事，在大陆其他地方也常有关于虎丈夫和虎媳妇的故事为民众所津津乐道。将虎郎形象引入蛇郎故事是卑南人别具艺术匠心的表现，而它又同样表现出海峡两岸中华儿女审美情趣的一致性。

四

蛇郎故事就其大体结构而言，在世界上许多国家有其普同性，因而它是一个著名的世界性的故事，或者说是一个在世界广大地区流动的巨大

“故事圈”。可是就它的具体形态来考察，又有着很鲜明的民族性。433F 型始祖型蛇郎传说，特别是 433D 型蛇郎与两姐妹故事，为中国所特有，其地理分布范围与界限泾渭分明，绝少混杂。造成这种情况的奥秘何在？答案只能从不同民族的古老文化因子中去追索。中国的两种主要类型的蛇郎故事，尽管具体情节很不相同，却都是建立在尊崇蛇、以蛇作为神奇美好男子形象的文化心态基础之上，而这一文化心态根源于古代越人的蛇崇拜，历经千年沧桑未能泯灭。

印度虽然也有一些地方流行蛇崇拜的习俗，但因崇信佛教，讲究“轮回转世”，包括蛇在内的各种畜类，常被看作人类前生作恶的报应。所以印度流行的蛇王子故事，主人公不是被人施魔法，就是自己作恶遭惩罚而变成蛇的丑陋外形。流行的情节模式是女主人公用自己的美好爱情，帮助这位王子摆脱厄运，恢复人的本相。在它的影响下产生的欧洲的《美人与兽》，也保持了这一构思特点。

我国的东邻日本所流行的蛇婿故事大体上都属于 433E 型蛇精作祟型。由蛇精幻化而成的小伙子主动上门寻访意中人，后来不是被女孩子本人，就是被她的父母设计害死，结局十分悲惨。许多日本学者都曾揭示这一特点，如柳田国男就说，按一般民间故事叙述逻辑，“嫁给大蛇的孝顺孩子”，理应得到好报，可是在日本，“这非常不符合民意，所以人们总是把故事的结尾部分给改成了不是讨伐，就是诛灭，置之死地而后快”①。还有一位年轻的日本学者将中日蛇郎故事作比较之后说，日本的蛇郎从古以来就不曾得到中国蛇郎那样的好运气，他们都是死于自己所钟爱的女人之手②。为什么要这样安排？这是因为日本人把蛇看作邪神，由此便形成了“日本民间故事中的蛇郎故事恐惧成分多，并与击败邪神故事相联系”③ 的民族文化特色。

---

① ［日］柳田国男：《传说论》，连湘译，中国民间文艺出版社 1985 年版，第 25 页。

② ［日］志村三喜：《围绕蛇郎和龙女谈彝族民间故事的源流》，载《山茶》1985 年第 5 期。

③ ［日］志村三喜：《围绕蛇郎和龙女谈彝族民间故事的源流》，载《山茶》1985 年第 5 期。

中国大陆也有蛇精作祟被人识破或斩杀的故事，《李寄斩蛇》就是它的早期形态。但这类故事多由佛教或道教人物出面与蛇妖争斗，它采取的是另一种形式，并未同民间传承久远的蛇郎故事相混淆，更未在口头叙事领域压倒或取代原有的蛇郎故事。两者并行不悖，分道扬镳，尊崇蛇的古代越文化的因子依然在民间文化的各个领域延续至今。

高山族虽然在日本帝国主义的统治下度过了漫长的黑暗岁月，而在他们口头传承的蛇郎这类古老故事中，却十分鲜明地保持了自己源于古代越文化的民族文化特质，不能不令人惊奇，令人叹服！

意大利的一位著名作家、学者卡尔维诺在给他所编写的《意大利童话》中文版题词时写道："民间故事是通俗的艺术形式，同时它也是一个国家或民族的灵魂。"近几年来海峡两岸纷纷问世的民间故事资料，为我们研究民族文化的共同根基打开了一个新的窗口。

蛇崇拜和基于蛇崇拜的民俗文化背景所构造的蛇郎故事，不用说都属于久远过去的产物。它在海峡两岸民间文学、民间信仰中的丰厚遗存，表明了中华文化根基的强固有力。一个在人类历史风云变幻中能够长久保持自己美好文化特质的民族，定能顺应历史大潮，推进民族文化的发展，创造美好的未来。

一个著名故事的生活史探索

——“求好运”故事追踪研究30年

提　　要

这里的六篇文章，所研究的是一个在中国和欧亚大陆广泛流行的著名故事类型，在中国通称为“问活佛”、“找幸福”或“求好运”，世界民间故事类型编码为AT461。我就这个故事写出的第一篇比较研究论文《一组民间童话的比较研究》于1979年9月在《民间文学》发表后，随即由《新华月报·文摘版》加以转载，成为新时期在民间文学领域恢复运用比较研究方法的一个标志。这篇文章所依据的同类型故事只有十来篇，初步试用比较研究方法来评析它的思想艺术价值，探寻它的演变过程，同时强调要注重民间文学工作的科学性。

文章发表后引起的热烈反响又激励我写了第二篇文章《民间童话之谜》，发表于1980年第2期《外国文学研究》上。这时因发现中国彝族的《淌来儿》和《格林童话》以及《俄罗斯民间故事》中的同类型故事竟然如同孪生姐妹那般相似，便以不胜惊喜的心情进行探究，企图从历史上东西方文化的交流中来解开这个民间童话之谜。

这时我很荣幸地结识了因编撰《中国民间故事类型索引》而知名的美籍华人学者丁乃通教授，他十分热情地鼓励和指导我运用历史地理学派的方法来深入研究这个类型。下面是他1983年5月写给我的长信（原信用中文写成）：

> 今天收到来函，当然是非常高兴的事。AT460和461是一个故事圈或集团，流传极广，若能查出来龙去脉，对国际民间故事研究可能是一个大的贡献。可惜我对这些故事，从来没有深入探讨过，所以我

> 能供给你的资料，都是 Aarne 和 Thompson 的 *TYPES OF THE FOLKTALE* 第二版和 Thompson 的 *THE FOLKTALE* 那两本书上的资料，芬兰大师 Aarne（阿尔奈）于 1915 年便写了专文讨论这类故事，名学者 Tille（蒂勒）于 1919 年也有文章讨论过。
>
> 我本人对此题的初步概念是：中国的说法不可能全是脱胎于印度的，因为中国的 461 型，开始是主角为了向小姐求婚，才非得觅宝不可。这种开端是欧洲的典型，在印度是没有的。中国的 461A 型宗教意味较浓，可是它的特征“问三不问四”，在印度似乎也没有。你假若要比较中印两国的说法，当然是好的，可是了解中国的传统，在我看来并不需要把印度的说法作为前提。此故事圈在印度的说法，似乎只有二十一个，但在中国流传的，拙作（《中国民间故事类型索引》）上已列出四十多个，加上你发现的，已有一百个左右。再过几年，你一定会有更多的收获，足够写一篇有价值的研究论文了。假如我是你的话，一定会先把中国的说法整理成一组，用历史地理法探测传播地区及方向，起源民族及地域，原始形式及意义，尤其要查找古书里有没有这样的故事。先把中国的来龙去脉弄清楚了，再研究别国的传统也不迟。搜集和研究全世界的说法，恐怕要费时间精力，因为这些故事流传最多的地域是波罗的海四周的国家……这样艰苦的工作，像我这样年龄的人已做不动了，像你那样年富力强，不妨尝试一下，欧洲的专家可能会有人帮助你的。

他随即寄来一些欧洲学者的研究成果，其中有汤普森《民间故事概论》中的一节，我请张秋丽女士译出，发表在《民间文学研究动态》上。还有蒂勒的论文《关于命运之子的童话》，我请杨才秀女士译出，摘要在 1989 年第 2 期《中国比较文学》上刊出。经过几年的搜求资料和酝酿构思，于 1988 年写成《一个故事的追踪研究》。这篇论文所依据的 AT461 型在世界范围内的异文共有六百多篇，其中中国故事达一百四十多篇。参考了国际学术界多年来的研究成果，是企图既立足中国实际而又努力借鉴芬兰学派方法对一个大故事进行历史地理比较研究的一个新的尝试。

第三篇文章发表后，偶然间在新出的《中外比较文学译文集》中，读到美国艾伯华教授关于本故事是由近东传入中国的文章，引起自己的思索，便又写了第四篇论文《心有灵犀一点通》，此文不仅是同艾伯华教授讨论，也是有感于历史地理学派方法上的局限性而作一些补充性的论述，在比较故事学的方法上作了进一步探索。

相隔八年之后，因发现了此故事和佛本生故事的关联，便又写了《千年故事百年追踪》，作为此项研究的一个小结。

这项追踪研究持续了二十多年，虽然它的广度和深度不断扩展，有些论点也不断修正，然而很难说就已完全解开了这个民间童话的谜团。新的材料和理论发现将吸引学人对这个在世界上广大地区流动的巨大故事圈作进一步探讨。

附　　记

以上文字见于《比较故事学》(黑龙江人民出版社增订版) 问世的 2003 年 5 月，当时是把《千年故事百年追踪》一文作为本项研究的收束来看待的。可是中国“民工潮”的涌动即“求好运”的现实版的冲击使自己的研究兴趣双活跃起来，于是撰写了《一个蕴含史诗魅力的中国民间故事——“求好运”故事解析》投寄至《光明日报》国学版，竟以显要篇幅刊出。接着，我将自己 30 多年追踪此故事写成的 7 篇文章以及搜求到的 80 篇中国异文，加上其他国学人撰写的多篇论文，辑成一本 50 万字的书，获得北京大学东方文化研究院的青睐，于 2016 年列入“东文化集成”这一规模宏大的书系中。陈岗龙教授还撰写了富有见地的书评予以推荐。此书问世后产生了热烈反响，《人民日报》社主办的《环球人物》杂志有记者对我进行专访，写成《追故事的人》，于 2016 年 9 月，将此稿列入“要目”之内刊出。我对“求好运”这个著名故事类型的追踪探究，由此才收束停笔。

此次编辑出版故事学文集，除《千年故事百年追踪》一文另见《佛经故事与中国民间故事演变》一书之外，其他 6 篇均收录于本书“一个著名故事的生活史探索”这一专辑之内，供学人参阅并继续探究这个比较故事学的世界之谜。

一组民间童话的比较研究①

大同小异的一组故事

读《格林童话全集》，读到《有三根金头发的鬼》这一篇。它的大意是，有人预言一个穷孩子长大后要娶国王的女儿做妻子。国王听了十分生气，便假意把孩子收养下来，暗地里却三番五次想把他害死，然而事与愿违，这个叫幸运儿的少年终于在国王外出时同公主结了婚。国王便给他出了一个难题，要他到地狱里去，从鬼头上取下三根金头发来，才能把公主娶走。少年勇敢地开始了他的旅行。他走到一座城前，城门卫兵托他问，为什么平常涌出葡萄酒的一口井，现在干得连水也没有；他走到另一座城前，另一个城门卫兵托他问，为什么平常结金苹果的一棵树，现在连叶子都不长；后来他过河，船夫托他问，为什么自己渡来渡去，总没有人来替换。他都热心地应允下来。到地狱以后，鬼的祖母同情少年，把他变作一个蚂蚁藏在衣缝里，然后趁鬼酣睡时，拔一根金头发，惊醒他一次，问一件事。少年得到了三根金头发，又把人家托付的事也办了。他回来过河时，告诉船夫，如果再有人来过河，把篙子塞到他手里就是了；告诉卫兵，把咬树根的老鼠打死，树上就会结金苹果；再告诉另一个士兵，把井底下的一个癞蛤蟆挖出来，井底就会涌出葡萄酒来。两个士兵送了许多金子给他。他把三根金头发交给国王，国王不得不承认了这门亲事。贪心的国王见他带回那么多金子，眼红起来，也出门去找金子。过河时，船夫把竹篙塞到他手里，自己跳上岸走了，从此国王就永远在那里摆渡，作为对他干坏事的惩罚。这是一篇内容丰富、情节曲折而又很有教育意义的德国民间童话，是格林兄弟从自己的家乡——德国北部草原上搜集来的（见中文版《格林童话全集·后记》）。可是它又似曾相识，似乎在中国民间童话里也有这样的寻找“三根金头发”的故事。后来我终于记起来了，在《中国民间故事

① 本文原载《民间文学》1979 年第 9 期，转载于《新华月报·文摘版》1979 年第 11 期。文内小标题是这次加的。

选》第一集里，就有一篇故事，题为《三根金头发》，它的大意是：一个穷小伙子要娶妻，丈母娘瞧不起这个女婿，于是出了个难题，要他去西天寻找三根金头发来作聘礼。沿途遇到了三桩怪事：金鸡夜夜唱歌，害得这个地方的人夜里难以安睡，日夜颠倒，无法干活；凤凰把人们收下的粮食都要来吃了，老百姓虽年年丰收，却年年饿肚子；还有鲛人在海里兴风作浪，使得渡船无法行驶，阻碍着交通。这三个地方的人们托付他一定要帮忙找到治服这些怪物的法子，小伙子也是十分热心地一一应承下来。到西天以后，他不顾如来佛正在讲经，爬到如来的肩头上，从如来头上拔下了三根金头发。如来问："谁叮我呀？"他答："我是山那边会唱歌的金鸡呀！"如来生气道："我要用金头发缚住你。"就这样巧妙地套出了治服三怪的法子。在回家途中，他用金头发把鲛人钓了起来，鲛人答应困难时给他帮忙，再也不兴风作浪了；他用金头发把凤凰捆住，凤凰答应再也不糟蹋粮食了，并送给他两个能落金落银的宝蛋；他又用金头发缚住金鸡，金鸡答应再也不胡乱唱歌了，还愿意跟小伙子回去，每天给他下金蛋。回家后，那个老太婆却突然变了卦，不要三根金头发，却异想天开地要一斗珍珠，想把小伙子难倒。这时鲛人出来帮忙，将头上的水珠梳落变成珍珠，于是小伙子娶上了心爱的姑娘做媳妇。老太婆贪得无厌，又强行把另外两样宝物——凤凰蛋和金鸡也要了去。结果她一点好处也没有得到，珍珠掉在水里化成了水，金鸡被胀死了，凤凰蛋也被摔破了，最后老太婆自己也死了。

两篇故事的情节多么相似，都是寻找三根金头发作娶亲的聘礼，在寻找三根金头发的同时，帮别人解决三个疑难问题；主人公好心帮助别人的结果得到了应有的酬报，反过来又成全了自己的亲事，过上了好日子，而坏心肠的人则受到了应有的惩罚。距离这么遥远的两个国家、民族之间，居然在民间流传着主题和情节如此相似的童话故事，真是令人惊奇！

但是中国的《三根金头发》，原在《民间文学》发表时，只注明是汉族故事，由王立中搜集。我怀疑它是不是真正来自民间，会不会是文人仿格林童话之作？于是我怀着像民间童话的主人公那样寻珠探宝的心情，继续在中国民间童话的宝库里搜寻，结果是喜出望外，原来这类"三根金头发"型的民间故事，在我国不是一个两个，已经整理发表出来的就有十来个；也不只是流传在一两个地方、一两个兄弟民族当中，而是广泛流传在从东到西、从南到北的许多地方、许多兄弟民族中间，这就更加令人惊异了。这些故事是：

云南、贵州苗族的《孤儿和龙女》，苏晓星、张富成整理（见人民文学出版社 1963 年出版的《苗族民间故事选》）；

云南彝族的《淌来儿》；

云南壮族的《穷人寨》，王学祥讲述，云南民族民间文学文山调查队整理（以上两篇见人民文学出版社 1962 年出版的《云南各族民间故事选》）；

广西壮族的《日卡孤儿故事》，覃树贤讲述，韦正良记录（见广西师范大学 1959 年编印的《壮族民间故事资料》第一集）；

海南黎族的《九代穷》，许和达、易福洲整理（见作家出版社 1958 年出版的海南黎族民间故事集《勇敢的打拖》）；

青海藏族的《“株本”的来由》，王尧整理；

青海撒拉族的《日孜根娶妻》，马学义整理（以上两篇见青海人民出版社 1959 年出版的《民间故事选》）；

甘肃回族的《太阳的回答》，柯扬搜集整理（见甘肃人民出版社 1962 年出版的（甘肃民间故事选》）；

山东汉族的《找幸福》，倪德山记（见山东人民出版社 1955 年出版的故事集《玉石鹿》）。

把开头提到的两篇加在一起，共有十一篇。将它们的内容和形式加以比较分析，颇有所得。下面就将自己的几点心得写出来，以就教于从事民间文学研究的同志们。

故事中的民众希望与期待

列宁说，用民间故事作材料，“可以写出极好的研究人民的希望与期待的论文”，又说它是“研究我们时代的人民心理的非常必需而重要的材料”①。这一组民间童话之所以能在极广大的范围内流传，首先就是由于它反映了千百万劳动群众的共同心理，概括了在相同历史条件下形成的理想、

① 《苏联民间文学论文集》，作家出版社 1959 年版，第 3 页。

情操。十一篇故事又可以分为两种类型，《有三根金头发的鬼》、《三根金头发》、《淌来儿》、《“株本”的来由》、《日孜根娶妻》和《孤儿和龙女》，这六篇是一类，以“寻宝聘妻”为中心，要寻找的宝物，多数是三根金头发，也有两篇是其他金银物品。在寻找三根金头发的过程中，做了三件帮助别人的好事。另外五篇以“寻找幸福”为中心，如《日卡孤儿故事》开头就讲：“我生下来为什么这样苦，今天我要到西天去问仙人。”在寻找个人幸福的过程中，又热心帮助别人做了三件好事。这类故事还特别讲到，到西天去问事，那儿的规矩是问三不问四，这就使主人公犯难起来，究竟把谁的问题撇下来好呢？他考虑的结果是，觉得自己要办的事固然重要，别人托付的事也都很重要。“问三不问四，还是先人后己吧！”结果辛辛苦苦跑出来一趟，自己的事反而撇在一边，多么高贵的品质！“好心自有好报”，他在帮助别人的过程中，自己也获得了幸福，金银财宝、美丽的妻子等最后都有了。前六篇后五篇情节虽略有不同，主题都是寻找幸福，可以把它们都叫作寻找幸福的故事。人们对自己所过的贫苦生活不满，想要一个美丽的妻子，想摆脱饥寒交迫的生活，在现实社会里，不能得到满足，他们便产生了一种美丽的幻想，以为世界上有一个万能的智慧之神，可以在那里找到自己所需要的东西，或者是找到关于怎样获得幸福生活的答案。总之，对人生抱着乐观进取的态度，相信依靠自己的勇敢追求，可以获得幸福。这大概是这一组童话故事之所以为旧时代的广大人民群众所喜闻乐见的一个基本原因。

还须指出，这组故事揭示了一个生活真理：只有热心帮助别人的人，自己也才能在众人的帮助下获得真正的幸福。《三根金头发》中的小伙子帮大伙治服了鲛人，当他的丈母娘不要金头发而要珍珠作聘礼时，正是鲛人出来帮他解决了这个难题。《九代穷》中的小伙子帮助困龙飞上了天空，困龙送给他一颗万能宝珠，他想要什么就有什么，日子就再也不穷了。这里的“好心自有好报”，不同于封建迷信中的因果报应，它是实际生活中的辩证法，是赞扬乐于助人、先人后己的崇高品质。民间童话中对青少年最富有教育意义的主题，一是歌颂为集体幸福而英勇献身的英雄，如蒙古族的《猎人海力布》，侗族的《长发妹》，壮族的《水珠》（均见《中国民间故事选》第一集）等，主人公为了免除某种自然灾害对大伙的袭击，甘愿自己接受天神的惩罚，化成了山石树木。再就是我们所讲的这类歌颂先人后己的美德的故事了。正是这类故事世世代代培育了劳动人民的许多美好的品质、美好的情操。它和剥削阶级自私自利、损人利己的人生哲学是截然对立的。从这组民间童话可以看出，许多反映了劳动人民先进世界观和传统美德的故事，对我们今天的青少年仍然可以发挥积极的教育作用，是一份重要的精神食粮，并没有过时。

在格林童话中，我们虽然只看到了一篇这样的故事，按民间故事产生和流传的规律及这类故事在我国广泛流传的事实来推断，想必在当时的德国，也有许多大同小异的故事在不同地区流传吧。从这组故事，可以看出两国劳动人民（可能还有其他国家）的心很早以来就是相通的，他们在黑暗岁月里渴望幸福，憧憬美好的生活，并且能够勇敢乐观地去追求幸福。将它们结合起来读，对于增进两国人民之间的了解和友谊，是极有意义的事。

奇幻优美的艺术构思

这组民间童话的情节变幻曲折，结构缜密完整，它用生动的故事将丰富的现实生活内容和美丽的理想传达出来，表现出极高的编织故事的技巧。

我们知道，民间童话和其他民间故事，往往采用“三段式”或“三迭式”的结构，即性质相同的事件反复三次，从而显得跌宕起伏，曲折生动。而这组故事，却由几个“三段式”交错构成，以《三根金头发》为例，就包括四个“三段式”：沿途遇到三怪，三次答应帮助人办事；见到如来佛以后，三次拔取金头发，并套问治服三怪的办法；归途上治服三怪；贪心的老太婆受到三次惩罚。每根金头发都发挥着“一箭双雕”或“一箭三雕”的作用，例如用金头发钓起鲛人来，给人们除了害；用金头发作聘礼；当老太婆改口不要金头发而要珍珠作聘礼时，仍然是这根金头发发挥了作用——由金头发钓起来的鲛人变出了一斗珍珠，最后珍珠在老太婆手里化成水，惩罚了邪恶。值得注意的是，作者不是这样简单地平列起来叙述三根金头发的故事，而是穿插着叙述，故事里头套故事，将幻想与现实、同情和反感、必然与偶然巧妙地交织在故事中间，娓娓动听，引人入胜，发人深思。人们在现实生活基础上驰骋富有诗意的想象，精心构思，把编织童话故事的技巧发展到了登峰造极的地步。这大概也是它能在国内外获得广泛流传的原因之一。没有为广大群众所喜闻乐见的故事情节，缺乏艺术性的艺术品，显然是不会有如此旺盛的生命力的。

但这类故事并不是作为一种抽象空洞的情节型式而存在的，它们是同中有异，在相同相近的情节结构里，表现出不同民族和不同地区的社会生活与风俗习惯信仰以至审美观点等，具有鲜明的民族与地区的特色。这一方面从艺术创造上说明了童话艺术都是鲁迅所说的“实际和幻想的混合”（《小约翰·引言》），童话是在一定的现实生活土壤上开放出来的绮丽的艺术花朵。同时也启示我们，从富于幻想的童话故事里，可以通过比较，研究不同民族的生产生活方式与心理状态的特点，找到一些历史进化的痕迹，发挥“活化石”的作用。即以这一组童话故事而论，由于它们的艺术构思是回答一些民族、一些地区对幸福生活的渴望，从人们所憧憬的幸福生活内容及向谁去寻求幸福两方面，就给我们提供了许多丰富生动的东西。请看：

德国童话里是讲主人公到地狱的鬼头上去拔取金头发，一开始就显出异国情调来，我国民间流传的十来篇童话都不这样讲。但它们也不一律，有的是到西方太阳姑娘的头上去拔取金头发，这是由太阳放射的金色光芒而生出的想象（《淌来儿》）。有的是到北方的太白星君那儿去寻求幸福，“听说世界上最聪明的人是太白星君，又乐意解决人们的困难（《穷人寨》）。太白星即金星，从地球上看，它是天空最明亮的一颗星，又称启明、长庚，因“先日而见，故曰启明；后日而没，故曰长庚”。中国从很古老的年代起，就把金星拟人化，塑造出既饱含智慧又富于同情心的太白星君的形象。还有的说是到西天如来佛头上去拔取金头发（《三根金头发》），或向西天佛祖寻求关于幸福生活的答案（《九代穷》），看来这与我国民间受佛教传说和唐僧上西天取经等故事的影响，因而把天的西方想象成光明极乐的世界有关。在我国流传的这类故事中，还出现了蛟龙、凤凰、鲛人的形象，尤其是困龙要求上天的情节，在大部分故事里都有，这显然是与我国古代许多民族曾经以龙作为图腾，因而龙凤的神话广泛流传分不开的。以上虽是一些幻想形象，也反映出民族心理的不同。这里要说明的是，如来佛的形象虽来自宗教传说，在童话里出现却已被人们作了一番改造。小伙子找到了如来佛，如来正在讲经，小伙子办事心切，就想："不用管他，干脆爬到如来头上去拔三根吧！"于是他像猴子似地爬到如来肩头上，假托自己是金鸡、凤凰和鲛人，拔下三根金头发就溜下地走了。这里所表现的对如来佛的态度是亲切的，又带有揶揄嘲笑的味道，完全不是佛教徒对之顶礼膜拜、严肃虔诚的心理。所以这样的内容既和宗教信仰有关，又不是一本正经地宣传宗教信仰，而是把如来佛等作为人们所熟知的一种幻想形象来运用。这又显出民间创作的特点了。

这十来篇故事，提出了二三十个有关人们幸福生活的问题，绝大部分答案是幻想性质的，"不是现实之科学的反映"，但它却反映了各民族丰富多彩的生产与生活方式及社会风俗习惯等。由城里的士兵提出关于金苹果树和葡萄酒生产方面的问题，表现了德国人民生产生活方式的特点。我国童话中也有提果树不结果的，却是橘子树、桃树和结长生果的仙树等，没有出现金苹果树。可是船夫要求来人接班，却在我国的《"株本"的来由》和《淌来儿》这两篇故事里都有，而且都是将篙或桨扔给国王。故事里还说，青海地方的人称呼摆渡船的人叫作"株本"，即"弄船的头人"，就是由此而来的。这里反映的船夫的生活和他们厌恶这种劳役性劳动的情绪在两个国家的古代劳动者之间又是一致的。

我国的这类故事，大部分是从农业生产方面提出问题。山东汉族的小伙子问：为什么一个干旱地方的老百姓打出的井总是不出水？回答是地下泉眼被金砖盖住了。云南壮族小伙子问：他那个地方的河流自古以来都没有干过，为什么如今却干得什么庄稼都长不起来，人们无法在当地生存？回答是一条火龙霸占了河的上游。这类问题反映了自然灾害，主要是旱灾对人们的严重威胁。回答是主观幻想性质的，其中也反映了人们探索这些自然现象所取得的某些进展，如打井不出水是因为没找到泉眼，河流的下游缺水是由于上游干涸所致等。

青海撒拉族的小伙子问：为什么他那个地方的农民盖不好房子，墙打得超过了三尺就要倒塌？为什么沙地里开渠存不住水？回答是把村子里和渠底下埋藏着的金银挖出来就行了。这个回答虽系幻想，但提出的问题却很具体生动地反映了那个地区自然条件的特点。

甘肃回族的小伙子问：为什么人拉木犁耕地，又慢又吃力？还有羊毛长得太长了，羊儿连走路也很困难，怎么办？回答是：在木犁上套上铁的铧尖，改用牛拉；每年用剪刀剪两次羊毛，羊就轻爽了，剪下来的羊毛还可以织衣服，做毛毯。这两问两答既表现了当地群众生产方式的特点，还概括地反映了他们的生产经验和生产发展水平。

在上述的故事里，比较普遍地提到为什么一个好端端的姑娘却不讲话，变成了哑巴？回答是她见了自己心爱的人就开口。这可能是用幻想的方式表达了对封建包办婚姻的不满和对自由婚姻的一种追求。所以当她见到那个热心帮助大伙办事的小伙子时，就立刻讲起话来，结成了一对美好夫妻。

这类故事较少涉及阶级剥削和阶级压迫问题，只有海南黎族的《九代穷》里，表达了这方面的内容。那个黎族小伙子就是因为生活穷困，感到很纳闷："为什么我一年到头劳动，生活还是这样的苦？"才下决心到西天去问佛祖，想讨一个满意的答复回来。后来他因先人后己，帮蛟龙飞升上天，蛟龙送给他一颗万能的夜明珠，他想："要是五指山下的大黎头全没有了，穷人不再受欺负，该多好啊！"果然，五指山下的大黎头都死光了。这个情节反映了劳动人民对剥削者的强烈憎恨，打着阶级对立社会的鲜明烙印。

把流行在不同民族和地区里的同一童话母题的不同异文集中加以比较，在我们面前所展现出来的是一幅多么广阔丰富的自然界与社会生活的图景！它们除了使童话故事具有浓厚的生活气息和民族特色之外，还给我们研究许多民族和地区的自然条件的变化、社会历史的发展及人们的风俗习惯宗教信仰等提供了宝贵的资料。许多古老的东西时过境迁之后，往往还保存在民间口头文学中。恩格斯在撰写《家庭、私有制和国家的起源》一书时，就引用了不少神话材料，吸取了比较神话学的研究成果。我们的民间文学研究工作也应从这一方面作出积极的努力。

提高民间故事搜集整理的科学水平

从比较中间，感到我们对于民间故事的搜集整理工作，需要讲究科学的态度和方法，切实提高这个工作的科学水平。

《九代穷》这篇童话，有两份整理稿，一份收集在海南黎族故事《勇敢的打拖》一书中，署名许和达、易福洲整理，由作家出版社于1958年出版。

一份改题为《橄榄湖》，署名丁歌、许和达记录，李韵整理，发表在1956年4月号的《民间文学》上，同时又编在少年儿童出版社出版的故事集《金琵琶》中。把这两篇稿子加以对照并和这个类型的其他许多篇故事相比较，就可以看出，《橄榄湖》是从《九代穷》演绎来的，如果作为改编的儿童故事，自然也未尝不可。但发表在《民间文学》刊物上，距离“忠实记录，慎重整理”的要求就比较远，从而损害了它的科学价值。这里不作细致比较，只就基本情节来说，原来故事发生在五指山下，那个叫九代穷的小伙子租种大黎头的地，一年辛苦到头，还是吃不饱，穿不暖，所以要出门去寻找幸福。后来却改为在橄榄山下，有个橄榄湖，湖边住着个年轻的庄稼汉，租种地主的地。完全将背景改变了，使人误以为这是一个江南水乡的童话故事。原来主人公纳闷是由于“为什么我一年到头劳动，生活还是这样的苦?”后来加了一句：“为什么橄榄湖长年不停地流动，湖水还是浑的?”大概是为了声韵的协调吧，却损害了原作的内容，因为这类故事中所有提出的问题都是有关人们生存幸福的实际问题，没有一个故事是像这样抽象地来思考湖水为什么浑浊不清。它不符合人物特定的心理状态。原来是去找西天佛祖，虽反映了佛教思想的影响，但并不会损害它的思想与艺术价值。后来变成了去问西方老人。这不伦不类的“西方老人”，显然是出于怕用了“佛祖”，被人指责为宣传宗教迷信而生造出来的一个形象。这样改动之后，就大大变了样子，并没有增加什么文学价值，却损害了它的科学价值。如果想从中研究一下过去人们的生活、心理等等，就会上当，造成一些混乱。

从这个例子我就联想到，我们的报刊，特别是像《民间文学》、《故事会》这样的刊物，发表民间故事，既要注重艺术性，也要注重科学性。应在发表作品时，注明讲述人、流传地区，搜集整理的年月等，将记录稿、整理稿和改编稿加以区别，使利用者便于选择。我们的民间文学工作，如果从现在起，还不注重科学价值，不努力积累供科学研究之用的宝贵资料，将给我国的学术事业造成不可弥补的损失。

通过分析比较，对于“三根金头发”这个类型的童话故事的演变情况，也形成了一些初步的设想。

看来它是从人类关于太阳的神话派生出来的一个古老的童话故事。它的情节构成以“三根金头发”为中心。现在的故事里有三种说法：到地狱里的鬼头上去拔金头发，到如来佛的头上去拔金头发，到西方太阳姑娘的头上去拔金头发。这最后一种说法来自我国云南彝族的《淌来儿》，如果这种说法确系原来如此，我认为它是这类故事中最古老、最合理而又是最优美的一种。因为金头发是从太阳的金色光芒生发出来的想象。太阳落在西方，所以要到西方去寻找。女性的头发是长长的，所以又把太阳拟人为太阳姑娘。这种想象既切合物的特点，又切合人的特点，多么美妙而富有诗意。《淌来儿》中还说太阳姑娘的家在一个大树林里，她睡了一夜，第二天清早就从窗口飞出去给人类做工。这和我国古代神话中关于太阳栖息在扶桑树上的说法也相近。至于到鬼头上、到如来佛头上去拔金头发，应该说是后来在流传过程中和某些地方的习俗信仰结合所致，已不是它的原始面貌了。这类故事之所以能获得世界性的传播，其原因也只能从这方面去找。因为关于太阳的神话是全世界普遍都有的，容易在不同地方演变成情节相类似的故事。如果它只是和某一地区人们的习俗信仰相联系，最初就是关于地狱里的鬼或关于如来佛的故事，是不会在遥远的异地也能生长和传播开来的。

在这类故事中，有几篇因不是寻宝聘妻，所以没有拔取金头发的情节，而只是直接提出有关幸福生活的几个问题，其中有向老佛爷提问的，有向大鬼提问的，有向太白星君提问的，还有向太阳巨人提问的。按照我们上面所说的理由，最后这种说法最古老。人们自古以来不仅把太阳看作光明与温暖的象征，而且看作智慧的源泉。后来在流传过程中才演变成为其他说法，可是大多数仍然把到西方去这个尾巴保留了下来。

由于这类故事比较古老，所以它所反映的人们对幸福生活的憧憬，主要是关于战胜自然灾害，提高生产效率等方面的内容，和人类早期神话的内容是一致的。后来才增加了反映阶级压迫的内容。它说明童话故事的内容也是随社会生活的变化而不断发展的，值得我们珍视。然而从艺术表现上看，这方面的内容还没有能够被有机地糅合到故事情节里去，多少显得有些生硬。童话里具有魔力的宝珠，能够随主人的心愿变出某种具体的物品来，这种想象比较自然合理。《九代穷》里的小伙子所获得的宝珠不完全是这样，面对宝珠，他心里想要大黎头死光，大黎头真的就死光了。如果这确实是原来就有而不是整理者所加的，也不太自然合理，在艺术上还未经过反复琢磨而臻于完美。宝物当然也可以具有置敌人于死命的魔力，但要加以形象化，才有艺术感染力，有的民间童话中所出现的“报仇棒”，可以随主人的心意指东打东，指西打西，就比这里的宝珠要生动得多。以上种种看法，未必正确。只是提出有关这一组民间童话的一些学术问题求教于大家。希望得到同志们的批评指正，有助于活跃民间文学领域的学术空气。

民间童话之谜[①]

我在《一组民间童话的比较研究》那篇文章中，曾提到德国格林童话中的《有三根金头发的鬼》和我国民间广泛流传的一组寻找三根金头发的故事，在主题思想与情节结构上十分相似，属于同一类型。随后又惊奇地看到一篇出自一百多年前阿法那西耶夫编辑的《俄罗斯民间故事》中的《富玛耳科和倒运的华西利的故事》[②]，也属于这一类。试比较一下它们的内容。

我国关于寻找三根金头发的童话故事，已整理发表的共有十多篇，其中以云南彝族的《淌来儿》最为完整。它讲的是一个皇帝在山外打猎时，听见仙人预言一个刚生下地的娃娃长大后要做皇帝的女婿，还要当皇帝。他气不过，便把这个孩子骗到手里，装进木箱，扔到河中。木箱顺水漂流，被渔夫捞起，孩子在渔夫身边长大，取名叫“淌来儿”。后来皇帝又出来打猎，发现他想害死的那个孩子仍然活着，于是写了一封信，要淌来儿送到皇宫里去，信里指示皇后把淌来儿杀死。淌来儿送信途中，歇息在一个白胡子老汉家中，白胡子老汉悄悄地改写了那封信，淌来儿被皇后招为女婿。皇帝更加气恼，便要淌来儿到远方去，从太阳姑娘头上取来三根金头发，

---

① 本文原载《外国文学研究》1980 年第 2 期，1984 年收入张隆溪、温儒敏编选，北京大学出版社出版的《比较文学论文集》；1992 年收入李达三、刘介民主编，台湾学生书局出版的《中外比较文学研究》第二册，将题目改为《民间童话比较研究》。

② ［英］倍因编译，周启明中译《俄罗斯民间故事》，天津人民出版社 1957 年版。

才能娶上公主。淌来儿勇敢地前去寻找金头发。在路上有三个地方的人托他办事，划船人托他问：为什么自己划了二十多年船，没人来替换；一个地方的人托他问：为什么这儿的长生果树多年来不结果；还有一个地方的人托他问：为什么当地的活命泉多年来不出水。淌来儿都很热心地答应下来。淌来儿在一个大树林里找到了太阳姑娘的家，在她妈妈的热心帮助下，从睡觉中的太阳姑娘头上拔下三根金头发，并问清了别人托付他办的三件事。在归途上，他告诉人们：活命泉不出水，是青蛙堵住了泉眼；长生树不结果，是树根下有一条蛇。人们把蛙、蛇打死，井里涌出活命水，树上结出长生果，便送了许多金银给他。淌来儿最后告诉船夫：下次有人来过渡，把桨丢给他就行了。他回到京城，用取来的三根金头发娶上了公主。皇帝听说他的奇遇之后，想找长生果和活命水来吃，永远当皇帝，也出门去。走到河边，船夫把桨丢给他，他就只得永远在那儿划船摆渡了。

格林童话中的《有三根金头发的鬼》和俄罗斯民间故事中的《富玛耳科和倒运的华西利的故事》，情节结构和《淌来儿》几乎完全一样。都是以一个穷孩子的命运为中心来展开叙述（他们的名字分别叫“淌来儿”、“幸运儿”和“倒运的华西利”），由两个“三段式”构成曲折动人的故事：国王（或富商）想用水淹和送信的办法害死穷孩子，均未得逞，最后便要他去寻找那一般人根本无法找到的三根金头发（或办一件别的难事），企图难倒他。主人公在这过程中帮助别人办了三件好事，反过来他又在别人的帮助下获得了美满的婚姻和许多财宝，并使害他的坏人变成渡船夫，遭到了应得的惩罚。

这三篇民间童话流传的地域，相距是多么遥远，然而它的艺术构思和情节结构却是这样相似，简直就是一母所生的三姐妹，真使人不胜惊异。这种奇特现象说明了什么，是怎样造成的？本文试对这个民间童话之谜作初步的探讨。

跨国流传的故事类型

童话是幻想与生活真实相结合的产物。人们讲述那些充满神奇幻想的童话故事，并不只是为了满足自己的好奇心，而主要是凭借绮丽的想象，表达出他们追求美好生活的理想愿望。只有那些深深植根于现实生活土壤而又充分表达出人民意愿的童话故事，才能在广大地区内不胫而走，历经漫长岁月而流传不息。

这三篇故事基本上都是封建社会的产物。通过曲折变幻的情节，表达出一个共同的主题：善良战胜邪恶。这个主题是以鲜明对比的方式表达出来的，那个善良无辜而又勇敢坚定的穷孩子，虽屡遭迫害，反而因祸得福；穷凶极恶的坏人，不论是皇帝还是富商，费尽心机干坏事，结果还是遭到了恶报，逃不脱严厉的惩罚。童话故事里是充满神奇的幻想的。这三篇故事都是以仙人们关于一个刚生下地的穷孩子的未来命运的神奇预言开头，可是从故事的整体来看，情节是按照实际生活的逻辑和人民的愿望向前发展的，并不是由某个万能的命运之神主宰一切。国王或富商千方百计想害死那个穷孩子，由于人们对不幸者的同情把他救活。《格林童话》中说，“那些硬心肠的强盗们起了同情心”，才把国王要杀死少年的那封信改换了内容，鲜明地表达出劳动人民的爱憎。后来少年出外去寻找金头发，因热心帮助别人解除危难，做了三件事，因而获得了人们相应的酬报，自己终于得到幸福，这更体现了实际生活中的辩证法，同时表达出人民群众对先人后己、乐于助人这种美德的热烈颂扬。至于国王最后的倒霉结局，则是因他贪得无厌、利欲熏心所致，是咎由自取。在这巧妙安排中，体现出人们对作恶者的憎恨。格林童话中说：“从此国王只好摆渡，这是对他那些罪行的惩罚。”最后还富有风趣地补充道：“他现在还在摆渡吧？还用说！大概没有人去接他的篙子了。”洋溢着无比乐观开朗的情趣。

把这三篇童话故事放在一起读，可以鲜明地看出它们共同的思想倾向，即同情被压迫者的不幸遭遇，仇恨压迫剥削者的邪恶罪行，赞扬互助友爱的高尚品质，憧憬美好的生活，并鼓励人们乐观勇敢地去追求幸福。在艺术表现上，都是以那个穷孩子坎坷的命运为中心，将出人意料的奇幻色彩同合乎情理的情节发展结合起来，将线索的单一同几个“三段式”的错综结合起来，具有引人入胜的巨大魅力。由于它以优美的艺术形式，反映出处于黑暗封建社会的广大劳动人民的美好意愿，具有深厚的人民性，所以它才能插上翅膀，在欧亚大陆广大地区的群众口头上流传，引起他们心头的强烈共鸣。从它的广泛流传，说明我国和德国、俄国劳动人民的心灵在许多世纪中都是相通的。他们所爱、所憎的对象，所热烈追求的美好事物是一致的。这使我们今天读起来，感到非常亲切。它们对于促进这些国家人民群众之间的了解和友谊，是可以发挥积极作用的。

我们上面着重讲了这三个童话故事之间在思想内容上的一致性，自然它们也有不一致的方面。虽是同一类型，由于和不同国家、民族的生活相结合，就同中有异，具有不同的民族色彩了。不同民族的生活与心理，集中表现在童话形象身上。格林童话中的幸运儿从一个城市走到另一个城市，守城门的卫兵托他询问关于葡萄酒生产方面的问题；阿法那西耶夫故事中的华西利却走到海边，见到一条横断海峡的大鲸鱼，因吞吃了十二条商船而动弹不得。鲜明如画地展现出不同的自然环境与生产方式。格林童话与中国云南彝族童话中干坏事的都是皇帝，阿法那西耶夫故事中干坏事的却是富商，而且他的势力竟然可以和蛇沙皇分庭抗礼，由此可以看出社会结构的不同。中国云南彝族童话中的淌来儿是去寻找太阳姑娘，拔取金头发；格林童话中的幸运儿是到地狱里的魔鬼那儿去寻取金头发；阿法那西耶夫故事中的华西利则是到蛇沙皇那儿去，寻求有关问题的答案。用不同的幻想形象来充当同一角色，反映出民族心理的差别。总之，这三篇故事尽管属于同一类型，当其在不同的民族扎根以后，就逐渐民族化了。许多具有广泛概括意义的民间童话，又总是和具体生动的民族生活、民族心理结合在一起，并不是作为一种抽象的情节型式而存在的。正因为这样，它才能为不同国家、民族的人民群众所喜闻乐见而世代相传下来。

在这里，要指出《富玛耳科和倒运的华西利的故事》显然受到了基督教思想的浸染。故事中的那三个白胡子老汉，是以不可抗拒的命运之神的姿态出现的，开头是他们决定，要给华西利以富玛耳科的财富，中间又是他们将华西利送的信改换了内容，并说："神不会舍弃你的。"最后还出来讲："华西利，你不曾看见了神是怎么祝福你的?"这样，就把"好坏的人都逃脱不开命运之神的支配"这个宗教观念渗透进去，削弱了原来的主题。但从这个故事总的构思与基本情节来看，和它两个姐妹篇相比较来看，这种"听天由命"的说教不过是在流传过程中被人们填塞进去的，或者是搜集整理者个人所留下的思想烙印罢了。我们现在将它们放在一起进行比较研究时，是不能不看到这种情况的。我们说这两篇故事，表达了在欧亚大陆广大地区之内劳动人民的高尚品质与美好意愿，当然都是就它们的本来面目和基本倾向而言的。

同类型的故事，却在不同国家、不同民族的人民群众当中流行，这种现象是怎样造成的呢？

在世界各国流传的民间故事中，有许多是情节结构相同、表达同一主题的。为什么这些故事，能够突破山川的阻隔和语言等的限制而在广大地区内流传？人们进行过许多研究，作过种种解说。有的认为处于同一社会发展阶段的民族，因为存在共同的生产生活方式与社会心理，能够在各自不同的土壤上生长出主题与情节相似的幻想故事来；有的则认为它们是共同起源于某一个故事中心，如印度和波斯，因脱胎于一个母体以至于模样相似。这两种说法都有一定的事实根据，反映了故事文学发生演变的某些规律，不应把它们对立起来。实际上是两种情况都有，完全用某一种说法无法对所有事实作出合理的解释。例如许多国家许多民族中间，都流传着关于太阳、关于洪水、关于人类起源的情节类似的古老神话，显然是由于它们都经历过相同的社会发展阶段所致。就我们所研究的这三篇童话故事来说，由于它们已是人类进入文明时代，各国发生了广泛交往的历史阶段的产物，而且它们的艺术构思与情节结构又是那么接近，看来是脱胎于一个母体，伴随着这些国家政治、经济和文化的交流而流传演变的结果。由于这些故事是一种不定型的口头文学，现在已经搜集整理成文的书面资料又很少，对这个问题追根溯源颇为困难。下面只能依据有限的资料，就它们的流传与演变情况提出一些初步的假说。

是格林童话的移植吗？

有人问，中国的《淌来儿》这一类故事，是不是在格林童话和阿法那西耶夫故事的影响之下产生的呢？

由于格林童话和阿法那西耶夫故事的文本已经问世一百多年，而中国的《淌来儿》等，多是新中国成立以来（主要是1958年前后）搜集整理成文的。人们提出上面的疑问是很自然的。怎样看待这个问题呢？

格林兄弟搜集整理的民间童话，以《儿童和家庭故事》的书名，先后于1812年、1815年和1856年由他们自己作序，印行过三版，以后即广传于世，在世界范围内传播开来。我国在1900年，就有人选译《天方夜谭》、

《格林童话》汇编成书出版。在五四新文化运动期间，《童话》丛刊和其他许多儿童文学书刊，都译载了不少格林的童话故事。1935 年由商务印书馆出版了一个完整的《格林童话全集》，1959 年经译者魏以新校订，又由人民文学出版社重新出版。

阿法那西耶夫的《俄罗斯民间故事》共分八册，于 1855 年到 1864 年在莫斯科陆续出版。在我国，似乎还没有一个完整的中译本。周启明 1952 年翻译的《俄罗斯民间故事》，是按英人倍因 1901 年编译的《俄罗斯童话》转译的，倍因又取材于柏烈伟 1874 年据阿法那西耶夫故事集编译的《俄罗斯民间故事》一书①。

从以上情况可以看出，格林童话和阿法那西耶夫故事在我国的传播，年代都比较晚，范围更是有限，远远没有深入广大农村，更不用说许多少数民族居住的穷乡僻壤了，难于在人民群众口头上演变成为具有中国民族色彩的童话故事。

尤其值得我们注意的是，在我国民间流传的这类“三根金头发”故事，并不只是《淌来儿》那么一个，也不是两三个，我在《一组民间童话的比较研究》中，曾经列举了十个，即云南、贵州苗族的《孤儿和龙女》，云南彝族的《淌来儿》，云南壮族的《穷人寨》，广西壮族的《日卡孤儿故事》，海南黎族的《九代穷》，青海藏族的《“株本”的来由》，青海撒拉族的《日孜根娶妻》，甘肃回族的《太阳的回答》，山东的《找幸福》和汉族的《三根金头发》。这半年来又发现了四个，它们是：

山东的《年轻的武松找“出息”》（见《民间文学》1976 年第 7 期）；

东北的《魏小与王桂花》（见作家出版社 1958 年出版的故事集《马郎》）；

四川的《寻宝聘妻》（见作家出版社 1958 年出版的《三峡民间故事》）；

湖北的《美丽的姑娘》（见 1954 年 8 月出版的《展望》杂志第 32 期）。

---

① 1991 年上海文艺出版社出版了阿法那西耶夫的《俄罗斯童话》中文选译本。

这十多个故事是已经搜集整理而且发表了的，它们分布在八个兄弟民族居住的东北、西北、西南及中南的广大地区之内，踪迹遍于大半个中国。至于在民间流传还没有搜集整理出来的同类型故事，一定还有许多。这个事实充分说明，以《淌来儿》为代表的中国的“三根金头发”型故事，它的根深深地扎在民族生活的土壤上，不可能是受格林童话和阿法那西耶夫故事影响的结果。

故事的历史背景与形态剖析

要说明这类故事流传与演变的过程，首先应该大体上判明它们产生的年代。它们是在什么时候形成的呢?

由于它们是世代相传的口头故事，要确切地判明它们产生的年代很难做到。我们只能从这些故事内容上的某些特征，大体推断一下它们各自产生的历史背景。

阿法那西耶夫故事中的《富玛耳科和倒运的华西利的故事》，基督教的色彩很浓厚，其中出现了牧师、修士和修道院等形象，讲到在教堂里诵读歌唱和给新生儿洗礼，选择教父、教母等宗教活动。据历史记载，基辅罗斯于公元 988 年从拜占庭接受基督教，可见这个故事形成于十世纪以后。又故事中将“蛇”与“沙皇”的形象结合起来，创造了一个“蛇沙皇”的童话角色，而“沙皇”的概念是 1547 年莫斯科大公伊凡四世加冕自称沙皇以后才出现的；那么，上面这个故事的形成就在十六世纪中叶以后了。从这篇故事以一个经营资本主义工商业的玛耳科作为反面人物也表明它形成较晚。

《格林童话》中的《有三根金头发的鬼》，讲到当时的城市生活。幸运儿出门经过两个城市，在城门口遇到过两个卫兵，其中一个卫兵托他代问一件事：“我们市场上的井平常是出葡萄酒的，为什么现在干了，连水也没有呢?”这些地方就显示出了它的历史色彩。在欧洲，城市的普遍兴起，是十一世纪的事。在以后的一两百年间，由于城市居民同封建主斗争取得胜利的结果，有些城市逐步取得自治权。自治城市有自己的市议会、法院、武装等。格林童话中对城市生活的反映，看来是以此为背景的。那么，它们就形成于十三世纪前后了。

在我国云南彝族的《淌来儿》中，找不到这样的历史印记（也可能与整理者将有关内容和细节加以现代化有关），但古代神话的色彩却十分明显。它集中表现在太阳姑娘这个形象的构成上。故事的中心是淌来儿到西方太阳姑娘那儿去拔取三根金头发。太阳落在天的西边，所以故事里说太阳姑娘的家在西方一个大树林里；人间有白天黑夜之分，便说是太阳夜里要睡觉造成的；太阳闪射出万道金色光芒，便把它想象成金头发；女性的头发是长长的，便给了太阳一个女性的身份；太阳能给人类以光明和温暖，便把它作为威力与智慧的源泉来看待，向它寻求幸福生活的答案。除《淌来儿》之外，青海藏族的《“株本”的来由》和甘肃回族的《太阳的回答》也是如此。《“株本”的来由》所讲的向太阳拔取三根金头发的情节和《淌来儿》完全一样。《太阳的回答》略有不同，是直接向太阳问三件事；因为不是去拔头发，便把太阳的身份说成是一个憨厚的小伙子。这三篇故事都是从人类最古老的关于太阳的神话演化出来的，它的想象朴实优美，应看作中外所有关于“三根金头发”的童话故事中形态最古老、最原始的一种①。

这三篇故事中还有一个值得我们注意的插曲，那就是寻找太阳的少年见到太阳妈妈后，太阳妈妈怕自己的太阳姑娘或太阳儿子伤害人间来的客人，便叫他躲藏起来，由太阳妈妈用一种巧妙的方式去拔取金头发和探询有关问题。一方面信仰太阳，祈求太阳帮助，另一方面又对它抱着敬畏的态度，这正是神话时代人们对神的一种原始心态残余。这样的插曲在一般的“三根金头发”型故事中都没有，这又是它们保留着古代神话色彩的一个明显标志。

神话是最古老的民间口头文学，是一切民间文学之母。以驰骋美丽的幻想为其特征的民间童话，直接脱胎于神话艺术。“三根金头发”故事的各种异文中，那些向某种宗教信仰中的仙人魔鬼拔取金头发或直接发问的情

① 《太阳的回答》是一篇形态古朴、极具研究价值的故事，我曾就它的来源写信询问采录整理人柯扬，柯扬先生于 1980 年 11 月 22 日来信相告：“《太阳的回答》系 1960 年 9 月 26 日搜集到的，讲述人为临夏县摺桥公社四大队第七生产队女社员张秀英，回族，38 岁。内容与原讲述时的记录稿完全一致，只是作了个别词句的调整与修改。”

节，显然都是从《淌来儿》这类最接近神话的故事演变而来的。中国的这类故事由于后来受了佛教思想的影响，较普遍的是用如来佛代替太阳姑娘，有五六篇如此。我们知道，印度的佛教是公元前后传入我国的，经过汉、魏、南北朝的漫长时期，传播甚广，到公元七至九世纪的唐代盛行全国。由此推断，《淌来儿》这一类未染上佛教色彩而接近原始神话的故事，就形成在汉、唐以前了。我国的《山海经》等古籍中，早就用文字记载过太阳神话，说太阳住在东方汤谷的扶桑树上，他们共有十兄弟，九个太阳住上面的枝条，一个太阳住下面的枝条，每天由一个太阳出去值班，进出都由他们的母亲羲和驾车伴送。有一天十日并出，闯下大祸，后来羿射九日，便留下了一个等等。《淌来儿》这类故事对太阳形象的塑造，与这些记载很接近，可见它同中国古代神话有密切关系。

以上是就它们的基本情节来说的。故事是从孩子被坏人装在木箱里抛进大河，后来又要他送一封信讲起的。在中国的十四篇同类型故事里，只有彝族的《淌来儿》一篇有这两个情节。可是在我国其他的神话传说和童话故事里，却常常出现这样的情节。

关于从水中救活孩子的情节，藏族的《取杜鹃花的故事》① 中就有。它讲一个坏人将皇后生的三个孩子装在一个坛子里丢下河去，后被人救活，历经种种磨难，终于大团圆。故事的搜集者特地注明：将死了的孩子装在坛子里投入河中，是藏族的风俗。这样看来，童话故事里以“淌来儿”作主人公，就和我国西南地区一些民族的“水葬”习俗有关了。而且与这种习俗有关的神话、传说，久已存在。夜郎国的开国皇帝，就是一个“淌来儿”。公元五世纪中叶范晔著《后汉书·西南夷传》中，就引《华阳国志》的材料，说古代“有女子浣于遁水。三节大竹流于足间，闻其中有号声，剖竹视之，得一男儿，归而养之，及长，有才武，自立为夜郎侯”。可见把这样的“淌来儿”看作神奇不凡的人物来构思故事，在我国是由来已久的。

至于送信的情节，在藏族故事《金玉凤凰》、《两把铁钥匙》以及傣族故事《十二个姑娘的眼珠》中都出现过。以送信和途中改信的方式，使主人公的命运在旦夕之间发生急骤转变，造成故事情节的曲折波澜。

---

① 《藏族民间故事》(资料本) 第2集，中央民族学院1959年编印。

从上述事例可以看出，《淌来儿》开头部分的情节构成，同样是从我国民族生活的特点出发的。

我们将德国、俄国和中国流传的三篇同类型故事作比较的结果，可以初步断定：中国的《淌来儿》等，形态最为古老。这个故事类型，似乎是最先在中国形成，然后通过曲折的途径，流传到其他国家和地区，并染上各自不同的民族色彩的。

蒙古人西征与故事传播

这组故事是怎么传播和演变的呢?

各国民间口头文学的交流是常有的事。交流的途径是各式各样的。由于它是口头文学，在人民群众中主要是以口头的方式来传播，因此，地理位置邻近，很容易找到它们交流的渠道；如果远隔万水千山，要探寻这种交流的线索就比较困难了。

在研究过程中，我曾查阅过几个与我们邻近的国家编选的民间故事集子，在《蒙古民间故事》① 中，有一篇题为《人不能仅仅为了自己而生》的童话故事，它的基本情节是：老三出门去寻找幸福，首先路过一个干旱的地方，别人托他问怎么消除旱灾；接着碰到一个十六岁的瞎姑娘，人家又托他问怎么使这个瞎姑娘重见光明；最后他碰到了一个住在山洞里的聪明老人。经聪明老人指点，他往回走，使干旱的地方有了水，让瞎姑娘重新见到了光明，于是同这个美丽的姑娘结了婚，回到家乡。故事结尾特别点明："人生下来不能仅仅为了自己。他若能为别人着想，自己也会得到好处。"这不就是一个和《淌来儿》等属于同一类型的童话故事吗？好尔劳的《论蒙古民间故事》一文把它作为一个著名的蒙古故事来引述，可见这类故事在蒙古族人民中间也广泛地流传过。

我国的"三根金头发"故事在西南和西北地区流行较广。青海、甘肃流行的三个故事，虽然没有《淌来儿》那样完整，但《"株本"的来由》和《太阳的回答》这两篇却属于形态古老的一组故事之列。《"株本"的来由》最后是以国王受惩罚成为摆渡人结尾，并说直到现在，当地人称呼摆渡船

① ［苏］霍德扎编：《蒙古民间故事》，1954 年列宁格勒版。

的工人叫作“株本”即“弄船的头人”，就是从这里来的。可见这个故事在当地扎根极深，流传年代久远。而这一带靠近我国的内蒙古自治区和蒙古人民共和国，汉族和其他民族的民间童话流传到蒙古族人民中间去是很容易的事，《人不能仅仅为了自己而生》就是一个例证。如果我们联系到十三世纪成吉思汗曾经率领蒙古军队远征欧洲并统治过这些地方这一重大历史事件，是否可以说，中国的“三根金头发”故事就是在那个历史时期内经蒙古族人民传播到俄罗斯和日耳曼人民中间去的呢？这和我们前面推断的那两篇故事形成的年代正好大体相合。这场战争对于当时许多国家的人民来说，当然是一场灾难。可是在客观上，也促成了各国政治、经济与文化的交流。我国西北地区的回族、撒拉族等，主要就是由于蒙古军队西征，大量的中亚细亚人、波斯人和阿拉伯人迁徙到东方而构成的，在它们中间流传的《太阳的回答》、《日孜根娶妻》等“三根金头发”型的童话故事，可能也是十三世纪以后从邻近的汉、藏和蒙古民族中间吸收过来的吧！

童话故事的传播，不是简单的“情节移植”。一个民族从另一个民族接受某一种故事，首先是由于这个故事的基本情节与构思方式具有广泛的概括意义，接近他们的生活和艺术习惯，能够以生动的艺术形式在某种程度上反映出他们的心理和期待。没有这一条，外来故事就无法在本地扎根。具备了这个基本条件，再把它和本民族的生产生活方式、风土人情和宗教信仰等等密切结合起来，对人物、事件、细节作适当改造，就变成富有民族色彩的东西了。“三根金头发”故事的典型结构形式是，主人公帮助别人办的三件事当中，分别涉及一种动物、一种植物和一个人。它们往往因民族与地区的不同而异。华西利问海边躺着不动的大鲸鱼怎样才能活动起来游进大海；中国汉族的小伙子则问大河里的鲤鱼怎样才能跳过龙门，成龙上天；幸运儿问城里的金苹果树为什么不结果；华西利则问老栎树为什么总是站着不倒。同一情节，经过改造，就具有不同的色彩了。自然也有些东西被共同保留了下来，如三个故事中涉及人的关于渡船夫的情节，因许多民族都有这样的生活，人们都希望摆脱这类奴役性的劳动，加上它在故事的末尾，又具有“一箭双雕”的巧妙作用，既能表现主人公乐于助人的品质，又可以借此来惩罚作恶的坏人，所以在几个国家的同类型故事中都保留下来了。这使我们能够更清楚地看出它们本来的形态来。

这类故事在中国的不同地区、不同民族中间，也在演变。十四篇同类型故事中，像《淌来儿》这样形态比较古老的有三四篇，其余上十篇又可以分作两个类型：一类是“寻宝聘妻”，向仙人寻取三件珍奇的聘礼娶妻子，在这过程中帮助别人办了三件事，别人又给予相应的酬谢，成全了他们的美满婚姻。另一类是“寻求幸福”，向仙人寻求关于幸福生活的答案。仙人那儿的规矩是问一不问二，问三不问四，主人公先人后己，问清楚了别人托付的事，自己的事反而搁下了，可是在帮助别人的过程中又得到别人的帮助，正好获得了他所寻求的幸福。在这些故事中，太阳姑娘、国王、公主的古老形象都不见了，在故事里反映出劳动人民十分现实的生产生活与风土人情，将幻想与现实结合得更紧密了，而且突出了先人后己的内容，加强了它的思想教育作用。在演变过程中，具备了新的时代与民族、地方色彩。

这些故事的流传和演变，看来与宗教的宣传活动有一定关系。“三根金头发”故事的原型是以主人公寻求神的帮助，从而创造奇迹来构成基本情节。最初的神本来是原始神话中的太阳，人们对太阳虽有一种原始的崇拜信仰的心理，故事的基本思想却是表现人类怎样不屈从于命运，积极主动地寻求幸福美好的生活。这样的构思，宗教宣传也是可以利用的。宗教徒们将太阳神的形象加以改造，借以宣扬自己所信奉的某种至高无上的神的威力，于是将宗教观念渗透了进去。看来，世界上的三大宗教，都曾经利用这类故事作过宣传，使它们和宗教发生过关系。我国西北地区的回族、撒拉族是信仰伊斯兰教的，在他们中间就有这类故事流传，整理稿中反映出某些伊斯兰教的习俗。阿法那西耶夫整理的故事，有浓厚的基督教的色彩，它在许多年之后还在俄罗斯民间流传。中国在佛教传入后，这类故事中的许多篇，将太阳神换成了大乘佛教所信仰的如来佛，或者是同如来佛有某种亲密关系的仙人，借以宣扬“佛法无边”。宗教宣传要取得动人的效果，往往要采取讲故事的形式，或自编纯宗教故事，或借用民间故事，结合故事内容通俗生动地宣传教义。这就对故事的流传起着一定的推动作用。许多印度故事就是伴随佛教传入中国的。同时，它又会歪曲民间故事的精神实质，将唯心主义的“宿命论”思想渗透到故事里去。人民群众是不会容忍这种歪曲的，他们在漫长岁月里，不断用集体智慧来充实和锤炼自己所喜爱的故事，使它在内容和形式两方面变得更加完美。我国汉族的《三根金头发》，尽管出现了如来佛的形象，主人公对他所采取的并不是虔诚信仰而是揶揄嘲弄的态度。可见人们对从宗教里来的一些东西又作了一番改造。故事所表达的基本精神依然是朴实健康的，并不因出现了如来佛的形象而有所损害。从这里，可以看出民间口头文学强大的艺术生命力。

我们探讨这一组民间童话从中国流传到欧洲，演变成为具有不同民族色彩的故事的过程，是为了探寻在数世纪的漫长岁月里，在欧亚大陆的广大区域内，各国劳动人民之间的文化艺术，是怎样进行交流的。这种交流是有益的，丝毫无损于这些国家民间艺术的光辉价值。各国民间口头文学的交流，对民间艺术以至整个文学艺术的发展起过重大的推动作用，这已为众多文学史家所公认。

十字军的东征，曾把《一千零一夜》中的一些故事带到欧洲。关于蒙古人的西征，是否起过这样的作用，则是国际学术界正在探讨的一个问题。英国李约瑟博士在他的巨著《中国科学技术史·总论》中就提道："有些对民间传说的结构进行比较研究的学者，曾争论过蒙古人的西征是否对东方文化传入欧洲起重要作用的问题。这个领域在引导人们思考问题，进行比较研究方面是一片肥沃的土壤。"① 本文试图从这方面来解开一个民间童话之谜。限于自己的学识和手头掌握的资料，论证还很不充分，有待于进一步研讨。但借此回顾一下古代各国人民通过曲折途径进行文化交流的历史，对于我们今天做好中外人民文化交流的工作，却是颇有启发意义的。

一个故事的追踪研究②

我在 1979 年，曾发表《一组民间童话的比较研究》，第二年又写出《民

① 《中国科学技术史》第一卷，第二分册第 354 页，科学出版社 1975 年版。

② 本文原载《民间文学论坛》1989 年第 2 期及韩国《比较民俗学》第 5 辑（1989 年 10 月）。高等教育出版社 1997 年出版的高校《比较文学》教材（陈惇、陈景尧、谢天振主编）在"主题学"一章中指出，《比较故事学》一书所收"对中外民间故事进行具体比较研究的论文，大多都具有主题学研究的性质。其中，《一个故事的追踪研究》更是集中体现出了主题学研究的特点。这篇论文对于一个反映普遍性和永恒性的主题——"人的命运"的各种童话的追索，非常深入细致地分析了这个主题在世界各国各民族文学中的变迁"。（第 133 页）

间童话之谜》，作为对该文的补充。它们研究的是在世界民间故事类型中归入 AT461 型的一个著名童话故事①，其名称为“寻找三根金头发”或“问活佛”、“找幸福”、“找好运”。此文是我国进入新时期之后，尝试在新的学术思想基础上运用比较方法研究民间文学的首批成果之一，曾为学术界所注目。然而当时依据的同型故事的国内外异文不过十数篇，对国际上的研究成果知之甚少，所以内容上有很大局限性。本想把它作一只麻雀解剖，剖析童话故事跨越广大时空背景流行于世之谜，实际上远远没有达到这一要求。七八年来，在国内外许多民间文艺学家的热心帮助下，我继续对这个故事进行追踪研究，不断有令人欣喜的新发现，使自己眼界大开。下面简述追踪研究的新收获，作为以前那两篇文章的续篇，提供给喜爱故事学的读者。

一个覆盖欧亚大陆的奇特故事

461 型（含 461A 型，下同）是一个在全世界广大范围之内流行的巨大故事圈，经几年来搜求的结果，它的国内外异文已积累到了六百余篇，比我写作那两篇文章时所见到的异文数量超出几十倍。

承美籍华人学者丁乃通先生惠赠阿尔奈、汤普森的《民间故事类型索引》，该书收录 461 型异文五百余篇，分布于欧亚大陆的二十几个国家和地区，包括中国、印度尼西亚、土耳其、芬兰、瑞典、挪威、丹麦、冰岛、俄罗斯、立陶宛、爱沙尼亚、波兰、德国、捷克、匈牙利、奥地利、爱尔兰、比利时、法国、意大利、西班牙、希腊、南斯拉夫、美国（印第安人）等。

又承日本饭仓照平先生惠赠关敬吾先生所著《运命谭》一书，其相引述 461 型故事十四例，主要来自日本，也有中国、印度、朝鲜、越南、蒙古、土耳其、捷克、德国的异文。

近年在我国正式出版的丁乃通的《中国民间故事类型索引》，收录 461 型中国各地异文五十二例，系 1966 年以前采录的成果。

---

① 据《民间故事类型索引》（AT 分类法），本类型为 AT460、461 和 930 型的交叉复合型，本文按其基本形态，将有关异文均归入 461 型，以便考察。

我自1979年以来，搜求到461型的新异文（内含1966年以前采录未收入《中国民间故事类型索引》的）九十余篇，其中有我自己和友人提供的记录稿五份。

在我国近年选译的外国民间故事中，也有这类故事，如缅甸的《国王与穷人》、蒙古的《人不能为自己活着》。

汤普森告诉我们，这个故事在欧洲每一个国家口头上搜集过至少一次，因而积累了丰富的异文，仅芬兰就有一百七十六篇，它们集中分布在波罗的海沿岸各国，德国格林童话中的《有三根金头发的鬼》和俄国阿法那西耶夫故事中的《富玛耳科和倒运的华西利的故事》，就是许多人所熟悉的作品。

在亚洲的中国大陆，这个故事的各种异文已积累至一百四十余篇。它不仅是解放前出版的各种故事之中的常见篇目，在近几年为编纂民间文学集成所掀起的采录故事热潮中，又源源不断地涌现出来，仅湖北就发现了二十多例，可以说是众口传诵，俯拾即是。

它既流行于一般民众口头，也是许多故事讲述家喜爱的篇目。朝鲜族金德顺讲的《找福》，湖北刘德培讲的《方便人》，河南曹衍玉讲的《泥巴匠》，辽宁张文英讲的《张三求佛》，湖南肖卯秀讲的《蛤蟆当皇帝》，山西尹泽讲的《但行算卦》，山东胡怀梅讲的《树洞的故事》，均属于这个类型。

就民族和地域的分布情况看，它流行于汉、满、藏、回、土、撒拉、维吾尔、朝鲜、苗、壮、黎、彝、傣、白、畲、傈僳、布依、毛难、土家、仡佬等二十个民族之中，除笔者尚未在黑龙江、江西、台湾等少数地区发现这个故事外，其流行范围几乎达到整个中国大陆。它的分布超出了民族、地域、语言和宗教信仰的局限，而这完全是口耳相传，不胫而走所自发造成的。

这个巨大故事圈是怎样形成的？是什么奥秘使得它能够突破地理环境、语言和文化心态的阻隔，活在如此广阔空间的民众的口头与心坎之上？这些问题激起了国内外学人不倦探索的浓厚兴趣。

西方学者的探索

丁乃通先生见我对这个故事很感兴趣，特地寄来1919年发表于《民俗学协会杂志》上的德国学者蒂勒的论文《关于命运之子的童话》[1]，以及美国汤普森《民间故事概论》中有关这个故事的论述[2]给我作参考。蒂勒告诉我们，从上一世纪开始，就有许多西方学者对这个著名故事作过深入的研究，他的论文，就是这些成果的综合反映。他们研究所得主要有以下几方面：

1. 我们所熟知的461型故事，可以取格林童话中的《有三根金头发的鬼》作为代表。它讲命运之神预言一个刚出生的孩子将来会成为国王的女婿，国王得知后施加迫害，却未能阻止婚事进展；于是国王出难题，让年轻人去远方取来魔怪身上的三根金头发才应允成婚。青年人在寻取金头发的旅程中，又热心帮助别人问清了三件事，归途中获得相应的酬报，最后同公主美满结合，预言完全实现。蒂勒和汤普森都认为，这个故事并非一开始情节就如此丰富完整的，它是两个故事的复合形态。前一个故事为“命运之子”，讲一个关于穷孩子未来命运的神奇预言；后一个故事为“到异域去旅行”，讲主人公到另一个世界去探索。这是他们解析这个童话故事广传于世之谜的第一步工作，已为国际学人所公认。

2. 蒂勒指出，“命运之子”原为一个古老传说，讲一个刚出生的婴儿，未来的社会地位与婚姻早已被命运之神作了安排。尽管有人（通常是国王和富翁）想利用自己的权势加害于这个孩子，终遭失败，最后不得不屈从于命运，甚至受到惩罚。它的主题是，人类的意志是软弱的，无法抗拒命运的安排。

这个故事在文献记载上有四组：印度语的、希腊-埃塞俄比亚语的、西欧语的、土耳其语的。

印度语组的年代最为古老。公元三世纪时出现在汉译佛经《六度集经》中的《四姓害子》[3]，是最早的一篇。那个命中注定有福的穷孩子是佛祖的

---

① 兰德格洛森·冯·法拉伏·蒂勒《关于命运之子的童话》，刊于《民俗学协会杂志》第29卷（1919年），中文本由杨才秀译出，刊于《中国比较文学》1989年第2期。

② 《从爱尔兰到印度的民间故事》，张秋丽译，刊于《民间文学研究动态》1986年第1期。

③ 常任侠选注《佛经文学故事选》。

化身。在印度文学中，这个故事的流传形式相当多。阿尔奈认为它代表了故事的原初形态。

埃塞俄比亚流行的这类故事明显地源于希腊，和大天使米夏尔的神话传说相结合，米夏尔扮演着命运之神的角色。

这个故事在十三世纪出现于西欧的德国和法国，具有浓厚的基督教色彩，而且和特定的历史人物结合在一起。两篇拉丁文故事以德国皇帝海因里希三世为主人公，另外两篇古法文故事则以拜占庭皇帝康君士坦丁为主人公。还有意大利文的传说。

土耳其语的传说，于十七世纪出现在苏哈里改写的《神奇故事集》中。它是印度和埃塞俄比亚传说的有趣结合，但更接近于印度文本。

所有这些故事在基本情节和细节上都很一致，应出自同一传说。但它的最初形态不一定就是佛经里所载的那一篇。蒂勒引用了公元一世纪时的一本拉丁文故事集中关于国王哈比斯的传说，它具有这个故事的大部分特征，可以代表这个故事发展中的初期阶段。就它的基本形态考察，它是着重表现一个王国创建和一代国王不平凡出身经历的传说或传奇故事，这样的传说可以说从未中断过。关于约瑟的希伯来传说或关于居鲁士的波斯传说，都有这种预言得到应验，主人公历经磨难，最终成了超凡人物的情节。

3. 至于“到异域去旅行”，则属于另一个幻想故事或童话故事，阿尔奈将它分为三个亚型。在亚洲和东南欧是一个可怜的人前去找上帝或寻求幸福，以改变自己的困苦命运；在东欧，旅行终点是太阳，主人公前去询问有关太阳的问题，如太阳在天上的运行和人类生命不同阶段之间有什么联系等；在西欧，旅行的目的则是去寻找一种神鸟，从它身上拔取三根金色羽毛。作为一个独立的故事，它在全欧洲都是人们所熟悉的，共有三百多篇异文。它的基本思想，如同阿尔奈所理解的，似乎就是通向彼岸之行，而且就是那驶向绕地球流动的大洋后面的彼岸。这个故事在古代文献上没有记载。但蒂勒指出，在保存有公元前七世纪神话传说的楔形文字图版中，有一个关于英雄伊茨杜巴尔出海远航寻找祖先的故事，其中许多描述和现今流行的童话情节明显地相似，可能是这个故事最古老的异文。

4. 上述两个故事后来奇妙地结合在一起。汤普森指出，这个复合的民间故事在整个欧洲乃至东方的中国都可以找得到。偶然的异文在北部和中部非洲，英国哥伦比亚的汤姆逊河一带的印第安人中，及马萨诸塞州的佛得角岛的葡萄牙人也可找到。这两个类型复合在一起的说法如此之多，使得我们要将它们分别研究简直不可能。他还说，阿尔奈和蒂勒都相信这两个故事原先毫不相干，其复合形态是在欧洲口头流传时造成的。

具有普遍性和永恒性的主题

蒂勒、阿尔奈和汤普森运用历史地理学派的方法，对这个故事的流传演变情况所作的研究，他们所搜集到的那些丰富而翔实的材料以及对这些材料所作的认真细致的考辨，都是对我们研究故事极有启发的。但他们的研究仍然留下了不少空白点，特别是他们当时接触的中国材料很少，对这个大故事圈的了解很不完整，不能不影响到论断的科学性。时至今日，我们完全应该，也有可能在他们已有成果的基础上，把这项研究推进一步。下面简述我追踪研究这个故事所获得的一些新认识。先谈故事主题的普遍性和永恒性。

对于461型故事的巨大生命力，首先要到故事本文里去寻找。一部文学作品为什么能够传之不朽？泰纳在《艺术哲学》中提出过如下论断：

> 倘若浏览一下伟大的文学作品，就会发现它们都表现一个深刻而经久的特征，特征越经久越深刻，作品占的地位越高……许多完美的作品都表现一个时代一个种族的主要特征；一部分作品除了时代与种族以外，还表现几乎为人类各个集团所共有的感情与典型……这类作品比产生作品的时代与民族寿命更长久。它们超出时间与空间的界限；无论在什么地方，只要有一个会思想的头脑，就会了解这一类作品；它们的通俗性是不可摧毁的，存在的时期是无限的①。

这个论断完全适用于民间口头文学。我在写作那两篇文章时，着重从道德观上来考察，认为这个故事的基本主题是讲好心自有好报，主人公在关怀他人帮助他人的过程中自己也必将获得幸福。这种美好心灵是各国人民相通的，所以它能在广大范围内激起人们的共鸣而得到普遍流传。这样讲虽然揭示出461型故事主题的一个重要侧面，现在就它流行各国的丰富异

① ［法］泰纳：《艺术哲学》，人民文学出版社1983年版，第362、364页。

文来考察，就觉得认识并不全面。实际上它的主题内涵更为丰富深刻，是一个着重表现命运主题，又具有多义性的故事。日本关敬吾先生把它放在《运命谭》这本书里来考察是很有见地的。

人和命运的关系问题，牵动着全人类的心灵。命运本是一种抽象的概念，可它又是对实际支配人的自然与社会力量的生动概括。人们常常将自己同尚不理解的某些自然与社会力量的冲突，臆想为人与命运的冲突。越是社会文明落后，人们的知识与行动自由越贫乏，命运之神就越发显得强而有力。古希腊的许多悲剧，就常常是一种命运悲剧。

> 古代希腊人有过一种生动而纯真的命运的概念，直到现在在许多东方民族中还存在着；它在希罗多德斯的故事、希腊神话、印度史诗和《天方夜谭》等等中占有统治的地位。
>
> 在希腊人看来，命运就是一个憎恨人类的女人。凶恶有力的人欢喜伤害最善良、最聪明、最幸福的人——命运最爱危害的也正是这种人；奸恶、任性而强有力的人爱显示自己的威力，预先对他要毁灭的人这样说："我要对你这么办，来同我斗一斗吧！"——同样，命运也预先声明她的决定，以便幸灾乐祸地证明我们在她面前是多么无力，并且嘲笑我们想同她斗争、逃避她的努力是多么微弱而无用①。

这种生动而纯真的关于命运的观念，曾长时期地萦绕着地球上大部分居民的脑际，并渗透到各种形式的民间口头文学之中。但人类并不愿意屈从命运。向命运之神抗争，科学地认识和有效地控制与人为敌的自然与社会力量，构成人类文明史的光辉篇章。461 型就是和人类的命运观念以及他们对命运的抗争相联系，表现他们在命运问题上的思考、探索与进步，蕴含着丰富而深刻内容的一个故事。

这个故事的几百种异文，不论是八十年代在中国各地搜集的，还是一百多年前由德国格林兄弟和俄国阿法那西耶夫采录的，或是一千多年前载入印度佛经的，没有不是围绕命运之神的预言来展开叙述的。佛经中的《四姓害子》，以佛祖释迦牟尼为主人公，他生下来就有人预言"将来一定

---

① ［俄］车尔尼雪夫斯基：《生活与美学》，人民文学出版社 1959 年版，第 25、28 页。

富贵”，一个富人收养他以后又千方百计加以迫害，终未得逞。格林童话中的《有三根金头发的鬼》，讲一个穷人的孩子生下来，便有人预言他在十四岁的时候要娶国王的女儿做妻子；国王费尽心机，还是阻挠不了这一预言的实现。中国朝鲜族故事家金德顺口述的《找福》，母亲告诉孩子，因“命中注定”没福，“就得过一辈子苦日子”，儿子偏不甘心，“我就不相信福分是命里注定的，我一定要找到福”，最后如愿以偿。尽管地跨欧亚，历时千载，贯串其中的一根思想红线多么明显！这正是它之所以能超出时间与空间界限，在人们口头广泛流传的主要奥秘所在。

时代与民族的变异

我们说461型故事表现了为人类各个民族所共有，因而具有永恒价值的主题，并不意味着它的所有异文都是一模一样。实际上它们的主题具有丰富的多义性，情节结构也常有变化，积淀着不同时代、不同民族和地域的文化基因。多样中见统一，它的普遍性和永恒性也就蕴含其中。

蒂勒说这个故事的主题，表现出人类无法抗拒命运安排的软弱意志，就一部分早期异文来说，可以这么讲，却不能反映这个故事的整体面貌和基本精神。

西方学者把这个故事和希腊神话中的俄狄浦斯故事联系起来，那是一个典型的悲剧故事。而461型从它的古老异文开始，就已摆脱悲剧模式。其主人公或是释迦牟尼，或是著名帝王，或是不知名的穷孩子，他们都是民众所喜爱的人物，得到命运之神的庇护，历经坎坷终成大业；而滥施淫威，企图凭借自己的权势来破坏他人好运的奸恶势力，反而处处碰壁，搬起石头砸了自己的脚，受到命运之神的无情嘲弄。在这类故事中，感觉不到令人压抑的悲剧色彩，反而染上了一定程度的喜剧性。试看《四姓害子》中，最后那个害不死的穷孩子，竟带回一个美好的妻子，祝愿这个黑心肠的富人“长命百岁”，于是他“嫉恨在心，气堵五脏，一命呜呼”。又如在《有三根金头发的鬼》这篇德国故事中，说作威作福的国王最后自作自受，走出王宫当了渡船夫，“他现在正还在摆渡吧？还用说！大概没有人去接他的篙子了”。这些嘲笑奸恶者可耻下场的结尾，都是令人开心的喜剧。故事框架没有变，人们却让命运之神来代表民众的意愿，庇护穷困善良的主人公交上好运，而嘲弄有权有势者出于邪恶动机对抗命运之神的徒劳作为。它实际上反映出现实社会中善良与邪恶，压迫者与被压迫者之间的斗争以及人们企望善良战胜邪恶的意愿。它的基调乐观开朗，叙述生动活泼，饱含机趣。显然，其已是俄狄浦斯悲剧时代逝去许多年之后的产物了。

在 461 型故事的演进中，关于命运的预言同主人公到异域去旅行的情节相结合，具有重要意义。到异域去旅行，固然寻找的对象不同，或是太阳，或是神仙精灵，或是智者，他们都住在遥远的地方，常常要漂洋过海才能找到。太阳也不是住在天上，而是住在大洋彼岸（由海上日出产生的联想）。这个情节的表层意义是找到命运之神或洞悉命运奥秘的智者去探询自己未来的命运，另一方面却又含蓄着离开自己居住的狭小天地，到远方特别是到海上开拓探险、寻求幸福的象征意义，其基本精神和资本主义兴起时期盛行的海上冒险故事是一致的，反映了一个新时代的来临。

但这个故事和一般冒险故事不同，命运之神并没有直接赐予主人公所需要的东西，而是让他在帮助别人解决几个难题的过程中获得相应的酬报而改变贫困处境。

不论是主人公下决心去远方探询自己未来的命运，寻找幸福；还是见到仙人、智者以后，把自己的事放起来，先问别人托付的难题，他都是主动、积极的。主人公是一个不甘心受穷受苦，以主动积极的态度到一个新天地里去探索，努力改变自己命运的人。他对所要寻找的对象，并不那么虔诚信仰，还表现出某种揶揄嘲弄的态度。从中可以看出，人类主宰自己命运的能力已经大大增强，而不是俯首贴耳地屈从于命运的安排了。在这个古老的故事框架中，显然融会着由于人类文明不断进步，在人与命运的冲突中人的主观能动性日益增强的历史成果。因此，笼统地认为这个故事的主题在于表现人类无法同命运抗争的软弱意志，显然不符合作品的实际面貌。

这个故事的众多异文，表现出丰富的民族与地域文化色彩。它的情节结构具有程式化的特点，故事中的角色以及提出的问题却因地而异。古印度故事以佛祖为主人公，由婆罗门预言他的不平凡前程。欧洲故事有浓厚的基督教色彩，由神父或天使预言主人公的未来命运。中国异文中，信仰佛教的地方，穷小伙子去问如来佛或南海观音，也有的下地狱找阎罗王论理；道教流行地区，主人公去找太白星君或真武大帝寻求好运；信仰伊斯兰教的回族居民，则把求福的对象换成了清真寺的阿訇。至于所提问题，中国故事中的鲤鱼或龙，托问为什么修炼多年不能升天；俄国故事中的鲸鱼，托问为什么它躺在海边动弹不得；印度故事里则是一条鳄鱼托问怎样才能治好它的胃痛病；干旱地区的人们托问怎样才能找到水；麻风病流行地区的人们委托他找寻治病的药方；终年摆渡，不胜其苦的渡船夫，托他找寻接班人，如此等等。世界广阔地区不同的风土人情、习俗信仰，在这个故事框架中都有丰富生动的表现，使接受者倍觉亲切。可是故事的主题和基本构思却又惊人地相似显出它的普遍性。

总之，我们所探究的是一个汇合着不同时代、不同民族的丰富智慧与情感，又以高度概括的象征的方式，集中表现了人类在历史长河中由屈从命运到逐步主宰自己命运的心路历程的故事。在世界民间故事海洋中，它的各种形式的单篇异文，并不特别耀人眼目；可是把它作为一个覆盖地球上多数居民的故事圈来考察，就显露出史诗般的宏伟特征，值得我们十分珍惜了。

中国故事的特殊价值

中国是世界上461型故事流行十分广泛的国家，笔者所见已记录成文的材料就有一百四十多篇异文。如果把群众口头流传的异文都记录下来，将超过这一数字的许多倍。欧美民间文艺学家过去受主客观条件的限制，对中国以及整个东方的故事都知之甚少，更谈不上作深入研究。现在就让我们来看看在这个大故事圈中，中国故事具有怎样的特征和价值。

1. 中国流行的461型故事，主要有三个类型——“问活佛”、“找聘礼”和“幸运儿”。“幸运儿”是典型的461型，由关于穷孩子未来命运的预言和到异域去旅行这两个故事复合而成，在中国主要流行于西北、西南地区的几个少数民族中间，数量不多，流传不广。

中国最流行的是“问活佛”和“找聘礼”，其数量前者约占三分之二，后者约占三分之一。在“问活佛”中，主人公出门远行，直接目的是找佛爷或其他神仙，询问自己未来的命运。可是那里的规矩是“问一不问二，问三不问四”，他便先人后己，问清了别人托付的三件事，反而把自己的事搁了下来。结果在别人给予的酬报中，正好满足了自己的要求，终于交上好运，获得幸福。“找聘礼”由穷小子讨亲，被富人刁难，要他出去寻取三件稀罕聘礼开头，可是后来，他也是帮别人打听三件事；别人给他的报酬，正是他所走遍天下要找的聘礼，最后如愿以偿。这个故事有时和“青蛙儿”的故事相结合，以那神奇的青蛙孩子作为寻找聘礼娶亲的主人公。因此应当把它们作为同类型故事来看待。《中国民间故事类型索引》已将“问活佛”列为461A型，我们可以把“找聘礼”列为461B型。其他国家流行的故事，也有讲到找聘礼的，常常把它作为一个情节单元组合到461型故事中去。中国则普遍作为一个独立的故事世代相传。

2. 中国的“问活佛”和“找聘礼”，有一个很突出的特点，就是表现了劳动者积极进取，奋力向命运抗争的精神。中国故事常以处于社会最底层的穷苦劳动者为主人公，他们的绰号就叫“穷八代”、“穷九代”或“穷十代”，终年辛劳，受穷受苦，遭人歧视，填不饱肚子，娶不起媳妇，便下决心出门去问根由，找好运。故事的基本构思是同在中国社会中占支配地位的“生死由命，富贵在天”，“命中注定八合米，走遍天下不满升”的儒家流行观念相对立的。湖北、湖南和四川的“问活佛”故事，意味深长地围绕“命中注定八合米，走遍天下不满升”这句俗谚展开叙述，讲主人公再勤扒苦做，家里也存不满一升米。后来他捉住耗子，耗子说他命中注定只有八合米，一辈子只能受穷。小伙子便愤恨出走，后终于改变了自己的贫困命运，“原来八合米不是命中注定，走遍天下是可以满升的”①。“找聘礼”这类故事都是以富贵人家瞧不起穷小伙子，便刁难要他在人世间找寻无法找到的几样东西，如太阳姑娘头上的金头发来作聘礼，哪知穷小伙子不服气，“我可偏偏要到西天去走一遍，拿三根金头发回来给她看看!”故事中向命运挑战的思想十分突出。

有趣的是，印度和西方故事中，均有命运之神对穷孩子未来命运的预言出现。尽管故事讲述人希望穷孩子交好运，对无端破坏他人幸福的邪恶行为给以辛辣的嘲讽，这些内容不用说代表了广大民众的意愿，可是最终

---

① 《“八合米”满升的故事》，符号讲述，汪烈九整理，原载湖北《民间文学之友》1985年第2期。

还是表明了命运之神的存在和她的力量。中国故事却大都没有命运之神及其预言的描述，以主人公奋力改变世代受穷的境遇，抛弃“命中注定”的传统观念为开端展开故事叙述，从而更鲜明地表达出劳动者渴望主宰自己命运的信念。

虽然主人公出门是寻找命运之神，而且染上了各地的宗教信仰色彩。但故事既没有向这些神乞求恩赐，也没有让主人公皈依宗教以求解脱，却是在一个奇异世界里找到了治病的奇方和开发自然界财宝的奥秘（让枯井出水，水中鱼鳖吐珍珠，找到某种治病的灵丹妙药，从果树脚下掘出金银等），并以此来帮助别人，获得好报。这样，主人公找好运的行动便有了积极进取的意义。

中华民族早期富于开拓精神。中国地域辽阔，为部落、民族的生存而迁徙、流动，在历史上司空见惯。向东或向西旅行、探险，寻求美好神奇的事物，也屡见不鲜。进入封建社会中晚期以后，社会才愈来愈变得闭塞，农民世代株守着眼前的那块小土地，满足于自给自足的古朴生活，奉行着“好死不如赖活着”，“金窝银窝不离穷窝”的保守的人生哲学。这种情况固然有助于社会结构的稳定，却也造成了社会的停滞。但也有少数处境极差、不安分的农民，敢于出外闯荡，甚至漂洋过海走遍天下，寻求好运。在历史上的农民斗争中，常常是这些人充当革命的先锋分子。进入社会主义现代化建设新时期以来，也是这些人首先闯出一条致富之路，推动着农村的变革。反映湘西农村变革的小说《醉乡》，主人公矮子贵二，就是民间故事中“穷八辈”这样的人物。461 型故事用童话的象征手法，表现了中国农民中这一层人积极进取的心态，以及中国历史跃动的一面，具有重要的社会历史价值与现实意义。

3. 另外，中国故事还以着力赞扬“与人方便，自己方便”、“但行好事，莫问前程”的美好品德，表现出它浓厚的道德伦理色彩。不论是出门找好运，还是出门找聘礼，主人公在旅途中都是热心接受别人的委托，在只能“问一不问二，问三不问四”的情况下，他毫不犹豫地把别人托付的事放在前头，因而得到了好报。许多故事以“但行好事不问前程”或“方便美报”（与人方便，自己方便）为题，有的将主人公的姓名就叫作“但行”，都是为了突出这一主题。世界各国流行的 461 型故事，都贯串着在帮助别人过程中自己也必将获得幸福的思想，表现出人类本性美好的一面。在中国故事中，和世代相传的这方面的一些道德谚语的结合，这思想表现得尤为鲜明突出。它和损人利己，将自己幸福建立在他人痛苦基础上的剥削阶级人生哲学形成尖锐对立，至今依然闪耀出动人的光彩。

中国故事的流传演变

这个在世界上广泛传播的著名故事，究竟是怎样流传和演变的？中国故事和印度、欧洲故事之间究竟存在怎样的联系？这是一个人们十分感兴趣而至今尚未弄清的问题。我在 1980 年发表的文章中，曾提出中国的“三根金头发”故事是否有可能于十三世纪蒙古军队远征时传入欧洲？当时由于掌握的资料有限，而在方法上又没有注意到这个故事由简到繁的构成过程，因而只能算作一种很粗略的推测。现在看来，它的流传与演变情况要复杂得多。

现今的故事类型索引把它作为一个型式来看待，实际上它包括几个独立的故事，每个故事又由若干情节单元组合而成。要推究它的流传演变过程，应从分析它独立存在的原始形态入手。汤普森综述过西方学者对这个问题的意见：

> 在印度文学中，这个故事的流传形式相当多，它们一直流传至今。它们非常忠实于上面提到过的那种形式。根据阿尔奈的仔细分析，这形式看来和那个故事的最原始的情节相一致。关于这个故事是从印度传到欧洲的说法，看来是站得住脚的。

这是很重要的论断，可惜说得还是比较笼统，需要加以补充。

《四姓害子》所代表的这个命运预言故事以及《有三根金头发的鬼》所代表的完整的 461 型，看来源于印度。日本奄美大岛的《太阳的三根毛》、鹿儿岛的《神之子》和上述格林童话的情节结构完全一致，日本学者推测可能是格林童话口头化的东西。但这一推测难以令人信服，格林童话问世后在东方国家流入人们的口头。这样的事是有可能发生的。可是在日本、朝鲜、蒙古、越南、印度、缅甸、中国这一大片区域，都流传着同样的故事，就难以用格林童话的口头化来说明了。阿尔奈和汤普森认为它们出自印度，格林笔下的这个故事也是从印度传到欧洲，似乎理由更为充分。

这里涉及中国云南少数民族地区流行的几个461型故事的来龙去脉问题，西北哈萨克族的《勇敢的阿达》，云南彝族的《淌来儿》和《阿达的奇遇》，藏族的《男孩的国王》，还有傈僳族的《寻找太阳头发的小孩》，其形态和格林笔下的故事以及缅甸的《国王与穷人》，蒙古的《恶魔的三根胡须》几乎一模一样，使人不能不考虑它的外来影响问题。我把这个问题提出来，同采录《寻找太阳头发的小孩》这篇故事的祝发清、尚允豪两位商榷。他们热情作答，在1983年12月的来信中介绍有关情况道：

《寻找太阳头发的小孩》流传于我省怒江傈僳族自治州碧江县一带。讲述人和大中，是个初中毕业生，现在中央民族学院读书。据他说，这个故事是他小时候听爷爷讲的。爷爷是个勤劳善良的农民，种了一辈子地，没有出过远门，更没有到过缅甸。他的家乡是碧江县第五区，位于怒江东岸，是个傈僳族聚居区，没有其他民族杂居，过去经济文化比较落后，现在交通也不方便。碧江县虽然是个边境县，但其境外也多是傈僳族。而第五区位于江东，离缅甸更远。从这个地理位置来看，这个故事从缅甸和印度传入的可能性不大。即使从境外传入，也可能是本民族的故事流传。

我们在搜集整理这个故事之前，没有听说或看到过彝族的《淌来儿》，也没有看过格林童话《有三根金发的鬼》。

他们的回答对我们深入研究这个故事是有启发的。就现有研究成果来看，我以为，这个内涵丰富，构思精巧，又经历了复杂演变过程的故事，不可能在一个闭塞地区独立形成。不同国家、民族之间不谋而合，平行类同的故事也是有的，只能达到大体类似和某些方面的巧合，而不可能分别构造出从整体构思到细节描述都如此契合的作品。中国云南、西藏与印度、缅甸相邻，自古以来存在频繁的文化交流关系，印度的某些故事流入我国民间，是完全有可能的，只是具体途径一下子尚未探明就是了。至于采录者认为，即使是境外传入，也仍然可以把它作为本民族的故事看待，我是完全赞同的。民间文学本来就是在世界文化的广泛交流中形成和发展的人类共有的文化财富之一。

至于“问活佛”、“找聘礼”这两个类型，我以为属于另一种情况，出自中国的可能性更大。这不仅是由于它们在中国流行最广，分布最普遍，还因为它的核心情节——问太阳或问天，具有中国文化特别是南方楚文化的因子。

我们不能因为故事中出现活佛，就断定它来自印度。代表命运之神和智慧之神的这个角色，是可以因时因地而变换的，可以是佛爷、观音、阎王、太白金星、龙王或者其他仙人。中国农村“西天求佛”的说法较多，显然同宋明以来唐僧西天取经的故事盛传于世有关。而浙江的《树洞问天》，甘肃的《太阳的回答》，青海的《“株本”的来由》，四川的《牧童取太阳的头发》，云南的《太阳公主》，以天老爷和太阳作为命运祸福的主宰，则代表着它更为古老、原始的形态。“问天”、“问太阳”，正是这两个类型中作为故事核一直保留下来的情节单元。在最初的神话叙述中，人们并不是去问贫富，也不是找娶亲的聘礼，而是问有关人类生存的一些大问题。流传至今的故事中，问得最普遍的仍是有关疾病、水源、动植物生存等问题，这些地方都遗留着它脱胎自神话的印记。到后世，才穿插进找福气、找聘礼等内容，分化成两个故事了。

上述情节单元，似乎同中国传统文化中的太阳崇拜和太阳神话相关。不少学者指出，中国古时广为流行对于太阳神的崇拜。萧兵在《楚辞与神话》一书中就认为，“太阳神崇拜正是从我国的东夷、南楚到太平洋群岛而且远达美洲的太平洋文化轴心”。他还引述了有关学者的一个大胆推论：“东夷人信仰太阳神，东夷人将他们的先王太昊和少昊看作是太阳神的化身……由于夷人和越人对太阳的强烈崇拜心理，很可能导致他们为寻找太阳出生地而举行一定规模的向东航海活动。”[①] 王大有在新近出版的《龙凤文化源流》一书里，对“夸父逐日”的神话，作了饶有趣味的解释。他认为夸父族人所追逐的就是他们信仰崇拜的太阳神。“对太阳图腾的强烈崇拜，使他们确信，太阳与光明即在日出之谷，祖先就在那里，那是至圣之地”。于是他们逐日而居，由中原西部向北而东进，以致踏上了东迁美洲的征途[②]。中国古代先民是否到达过美洲，尚有待证实，崇拜太阳的民族心理确有很深的历史根源。

---

① 萧兵：《楚辞与神话》，江苏古籍出版社1986年版，第185页。

② 王大有：《龙凤文化源流》，北京工艺美术出版社1988年版，第244页。

再从历史事实来看，我国东南地区的古代居民，为寻找太阳而向东航海。演至道家神话，“海上有仙山”，企望出海求仙。民不聊生时，人们勇敢地漂洋过海，寻求好运。“找太阳”的母题，在这里有着生长发育的深厚的文化土壤。吴头楚尾的鄂东地区流行的找聘礼故事，那位放牛娃就不是西行拜佛，而是到东海去求仙人的帮助，是一个极有研究价值的类型。

浙江流行的461A型，叫《树洞问天》，由此不禁使我们想起屈原的《天问》。将这类故事和《天问》相比较，内容和风格均有惊人相近之处。《天问》中有“天命反侧，何佑何罚”之句，也提出命运不可捉摸的问题。特别是《天问》中那种天马行空、大胆探索的精神，同后世的问天、问太阳可以说一脉相承。

据此，我以为，461型故事的核心情节——问太阳，产生在楚文化的土地之上。它是一个在中国土生土长的故事。在印度发育成熟后来传入欧洲的完整的461型，它的后半截也很可能受过楚文化神话因子的影响。在楚文化辐射地区，这类故事十分流行，似乎应从这一文化渊源上求得解释。

我们研究的这个故事圈，并不是纯粹的口头文学。蒂勒的文章很重视依据民间童话素材改编的民间话本的价值。我在鄂西地区也发现过一本木板印制的善书《方便美报》，就是依据这个民间故事改编扩充而成。这是一件很有价值的材料。其梗概为：

> 宋仁宗时，江南宁国府常安县城内有一落魄公子王邦贤。因累代行善，家财散尽，连亲事也难以成就。心中不服，便出门去西天问佛，打听自己将来的前程。途中遭山大王掳掠要剖腹剜心，幸遇山大王之女兰英，得以逃脱。兰英便托他代问父女日后的命运；后遇赵姓老翁，托他代问家中的哑女怎样开口讲话以及公鸡为何三年不叫，黄犬为何三年不吠，桂花树为何四季开花；途经西藏山下的龙洞，又遇一老龙托问，修炼千年为什么不能腾空。最后来到西天雷音寺见佛祖，先提出别人所托之事，佛祖一一作答。正要再问自己的事，寺院和佛祖都不见了。公子难过得欲寻自尽，一白发老翁相劝：相公何必性急，岂不闻与人方便，就是与自己方便，行好终须好，作恶有果报。公子便往回走，到老龙洞口，告知老龙，是夜明珠压住头顶，不能飞升上天，

老龙请他将夜明珠取下，腾空而去。又告知赵家，哑女见了亲夫就讲话；福星降临，自然鸡鸣犬吠；桂花树下埋有黄金、白银。公子来到赵家，立刻鸡鸣犬吠，哑女也讲起话来，于是赵家招他为婿，并挖出桂花树下的金银财宝。后公子将宝珠呈献朝廷，被封为进宝状元，并任西安巡抚，前去捉拿太行山盗匪。兰英因放走公子，被赶下山，公子找到兰英，告诉她佛祖的回答：救活一百生命，自有好报应。王公子正好是兰英救活的第一百人。于是公子同兰英也结为夫妻。山大王虽赦免死罪，却因杀人太多，患癫狂症自己剜心而死。可见为善昌达，为恶难逃。

这篇善书载于《翼道集》中，是鄂西来凤县农民陈朝文提供给我的。此书出处不详，估计印制于本世纪初。说善书是南方农村旧时广泛流行的一种具有宗教色彩的说书活动①。这些木板印制的善书就是艺人登台宣讲的脚本。《方便美报》这个本子的情节结构，显然是从民间口头流传的问活佛故事脱胎而来。改编者又吸取通俗文学的流行情节，将公子落难，山寨小姐相救并私订终身，最后公子发迹，夫荣妻贵的故事和穷小伙子为寻求幸福而去西天问活佛的故事糅合在一起，使它更曲折生动；又穿插进许多因果报应的说教，以适应宣讲善书着重于道德教化和宗教宣传的需要。这个改编的本子，就其本身的思想与艺术价值而言，并没有值得特别称道的地方，但对我们研究中国的 461 型故事却很有价值。从它被通俗文学和宗教文化所吸取，可以看出它在民间通过多种渠道广泛传布的情况。经过这一番与通俗文学嫁接之后，又促成 461 型故事产生出新的口头异文。在邻近鄂西的贵州江口县土家族地区，民间文学工作者采录的《李善人去西天》，即从《方便美报》脱胎而来。它虽然流传不广，却已构成一个别具一格的型式，我们不妨列为 461C 型。

特别值得我们注意的是，461 型故事和中国十六世纪问世的长篇小说《西游记》似有某些联系。该书第四十九回，写唐僧过通天河时，一个老鼋帮忙渡河，并托他问西天佛祖，自己修行一千三百余年，何时才能脱去本

① 参见刘守华《口头文学与民间文学》一书中的《论善书》一文，中国文联出版公司 1989 年版。

壳，修得人身？到九十九回唐僧取经归来，过通天河时又遇老鼋，因忘记此事，无法交代，老鼋生气，便把他们一伙都掀下水去，险些毁尽前功。这一情节在另外两种《西游记》刊本，即署名朱鼎臣编撰的《唐三藏西游释厄传》和署名杨致和编撰的《西游记传》中，也有叙述。《西游记》的主干故事——主人公西行求佛祖，再加上过通天河的这个插曲，同民间口头盛传的 461A 型“问活佛”故事之间存在着一定联系是不难看出的。不论吴承恩酝酿写作《西游记》是在家乡江苏淮安，还是在任浙江长兴县丞或任湖北圻州的荆府纪善之际，这些地方民间广泛流行的“问活佛”故事，都有可能被他所吸收。那么，“问活佛”故事，是否来自《西游记》呢？《西游记》的刊行，刺激了“问活佛”故事的流行是很自然的。善书《方便美报》和由它演化出来的故事《李善人西行》，就有着小说《西游记》的明显痕迹。可是《西游记》并不是一人一时之作。有关学者认为，唐僧西天取经的故事，在晚唐五代时即已形成，宋代有《大唐三藏取经诗话》刊行。到元代，社会黑暗，思想动荡，一方面人们渴求从封建主义思想桎梏中解脱出来，另一方面又沉溺于各种宗教观念的幻想之中。于是《西游记》杂剧普及开来。“正是在这样的历史条件下，两宋不为人重视的西天取经题材也被挖掘出来，并按新的时代精神对其进行加工创造，因而极大地发展了西天取经故事。”① 到明代《西游记》的成书，则是它的进一步发展和完成。中国现今民间广泛流传的“问活佛”故事，看来也是在元明之际的这股文化浪潮中定型的。

最后让我们对中国 461A 型故事的流传演变及和印欧故事之间的联系试作如下推断。

中国的 461A 型故事渊源于中国古代的太阳神话。由追逐太阳，企求太阳神护佑，演至问天或问太阳，就有关人类生存的重大问题探求答案，渴望主宰自己的命运；随后又将这种探求同热心助人结合起来，于是形成了《树洞问天》、《太阳的回答》这类早期的 461A 型故事。

① 李时人：《西游记的成书过程和孙悟空形象的渊源》，载《西游记研究》，江苏古籍出版社 1984 年版。

大约在元、明之际，即公元十三世纪前后，由于唐僧西天取经故事通过杂剧和通俗文学盛传于民间，给民间口头文学以强烈刺激，从而衍生出461A型的晚期形态《问活佛》和《问神》等，染上各地民间宗教信仰的色彩，并在流行中占了优势。

与此同时，人们又将这个故事同争取婚姻自主权的斗争结合起来，于是在问贫求富之外，创造了461B型《找聘礼》。

由于受到宣扬因果报应观念的善书的影响，在一部分地区，又形成461C型《李善人西行》。

在中国广大地区普遍流行的是461A和461B这两种型式。尽管“命运之子”类型的《四姓害子》故事，公元三世纪时就已出现在汉译佛经中，可是在中国，却找不到它和“到异域去旅行”这个故事复合成为如同格林童话《有三根金头发的鬼》那样的古代记载。面对这一事实，我们只好赞同西方学者的推断，它是在民间故事由亚洲传入欧洲时，在口头流传过程中复合而成的。这种故事流传，又同十二世纪蒙古人西征所促成的文化交流有关。沈福伟在《中西文化交流史》中指出：

> 蒙古的西征和东西交通的畅开，国际关系的空前活跃，使得许多外族，钦察、斡罗思、阿速、康里、波斯、叙利亚、阿拉伯和欧洲基督教各国人士侨居中国，而汉人和蒙古人也成批的移居印度和阿拉伯世界，这些民族迁徙和交往的浪潮，有力地推动了中西文化的交融和吸收，开创了人类文化史上一个绚丽多彩、繁荣茁壮的时期①。

民间故事的交流融合，在其中也占有一定地位。十三世纪以后，东西方的故事十分兴旺，中国明代兴起的编写刊印通俗小说的热潮，和民间故事活动的活跃是相辅相成的。现今在东西方许多国家流行的461型故事，就是在这样的历史文化背景上，由表达基于人类美好本性、具有普遍性和永恒性主题的类同故事逐渐融合而成又辐射开来的。

① 沈福伟：《中西文化交流史》上海人民出版社1985年版，第277页。

心有灵犀一点通[①]

——对 AT461 型故事研究的评述

“民间故事的研究有点儿不能取信于人。研究者看到表面上稍微相似，就已经过多地把它们扯在了一起，还凭想象为它们建立了世界范围内的联系。”这是美国著名汉学家艾伯哈德先生所写的《近东和中国民间故事研究》[②] 一文的开头语。该文近年被译成中文后，受到许多中国学人的重视。它研究的是一个在世界范围内广为流传的著名故事，收入德国格林童话集中的篇名叫《有三根金头发的鬼》，在中国通称为《找幸福》或《问活佛》，国际通用故事分类编码定为 AT461 型。它流行于欧亚大陆二十多个国家和地区，迄今记录发表的异文已多达六百多篇，因而成为国际学人从事民间故事比较研究的绝好实例。好几位西方学者都就这个故事发表过文章。我很赞赏艾伯哈德先生在文章开头所引的那段颇有见地话，可是他自己关于这个故事从近东传入中国大陆的论断同样未能避免以想象代替科学分析的主观臆断，使人难以信服。这实在是意味深长的事。国际学人研究这个故事很少涉及中国材料，艾伯哈德因于 1937 年出版过第一部《中国民间故事类型》，他的这篇文章便格外引人注目，值得我们认真予以辨析。本文除研讨该文关于中国 461 型故事的结论外，还拟就比较故事学方法的运用进行一下反思。

驳中国 461 型故事“源于近东”说

艾伯哈德文章将土耳其纳托利亚地区和中国沿海一带的同类型故事作比较之后，发现它们不仅母题基本一致，而且母题串接的序列（母题链）也一致。安纳托利亚故事里讲，命运之神预言一个穷小伙子将来要娶国王

---

① 本文原载《中国比较文学》1992 年第 1 期。Wolfram Eberhard（1909—1989），中文译名为艾伯哈德或艾伯华。原籍德国，二战结束后移居美国，为国际知名的汉学家和东方学家。1937 年问世的《中国民间故事类型》，是西方学者研究中国民间故事的重要的早期著作，它的中译本于 1999 年在商务印书馆出版。

② 周发祥：《中外比较文学译文集》，中国文联出版公司 1988 年版。

的女儿，国王为了摆脱这门不称心的亲事，派他到太阳上去收税，路上遇见僧侣、强盗、种树人和大鱼，托他代问解脱困厄的法子，他都答应下来并从一位老人那里寻到了答案，从被帮助者那里获得了财宝，于是由穷变富，终于娶了国王的女儿为妻。中国东南沿海一带所流行的故事则是：一个穷小伙子爱上了富人家的女儿，求婚不允，富人要他寻找三件稀罕宝物作聘礼，小伙子出门寻宝，途中遇到和尚、种树人和一条龙托他回事，他从仙人那里得到关于这三件事的满意答案，被帮助者以金银珠宝作酬报，主人公交纳聘礼终于娶上了富人家的女儿。艾伯哈德肯定它们之间一定有关联："这个故事一定是从一个地方流传到了另一个地方。"那么，它究竟产生在哪里，什么时候从它的出生地流向远方的呢？文章的结论是："它的诞生地一定在近东，很可能在伊朗。由于在中国它只在沿海流传，不可能经由土耳其斯坦传入中国，一定是从海上传入的。很可能在十五世纪来到了中国。"

这个论断很难令人信服。就中国材料而论，由于他在三十年代编撰《中国民间故事类型》时，只看到了由《民俗》揭载的几篇来自浙江、广东一带的故事，便由此断定本类型属于"只在中国东南沿海流传的民间故事"，以此为基点，再联系到中国明代有过郑和数次下西洋，开拓海上交通的历史事实，便推想出了它由近东地区经海路传入中国大陆的结论。

新中国成立后大力推进民间文学工作所取得的丰硕成果，早已推倒了这一论断所依据的极不充分的事实。美籍华人学者丁乃通于 1978 年出版《中国民间故事类型索引》，所收录的 461 型故事就增加到五十二例，它们来自总数为七千三百篇的故事素材，包括了 1966 年之前所能搜集到的全部中国民间故事资料。进入八十年代后，中国民间文学事业迅猛发展，为编撰关于故事、歌谣、谚语三套《民间文学集成》，在全国范围内开展了大规模调查采录民间文学作品的工作，据 1990 年统计，已采录到民间故事一百八十三万余篇，正以不同形式陆续问世。我在这期间追踪 461 型故事，仅从这个所能接触的资料中，就新发现了九十余篇，我所在的湖北省即有二十余篇，还有许多篇活在人们口头没有采录下来。它们分布在属于十九个民族居住的十九个省、市的广大范围之内，不论在东北、东南、中南或西北、西南地区均盛传不衰，为使用多种方言、信奉多种宗教习俗的民众所津津乐道。在类型相同而又异彩纷呈的中国461型故事中，艾伯哈德先生所引述的流行于东南沿海的“寻宝聘妻”，只不过是其中的一个亚型，从形态辨析，形成最晚。再从文化地理学而论，那里也不可能成为这个遍布中国大陆的著名故事的发源地。艾伯哈德先生断言此故事“一定是从海上传来”，由东南沿海进口就站不住脚了。

艾伯哈德先生的文章提出，故事的比较研究除考察母题及母题串接的方式是否一致而外，还要考察它同所在地区本土文化的联系，“只有当我们能够证明母题或母题序列并不适合一种文化的一般框架，而基本上属于另一种时，我们才能得到这个民间故事一定是由此地流传到了彼地的结论”。也就是依据故事和不同文化背景的联系程度，来判断它是否属于外来故事。作为一般性规则提出来，无疑是正确而且富于启发性的。可是他在实际论断两国故事时，说土耳其的这类“故事的母题深深地嵌进了近东的一般文化之中”，或说它们“深深地植根于整个近东民间故事之中”；至于他看到的那几篇同类型中国故事，他却认为，“从整体上看，本文讨论的故事没有嵌入中国民间故事的主体，它与在中国发现的其他中国民间故事没有联系。只是它的一些母题出现在中国本土的故事里，也有一些出现在中国的小说和传奇里”，从而断定它在中国民间故事群里属于进口货。

这个结论就更显得武断了。

他在揭示土耳其故事的地方文化特色时告诉我们，关于命中注定穷小伙子要娶国王的女儿，这一“姻缘命定的母题反映了所有伊斯兰国家的人民普遍信仰宿命论”。把小伙子派到太阳上收税，与当地的谚语有关，那则谚语是“太阳上面不能收税，白纸黑字不能涂掉”。强盗探问未来的母题，反映了近东社会生活中的一种特殊现象。这些强盗即所谓“绿林好汉”，“他们从不抢夺穷人的东西，只是劫掠那些坏心眼儿的富商。这意味着他们不是通常意义上的罪人，尽管其名声不佳”。此外，“在近东，井水不能饮用的现象也很普遍，这对许多村庄来说是极其严重的问题”。“由于近东许多河流在夏天干涸，这个故事所描述的鱼的窘况常见发生”，因而故事里便提出了井水为什么那么苦和大鱼为什么半截身子搁在岸上遭受折磨的问题。这些论述都是很有道理的。

回头来看中国的同类型故事，其民族与地方文化特色不也是同样鲜明吗？就以艾伯哈德先生所见到的那几篇故事为例，富人不愿将女儿嫁给穷小伙子，以索要几件稀罕难得的宝物作聘礼来为难他，这不过是中国封建社会中司空见惯的嫌贫爱富、买卖婚姻习俗的概括性反映。山中寺庙里的和尚托问为什么香火冷落，老人托问为什么种的果树开花不结果，回答说因和尚有贪心，在庙里私藏金银和树下埋有金银财宝，这自然出自幻想，可提出的问题却在实际生活中具有普遍性。还有一个问题是水里的龙托问为什么不能升天，回答是要取下头上的宝珠。这里的龙，不但是中国文化中所特有的象征性形象，而且江河中的鱼龙必须经过一番修炼才有变化飞腾的神通这一幻想，还同道教信仰有关。“龙或龙王是藏于地下的大量珍宝的占有者”，这是源自印度故事的说法。中国故事中鱼龙头上的珍珠，乃是修炼所致，是数百年乃至上千年道行的结晶，这一幻想源自道家的炼丹（内丹）学说。中国故事的母题，同样渗透于其他民间口头文学样式之中。“与人方便，自己方便”，“但行好事，莫问前程”，既是流行的民间谚语，又常常作为这类故事的题目。“问活佛”、“求福”是这类故事的中心情节，也是民歌中反复咏唱的动人意象，试看这一首鄂西情歌：“一只白鹤飞过江，口里含的是檀香，日飞万里朝海南，夜飞千里朝武当，保佑夫妻配成双。”总之，就这类故事的主旨、意象或情节、细节来看，它们都已和其他中国文化事象融为一体。

借用和移植外来故事并不是坏事。中国民间故事内容与形式之丰富多彩，就同大量吸收随佛教文化进来的印度民间故事有很大关系。但须就具体作品作具体分析，不能一概而论。461 型故事就无法完全用外来说来解释。

对 461 型故事世界异文的形态剖析

像 461 型这样在世界上拥有众多异文的著名故事，它在广大时间空间背景上的分布，宛若夜空中的群星。研究者惯常使用的办法是就自己见闻所及，抓住一颗星来寻求它同第二颗星、第三颗星的联系，构想出它们的线型传播方式。其成果虽有一定价值，却远远不能解开许多民间故事在一个巨大范围内如何流传演变的谜团。艾伯哈德先生的文章就是一个例子。

民间故事作为民族文化或人类文化的一个组成部分，它的构成与传播，当然是同它所在的文化背景的特征及人类文化的交流分不开的。可是它自身的形态构成和演变，也有一定规则可循。只有准确地把握了它的形态，对有关异文在这个大的“故事圈”中的位置有了明确的认识，再联系到它的外部文化背景进行细致考察，方有可能避免随意比附的弊病，求得较为切实可靠的论断。剖析作品的母题是现代民间文艺学所常用而普及于比较文学领域的重要方法之一。母题（Motif）是故事中最小的叙述单位，它可以用人与物的形象（如灰姑娘、睡美人、天梯、魔指环）或情节、细节（如兄弟分家、屋漏、云中落绣鞋）来代表，国际上有的学人鉴于它在民间故事中的体现，将母题理解为“情节单元”，或直接译为“情节单元”，我以为是很恰当的。母题是作品中具体而微、难以再分割的最小单位，如同构成物质的原子那样。它是最富于特征性，鲜明体现作品主题和美感的因素。同时它还具有相对独立性和从一个作品转移到另一个作品的活力。篇幅短小的故事由单一母题构成，情节丰富的故事则由若干母题复合而成。许多母题同神话原型有关，有着古老的文化渊源，植根于人类的心灵深处，因而能为广大民众所喜闻乐见，激起他们心头的共鸣。由于母题可反复出现于一个广大范围内流行的许多作品中，以不同方式串接拼合，便造成了民间故事类型化、程式化的艺术特点，演变出大同小异的众多异文。故事学家们对故事类型的划分和研究，便建立在这一基础之上。

下面让我们试从这一故事的母题入手，对它们既有固定型式又变化多姿的形态进行剖析。

1. 461型故事的典型代表是《格林童话》中的《有三根金头发的鬼》，情节结构最为丰富完整。它由两部分构成，前面讲命运之神预言一个穷孩子将来要娶公主；国王恼怒，将这个孩子装入木箱投进江河；后来又派孩子送一封信，要收信人杀害孩子，阴谋均未得逞。后面叙述孩子被国王打发到远方去寻取三根金头发，主人公途中热心帮助别人代问三件事，获得相应酬报，预言终于实现。

根据一些学者研究的结果，它是由两个故事复合而成的。前半部称为“命运之子”，包含“命运预言”、“水中淌来的孩子”和“谋杀信件”三个母题。作为一个完整的故事，最早见于公元三世纪时的一部汉译佛经《六度集经》中，篇名叫《四姓害子》。我在一部著名阿拉伯故事集《一千零一夜》中也找到了这个故事，题为《女奴的儿子》。此书是一位法国学者于十七世纪在伊朗发现的，原用印度方言写成，经僧人译成波斯文，可见故事源于印度。

但受命运之神的庇护而战胜种种厄难，成就非凡功业的传说流行甚广。中外许多著名帝王和杰出人物的生平事迹中，都有这类大难不死的插曲，人们最后都归结为命运使然。我们也可以把“命运之子”作为遍及世界的故事母题看待，其文化渊源同神话原型有关。除《四姓害子》、《女奴的儿子》这类典型故事外，不能把所有关于“命运之子”母题的故事都说成是印度来源。

461型的后一部分称为“异域旅行”，由“寻取金头发”（寻宝）和“解难题”两个母题串接而成。学者们尚未发现关于它的印度来源的文献材料，但发现著名的尼尼微图书馆所藏楔形文字泥版上，有一个关于英雄伊茨杜巴尔出海远航寻找祖先的故事，这些泥版早在公元前七世纪就已存在了。“当然不能把主人公伊茨杜巴尔的这次飘洋过海到彼岸仙境之行直接当作这种童话对待，因为其中还缺少主人公在沿途所收集的问题，也就是没有阿尔奈所特别强调的问题。虽然如此，这种古老文本与那个童话之间的一些极明显的相似却是无法忽略的”。因主人公远航的目的也是为了从祖先那里求得“解脱自身痛苦命运的法宝”，在途中，他也见过一口水井、一棵珍奇的树，还同船夫打过交道，这就使得有些故事学家不得不将伊茨杜巴尔的故事同后世广泛流传的这个寻取金头发的童话的原初形态联系起来①。

放眼而论，“异域旅行”实际上也是一个具有很大共同性，随处可见的母题。它源自人类努力开拓生存空间的意愿和实际业绩。旅行方式有出海远航，攀登高山，或借助想象飞向天宫，进入水府、地穴等。目的是“寻宝”和“解难题”——寻求对困扰人们的宇宙人生重要难题的解答。《出海寻宝》的故事遍及各国，不胜枚举。“寻宝”和“解难题”都是彼此独立的两个母题。像格林童话中的故事那样，主人公在从巨人头上拔取金头发的同时，又机智地套问出关于三个难题的答案，应是后来口头文学家把两个母题巧妙地加以串接糅合的结果，是故事艺术趋向成熟阶段的表现。

① ［德］蒂勒：《关于命运之子的童话》，载《中国比较文学》1989年第2期。

关于“命运之子”和“异域旅行”这两个故事的复合，一些西方学者初步认定是在欧洲口头上流传时造成的。我以为这是在《格林童话》中的《有三根金头发的鬼》给了人们以深刻的印象，而其后半截故事又没有发现完整形态的东方古代文献的情况下所作的推测，仔细推敲起来根据并不充分。从现在积累的材料来看，与格林笔下的故事在情节结构上几乎一模一样的作品，除了流行于欧洲，如俄国的《富玛耳科和倒运的华西利的故事》，瑞典的《富商和他的女婿》，等等之外，在中国西北、西南地区以及相邻的南亚、中亚地区也颇为流行，如缅甸的《国王与穷人》，中国傈僳族的《寻找太阳头发的小孩》，彝族的《淌来儿》，藏族的《男孩和国王》，还有哈萨克族的《勇敢的阿达》等。从作品所含母题、母题序列及其串接技巧来看，应是彼此有着直接联系，同出一源所致。欧洲口头流传的故事很难对处于南亚地带深山密林中的少数民族口头文学产生影响，而印度、缅甸故事由于地域相近，又可以借助佛教文化的传播之力，倒是很有可能渗透到这些地方来。其最早的复合形态也许还是在南亚地区。但这也难以作出明确的回答，只好存疑待考了。

2. 461 型的中国亚型主要有两个，丁乃通的《中国民间故事类型索引》只列出了 461A《问活佛》，我增加 461B《寻宝聘妻》。

从大的类型来说，它们都可以归入 461 型故事的后半截“异域旅行”，讲主人公去远方异地寻求幸福的历程。仔细考察起来又有很大差别。

《问活佛》讲主人公对自己贫困不幸的境遇不满，决心出门去寻求改变这一命运的办法，途中热心帮助他人代问三件事，在“只能问三、不能问四”的考验面前，急人所难，撇下自己的事，可是在被帮助者所给予的酬报中，他也获得了幸福。这里除包含“解难题”的传统母题之外，还插入了两个新的母题，即“向厄运抗争”和“问三不问四”。

《寻宝聘妻》讲穷小伙子爱上了一个富人家的姑娘，富翁一定要他寻来三件宝物作聘礼才能答应这门亲事，这本是一种刁难的借口，小伙子却偏偏不甘心，决心出门寻宝。途中热心应承别人所托三个难题。在“问三不问四”的情况下，他带着对这三个问题的答案往回走，别人对他的酬报正好是他所要寻求的作聘礼的宝物，最后如愿以偿。这里把传统的“解难题”母题和“寻宝”(聘礼)、“问三不问四”的母题穿插叙述，别有一番情趣。

和461主型的故事相比较，它们有许多引人注目的差异。首先是在主人公问事过程中所提问题的差异，它们属于故事结构中可以自由变换的细节性母题，艾伯哈德先生已经注意到了，但他所见到的中国故事数量很少，所以只找到了一两处差异，实际上这类细节性母题绝大多数都染有鲜明的中国文化色彩而不同于印欧型故事。仅以湖北的二十篇故事异文来说，其中所提问题就多达二十多个，包括梨树、柿树为何开花不结果，不开花的竹子为何突然开花（竹子开花为凶兆），龙或鱼、鳖为什么不能飞腾上天，大蛇为什么不能修炼成仙，雀儿为什么孵不出娃儿来，大雁为什么孵出来的雁崽不长羽毛，狗为什么不会给主人看家护院，公鸡为什么不会司晨报晓，大蚕为什么不能吐丝结茧，孔雀为什么飞不上天，居民为什么没有水吃，为什么有人盖房子总是倒塌，老汉家中为何年年失火过年时总没有房子住，女人为何接连丧夫总没有男人陪伴过年，十八岁的大姑娘为什么成了不会说话的哑巴，和尚庙里的香火为何冷落，土地菩萨为什么成不了大神，祖师菩萨（真武）为什么晕头晃脑坐不稳，等等。就这些问题涵盖了动植物与人事这几方面来说具有一定共同性，具体分析起来因从不同的历史文化背景出发提问又显出千差万别。

这些问题在故事中本是可以因时因地制宜而灵活变换的，它所造成的还只是表层色彩的差异，在中国故事中更为深刻的区别是插入了两个有着独特思想文化内涵的新的母题。

一是“向恶运抗争”，不屈从于命运的安排。故事的主人公大都是穷小伙子，有的还是讨饭的叫花子，故事题目就叫《十代穷》、《八辈穷》、《十辈穷见阎王》、《十穷去西天》、《叫花子朝南海》，主人公穷得不耐烦了，便下决心出门找寻命运之神问事论理。“我家为什么这样穷呀？穷了十代了，还是腰无分文，米无半缸。老天爷太不公平了！我一定要到西天去问问天神，为哪样我这样苦？”贵州梵净山地区的一篇故事《十穷去西天》的开头就代表了这类故事的主旨。湖北有一篇故事叫《八合米满升的故事》，讲世代受穷，连老鼠也不让他家有隔夜米面的小伙子，偏不相信“命中注定八合米，走遍天下不满升”的老话，终于出门找到幸福，改变了“八合米不满升”的命运。也有一些故事的主人公本属于富贵人家，因行善积德，家道败落，行善未得好报，感到命运不公，于是也加入穷小伙子问佛求福的行列中去，如湖北的《清官卖妻》、贵州的《李善人去西天》等。就以《寻宝聘妻》的故事来说，小伙子因家庭贫困，不能和自己心爱的姑娘成亲，富人借此刁难，小伙子出门寻宝，同样也有不甘心受穷、向厄运抗争的内涵。印度和欧洲流行的这一类型故事，都以“命运预言”开头，由命运之神预言穷孩子要交好运，国王和富翁三番五次迫害孩子，想对抗命运之神的安排，结果遭到失败。命运之神在冥冥中给穷人消灾赐福，这自然寄托了人民的美好意愿。可在对待命运的态度上，它所表现的思想是人类（哪怕贵为国王）无力与命运之神对抗，同中国故事中向厄运抗争的母题恰好相反。

二是中国故事在主人公问事时，特地设置了一个“问三不问四”的规矩，考验主人公能否先人后己、舍己为人，从而增强了它的道德伦理意义。许多故事以“但行好事，莫问前程”作题目，并以具有象征意味的“段行”给主人公命名，就突出了这一内容特征。这在印度、欧洲、近东等地区的故事中也是见不到的。

此外，在母题串接方式即故事叙述的技巧上，中国故事也有自己的特色。中国故事一般较少渲染旅途的艰险，而是在问事之前设置障碍，使情节发展生出曲折波澜来。特别值得提起的是，欧洲流行的 461 型故事中，主人公远行的目的就是寻找金头发，帮别人问事是附带的，在情节发展中往往处于游离状态。中国的 461A 型特别是 461B 型，富人向穷小伙子索要三件聘礼，穷小伙子在问事时完全把它们撇在一边，而被帮助者给他的酬谢礼物，恰好是他正要寻取的聘礼。为个人寻宝和帮他人解脱受难的母题结合紧密，穿插巧妙，使叙述艺术显得更为精巧细密，可以说是更上一层楼了。

从上述对中国故事的形态剖析来看，虽然在目前流行的故事分类体系中，中外故事学家把中国故事作为 AT461 型的亚型来看待，但它不论从内容到艺术形式上的独立性与差异性都是显而易见的，很难说这些中国故事是直接从印度、欧洲或近东地区传来的进口货。

关于中国 461 型故事的世界影响

中国的 461 型故事同世界上其他地区的同型故事究竟有没有实际联系？

如果从近东经海路传入中国的论断不能成立，是否还存在其他传播途径？现在看来，用单一的流传学派寻求故事发源地及其流向的方法越来越令人困惑。应将比较文学中的影响研究和平行研究两种方法结合起来，探求新的解释。

1. 彼此影响同出一源的故事固然也很普遍，可是我们也不能忽略早在一个多世纪之前格林兄弟之一的 W. 格林关于故事相似性的另一种解释："两个故事之间存在相似性，这一现象不仅出现于那些在特定时空中具有广泛交往的民族中。造成这种现象的部分原因是它们对一些基本观念和特征有着相似的描述，部分原因则是对那些共同事件所作的相似编造。无论如何，由于存在着某些如此简单的境遇和无论何处均可遇见的自然现象，存在着它们自己的某种思维的一致性，于是，相同或非常相似的故事在各个彼此独立、相互有别的民族中萌发。这是完全可能的。"①

2. 由于中国流行着 461A 型即《问活佛》故事，不少学人便推断它是随着印度佛教文化进入中国的故事。可是至今尚未在汉译佛经中找到这一故事的祖型。仔细加以考察，我们便可发现，中国的这一类型至少经历了三个阶段的历史演变。它的早期形态，中心母题是问天、问太阳，如甘肃的《太阳的回答》、云南的《太阳公主》、浙江的《树洞问天》等。而在中国古代神话中，对太阳的崇拜和追寻是一个常见的主题，一些神话学家指出，《夸父逐日》就是夸父族人崇拜自己的祖先和保护神炎帝，不停地追逐太阳。夷人和越人最早的航海活动可能就是为了去海上寻找太阳神的出生地。《山海经》中关于太阳栖息地海上扶桑树的描述就是这种心态的流露。道家发挥这一思想，认为海上有仙山、宝岛和不死药，激励人们出海求仙。秦始皇时代徐福率童男童女东渡日本寻找仙药的传说至今被人们传为美谈②。这些就是孕育中国 461 型故事的神话原型或文化因子。

它的中期形态《问活佛》，不用说存在印度佛教文化的影响。一些学人据此便认定它来自印度，实则根据不足。中国民间信奉多种神灵，人们不

① 《世界民间故事分类学》，第 439 页。

② 日本《读卖新闻》报道，据学人研究结果，徐福不仅确有其人，而且他来日本很可能是出于集体移民的考虑。

畏旅途艰辛，远道朝山进香祈求幸福成为一种流行习俗，有去佛庙朝拜如来和观音的，也有去道观朝拜真武的，还有去清真寺问阿訇的，故事中的《张生求佛》、《放牛娃朝南海》等，看来就是依据这些文化事象敷衍而成，并非从某一印度故事脱胎而来。《问活佛》的故事流行最广，不仅由于佛教影响面大，很可能还同十六世纪出现的长篇小说《西游记》之普及于民间有关。

它的晚期形态为《寻宝聘妻》，人们把寻求幸福、向厄运抗争同争取爱情婚姻的自主权利结合起来，使传统母题获得新的生命，故事编织得更为精巧动人，中国民族文化特色更为鲜明，这一阶段所受外来影响的可能性就更小了。

3. 由于中国地域辽阔，民族众多，境内流传的与 461 型相关的故事，几乎包括它所有的世界类型。它们彼此之间自然是有实际联系和影响的。如湖北的《做好事不问前程》与山西的《但行好事，莫问前程》之间；湖南的《范丹》与贵州的《范丹见佛祖》之间；四川的《寻宝聘妻》与湖南的《三件聘礼》、湖北的《穷娃寻宝》之间。这些故事在同一历史文化背景之上传承扩散，相互间交流吸收，人们很容易理解，无须多加论证。

值得我们注意的是，中国西北、西南地区的几个少数民族中间，流传着与 461 主型相一致的故事。我们前面已经讲过，从它们的形态本身来看，不可能在中国境内独立生成。那么，这些故事向邻近地区传播的结果，是否间接带来了印度或欧洲故事的影响呢？我们没有根据完全否认这种影响的可能性，只能对其影响的内容与方式进行合理的探求。

对 461 型所包含的所有母题，我们已经揭示出它们所由生成的民族文化背景。现在难以用不谋而合、各自独立生成来解释的就是它那种独特而精巧的母题串接方式：主人公在帮助他人寻求解答三个难题的过程中所获得的酬报，正好满足了自己的需求，即在帮助他人寻求幸福中也使自己获得了幸福。它既是超脱实际生活事象，又是对生活中隐含的因果关系进行概括集中、精心构造的结果。在世界范围内流行的属于 461 型的数百篇故事异文中，无一例外都是用这种方式把几个有关人类命运的母题串接起来编织故事，造成为大众所喜闻乐见的艺术效果。这种串接方式不仅是口头叙事艺术发展到成熟阶段的产物，而且其中蕴含有一种关于人与人之间存在互助互利密切关系的可贵思想，中国故事把这一思想概括为“与人方便，自己方便”是很恰当的。

一个故事以完整的形态（尤其是书面文本）从产生地向外扩散，从甲地传到乙地，从这一部分人口中传到那一部分人口中，这样的传播方式自然也是有的，但无法以此来解释所有的特别是内容较为复杂丰富的故事，如同本文所讨论的这个故事类型。

我以为还存在另一种情况，即在具有一定文化共同性的广大范围内，彼此间早已存在相类似的生活经验、思想情绪与故事母题，这时，闪耀着人类智慧之光的某种精巧的艺术构思（包括母题串接方式）一旦出现，便立刻激起广泛的共鸣，互相感应，彼此趋同，“心有灵犀一点通”，于是一个情节结构类似的优美故事便不胫而走，很快传播开来。其互相影响刺激的情形，就如中国古诗中所写的“忽如一夜春风来，千树万树梨花开”那样。就461型故事而言，也许就是由于它那精巧的艺术构思方式及凝聚其中的闪光思想具有向不同文化背景有力渗透的巨大力量，才造成了数百篇大同小异的世界异文，使它成了一个在世界广大地区活动的“故事圈”。至于这闪光的因子是通过错综复杂的文化网络由印欧向中国故事渗透，还是反过来由中国向印欧故事渗透，仍是一个难解之谜，但对我们研究这个故事来说，又不是一个很重要的问题了。当代文化人类学研究文化传播的模式，除“直接传播”、“媒介接触”之外，还有“刺激传播”①，我看故事传播与演变中的“心有灵犀一点通”，也许就属于“刺激传播”吧。

西方学者过去研究民间故事，对中国的情况很少注意。这同中国过去的民间文学科学材料发掘得不多而又没有向世界学人开放有关。现在情况大变，在中国民间文学有很大发展、故事资料如同油气从地底喷发而出的今天，我们对故事学方面的许多论断，不能不依据新的材料予以重新审视。中国的“故事海”正有力地吸引国内外学人的注意力。这就是我们现在有兴趣就艾伯哈德先生有关中国民间故事的文章进行讨论的原因。

---

① ［美］C. 恩伯，M. 恩伯《文化的变异——现代文化人类学通论》，辽宁人民出版社1988年版，第539页。

一个蕴含史诗魅力的中国民间故事[①]

——“求好运”故事解析

从五四时期顾颉刚研究《孟姜女传说》开始，民间文学就成为“国学”的重要课题之一。以编撰《意大利童话》而蜚声世界文坛的意大利作家伊塔洛·卡尔维诺在该书中文版题词中写道：“民间故事是最通俗的艺术形式，同时它也是一个国家或民族的灵魂。我热爱中国民间故事，对它们一向百读不厌。”

本文所评述的“求好运”是一个含有史诗魅力的中国民间故事经典之作，是中国亿万农民心路历程的生动展现；从 20 世纪初开始，这个以“求好运”或“问活佛”为篇名的民间童话或幻想故事，便受到多国学者的关注，在世界民间故事圈中占有重要位置，具有重要学术研究价值。

一

这是一个怎样的故事？让我们从四川成都的《范丹问佛》讲起：从前有一个叫范丹的叫花子，穷得连一升米也存不住，他便前往西天去问佛祖，自己能不能时来运转。旅途中，一员外托他问，为啥女儿成了哑巴；路边小庙里土地菩萨托他问问，为什么自己多年不能升官；过大河时，大乌龟托问，为啥自己修炼多年不能升天成龙。范丹走到西天见到佛祖，那里的规矩是问三不问四，他急他人所难，帮别人问清了三件事便往回走。来到河边，告诉大龟，他不能升天是因为头上有 24 颗夜明珠压着，乌龟把夜明珠取下送给范丹，立刻升天了；范丹告诉土地菩萨，他因左脚踏金，右脚踏银，所以不能升官，土地菩萨把金银送给他，随后当上了城隍爷；范丹又来到员外家，女儿见了他立刻开口告知父亲：“客人回来了!”范丹将佛祖的话转告员外，哑巴女儿见了亲丈夫自然会开口说话，于是员外让范丹做了上门女婿。

范丹本为东汉人，桓帝时辞官不就，安于贫困，后被丐帮尊为“范丹

① 原载《光明日报》2012 年 2 月 27 日“国学”版。

老祖”。

本篇中的范丹并非历史人物，而是乡野中极为贫困的小伙子的象征形象。因这个故事深为民众所喜爱而广泛流行，并衍生出众多情节大同小异的异文。在《中国民间故事集成四川卷》中，作为“常见故事类型”列出，并载有流传于许多县市的异文篇目 28 个。

本篇故事很早就受到国际学人的重视，在检索世界民间故事通用的“AT 分类法”中，以《格林童话》所载《有三根金头发的鬼》为代表。中国首篇《问活佛》故事，刊于 1921 年 7 月出版的《妇女杂志》第 7 卷第 1 期的民间文学专号。钟敬文先生于 1931 年研究撰写的《中国民谭型式》中，在 45 个常见故事类型中就有“问活佛”这一型式，丁乃通于 1976 年出版《中国民间故事类型索引》，按国际通行的 AT 分类法将它编定为 461 型，收录 20 世纪 60 年代之前记录成文的篇目已达 50 例。经笔者进一步搜求 20 世纪 80 年代以来各地在编纂民间文学集成过程中所得新资料，总量已达 210 余篇，它们的大体分布情况为：陕西 11，甘肃 2，宁夏 4，青海 5，新疆 1，河北 4，天津 1，山西 3，河南 17，湖北 25，湖南 10，广东 5，广西 7，海南 1，四川 35，贵州 8，云南 9，西藏 2，内蒙古 9，辽宁 23，吉林 5，黑龙江 3，山东 6，浙江 4，上海 2，安徽 1，江西 1，福建 7，其他 4。它们流行于汉、满、蒙、藏、回、土、撒拉、维吾尔、朝鲜、苗、壮、傣、黎、彝、白、畲、傈僳、布依、毛南、土家、仡佬、鄂伦春等 20 多个民族之中，跨越高山大河的阻隔和语言、宗教信仰的界限，是一个覆盖神州大地的巨大故事圈。它在各族民间口头文学中的实际影响，完全可以和《牛郎织女》、《孟姜女》、《白蛇传》、《梁祝姻缘》等著名的四大传说相媲美。

二

笔者在 1979 年发表的《一组民间童话的比较研究》中，联系《格林童话》，把它作为一则民间童话的经典之作来解读。经过 30 多年的追踪探寻，深深觉得需要以更超拔的眼光来赏析这件口头语言艺术精品。“求好运”是一个汇合着不同时代、不同民族的丰富智慧和情感的故事。它以高度概括的象征方式，集中表现人类在历史长河中由屈从命运到逐步主宰自己命运的心路历程。在世界民间故事海洋中，它的各种样式的单篇异文，并不特别耀人眼目；可是当把它作为一个覆盖地球上多数居民的故事圈来考察，就显露出史诗般的宏伟特征，值得我们十分珍惜了。

1. 中国近现代流行的“求好运”故事的突出特征是表现了主人公积极进取，奋力向命运抗争的精神。故事的主人公均为处于社会最底层的穷苦小伙子，他们屡代受穷，绰号就叫“穷八代”“穷九代”或“穷十代”；故事名称就叫“八辈穷”、“十代穷”、“穷汉问佛”、“十穷去西天”、“小旦儿穷八辈”、“叫花子朝南海”等。那些寻宝聘妻故事，也是由于穷小伙子提亲时，员外家以索要几样宝物作聘礼来刁难穷小伙子，他不死心：“我偏偏要到西天去走一趟，拿三根金头发来给他看看！”不论故事情节是问事还是以寻宝为中心线索，其终极意愿是为了寻求幸福，改变自己贫困不幸的命运。这种强烈意愿，洋溢在故事叙说中。所以我在多年研究中认定，以“求好运”作为它的类型名称最为恰切。

在中国各族民众盛传的“求好运”故事中，所询问的对象从太阳奶奶、如来活佛到其他仙人，这固然同民间的宗教信仰有关，但作为主体叙说的问事解难情节，其实质并非从宗教义理中来解脱人世苦难，而是从这些宗教偶像身上寻求破解具有现实象征性的种种人世难题。他们在故事中所扮演的，其实都是“智慧老人”的角色。主人公在他们的启示下，找到了治病的奇方和开发自然财宝的奥秘（让枯井出水，水中鱼鳖吐珍珠等），并以此来帮助他人，获得好报。这样，主人公的“求好运”就不是简单地寻求命运之神的庇护，而有了更积极的意义。

2. “求好运”故事的另一个突出主旨是“代人问事获好报”，不论是出门求好运，还是寻宝物娶媳妇，主人公在旅途中都是热心接受他人的委托，毫不犹豫地把别人托付的事放在前头，结果在获得别人的酬报后自己也交上了好运。这类故事多篇以“但行好事，莫问前程”、“做好事不问前程”、“与人方便，自己方便”、“方便人”为题，并以“单行”或“端行”作为象征性的人名，都是为了突出故事的主旨。

这个故事在其他国家的叙说程式都是“三问”，只有中国故事在小伙子向神佛问事时才设置了一个“问一不问二，问三不问四”的禁忌。这个规矩不仅是俗谚中“与人方便，自己方便”倡导的乐于助人中华美德的生动体现，其渊源还可以到中国古代墨家的“兼爱”学说中去追寻。任继愈著

《中国哲学史》引述《墨子》中关于“兼爱”的三句话：“有力者疾以助人，有财者勉以分人，有道者劝以教人。”（见《中国哲学史》第一卷，第101页）本故事中穷小伙子代人问事是以力助人，受惠者以所得财物分以报人，智者则以道教人，正好和这个故事的精巧构造相呼应。这一事例启示我们，中国民间口头文学的文化根脉可以从传统文化宝库深处去探求。

三

和中国“求好运”故事的情节结构相类同的作品，从19世纪初叶问世的《格林童话》开始，记录成文的各国异文已达500余篇（不含中国），仅在芬兰就采录到177篇。它被故事学家作为“命运谭”，列为AT461型，已成为一个世界性的巨大故事圈和口头文学经典之作。中国唐代汉译佛经《贤愚经·檀弥离品》中，载有一农民外出拜求端正王智判连环奇案时，他因代他人问难解困而获得好报的有趣故事，可能对中国“求好运”故事的情节结构有过影响。但就这个中国故事从构思立意到情节细节组合的整体而论，却已脱胎换骨，蜕化为“国有”了。

这里，笔者不能不提到美籍华人学者丁乃通先生（1915—1989）。1983年5月，他从遥远的美国西伊利诺伊大学给我回信：

> 我本人对此题的初步概念是：中国的说法不可能全是脱胎于印度的，因为中国的461型，开始是主角为了向小姐求婚，才非得觅宝不可。这种开端是欧洲的典型，在印度是没有的。中国的461型宗教意味较浓，可是它的特征“问三不问四”，在印度似乎也没有。你假若要比较中印两国的说法，当然是好的，可是了解中国的传统，在我看来并不需要把印度的说法作为前提。此故事圈在印度的说法，似乎只有21个，但在中国流传的，拙作《中国民间故事类型索引》上已列出40多个，加上你发现的，已有100个左右。再过几年，你一定会有更多的收获，足够写一篇有价值的研究论文了。假如我是你的话，一定会先把中国的说法整理成一组，用历史地理法探测传播地区及方向、起源民族及地域、原始形式及意义，尤其要查找古书里有没有这样的故事。先把中国的来龙去脉弄清楚了，再研究别国的传统也不迟。

他鼓励笔者坚持不懈地把461型故事研究透彻，既要通晓它的世界传播情况，更须着力于中国传统的探求。对此．笔者一直铭记于心。

存活于中国各族民众口头心间的“求好运”故事，作为幻想故事或民间童话故事，在朴野单纯的叙说中，蕴含着富有象征性的丰厚文化意蕴，达到诗意与哲理的巧妙融合。将口述材料记录写定的那些单篇文本一篇一篇来读，所得印象也许平淡无奇，可是把它作为覆盖中国大地由各个兄弟民族众口传诵、有着几百篇异文和多种载体的叙事作品联结成整体来看，再联系中国大地涌动的民工潮来体味它的深厚中国文化意蕴，它的史诗魅力与价值就更为彰显，值得我们作为中国民间文学难能可贵的精美之作来看待了。

附录　（故事三则）

石祥生

（湘西，苗族）

石祥生是一个很诚实的人，他只有一个母亲和一个兄长，家里非常穷困。他兄弟俩除砍柴为生外，别无所事。石祥生因为穷了十代了，所以阎王在他额上都刻有“石祥生”三字。不论是谁遇着了他，看见额上刻有三字，就是不认识他的，也晓得他是石祥生，晓得他是十代的穷汉子。

石祥生每天到人家的家里卖柴的时候，就是三岁的小孩子也要说他是十代的穷汉，所以石祥生自己很觉得没趣。走到东家也说他是十代的穷汉，走到西家也说他是十代的穷汉，他心里非常难受。有一天，他忽然发起脾气来了！自己说道：“我一生从不曾做过没阴德或伤天理的事，为什么穷了十代！”想去阎王那里问问根源，到底是什么原因！心意已定，就对他母亲和兄长说明。他母亲和兄长也并不阻拦。

到第二天他就动身了。走了一程，恰从某员外的门口经过。员外见了，就高声问道：“石祥生你要到什么地方去?”他答道：“我因穷了十代，现在要去阎王那里问个原因。”员外又道：“我想烦你代问一事。我有一个女儿，今年一十八岁，现在还不能说话。若你到了阎王的跟前，请代问阎王一声，我这个女儿到了十八岁还不能说话，是什么原因!”他满口承允。员外就取出数十锭银子，送给他作盘费。他不肯收，经再三恳切表示，才收了两锭。

石祥生又走了一程，走到一个岩壁脚下。那岩壁下恰有两个老者——神仙——在那里打草鞋。见了他就高声问道：“石祥生你要到什么地方去?”他答道：“我穷困了十代，现在要去阎王那里问个原因。我走到路上，从某员外的门口经过，员外又托我代问他女儿十八岁还不能说话的原因。”那两老者听了说道：“石祥生！你也代我们问一问：现在我们有两株桃树和两株李树，今已十多年了，年年只开花而不结果。请你代问阎王看是什么原因!”他也满口承允。那两老者就送给他一双草鞋，他也收了。谁知那草鞋乃是仙履，穿上了，走路不觉疲劳。

石祥生又走了一程，走近一条大河。那是到阎王那里去的必经之路。他到了河边，看看河水很深，水面又很阔，怎能走过？想要回去，路程又很远；要想前进，又有大河阻隔。真是进退两难，他禁不住放声大哭。哭了一会儿，忽然由水里冒出两条如门板大的黄色金鱼来，见了他问道：“石祥生！你要到什么地方去？为何在这里啼哭?”他又把因为自己穷了十代，要去阎王那里问原因及员外和两个老者托他代问原因的情由，说了一遍，并诉说现在进退两难的苦衷。那两条金鱼听了说道：“石祥生！你不要啼哭，你要去阎王那里，我们可背你过河。不过我们也要请你代问一声。我们住在这里，差不多已经有了数百年，但是要想上水去既不成，下水去也不行，觉得很不自由。请你代问阎王，是什么原因。”他自然是满口承允。不一时，那两条金鱼就背他渡过河去。

石祥生渡河之后，又走了一程，不觉走到西天地界。不多时，就到了阎王的殿前了。他走到阎王面前，就双膝跪下。阎王见了他问道：“石祥生！你是因自己的事来，还是因别人的事来?”他答道：“别人的事也有，我自己的事也有。”阎王说道：“我说了你的事，就不能说人家的事，若是说了人家的事，就不能说你的事。只能说一边，你想一下，是说人家的事好，或是说你自己的事好?”石祥生默想：“这就难了！说了人家的事，我自己的事就不能说了。若是只说我自己的事，但我已经受人家的委托，且受了人家的盘费，受了人家的草鞋，而且那两条金鱼又背我过河，岂能失信？若是只替人家说，不说我自己的，那我走了这样远的路程，岂不是白辛苦？总之我命穷总是穷，不如只替人家说罢了!”想罢，答道：“请替人家说罢了。我命穷总是穷!”阎王说道：“那么你把别人的事说来我听!”石祥生就从头至尾地把那三个情由，一一详述一遍。阎王听了，便答道：“那河里的两条金鱼，上水上不得，下水下不去，就是因为他俩吃多了螺蛳。他俩本分只该吃四颗，现在他俩多吃两颗了。叫他俩吐两颗出来，就能够上水下水了——螺蛳就是宝贝。那岩壁下两老者的两株桃树和两株李树，只开花不结果的缘故，就是因为他们栽错了地方，叫他们把两株桃树移栽到两株李树的地方，两株李树移栽到两株桃树的地方，就能开花结果了。那员外的女儿十八岁都不能说话，只要见了丈夫就能说话了。”石祥生听了，遂即对阎王作了三个长揖，闷闷不乐地转身取原路回家。

石祥生回到大河边，那两条金鱼就急忙迎着问道：“石祥生！你到那里，阎王怎样告诉你的?”他答道：“我到阎王那里，他说只能说一边的事；说了我的，就不能说你的；说了你的，就不能说我的。我因为已经受了你们的嘱托，不能不先说你们的事，所以我自己的事就不能说了。”两条金鱼就问道：“我们的事怎样说的呢?”他答道：“阎王说：‘你们两位上水上不得，下水下不得的缘故，就是因为你俩多吃了人家的螺蛳。你俩的本分只应该吃四颗，现在多吃两颗了。如能吐出两颗来，自然就能上水下水了。’”两条金鱼听了，就跳上岸来，卧倒在地，叫他踏上他俩的肚子，不一时，吐出两颗螺蛳，说道：“这些螺蛳是极有用的，现在就送给你吧。”石祥生当即收下。那两条金鱼就背他过河，互相称谢而别。

石祥生又到了岩壁脚下，那两老者见了，就急忙问道：“石祥生！你回来了！阎王怎样告诉你的?”他又把阎王所说只能说一边事的话述说了一遍，答道：“阎王说，你们的两株桃树和两株李树，只能开花而不结果的原因，就是因为栽错了地方。只要你们把两株桃树移栽到两株李树的地方，两株李树移栽到两株桃树的地方，互相掉换一下，就自然能结起果子来了。”两老者听了满心欢喜，因为他们都已年迈力衰，无法移栽，且又无处请人，就请他代为移栽。石祥生因为离家已久，恐怕家人挂念，初不承允，后经两老者恳切求助，只得允了。石祥生就先挖李树，不一时就挖倒了，不料每株李树脚下，各有一坛银子。他见了就丢下锄头，去责问两老者道：“你们似乎有点看我不起！这也是你们再三要求我才替你们挖。怎么还要来耍弄我，把我当作一个贪财的人呢？现在我不替你们挖了。”两老者不明了他的意思，急忙问道：“石祥生！怎么又不肯替我们挖了！你说我们看你不起，耍弄你，是怎样的看不起？怎样的耍弄你呢？”他听了满面怒容地答道：“你们把两坛银子藏在李树脚下，要来试我是否贪财吗？”两老者答道：“石祥生！你快不要误会！我们并无银子藏在里面。现在你挖了，就是你的财气，应该给你。”他又答道：“虽然不是你们藏的，但还是你们的东西，怎样又说是我的财气？”两老者又道：“石祥生！是你的财气，如果是我们的，早就挖来用了，怎的还要来打草鞋为生呢？”但他决然表示不受，两老者见他意志坚决，只得罢了，又请他再去挖两株桃树。他又在桃树的根脚挖了不多时，就挖出两坛金子来。他见了更是忿怒，忙把锄头丢开，走向那两老者。两老者见了，忙又问道：“石祥生！你又挖到了吗？”他答道：“挖到不挖到，都不关我的事；你们另找人去挖吧！”老者见他语带怒气，便急问道：“怎的又不肯替我们挖呢？”他答道：“我石祥生虽然是穷了十代，但从不拿人家的冤枉钱，你们不要看我不起。我一片至诚，替你们挖着，你们却要来耍弄我，在李树下藏着两坛银子，在桃树下藏着两坛金子！”老者听了道：“石祥生！请你不要生气！我们不曾把银子金子藏在树脚来耍弄你，现在你挖得了，就是你的，不必多疑！”他答道：“怎样是我的财气？若是我拿了，岂不是贪财了？”两老者又再三劝他接受，结果只肯收受两坛银子，那两坛金子还是由两老者收了。他又把那四株树掉换了地方，一一栽好。两老者备了酒肉送他吃，再要留他住几时，他却不肯，就挑了两坛银子回家去了。

石祥生又走了一程，不觉到了那员外家。员外正在门口，一见了他就急忙迎着问道：“石祥生你回来了！阎王怎样回答你？”他又把阎王问答的话述说了一遍，又说道：“你的女儿到了十八岁不能说话，阎王说，待她见了丈夫，就自然能说话了。”员外就邀他进屋，刚到大门边，他那女儿见了他，就开口说道：“石祥生！你回来了！”员外听了满心欢喜。进到屋里，酒饭招待不一刻，他就要离别员外回家去。员外说道：“贤婿！怎样就不肯坐了？莫非我怠慢了你？你说阎王说我这女儿见了丈夫就能说话，今天她见了你就能喊你，你岂不就是她的丈夫吗？现在你就是我的女婿了。”他听了半晌方才答道：“员外，你是一个富贵的人，我是一个穷了十代的穷汉，怎配做你的女婿呢？”员外说道：“请莫谦辞，我这女儿从来不曾说过一句话的，所以才请问阎王，阎王既告诉你说是见了丈夫就能说话，现在她见你回来，就能喊你石祥生，你就是她的丈夫了。这也是你俩的姻缘。”他不得已，只得应允。后来员外就送他金银，叫他回去禀告母亲。

他回到家里，便把经过的事，从头至尾地说了一遍。母亲和哥哥都不相信。他想讨地基建造房屋，他母亲连荒地也不肯给他。后来他只得回到员外家里，就请木匠起屋，与员外的女儿成了婚，又去请他母兄来同住。(凤凰吴良佐讲述)

原载芮逸夫、凌纯声：《湘西苗族调查报告》，商务印书馆 1947 年版。

穷娃寻宝

（鄂西北，汉族）

有个穷娃子，小时父母双亡，拜师学砌匠（泥瓦匠），三年出师，他手脚勤快，人家都争着请他做活。

有个员外，请砌匠娃给他捡房子，一天捡两三间，捡了个把月，末尾捡到小姐绣楼上，把瓦一揭，看到小姐在绣花，他只顾瞄小姐长得排场，三天也没捡完一间。他日思夜想，没心思做活，求邻居王妈妈说媒。王妈妈说：“傻娃子，一个在天上，一个在地下，咋能对亲！”

砌匠娃说：“王妈妈，难为你跑一趟试试，行就行，不行我也就死心了。”

王妈妈跑去一说，员外半天没吭声，心想，这真是“癞蛤蟆想吃天鹅肉”，我就转个弯子气他一下，说：“我也不做难，接小姐只要一块金砖，两棵金草，三根金头发，办得到这三件宝，我把女娃子给他。办不到，就不要痴心妄想！”

王妈妈一五一十地把话带回来，砌匠娃一听身上凉了半截。有钱也难买到这三件宝，他晓得这是员外故意难为他，可他还是不死心，一心要同员外的女娃子成亲。

一天夜里，他梦见一个白胡子老头子，对他说：“要接员外的女娃子不难，出门向南走，到山里求老爷，就能找到三件宝。”

砌匠娃醒来，急忙办了香表，日夜赶路向南走。一天，遇见一个大嫂坐在路旁哭，他上前问道："这位大嫂，为啥哭得这样伤心?"大嫂抬头擦擦眼泪说："小兄弟，我嫁了两个男人，都病死了，年年没得男人过年，像只孤雁。你说伤心不伤心!"砌匠娃为了劝大嫂，说："我也够伤心的!"就把自己的事儿从头到尾说了一遍。大嫂忙托他问问老爷，怎样才能使夫妻百年偕老，他答应一定问到，和大嫂分了手，又朝前走。

一日三，三日九，他来到一个深山野洼，遇见一对雀儿拦着他叽儿喳地啼叫，叫得怪伤心，他问："雀儿们!你们为啥这样伤心?"

雀儿说："砌匠哥，我们年年生蛋，就是孵不出娃子来，总是孤孤单单，你去敬老爷，求你帮我们问一问这是为啥?"

砌匠娃儿看这对雀儿怪可怜，答应一定帮它们问到，歇一歇，又往南走。

一日三，三日九，又走了九天，遇见一个老汉，蹲在土岗上哭。他上去问："老伯，你有啥难事哭得这样伤心?"

老汉抬头望望他，说："娃子，我年年盖新房子，年年失火，一家人没处歇，总是住烂草棚。你看伤心不伤心?娃子，你去哪?"

砌匠娃把自己的事又说了一遍。老汉就托他问问老爷，他的灾祸啥时了结，他点头答应后和老汉分了手。

又走了个一日三，三日九，总算爬上了高山，进了大庙，烧了香火，敬了老爷①。老爷变成了一个白胡子老汉，说："娃子，你千辛万苦来朝，有啥难事呀?"

砌匠娃想起路上别人托付的事：大嫂死男人，雀蛋孵不出娃，老汉没房住，人家都眼巴巴地等着他回话，便开口问了这三件事。

老爷说："老汉的房子墙角上有块金砖，拿出来就不失火了；雀窝里有两棵金草，取下来就能孵出雀娃子；大嫂头上长着三根金头发，拔掉就不死丈夫了。"砌匠娃问了别人的事，牢牢记在心上。他还想问自己的事，老爷再也不开口讲话了。

砌匠娃磕了三个头，谢过老爷，出庙下山往回走。遇见那老汉，一说

---

① 老爷：鄂西北一带对庙里供奉的神像的俗称，多指道教宫观里的神，如真武。

果然不错，从墙角挖出一块金闪闪、亮堂堂的金砖。老汉感激不过，就送给他了。他又走了几天，遇见那两个雀儿正在路上“叽儿喳、叽儿喳”地迎接他。他爬上树一看，果然不错，从雀窝里取出两棵金光闪亮的金草，雀儿欢喜不过，也把金草送给他了。又走了几天，遇见那个大嫂，从其后脑壳上拔下三根金黄金黄的金发，大嫂乐不过，送给他留个纪念。

大嫂、雀儿和老汉的困难都解决了，砌匠娃自己要的三件宝也全了，他高高兴兴地回到家乡，和员外家的小姐拜堂成了亲。

两人成亲后，砌匠娃儿舍不得离开新媳妇，连活也不想做了。新媳妇说：“你不做活，吃啥？”她请人画了两张像，给砌匠娃带在身上。他下地做活，这头挂一张，那头挂一张，做到地头就笑笑拍拍，天黑了也不觉得累。哪晓得过了几天，一阵狂风，把砌匠媳妇的像刮到半天云里，悠呀悠，落到京城朝廷佬的花园里，朝廷佬一见说：“这么排场的女人，一定要给我找进宫来！”朝廷里派人四处查访，访到砌匠娃住的地方，见到他的媳妇，拿出画像一比，一模一样，就是这个女人！要把她抓走。新媳妇悄悄嘱咐砌匠丈夫：我走后，你买支枪学打猎，弄一件皮袄子，不管天上飞的、地下跑的，吃了肉把皮子缝上，三年之后，穿上这件皮袄到京城来找我。

女人被抓到京城里，不跟朝廷佬讲话，总是把脸垮着，再逗她也没有笑脸。过了三年男人去找她，她一见就眉开眼笑，朝廷佬见砌匠娃穿着五花六道的皮袄，认为是这件皮袄有神，就要同她男人换皮袄。男人穿上朝廷佬脱下的龙袍玉带，立刻往金銮宝殿上一坐，和他媳妇一起，向文武百官传令：“外头来了个妖怪，快把他赶出去！”朝廷佬大喊大叫：“我是皇帝，我是皇帝！”喊也没用，媳妇陪着身穿龙袍的皇帝端坐在龙椅上，砌匠娃就这样当了皇帝。

口述人：郭天苣（男，64 岁，汉族，农民，不识字）。

采录者：陈薇。

采录时间：1981 年 7 月。

原载《湖北民间故事传说集十堰市专辑》，中国民间文艺研究会湖北分会 1981 年 10 月编印。

刘守华附记：湖北省民间文艺家协会（原称中国民间文艺家协会湖北分会）于 1981 年在十堰市举办民间文学培训班，我作为教师参加。请来几位农民讲故事，来自白浪公社大坪村的郭天苔是其中之一，他讲的这个《穷娃寻宝》十分生动完整。白天里讲过一次，当晚在露天乘凉时又请他即兴讲了一遍。我指导在医院任职的一位民间文学爱好者陈薇（女）把它记录整理成文。当地百姓口语接近普通话，所以本篇的故事情节和用语都是原汁原味，保持了它的口头文学风貌。

范丹问佛

（河南，汉族）

从前有个孩子，名叫范丹。他爹娘下世了，地没留一垄，椽子没留一根，住在破庙里，靠要饭过日子。

范丹二十岁那年，发生一件稀罕事：他把要来的米往升子里倒，升子就是不会满。

一天，范丹躺着歇息，眯着眼，还没睡着，只见一只白老鼠来偷米吃。他抓住老鼠就要摔死它，忽听老鼠说："范丹，你不要摔死我！"

范丹一听老鼠会说话，很奇怪，就问："你为啥偷吃我的米？"

老鼠说："是佛爷让我来偷吃的。"

范丹问："财主的大仓里多得很，为啥偏来偷吃我的？"

老鼠说："你命里只有八合米，不能让你积满升。"

范丹问："谁说的？"

老鼠说："佛爷。"

范丹问："为啥？"

老鼠说："你问佛爷去。"

范丹问："佛爷在哪里？"

老鼠说："要趟七七四十九道河，要翻九九八十一座山，佛爷就在西天边。"

范丹决定到西天去问佛爷，第二天就动身，一直往西走，他白天顶着日头，晚上伴着月亮，走呀，走呀，不知熬过了多少个日夜。

这一天，范丹赶了一天路，不见一个村庄，没处讨要吃的，饿得头晕眼花。黄昏时，看到一户人家，他趔趔趄趄走到这家门口，眼一黑，栽倒了。范丹醒来，一个老头儿端碗米粥在他身旁站着。范丹把米粥吃下去，头也不晕了，眼也不花了。

老头儿问："小伙子，你是干啥去的？"

范丹说："佛爷说，我命里只有八合米，不能让我积满升。我要去西天问问佛爷，这是为啥。"

"上西天可不容易呀，你还是回去吧。"

"不，我决心下定了，非去不可！"

"你一定要去，托你问一件事：我女儿今年十八岁了，还不会说话。问问佛爷是咋啦。"

"我一定替你问问。"

老头儿留范丹住了一宿。第二天范丹走时，老头儿送他一袋干粮，说："带着路上吃吧。"

范丹谢过老头儿，又一直往西走。他趟过道道河，翻过架架山，不知熬过了多少个日夜。又一天，范丹走累了，拐到一个土地庙里歇息。他刚进庙门，土地就问："你是干啥去的？"

范丹说："佛爷说，我命里只有八合米，不能让我积满升。我要去西天问问佛爷，这是为啥。"

"去西天可不容易呀，你还是回去吧。"

"不，我决心下定了，一定要去！"

"你一定要去，托你问一件事：我当土地千年了，还不能上天。问问佛爷是因为啥。"

"我一定替你问问。"

范丹起身要走，土地说："前面有条通天河，过去通天河就到了西天。这通天河可不是好过的，就看你最后的决心啦！"

范丹谢过土地，又往西走。走走，一条大河拦住了去路。范丹想：这就是通天河吧，最后一道难关，死活也要过去！范丹想要凫水渡河，纵身跳进河里，恰好落在一只大老鳖的背上。原来这只老鳖是来驮他过河的。

老鳖问："你是过河去求佛的吧？"

范丹说："是呀。"

"为啥求佛哇？"

“佛爷说，我命里只有八合米，不能让我积满升。我要去西天问问佛爷，这是为啥。”

“见了佛爷，托你问一件事：我在这里修炼千年了，还不能成龙。问问佛爷是因为啥。”

“我一定替你问问。”

老鳖把范丹驮过了通天河。范丹谢过老鳖，来到了佛爷的宝殿。佛爷盘脚坐在那里问他：“范丹，我知道你来问事，是问自己的事，还是问别人的事？”

范丹说：“问自己的事，也问别人的事。”

佛爷说：“问自己的事，就不能问别人的事；问别人的事，就不能问自己的事。你是问自己的事，还是问别人的事呢？”

范丹一听很作难：问自己的事吧，别人托问的事都答应了，咋能不守信用呢？问别人的事吧，自己受苦受累跑来为的啥呢？他想想又想想，下了决心：不能不守信用，任凭自己的事不问，也要问问别人的事。他说：“我问别人的事。”

佛爷点点头。范丹把救命的老头儿、指路的土地和驮他过河的老鳖的事，向佛爷说了一遍。佛爷回答了他问的三件事，范丹便往回走。

范丹走到通天河边，正在等他的老鳖问：“我托你问的事问了吧？”

“问了。”

“我为啥不能成龙呢？”

“佛爷说，你身上带着避水珠、避火珠、避风珠，都是为了保全自己性命，为别人办不了大事，不能成龙。”

老鳖点点头，忙把范丹驮过河。它一张嘴，把三颗宝珠吐了出来，说：“劳你替我问了佛爷，送给你吧。”老鳖马上变成一条龙，飞上了天。

范丹走到土地庙里，土地问：“我托你问的事问了吧？”

“问了。”

“我为啥不能上天呢？”

“佛爷说，你太贪财，身后埋着一罐金子，把金子送给别人，就能上天了。”

土地让范丹把金子扒出来，说：“劳你替我问了佛爷，送给你吧！”说罢，上天去了。

范丹走到老头儿住的地方，老头儿和他的哑巴闺女正在村边等着。离老远，哑巴闺女就望见了范丹，大声说："爹！他回来啦！"喊着就往家跑，给她妈报信去了。

范丹见了老头儿就说："您托我问的事问了。"

"我女儿为啥十八岁了还不会说话？"

"佛爷说，她见了自己丈夫就会说话了。"

"那我就把女儿许配给你。她刚才看见你就会说话了！"

"是真的吗？"

"真的。"

"可我是个要饭花子，不配做你的女婿。"

"你有志气，诚实可靠。我一定要把女儿许配给你！"说着，就拉范丹往家走，"今天就是个好日子，你俩成亲吧！"

讲述者：马宗芳，女，63 岁，镇平县王岗乡姑坡村农民，不识字。

采录者：张楚北，男，45 岁，河南民间文艺家协会干部，高中。

1981 年春采录于镇平县王岗乡姑坡村。

（原载《中国民间故事集成·河南卷》，2001 年版。）

学术评论与对话

提　　要

这里收录笔者关于比较故事学研究的评论文章七篇，它们多发表于二十世纪八九十年代，是就海内外有关研究成果的评述，也是国际学人之间的坦诚对话。

《多侧面扩展民间文学的比较研究》，是应北京《民间文学论坛》之约所写的一篇专论，意在倡导用比较方法研究中国民间文学，但不是从一般理念出发，而是依据自己五年来进行故事比较的实际体会写成，对当时民间文艺界兴起的比较研究之风起过推波助澜的作用。

《独辟蹊径的中西叙事文学比较研究》，是给美籍华裔学者丁乃通的论文集《中西叙事文学比较研究》一书所写的序文，曾在《外国文学研究》杂志上刊出。丁乃通教授学贯中西，早期研究英国文学，后期转向中国民间故事研究，成为历史地理学派的著名学者，他以十年心血独力编撰的《中国民间故事类型索引》饮誉海内外，但他另外的研究成果却鲜为人知。我们曾邀请他来华中师范大学讲学，又在他的直接指导下，将他研究“云中落绣鞋”等跨国故事类型的四篇长文译成中文结集出版，序文即由此而来。序文不仅概述了他运用历史地理方法的特点与成就，尤其注意到他将这些方法和中国学术传统相融合的独创性。

笔者和俄罗斯著名汉学家李福清（B. Riftin）院士的文字之交始于20世纪60年代。但直到世界风云巨变的80年代我们才得以相见，并有了较多的学术交流。他的《中国神话故事论集》中文版问世后，一直是我和我的学生潜心研读深受启迪的论著之一。我撰文予以评论，在肯定其成就的同时，也就某些问题提出商榷。他在来信中坦诚予以答辩，相互切磋，求同存异。后来我们约定将来往书信作为讨论文章，在《民间文学论坛》公开发表，曾激起读者的热烈反响。

如今，丁乃通教授和李福清院士均已先后去世，他们的研究成果曾给我和其他中国学人以丰富的教益，所蕴含的学术价值今天也依然值得我们认真借鉴吸取。

多侧面扩展民间文学的比较研究[①]

理论研究是我国民间文学工作的一个薄弱环节。现在人们已经认识到，在开展全面搜集和抢救我国各族民间文学遗产的同时，必须刻不容缓地大力加强理论研究工作，建设有中国特色的马克思主义民间文艺学，而推进理论必须在方法上有所突破。一些从事文学研究的同志最近在一次座谈会上指出：一种新的理论的提出，总是伴随着研究方法上的新的突破；反过来，一种重大的研究方法的突破，也总是为理论探讨展现出新的角度和层次、新的广度和深度。科学史上许多发明发现的诞生，许多流派的兴起，许多新学科的出现，往往都是运用新的科学方法的结果。近年来，比较研究法的运用，已经给我国的民间文学研究造成了较为活跃的局面，但还有许多人并未认识到改进科学研究方法的迫切性和重要性，并不了解目前广泛运用于社会科学各领域的比较研究的实际价值；而对民间文学中的比较研究，也还需要扩展它的广度和深度，更上一层楼。这里试根据我几年来从事民间故事比较研究的体会，就这个问题略述管见。

民间文学与比较研究

建设中国民间文艺学，必须在研究方法上有一个大的突破，采用比较研究法就是一个重要方面。

从欧洲民间文艺学史学来看，几个研究民间文艺的学派：早期的神话学派、人类学派，继起的流传学派、历史地理学派等，都很重视比较研究，甚至以之作为主要方法，建立起其比较神话学，比较故事学。看起来，对

① 本文为《民间文学论坛》1985 年第 3 期专论。

民间文学的研究形成一门新兴的人文学科，是与比较方法的运用分不开的。我国现代民间文艺学史上，也有这种情形。比较神话学、比较故事学中的比较方法，最先是从比较语言学中借鉴而来，可是一经运用，便获得成效，以至于成为比较研究的范例，从此结下不解之缘。美国亨利·雷马克就说："在估量偶然巧合的可能性与实际影响的可能性时，比较学者可以学习民俗学家的技巧，因为民俗学家在研究民间传说的主题时就面临这样的问题了。许多民间传说研究都是典型的比较研究。"①在这些事实背后，似乎隐藏着这样一种规律：民间口头文学适于作比较研究，只有采用比较方法，才能更好地显露民间文学发展的规律和特点。民间文学是一种无处不在的流行最广泛的文学，具有丰富的可比性。民间文学的作者是匿名的，存在于民众口头之上，有关这种文学的书面研究资料极少，只有将这些来自口头的材料进行比较，才能由此及彼，由表及里地找到它们之间的种种内部联系，进行科学的概括。对这些口头文学作品进行孤立的分析或不作比较的简单综合，都难以达到这样的目的。甚至可以说，不作比较，研究民间文学就难以构成一门真正的科学。这里试举一例：在近年的故事研究中，有人认为唐代皇甫氏所撰《原化记》中的《吴堪》，讲述田螺姑娘和农夫美满结合之后，又生出波澜：坏人出来破坏，田螺姑娘施展法术，加以惩罚，是"画蛇添足"、"节外生枝"。按照一般文艺学原理，孤立地分析这一两篇作品的情节结构，这个结论似乎不错，可是将广泛搜集得来的材料加以比较，就可以发现，几乎所有的《田螺姑娘》、《鱼姑娘》、《龙女》故事，不论是汉族的、苗族的还是壮族的，都有这样的尾巴。这就不能用唐代某一作家"节外生枝"，或现在的某个整理者"根据唐人小说编织出来的"加以解释了，它是这类故事所固有的合理结构。由此我们还可以领悟到，创造和传承这类故事的口头文学家，为什么不让一对普通的男女结合，偏要拉出一个神奇女性来作农民的妻子呢？原来不仅是为了借用她的法术来创造美好的生活，而且为了在自己的幸福受到邪恶势力破坏时，能够有力地战胜邪恶，保卫自己的人身权利。这样的构思立足于存在阶级压迫的社会现实之上，它是浪漫主义的，又是现实主义的。对于孟姜女传说中，孟姜女提出

① 《比较文学译文集》，北京大学出版社 1982 年版，第 14 页。

三个条件来和秦始皇面对面抗争的结尾，也有人持“节外生枝”说。可是明清以来各地民间传诵的异文中，都以此煞尾，情节发展上的这种不约而同，正是近现代农民斗争的广泛兴起在民间传说中的曲折反映；而它有别于唐代的孟姜女传说的同中之异，又表现出民间创作伴随社会历史而起的演变。顾颉刚先生研究孟姜女传说，正是运用历史地理比较法，对所占有的丰富材料进行深刻细致的剖析而取得卓越成果的。

比较研究在现代学术潮流中已获得了比过去更重要的地位，而且今后会显得越来越重要。比较这种方法，本来就是随着研究领域的扩大应运而生的。以比较文学而言，它就是人们在广泛接触世界文学之后，为了将本国文学和他国文学相比较，以便深入地探讨文学发展规律而兴起的。当前我国各个学术领域比较研究之风盛行，也是因为“三个面向”（面向社会主义现代化、面向世界、面向未来）的时代潮流汹涌澎湃，打破过去的禁锢闭塞状态，扩大了人们的视野。在研究中国的历史文化时，人们觉得有必要，也有了可能把它和世界各国的历史文化联系起来，在更广阔的背景上观察思考问题，于是比较文学、比较哲学、比较历史学、比较教育学等学科应运而生。它们虽与外来思潮的刺激有关，其方兴未艾之推动力却在我国学术发展的内部趋势之中。近几年来的民间文艺研究领域，在比较研究上新出现的热潮，是同这个趋势相一致的。可是它不论和现代学术潮流发展的需要相比，还是同毗邻学科相比，不论在认识上或是在实际成果上，都还存在较大的差距，须在提高认识的基础上急起直追。

对比较研究方法认识之不足，除了对它的实际运用成果缺乏了解之外，也同学术领域长期存在的“左”的影响有关。

我们长时期在闭锁的狭小天地里作学问，观察研究民间文艺现象，积久成习。因而对于超出国家、民族界限的文学的比较研究，许多人感到陌生。谁如果在比较研究中提出外来影响问题，很容易遭到误解，受到种种偏见的责难。1980 年就有人在某刊物上发表文章，给指明某中国童话故事的情节源于外国的论者戴上了“数典忘祖”的帽子。中外学者比较研究的一系列成果表明，中国确有不少故事来自印度，日本又有许多故事源于中国。中国文化发展的辉煌成就正是在自己固有文化的基础上善于吸收外来影响的结果。有些西方学者在比较研究中，表现出他们轻视中国文化、东方文化的观点，我们的前辈学者用自己的比较研究成果给予了很好的回答。人们在比较研究中流露出自己的民族自豪感是可以理解的，在我们民族遭受屈辱的时代更属难能可贵。但不能因此妨碍我们对科学真理的追求，不能因害怕否定本民族的文化传统而怯于比较。

由于西方资本主义国家的学者惯于运用比较法来作研究，而这种研究成果常常带有局限性和片面性，有些人便因此把比较研究法同马克思主义的方法论——辩证唯物主义与历史唯物主义对立起来。实际上比较研究并不是资产阶级学者的专利品，比较研究中的一些失误并不是这种方法本身的过错，而是有关研究者不善于运用或缺乏必备学识的结果。比较作为科学研究的一种具体方法，不但可以为马克思主义的民间文艺学家所运用，而且从比较中可以发现事物的特殊本质，可以发现从彼此间内部联系来看，正是马克思主义的方法论所要求的。现代民间文艺学的进展，极大地扩展了我们的研究领域，面对本国的和外国的复杂丰富的民间文学现象，比较的眼光显得更为重要，分析、综合与比较方法相结合之综合运用更为普遍。因此，在建设中国马克思主义民间文艺学时，重视比较研究的普及与提高是很有必要的。

关于推进民间文学比较研究的构想

在民间文学领域，怎样推进比较研究呢？我主张从多侧面运用比较方法，以扩展比较研究的广度与深度，使它更好地为建设中国民间文艺学服务，具体说来，即：

1. 影响研究与平行研究相结合

国外比较文学之研究，形成两大流派，即影响研究与平行研究。它们也渗透到民间文艺学领域。影响研究侧重追索不同国家、民族间民间文学的交流影响关系，要求有历史及地理的证据可寻。流传学派研究印度故事在世界范围内的传播情况，即属于这种类型的比较研究。我国各族民间文学就是在相互影响中发展的，我国同邻近各国乃至一些极遥远地区，也有文化交流关系。有些影响已被学者所证实，还有许多影响尚未被人们所发现。因而这种研究并未过时，还有着重要的实际意义。最近《贵州社会科学》杂志上转载的台湾学者凌纯声的论文，说《楚辞》中的《九歌》，原是一种民间祭神歌舞，这种歌舞习俗至今还保留在印度尼西亚人中间。它就是通过将《九歌》和印度尼西亚人的歌舞以及两地古代铜鼓上的装饰图案进行比较作出的结论。它不仅在民间文艺学而且在民族学、民俗学方面，也有重要价值。如果忽视比较，在研究中只就直接对象进行论析，其结论就难免不带有某种片面性，难以反映出各族民间文学的真正面貌。如 1960 年成书的《白族文学史》中断定《黄氏女对金刚经》这部民间长诗是白族聚居的云南剑川地区的产物，出现于当地佛教鼎盛的元明清各代。实际上这部作品，早就在汉族地区流行了。明代著名长篇小说《金瓶梅》第七十回中，载有尼姑讲《黄氏女》及《五祖出家》宝卷事，前者即叙《黄氏女对金刚经》故事，它由唐代变文演变而来，和《目连救母》同属于佛教通俗文学，大约为宋明时代的产物。流行川、鄂一带的善书《女转男身》，说虽结合，为《黄氏女》之改编本。我还在鄂西北见过一部《黄氏女对金刚经》的手抄长篇唱本。把这些异文略加比较，便可以发现，《黄氏女对金刚经》虽盛传于云南白族地区，却是渊源于唐宋时期的变文宝卷，曾流行全国的一部佛教通俗文学作品。

但过去的影响研究有其局限性。民间故事在主题、情节和形象方面的类同，并非都是影响所致，历史文化发展的类同现象也可以造成。醉心于影响研究的学者不顾这种更为普遍的事实，把自己的公式到处乱套，自然要碰壁。于是用平行方法研究这种现象的方法流行开来。我写的《谈民间文学中的“大团圆”》一文，即通过比较，断定“大团圆”乃是世界各国人民共同心理趋向的反映，并非中国的特殊民族心理。近来我还发现了一个十分有趣的民间文学现象，中国湖北襄阳流行一首历史歌谣：“太阳一出红堂堂，金花小姐困襄阳。困了三年六个月，猪吃白米人吃糠。猪吃白米刀尖死，人吃粗糠活世上。”讲的是处境艰难的被围困者用猪吃白米，制造假象，用计退敌解围的故事。湖北浠水关于何七公子智退清军的传说中也有这个情节，不过略有不同，是给狗子吃糯米。想不到远在欧洲的葡萄牙，竟也流行着这样的传说：一个山村居民在遭到侵略者围困、弹尽粮绝的情况下，用一村仅有的小麦喂饱了最后一头牛犊，然后扔下山去，以假相迷惑敌人，因而解围。这两个地方流传的同类型传说之间，显然不存在互相影响的可能性，只能是出于不谋而合。这种计谋在中国的“三十六计”中被称为“无中生有”，它是不同民族发展到一定社会阶段，在敌我斗争中都会产生的一种策略。神话学派、人类学派对许多具有共同性的神话传说的比较，实际上就是一种平行研究。这种比较研究适用的范围更广，视野更为开阔，它通过类同的民间文艺现象的比较所提出的问题，更深刻地触及了人类历史文化发展的规律性。我们在运用时注意克服它容易流于空泛的弊病，是可以取得很有价值的成果的。

我们从事比较研究，不必拘泥于某一种模式，可以把这两种方法结合起来。普列汉诺夫在《论一元论历史观之发展》中说过一段为世界比较文学家所赞赏的话：“一个国家的文学对于另一个国家的文学的影响是和这两个国家的社会关系的类似成正比例的。”我们可以分别把这两种比较方法用于它所适用的范围，也可以在同一对象身上，进行多侧面的研究。故事本身并没有流动的能力，它总是适应一定社会环境中民众的需要而传播和演变的。

2．微观比较与宏观比较相结合

近几年来，许多同志在微观比较上下功夫，就一个故事，一个情节，一个形象，搜求广泛的同类型素材进行比较，取得了可观的成绩。这样的研究内容实在，结论较为可靠，是值得继续提倡的。但我以为当前更应提倡在较宽广的背景上，开展宏观的比较研究，探讨中国民间文学发展的总的脉络和风貌。费孝通先生 1982 年在《民族社会学调查的尝试》① 一文中提出的要把宏观研究与微观研究结合起来，积极推进民族社会学的建议，对民间文艺学的研究也是很适合的。最近读到李子贤的一篇论文《略论南方少数民族原始性史诗发达的历史根源》②，他就中国北方和南方少数民族史诗艺术之异同进行比较所得出的结论就很有启发性。它不仅给我们勾画出了中国南方和北方这两个广大区域之内流行的民间史诗的不同类型，还揭示了产生和流传这些史诗的社会历史根源。中国现代民间文艺学诞生已有半个多世纪了，我们对自己民族的民间文艺的特质、民间文艺发展的脉络，至今尚无一个比较完整的概念，只有一些支离破碎的印象。“走向未来

① 《中央民族学院学报》1982 年第 2 期。

② 《民族文学研究》1984 年第 1 期。

丛书”中的一本《现代物理学与东方神秘主义》，已在那里探讨西方现代物理学概念与东方佛教、道教的宗教哲学所表现出来的思想怎样具有惊人的平行之处，这种平行具有怎样的意义；我们却对中国的民间文艺同近邻各国的民间文艺之间有着怎样的联系尚无一个大略的认识。这是何等地使人不安！微观解剖固然是我们研究的基础，但我们决不可以等到做完了微观研究再向宏观领域起步。现代科学一方面要精细剖析有关的事实材料，同时也需要大胆的假设，富于想象力的构思。微观研究与宏观研究应该而且完全有可能结合进行，以便相辅相成，彼此补充。费孝通先生说我们过去的民族研究，“分别地一个一个研究，在方法上固然有其长处，但是也有它的局限性。今后似乎要进一步和宏观的研究结合起来”是极有见地的。他还介绍了潘光旦先生生前提出的关于中国各族关系的宏观的整体设想，“在有文字记载的历史时期，总的说来是北方民族的南下或西进，中原民族的向南，沿海民族的入海和南北分移，向南移的又向西越出现在的国境”。他自己对中华民族所在地域也有一个宏观概念，“至少可以分成北部草原地区，东北角的高山森林区，西南角的青藏高原，藏彝走廊，然后云南高原，南岭走廊，沿海地区和中原地区……我们必须从这个棋盘上的演变来看各个民族的过去和现在的情况”。建立对于中国民间文学的整体观念，不能依赖对五十六个民族民间文学的简单综合，应该借助于对各族民间文学的比较，及对这些民族所处自然社会环境的考察，综合成几大块，再考察其内外联系，形成一个整体观念。我的印象是，中国民间文学的文化特色，似乎可以划分为彼此既有联系又有相对独立性的五大块，即西北天山文化系统，北部草原文化系统，中原黄河流域文化系统，东南沿海文化系统，南方长江流域文化系统。它们各有自己的特色和价值。西北特别是新疆地区的民间文学，交汇融合着中西多种文化成分，尤以浓重的伊斯兰文化色彩引人注目。东南沿海地区的民间文学在历史上曾向南北两方面扩散，传入朝鲜、日本和东南亚，具有海洋文化的鲜明色彩，它们和北方草原文化系统的民间文学迥然有别，相得益彰；南方长江流域的民间文学虽吸取过来自南亚的佛教文化影响，却保存了最丰富完整的中国古代本土文化的因子。这个地区本来就存在渊源久远的光辉的楚文化，道教的流行又抗衡儒家的思想统治和佛教文化的渗透，起了保存民间原始文化的作用。同时又因北方民族、沿海民族的南移，把中原黄河流域的文化汇入其中，再加上这个地区险峻的地理条件，使古老文化得以长期保存。这样，它就成了中国民间文学的最重要的宝库。一系列具有世界影响的民间故事，如田螺姑娘型的《吴堪》，灰姑娘型的《叶限》，天鹅处女型的《毛衣女》，还有《蛇郎》等等，最早都出自这里，绝不是偶然的。

我这个粗略的设想很不周全，这里不过是借以引起人们对宏观比较的兴趣。宏观比较可以在不同范围、从不同侧面展开。有人将希腊神话中的普罗米修斯和中国神话中的鲧这两个崇高形象相比较是有意义的。我们还可以进一步将古希腊神话系统和中国上古神话系统作比较；我们已经找到了中日民间故事互相交流影响的不少实际例子，现在完全可以对中日民间故事在主题、风格等方面的异同及其根源作宏观考察；宗教与民间文学的发展关系密切，我们可以将不同宗教所创造而进入民间文学的某些神怪，如善恶之神的形象进行比较，也欢迎在更大范围内将中国的道教和印度的佛教分别给予民间文学的影响作比较的探讨。将总数不下于十万的中国民间故事进行初步的比较综合、分型归类，编撰《中国民间故事分类索引》，将给人们作微观比较，特别是作宏观比较提供坚实的基础。

无论作微观比较与宏观比较，其成效之大小不独取决于个人的学识水平，还受着整个民间文艺学及有关学科发展水平的限制，对其研究成果应取欢迎态度，不要求全责备。允许并提倡各种学派并存，通过自由争辩，共同提高，推进学术发展。

3. 国内外的比较相结合

比较文学的严格定义，是指国与国之间的文学的比较。因此，一般说来，比较歌谣学、比较神话学、比较史诗学、比较故事学等，其内容也是指对于国与国之间的歌谣、神话、史诗、故事的比较研究而言。这种研究自然是我们所欢迎的。但这种研究需要占有许多国家的材料，而民间口头文学材料比之一般文学材料更难于搜求，目前要系统全面地作这样的比较还有较多困难。而我国国内各兄弟民族的民间文学材料却源源不断地涌现在我们面前，个别的研究已有了相当的基础，现在迫切要求通过比较，发现异同，找出联系，构成一个整体观念。这样的研究虽不能代替国与国之间民间文学的比较研究，却可以通向这种研究。这是因为我国各族民间文学以丰富多彩著称于世，我们既有汉藏语系的民间文学，也有阿尔仄语系的民间文学，还有印欧语系、南亚语系的民间文学；既有受佛教、伊斯兰教文化影响的民间文学，也有融汇着儒家和道家文化传统的民间文学；虽以产生于中国封建社会的民间文学为主体，也还有相当数量的民间口头文学产生在奴隶制甚至更为原始的前阶级社会的土壤上。因而利用我国各族民间文学材料进行比较研究，有着广阔的天地。我们完全可以将这种比较研究系统化，扩展其深度和广度，建立起中国的比较民间文艺学，它同将中国民间文学作为一个整体和其他国家的民间文学作比较而建立的比较民间文艺学，将彼此补充，相映生辉。而国内各族民间文学的比较当前更为迫切，没有这种比较与综合作基础，中外民间文学全面系统的比较就难以进行。一方面，对各族民间文学作分别的具体的研究；另一方面，对不同民族之间的民间文学作比较的研究；再进一步，在更广大的范围内，将中国的民间文学和其他国家的民间文学予以比较。这样逐层推进我们的研究工作，我们对自己民族的民间文学的认识，国际学术界对中国民间文学的认识，都将大大增强它的科学性。那时，中国的民间文艺学就可以立于世界学术之林而大放光彩。前些年，国外有的民间文艺学家，依据德国学者爱伯哈特于1937年编撰的《中国民间故事类型》一书中只有七个动物故事的事实，断言中国动物故事稀少，很早就停止了发展。产生这种片面性的原因，固然是因为他们所依据的材料不足，同时也说明，对于在众多民族和广阔地域之内产生的无比丰富的中国民间文学材料，如果不首先在全国范围之内作一番比较、综合，而只是抓住某个局部和外国民间文学相比较，断言“中国民间文学”如何如何，都很难避免其结论的片面性。

4. 建立比较民间文艺学的中国学派

现在，在比较文学领域，一批崭露头角的中国学者，已提出了振奋人心的建立比较文学之中国学派的主张。这个口号将有力地促进我们建立中国比较民间文艺学的努力。

我们要尽力吸收国际上比较民间文艺学的成果。他们占有丰富材料，给以科学分类，吸收多种学科成果，在世界范围内进行比较，这些都是值得我们吸取和借鉴的。但我们对一些外国学派的理论和方法不能生搬硬套。我国有一些著名学者，他们在民间文艺比较研究上的杰出成果，受到国内外学术界的高度重视，如顾颉刚先生对孟姜女传说的比较研究，钟敬文先生对《蛇郎》、《天鹅处女》故事等等的比较研究，钱锺书先生《管锥编》中对《太平广记》所载故事的比较研究等，他们具有中国特点的比较研究方法，我们无疑应加以继承发扬。

一些外国学派的理论的方法，当被用于某些局部现象的比较研究时，所作出的结论常常是正确的，因而这些学派得以立足。可是其往往把自己的理论和方法，当作绝对真理，套用于一切民间文艺现象之上，就不免碰壁了。流传学派就是这样。英国民俗学家柯克士在她的《民俗学浅说》中曾就此写过一段意味深长的话："那些主张民间故事是在有时代间由印度传到欧洲，大都系经文学的沟渠而传播着的人，将要因有类于印度以及欧洲的民间故事，乃载在纪元前一千四百年的古埃及纸草卷上的发现而不知所措。"为什么不知所措呢？他们的故事流动、印度中心学说，遇到了解释不通的事实。又如有的学派构拟故事原型，追寻故事完整生活史的理论和方法，我以为也要用分析的眼光来看待它的科学性与局限性。它是从比较语言学构拟原始共同母语，再由此研究广大范围内各种语言的关系这种方法借鉴而来的。它取得了不少引人注目的成果。可是文学现象比语言现象更为复杂，特别是阶级社会里的文学不可避免地要受阶级意识的浸染，呈现出复杂面貌。世代劳动人民常常根据斗争情势的需要，对传承的民间口头文学，主动给予改造加工。它虽是一种语言艺术，却和语言本身发展演变的规律大不相同。从事比较研究如果不顾这样的实际，就会产生形式主义的弊端。有些学者把所有"说谎者"的故事归入一类，不区别这些作品不同的思想倾向和美学价值，也不分析它们所由产生的社会历史背景，一概加以贬抑，就是一个我们不足为法的典型例子。

我们主张用开放的，然而又是有所分析的态度对待外国民间文艺学流派，综合吸取其所长，补己之短；用马克思主义的方法论——辩证唯物主义和历史唯物主义对其比较法给以改造和提高，从中国各族民间文艺的实际出发加以运用。季羡林先生的审读拙作《印度〈五卷书〉与中国民间故事》的初稿后，给以热情肯定和鼓励，回信中写道："现在东西各国比较文学之研究均极盛行，我们学术界在这一方面也似乎有点落伍，必须急起直追。""从全世界来看，资本最雄厚的还是中国和印度，在这方面，我们可以说得天独厚，希望我们共勉之。”在比较民间文艺学领域，我们应当急起直追世界先进学术潮流，我们要通过自己坚持不懈的努力，让比较民间文艺学的中国学派崛起于世！

独辟蹊径的中西叙事文学比较研究①

——［美］丁乃通著《中西叙事文学比较研究》中译本序

国际知名学者丁乃通教授关于中西叙事文学比较研究的代表性论著终于呈献在海内外读者的面前了。

丁乃通先生1915年4月22日生于浙江杭州，早在1936年即毕业于清华大学西方语文学系，随即赴美深造，于1938年在哈佛大学获英国文学硕士学位，三年后又在哈佛大学获英国文学博士学位。1941年归国，先后在上海之江大学、河南大学、重庆及南京国立中央大学、广州岭南大学、香港新亚学院等校任外文系教授。1957年赴美，长期任教于西伊利诺伊大学英文系，不幸于1989年4月22日因心肌梗死与世永诀，享年七十有五。

丁先生本来是研究和教授英国作家文学的，在这个领域有很深造诣，后来又转向民间口头文学。据他自己讲，那是在20世纪60年代初期，因研究一个比较文学上的题目，发现民间文学不但是好些作家文学的基础，而且是比较两个或更多的文化背景上不同民族的文学作品最有用的工具，这才真正开始阅读民俗学和民间文学的书刊，跨入这个新的学术园地。他曾以近十年的工夫，编撰出一部《中国民间故事类型索引》，于1978年在芬兰首都出版，成为国际学术界系统了解中国民间故事的重要工具书。它的中文版，已于1983年和1986年先后由春风文艺出版社和中国民间文艺出版社出版发行，其学术价值与实用价值早为中国读者所熟知。我国民间文艺学界的两位前辈——钟敬文、贾芝先生在中文版序文中都对该书给予了高度评价，贾芝写道：“他以严谨的治学态度做了细致的研究、比较和选择，完成了这本引人入门，也引人入胜的工具书。对于我国研究者，这本书是引

① 本篇刊于《外国文学研究》1992年第4期。丁乃通：《中西叙事文学比较研究》，陈建宪、黄永林、李扬等译，华中师范大学出版社1994年版。

向与世界民间故事进行比较研究的桥梁；对于国外学者，这本书则是将他们领入中国民间故事宝库的大门。”

然而丁乃通教授在海外以英文发表的有关中外民间故事比较研究的一些重要论文，却未能译成中文结集问世，这本《中西叙事文学比较研究》，就是为了满足我国学术界和广大读者的需求而编译出版的。

丁乃通撰写了多篇论文，其中《近代中国民间故事》、《二十世纪中国民间故事的搜集与研究》和《民间文学民间办》等三篇，评述了自19世纪中叶直至20世纪80年代中国民间文学（以民间故事为主）采录和研究的历史，勾勒了中国现代民间文艺学史的轮廓。由于篇幅所限，笔墨较为粗略，却包含着许多可贵的见地。与有些西方学者贬抑否定新中国民间文学事业的巨大成绩不同，他既热情洋溢地肯定了这个时期采录和研究民间文学的成就，又十分中肯地指出了在科学性上的不足。根据他编撰《中国民间故事类型索引》一书所收集的大量材料，他理直气壮地断定，新中国的民间文学事业已取得了辉煌成就，而这是在政府支持下实现的。所以他毅然决然地“将人民共和国时期记录的故事，与民国时期搜集的故事以及外国人所搜集的中国民间故事”一视同仁地收入书中，并对“从前美国学人深深怀疑中国1950年后出版的故事的真实性表示十分遗憾”。等到1979年之后他几次来中国访问，直接感受到中国大规模采录民间文学的蓬勃热烈的景象之后，其欢愉心情的表露就更是情不自禁了。

作为丁通教授代表作的是对四个著名故事——《白蛇传》、《黄梁梦》、《灰姑娘》和《云中落绣鞋》分别进行比较研究的精彩论文。这几篇故事是中国读者颇为熟悉乃至家喻户晓的，然而它又在中国周围的邻近地区乃至欧亚大陆广传于世，既以口头方式传播，又进入通俗文学领域和著名作家诗人笔下，其艺术生命力延续千年不衰。论文作者就在这广阔的时间空间背景上将这些作品的众多异文进行比较，像清理一团乱麻似地探寻它们的来龙去脉，解析它们在世界范围内生存演化的谜团。虽然文章较长，细心读来，却有理有趣，能使读者从不同角度获得启示与教益。

这几篇论文处理材料与导出结论的方法和我们读到的一般文学论文很不相同，它使用的是芬兰学派的历史地理比较研究法。西方对神话和民间故事的研究已有一百多年历史，一般认为19世纪中叶德国的格林兄弟是这门学问的先驱者。按照丁乃通的说法，早期研究神话和民间故事的学人都是借助文化人类学有关学派的方法，一直到19世纪晚期，研究民间口头文学都没有自己的方法，这一套方法是后来芬兰人发明的。芬兰学者为了弘扬自己的民族文化传统，振奋民族精神，于一百多年前搜集整理出版了一部民族史诗《卡列瓦勒》，由此兴起采录研究民间文学之风，形成一个学派。其创始人为芬兰学者尤里乌斯·科隆（1835—1888）及其子卡尔·科隆A（1863—1933），继起的代表人物有芬兰学者安·阿·阿尔奈（1867—1925），美国学者斯·汤普森（1885—1970）等。他们的代表性成果为阿尔奈与汤普森合编的《民间故事类型索引》（简称AT分类法），现已成为国际通用的检索世界各国民间故事类型，进行比较文化研究的权威性工具书。丁乃通的《中国民间故事类型》就是借用他们的方法与成果编撰而成的。他的这几篇论文也产生在这一方法论的基础上，由此成为这个学派在中国民间故事研究领域的代表。这一学派的研究方法有什么特点呢？

大体说来，首先要求尽可能广泛地搜求异文；再从这些异文中提取作为最小叙述要素的情节单元（母题），解析归纳出各种亚型；然后进行细致的比较对照，从纵向的历史演变过程中构拟出故事原型，从横向的地理流布途径中追寻故事的祖籍；确定故事的原型与祖籍之后，又回头考察各种异文，了解这一故事在不同时间空间背景上的演变情况，从而勾画出它完整的生活史，同时也给有关异文的文化内涵与价值作出恰当的评判。

本书选择的这四篇论文，就充分体现了芬兰学派这样一种研究方法的特点。

《高僧与蛇女》研究东西方流行的美女蛇故事，它被列为AT411型，在大量异文中间，中国以多种体裁来表现的《白蛇传》和英国诗人济慈的长诗《拉弥亚》均为脍炙人口之作。论文作者指出，具有双重性格的美女蛇的古老原型，是由人们对大地女神又敬又怕的矛盾心理所创造的。最先在公元前后流传于西亚或中亚的一个不崇拜蛇的民族中，后进入印度的《佛本生故事》，具有了宗教说教的特点。大约在12世纪进入西欧。在南宋时期进入中国杭州，经过一位爱好民间文学的明代文人冯梦龙加工成为小说，于是在中国生枝开花，由一个区域性的故事转变成全国皆知的四大传说之一了。

《人生如梦》一文对欧亚大陆流行的拥有 60 多篇异文的黄粱梦型(AT681)故事进行比较研究。文章指出，这个故事的古代异文最早出现在中国战国时期的古籍《列子》之中。8 世纪至 9 世纪，进入中国道家著作和中东伊斯兰教经典《古兰经》中，成为宗教性故事。13 世纪传入冰岛。随着人类文明的进展和宗教神秘主义的衰落，这个故事也走向世俗化。作为宗教故事它已不再具有吸引人们的活力，可是其中的某些情节单元却被儿童文学家所借用，又获得了新的生命。有的研究者认为故事来自吸大麻烟产生的幻觉之中以及源于爱尔兰，文章给予了富有说服力的辩驳。

被列为 AT510 型的灰姑娘故事，是在世界上流行最广，调查研究成果也相当丰富的著名故事之一。但由于中国材料的缺乏，西方学者对这个故事在中国及其邻近地区的流传演变情况不甚了了。《中国和印度支那的灰姑娘故事》一文，即从作者新获得的 30 篇异文展开比较研究。中国唐代段成式所著《酉阳杂俎》中的《叶限》，是迄今为止所发现的关于这个故事的最早文献记录。然而在中国广大地区特别是北方的口头异文并不是很多，它主要流行于中国南方及相邻的越南一带，因此文章推断，它可能出自广西南部和越南北部的少数民族，再由中亚或西亚的某个地方传入欧洲，成为一个世界性的著名故事。

《云中落绣鞋——中国及其邻国的 301 型故事群在世界传统中的意义》，包括《补充研究》，是篇幅最长也是丁乃通教授自己最为满意的一篇力作。“云中落绣鞋”是这个故事最流行的中国篇名，它讲述的是一位公主被妖怪掠走，从云中落下一只绣花鞋，英雄主人公跟踪前去搭救，却被自己的伙伴陷害；后在某种神奇力量帮助下脱险并与被救的公主结婚，而那位狡诈险恶的伙伴则遭到了应得惩罚。这个故事被认为是最广泛最重要的世界性故事，排列为 AT301 型，不仅具有众多口头异文，在现代西方仍有巨大活力，“其中有一部在美国许多城市、估计同样在世界各地都可看到的西班牙电影，就是人们对这一主题兴趣不衰的证明”。西方学者的研究很少注意到它的中国异文的特征与价值，作者搜求到它在中国及其邻近地区的 60 多篇异文，通过精细比较，阐述了它在本故事世界传统中的重要地位。文章指出，晋代干宝《搜神记》中的《望夫冈》是本故事在中国最早的文字记录。到唐代，在中西文化交流热潮中因受胡人的影响，形成具有新特点的过渡性异文《岩洞的故事》。从著名传奇小说《白猿传》中也可看出这一亚型的影响。中国现代记录的大量口头异文，其形态均与上述故事一脉相承。西方关于这个故事的最早文字叙述，见于 13 世纪的骑士传奇《托切》之中。它可能是在此之前通过一个了解本故事的中国唐代异文的胡人故事讲述者从中国带到西方去的。作者并不认为这就是最后结论，由于这个故事是如此之复杂，跨越的时空背景是如此之广大，因而我们目前的研究只不过窥见了“真理的一斑”罢了。

不论是一般读者或文化学术工作者，从丁乃通教授的这部论著中部将获得不少宝贵启示。

本书的主要研究对象是中外各国的民间故事。一位意大利作家说得好，民间故事既是最通俗的艺术形式，又是一个国家或民族的灵魂。对它们的研究，便具有雅俗共赏的特点。即便我们自己不作研究，可是从书中看到《白蛇传》、《黄梁梦》、《灰姑娘》和《云中落绣鞋》这些为中国城乡民众所熟悉和喜爱的故事，竟然在世界上流布如此之广，许多国家或民族的心灵竟然有那么多契合相通之处，人类文化的交流汇通竟然达到这样的广度和深度，这无疑会有助于扩展我们的文化视野，丰富我们的人文科学知识。

它在学术上，尤其是在民间文艺学、民俗学和比较文学研究方面，对我们更有重要借鉴作用。

芬兰学派或历史地理学派在西方研究民间故事和民俗的学术领域占有十分重要地位。进入 20 世纪 80 年代以来，我国虽有人作过一些介绍工作，但它们的一些代表性成果，如被称为 AT 分类法的《民间故事类型索引》，布郎德依据 900 多篇异文对《屠龙者》（AT300）和《孪生兄弟或亲兄弟》（AT303）这两个类型所作的比较研究以及安德逊依据600 多篇异文对《皇帝与方丈》（AT922）所作的比较研究，等等，至今尚未译介给中国读者。在翻译出版丁乃通教授的《中国民间故事类型索引》之后，再将他运用芬兰学派的方法对几个故事作微观研究的论文用中文出版，我们对这个学派的特点就有了较为具体切实的了解，能够吸取借鉴其方法为我所用了。这个学派在方法上重实证研究，要求占有大量材料，并把对于材料的细致剖析和对有关历史地理背景的认真考察结合起来进行比较论证，力求使自己的结论建立在可靠基础上。也许我们觉得这种方法过于琐细，其研究成果也常因材料不足（民间故事采录所得材料常具有偶然性），在一个主观构拟的故事类型的完整链条上缺少某一个环节而使结论失误。由于他们只注重不同文化体系之间的相互影响而忽视其平行类同，也使得他们所获结论常免不了有局限性。但他们严谨精细，为探寻一个故事的来龙去脉不惜花费巨大精力的治学精神却不能不令人赞叹。已有的结论虽有局限性，却给后继者提供了扎实的基础。那些具体方法虽出于芬兰学派的独创，而他们在实际的研究工作中，还是十分注重融汇文化人类学（尤其是播化学派）、民俗学、民族学等方面的成果予以综合运用。以这种新颖独特的方式来对民间故事作深入的微观研究，确实令我们眼界大开。建设中国民间文艺学要取开放的态度，学习借鉴芬兰学派的长处无疑是大有裨益的。

就丁乃通先生而言，他的论著在运用芬兰学派的方法上还有着自己的独特建树。

和一般西方民俗学家不同，他有厚实的中国语文修养，又在从事西方作家文学研究近 30 年之后转向民间文学研究，用“学贯中西”这四个字来形容他的学识可以说一点也不过分。他研究那几个故事不限于使用口头传承材料，而是把口头材料和中外古典文献以及作家文学融为一体，进行跨文化比较。他懂多种语文，而治学态度又十分严谨，不惜花费巨大精力在世界范围内广泛搜求资料加以融会贯通。为了查考蛇女故事是否源自印度，他曾以半年时间在香港通读《大藏经》。因而本书的内容便显得相当广博，不只是中外民间口头故事的比较，而是中西叙事文学之比较研究了。

在《高僧与蛇女》中，作者自己就写道：“笔者希望这小小的研究，不仅说明了一个古老传说的持久的意义与影响，而且有助于证实由不同文化背景的学者研究比较文学的价值。”《人生如梦》的结语则告诉我们，本文所使用的 63 篇异文中，只有 11 篇确实来自民间。“这个研究与其说是研究民间文学，不如说是研究文学史”，如果没有在文学研究上能够把东方（特别是中国）与西方并列在一起进行有益的科学的探讨的观念，这篇论文甚至无法下笔。作者诚挚地希望：“本文至少能在传统的主题与题材的研究上，有助于证明，民间故事的研究与比较文学能够互相补充，相得益彰。”季羡林先生曾指出，比较文学史这门新学科就是在研究民间文学时创立的，民间文学和比较文学研究一直有着难分难解之缘。一些西方比较文学家认为，民俗学家对许多民间故事传说的研究就是典型的比较文学研究。本书所选译的几篇论文更是如此。它对于在世界范围内存在的一些复杂的文学类同现象所作的缜密考察深入比较，将启发学人抛弃 x 与 y 这种简单随意的比较文学模式，提高我国比较文学研究的水准。

丁乃通先生作研究的另一特点是他十分熟悉和热爱包括民间文学在内的中国传统文化及其现代发展。在一个相当长的时间内，西方学者由于存在偏见，或因受到不能直接阅读汉文古籍与现代民间口头文学汉文材料的限制，在进行世界范围内的民间故事比较研究时，常常把中国排除在外。他兴起研究中国民间故事的念头，就是为了把中国故事纳入世界口头文学传统，对它在世界传统中所占的重要地位给予应有的评价。中国是民间口头文学财富最丰饶，而且用文字记录民间故事最早最多的国家。不少世界流行的著名故事，都可以在中国找到其最古老的记载，可以断定其源于中国。这方面的研究成果既是对国际学术界的贡献，无疑也将激发中国人民的民族自豪感。

中国的民间文学事业在新中国建立后获得了更大的发展，这是有目共睹的事实。由于他具有热爱祖国的赤子之心，所以他能排除偏见，以实事求是的科学态度评价和使用这一时期的民间文学成果。如在《高僧和蛇女》一文中，涉及对 20 世纪 50 年代田汉改编《白蛇传》的评价，文章大胆肯定了它对白娘子反抗性的强调："即使这个故事现在在中国已经变成一个抗议不平的革命故事（西方的说法中显然从未接受这种解释），当代中国的作家们也还没有与这个神话的含义相距很远。""以蛇来象征革命者，在济慈的同辈人的创作中不是很少见的，雪莱在他的《伊斯兰教起义》中，用蛇来象征被人们忽视和鄙视的善良性格。倘若是雪莱，而不是济慈来写这个故事的话，他的观点和现在中国流行的观点可能相去不会远。"在 20 世纪 60 年代作者身居异国他乡的情况下，能够对一个古老故事在中国的新发展给予这样公允的评价，是多么难能可贵啊！

比较文学是一门国际性的学问，海峡两岸的中国比较文学家都在致力建设比较文学的中国学派，丁乃通先生对中西叙事文学进行比较研究的具有独创性的成果，无疑会受到大家的珍视。

丁乃通先生从 1978 到 1985 年曾先后四次来到中国进行学术访问。他对促进中国民间文艺学界与国际同仁的交往作出了巨大努力和贡献。1985年最后一次应邀来华中师范大学讲学并受聘为华中师范大学民间文艺学客座教授，他对一批热心从事民间文学研究的青年学人和笔者的谆谆教诲以及赤诚献身于这门学术的精神感召，都是我们永远难以忘怀的。

读李福清博士的《中国神话故事论集》①

1988年由北京中国民间文艺出版社出版的《中国神话故事论集》，选编了苏联著名汉学家、苏联科学院通讯院士鲍里斯·李福清博士多年研究中国民间文学的代表性成果。十年来在改革开放的热潮中，我们比较注意引进一些西方国家的学术文化成果，而对于在马克思主义指导下苏联学术文化的新进展却知之不多。在这种情况下读到苏联学者研究中国民间文学的论著，自然倍感亲切。

作为20世纪50年代列宁格勒大学东方系中国语文科的毕业生，李福清不仅就致力于中国古典文学和民间文学的学习研究，而且对中国的社会主义事业和中国学人，长时期怀着真诚友好的感情。笔者早于20世纪50年代末即与李福清博士开始文字之交。为着加强今日中俄之间学术文化交流，将自己阅读《中国神话故事论集》的心得和意见写出来，实属义不容辞的事。

《中国神话故事论集》这部书有什么鲜明的特点，或者说，它对中国民间文学的研究有哪些值得我们借鉴的优点呢？

1. 首先是论题的广博和视野的开阔

这位苏联汉学家，不仅喜爱中国各族人民创造的民间口头文学，还着力研究过中国的古典文学和当代文学，对中国古代造型艺术和民间美术也具有相当丰富的知识。这固然同他作为一个汉学家所承担的职责有关，同时也表现出他对中国文化的广博兴趣以及在学术上勇于开拓新领域的可贵精神。《中国神话故事论集》选编的九篇论文和专著摘要，包括了他在中国民间文学研究方面最有代表性的成果，其中倾注着他三十多年来在这一领

---

① 原载《民间文学论坛》1990年第5期。

域努力发现探求所付出的宝贵心血。它既是值得我们吸取的重要学术论著，也是献给中国文化界的珍贵礼物。

2. 本书的另一特点是不囿于成见和旧说，敢于提出新的见解，追求新的发现。这从许多文章中都可以看得出来。

孟姜女故事是中国著名的四大传说之一，从五四时期开始，就有顾颉刚等著名学者搜集大量资料，发表一系列受人称道的研究文章。李福清于20世纪50年代研究孟姜女故事，首先不惜花费精力，进一步广泛搜求关于孟姜女故事的各种品类的资料，经认真梳理和深入研讨，终于有了新的发现："中国民间创作的一个最鲜明的特点，就在于那些通常为人民所喜闻乐见的情节，常常通过多种不同的形式与体裁表现出来。"孟姜女的传说就是如此。而这一特点却为中国学者所忽略。在孟姜女传说的研究中，他还否定了在中国民间文艺学界流行的关于孟姜女哭倒长城的情节起源于战国时期杞梁妻哭夫的历史记载的说法，虽然论据还不足以服人，敢于争辩探索的精神却令人赞赏。

关于《穆天子传》，被我国许多人看作一部伪书，甚至像《唐前志怪小说史》这样的专著，也认为它不过是"编辑旧史料、旧传说而成"，未从文学角度予以认真研究。李福清在《从文学角度看〈穆天子传〉》中，将这部作品和同时代的编年体史书进行细致比较之后断定，虽然它还不能称作完整意义上的艺术作品，却"反映了从编年史家的纪实性的文字转向根据文学创作规律的艺术散文的过渡阶段"。这就大大提高了人们对《穆天子传》在中国叙事散文发展史上所居重要位置的认识。

对《三国演义》等章回体讲史小说的研究，他把三国故事的发展演变划分为四个阶段，由此来考察书面文学与口头创作的紧密联系，其研究成果已经颇为出色了。然而他并不以此为满足，又抓住小说中的人物肖像问题，作纵贯古今的剖析，看出从神话到小说中的人物肖像刻画，经历了从兽形向人兽同形然后向完全人形逐渐演化的过程。即使是最后这个阶段的人物肖像，也仍然保留着若干兽形特征（以兽名作为一些英雄人物的绰号就是例子），由此可以看出古代神话观念的影响。著者从一个不为人们所注意的很小的侧面来看中国文学传统，烛隐发微，使我们深受启迪。这样的例子在李福清的著述中随处可见。

3. 再次，李福清博士的研究方法也值得我们认真借鉴。

民间文艺学在中国是一门发端于五四时期的年轻学问，半个多世纪以来走过了曲折的道路。在研究方法上，接受外来影响较多，有人把这种影响概括为“苏联模式”和“西方模式”。50年代着重于向苏联学习，进入80年代以来又较多地接受了西方的影响。要建设具有中国自己特色的民间文艺学，不论何种模式都不能生搬硬套，必须有所取舍扬弃，消化吸收，为我所用。在我国民间文艺学领域，过去流行社会学的方法，近些年又流行民俗学和文化人类学的方法，这些方法各有其利弊，我们不应绝对地加以肯定或否定。研究方法应该多样化，互相补充，相得益彰，就像打仗一样，十八般兵器都上，只有好处。有人以为苏联民间文艺学成果，我们早在50年代就学过了，并不新鲜，这是并不切合实际的看法。当时我们所译介的，大都是属于民间文学概论范围之内的普及性的成果，重要的民间文艺学成果一直没有介绍过来。1922年问世的普罗普的《民间故事形态学》，介绍到西方以后成为结构主义学派的奠基性著作，在我国至今尚无全译本出版就是一个明显不过的例子。总之，即使在50年代，我们对苏联民间文艺学的成果也吸收得很不充分，何况近二三十年来其在这方面又有了许多新的进展。因而，李福清的《中国神话故事论集》在研究方法上所给予我们的启示，更值得重视。

他的研究方法有什么特点呢？作者在自序中说：

> 我研究的方法有一个特点：从作品最小的情节单元入手，作系统性的研究。例如研究故事，不仅研究情节、母题，还探讨故事的艺术世界（包括人物描写、艺术时空、颜色、数字等等），比较也要从情节单元进行分析。这方面能够代表我的特色的是我的三国故事研究和《回族故事情节的来源和分析》。

李福清论著的主要中文译者、中国社会科学院文学研究所的副研究员马昌仪将李福清研究方法的特点中肯地概括为“把苏联历史诗学传统运用于中国文学的分析和研究”，并告诉我们：由A. 维谢洛夫斯基建立的俄国历史诗学的某些基本观点成为日后苏联艺术起源理论、神话学、史诗学、民间文艺学等学科的理论基础，成为苏联学派区别于西方各学派的重要标志[1]。粗略一点说，李福清的民间文学研究方法属于诗学的研究。它属于文艺学的范畴，又不同于一般的文艺学方法。《苏联百科词典》解释“诗学”时，说它是“文学理论的一个分支，研究文学作品的结构以及其中所用的美学手段体系”。其中又有普通诗学、描述诗学和历史诗学等分支[2]。就李福清的论著而言，可以看出这种方法在民间文学研究上的一些优点：

把民间文学作为一种语言艺术来考察，重视它的社会历史价值与审美特征的搜求；在广泛的社会历史文化背景上，追寻体裁样式和艺术手段的历史演变过程，贯穿着马克思主义历史唯物主义的基本原则；既注重具体材料的搜集和微观剖析，如抓住情节单元来研究叙事文学，又努力作系统考察。

民间文学毕竟属于语言艺术。民间文艺学应充分揭示它作为语言艺术的价值之美感，借以提高一般读者鉴赏民间文学的能力；同时也帮助文学艺术家从中吸收宝贵的艺术滋养，以补益新的艺术创作。对社会学研究方法的弊端人们已有痛切的感受，目前流行的民俗学和文化人类学的方法，把民间文学作为一堆人类文化史料来看待，也同样有它的不足。我们要发展民俗学和文化人类学，自然就须运用民俗学和文化人类学的方法来研究民间口头创作材料，可是民间文艺学并不是民俗学和文化人类学的附庸，因此它应当有自己的主要研究方法，应当提倡从文艺学、美学的角度作研究。而我国文艺学、美学的一般方法，运用于民间文学领域显然不够恰当，因为它脱离了民间口头文学的特殊本质。在此情况下，借鉴和吸收苏联学者研究民间文学的诗学传统，对我们将大有裨益，李福清博士研究中国民间文学的论著，尤其能给我们以具体的启示。

李福清在自序中讲，他的研究，“自然离不开全苏联的民间文学研究，吸收了我国学者的很多理论和观点”。同时，他也从中国、日本和其他国家的研究著作中，吸取有用的资料和研究方法。他以苏联的诗学传统为基点也吸收了西方的结构主义、符号学、历史地理学派等等的影响。我们对外来学说和方法的运用，不用说，也应当把开放性和独创性很好地结合起来，

---

① 《中国神话故事论集·编者序》。

② 《苏联百科词典》，中国大百科全书出版社 1986 年版，第 1169 页。

才能有力地促进中国民间文艺学的建设。

《中国神话故事论集》对中国民间文学的研究自然也有其不足之处。作为一个苏联汉学家，尽管他对中国文化具有很丰富的知识，毕竟生活在另一社会文化环境中，和“不识庐山真面目，只缘身在此山中”的我们相比，一方面他容易获得新的感受、新的发现，另一方面也难免有雾里看花的情况，对许多事情的判断不甚确切。我在 1982 年发表的《道教与中国民间故事传说》中，就对他关于中国神话的论断表示过不同的意见。

如他将中国神话划分为中国远古神话、道教神话、中国佛教神话和后世民间神话四大类，后三类叙事作品是否属于神话范畴，均值得商榷。所谓道教神话，大部分是将真实可信的道教历史人物神仙化而构造出来的，其文学体裁应属于传说，中国学者把它叫作“仙话”或“仙道传说”，和真正的神话明显有别。

他依据《湘西苗族调查报告》这部书中所附的《张果老射日月》这篇作品，断定张果老“这个形象是苗族人民从道家神话借用而来的”。把苗族神话中射日月的张果老和道家八仙传说中的张果老混为同一人物，其实这是以讹传讹。据一位苗族民间文学研究者燕宝指出，苗族古神话中有一位敢于同雷公争斗的人物叫张古老，也叫姜央。“古老”为苗语“固娄”的转音，为老头、公公的意思。《湘西苗族调查报告》的作者用汉文记录苗语的神话故事时，将“张古老”误译成八仙之一的“张果老”，以致张冠李戴。外国学者据此研究，便因差之毫厘而失之千里了。又如在《汉族民间故事的人物和情节》中对中国动物故事的看法，也值得商榷。1937 年德国学者艾伯华编著中国民间故事索引时，只搜集到七篇动物故事，这显然是受当时搜集工作的局限造成的。从新中国成立以来，特别是 80 年代发动民间文学普查以来，这样的动物故事已经成千累万地在汉族地区被记录下来。自然，尚未进入农业社会的少数民族地区，动物故事的数量更为丰富。但以艾伯华的索引为依据，断定汉族动物故事如何“稀少”，“为数不多”，并多方寻求理论依据，就同实际状况相去甚远了。

本书收录的《回族民间故事传说集》前言《回族故事的艺术世界》以及围绕《张大教打野鸡》这篇故事写成的《回族故事情节的来源和分析》一文，在论点及方法运用上均有不少精彩可取之处。可是将故事传说中回、汉两个民族的文化因子进行具体的比较分析时，有些论断并不那么确切。如皇帝住“金銮宝殿”，这本是汉族民间文学、通俗文学和戏曲中惯常使用的一种说法，《艺术世界》一文却说汉族故事的说法是皇帝住在“宫”中，回族故事才使用“金銮宝殿”这一形象词语。又如自隋代实行科举制，平民有了进身之阶以后，汉族民间文学、通俗文学和戏曲中便常以寒窗苦读、状元及第作为寒门出身的主人公命运逆转、出人头地的契机，构成一个流行模式，以至于在日常用语中，“行行出状元”竟成为一句口头禅。《艺术世界》一文却把“状元”形象在故事里多见，作为其回族民族文化特征的具体表现之一来看待，断言汉族故事里“这种情况太少见了，那里的主人公经常以最低级的学衔‘秀才’的身份出现”。不用说，它在事实面前也难以立足。著者把《张大教打野鸡》作为一篇有代表性的回族故事作了详尽的剖析，实际上它的回族文化色彩并不鲜明，从与之相类似的故事早在千余年前就载于《搜神后记》（《白水素女》）和《原化记》（《吴堪》）来看，它本是滨水而居的南方汉族或少数民族创造的故事。又故事末尾出现的食火喷火的怪物，更早出现在《山海经·海外南经》中，名曰“祸斗”。《吴堪》就以“祸斗”之名把它编进故事，借它严厉惩罚了那位作威作福的县宰。明朝的邝露在《赤雅》中曾予以说明，“祸斗，似犬而食犬粪，喷火作殃，不祥甚矣”。《张大教打野鸡》中最后出现的用火药喂骡子烧死贪官的情节，即由这古老的构想演化而来。这些都表明它有着深远的汉文化渊源，后来才染上一定程度的回民生活与文化色彩，算不得是典型的回族民间故事。总之，就那本《回族民间故事传说集》来看，虽说材料来自苏联中亚地区的回民后裔的口头，由于这批人的先祖世居中国陕甘一带，深受汉文化的影响，这种影响便在他们广泛传诵的故事里稳定下来。在更广大的其他回民地区，情况不见得就是这样。

李福清博士因对汉族民间文化的了解还不够深切，便导致对这些民间故事中并不属于回族或者民族烙印不深的文化成分作了不很恰当的渲染。

以上这些大都属于枝节方面的差讹，异国学者常常难以避免。瑕不掩瑜，我们不应苛求。

此外，他的论著具有引据翔实，长于描述的特点。我们读来，又似乎感到有些琐细，希望对论题作更为简明有力的概括。这也许是不同国家学者各自写作风格的反映，那就不应强求一律了。

不同国家或不同学派的学人，治学方法各有长短。中国学者研究本国的民间文学，具有得天独厚的优越条件。在加强中外学术交流中，我们应该取长补短，扬长避短，促进中国的民间文艺学走向新的繁荣，为弘扬中国优秀的民族文化作出新的贡献。

关于《中国神话故事论集》的讨论①

李福清来信

敬爱的刘守华教授：

昨天才收到《民间文学论坛》1990 年第 5 期和第 6 期。看了您的书评，《读李福清博士的〈中国神话故事论集〉》。看了两遍，非常感谢，这是一个真正的评论。我很希望您抽空把“属于枝节方面的差讹”来信告诉我，该书台湾学生书局打算再版，还可以改正。

您的评论说得很好，50 年代时中国是注意吸收苏联民间文学理论普及性的东西，没有介绍过真正国际性的研究成果。这些研究当时在苏联也常常受批评，或不大宣传。如《民间故事形态学》，被斥为形式主义的代表作，实际上它并不是形式主义。此书作者普罗普是我的老师，他常常说他这本书要与他后来于 1946 年出版的（当时也遭批判）《神话故事历史根源》一起来读。最近商务印书馆出版了梅列金斯基教授的《神话诗学》中文版，不知您注意到了没有？该书已在六个国家出版。他的理论著作有好几本，在西方很有影响。

您评论拙作是用 1990 年的眼光。但我大部分文章是“文革”之前或“文革”时期写的，那时关于苗族文化，除了芮逸夫、凌纯声的《湘西苗族

---

① 本文原载《民间文学论坛》1991 年第 4 期。该期编者的话指出：“本刊 1990 年第 5 期发表刘守华教授《读李福清博士的〈中国神话故事论集〉》后，李福清博士于 1991 年 2 月 3 日写给刘守华教授一封信，既肯定赞赏，又以真诚坦率的态度提出问题来进行讨论。刘守华教授又于 4 月 1 日给李福清博士写一回信。李福清博士是一位有很高学术地位，而又热心研究中国民间文学的苏联学者。”

调查报告》之外，我手里没有什么相应的资料。我也奇怪，苗族神话中哪儿来的张果老？《汉族民间故事选序言》是 1971 年的，那时也无丁乃通的书，更没有最近几年写出的三套集成的材料。最近苏联文艺出版社要再版我译的《中国各族民间故事》，我把序言作了修改。关于中国动物的故事。提到丁乃通的资料，但也不完全对，80 年代似乎没有人对汉族动物故事作过完整的统计。和少数民族比较，汉族动物故事无论如何没有少数民族那么多。而少数民族的传说没有汉族那么多。如俄罗斯族的动物故事不少，但乌克兰族的动物故事多几倍。为什么有这种现象，我想很值得研究。

关于《回族民间故事序言》的评价。这篇文章是 1975 年写的，那时中国闹“文革”，“文革”之前据我所知中国是发表了五篇回族民间故事，而苏联东干人（回族）已搜集了许多篇，我们就编了《回族民间故事传说集》于 1977 年出版。收录七十八篇故事还附录了一些故事的情节梗概。该书出版之后不只是在苏联畅销，在日本也成为畅销书。法国有兴趣出版，已译好了，我也补充了一些中国 80 年代发表的回族民间故事，故事分析也改写了一些。但是问题在于苏联的回族是 19 世纪 70 年代回民起义之后来俄国的，到现在所保存的传统民间文学可说是中国当时甘肃及陕西的民间文学(没有宁夏及其他省的人)。他们大部分人至今说甘肃土话，几个农村说陕西话。中国最近发表的回族民间故事我看的少，想民族特色一般与回教(伊斯兰教）有关，我搜集的及听到的苏联回族民间文学作品，差不多没有与回教有关的故事。这有两种可能性：一是中国最近搜集发表的故事除我看的几篇之外，都是宁夏、新疆等地流行的，不是甘肃和陕西的；第二个可能性我想是不是那些故事是最近一百多年中的创作，不知贵见如何？

我自己有这么一个想法：中国回族居住在汉人中间，所以他们特别强调自己与汉人区分的因素，就是回教成分；住在苏联的回族不同，他们居住在回教民族（吉尔吉斯、哈萨克等）当中，所以特别强调自己与其他回教民族不同的成分，就是与汉人一样的民间文学成分。当然，很多作品是从汉族借来的，如孟姜女哭长城民歌，梁山伯祝英台、薛仁贵、薛平贵等的故事，有的故事又可以说是共同的创作。他们把这些故事传说当作老回回的“古经儿”来看待。我自己三个夏天在那里搜集民间文学（故事、民歌、谚语)，如找东干族的有回教成分的故事，在大约二百个故事中除一个

《阿訇与强盗》是从阿拉伯人借来的很简单的故事外，还没有发现什么别的。有的故事提到阿訇，但也有提到道士、喇嘛的。有些很流行的民间文学作品内容与回教习俗不合，如《寡妇上坟》，东干女人不能去墓地，但这个曲子很流行。也有《鳏夫上坟》，我在中国的民歌选集里还找不到，是不是没有？如真的没有，很可能是因为女的不能上坟，东干人就编了男人上坟的歌，请指教。这些在东干人中流行的民间文学作品，他们自己以为都是他们回回人的"古经儿"。究竟哪些作品是从汉族借来的，哪些完全是他们的创作，要作研究。

我写《回族故事的艺术世界》，是描写 1975 年我所知道的东干族的民间故事，并不是写回族故事的民族风格论。当然他们的故事大部分成分与汉族一样。"状元"的问题据我所看到的汉族民间故事中很少，主要出现元曲、戏曲等之中，您当然比我看的汉族故事多好几倍，请举个例子吧，多不多？

您说我把《张大教打野鸡》作为一篇有代表性的回族故事，那是误会。我编的《回族民间故事传说集》收七十八个故事，每个故事都有同样详尽的剖析。书是从这个故事开始，所以译者选它为研究法的例子。也可以选其他的。从您的眼光来看一样没有回族文化色彩。这是东干民间文学的实际情况。我一看他译的这个故事很不满意，想不从俄语译，把甘肃土话原文用汉文发表，作为研究故事的一种依据，但是来不及了。

当然也要考虑到苏联回族在十月革命之后接受了反宗教的宣传，很可能七十年间不敢讲什么有回教成分的作品。我在农村一个阿訇家里住了一个星期，到第五天才知道他是阿訇。这与中国的情况不同。

请问汉族民间故事里是不是常常用"金銮宝殿"这个形容词语？东干故事中常见这个词语。在我所看到的汉族故事集里一次也没有碰见过，请举个例子吧！

我想我国东干民间文学保存了不少中国一百年前的民间文学作品及成分，这对研究现在的汉族民间文学（特别是甘肃、陕西一带的）也是有价值的，不知贵见如何？

最近中国是否发表了什么"反三国"故事，是否可以寄些给我或来信介绍？我想补进我的《三国演义》研究著作中去。

还有些问题下次再谈，如有没有道教神话的问题。我们说圣经神话、基督教神话、回教（伊斯兰教）神话，那为什么没有佛教或道教神话？我当然知道什么是仙话，但俄文里没有合适的译法。

本来想写一页，现在写了七页，谢谢您。

我想把这封信和您的回信给《民间文学论坛》发表，与您商讨，不知您的意见如何？

（此信用汉文写成）　李福清

1991 年 2 月 3 日

刘守华复函

尊敬的李福清博士：

我是在病榻上读到您 2 月 9 日来信的。直到近日康复出院才给您回信，请原谅。

您的《中国神话故事论集》不论在对中国民间文学的具体研究和方法运用上，对我和我的学生都极有启发。我那篇书评只是大略地写下了我的读后感。我用相当的篇幅指出了我以为存在的主要属于枝节方面的不足之处。对老朋友的论著公开发表批评意见，目前在我国学术界还不常见，我很想打破这种不利于学术繁荣的风气。您读后没有产生误解和不快，而是真诚坦率地提出问题来继续进行研讨，以求获得更科学的论断，对此我深表赞赏。

您说我是用 1990 年的眼光来作批评，未能看到您的有关文章的写作年代背景，这是我的疏忽。您的大部分文章写于中国“文革”之前或“文革”时期，那时对有关中国民间文学的许多问题，连中国学者自己也是“雾里看花”，或“一叶障目”，何况外国学者呢？因此我们对国内外学人由于受所处环境中见闻的局限给研究成果带来的不足之处应予谅解，不宜苛求。您的意见是对的。进入 80 年代以来，中国民间文学获得空前丰收，我们对许多问题才有了新的科学认识。在这种情况下，不论国内和国外学者，重新审视自己有关民间文学的许多论断，吸收新的成果，使之切合实际，自然也是应该的。

下面就您提出的一些问题谈谈我的意见。

1. 关于“道教神话”

您说，既然有“圣经神话”、“基督教神话”、“回教（伊斯兰教）神话”，那为什么不能有“道教神话”？我以为神话首先是一种古老的、带有原始性的口头语言艺术，不是任何一种神奇幻想故事都能视之为神话。佛教、道教等人为宗教出现之后，作为宗教文化组成部分之一的关于宗教偶像神奇事迹的种种叙说，因已离开神话的原始性和艺术虚构的不自觉性，不宜把它们作为神话看待。在编纂中国民间文学三套集成的过程中，集成总编委会于 1987 年 5 月印发的《中国民间文学集成工作手册》中指出：“‘后世宗教神佛的故事’其事件一般发生在人所经历的历史时代，神奇幻想的比重及其在故事中的地位和中国神话不同，其形象的构成方式也不同于古代神话之把自然形象化，而是把现实的人（许多是历史人物）神化。某些群众对他们也有所信奉，但故事本身大多是借其神通表现某种现实的愿望，或表现其在人世的神奇经历等。因此，从民间文学角度来看，一般不把它们作为神话看待，而归入传说。如关于八仙的传说，观音的传说等。”这一合理意见在全国民间文学集成的编辑工作中已经付诸实施。另一些学者主张把这些有关道教的神奇故事称为仙话，也有相当道理。我是在 1982 年写作《道教与中国民间故事传说》一文时，对这个问题进行思考并表示不赞同“道教神话”之说的（该文发表于《思想战线》1983 年第 2 期），在今年写成的《道教与中国民间文学》书稿中的《道教与中国神话》一章里作了较充分的论证，希望我们今后继续就此进行研讨。

2. 关于回族故事的若干问题

我对回族故事缺乏研究，我手头只有 80 年代出版的三本回族故事集，即上海文艺出版社的《回族民间故事选》，新疆人民出版社的《回族民间故事》和青海人民出版社的《青海回族民间故事》，这次又翻了一遍。在汉族民间故事方面，着重读了一下河北《耿村民间故事集》（共四十卷）和湖北《伍家沟民间故事集》这两部有代表性的作品。关于回族爱用“金銮宝殿”来形容皇帝的住所，我在几种回族故事中也看到了。汉族地区流行的戏曲和通俗文学中也常有这种用法，但在两个村的故事里出现得很少，只有一两处。这的确是一个有趣的现象。

关于“状元”，您说状元在回族故事里多见，“那些主人公一下子就进了京城，轻而易举地就可以获得‘状元’的头衔。而在汉族故事里，这种情况太少了，那里的主人公经常以最低级的学衔‘秀才’的身份出现”。这一论断看来不大确切。写作《耿村民间文学论稿》的袁学骏告诉我们，在耿村故事集中，“状元”字眼多达550处以上，并认为“民间把中状元、招驸马当成富贵的尺度”。尽管故事讲述人可以给自己喜爱的主人公安排多种美好的结局，“但还是中状元最能够使听众暂时排遣心中块垒”①。从故事美学情趣来看，只有在主人公遭遇不幸和屈辱之后，通过自己的努力考中状元，情节才能大起大落，扣人心弦。所以民众对这类说法至今仍津津乐道。至于当秀才，在现今口头流传的汉族民间故事里，不仅不是主人公一种理想的归宿，还常常因他们地位的低下和在社会生活中的无能而成为人们嘲讽的对象。一些吟诗联对故事就以秀才的文才常常不及农家少女来构成笑料。

您在文章中还提到，“‘员外’也是回族故事中很有代表性的人物”，“员外在汉族故事里比在回族故事中要少得多”。这也不能一概而论。“员外”这个称呼在许多汉族故事里确实用得不多，可我在伍家沟故事里却发现十七篇故事描述了员外形象。不但在古老而神奇的故事常出现员外，在讲述贴近现实的一般性生活故事里也对有关角色以“员外”相称，如“员外过生日，三个女婿前来拜寿……”“伙计给员外做活，讲明工钱是一年一头牛，……”员外自然是富有者，但行善与作恶者都有，人们对其褒贬不一。这同苏联回族故事“对员外持肯定和尊敬的态度”倒是很不一样。

关于《张大教打野鸡》，因它是一个在中国流行极广的故事，所以在拙文中认为它“算不得是典型的回族民间故事”，但也承认它在流传过程中染上了“一定程度的回民生活与文化色彩”。如按照您的想法，将东干故事的甘肃土话原文提供给中国读者，其民族文化色彩可能就看得更清楚了。

怎样透过这些枝节来看待东干故事的回族文化色彩，您在信中已作了较为深入的思考。您说中国回族居住在汉人中间，所以他们特别强调同汉

① 袁学骏：《耿村民间文学论稿》，中国民间文艺出版社1989年版，第149页。

人相区别的因素，住在苏联的回族因情况不同，就特别强调他们同信仰伊斯兰教的其他民族相区别的因素，从而格外珍视从中国本土带去的包括从汉族借来的传统民间文学，使它们得以完整地保留至今。我赞同这一见解。但要补充一点：在苏联东干人因处于一种特殊环境中使携带出去的深受汉文化影响的传统民间文学仍保持着它古朴风貌的这段历史时期内，中国大陆的民间文学因受社会变革的巨大冲击，其思想内容和语言形式已有了不少改变。特别是经历 1911 年和 1949 年两次大的革命浪潮之后，传统民间文学中那些植根于中国封建社会的事物，如皇帝及其居住的“金銮宝殿”、“状元”、“秀才”、“员外”等，其神圣色彩已逐渐消退或变得陌生起来，在人们的故事讲述中，于是将“金銮宝殿”换成一般宫殿，对“员外”则改称“财主”、“富人”或“地主老财”，“秀才”的社会地位也大大下降，等等。这样看来，对苏联回族故事的特殊文化色彩，如果将它们和中国大陆的汉族故事作“共时性”比较的方法转换成“历史性”的考察，就轻易说明问题了。但中国大陆的民间文化状况也是复杂多样的，有比较开放的地区，如河北耿村，民间文化领域的变化较快，能和中国近现代文化的主潮保持一致；有的地方比较闭塞，如湖北武当山附近的伍家沟和著名的神农架地区，文化上古色古香的东西就更多一些。所以对汉族故事特点不能一概而论。

去年我访问泰国时，感到海外华人所保留的中国古旧习俗信仰远远超过国内民众，这个事例也可以用来印证上述论断。

至于另一侧面的比较，即为什么苏联回族故事不同于中国现时采录的新疆等地方的回族故事，同伊斯兰教有没有明显联系呢？你提出了两种可能性，我看可以结合起来考虑。一百多年来，就佛教、道教来说，在中国的总趋势是随着封建社会的江河日下走向衰落，伊斯兰教在西北少数民族地区的传播情况有所不同，并未因内部教派冲突而削弱其影响。因此很可能是：那支迁居苏联的回民当时在文化上受伊斯兰教的影响较弱，十月革命后这种影响又进一步淡化，而汉族文化影响却在一种特殊环境中得到保存和加强；中国西北回族故事在一百多年间则不断吸收和强化了伊斯兰教的影响。自然，对这个问题还须作进一步调查研究才能弄清。

由此看来，你们对苏联东干人民间文学的采集和研究成果，对于研究中国西北地区的汉族和回族的民间文学确实具有重要的参照价值。

最后，我想告诉您，由于我多年主要致力于故事研究，对您的那篇综合论析中国民间故事的论文《汉族民间故事的人物和情节》有着特别的兴趣。以后我也打算就这个题目写一篇文章，同您进行交流讨论。

再次感谢您去年应邀来我校讲学及在民间文学研究上对我的帮助。

刘守华

1991 年 4 月 1 日

关于民间文学的比较研究法

——刘守华《民间故事的比较研究》代序[①]

贾　芝

近年来，在我国比较文学愈来愈引起更多人的注意。

五四时代，首先是在北京大学《歌谣》周刊上发表了关于儿歌的比较研究。也有人将中国和日本的民间故事如《狼外婆》进行比较研究，但后来也就渐渐沉寂了。在学术界也没有广泛地兴起和应用这种方法。近两年，北京大学、上海相继成立了比较文学研究会，提倡比较文学和采用比较研究的方法，出版了书刊。比较文学已成为热门的学科了。尽管比较文学作为文学研究的一种方法，对于它的研究目的、范围和功能，世界各国叙说不一，有不同的学派，但是，我以为，对于民间文学来说，比较的方法是一个很有益处，甚至是必要的方法。当然，它还有不尽完善的地方，我们还需要在吸取国外的研究理论成果的同时，立足于我们的民族文化传统和现实，努力探索，珍视实践经验。

民间文学同作家文学有显著的不同。由于它是出于人民生活的需要和以口头形式产生和流传的，甚至是不自觉的艺术创作。尽管不同国家、不同地区、不同民族各有自己的民间文学创作，民族特色与地方色彩，内容与形式都有很大的不同，但在一些根本的特性上却存在着很大的相似。不

① 本文是我国著名民间文艺学家贾芝先生为刘守华所著《民间故事的比较研究》一书所撰写的“代序”，中国民间文艺出版社 1996 年版。又载于《华中师范学院学报》1985 年第 3 期。

仅相邻的国家、民族通过交往有许多大同小异的作品，就是相距遥远、彼此难得交往的国家，也会有相似的或雷同的作品。比如洪水故事，很多国家和民族都有流传，甚至没有发生过洪水的地方也有这类故事，这或者是由于古代民族的迁徙，或者是出于远古时代的人们对自然界现象的不理解而产生的一种共同的恐怖心理所决定的。在生产力十分低下的古代社会，人们还抵挡不了自然界的灾害威胁的情况下，人类共同的思想意识与口头创作、口头流传的方式，决定了他们的集体创作的内容以及艺术形式的大同小异。民间文学与作家文学相比，共性的东西要多于个性。如果说，不同国家的文学作品通过比较研究可以相得益彰，使我们更好地认识作家和作品，那么，民间文学的比较研究就显得更为必要了。

民间文学是一个国家或一个民族的文化历史的重要组成部分，是人民精神生活和物质生活中不可缺少的内容。比较的方法本来就是认识事物的一种基本方法与手段，有比较才有鉴别，才能把握事物的特性，更好地认识事物本身。要认识人民群众中流传的这种文学，要了解各民族的生活状况和有关风俗，了解他们的文化发展历史，不对民间文学的产生与流传现象进行科学的综合、分析和比较研究是做不到的。事实上这种比较研究不仅可以使我们更好地认识自己，继承和发扬我国各民族的优良文化传统，而且可以从我国与其他国家的文化交流中发现共同的东西及其来源，从而加深与各国人民的友好情谊，为今后的文化交流与合作做出贡献。

日本朋友近几年很注意中、日民间故事的比较研究。我国也有人进行这方面的研究，如刘守华同志就作了广泛的比较研究，《民间故事比较研究》就是这种探索的成果之一。我个人没有采用这种方法进行研究，了解也不多。我想就我手头书刊中的十五种猫狗结仇的故事为例，作一简单比较。《民间文学论坛》1983 年第 1 期发表的日本荒本博之先生的《民间故事的历史地理研究》一文中，曾列举猫狗结仇的故事 34 种。经比较，中国的这类故事除湖北黄冈地区的一篇类似其中的第 26 型以外，其他均有较大的差异。我看到的十五篇故事中，计汉族七篇，朝鲜族两篇，景颇族、赫哲族、瑶族、彝族、侗族、回族各一篇。这些故事的宝物的种类和宝物的来源情况如下：

宝物的种类：

汉族：	传世宝珠	2件
	传世夜明珠	1件
	传世珍珠	1件
	传世宝物	1件

（以上除珍珠为一舔就不饿的宝物外，其他均属只具资本价值的宝物。）

	宝碗	1件
	蛇尾巴	1件

（这两件系能变幻的魔法宝贝。）

少数民族：

瑶族：	宝葫芦	1件
赫哲族：	宝葫芦	1件
彝族：	宝藤	1件
侗族：	竹筒	1件
回族：	蛇陀螺	1件
朝鲜族：	铜碗	1件
	类似铜碗的宝罐	1件
景颇族：	金戒指	1件

（除景颇族的金戒指以外，其他均为能变幻的魔法宝贝。）

宝物来源：

汉族故事中，五篇中的宝物是主人原来就有，即家传的。两篇是由于蛇报恩获得的。少数民族故事中，五篇中的宝物是在劳动时从山野中获得的。蛇报恩、龙的儿子报恩各一篇，主人原有一篇。

十五篇故事的思想内容和主题是相同的，连猫、狗共同为主人找回宝物时狗背猫过河，猫逼老鼠寻找宝物的情节都是相同的，但是不同的民族又都有些不同的色彩。

我想到这样一个问题：这个故事为什么能够这样广泛地世代流传呢？故事主题很简单，就是狗和猫一忠一奸，受到主人的不公正的待遇。忠诚老实为主人尽力的受到欺辱，奸诈取巧的反而得宠。巧取豪夺的奸诈行为被表面现象所掩盖。有的是猫花言巧语迷惑了主人，有的竟是主人自己被猫叼宝物而归这个表面现象蒙蔽了自己。以奸欺忠，处理者的昏庸，比比皆是，所以反对和谴责这种现象的猫狗故事，也几乎到处都有。

狗爱扑猫，老鼠盗洞，猫吃老鼠，这些人们在生活中常见的猫、狗和老鼠的特点，被利用来敷衍成篇，创造出一些饶有趣味的寓言故事。同样的生活经验决定了故事主题的雷同，然而不同的民族色彩与民间特色，也是反映得比较鲜明的。汉族的故事有一个突出的特点，就是反映了人民在封建统治者的层层剥削下被禁锢的保守的思想意识，那种希望依靠传世宝物为生的小康之家被视为一种理想的生活模式，生活的范围也相应地狭小一些。在少数民族中，一般都以在深山与旷野中的劳动为背景，多数宝物是在劳动中获得的（汉族在劳动中得宝的情况在民间文学中自然也常有）。赫哲人的宝葫芦是用打猎来的兽皮缝制的褥子换来的；侗族的竹筒是在劳动时捡来的；彝族的宝藤是砍柴砍来的，而且只有当困难时摇宝藤才能摇落金钱；朝鲜族的两篇中，一篇宝物为铜碗，另一篇是像铜碗的宝罐，显然，这是他们的生活中经常使用铜碗的缘故。

如果将这组故事与日本鹿儿岛那篇比较，差别就比较大了。那篇故事发生在大海上，得到金戒指的是救过蛇、猫和狗的船工，因船工救了蛇，而蛇正是海龙王的公主；蛇为了报恩，变成了鲨鱼咬住船不让行走，逼得船主将船工抛下大海，鲨鱼就驮他去到龙宫，使他得到了金戒指。这种感谢的表达方法在中国还没有见到，故事结尾也同中国的故事相反，是狗抢先报功，猫告状，船工于是取消了为它们设的宴席，让猫在屋内吃，狗在门外吃。这也不同于其他故事中的主人那么昏庸。

进行民间故事的型式分类，一一剥离出故事的情节，辨明单一或复合的状况，立型归类，使我们更清楚地看到每个故事的流传、演变的过程以及产生故事的民族、地区，有助于我们进一步地探索故事的来龙去脉，但有两点值得注意的是：一、使用这种剥离的方法，对有些故事的分类就不免会遇到困难，似乎并不是所有的故事都那么容易加以剥离；二、把同一类型的故事的异同之点分别简化制表，虽然可以做到一目了然，但是，倘若有人想仅仅据此去了解故事的原貌，却是不可能的。因为对于任何一个生动的故事来说，舍去细节的描写，就如同丧失了生命力。

一种理论，一种方法，自有其合理的方面，但往往也存在着片面性。

我想就一组《不见黄河心不死》的故事来谈点这种简化的方法的一些不足之处。这组故事主题相同，说的是一对青年相恋而不能结合。为情而死的一方，人死心不死，直到见着他（她）所爱慕的人之后，心儿才停止跳动。故事生动细致。我想仅就心儿最后停止跳动这一情节做个粗略的比较，借以看到这类故事的千姿百态，光彩各异。正是由于细节的差异，形成了那个民族、那个地区所特有的故事。

回族《不见黄河心不死》中，黄荷姑娘见到瞎老妈端着泡有情人心的碗来讨饭时，“……喊了一声‘妈！’扑通一声跪在老妈面前”。“她端着那碗，看着那心，听着那笛声，成串的泪珠滴在碗里。滴着滴着，忽见那心不跳了。”她“……捧着盛有喜雨心的花碗，一头碰死在泉边的山崖下，只听轰的一声，溅起的血花花把泉水都染红了。同时，一个人影从花碗里飞起，飘飘荡荡向云端飞去……”

撒拉族《不见皇姑心不死》说的是小伙子死后，老阿爸把儿子的心交给皇姑，“皇姑接过手后，那颗心就停止了跳动……”皇姑后来也病死了，两人上天成了夫妻。

宁夏《不见黄河心不死》中，黄河是个小伙子。与黄河相爱的李姐被地主苟德抢去，姑娘死活不依，被烧死后还挖了心。心被挖出后仍在跳，吓病了苟德，耍把戏的人把心要走了。黄河在街上遇见耍把戏的用托盘把心托给众人看，那颗鲜红的心，不住地起伏跳动着，当他走到黄河面前时，那颗红心突然停止了跳动，心上流出了一滴滴的鲜血，像是李姐的眼泪。黄河一把将托盘抢过来，流着眼泪发誓说：“李姐啊，李姐！你放心吧，我要不杀死苟德，誓不为人！”

河南汝阳《不见黄鹤心不死》：小伙子王成死后，心儿变成一只浑身雪白，只有嘴儿血红的鸟儿，唱着他生前吹过的曲调，悲愤凄惨。黄鹤姑娘听到后跑下楼，“……哭得像泪人一样。她走过去，从王成娘怀里捧过鸟儿贴到自己心上，不料鸟儿一挨上她的心口，便用力发出了一声肝胆俱裂的尖叫，接着紧伏在黄鹤的胸口一动也不动了”。黄鹤口吐鲜血而死，手里紧紧抱着那只小鸟。

河南另一篇《不见黄河心不死》：小伙子大海死后，叮嘱打柴老人，七天后听到声音就挖出他的心交给黄河。打柴老人将装有大海心的木匣交给姑娘，她“头昏目眩，强忍着心中的悲痛，双手接过木匣……露出了大海哥那颗热腾腾的红心。说来也怪，就在她刚要伸手去抚摸时，大海的心竟跳了三跳，不动了”。黄河碰死在绣楼。

安徽《不见黄娥心不死》：小伙子张宝为了保护情人，被知县打死。其父母遵遗嘱将他的心挖出埋在花盆里，七天后长出一株花，每到午时，花心里发出悠扬的笛声。知县得知，要给皇上进贡。黄娥被知县抢去，至死不从，她忽听笛声“……扒开人缝，挤了进去。说来也怪，黄娥朝跟前一站，这笛声更响了。可是，工夫不大，笛声渐渐低沉。又过了一会儿，笛声消失了，随即叶枯花残。黄娥一下子撞倒在花盆上，再也没有起来”。

山西《黄河的水为什么是黄的》：石匠小伙子长江为娶黄河，答应把黄河水引到岳父家。一去三年无消息，姑娘寻去，正遇人们挖每夜都发出琴声的怪坟。挖出后，棺木和尸体都烂没了，只有姑娘送小伙子的黄缎子斗篷，上面有一颗红玛瑙心频频跳动，琴声从心上发出。“黄河姑娘一身扑过去，双手捧起那颗红玛瑙的心，贴近自己的胸口，看着看着眼里渗出了血。那颗心像走完发条的钟摆，再也不动了……她披起斗篷乘风捧着心向黄河飞奔而去……”姑娘的黄斗篷、黄衣裙染黄了黄河的水。

在剥离故事列表比较时，显然要简化这些感情色彩浓重的细节描写，可是离开这些，故事的生动性就没有了。就是我上面列举的那个情节比较单纯，易于分解的猫狗故事，也存在着这样的问题。比如，朝鲜族《猫和狗为啥见面就吵架》中有这样的细节描写：“小猫叼着鱼跑啊跑啊，一会儿就跑到了家。它一边把鱼送给主人讨好，一边说狗的坏话。说狗怎么怎么懒，它去偷宝罐的时候，狗怎么在睡大觉，就不说狗驮它过大江的事儿；又说狗驮它过大江的时候，狗又怎么老让它说话，才把宝罐掉进了大江，就不说自个没叼住；还说过了大江以后，狗怎么躺在江边睡大觉，它又怎么把渔夫钓上来的鱼给叼来了，单不说狗是为了驮它才累得趴下来的。”

如果离开猫哄骗主人的这些细致的谈话来进行研究，猫和狗一奸一忠的性格逼真性就不见了。

AT 分类法作为索引的类书，是偏重于情节的分解和从故事的结构分类。AT 分类制对于研究者来说，如同使他获得打开民间故事宝库的一串钥匙，但他却不能仅仅局限和满足于这种不同结构的研究，而是应在 AT 分类制的引导下，深入地进行民间故事的内容、艺术及其他诸方面的探讨研究。我所举的例子也不过说明仅从结构的不同分析和研究故事是不够的。只作结构的研究，就好像把斑斓多彩的故事作为无花的枝干来研究，会使我们陷入形式主义的泥坑，使整个研究失去生命和价值。另外不难看到，民间故事似乎不容易全部按 AT 法分型归类。民间故事的民族、地方色彩很重，因而有的分类困难，如果无限地增加和扩大它的形式，过于繁杂，也就很难完全体现这种分类的方便和好处了。因此，如何改进分类的方法，也还是一个值得进一步研究的课题。

在民间文学研究工作中，如何运用比较研究法，我以为还应当处理好以下两方面的问题：

其一，民间文学与其社会科学的关系问题。民间文学研究涉及广泛的社会科学和自然科学领域的多种学科，比较研究民间文学作品必须研究与它有关的民族风俗、历史、语言、宗教、心理学以及考古发掘等等，不这样做就不能了解和阐明作品的思想意义、民族特点和艺术成就。各种有关的边缘学科也都需要应用民间文学的材料，正如民间文学也需要其他学科的材料一样。但是民间文学作为文学，首先要注意它的文艺性，而不可以把这种研究同有关的学科如民俗学、民族学混同起来，或像西方文艺思潮那样，文学与语言学、人类学、民俗学、心理学、社会学、民族学杂交，使文学研究变成了一个庞大的复杂的结构。民间文学研究，也不应因而变成这种庞大、复杂的结构，它毕竟应作为文学看待。否则就谈不上建立民间文艺学，也就失去了研究的本意了。

其二，对民间文学的思想内容、艺术成就的评价和作品结构形态的关系问题，特别是涉及民间故事的形式、分类问题和民间故事的传播与寻源问题。

民间文学作品也像作家文学一样，它是作为一种艺术而存在的，所不同的是它是人民的语言艺术。这种艺术和其他艺术一样，是由各种因素构成的；比如，一首歌曲，有音符、乐句、旋律、节奏，按一定的排列构成曲调；一幅画是由线条、色彩通过不同的布局和处理而成。民间故事也一样可以把构成它的情节拆开按照一定的形式排列组合。然而要注意的是，艺术有艺术的特点和规律，无论是画家、作家还是民间艺术家，他们的作品中倾注和渗透了他们的心血和感情，这是艺术品的生命力之所在，民间故事类型索引在分析、了解故事方面有很大的引导作用，可以说是了解民间故事异文及其分布流传的一种必要的工具书。它可以为探求故事产生和演变的规律的科学工作提供必要的资料准备。它是引我们入门的手段，更大量的研究还在后面。无论从地理分布考察，从演变历史考察，或从不同的情节比较，终不外乎是为了评价作品的思想内容和艺术成就。对于艺术，这永远是第一位的。

对于民间文学的比较研究来说，我以为首先应是对作品的思想内容的比较研究；思想内容的比较研究与结构形式的比较研究都是很重要的，而结构形态的研究，最终也会促进对思想内容的研究。

通过比较研究，我们可以研究出同一形式的故事的分布和传播，可以看到地区特色、民族特点，可以看到不同民族、不同地域、不同国家的历史上的文化交流，追索某些故事的来源。然而，如果固执地为每一篇故事寻找祖源，甚至统统归于一个发源地，那是不切实际的，也是难以做到的。同源说只在一定的条件下存在，而且有的同类型的故事并非同源，而不过是基于同样的物质生活条件和同样的心理趋向才产生的雷同。故事随人而走，但单凭传播，没有交融或地区化，故事是难以在另一民族中扎根的。

总之，我认为，比较研究法是有益于民间文学研究的切实可行的一种很好的研究方法，用 AT 分类法来编纂民间故事类型索引也取得了很大的成就，但是它也像任何事物一样，有它的局限性。面对世界各民族如此丰富多彩的民间故事，究竟应该怎样运用 AT 分类法和改进民间故事的分类方法，都有待于我们在今后的实践中进行研究。

虽说如此，在目前我国民间文学大量发掘的情况下，采用比较研究法对于我们建立中国民间文艺学毕竟是很适时的。去年八月十六日，我在接待日本稻田浩二教授为首的日本民间文艺、教育访华团的座谈会上谈了对民间文学应用比较研究的一点看法，现在刘守华同志要我为他的《民间故事比较研究》一书作序，就把这些粗浅的看法略加补充，与刘守华同志切磋互励，并奉献给读者，希望有更多的同志来共同探讨民间故事的分类方法和比较研究问题。

贾　芝

一九八四年九月二十九日

一九八六年三月十八日改定

一篇讲述人类命运的故事能把世界连起来

——简评刘守华教授《一个蕴含史诗魅力的中国民间故事》[①]

陈岗龙

我认识刘守华教授已经24年了。1993年我还在中央民族大学读硕士研究生的时候，刘守华教授的弟子刘晓春来北京参加学术会议，两人聊着聊着，就聊到毕业论文上去了（后来我们都考上了钟敬文先生的博士生）。我的毕业论文题目是《蒙藏〈尸语故事〉比较研究》，刘晓春的毕业论文写中国的灰姑娘故事，两人的题目都是研究民间故事，于是就自然而然地谈到刘守华教授。通过刘晓春，我和刘守华教授取得了联系。刘守华教授得知我研究《尸语故事》，马上给我寄来了他的《故事学纲要》，其中就有关于藏族故事家黑尔甲讲述的《尸语故事》的论述。我完成硕士毕业论文以后寄给刘守华教授请教，后来刘守华教授在他的《中国民间故事史》中重点引用《蒙藏〈尸语故事〉比较研究》，这给了我莫大的鼓励。可以说，我从事民间故事的比较研究，与刘守华先生的鼓励是分不开的。多年来，刘守华教授关心我的成长和学术研究成绩，一有新著作就寄给我，而且老先生寄书都是用旧信封包装，从来不用邮局的人员打包。有时候我在邮局寄书，看见学生把钱扔给工作人员袖手旁观包装打包，我就想起刘守华先生的俭朴来。

刘守华先生与东方文学的缘分实际上很早就开始了。刘守华先生从事民间故事的比较研究，其中古代印度民间故事与中国各民族民间故事的比较研究成绩突出，因此季羡林先生赞赏他的比较研究，刘守华先生也与季羡林等东方文学专家和乐黛云等比较文学专家一直保持着密切的学术来往。刘守华教授的《印度〈五卷书〉与中国民间故事》《一个故事的丰富变异性——“猴子和乌龟故事”的比较研究》《〈一千零一夜〉与中国民间故事》《〈卡里来和笛木乃〉与新疆各民族民间故事》《佛本生故事与傣族阿銮故事》《中国的〈斗鼠记〉和日本的〈弃老山〉》《“蛇郎”故事在亚洲》等比

---

① 刘守华追踪研究AT461型“求好运”故事，从1979年至2012年，刊出论文多篇，后辑成《一个蕴含史诗魅力的中国民间故事》，于2016年由北京大学出版社列入“东方文化集成”丛书中出版。本文是陈岗龙教授在《集成二十年》纪念专辑中所写书评。

较故事学论文不仅在我们的民间文学研究领域有广泛影响，而且在东方文学和比较文学研究领域也是备受关注，因此刘守华教授早已经成了东方文学专家们熟悉的比较故事学大家。这也是“东方文化集成”编委会向刘守华教授约稿的一个重要原因。

刘守华先生对 AT461 型故事的追踪研究可以说是中国民间故事研究史上的一段佳话，也引起相关学科的关注。1997 年陈悖、陈景尧、谢大振主编的高校教材《比较文学》就高度评价和介绍了刘守华先生的 AT461 型故事研究成果。而多年后呈现给读者的这本《一个蕴含史诗魅力的中国民间故事》是一部小题大做的著作，也是先生追踪研究一个故事长达30 年的集大成的成果，集中展示了先生的学术思想和学术关怀。该书出版之后在学术界和社会上引起了良好的反响，《中华读书报》发表了题为《“求好运”，一个有史诗意味的中国故事》的学术访谈（2016 年 8 月3 日），《新京报》发表了题为《刘守华：在故事的善念中安身立命》的专访（2016 年 8 月 6 日），《环球人物》2016 年第 24 期发表人物专访《追故事的人——刘守华 60 多年一心搜集民间故事，如今写成 67 万字专著》（2016 年 9 月 6 日），《外国文学研究》2016 年第 5 期发表了李丽丹的学术书评《刘守华与“故事诗学”评说——以 AT461 型故事研究为中心》，对《一个蕴含史诗魅力的中国民间故事》做了专业评论。研究一个小小的“求好运”的民间故事的一部专业性相当强的学术著作为何引起如此大的社会关注？我想，除了刘守华教授的多年学术追求打动了读者之外，这部著作本身蕴含的学术理念和学术思想可能是引人关注的更重要的原因。

首先，刘守华先生 30 多年来锲而不舍地搜集和研究 AT461 型故事，而且一直和国际学界的研究保持着密切联系和对话。这本书的研究可以说是中国学者中历史—地理学派研究的代表性著作。在国际上，英国民俗学学者玛丽安·罗福尔·考克斯（Marian Roalfe Cox）曾搜集了世界上 345 个灰姑娘故事的异文，于 1893 年编辑成书《灰姑娘：345 个关于灰姑娘、猫皮和灯心草帽的故事、摘要和图表以及中世纪异文的讨论和注解》（*Cinderella: Three Hundred and Forty-Five Variants of Cinderella, Catskin and, Cap o'Rushes, Abstracted and Tabulated with a Discussion of Medieval Analogues and Notes*），并对它们加以比较，被认为是对“灰姑娘”型故事的最早的系统性研究，也是历史—地理学派的经典著作。而在国内，就有顾颉刚先生对孟姜女故事的研究，与考克斯的研究有异曲同工之妙。但是，在民间故事的比较研究领域里，能够坚持30多年之久搜集同一个故事类型的所有中外文本，并不断深入理论研究，非刘守华先生莫属。在阿尔奈、汤普森的《民间故事类型索引》中AT461型故事的异文达到500多篇（在2003年出版的德国学者乌特修订编纂的《国际民间故事：文献与类型》中这个数目更是成倍增加），丁乃通的《中国民间故事类型索引》中收录中国AT461型故事异文52个，而刘守华先生搜集到的中国异文已达210多个。《一个蕴含史诗魅力的中国民间故事》中选择这些国内外异文中的80多篇整理出版，可以窥见该故事类型的全貌。刘守华先生不仅仅是搜集AT461型故事的资料，而且时刻关注着国际学界对该故事类型的研究，不断吸收最新的研究成果，不断深化自己的研究。可以说，《一个蕴含史诗魅力的中国民间故事》“上编”的14篇研究论文，一方面展现了刘守华先生个人研究该故事类型的发展历程，另一方面展示了国际学界对AT461型故事研究的发展历程，更展现了刘守华先生与国际学者就AT461型故事的研究进行学术对话的心灵历程。刘守华先生对AT461型故事的追踪研究，不仅仅是追踪故事文本本身，而且还是追踪该故事类型的国际学术界研究发展。因此，这种“追踪”是双重意义上的“追踪”。实际上，细心的读者可以发现，《一个蕴含史诗魅力的中国民间故事》中我们也可以像巴赫金研究的陀思妥耶夫斯基小说那样，听出多重声音，其中既有刘守华教授的声音，也有汤普森、艾伯哈德、金荣华等国内外故事研究大家的声音，而且是不同的声音，更重要的是东西方学者和中外学者的不同声音。

其次，《一个蕴含史诗魅力的中国民间故事》体现了刘守华教授对历史—地理学派研究方法和理论的深度思考。在这个过程中，就AT461型故事的起源问题，刘守华先生与艾伯哈德先生进行了深入的讨论，刘先生反驳了艾伯哈德认为中国的该故事类型起源于西方而通过海上之路传入中国的观点。一方面，随着故事资料的丰富，艾伯哈德的假设自然而然地动摇了，尤其是中国故事资料的倍增和民族特征的凸显，使得刘守华教授看见了中国“求好运”故事的“冰山”在水平面下面的部分，艾伯哈德看到的则只是“冰山一角”（我们也要宽容地看待艾伯哈德当时掌握的中国故事文本资料的局限)。而更需要我们注意的是历史一地理学派研究中逐渐凸显出来的民族主义的思想。在某一个民间故事类型是起源地问题的讨论和争论的背后实际上都隐含着民族主义的思想。譬如，美丽的童话“灰姑娘的故事”究竟是东方起源的还是西方起源的问题，至今争论不休；就世界各地广泛传播的“无手姑娘”的起源方面，有学者认为这个故事起源于东方，因为故事中有乱伦的情节和主题，西方学者认为西方不可能产生这样的故事，这种观点的背后显然隐藏了一种“东方才有乱伦”的思想。而艾伯哈德的观点虽然没有偏见，但是艾伯哈德推测认为中国东南沿海地区流传的AT461型故事可能是通过海上之路从西方传播到中国来的，因此这个故事类型的起源地还是在西方，中国还是接受者，而不是故事的创造者，这其中就有民间故事从高文化传播到低文化的隐痛。刘守华先生经过多年的努力，用210个中国故事异文的强大数据证明了AT461型故事的中国本土性，证明了中国的“求好运”故事不完全是从西方输入的舶来品。实际上，历史一地理学派的“一元起源论”思想一方面因为欧洲中心论的倾向而受到了批评，一方面也在故事起源和传播问题的研究上不知不觉地强化了东西方之间、各国之间的分歧，逐渐体现为文化上的民族主义。因此，很多国家研究民间故事的学者往往集中精力致力于证明本国民间故事的本土起源和本土性民族特征。虽然都是小小的民间故事，但是通过民间故事的研究体现出来的思想却与民族主义联系起来。世界各国纷纷编纂本国民间故事的类型索引，使得本国民间故事的研究与国际民间故事的研究接轨，同时在具体民间故事的研究中却又极力证明本国民间故事的本土起源和本土特征，来强化自己的文化自信。国际化和强调故事的本土性，一直是历史一地理学派研究民间故事传播中无法解决的悖论。

再次，如果刘守华教授的研究仅仅致力于证明“求好运”故事的中国本土起源，那么这不是研究的成就，反而成了故事研究的局限性。恰恰相反，我们在《一个蕴含史诗魅力的中国民间故事》中读出了刘守华教授民间故事研究的另一个重要思想。那就是“心有灵犀一点通”的故事传播思想，刘守华教授在他的研究中一直强调故事的世界性和中国“求好运”故事的特征。今天从文化交流和世界理解的视角来看，刘守华先生的故事学研究，比较故事学也好，“故事诗学”也罢，其实追寻的都是民间故事在世界各国各民族传播传承过程中各国各民族通过故事的传承与变异体现出来的思想交流轨迹，故事的交流正是世界各民族之间的文化交流和思想交流。在故事的比较研究中，我们最终探寻的实际上就是世界各民族相互之间的理解，而小小的民间故事正是这种具有“心有灵犀一点通”的神奇功能的文化载体。刘守华教授在他的著作中不仅认真研究了西方 AT 461 型故事的主题与特征，研究了中国 AT 461 型故事的“代人问事获好报”的特殊价值，更强调的是这个故事类型的具有普遍性和永恒性的人类主题，这才是世界各国和中国各民族都喜欢讲述 AT 461 型故事的深层原因。我认为，比较故事学和历史—地理学派的研究兴趣和趋势应该是通过民间故事的传播来讨论世界各国各民族之间的相互理解，这种相互理解的认识论价值远远超过了民族主义的故事起源争论。

昨天恰逢“一带一路”高峰论坛开幕，习近平总书记在主旨演讲中指出：“我们要将‘一带一路’建成文明之路。‘一带一路’建设要以文明交流超越文明隔阂、文明互鉴超越文明冲突、文明共存超越文明优越，推动各国相互理解、相互尊重、相互信任。”中国用“一带一路”把世界连接起来，其中最重要的一点就是不同文明之间的相互理解，不同国家和民族之间的相互理解。而小小的民间故事实际上从几千年之前开始一直就是这样连接着东西方、连接着世界各国各民族人民的，今天站在时代的高度，我们更加看清了小小民间故事不可替代的文化价值。而刘守华教授的《一个蕴含史诗魅力的中国民间故事》，正好用追踪 30 年研究的学术成果和丰富多彩的故事文本向我们展示了把世界连接起来的人类命运的神奇故事。

2017 年 5 月 15 日

赞刘守华著《比较故事学》的重大成果①

［澳］谭达先

最近，在澳洲悉尼拜读完中国著名比较故事学家刘守华教授邮赠的 40 多万字的新著《比较故事学》（上海文艺出版社），无比高兴。它是当代中

---

① 原载《中国比较文学》1997 年第 1 期。旅居澳大利亚的谭达先博士，著名学者，长期致力于中国民间文学研究，出版学术论著 40 余种。

国比较故事学园地上首次开放的灿烂鲜花，具有时代性、民族性与前瞻性，蕴含着丰富的学术魅力，迸发出浓郁的文化清香，必将引起国内外读者和学人细读的强烈欲望。自从1980年到国外研究和工作以来，我盼望这样的书已久，现在得到了，而且竟是友人守华兄的新著。一种特有的诱惑力，吸引着我读完了它。这本书是作者长期苦心探索获得的硕果，在今天比较故事学的研究上体现了新视角、新体系和新方向，也可说是：立足中国，放眼世界；身居当代，远瞻未来。可以预料，它将会不胫而走，成为当代国际上最受欢迎的好书之一。可喜可贺！

此书优点不少，本文只想简谈三点学习心得，策励自己，也借以表示对作者不断追求学术真理的敬意。我认为，此书具有下列三个极其可贵的优点：

一、总结中外学人已得成果，开拓当代科学研究新境

19世纪初，比较故事学首先在西欧兴起。此后各国学人研究成果渐多，作者作了扼要总结。好的借鉴吸取，不合时宜才毅然舍弃，有所创造，形成了自己鲜明的中国比较故事学的学科个性。这个总的特点，贯串到书中各个专题的有关论析中，大大开拓了这门科学理论研究的新境。更具体地说，作者学术体系是八个字：全面、公正、精湛、新颖。

如就大处说，在书中全部章节架构上，作者精当地设置为上下两编。上编题为“比较故事学的基本理论和方法”，是个理论总纲。下分两大部分：一、世界比较故事学的历史与学派。下有6篇专文，展示了6个基本方面：《神话学派的故事研究》、《人类学派进化论的故事研究》、《流传学派论东西方故事交流》、《民间故事的心理分析》、《民间故事形态的结构主义剖析》、《当代比较故事学的主要代表——历史地理学派》；二、中国比较故事学的建构。下有6个专题：《比较故事学与比较文学》、《比较故事学的研究领域》、《比较故事学的方法》、《比较故事学的研究目的》、《中国比较故事学回顾》、《中国比较故事学展望》。以上就是比较故事学在西方兴起及其在中国的现状。下编题为“民间故事多侧面比较研究”，是理论总纲的具体化。依次以9个方面的专题展示出各侧面的多彩多姿的内容，它们是：中国与日本民间故事比较；中国与印度民间故事比较；中国与阿拉伯民间故事比较；民族文化和区域

文化中的民间故事；不同文化背景下的故事传承；民间故事与古代科技；民间故事与宗教文化；连接中国和世界的故事类型；一个著名故事的生活史探索。书末是《附录：主要参考文献》、《后记》，合乎专著的常规。下编 9 个方面各收入相应的专题二至四篇不等，各个方面环环紧扣，蝉联而下，步步深化，构成有机的整体。这样的科学体系，精当切实，新颖可喜。作者视上编为“理论构想”，下编为“实际研究成果的展示”。信哉斯言！

民间故事有着特殊本质，是民间文化（包括艺术与知识）的综合产物，蕴含着各方面的丰富的人类经验，是表达社会学、文化人类学、文学、语言学等学科的另一种生动形式。它因有多种学术价值，故最宜于用比较方法这个现代科学手段做研究。自 19 世纪中叶以来，各国学人在比较故事学研究上，确实取得了不少成绩。但也诚如作者所说，“至今尚未见到一部对比较故事学的理论方法及其形成发展进行系统阐释的论著”，许多人仍“不了解这是一种新的现代人文学科”。现在，此书正是可贵的奉献。作者谦称是“一个大胆尝试”。我认为，如果说得确切些，它比先前的不少同行学人的著作，有更广的视野，在当代比较故事学的科学殿堂上，做了新的拓展与奠基工作。从作者对许多复杂的学术问题所做的中肯精细的论析看，已显示出他运用比较研究的方法达到了相当巧妙的地步。而这也正是他长期追求学术真理的成绩。

总之，此书是第一部具有中国社会主义特色的比较故事学好书，可以丰富世界比较故事学的宝库，值得作者和中国人民引以为自豪。

二、立足于弘扬中华文化，跨国跨族跨学科研究

在上编第一大部分“世界比较故事学的历史与学派”6 篇专文中，作者立足于弘扬中华文化，对 19 世纪中叶后西方有关学派的成就与不足，及其对中国学术界的或好或否的影响，作了可信的分析，如在《人类学派进化论的故事研究》一文中指出：本世纪二三十年代，人类学派的理论已深入中国，并扎下了根。茅盾、黄石、谢六逸、林惠祥等采用了这派的成果，各写出了专著，如《中国神话学研究初探》、《神话研究》、《神话学 ABC》、《神话论》，而介绍这一学派的故事学成果，并研究民间故事取得成绩的则首推周作人的《童话研究》、《童话略论》（1912 年）、《古童话释义》（1914 年）

等论文；在第一篇论文中，他把江浙的《蛇郎》与欧洲的《美人与兽》作比较研究，他的见地超脱于人类学派眼光，发现了故事情节变异的历史与社会性原因，和各国民间故事内容与风格上的异中之同、同中之异。其次是赵景深，他写过一些比较研究的短文，虽论析嫌肤浅些，却能“扩大人们的文化视野”，主要贡献是通过哈特兰德的《神话和民间故事》等译作(收入《童话论集》一书，1927 年，开明书店)，介绍了人类学派研究民间故事的理论和方法。再次是中国民间文艺学主要代表人钟敬文，他吸取了历史唯物主义，在一定程度上改造了人类学派的理论与方法，取得了开拓性成果。由于立足于弘扬中华文化，作者上述的评定，比较全面公正，至今评价他们的学术贡献时，仍可参考。

在跨民族研究民间故事方面，诚如作者所说，中国民族众多，共 56 个，“尤有广阔天地”。其实，在这方面作者早有过专著《中国民间童话概说》(1985 年，四川民族出版社)，成绩卓著。而这本新著中的《佛本生故事与傣族阿銮故事》一文，则另辟蹊径，较全面地研究了云南流传的系列故事《阿銮故事》。作者首先指出最初产生于印度的《佛本生故事》的界说、特点、性质、来源、版本和以多种渠道传入锡兰（即斯里兰卡)、缅甸、印度尼西亚等 6 个南亚与东南亚国家；也传入中国云南傣族地区等等。经过较深入追踪后，作者指出：傣族阿銮故事的多种来源是：有的来自佛本生经和邻邦缅甸的民间故事，但更多的是土生土长或来自中国兄弟民族的故事。接着，作者进入了精辟的跨民族比较研究。他指出：《四脚蛇阿銮》即南方汉族的《蛇郎》，源出南方越族，其后传到南亚、东南亚地区。傣族的先民为越族，故成了傣族传统故事。《俄恩罕和他的朋友》是 8 个巨人弟兄创奇迹的故事，在中国各民族中有几种类型，汉族《水推长城》即其一。《阿銮金乱》、《稀奇古怪》属于中国南方各族的田螺姑娘故事系统，与唐代汉族皇甫氏所记《吴堪》故事（见张友鹤选注《唐宋传奇选》，1979 年，人民文学出版社）梗概相同，结尾也一致。它源出江浙，可能是古代越人的创作。《樵夫与七公主》的故事说的是，有一公主离家后，到深山同樵夫成亲，终得富贵。它流传于中国南北方，主要情节后来被《郭丁香》故事吸收。作者不但详析了阿銮故事中有不少篇目源远流长，具有民族特点，而且说明了与许多国内民族故事有血肉关联。此外作者还析述这些故事的某些佛教色彩，可能是后人渲染附会的。最后，作者指出阿銮故事的特色及其独创性是：1. 佛本生故事在信仰佛教的南亚地区，已构成一种包括古典《本生经》的传承，也有新撰样式；2. 内容广阔，格调一致，彼此独立，又有联系；3. 传承古典佛本生故事只是来源之一；4. 这形式是以佛祖转世生成的阿銮作为“箭垛”，编成奇幻的系列故事。总之，这是汲取中外民间文学滋养后构成的故事系统。作者把这典型民间故事的方方面面，进行跨民族研究，作出了既广且深的精湛剖析，使人有了如指掌之感，难得之至。

在跨学科比较研究上，《比较故事学》也有新创。如《木鸟》一文，联系科技知识分析是一“民间科学幻想故事”名篇；《融合宗教与艺术的张天师传说》等三文，则是跨文学与道教学比较研究的好例。这些均有助于说明它们新颖的民族特色，其理至明，这里就不细述了。

三、较广的人文科学知识，精湛务实的学术见解

作者具有较广博的人文科学知识（如作家文学史、民间文学史、中外文化史、宗教史、思想史等），这使他善于从宏观和微观两个角度细致析述复杂的学术见解，并表达得鲜明如画。以《东西方两位女故事家之比较》一文为例，作者熟知作家伊塔洛·卡尔维诺、意大利西西里岛史及女故事家麦西娅口述故事史，也熟知中国山东半岛女故事家尹宝兰老太的曲折的生活史，因而能较精细地指出这两个女故事家的生活史、讲述活动、故事体裁与女性形象等方面有其类似处，又指出两人的故事空间、叙述风格有差异处，最后总结出：尹宝兰的故事富有中国文化注重道德教化特点，在基本倾向上表现了劳动人民淳朴的道德风貌，也渗透了某些封建意识与因果报应观念，它代表着中国民间故事形态古朴，接近儒家正统思想那一部分。麦西娅故事则产生于西方人文主义思潮兴盛的社会文化环境中，情调较轻松、幽默，更富喜剧性与娱乐性，它的产生，早于尹宝兰故事约一个世纪，更接近于现代文化潮流，析述得颇为中肯。

精湛务实的学术见解，也是本书特点之一。表现在对于别人意见或同意或否、或存疑，有时则提出期望，均以理服人，使人有公正亲切之感，并能启迪读者深思。例如，《论民间文学中的“大团圆”》一文指出：大团圆观念有两重性，不应认为“所有悲剧作品都是消极的”，它“和真实反映

现实斗争的悲剧性作品”是“互相补充的”。《中国民间故事的传承特点》一文指出，“吟诗联对”型故事中的“诗对”来自书面文学，是显示下层民众杰出才智的典型情节，外国研究家（如丁乃通）按西方惯例认为是文人创造，一律不收，不符合中国情况。《中国与阿拉伯民间故事比较》一文，在比较唐人传奇《板桥三娘子》和阿拉伯的《白第鲁·巴西睦太子和赵赫兰公主的故事》后，介绍了杨宪益已考证出前者的来源在近东一带，可能是唐代外国商人带进来的，这提出了供深思的证据。

精湛务实的学术见解，也常体现作者具有不断突破知识旧框框，寻求新结论的精神。如说到中国“三根金头发”故事时，作者自认初时只知道10个，后来多知道了4个（459页）。中国《蛇郎》型故事，在丁乃通《中国民间故事类型索引》（中译本，中国民间文艺出版社，1986年）一书只列入四型，作者有了新发现，增加了“433E”、“433F”两型（419页）。有时精湛务实的学术见解，还与高尚的国际主义精神结合一起。如阅读中、日同类型的民间故事，可产生“心心相印的亲切之感”，“增进中日两国人民之间的了解和友谊”（146—147页）；把《格林童话全集》的《有三根金头发的鬼》和中国11篇同型故事结合着读，可看出中、德“两国（可能还有其他国家）劳动人民的心很早以来就相通”，也可“增进两国人民之间的了解与友谊”（446页）等等。这些都能启迪人放眼世界，远瞻未来。

总之，此书作者功力深厚，学术水平比较高，确是一本当代比较故事学园地的力作，值得赞赏学习，并向国际上广为推荐。

下面，提出几点建议，作为共同研讨的参考：

一、在跨学科的比较研究上，似可更广阔些

既可以把民间文学和作家文学比较研究，也可以把民间文学和历史学比较研究。前者就是把题材、主题、情节均相类的民间故事与作家文学故事比较研究，如：把三国刘、关、张桃园三结义民间故事传说与明罗贯中《三国演义》第一回《祭天地桃园结义》部分对比研究；这就可析述出民间故事与作家故事中各有不同的特征与艺术成就。后者则是把来源相同、性质相类的民间故事和正史传记相关部分比较研究，如：把《三国志·魏志》的宋裴松之注《华佗传说》，以至口传华佗故事和《后汉书·方术传》、《三

国志·魏民·方伎传》中《华佗传》相应部分比较研究。这就又可析述出民间故事与官家史传故事的不同。

二、在著名故事的生活史探索上似可再增加些典型名篇

在中国生活故事发展史上，历代“清官明智断案”型故事、“幼童智胜成人（包括文人、高官、皇帝）”型故事等等就很多，似可探讨。又如“盘瓠娶公主”型故事（或称《狗王的传说》）即《盘王的传说》，今流传于桂、粤、湘瑶族中，而早在晋干宝的《搜神记》中，已有《盘瓠》篇，元代无名氏《三教源流搜神大全》有《盘瓠》篇，周致中的《异域志》，则有《盘瓠》篇，此4篇均属于典型故事类型名篇。对于上述这一类典型名篇，各以一篇为中心旁及异式，进行其生活史的探索，当会了解更多的中国故事流传演变的规律，这对比较故事学的理论建树，也是有所补益的。

三、有的类型故事的产生与流传，要比作者提及的更早更广

傣族的《俄恩罕和他的朋友》，属于乃通的“超凡好汉弟兄”型（见丁著中译本《中国民间故事类型索引》171页），汉族有名篇《水推长城》。对此，书中虽有提及（见264页），但其产生之早与流传之广，未有具体交代。据我所知，此型最早的记录，见于明代屠本畯著《憨子杂俎》中的《七兄弟》篇，可其产生决不会很晚。它流传的地区，在山东泰山地区、河北张家口、山西、湖北、江苏、浙江的汉族和海南岛黎族中，即在台湾也有流传（见施翠峰著《台湾民潭探源》135页，台北汉光文化事业股份有限公司，1985年），可见其流传之广。此类故事古今均有类似，也可补充说明。

四、个别论据，仍欠周全，似可再作推敲

作者说，汉武帝以后，就未听说封建统治阶级和宗教势力曾有组织地开展过“讲故事活动”的习俗了（309页）。这并非与历史相符。如唐代玄宗时，宫廷中就有讲故事活动。郭湜《高力士外传》：“上元元年（760）7月，太上皇（玄宗）移仗西内安置。每日上皇与高公（力士）亲看扫除庭院，芟薙草木。或讲经论议（议不作义），转变说话，虽不近文律，终冀悦圣情。”唐玄宗精通音律，广畜俳优杂技，善于享乐，此段听说“转变说话”，大概即是朝廷内有组织的唱变文、讲故事活动。讲者是被征召的民间艺人，抑由高力士等人“客串”，交代欠明确，是可惜的事。在南宋，宫廷

内也有讲故事活动，当时吴自牧《梦粱录》卷二十《小说讲经史》条说："讲史书者……又有王六大夫，原系御前供话。"这是指南宋朝廷设有御前讲故事的艺人王六大夫。该书《百戏伎艺》条说："遇朝家大朝会，圣节，殿廷承应。"这是指在朝会和节日，包括讲故事在内的百戏的艺人，都得一齐演出。南宋周密《武林旧事》卷六《诸色伎艺人》条说："小说：朱修（德寿宫）、孙奇（德寿宫），任辯御前……"德寿宫是南宋高宗禅位后所住之处，这反映当时在"御前应制"讲故事的人不少（又见元杨维桢《东维子集》）。他们大概是从瓦子勾栏选出的艺人，被豢养在供应局里，专供御用的。明代宫廷中也有以平话为职责的内官。至清初太宗，也延纳一些说书艺人，作为内廷供奉（见拙著《中国评书评话研究》第7页，商务印书馆香港分馆，1982年）。可见，宫廷内讲故事活动，自汉至清未有停止过。这是中国故事学上颇有意思的材料，似可作为书中论据的补充。

附录一

本书主要参考资料

《比较文学与民间文学》季羡林著，北京大学出版社，1991 年。

《比较文学原理》乐黛云著，湖南文艺出版社，1988 年。

《中西比较文学教程》乐黛云主编，高等教育出版社，1988 年。

《比较文学概论》陈惇、刘象愚著，北京师范大学出版社，1988 年。

《比较文学论文集》张隆溪、温儒敏编，北京大学出版社，1984 年。

《比较文学三百篇》智量主编，上海文艺出版社，1990 年。

《超学科比较文学研究》乐黛云、王宁主编，中国社会科学出版社，1989 年。

《译余偶拾》杨宪益著，生活・读书・新知三联书店，1983 年。

《中印文学关系源流》郁龙余编，湖南文艺出版社，1987 年。

《东方比较文学论文集》卢蔚秋编，湖南文艺出版社，1987 年。

《中西比较文学论集》温儒敏编，北京大学出版社，1988 年。

《中国比较文学年鉴（1986）》杨周翰、乐黛云主编，北京大学出版社，1987 年。

《中外比较文学研究》李达三、刘介民主编，学生书局（台北），1992 年。

《比较文学译文集》张隆溪选编，北京大学出版社，1982 年。

《比较文学研究译文集》干永昌等编选，上海译文出版社，1985 年。

《中外比较文学译文集》周发祥编，中国文联出版公司，1988 年。

《比较文学与文学理论》［美］乌布利希・韦斯坦因著，刘象愚译，辽宁人民出版社，1987 年。

《中西比较文学理论》［美］约翰·迪尼（李达三）著，刘介民编译，学苑出版社，1990年。

《原始文化》［英］爱德华·泰勒著，连树声译，上海文艺出版社，1992年。

《原始艺术》［美］弗朗兹·博厄斯著，金辉译，上海文艺出版社，1989年。

《世界民俗学》［美］阿兰·邓迪斯著，陈建宪、彭海斌译，上海文艺出版社，1990年。

《比较神话学》［英］麦克斯·缪勒著，金泽译，上海文艺出版社，1989年。

《文化人类学的十五种理论》［日］凌部恒雄编，国际文化出版公司，1988年。

《文化学通论》刘守华主编，高等教育出版社，1992年。

☆　☆　☆

《钟敬文民间文学论集》上海文艺出版社，1985年。

《民间文艺学探索》钟敬文主编，北京师范大学出版社，1987年。

《儿童文学小论》周作人著，儿童书局，1928年。

《民间故事研究》赵景深著，复旦书局，1928年。

《童话学 ABC》赵景深著，世界书局，1929年。

《中国民间故事初探》天鹰著，上海文艺出版社，1981年。

《古今中外故事论》金洪汉著，新世纪出版社，1993年。

《中国文化的精英——太阳英雄神话比较研究》萧兵著，上海文艺出版社，1989年。

《孟姜女故事研究集》顾颉刚编著，上海古籍出版社，1984年。

《孟姜女故事论文集》顾颉刚、钟敬文等著，中国民间文艺出版社，1984年。

《中国民间传说论文集》中国民间文艺研究会理论研究部编，中国民间文艺出版社，1986年。

《中国识宝传说研究》程蔷著，上海文艺出版社，1986 年。

《论中国四大民间故事》罗永麟著，中国民间文艺出版社，1986 年。

《笑之研究——阿凡提笑话评论集》段宝林编，新疆人民出版社，1988 年。

《中国仙话研究》罗永麟著，上海文艺出版社，1993 年。

《仙话——神人之间的魔幻世界》梅新林著，上海三联书店，1992 年。

《世界寓言通论》陈蒲清著，湖南教育出版社，1990 年。

《中国动物故事研究》谭达先著，商务印书馆（香港），1980 年。

《中国民间童话研究》谭达先著，商务印书馆（香港），1981 年。

《中国民间寓言研究》谭达先著，商务印书馆（香港），1980 年。

《中国传说概述》谭达先著，贯雅文化事业有限公司（台北），1993 年。

《中国民间童话概说》刘守华著，四川民族出版社，1985 年。

《民间故事的比较研究》刘守华著，中国民间文艺出版社，1986 年。

《故事学纲要》刘守华著，华中师范大学出版社，1988 年。

《道教与中国民间文学》刘守华著，文津出版社（台北），1991 年。

《故事研究资料选》刘守华、陈建宪编，湖北省民间文艺家协会，1989 年。

《水族故事研究》黄桂秋著，广西人民出版社，1991 年。

《侗族民间叙事文学》过伟著，广西人民出版社，1993 年。

《耿村民间文学论稿》袁学骏著，中国民间文艺出版社，1989 年。

《区域文化与民间文艺学》姜彬，中国民间文艺出版社，1990 年。

《中国民间故事类型索引》［美］丁乃通著，郑建成等译，中国民间文艺出版社，1986 年。

《中西叙事文学比较研究》［美］丁乃通著，陈建宪等译，华中师范大学出版社，1994 年。

《世界民间故事分类学》［美］斯蒂·汤普森著，郑凡等译，上海文艺出版社，1991 年。

《日本故事学新论》［日］关敬吾等著，张雪冬等译，辽宁大学出版社，1992 年。

《传说论》［日］柳田国男著，连湘译，中国民间文艺出版社，1985 年。

《中国、日本民间文学比较研究（在华学术报告集）》［日］伊藤清司著，辽宁大学科研处，1993年。

《从传承到文学的飞跃——〈竹取物语〉和〈斑竹姑娘〉》［日］野口元大著，斯英琦译，少年儿童出版社，1983年。

《中国神话故事论集》［俄］李福清著，马昌仪编，中国民间文艺出版社，1988年。

《中国耿村国际学术讨论会论文集》宋孟寅等编，中国民间文艺出版社，1991年。

《中日民间故事比较研究》于长敏著，吉林大学出版社，1996年。

《从民间文学到比较文学》刘介民著，暨南大学出版社，1998年。

《蒙古民间文学比较研究》陈岗龙著，北京大学出版社，2001年。

《多元文化与民族文学——中国西南少数民族文学的比较研究》李子贤主编，云南教育出版社，2001年。

《解读禁忌——中国神话、传说和故事中的禁忌主题》。

☆　☆　☆

《就〈金玉凤凰〉提一些汉藏文化的交流线索》田海燕，《文汇报》，1961年10月11日。

《世界各国民间故事类型索引述评》刘魁立，《民间文学论坛》创刊号，1982年5月。

《欧洲民间文学研究中的第一个流派——神话学派》刘魁立，《民间文艺集刊》第3集，1982年11月。

《民间文学研究中的流传学派》刘魁立，《民间文学论坛》，1983年，第3期。

《德国的〈灰姑娘〉与广西壮族的〈达架〉》兰鸿恩，《广西日报》，1980年6月19日。

《民间故事大同小异的由来》杨知勇，《民间文学》，1981年，第1期。

《民间故事的流传和变异》郑硕人，《民间文艺集刊》第1集，1981年11月。

《浅谈阿銮故事与佛教的关系》方峰群，《山茶》，1981 年，第 2 期。

《狼外婆故事的比较研究初探》段宝林，《民间文学论坛》创刊号，1982 年 5 月。

《比较文艺学与民族民间文学》秦家华，《山茶》，1982 年，第 6 期。

《从“白蛇传”看民间文学与宗教的关系》张文，《民间文学论坛》，1982 年，第 2 期。

《论梁祝故事在壮族、瑶族地区的流传变异》黄海水，《学术论坛》，1982 年，第 3 期。

《天鹅处女型故事研究概观》汪玢玲，《民间文学论坛》，1983 年，第 1 期。

《藏族故事〈斑竹姑娘〉与日本〈竹取物语〉故事原型研究》乌丙安，《民间文艺集刊》第 4 集，1983 年 5 月。

《民间故事的历史地理研究》［日］荒木博之，《民间文学论坛》，1983 年，第 1 期。

《民间文学研究的方法论》［日］大藤时彦，《民间文学论坛》，1983 年，第 4 期。

《日本和中国的民间故事交流》［日］饭仓照平，《民间文艺研究动态》，1984 年，第 4 期。

《谈民间文学的比较研究》刘守华，《广西民间文学丛刊》，第 10 期（1984 年 7 月）。

《多侧面扩展民间文学的比较研究》刘守华，《民间文学论坛》，1985 年，第 3 期专论。

《中国西南地区与日本民间故事传播途径浅谈》何彬，《民间文学论坛》，1985 年，第 2 期。

《台湾高山族神话传说比较研究》何廷瑞，《民间文学论坛》，1985 年，第 3 期。

《盘瓠神话与日本犬婿型故事的比较研究》郎樱，《民间文学论坛》，1985 年，第 3 期。

《比较文学及少数民族文学的比较研究》郎樱，《民族文学研究》，1986 年，第 1 期。

《关于民间文学的比较研究法》贾芝，《华中师范学院学报》，1985年，第5期。

《〈内外储说〉与〈五卷书〉》——中印古代寓言比较》，《民间文学》，1985年，第8期。

《可供对比的竹笼故事》缪亚奇，《民间文学论坛》，1986年，第1期。

《乌鸦形象之比较研究》徐华龙，《民族文学研究》，1986年，第5期。

《孟姜女故事在少数民族中的变异》过伟，《民间文学论坛》，1986年，第6期。

《羽衣故事的背景》［日］君岛久子，《民间文艺集刊》第8集（1986年1月）。

《灰姑娘型故事与中国民间童话》肖崇素，《民间文艺季刊》，1987年，第2期。

《女人与蛇——东西方蛇女故事研究》陈建宪，《民间文学论坛》，1987年，第3期。

《民间故事与宗教文化》陈建宪，《民间文艺季刊》，1988年，第4期。

《中日羽衣传说之比较》李均洋，《西北大学学报》，1987年，第3期。

《论蒙古族〈驴耳汉〉故事来源——兼论蒙古文学与希腊文学的关系》特古斯巴雅尔，《民族文学研究》，1988年，第3期。

《纳西族汉族龙故事的比较研究》阎云翔，《民间文学论坛》，1986年，第1期。

《论印度那伽故事对中国龙王龙女故事的影响》阎云翔，《民间文艺季刊》，1987年，第1、3期。

《〈傅罗伯寻母〉与〈盂兰经〉故事比较》赵橹，《山茶》，1986年，第1期。

《中国人类学派故事学比较研究发微》月朗，《民间文学论坛》，1986年，第4期。

《幼子继承型故事产生及流传的社会基础》月朗，《民间文艺季刊》，1987年，第1期。

《孔雀公主民间故事的起源和发展》李佳俊，《邦锦梅朵》，1986年，第5期。

《中日两国后母故事比较研究》张紫晨，《民族文学研究》，1986 年，第 2 期。

《民族民间文学的影响比较研究》罗汉田，《民族文学研究》，1986 年，第 2 期。

《蟒古斯故事与印藏文学》[德] 孟克吉雅，《民族文学研究》，1988 年，第 3 期。

《印度寓言在世界上的流传和变异——从佛本生故事谈起》叶绪民，《外国文学研究》，1988 年，《比较文学》专号。

《青蛙骑手故事原型研究》林继富，《民间文艺季刊》，1988 年，第 4 期。

《头上长角型故事的流播》林继富，《中国比较文学》，1992 年，第 1 期。

《满族神话传说与道教仙话》程迅，《民间文艺季刊》，1988 年，第 4 期。

《民间故事形态学的定义与方法》[俄] 普罗普，《民族文学研究》，1988 年，第 2 期。

《关于蒙古民间故事中感恩动物的母题》[美] 尼 · 波普，《民族文学研究》，1988 年，第 3 期。

《关于命运之子的童话》[德] 蒂勒，《中国比较文学》，1989 年，第 2 期。

《脱衣主题与成年仪式》王霄兵、张铭远，《民间文学论坛》，1989 年，第 2 期。

《新疆蒙古英雄故事浅析》巴 · 丹布尔加甫，《民族文学研究》，1989 年，第 5 期。

《相关主题的象征类同——分析民间故事的一种方法》[美] 阿兰 · 邓迪斯，《民间文艺季刊》，1989 年，第 2 期。

《略谈流传于瑶族民间的梁祝故事》刘保元，《民族文学研究》，1990 年，第 1 期。

《男性文化与女性文化的冲突——难题求婚型故事研究》郑海，《民间文艺季刊》，1990 年，第 4 期。

《论辽宁女故事家故事活动的文化特征》江帆，《民间文学论坛》，1990 年，第 2 期。

《神话、传说、故事讲述家始祖——略谈苗族等民族祭司的特别职能》

杨昌鑫，《苗侗文坛》，1990 年，第 3 期。

《中日民间故事比较研究泛说》钟敬文，《民间文学论坛》，1991 年，第 3 期。

《中日金鸡传说象征意义的比较研究》刘锡诚，《文学评论》，1991 年，第 4 期。

《裕固族格萨尔故事的内涵及其原型》武文，《民族文学研究》，1991 年，第 1 期。

《中国民间叙事中的禁忌主题与禁忌民俗的关系》万建中，《民间文学论坛》，1991 年，第 5 期。

《人仙妖之恋——试论中国四大民间故事的共性结构模式及其文化内涵》郑劲松，《中国民间文化》，1991 年，第 4 期。

《裕固族与匈牙利民间故事比较研究》钟敬文，《民族文学研究》，1992 年，第 4 期。

《印度在东西方文学关系中的特殊作用》［俄］李福清，《东方文化》，第 2 集（1994 年 5 月）。

《变化世界中的民间故事在操法语的纽芬兰省的经历》［加］杰拉德·托马斯，《东方文化》第 2 集（1994 年 5 月）。

《独辟蹊径的中西叙事文学比较研究》刘守华，《外国文学研究》，1992 年，第 4 期。

《中俄民间故事比较二题影响关系，还是平行关系？文化隐义的追寻》刘亚丁，《外国文学研究》，1992 年，第 4 期。

《桃太郎的故乡》［日］伊藤清司，《民族文学研究》，1992 年，第 1 期。

《故事、传说的源流——东亚的比较故事传说学代序》［日］伊藤清司，《民间文学论坛》，1992 年，第 1 期。

《从传承人理论看俄罗斯民间文艺学》［日］齐藤君子，《民间文学论坛》，1992 年，第 4 期。

《识宝传说与文化冲突》程蔷，《民间文学论坛》，1993 年，第 2 期。

《难题求婚模式的神话原型》鹿忆鹿，《民间文学论坛》，1993 年，第 2 期。

《不同民族文化区域的神蛙丈夫型故事比较》陈晓红，《民间文学论坛》，

1993 年，第 3 期。

《中国民间故事分类研究的回顾与展望》马学良、白庚胜，《民族文学研究》，1993 年，第 1 期。

《白族民间叙事诗〈黄氏女〉的比较研究》刘守华、刘晓春，《民族文学研究》，1993 年，第 3 期。

《霍加纳斯尔形象之断想》[哈] 努尔哈毕，《民族文学研究》，1993 年，第 3 期。

《匈牙利和突厥语诸民族民间故事〈白马之子〉的情节结构比较》[美] 伊莎贝拉・霍尔瓦特，《民族文学研究》，1993 年，第 3 期。

《神狼形象及其文化特征》陈作宏，《民族文学研究》，1993 年，第 4 期。

《〈尸语故事〉在满族中的流传》季永海，《民族文学研究》，1993 年，第 4 期。

《试论黑龙江地区蒙古民间故事的特征》波・少布，《民族文学研究》，1993 年，第 4 期。

《关于东亚民间故事的比较研究问题》[日] 斧原孝守，《民族文学研究》，1993 年，第 4 期。

《论藏族和傣族的同源异流故事》王国祥，《西藏研究》，1994 年，第 1 期。

《多侧面运用比较方法的尝试——读〈民间故事的比较研究〉》黄鹤，《民间文艺季刊》，1988 年，第 2 期。

《走向综合的思考——评〈民间故事的比较研究〉》杨育生，《湖北社会科学》，1988 年，第 2 期。

《探索者的足音——评刘守华近年来的民间故事比较研究》月朗，《民族文学研究》，1988 年，第 6 期。

《世界故事圈的探宝者——刘守华教授及其比较学研究》程文超，《中国比较文学通讯》，1990 年，第 1 期。

《〈民间故事的比较研究〉评述》高丙中，《中国文学研究年鉴》，1988 年。

（凡已结集成书的论文此处均未列入）

附录二

有关刘守华比较故事学研究成果的评论文章索引

陈　珏：《刘守华〈民间故事的比较研究〉浅介》，《中国比较文学》，第4期（1987年3月）。

黄　鹤：《多侧面运用比较方法的尝试》，《民间文艺集刊》，1988年，第2期。

月　朗：《探索者的足音——评刘守华近年来的民间故事比较研究》，《民族文学研究》，1988年，第6期。

杨育生：《走向综合的思考——评刘守华的民间故事比较研究》，《湖北社会科学》，1988年，第2期。

程文超：《世界故事圈里的探宝者——刘守华教授及其比较故事学研究》，《中国比较文学通讯》，1990年，第1期。

高丙中：《〈民间故事的比较研究〉提要》，《中国20世纪文学研究论著提要》，北京大学出版社1994年版。

［韩］崔仁鹤：《〈民间故事的比较研究〉简介》，《比较民俗学》，第4期（1989年1月）。

方　甸：《〈比较故事学〉的理论建构》，《书海知音》，1995年11月。

覃德清：《宏观思辨与微观实证相结合的新学科建设方略——评〈比较故事学〉》，《民间文学论坛》，1996年，第3期。

刘介民：《揭开世界民间故事的奥秘——评〈比较故事学〉》，《民族文学研究》，1997年，第2期。

周北川：《故事比较的艺术与趣味——评〈比较故事学〉》，《外国文学研究》，1997 年，第 3 期。

王　立：《在故事学、主题学与文学人类学的接壤处——从〈比较故事学〉谈起学风与方法》，《学术交流》，2002 年，第 1 期。

漆凌云、周超：《刘守华民间故事比较研究述评——以 AT461 型故事研究为例》，《一个蕴含史诗魅力的中国民间故事》，北京大学出版社 2016 年版。

刘锡诚：《〈一个蕴含史诗魅力的中国民间故事〉序》，《一个蕴含史诗魅力的中国民间故事》，北京大学出版社 2016 年版。

李丽丹：《刘守华与故事诗学评说》，《外国文学研究》，2016 年，第 5 期。

黄永林：《刘守华：把民间故事点石成金》，《光明日报》，2019 年 1 月 21 日。

后　　记

（一）

编定本书，如释重负之后，觉得意犹未尽，有些事还须向读者作些说明与交代。

这部书虽然是由我个人来完成的，在十多年的研究探索中却得到过国内外许多学人的指教和帮助。

除钟敬文、贾芝、姜彬、季羡林、金克木、常任侠诸位前辈或以口头书面形式赐教，或惠赠新作，或撰文予以鼓励之外；在同辈学人中间，刘魁立、马昌仪、萧兵等几位经常不吝赐教，使我获益良多；陈珏、月朗、程文超、高丙中等几位年轻朋友曾耗费心力撰写有关评论文章，指出学术探索中的成就与不足。至于热心帮助笔者搜集提供比较研究材料的朋友就更多，难以一一列举了。

在国外和旅居海外的学人中间，除《前言》中已经提到的丁乃通先生外，苏联科学院通讯院士李福清博士，日本饭仓照平教授，韩国崔仁鹤教授，现旅居澳大利亚的谭达先博士，及任教于台北中国文化大学的金荣华教授，是和笔者进行学术交流获得帮助最多的几位。九十高龄的钟敬文先生特地为本书题词，给予热情鼓励。

陆续发表这些成果的几个主要刊物是：《民间文学》、《民间文学论坛》、《民间文艺季刊》、《外国文学研究》、《民族文学研究》和《中国比较文学》。因而这些成果中也汇入了编辑这些刊物的朋友们的心血。

在这里除向上述前辈和朋友们表示深切感谢之外，还借此说明本课题的探索与初步完成，有众多学者的合作参与，它在一定程度上是集思广益的产物。

本书约有一半文章是新近写的，其余是在十多年中陆续写成并发表过的。它们按一定系统编排又保持着相对独立性。每个专题给予简要提示。此次成书除统一进行整理校订以及刊物发表时因受篇幅限制删节的部分予以补充完整之外，内容上一般未作大的改动，尽可能保持各篇发表时的本来面貌。这样做不仅是为了把笔者对比较故事学由浅入深的探索过程反映出来，也可以由此看出这一学科在中国复兴和不断进展的印迹。不论是书中对比较故事学体系的构想还是对有关课题的具体研究，不用说均有待继续深入，而不能停留在现有的结论上。

我的老伴陈丽梅对我的研究写作给以极大支持，作为心理学家，还用她的心理学知识帮助我充实了这项比较故事学研究。这本书和已经问世的那几本书可以说是我们风雨同舟共同生活近四十年的纪念品。

（二）

上面的《后记》是1994年元宵节写的，现在已是2002年9月初，一晃荡就过去了七八年。

本书于1995年9月列入《中国民俗文化研究丛书》，在上海文艺出版社问世。出版社民间文学编辑室负责人徐华龙和责编刘东远，付出了宝贵心血。

本书问世以来，受到学界与读者的热烈关注程度，使我不禁有受宠若惊之感。我把它寄给北京大学的季羡林教授，季先生不仅是开创中国比较文学研究的元老之一，也是比较故事学在中国的大力倡导者和奠基人，他立即亲笔回信给予鼓励："蒙惠赠大著《比较故事学》，当敬谨拜谈，什袭珍藏。"现任中国比较文学学会会长，北京大学的乐黛云教授，1999年8月在我的笔记本上留言："守华兄，我永远欣赏你的《比较故事学》，真的！"旅澳的谭达先博士热情洋溢地写出长篇书评《赞刘守华著〈比较故事学〉的重大成果》，刊登在《中国比较文学》杂志上。此外还有方甸（刘东远）、覃德清、刘介民、周北川和王立等好几位学人从不同角度写了有见地的评论文章发表。2001年10月，在中国民间文艺家协会主办的首届民间文艺学术著作评奖活动中，《比较故事学》被授予山花奖一等奖。令人难忘的是这本书还帮助我结识了海内外学界许多年轻朋友。1997 年 11 月我应邀到台湾去参加海峡两岸民间文学学术研讨会，一批大学里的硕士、博士研究生就是因为读了这本书，便纷纷走上来和我亲切握手、叙谈，有的还告诉我，他们是从香港书店才邮购到这本书的。一位日本学者吉田治郎兵卫，作为联合国教科文组织的协调员，1995 年底在湖北省丹江口市伍家沟民间故事村进行田野考察，见到我第一句话就是："我正在读你的《比较故事学》!"对探究世界民间故事文化奥秘的共同兴趣，把我们的心联结在一起。本书对读者的吸引力似乎可以从这里求得解释。

本书初版 3000 册，几年前在书市上即已脱销。一些院校的民俗学、民间文学和比较文学专业拟采用它作研究生教学用书，索购而不得。连我自己教学生也因缺书而无可奈何。经联系，原出版社无意再版。恰好黑龙江人民出版社的编辑李春兰女士，正筹划出版一套《中国民间文化前沿论丛》，我提出可否将《比较故事学》的增订本列入，被欣然接纳，终于使它获得了第二次生命。

这次将原书修订并适当充实内容，主要作了这些变动：改正了一些初版排印上的错误；删去一篇，增补 7 篇新作，并在多处有所增删；精选了具有丰富可比性的故事 10 篇；还附录了关于本书的一篇评论及多篇书评索引。目的是使本书的内容更丰富新颖，更生动活泼，既贴近它的前沿发展，又求得学术性与可读性的紧密结合。

本书由专题系列论文构成，首篇文章刊于 1979 年，最晚的一篇发表于 2000 年。对本项研究的最早评论发表于 1987 年，最晚的评论到2002 年春季才刊出。它本是列入国家教委人文社科八五规划的一个项目，本人的研究和学界的关注却前后持续了约 20 年。这次更名为《比较故事学论考》，看来更切合它成书的实际过程。它问世的目的也是想引导读者到世界民间故事的海洋里去探索、发现，开发这人类文化的宝藏。

在进行比较故事学探索的这 20 年间，我还出过如下三本书：《道教与中国民间文学》(台北文津出版社 1991 年，北京燕山出版社 1993 年)，《中国民间故事史》(湖北教育出版社 1999 年)，《中国民间故事类型研究》(主编，华中师范大学出版社 2002 年)。其中也都不同程度地贯穿着比较研究方法的运用，实际上是本书成果向几个方面的延伸。有兴趣者可以参照阅读。

我于1956年在《民间文学》杂志上发表《慎重地对待民间故事的整理编写工作》，开始走进研究民间文学的学术园地，再过三五年就是半个世纪了。人的生命是有尽头的，而学术探索却永无止境。在民间故事的研究上不用说也是如此。楚国伟大诗人屈原的名句一直在我心头回荡：路漫漫其修远兮，吾将上下而求索！

刘守华

2002年9月桂花飘香时节

写于华中师范大学校园

故事追踪项语

这部《比较故事学》的问世，细说起来竟有了30年的漫长历史，先后诞生过四个版本，成为中国改革开放四十年来文化热潮中一朵惹眼的浪花。

1979年9月，我在《民间文学》杂志上刊出《一组民间童话的比较研究》，冒昧将比较文学热潮引入跨国故事研究，随即受到学界关注，于1979年11月，连同钟敬文先生写的《为孟姜女冤案平反》，全文转载于新创《新华文摘》上，激起一阵热议。我受激励连续写了十多篇文章，在钟敬文、季羡林、贾芝等前辈学人的提携下，打出比较故事学的旗帜，将这些文章辑成《民间故事的比较研究》这本小册子，于1986年10月在中国民间文艺出版社推出，并受到季老的关注，获得中国比较文学图书评奖中的二等奖。那时正开启科学文化的春天，渴求新知的热潮在神州涌动，我作为此书作者在尚未得见样书之前，竟然是在洪山新华书店门前的畅销书摊位上才购得样书，并听到青年读者对故事比较的热烈议论，回想起来不禁使人心潮澎湃。

此书以贾芝先生的文章《关于民间文学的比较研究法》作为代序。他十分欣喜地鼓励我对民间故事作比较研究，为此他自己搜求资料，找到中国境内多个少数民族口头传诵的“猫狗结仇”和“不见黄娥不死心”两个故事类型的多篇异文，从主题思想、情节结构到生活细节进行精细比较，再后提出怎样将我们惯用的社会历史批评和故事类型比较相结合以开拓新的学术境界。在赶写此稿的过程中他还另外给我写信商榷，力求精当。贾芝先生关爱后学及严谨的治学态度使我深受启迪。

这本小书出版后受到的鼓励和启迪，促使我在故事比较的多个侧面不断探求，便充实内容，撰写成《比较故事学》书稿，列入上海文艺出版社策划的“中国民俗文化研究丛书”之内，于1995年9月问世。原先还是以故事比较论文结集的模式出现，后来受到季羡林先生所著《比较文学与民间文学》一书的启示，又在上海文艺出版社徐华龙、刘东远等编辑的鼓励下，才坦然打出了“比较故事学”的旗号，并在1998年获得教育部的高校人文社科优秀成果二等奖和中国民间文艺家协会山花奖，成为新时期中受到学界广为称道的一项成果了。

《比较故事学》一书很快在书市脱销，黑龙江人民出版社策划出版“中国民间文化前沿论丛”，热心承诺将它重印，为避免书名重复，便略作修订之后，以《比较故事学论考》的书名，于2003年5月再版问世。它是发行较广、读者最为熟悉的一个版本。

还有一个文本也是不能不提到的，就是北京大学出版社于2016年1月出版的《一个蕴含史诗魅力的中国民间故事》。我作比较故事学研究，着重考察的是AT461型“求好运”故事，1979年在《民间文学》杂志刊出的《一组民间童话的比较研究》就是解读这个跨国跨民族的著名故事。当时还不熟悉关于民间故事类型学知识，便将它作为故事情节大同小异的“一组故事”来看待。后来美籍华人学者丁乃通先生来我校讲学，鼓励和指导我用芬兰学派的历史地理比较方法来探求这个故事的生活史，使我眼界大开。于是在国际故事学的学术背景下，从多侧面深入研讨这一个案，写出了七八篇文章，以刊于2012年2月27日《光明日报》国学版的《一个蕴含史诗魅力的中国民间故事》作为收束篇，构成一个很别致的个案研究。在《比较故事学》那本书里，已将原先发表的几篇文章列为“一个著名故事的生活史探索”专题收录。由于30年来就此搜求的有关AT461型故事的跨国异文及研究文章，甚为繁富，我便同北京大学东方文化研究院的陈岗龙教授商议，能否印成一本专书问世。在他的卓见与强力推动下，此稿有幸列入季羡林先生主编的“东方文化集成”这部规模宏大的套书之内以50万字的篇幅推出，立即受到媒体和学界的热烈关注，以至于此书的编著者被《人民日报》社所属《环球人物》杂志点赞为“追故事的人”给予表彰。这部以数十万字解读一个著名民间故事的奇书，于2018年12月被湖北省文联和湖北省文艺评论家协会授予文学评论二等奖。

现在出版的《刘守华故事学文集》，仍按照《比较故事学》的原初版本，将有关AT461型故事的研究文章作为其中的一章收录。其悠长的艺术生命力和深厚的文化内涵将深深吸引读者和学人的关注。陈岗龙教授专就北京大学出版社的《一个蕴含史诗魅力的中国民间故事》这本书撰写了评论《一篇讲述人类命运的故事能把世界连起来》，就此书的比较文化学价值作了精当评述，笔者也特地将它收录在《比较故事学》的新版中以飨读者。

在编校故事学文集之际，特补写这篇后记以存这段难忘的学坛旧事，也寄托我作为一名年逾八旬的老园丁对前辈及同辈学人的深切感念。

刘守华

于2019年清明节